沙苑人家

邢根民 著

中国言实出版社

图书在版编目（CIP）数据

沙苑人家 / 邢根民著 .-- 北京：中国言实出版社，
2016.8

ISBN 978-7-5171-1971-5

Ⅰ . ①沙… Ⅱ . ①邢… Ⅲ . ①长篇小说—中国—当代
Ⅳ . ① I247.5

中国版本图书馆 CIP 数据核字 (2016) 第 203834 号

出 版 人：王昕朋
责任编辑：宫媛媛
文字编辑：张凯琳
装帧设计：水岸风创意文化

出版发行：中国言实出版社
　　　　　地　　址：北京市朝阳区北苑路 180 号加利大厦 5 号楼 105 室
　　　　　邮　　编：100101
　　　　　编辑部：北京市海淀区北太平庄路甲 1 号
　　　　　邮　　编：100088
　　　　　电　　话：64924853（总编室）64924716（发行部）
　　　　　网　　址：www.zgyscbs.cn
　　　　　E－mail：zgyscbs@263.net

经　　销：新华书店
印　　刷：阳谷毕升印务有限公司
版　　次：2016 年 8 月第 1 版　2022 年 1 月第 3 次印刷
规　　格：710 毫米 ×1000 毫米　1/16　28.75 印张
字　　数：450 千字
定　　价：66.00 元　ISBN 978-7-5171-1971-5

目 录

第 一 章

一九六二年的深秋。陕西关中东部的沙苑地带一片光秃秃，一棵棵被揪光树叶的光杆树，像一场恶战之后的残兵败将，东倒西歪地站立在茫茫沙漠之中，风沙掠过，黄沙飞舞，遮天蔽日，一派荒凉。

落日黄昏，一个年轻女人怀抱一个两岁左右的女孩，穿行在茫茫黄沙中。她每走几步，就四下张望一下，似乎在寻找什么。然而，除了光秃秃的沙梁和光秃秃的树干之外，她什么也没有寻找到。年轻的女人看上去不到三十岁，上身穿一件打着补丁的浅蓝色偏襟衣衫，下身穿着一件黑色粗布大裆裤，脚踝处用松紧带紧紧裹着，走起路来风一吹，宽大的裤管就膨胀起来，像两只长长的灯笼。女人脸色苍白，嘴唇干裂，像被刀子割出几道深浅不一的口子，似乎在流着血。长长的乌发向后拢着，在后脑勺束着一个圆圆的发髻，前额上留下的几缕刘海在秋风的吹拂下，向一边跳跃着飘起。女人的一双目光显得迷茫无助，目光里隐藏着慌张的神情。她怀中的小女孩像她一样面色饥黄、虚弱无力。

女人也许走累了，双手也酸了，她把小孩往上颠了颠，艰难地穿行在风沙弥漫的沙梁与沙谷之间。四周寂静无人，只有呼呼的秋风在耳边无情地吹着。是呀，这般时候沙窝里的人们都一个个肚子咕咕叫唤，不是躺在炕上无精打采地昏睡，就是在其他有树叶青草的地方找食物，有谁会来到这荒凉的沙坡忍受这狂风肆虐？她扭头望了望身后，身后那一串串歪歪斜斜的脚印已经被风沙覆盖了，她又眯着眼望了望远方，天地昏黄一片，仿佛世界末日即将到来。

女人迎着风沙一步一步向前走着，穿过一片光秃秃的树林，眼前是一条比较平坦、垫着砖块和煤渣的蜿蜒小路，路面上还有模模糊糊的两道架子车轮胎碾压过的痕印，然而路上依然冷静无人。女人很可能是走累了，也可能是不想向前走，她停住脚步，迷茫的双眼四下张望了一下，然后低下头看了看怀中熟睡的女孩，突然间眼睛里涌满了两汪泪水，泪水顺着睫毛垂落而下，滴在女孩的脸上。女孩双手微微颤抖了一下，双眼却没有睁开，依然昏昏地睡去。女人咬了咬嘴唇，忍不住眼泪往下滴，依然把小女孩轻轻放在脚下一片平坦的沙

1

地上，又把女孩的一套青色衣裤放在孩子的身边，又在青色衣物上轻轻放了一个巴掌大的用牛皮纸包着的野菜团和一把麸子面。做完这一切之后，女人已经是泪流满面了。她深情地看了看孩子那苍白的小脸，又咬了咬嘴唇，嘴唇立刻渗出一道血迹。女人顾不上擦干嘴唇上的血迹，突然扭过头，转过身，迎着呼呼吼叫的风沙发疯般狂奔起来。风沙吹散了她的发髻，吹散了她扎紧的裤腿，也吹落了她满脸的泪水。

女人喘着粗气，爬上沙梁，一个人在风沙肆虐的沙漠里号哭起来，她忍不住转回身，扭过头，想看看丢在远处的女孩，却什么也看不清了，只有打着呼哨、裹着黄沙的秋风在她耳边吼叫。她想听听女孩的哭叫声，却一点儿也没有听到。她像丢了魂似的，在黄沙野风中狂奔，跌倒了爬起来，忘记了饥饿，忘记了嘴唇的伤痛，忘记了单薄的身体被秋风肆虐后的寒冷，头也不回地朝着北方奔去——那里是她的家，家里还有两个未成年的女儿在等着她挖回野菜下锅。

这个女人姓刘，名叫东霞，是沙苑公社杨家大队一位农村妇女。那个被她丢弃在沙苑羊肠小路边的小女孩就是她的三女儿春草。她家里还有两个女儿，大女儿春叶，七岁；二女儿春花，四岁。丈夫杨天祥在十几里之外的砖窑厂干活，十天半个月才回一次家，这样家里的所有负担就落在刘东霞一人身上。丈夫天祥是家里老大，常年在生产队砖厂烧窑，遇到砖厂活忙的话会好几个月回不了家。天祥下面曾有三个弟弟和一个妹妹，老二地祥十岁时去洛河里玩水被淹死了。老三金祥今年二十多岁，去年刚成家，在十多里外的另一个大队的小学教学，一星期才回一次家。老四水祥出生不久得了一场大病，不到一岁就夭折了。妹妹水英今年刚十二岁，女孩子家也不愿意上学，留在家里跟着母亲做家务。东霞的公公婆婆虽说没病没瘫，但总是摆着一副家长的威严姿态，站在她面前身后指指点点，不是院子没有扫干净，就是弟弟妹妹的衣服没有洗干净，要不就是做的饭菜味道不合口，这样的横挑鼻子竖挑眼的日子过了八年了。东霞已经不会再像开始时那样偷偷抹眼泪了，生活的艰辛和压抑仿佛是自己命中注定的，不认命也不由她自己了。其实，看看周围左邻右舍的新老媳妇，哪个不是这样熬过来的？在这被沙窝窝三面包围、被一条洛河横绕的杨家大队，责骂声、啼哭声、吵闹声几乎天天都有，像家常便饭一样普遍。这样的日子东霞也能忍了，婆婆几次当着众多家人的面动手扇她耳光，她都能不动声色，显示出她的忍耐程度已经超出常人，而最让她忍受不了的是公公骂她"不下蛋的母鸡"。还有她每次回到娘家时，娘家爹妈对她手里领着的两个女儿、怀里抱着的一个女儿的冷淡漠视，让她的心如同掉进了冰窖里。人家女人要么领着一男一女，要么把一双儿子向公婆身边一推，轻轻松松、利利索索去干家务，或者去地里干活，而她只能牵着一双女儿、抱着嗷嗷待哺的小女儿在家里磨磨蹭蹭，即使别人不说什么，她自己心里都觉得抬不起头。

傍晚时分，东霞摇摇晃晃回到了家。

东霞的家是刚刚从洛河岸边南迁到黄沙北边沿的较为平坦的地带。与她家一块迁来的有七八户人家，这七八户人家盖的也是陕西关中传统的单边房子，两户人家互相背靠一堵墙，盖起单边低矮的瓦房。七八户人家东西方向一字排开，形成一个新的巷子，而杨家大队的大部分人家都还居住在洛河边。东霞家还算一般家境，盖起了三间瓦房，最南边一间是灶房，中间一间是居住的小屋，北边一间是放粮食和日用杂碎的仓库。现在，她家并没有什么粮食，也没有多少日用杂碎，仓库里放的更多的还是她从沙坡里捡拾回来的柴火。

东霞回到家时，两个女儿春叶和春花已经倒在土炕上睡着了。姊妹俩睡觉的姿势让她看了心酸，姐姐春叶将妹妹春花抱在怀里，用自己宽大的罩衣裹着妹妹，而妹妹春花的脸上还流露着两行泪痕。作为母亲，她能想象得出二女儿春花不见妈妈后大哭一场的样子，懂事的大女儿学会了像母亲那样哄着妹妹，抱着她忍受着饥饿，在哭声中慢慢进入梦乡。东霞尽量将脚步放轻点，生怕惊醒了两个女儿。她轻轻拉上双扇门，来到灶房，揭开锅，锅里什么也没有，灶火里一点儿柴火也不见，她知道两个女儿半天没有吃东西了。她在灶房横梁上吊在半空的编织笼里摸出一把已经半干的榆树叶，又从自己上衣里面半天才摸出小半碗麸子，用凉水和好，生好灶肚膛里的火，"啪啦——啪啦——"拉起风箱，为两个女儿做起榆树叶拌麸汤——对于两个女儿来说，这已经算这几天很奢华的美餐了。

东霞坐在灶火前，一手拉着风箱，一手往灶膛里塞干柴，思绪却回到了今天在娘家遭遇的心酸事情。

早上，她给三个女儿匆匆做好红薯蔓子菜馍之后，看着三个女儿狼吞虎咽吃完，她自己只喝了点儿菜汤，就叮咛春叶和春花姊妹俩在家看门，她要带着三女儿去娘家向爹爹要点儿吃的。她知道娘家爹爹在生产队看护牲口，能偷偷给家里带回一点儿豌豆。

她抱着三女儿春草一进娘家，就碰到二妹西霞。西霞抱着儿子智明也来娘家了。西霞的男人是木匠，结婚前给人做家具和盖木料房很是拿手，时常能从事主家得到一些好吃的带回家。自从西霞两年前给他生下一个宝贝儿子智明后，他乐得整天嘴都合不拢，隔三岔五回家给智明带些点心、饼干、鸡蛋什么的。没想到遭了自然灾害后，各家各户的日子都不好过了。今年秋季，地里庄稼几乎绝收，秋后各家各户缺吃的，他带回家的好吃的东西自然也就少了。东霞心里明白西霞带着儿子来娘家的意图，也知道自己今天很难开口向爹爹要豌豆了，因为爹爹疼爱的是二妹的儿子智明，而不是她的三女儿春草。

东霞自进门后，就看到爹爹抱着智明一直没撒手。智明比春草大三岁，腰骨长得明显硬棒，刚过一岁就已经学着走路了，现在已经是满地里乱跑。东霞看到，依偎在爹怀里的智明头顶留着一小撮羊尾巴黑发，其余地方剃得光溜溜的，脖子上带着一个银光闪闪的项圈，两个手腕上也带着银白色的手镯。爹双手拉着智明的两只小手，用额头顶着智明的光头在玩顶牛。智明兴奋得张着小嘴巴"咯咯咯"笑个不停，挣开一只小手在爹眼睛、鼻子、嘴上乱抓，爹却乐得哈哈大笑。

看到爹爹在忙着逗智明，东霞只好让春草待在外婆身边，自己就挽起袖子开始给爹妈扫炕、洗衣服，到灶房生火做饭。妈一共生了四个女儿两个儿子，东霞是老大，二妹西霞、三妹飞霞都已出嫁，就剩下四妹彩霞和两个弟弟在家。大弟叫喜财，刚十七岁，二弟叫发财，十五岁。两个弟弟眼看着就要长大成人了，过几年也要娶媳妇成家了，爹妈的负担也不轻的。作为老大，东霞进门就忙着干活，也成了自然而然的。

东霞没上过学，斗大的字不识一个。西霞就比她幸运，新中国成立前好歹在村头的庙里念过几年私塾，念过书就是不一样，说话嘴上就像抹了蜂蜜一样，人见人爱听。四妹彩霞是那种大大咧咧、娇生惯养的女子，从来不看爹妈的脸色，妈的话对她来说就像耳旁风，整天疯疯癫癫在巷子里乱串，也不知道学着做点儿女人的活，一点儿也不像个姑娘家，家里做饭洗衣服根本靠不住她，爹管不下她，妈也说不下她，就由她疯去。就在东霞忙里忙外干着家务时，西霞却守在妈跟前说东拉西，说得妈脸上像开了花。

东霞做好了全家人的饭，满头大汗走出灶房，却看到女儿春草一个人在院子里的树坑里玩水。树坑里有家里人倒下的洗过衣服的污水，有混着泥土和砖块的泥水，还有一些不知什么臭味怪味的褐色臭水。春草趴在水坑边，两只小手在污水里乱拍打，弄得裤子外衣上都是泥水，而妈和西霞却像没有发觉一样只顾自己说话。

"春草，我娃不要动水（方言：玩的意思）了，看把你弄得脏成啥样子了。"东霞急忙走过去，将不满两岁的女儿从水边抱起，一边拍打着春草的衣裤尘土，一边用抹布给女儿擦掉衣裤上的污水。然后，她有点不高兴地对旁边说笑的妈和西霞说："妈，我娃在动水，你俩也不管管，看把我娃裤子袄弄脏成啥了！"

"本来就是多余的娃，管她干啥，她爱动水就让她动去吧。"西霞嘴角一抽，一副不以为然的样子，很轻蔑地说。

西霞的话像阴冷的秋风吹得她心里瑟瑟发抖，让她无言回答。

妈也发起了牢骚来，说："要那么多女子干啥，还不送人去？"

西霞趁机附和说："大姐，妈说得对，我大哥经常不在家，你一个拉扯着三个女子，日子咋过呀，还不如把老三给人算了，再生一个儿子，不更轻松吗？"

东霞知道，二妹西霞和三妹飞霞头胎都生了男娃，就是自己和妈一样命苦，连续生了三个女娃，难怪娘家人嫌弃。可是，女儿再多，也是自己身上掉下的骨肉啊！说送人就送人了？当妈的咋能忍心？可是，不送人吧，自己一个人拉扯着三个未成年的女儿，日子也确实过得艰难。怎么办？听妈和二妹的吧，可自己已经把春草养了快两年，给人实在舍不得，可是不给人吧，娃跟着她也是受恓惶。哎，苦命的春草啊！

看东霞一个人拉扯着三个幼小的女娃过日子，爹还是不忍心她受苦。爹走进灶房，从一条藏在柜子里面的口袋里舀了一碗麸子，用一张牛皮纸包好，让东霞揣在宽大的衣服里偷偷带回去。临走时，爹又抓起锅里一个野菜团子塞到女儿手里，说："东霞啊，你忙了大半天也没顾得上吃一口饭，这个菜馍带着路上吃吧。"东霞心里记着爹的好心，含着热泪离开了娘家。她知道这一碗麸子对于她娘儿四个来说，可是救命粮啊！要知道这两年来日子越来越难过了，地里没长出庄稼不说，连沙坡上的野草、树叶，甚至榆树皮都快被人吃光了。三个年幼的孩子正是长身体的时候，做母亲的怎么能忍心看着孩子们挨饿？她把牛皮纸包裹的麸子牢牢揣在怀里，抱着春草沿着沙坡边的小路急匆匆往家里赶。

西霞的家离娘家远，要经过大姐东霞家，看到大姐抱着春草回去了，一看天色不早了，也紧跟着一同回去了。

然而，让东霞惊怕的事悄悄发生了。走在回家的路上，她突然发觉抱在怀里的小女儿春草浑身滚烫，呼吸微弱，脸色苍白如纸。她连声叫着"春草——春草——"，女儿却没有丝毫的回应。她把食指放在孩子鼻孔试探了一下，气息很弱，弱得几乎感受不到。她才想起孩子一个人在秋风里趴在水坑边，连饥带冻，得了重病。

西霞看了看呼吸微弱的春草，对东霞说："大姐，你娃病成那样子了，你咋能养活？大哥又不在家，你把娃抱回去咋办？"

东霞没有说话，她停下脚步，看了看怀里的春草，眼泪就唰唰地掉了下来。

西霞在前面急着赶路，她催了几声东霞快走，东霞像没有听见一样，依然抱着春草在原地流泪。西霞急了，她回过头对东霞说："大姐，你要那么多女子干啥，春草都病成这样子了，不知要把你拖累到啥时候啊，我看这娃十有八九活不成了，你干脆扔在沙坡里算了。"

东霞"哇"的一声突然哭了起来，把春草紧紧抱在怀里，生怕谁夺走似的。

"大姐，你不听算了，就一个人在这里哭吧，我走了。"西霞显得很不耐烦，转过身就抱着智明独自走了。

东霞哭了一阵子，抬头一看，西霞真的走了，而且已经走得没有影儿了。一股恐惧感顿时涌上她的心头，她在茫茫的沙丘里四下张望，渴望身边或远处能有个救命的恩人出现，但是她绝望了。天色渐渐昏暗下来，狂风突起，吹起漫天的黄沙，让她找不到回家的路。她抱着奄奄一息的女儿盲目地在黄沙飞舞中前行。她突然想到了死亡，不是自己死亡，而是怀里的女儿。她还想起了今天妈和二妹那冷冰冰、戳人心的话，悲情、绝望、无奈、伤感一齐涌上心头。她太累了，太苦了。她想通了，虽然妈和二妹的话难听，可何尝不是一种出路、一种办法？她知道自己又有身孕反应了，也许老天爷会发慈悲，让她肚子里怀的是个男娃。她最终下了狠心，决定放弃怀里的春草，丢弃这个命苦的女儿！

就这样，东霞抱着生命垂危的小女儿漫无目的地奔向了茫茫黄沙……

夜晚，狂吹了一天的秋风终于停了，但是深秋的夜晚给人的感觉更冷了。东霞终于将两个哭着要妹妹的女儿哄睡着了，这才和衣躺在两个女儿身边。黑夜里她能感觉到自己脸颊始终被泪水浸湿着，泪水仿佛是从她心里流出的，绵绵无尽。女儿春草的身影一直在她眼前晃动，那张苍白的小脸仿佛还浮现在她眼前，她抑制着自己的哭声，用拳头使劲捶着自己的胸膛。她想起身连夜返回那黄沙丘中，寻找那条自己从未走过的小路，抱回自己的孩子。夜深了，我的春草会不会冻死？沙坡里有狼，我的春草会不会让狼吃了？风沙那么大，我的春草会不会让沙子埋没了？各种各样的后果都让她揪心地疼。她不敢想象下去了，她真不敢相信自己会那样狠心，狠心地将自己的孩子丢在黄沙窝窝里？与其这样丢了，还不如找个人家给了。她不是没有这样想过，问题是如今这饥荒年头，谁家会要一个病恹恹的女娃？

东霞就这样静静地坐着，胡思乱想了一个晚上。天快亮时，她想累了，哭够了，才靠在墙上慢慢进入梦乡。

院子里的鸡叫声惊醒了东霞。她揉了揉疲倦的双眼，睁开眼第一件事就是想去沙坡那条小路边看看丢失的春草。过了一夜了，孩子到底怎么样了？还在不在那里，是死是活？这一切都在揪着她的心。这样想着，她就轻手轻脚走出屋子，朝南边的沙坡窝窝里走去。

归来却是那么冷清，冷清得心像被掏空一样。东霞双手空空回来，是的，那里已经没有了她的春草，连同孩子的衣物和吃的东西，都不见了踪影。她感到自己的魂已经被春草带走了。

"妈，妹妹到哪里去了？咋还不回来？"刚满七岁的春叶揉着眼睛问，那问声里似乎裹着一把锋利的刀子，刺向东霞的心脏。

"妹妹她死了，病死了。"东霞呆呆地回答。

"妹妹现在哪里呀？我要去看看她。"

"埋在沙坡窝窝里了。"东霞的眼泪又涌出眼眶。

"不要埋嘛，不要埋嘛，我就要妹妹！"春花也坐了起来，听到姐姐和妈妈的话，执拗了起来。

东霞没有再与女儿们纠缠，她在心里暗暗祈求菩萨保佑她的春草还活在人世间，甚至祈求她的春草归宿到一个好人家过上好日子。

一周之后，丈夫天祥从砖厂回来了。

这次，天祥是永久地回来了，他所在的砖厂的活儿越来越少，堆积如山的成品砖块连续几个月也没有拉出去卖掉。砖厂的日子也过得紧巴巴的，几乎到了揭不开锅的地步。他从砖厂领了三个月的工钱，一共五十四块钱，向领头告别后，背起铺盖卷，就依依不舍地离开了曾经干了五年多的砖厂。他的离开不是他主动情愿的，是因为他实在牵挂家里老婆孩子的日子，尤其是这两年闹饥荒，家里的日子更是雪上加霜。他还算是有责任心的丈夫，知道疼自己的家人，设身处地为老婆想过，为三个女儿想过。即使不顾家里老婆孩子，他还要顾及年迈的父母，他知道他挣的这点钱根本不够家里这么多人的开支。就这样，天祥带着一身的疲惫，披着砖窑里呛人的灰尘，风尘仆仆从离家十多里远的砖厂回家了。

推开家门，天祥看到自己的女人坐在炕上，低着头给春叶和春花两个女儿做棉鞋。

女人听到了推门声，抬起头，看见自己的男人突然出现在眼前。男人头发蓬乱，脸上胡子拉碴的，身躯消瘦，身上穿着自己做的黑色粗布对襟衣衫、黑色宽大长裤，背上背着他们结婚时娘家陪嫁的花被子和褥子卷成的铺盖卷，那被子褥子已经粘满油腻和砖灰。她面部没有往日的惊喜，反而露出一丝惊慌和沉闷。

天祥感到了一丝异常。往日他从砖窑厂回家，夫妻俩一个多月不见了，突然的相见总会使两个人都有小别胜新婚的兴奋感。那时的女人脸上会挂着灿烂的笑容，背着他还要对着梳妆镜梳梳头，脸上搽点雪花膏什么的，或者会换上一件干净的、颜色鲜艳的衣服，尽量会把最光鲜的一面展现给自己。夫妻俩温馨的气氛也是从这时候就已经浓了起来。可是，现在出现在他面前的女人却跟以往判若两人，让天祥心里升起一片阴云。他从口袋里掏出一个颜色鲜红、形状像月牙的发卡和一个月牙烧饼，四下里张望着，嘴里甜甜地喊着："春草，春草！"

半晌，也没有看到春草的影子。他突然意识到什么，沉下脸问："春草呢？"

女人低下头，只顾一针一线纳鞋底，没有作答。

天祥预感到不对劲，高声吼道："快说，你把我们的春草弄到哪里了？"

躺在炕上睡得正香的春叶和春花被爹的吼声惊醒了，两个孩子爬起来瞪大眼看着爹，被爹发怒的面孔吓呆了。春花的嘴唇开始下咧，随后便"哇——"地哭了起来。女人赶紧把春花搂在怀里，眼眶里噙着泪花，低声说："你莫吓着娃了。"

天祥意识到了自己的失态，看在两个女儿的面上，他控制住自己的情绪，沉下嗓子平静地问："春草到底咋了？"

"我，我给弄丢了。"女人怯怯地说，声音很小。

天祥问："丢哪里了？咋不去找？"

女人半晌才说："从我娘家回来的半路上，我去一道沙坡后拉屎，让春草在路边等着。我刚到沙坡后面，天就刮起了黄风，风沙眯得人眼睛都睁不开。等我完事后翻过沙坡，回到路上，就不见了春草。我满沙坡都找了，就是不见娃……"

"那你赶紧让水英帮你找啊，这么大的事她能不帮忙？"天祥关键时候想到的是自己的妹妹，虽然金祥不在家，可水英总在家里，巷子里其他人帮不上忙，自己的亲妹妹总不会不管吧。

"她也帮着找过了，没找到。"东霞第二天确实给水英说起春草丢了的事，她也确实在沙坡窝窝里找过，当然是空手而归。

"爹，我妈说妹妹死了。"春叶听到爹和娘说起春草，想起娘对她说的话，就说了一句。东霞赶紧捂住春叶的嘴，在孩子的脊背上狠狠捶了一下，说："碎娃娃胡说啥？"春叶无缘无故挨了娘一顿打，委屈的泪花挂在睫毛上扑簌扑簌往下掉，却没有哭出声来。

"啥？死了？"天祥双眼盯着自己的女人问，一个箭步走到女人跟前，像老鹰抓小鸡一样抓起女人脖子上的衣领，眼睛里像在喷火，声音在发抖，"你说，到底是咋回事？春草到底是丢了，还是死了？你说呀！"

"死了。"东霞没有丝毫的反抗，她依然垂着头，眼眶里却滚落下珍珠般的泪水。也许是男人的心被她的眼泪泡软了，松开了手。

天祥一看春叶委屈的样子，心里明白了几分。他不再追问这事了，从口袋里掏出给春叶和春花买的小镜子和红头绳，搁在炕沿上，然后蹲下身子，拿起水烟锅，装上蓖麻叶子，"呼噜噜"吸了起来，眼前却像过电影一样闪现出春草以前的影子——

出生不久的春草消瘦的脸庞上，扑闪着一双黑汪汪、圆豆豆般的大眼睛，看到爹妈在逗引，就手舞足蹈地咧着小嘴，发出"咯咯"的笑声。

学走路的春草一步一步、摇摇晃晃地向前迈步，张着嘴巴，展开双臂，向爹的怀里扑来。

最后一次离开家，小女儿春草竟然懂事地拉着爹的衣裤，抱着爹的右腿不放。当爹的眼里流露着无限的爱怜，抱起春草，亲了亲她的小脸蛋，然后把她交到女人手里，一步三回头与家人招手分别。

第二章

第二年春天，经过一个冬季严寒冰雪的覆盖，居住在沙苑腹地的杨家大队的男女老少终于迎来了春的温暖。沙坡上草儿返青，各种野生的树木也都披上了翠绿的盛装。北边的洛河也终于解冻了，流动的河水奏响了欢快的乐章。就在一个艳阳高照、春光明媚的日子，东霞生下一个男孩，丈夫天祥给儿子取名宝成，意思是生个宝贝儿子的愿望终于成为现实。

沙苑一带的庄稼人生孩子都是在自己家里的炕上，请上大队里的赤脚医生或者接生婆，烧一锅开水，准备一些旧衣物或者小布块，由赤脚医生或者接生婆帮着产妇把小孩生下来。宝成出生那天，第一声哭啼就是在一个树青鸟鸣的清晨响起的，伴随着这一声清脆的哭声，天祥的家里便洋溢起欢喜和幸福，好像春雷响过，春雨片刻就漫地遍野滋润着万物一样。

东霞在听到接生婆说了一句"是牛牛娃"后，悬在心头的那块石头终于落了地，如同一下子掀翻了压在身上的一块巨石，腰杆也挺直了，呼吸也顺畅了，连说话的底气也足了。是儿子，对，是儿子，终于圆了她多年的梦。她侧身看了一眼被包裹着身子、只露出一张圆脸的儿子，脸上终于显露出一丝笑容。这时，她忘却了生产时下身的剧疼，也忘了半年来因丢弃女儿春草的伤悲。她想，自己终于能堂堂正正在杨家做人了，也能大大方方回娘家和两个妹妹比试比试谁家的儿子长得亲了。

儿子的出生，的确让刘东霞在家里的地位发生了天翻地覆的变化。自从去年金祥娶妻成家之后，婆婆家里弟兄两个和一个小女儿一大家子人住在有限的几间老房里就显得拥挤不堪，不得不让老大天祥分家另过，两家子人在一个院子里每天做饭时锅碗瓢盆难免会磕磕碰碰。婆婆每次看到大媳妇刘东霞拖着两个女儿、怀里再抱着一个小女儿在院子里坐着，就左看右看不顺眼，心里就像堵着一把柴草，连出气都不顺，自然就不会给大儿媳好脸色。婆婆先天就喜欢老三金祥。金祥从小就聪明机灵，学习成绩一直很好，前几年高中毕业后就被公社安排到外大队的学校当老师，每次回家穿着四兜中山装，面色清秀，头发乌黑，特别是左前胸的衣兜上别着一支钢笔，一看就是公家人，不像庄稼户人整天蓬头垢面，脸色紫黑，与天祥相比，简直是天壤之别。何况，老三金祥的媳妇多少也识点字，在婆婆面前左一个妈、右一个妈叫得很亲，做婆婆的哪有不爱听之理。在婆婆的眼里，老大家和老三家的媳妇也是天壤之别。虽然东霞已经从婆婆家里搬了出来过日子，可是自从宝成降落人间之后，婆婆来她家里的次数也就多了，看她的眼光也变得温和了许多。刘东霞心里明白，她是沾了宝贝儿子的光，在她的心里，儿子宝成就是自己的全部，就是她的命根子。

宝成的降生，也给天祥的家带来了无限的欢笑和希望。清晨，当他走在田间地头，沐浴在习习的春风里，看到那绿油油的麦苗，黄灿灿的油菜花，碧绿绿的苜蓿叶，就感觉地里的所有庄稼仿佛都走出了贫瘠的困境，一夜之间恢复了元气。回想自己从砖窑厂回来后的一个冬季，他就像打蔫的叶子，白天在地里干活无精打采，没少受到生产队长的训斥，晚上躺在炕上老是睡不着，眼前总是浮现出春草灿烂的小脸或者依偎在他怀里那乖巧的样子。他还经常梦到小女儿春草，梦见她一个人在黄沙窝窝里迷失了方向，边跑边哭着喊爹娘，也梦见过春草病得无力地躺在黄沙野地里，周围就是虎视眈眈的野狼或者野狗……他多少回都是从梦里喊着春草惊醒的，一醒来就看到身边的女人和他一样在流泪，在哭泣。随着女人的肚子一天天膨胀了起来，女人肚子里的孩子开始给了他新的希望。当希望在第二年一个春光明媚的早晨变成了现实之后，天祥才感到自己的魂魄终于被解救了出来，他看到了明媚的阳光，感受到了春天的温暖。他心里开始慢慢遗忘了春草，整个心全被宝成占据了。他对生活重新充满了希望和激情，他白天不再是无精打采的样子了，而是欢欢喜喜地跟着那些壮小伙子参加生产队的冬季农田基本建设，不是修水渠，就是打拦河大坝，再不就是拉着架子车给很远的沙地送粪。修渠时，他一个人修的长度顶别人两个；打坝时，他曾经一干就是一个上午，一刻也没停下，直到饥饿使他眼花、身子撑不住了，才歇下。拉架子车给地里送粪也不是轻松活，那些十七八岁的小伙子一上路就小跑似的往前赶，他虽然已是三十好几的人了，却也不服软，跟着那帮年轻后生也一路小跑，累得气喘吁吁，下了工，整个人虚脱得就像被抽了筋一样，但想起能给家里多挣点工分，他第二天又拼上蛮劲了，感到浑身总有使不完的劲。

为了让宝贝儿子宝成健健康康地长大，天祥和东霞两口子几乎把心都贴在了儿子的身上。宝成满月时已是农历四月了，那天，天祥在家里设了八桌酒席，宴请亲朋好友，给儿子过满月。酒席是四碟凉菜和一荤一素两个热菜，虽然显得简陋，但在刚度过饥荒之年的杨家大队的庄稼人看来，已是上等的奢侈酒席。当用自家自留地里产的韭菜、莴笋、土豆和生产队豆腐坊生产的嫩豆腐作原料，经过厨子精心制作后的四碟凉菜端上桌后，来贺喜的亲戚们的筷子就动得不停，特别是那些小孩子更是站在板凳上抢着吃。当猪肉炖粉条、红白萝卜烩冬瓜汤，一盘酱炒青辣椒和一盘黄澄澄的苞谷面馍端上桌后，男人们都顾不上猜拳喝自酿的白酒，女人们也先下手给各自的孩子夹馍，沙苑里的庄稼户难得吃上这样一回美味酒席，酒足饭饱后个个向天祥伸大拇指。那天，东霞的母亲乐得嘴都没合拢过，临走时从怀里掏出一块红布包裹着的银锁，递到东霞手里，说："这是给我外孙子的，戴上它可保佑我娃平安。"婆婆也不甘落后，拿出珍藏多年的一对银镯子给了孙子。天祥和东霞两口子心里热乎乎的，送着客人，脸上挂满了自豪的笑容，东霞心里一激动还掉下了热泪。

事后，天祥才偷偷对老婆说："娃他妈，知道吗，宝成满月这酒席花了金祥两个月的工资，以后要还给金祥的。"

东霞点着头，为了儿子，她下再大的苦，都要还清这点儿债。

宝成一天天在长大，从嗷嗷待哺的婴儿转眼间就变成了一个虎头虎脑的小男孩。

一九六四年的春天，迎来了宝成周岁的生日。按照沙苑人家的习俗，孩子周岁也应该好好庆贺一番的。因为宝成过满月时家里开支了一笔费用，而且借金祥的钱还没有还清，所以两口子也没再给儿子置办周岁生日酒席，只是自己在家里自娱自乐地庆祝了一番。这天，东霞特意给儿子煮了两个鸡蛋，这两个鸡蛋可是她在灶房头顶悬挂的竹笼里藏了好久的，始终没敢让春叶和春花知道的。

春叶也快十岁了，毕竟是老大，懂事多了，看到娘煮的鸡蛋，知道那是给弟弟的，既没争也没抢，倒是妹妹春花两眼盯着鸡蛋丝毫不离开，舔着嘴唇，想要又不敢要。当妈的心里也过意不去，手心手背都是肉，再说春花也才七岁，是个孩子，哪有孩子不嘴馋的？她剥开一个鸡蛋，掰成两半，给春叶春花分了，春花抢过半个鸡蛋一下子就放进嘴里，噎得她咽不下去，又将蛋黄吐出来放在手心里。春叶知道今天是弟弟的周岁生日，很懂事地推过妈手中递过来的半个鸡蛋，摇了摇头说："妈，我不吃，给弟弟吃吧！"

这天，东霞在给宝成吃了煮好的鸡蛋后，就开始特意将儿子宝成打扮了一番。她从箱子里翻出宝成满月时收的礼，给宝成换上三妹飞霞买的鲜红夹袄，穿上二妹西霞做的蓝色开裆裤，又给宝成脚上穿上妈连续几夜没睡觉赶做的老虎鞋，脖子上挂上妈送的银光闪闪的小银锁，双手腕上戴上婆婆给的一对细细的、圆圆的银镯子，最后再给宝成头上戴上金祥买的长绒狮子帽。心灵手巧的春叶不知从哪里找来一块红纸，在红纸上吐了点唾沫，往宝成两边脸颊上一抹，给宝成打了个红脸蛋。忙完了这一切，东霞才抱着宝成出门。宝成出门时正是农村上早饭的时候，巷子里端着碗或者手里捧着半个馍的大叔大伯、大婶大姐看到打扮一新的宝成，就立刻围上来，你摸摸脸，她逗逗手，争着引逗孩子。听着巷道里大人小孩乐呵呵的夸赞声，东霞心里乐开了花，她感到这是自己一生中最荣耀、最开心、最得意的一天。

人们都说苦尽甘来，东霞这会儿才信了。她这些年拉扯着三个女儿苦度日子，吃了上顿愁下顿，天祥又经常不在家，挣下的钱也是一分不少地交给了婆婆，刚结婚那些年，自己的男人在砖窑里拼死拼活下苦力气，挣点钱既要供家里日常用，又要供金祥上学，从没有给自己买过一件衣裳。春草这丫头自生下来就体弱多病，她也没有钱去医疗所给孩子看病，都是用妈说的偏方治病。记得，春草半岁时就发了一次高烧，还是妈晚上来家里，用绣花针在春草额头、背上扎出血，疼得孩子哭到半夜……虽然儿子宝成的降生曾驱走了东霞心头的那份伤痛，但是留在她心里的伤疤有时候还是会隐隐作痛的。东霞尽量不想揭起心头的这道伤疤，她要让这道伤疤深深隐藏着，让苦日子像洛河里的水东流而去吧。

这一年的春天仿佛到来的比往年都晚点儿。往年，三月三之后，杨柳的树叶就开始一点点染绿，桃花、杏花、梨花都也相继吐出花蕊，依次绽放，就连沙苑里吹在脸上的风也有了温暖的感觉。可是，今年三月过了已经几天了，老天爷还冷铁遮脸，好些日子都是阴云密布，出日头的天数也显得罕见。宝成周岁生日过后第三天，就遇到了沙苑地方多年少见的倒春寒。早上起来太阳就躲着不见面，天色阴沉得要死，昨天还是从东面刮来的微风，今天一大早就成了西北方向的"摆头风"，这西北风带着呼哨的响声，夹着尖刀的锋利，裹着黄沙的肆虐，疯狂地朝着人们脸上、手上施威。中午时分，天空中就零零星星下起了雨夹雪，雪花不大，在空中随风狂舞，落在田间和沙坡头就化成了雨水，落在屋顶就铺上一层薄薄的白色，落在外面干农活人的头发、肩膀和胸前背后也会由一层白色慢慢化为雨水，浸湿人们的头发和衣服。

东霞在生产队里离家最近的一块地里种黄豆，突然而来的雨夹雪还是让她感到了冬天里的寒冷。想起宝贝儿子在家由春叶春花照看着，这么冷的天让她对儿子放心不下。她种到地头时就向领队请了假，说孩子在家要吃奶。领队是天祥从小一起玩大的伙伴，二话没说就批准了。

东霞急匆匆赶回家，推开家门，家里一个人也没有。她叫春叶，春叶没应答，叫春花，也不见回音。更让她心焦的是没有看到儿子宝成的身影，她有点儿不安了，心想娃娃们是不是怕冷，到奶奶家里烤火取暖去了。她赶到金祥家，也没有看到三个娃娃。金祥媳妇看到她慌慌张张的样子，说："大姐，你是不是寻宝成来了？刚才听春叶来说，宝成病了，妈就抱着娃去大队医疗站看病去了。"

"我娃咋病了？要紧不要紧？"东霞脸色都吓白了。

"我也不太清楚，好像听妈说，宝成娃身上出了好多红疙瘩，还发高烧。"金祥媳妇说。

东霞转过身，一路小跑就向大队医疗站奔去。

医疗站在大队东面的一座老庙里，要翻过一道沙梁才能看见。东霞气喘吁吁赶到医疗站，看到春叶和春花坐在医疗站门口的沿台上，身上已经落下了一层薄薄的雪花。春叶在用手背抹着眼泪。东霞一边喊着春叶、春花，一边走到两个娃娃跟前。春叶看到娘来了，眼泪顷刻间涌了出来，边哭边说："妈，宝成病了，身上长满了红疙瘩，奶奶刚才抱进去让医生给看哩。"

"宝成，宝成，我的宝成！"东霞浑身披着雪花，发疯似的喊着儿子的名字，闯进医疗室，一眼就看到躺在病床上的宝成。宝成的脸上、鼻子上、额头上、脖子上已经上了星星点点的绿豆大的红疙瘩，双眼紧闭，嘴唇紧绷，脸蛋红润。一位穿白大褂的医生正坐在桌子前开药方，婆婆背对着她给宝成额头上贴热毛巾。

东霞扑到儿子身边，急促地叫着："宝成，宝成，我娃咋了？"

旁边的婆婆说："医生刚才看了，说娃是出麻疹。"

看着儿子病得不轻，东霞心疼得掉下了眼泪。她转身走到医生跟前，哀求着："医生，我娃要紧不？求求你，给我娃好好看看，一定要看好我娃的病呀！"

医生开完药方，摊开一张方形麻纸，拉开中药铺的药匣子，抓一把药，用一杆小秤称一下，倒在麻纸上，这样反复抓了几服药后，用麻纸包好，递到东霞手中，说："你娃出麻疹着风了，病得很重，回去后把这几服药用开水煎好，趁热给娃喝，看病情能不能减轻。"

婆婆从身上掏出几毛钱付了药费，东霞抱起儿子宝成，叫上春叶和春花离开了医疗站，顶着风雪急急忙忙往家赶去。

熬煎好药，晾了一会儿，东霞自己先试探着尝了一口，烫倒是不烫了，就是味道太苦了，这么小的娃娃咋能咽得下去？她想了想，想出了一个办法，把儿子抱在怀里，先用勺子给儿子喂了一勺糖水，紧接着再喂中药，可是儿子还是嫌药苦，把嘴里的中药吐了出来。没办法，为了治好儿子的病，东霞下了狠心，继续给儿子灌了一口药，就这样咽咽吐吐，半小碗的苦药总算喂完了，东霞的衣服也被中药浸湿了。

晚上，天祥从地里回到家，看到儿子病成这样了，狠狠地训斥了女人一顿，说："你是咋给我看娃的？能眼看着娃病成这样子？"再一看女人熬的中药，闻着那味道他就有点气愤了，"妈的，这么小的娃能喝这样苦的药？"他一副气急败坏的样子，吓得东霞大气都不敢喘一下。

后半夜，东霞觉得搂在怀里的宝成身子像火一样滚烫，呼吸变得更加微弱。她连连叫了几声"宝成，宝成"，儿子都没有丝毫的反应。她不由得惊出了一身冷汗，心一下子提到了喉咙眼上。男人在身边也没有闭眼，听到她的叫声就起身点亮煤油灯，凑过来一看，儿子已经奄奄一息了。

东霞含着泪，怯怯地说："他爹，我怕，怕宝成熬不到天明。"

天祥短暂思索之后，说："快，起来穿衣服，咱连夜进城，到县医院给娃看病，天亮就来不及了。"他匆匆穿好衣服，一边往外走，一边回过头叮咛女人，"我先去到妈那里要点儿钱，你赶紧收拾东西。"

天祥从弟弟金祥那里借了十块钱，带着妹妹水英回到家，把春叶和春花托付给水英照看，就赶紧打扫架子车上的雪，给车上铺上麦秸，上面再铺上褥子。东霞抱着宝成坐在车厢里，身上盖了一条厚厚的棉被，两口子就摸黑在雪地里一路朝北，向县城方向走去。

从家里去县城是要渡过洛河的。洛河的河床比较低，两岸高出十多米，虽然两岸有人工开辟的缓坡道，但是由于白天下了一场不大不小的雨夹雪，晚上气候还有点冷，地面上结了一层薄薄的冰。天祥拉着架子车小心翼翼下了南岸的坡道，正好船停在南岸，河水也不是很急，不用叫船上的人，自己一个人就可以将船划到对岸。最大的困难马上就摆在了他面前——北面的坡道可是上坡，坡度比较大，路面又很湿滑，三更半夜也没有人给他帮忙，让天祥心里有点儿发怵。

他将架子车从船上拉到北岸，望着眼前黑压压的坡道，犹豫起来：要么让娃和他妈下车，自己拉着空车上坡，要么自己就要狠狠出一身汗，兴许能拉上坡顶。可是，这么冷的天，这么黑的夜，这么湿滑的路面，万一女人抱着孩子滑倒了怎么办？更让他放心不下的是儿子宝成，已经是命悬一线的娃娃了，离开了车上的棉被，他经得起河滩里的野风吹吗？这样想着，天祥终于一咬牙，横下心，使出了年轻时给生产队送粪的蛮劲，挽起裤腿，暗暗给自己鼓了鼓劲，弯下腰，撅起屁股，拉紧辕绳，憋着劲儿开始向坡顶冲刺。

车子碾过冰雪，发出"咔嚓咔嚓"的响声，在静静的夜晚显得十分响亮。拉到半坡时，车轱辘还能一点一点向坡顶滚动，越到上面坡道越陡峭，天祥像牛一样喘着粗气，两腿不由得开始打战，头上冒出了热气腾腾的汗水，但他还是不敢松劲儿。他看到了成功就在眼前，只要车子上了坡，就可以一马平川，沿着弯曲的小道奔向县城，估计天亮之前到县城是没有问题的。就在他憧憬着冲顶成功的喜悦时，突然脚下一打滑，他身子直直扑倒向地面，架子车沿着坡道向下倒了回去，车上的女人发出了惊恐的尖叫声。幸好辕绳还套在天祥的肩膀上，他还紧紧抓着车辕没敢松手。架子车拖着趴在地上的天祥向下倒退了十几米后，在弯道上径直撞在一边的土崖上，这才停止了后退。

天祥胸前的衣服被地面上的冰雪浸湿了，挽起裤腿，膝盖上也磕出了血，但他一点儿也没有感觉到疼痛和寒冷，静下神后的第一反应就是去车后用身子顶住车尾，将儿子宝成抱在怀里，让女人下了车，送母女俩上了坡顶，他才返身把架子车拉上坡。

东霞心疼地问："摔得要紧吗？要不歇一会儿再走？"

他命令似的说："没事，上车吧，天亮前咱一定要进城。"

第二天早上，在县医院，医生就对宝成进行了紧急抢救，一个五十多岁的主治医生给宝成量了体温，用听诊器在胸前听了一阵，查看了宝成身上的麻疹，摇了摇头，半天才说："这娃的病不好治了。"

"医生，求求你，想办法救救我娃啊！"东霞"扑通"一声跪在主治医生面前，哭着哀求。

主治医生赶紧把东霞扶起来，安慰道："不要这样子嘛，我们会想办法的，全力救你的娃娃。只是话说清楚，能不能救得过来，我可不敢给你保证。"说完，主治大夫开了药，让天祥到窗口交钱取药，回来后就吩咐一个年轻女护士给宝成吊起吊针。

第三天晚上，一岁零半个月的宝成就停止了呼吸。

天祥和东霞俩顿时感到天塌下来一样……两口子无精打采回到家，趁着夜色，抱着宝贝儿子冰冷的尸体，一步一步走进黄沙窝窝里。天祥用铁锨挖了个坑，东霞将儿子用棉被包裹好，平平放进沙坑里，泪水像雨滴一样打在棉被上，滴在宝成苍白的脸颊上……

宝成的离去让东霞像丢了魂一样，躺在炕上浑身像稀泥一样软塌。浑浑噩噩中，她以为这是一场噩梦，根本不是真的。她的宝贝儿子宝成真的没有死，她这是在做一场梦，只是这个噩梦太长了，长得总是醒不来。她挣扎着要从梦里醒来，她要亲眼看看儿子宝成，看他圆圆的眼睛，白里透红的小脸蛋，看他伸开两只小手，张开小嘴"啊啊"乱叫，看他四肢着地像青蛙一样爬行……

东霞最终还是睁开了双眼，残酷的现实让她不得不相信这一切都是真的。她的宝成真的永远地离开了她，她再也见不到儿子那张可爱的脸庞，听不见儿子那咿呀学语的声音了。她不明白老天爷为啥这么狠心，偏偏要夺去她的心肝宝贝儿子，要是老天爷真想要人一命，她宁愿用自己这条命换回儿子宝成。可是，老天爷还是瞎了眼，眼睁睁地从她手里夺走了儿子。突然，她想起了春草，想起了她在瑟瑟的秋风中把春草丢弃在黄沙窝里的情景，她不由得心里打战了。对，这是老天爷在惩罚她，惩罚她对春草所犯的错误。她可是眼睁睁丢弃了自己的亲生女儿啊！现在，老天爷开始报复她了，开始让她尝尝做了亏心事的苦果。

东霞双手握成拳，狠狠地捶着自己的胸膛，痛哭着，哽咽着，顿觉天昏地暗。

第 三 章

无情的岁月如尖刀一样在东霞的脸上刻画出一道道或深或浅的皱纹，刚过三十岁的她看起来已经像四十多岁的中年妇女了。接连失去了小女儿春草和宝贝儿子宝成，使她的脸上整天涂上了一层忧愁和憔悴。

熬过悲伤的一年，时间如流水静静地流到了一九六四年的冬季。

初冬是关中沙苑一带红薯出产的季节。沙地出产的红薯肤色粉红，像少男少女般润红的脸，个头虽然不是很大，但是个个长得端端正正，匀匀称称，光光滑滑。在生产队的红薯地里，人们披着清早的晨雾，顶着霜降后的寒气，用铁锨先铲掉红薯蔓子，再小心翼翼地一点点挖着红薯。沙地土质松软，挖红薯不会费多大力气，一铁锨下去，就能从沙土里刨出五六个红薯，用手稍微一搓，沙土就从红薯皮上被搓掉，捧在手里的就是一个白里透红、外皮光溜溜的红薯，放在嘴里一咬，"咔嚓"一声，甘甜的汁液就会溢满口腔；要是放在灶膛里用火烧烤，或者在锅里放在箅子上一蒸，出来的烤红薯或蒸红薯吃起来又甜又面。沙地红薯就是以甘面的品质驰名当地，沙苑里的人们除了把一部分红薯作为主粮的辅助外，一部分就拉到公社或者县城卖出去，为生产队换回一些小麦或者谷子一类的主粮。

车把式"杨倔头"就是赶马车专门给生产队卖菜或卖红薯的。他赶马车的技术在方圆几十里都是有名气的，只要他一坐上马车，手一扬，鞭子一甩，"啪"的一声清脆的鞭响之后，再喊一声"驾"，那桀骜不驯的大白马就乖乖在他的指挥下，拉起一车红薯或者大葱或者土豆，兴冲冲地朝公社或者县城的集市奔去。队里七八百男女老少就等着"杨倔头"卖了菜或红薯回来，给社员多分点口粮或者红利。

"杨倔头"虽然性子有点倔，爱认死理，但是这汉子心肠倒不错，巷子里谁家有个什么难事，只要他能帮得上的都会热心帮忙的，别看他老婆死得早，没儿没女，光棍一条，却过着"一人吃饱，全家不饿"的日子，心里倒也很滋润。

有一天，"杨倔头"从公社集市上卖完红薯，赶着空马车回到生产队，在巷头正好碰上收工回家的东霞。他将马车赶到东霞跟前停住了，叫了声："东霞妹子！"其实，"杨倔头"应该管东霞叫嫂子，因为东霞的男人天祥比他大两岁，而他又比东霞大了一岁多。但"杨倔头"习惯了叫她妹子，也习惯了叫天祥哥，他这个人就是这样倔。

东霞自从失去儿子后，走路都是低着头，也很少跟人搭话了。听到有人叫自己名字，她抬起头，一看"杨倔头"已经站在自己面前，有点疑惑地问道："杨大哥，你叫我有啥事？"

"杨倔头"凑近东霞，神秘兮兮地说："你知道我今天见到谁了？"

"谁？"东霞有点儿好奇。

"我也说不太准，但依我看也八九不离十。"

"到底是谁呀？急死人了。"

"我看到一个女娃娃，很像你丢失的春草。"

"春草？不可能吧，你是不是想给我说宽心话？"东霞的脸都白了，不知是惊吓，还是惊奇。

"杨倔头"这才一本正经起来，说道："东霞妹子，我知道你这两年事情不顺，两个娃娃都不在了，心里肯定难过。你说，你都这样了，我咋敢跟你开玩笑呀？实话给你说吧，我确实在公社的集会上看到一个女娃娃，四五岁的样子，长得跟春花的眉眼一样。"

东霞有点激动了，继续问道："真的？你快说说是在啥地方看到的？那女娃娃是谁领着的？"

"早上，我刚把马车停在公社派出所门口，就出来一个穿着警察衣服的男的，手里牵着那个与春花长得一模一样的女娃娃，那女娃娃手指着我的红薯车子，看样子是想吃红薯。那穿着警察衣服的男的就来到我跟前，给女娃买了一斤红薯就走了。我细细看了看那女娃娃的脸，越看越像咱春草，可是也不敢肯定，世上长得像的人多了，我也怕自个儿看花了眼，人家女娃娃一看就是城里长大的，不像是咱沙窝窝里的娃，这心里呀也就没底了。"

东霞听说人家娃娃是城里的娃，就摇了摇头，说："我也觉得不可能是春草。"她本想继续向家里走，可是想了想又有点不罢休，心里还是亮起了一丝希望。她犹豫片刻之后，说："杨大哥，要不，你哪天再去公社卖红薯，把我也带上，我想亲眼看看那女娃娃。"

"能行！""杨倔头"点了点头，一甩鞭子，就赶着马车往前面走了。

回到家，东霞脑子里一直回想着三年前那个风沙飞扬的秋天的傍晚，脑海里不停地浮现出病恹恹的春草被她无情地丢在沙苑深处的一条羊肠小道边的情景，心里好像被皮鞭狠狠地抽打了一下。她之所以要把女儿丢在那里，那是因为心里还留着最后一丝希望，希望有过路的好心人把春草抱走，替她抚养成人。要是"杨倔头"说的属实，那么就是说她当时的那一丝希望果然成真了，只是不知道抱走春草的好心人是谁，现在在哪里？她不敢把这事告诉天祥，要是他知道春草是被她丢弃的，一气之下不把她打个半死不活才怪呢？可是，她这样瞒着天祥心里又很难受，觉得还不如让天祥狠狠打她、抽她一顿，骂她几句丧良心的话，好像那样她心里才会好受点儿，才不会让这份自责、愧疚、伤悲涌在心头折磨自己。

过了半个多月，"杨倔头"终于又有机会去公社的集会上卖红薯了。这天，时令还不到小雪，天空中就已经零零星星飘起雪花。前一天晚上，"杨倔头"就来到天祥家，正好天祥这个冬天在沙南的渭河滩上打坝，一个月都回不来一次。"杨倔头"进了天祥家大门，没有进小屋，而是站在院子里喊了声"东霞妹子"。东霞一听声就赶紧出来，"杨倔头"就告诉她，明天他要去公社卖红薯，问她要不要去看看那个像春草的女娃娃。

东霞出了小屋，赶紧把右手食指竖在嘴唇边，示意让"杨倔头"小声点，不要让屋子里的春叶和春花听到，然后悄悄地对"杨倔头"说："这事还没个准，先不要给天祥说。"

第二天，东霞给生产队带工的队长请了假，就悄悄搭上"杨倔头"的牲口车子去了公社，只是临走时拗不过春花的哭啼，只好让春叶在家守着，只带上了春花一起去公社集会。

公社比县城近多了，只需沿着沙苑里的一条蜿蜒煤渣路朝东行走，大概走十几里就到了。这十几里的路也是在茫茫沙苑里穿行，这条通往公社的小路远离村庄，在冬季的雪天里显得冷冷清清。远处的沙梁上开始披上了薄薄的一层白雪，沙梁的侧面还裸露着衰败枯萎的野草，近处的沙坡底下是大小不一的一块一块的田地。那泛着碧绿色的是红萝卜，深绿色伏在地面上的是冬小麦，被拔了蔓子的是红薯……生活在沙苑这片荒沙野地里的人们看似是无奈的，其实也是值得庆幸的，正是沙苑里丰盈的水土滋养着居住在这绵延十里多长沙苑里的人们，即使在前几年闹饥荒的年月，沙苑里的野生水果、野生树木、沙地里甘甜的水让这里的人们比其他地方少受了许多灾难。

"杨倔头"面朝左、侧着身子坐在车前，手里的鞭子偶尔扬起一下，"啪"地打在白马的背上，马儿就灵敏地加快了步子，脖子上的铜铃也"叮叮当"响起来。这时，坐在车里红薯堆上的东霞觉得耳旁的风声"呼呼"吹得快了许多，脸上也像被无数的小剪刀扎着，触电般的疼。抱在怀里的春花倒是被捂得严严实实，半坐在妈妈怀里，嘴里像机关枪一样问个不停，一会儿问"妈妈，天上的雪是哪里来的"，一会儿问"春草妹妹会不会冻着了"。东霞时而应付着答一句，时而有点厌烦地说一句："碎娃娃，问那么多干啥？"春花问累了，也可能是妈妈回答不上来，就不再问了，一会儿就困了。东霞抱着春花，嘴里哼起了小曲：

> 树叶绿呀，枯草黄呀
> 可怜的娃娃离开娘呀
> 风儿起呀，雨点下呀
> 懂事的娃娃早长大呀
> 石榴花呀，红又红呀
> 没妈的娃娃莫人疼呀
> 秋叶落呀，风沙扬呀
> 没妈的娃娃受恓惶呀
> ……

东霞的小曲委婉而伤感，与大白马脖子上的铃铛声一起，撒在沙苑里的羊肠小道上。春花也不知不觉躺在妈妈怀里睡着了，进入她童年的梦乡。

到了公社集市上，雪开始小了，天色依然阴沉。

"杨倔头"把车子停在了公社门口，扶着东霞和春花下了车。东霞的脚冻得有点发麻，站在车前半天没有迈步。春花这时候也醒来了，拉着妈妈的手不放。"杨倔头"扯开蒙在红薯上面的帆布，对东霞说："上回我就是在这里看到一个男的领着那个女娃娃来买红薯的。"

东霞点了点头，站在"杨倔头"身边，睁大双眼等着那个女娃娃。等了半天，也没看到那个娃娃。她想，可能是下雪天冷，那女娃娃怕冻着了，不肯出来吧。等了一个多时辰没有等到，东霞这会想找地方撒尿了。"杨倔头"指了指公社里面，说："进去一直往里走，东北角就是茅房。记住，右边是女的用。"

东霞从口袋掏出半个饼子，递给春花说："我娃先立在这里，妈上个茅房，一会儿就来。"春花可能也饿了，听话地站在车子旁边，捧起饼子就啃了起来。

东霞刚走，一位穿着蓝色警服、头戴大盖帽、二十多岁的警察从与公社相邻的派出所走出来，扭头看到"杨倔头"的红薯车，就走过来问："老乡，今天红薯便宜卖吗？"

"记得上回你买过我的红薯，当然能便宜点。""杨倔头"一边给他往竹篮子里挑拣好一点儿的红薯，一边准备称重量。

警察突然发现了站在"杨倔头"身边啃饼子的春花，目光凝重，脸露疑惑。他盯着春花也看了一会儿，走过来摸了摸春花的头，问"杨倔头"："小姑娘长得很清秀，这是谁家的孩子？"

春花被这个身材高大、穿着警服、一身威严的警察吓哭了，躲开面前的陌生人，直往"杨倔头"身后躲藏，眼里水汪汪两包眼泪。

"杨倔头"称好红薯，倒进警察手中的一个小提兜里，说："我们一个巷子里的，她家大人这会儿不在，我先照看着。"

警察装好红薯，又看了一眼躲在一旁的春花，提上红薯就进了派出所。

一会儿工夫，东霞从公社里出来了，边提裤子边问："那女娃娃来了没？"

"杨倔头"叹了口气说："哎，上次就是在派出所门口看到的，今天天冷，那女娃可能不出来了。"

东霞"哦"了一下，摇了摇头，脸上露出了失望，在心里自言自语说："看来不是我的春草呀，就说嘛，咱沙窝窝里的娃咋能到这里来？"

"杨倔头"倒是心不死，想起刚才警察的神态，就对东霞说："刚才有个警察来买红薯，盯着春花一直看，还说春花长得很清秀，你说怪不怪？"

东霞没有亲眼看到那个长得像春草的女娃娃，心里还是不敢相信，她还是摇了摇头，说："有啥好怪的，我家春花本来长得就好嘛，谁见了不夸呀？"

从公社回来的路上，东霞坐在"杨倔头"的空车上，想起三年前的那天早上她到沙窝里的小路边找过春草，她相信春草还活着，因为如果春草死了，一定会留在原地。她想，春草可能被哪位好心的过路人抱走了。每次想起这些，东霞的心都要被春草牵扯一番，她在心里默默地问着自己：春草，我娃现今在哪里啊？领养我娃的人家心肠好不好？这么冷的天，我娃会不会受冻？对女儿无尽的思念和牵挂让东霞的心又痛了一阵子。每次想起春草，都会揭起她心中的一道伤疤，都会让她感到一阵撕心裂肺般疼痛，眼泪都要像决堤的洪水汹涌而下。想够了，伤心够了，她咬了咬牙，狠了一下心，决意从此不再想这事。她要把春草彻底地忘掉，权当自己就没有生养过这个病恹恹的女娃。她相信老天爷是公平的，宝成的突然夭折就是老天爷对自己丢弃春草的惩罚。人啊，千万不要再做造孽的事了，谁做了都会受到老天爷的惩罚的，还是积点善德吧。她想起爹说的一句话——"好人会受到老天爷的保佑的"。

冬去春来，万物复苏。一九六五年的春天，东霞家里发生了一个不大不小的变化：东霞又怀孕了，春花到了上学的年龄了，而念了一年半书的春叶却辍学了。

春叶的辍学经历过一番波折。有一天，东霞看到油腻的东西突然想吐酸水，此后她的肚子就像吹起的气球一天天胀了起来。起初，她还能跟着那些年纪一般的妇女们做些地里轻一点儿的农活。到了夏季天热时，显怀的她就连走路都不太方便，更不用说弯腰锄地、蹲着拔草了。两个女儿都去了学校，家里什么活都要她一人干，挺着个大肚子实在不方便。暑假过后，即将生产的她对男人天祥说："娃她爹，春叶过了这个月就满十岁了，算是个半大不小的女娃了，也该学学女人做的家务活了，依我看，就让她停学吧，女娃娃家识几个字就行了。春叶懂事，在家能帮我做许多家务活。"

天祥一听就不高兴了，说："屁话！咱没文化，睁眼瞎当了半辈子，还让我再吃这亏？女娃咋了？学点文化也不是坏事呀！"

"可是，肚子里的娃要是一生下来，我半年都闲不过来，家里没有个帮手，一家五张嘴等着吃饭，谁做饭？再说，两个娃娃都念书去了，往后谁照看生下来的小娃？我要是不再挣点工分，凭你一个人累死累活的，当个超支户不说，恐怕这日子都难过呀？"东霞在男人面前说话从来都是顺从的、柔声细语的，男人要是耍起脾气来，她说话就更加小心。

天祥虽然是个火暴脾气，但头脑还是清醒的。不当家不知柴米油盐贵，不在家不知家里活繁杂。女人这样一说，天祥倒是不得不正视摆在面前的困难。他想，女人说的话也在理，可是让春叶停学，他还是有点不忍心。春叶不辍学又有啥办法？哪家没有一本难念的经啊？最终，蹲在门口的天祥还是点了点头。

农历八月十五的前两天，东霞在炕上生下了一个男娃。这次接生的是大队医疗站的赤脚医生，一个梳着两条长辫子的女医生。这回东霞生产很顺利，没觉得太疼。娃生下来后，半天没听到娃的哭声。东霞想努力睁开眼睛看看娃，女医生却让她躺着别动。女医生说："娃有点早产。"东霞不由得担心起来，这时她听到女医生在"啪啪"拍打着娃娃，半天才听到"哇——"的一声小娃娃的啼哭声，这才放下心来。

过了一会儿，女医生对进来的天祥说："你媳妇是早产，可能是大人营养不好，生下的娃分量太轻，看样子不到五斤重。记住，以后要让大人吃好点，奶水多了，娃娃就好养了。"临走时，女医生又叮咛了一句："你媳妇的身子骨不是很硬朗，以后会习惯性流产，可能再不能生娃娃了，这个娃你们要好好当事。"

医生走后，东霞才睁开眼，看了看身边的一尺来长的儿子，心里开始煎熬起来，这么小的娃，这么弱的身子骨，可咋养大呀？虽然终于如愿以偿生了个儿子，可是东霞却没有了生宝成时的喜悦和幸福。宝成一生下来就是白白胖胖的样子，而如今身边这个儿子却让人看了心疼，瘦瘦的、弱弱的，像个小猫小狗一样，手脚也不像宝成生下时那样乱舞乱蹬。

刚才女医生给天祥交代的话东霞也听到了，她明白自己的身体是怎么回事，自从怀上娃，她整天沉浸在失去宝成、怕娘家人和家里婆婆看不起的忧愁中，心里有事了，吃什么都没有胃口，干活也不像以前那样有力气了，吃饭不行，哪里还说得上营养？说实话，当她第一眼看到身边这个瘦弱的"小不点"时，她第一反应就对这个娃没抱多大希望了，本来还指望着再生一个像宝成那样的白胖小子，没想到刚才女医生的那句话彻底打破了她的梦想。一个女人不能再生娃娃，活着还有什么用？自个儿才三十来岁呀，还没到不能生娃娃的年龄，就早早地丧失了生育的能力，这对她来说实在是一个不小的打击。她知道，老天爷已经把她逼到了墙角了，要她豁出命也要养活这个最后的儿子！

"娃他爹，咱不能再生娃了，这个娃……"东霞觉得对不起自己的男人，心里有点愧疚。

天祥说："没事，只要你身子骨好就行。这个儿子可是我们的根啊，我看就叫宝根吧，咱吃屎喝尿也要把儿子养大！"

就在宝根出生后，念了一年半小学的大女儿春叶辍学回家了，主动承担起繁重的家务活，稚嫩的肩膀开始扛起了一个家庭主妇的重任。而自幼就显得聪明伶俐的春花却接替姐姐春叶，走进了小学学校的课堂。

第 四 章

春叶踮起双脚跟，吃力地从水缸里舀了半盆凉水，蹲在院子里的树坑边，捡起扔在身边的宝根的尿布，泡在盆子里，打上肥皂，按照妈妈教的方法两手使劲搓起来。过了中秋节，傍晚的天气也渐渐冷了，春叶的两只小手在凉水里浸泡后，冻得通红。

这时，躺在小屋炕上的东霞想给儿子宝根喂热水泡馍。由于她吃饭胃口不是很好，奶水也就不足。没法子，只好用上辈老人传下的办法，给娃喂开水泡馍。她摸到炕边桌子上的热水瓶，一摇，空的，就喊起来："春叶，给妈烧点热水。"

春叶听到妈妈的喊声，赶紧停下手里的活，在裤子上抹掉双手上的洗衣粉泡沫，就进了灶房烧水。她一看灶房里冷冷清清，灶火后面的干柴也烧完了，就跑到后院的柴火堆里去抱玉米秆。玉米秆显然比她高许多，她抱着玉米秆就看不清眼前的路了，刚走了几步就"扑通"一声被绊倒在地，两个膝盖磕出了血，钻心地疼。她双眼噙着泪花，忍住没有哭出声来，自己给自己揉了揉伤处，又抱起玉米秆朝灶房走去。

水烧开了，春叶从小屋里抱起热水瓶，从水缸盖上取来水瓢，想把锅里的开水灌进热水瓶里。可是她个头太小了，手上也没足够大的力气，双手端起一瓢热水就哗哗哗地颤抖个不停。怕自己被开水烫着，她把热水瓶从锅台上端下来，放在地上，然后从锅里舀了半瓢水，一点点灌进热水瓶。开始她还做得很顺利，由于力气不够，最后就是半瓢水也洒了一地，好不容易烧开的一锅水结果只灌进多半瓶，至少一半都洒在地上了。

等了半天没等到开水的东霞一进灶房，看到洒了一地的水，气就上来了，说："看你把水洒成啥了，连水都不会灌，还能干啥？"

春叶本来就为自己的笨手笨脚自责，再这样被妈妈训斥了一顿，委屈得眼泪就扑簌簌掉了下来。

晚上，妹妹春花背着妈妈做的粗布书包回到家，从书包里掏出新发的语文和数学书，缠着姐姐春叶给她用牛皮纸包书皮。春花在学校看到其他同学都是请家里的哥哥姐姐或者爹妈给包了书皮，这种用牛皮纸包的书皮对新书有极好的保护作用，用一学期书皮也不会磨破。春花就曾看到过姐姐去年上学时包过的书皮，所以就缠着春叶也给她包那样的书皮。

春叶从学校回家已经快一个月了，本来对上学的事已经渐渐遗忘了，可当她看到春花拿出的崭新的语文和数学两本书，觉得是那么的熟悉和亲切，就好像看到了以前和她在一起读书玩耍的同学，想起了老师在教室里领着他们朗读课文，也想起了自己考试考了双百后老师在全班表扬她、同学们用敬佩的目光看着她时的幸福时刻。可是，现在这一切都永远地成了过去，昔日的校园、教室、操场、同学、同伴、同桌和妈妈一样亲切的语文老师、大大（关中方言，是对叔父的称呼）一样知识渊博的数学老师，都离她远去。她是多么想回到以前的校园生活中，那是她童年的乐园，也是梦想起飞的地方，可是现在不能了。她知道妈妈生了弟弟后，爹一个人去生产队地里干活挣工分，妈要照顾小弟弟，家里没有人做饭，没有人洗衣服，没有人扫院子，这一切都要落到她的肩膀上，谁让她是家里的老大？

春叶经不住妹妹的纠缠，只好放下手里正在学着做的鞋底，从里间屋子拿出爹从生产队带回的一个装过花生油渣的牛皮袋子，顺手扯开，开始给春花包起书皮。书是新书，春叶像爱惜自己的新衣服一样爱惜这两本新书，她包得很认真、很细心，棱棱角角都折叠得很整齐。包好书皮，她打开语文书，看到了第一页还是自己学过的"毛主席万岁"，第二页是"中国共产党万岁"，第三页是"中华人民共和国万岁"。那毛主席像、镰刀斧头图案的党旗和五星红旗，把她带到了去年新学期开学上课的情景。她感到眼眶开始有点潮湿，心里有点委屈。数学书一开始也是从 1 到 10 的阿拉伯数字，后面也是加减法，那是多么有趣的课呀！她把书还给妹妹，春花倒给她背起了新学的"ɑ、o、e"和"1+1=2"，春花背得很熟，音调拉得很长，像唱书一样，和去年老师给她教的一模一样。

春叶突然生气了，一把将妹妹春花推开，说："去，一边念去，我忙着哩！"

春花正背到兴头上，让春叶这样一打断，也不高兴了，说："我就要念，就要念！"而且把声音放得更高了。在一旁给宝根喂稀饭的东霞都听得很开心，一个劲夸起春花道："春花，我娃念得真好！妈和你爹都没念过书，我娃好好念，以后念得像你大大一样，当个老师，也给咱家里争点儿光。"

春叶放下手中的鞋底，一声不吭走出小屋，去灶房给爹做起了晚饭。她想起爹中午没有回家吃饭，干了一天活，肯定也饿了，一会儿回到家是要吃晚饭的。春叶想，爹一个人起早贪黑、拼死拼活给家里挣工分，支撑着这个五口人的家庭，也太苦了，太不容易了。她想象着爹饥饿的样子，就不由得从面袋子里多舀了半碗玉米粒，下到锅里，她要把稀饭做得稠一点儿，让爹爹吃饱肚子。

冬天到了，天寒地冻。东霞更加小心地照顾着怀里的宝根，她几乎整天都坐在炕上，不敢把三个月大的宝根抱出来，生怕儿子在外面被冻着。这几天一直阴着天，太阳躲在阴沉沉的云层后面不出来，想晒太阳也成了奢侈。天空阴云密布，不时刮起阵阵西北风，虽然风不是很大，但吹在脸上还是有点冰凉，特别是夜里，寒气就像蛇一样往人的脖子里、裤管里钻，让人不寒而栗。

沙苑地方的人们住的都是火炕，每到天寒地冻时，天黑前都要烧炕。炕是用几个土坯紧挨着立起来做支撑，炕面是用洛河滩的胶泥土混杂着麦糠、掺和着水，在炎炎夏天拓成的长一米、宽六十厘米的长方形的泥基上铺成的，人们通过炕筒往里面塞进柴火，引燃柴火，炕面的泥基就会保持热度和恒温，晚上人睡在铺有竹席、毛毡和棉褥子的被窝里，就会感到特别的温暖，被窝里外简直就是冰火两重天。所以，天冷时，东霞就抱着儿子宝根坐在烧得热乎乎的炕上不愿下来，更不愿意出门到外面转转。

这个冬天，每天的烧炕活儿就成了春叶的事。冬季，天黑得早，太阳刚落下山，春叶就会到院子后面的柴火堆里抱一些麦秸，或者棉花秆，或者玉米秆，这些是沙苑的人们冬季烧炕最好的燃料。春叶会抱起一捆玉米秆进到小屋，先把玉米秆或者棉花秆之类的硬柴火塞进两个炕筒里，再在炕筒口塞几把麦秸作为引火，用火柴点燃引火麦秸，再支起铁火叉，一点一点倒腾着让炕筒里的柴火燃烧尽。春叶做事很细心，每次烧炕时抱多少柴火，她分寸掌握得恰到好处，烧的炕温热度刚合适。遇到下雪天，柴火会潮湿，点起火来只冒烟，不见火苗，那种白黄相间的浓烟会呛得人快要窒息，熏得人眼睛直流水。但是春叶就不怕呛，不怕熏，她即使屏住呼吸，流着眼泪，也要看着把炕筒里的柴火烧完。她知道，要是柴火烧不完，夜里炕就会不热，大人还好熬，年幼的弟弟宝根可会冻坏的。春叶也清楚，宝成是在她手里生病的，最后竟然一病就没治了。宝成的死与她有很大关系，要是那天她学会烧炕，抱着宝成坐在热炕上，宝成会在雪地里冻得生病吗？弟弟宝根生下来身体就不如宝成好，爹和妈可是成天当宝贝一样把宝根抱在胸口，尤其是下雪天更是让宝根一点儿冻都受不得，她不把炕烧得热乎乎的行吗？

天祥仍旧从早到晚去生产队的地里干活，冬天地里的活本来不多，但是生产队总会想办法让社员闲不下来，借助冬季农闲时节，安排一些修渠、打坝、平沙造田等活，这些大多是男人们干的事。自从宝成病死之后，家里的日子更加困难了，给宝成治病借了生产队和金祥不少钱，再加上今年又生了小儿子宝根，东霞也不能下地干活了，只有他一个人在挣工分，日子就更加难过了。为了弥补家里日常开支的不足，天祥也想了好些办法。比如，家里养了几只母鸡，供儿子宝根吃鸡蛋；养了两头猪，年底可以卖点儿钱，这可是家里的主要经济来源。比如，春季在自家的自留地里种点大蒜，晒干，将其编成长辫，放在家里，就会有人偷偷来巷子里收；夏季种点烤烟，烤烟不怕人偷，从地里收回来晒干烤黄，偷偷拿到县城集市上卖，也是一小笔收入。然而，就是这样想着法子为家里添钱，也抵不住五口人的花销，其中大部分开销用在了儿子宝根身上。宝根是杨家的香火，是杨家的苗，是杨家的希望，他想尽办法也要看着这幼苗长大成人，让杨家后继有人，所以，每次从县城回来他都要给宝根买些饼干、点心、鸡蛋糕等一些适合小娃娃吃的好吃货，有时会顺便买一顶小绒帽子，一双棉鞋之类的，却很少给两个女儿买东西。

有一次进城卖烤烟前，天祥正好看到春叶在用白粗布给她做鞋面，他不解地问："春叶，咋用白布做鞋面子呀？"春叶说："家里没有其他颜色的布料了。"天祥说："喜欢什么颜色的，爹回来给你买些有颜色的布料。"春叶怯怯地说："爹看着买吧，啥颜色都行。"结果他进了城后竟把这事忘了，从县城回到家时，他才想起忘了给春叶买做鞋的布料了。春叶倒是很平静，说："没买就没买，不要紧。"天祥想，那就到年底生产队分了红再给春叶买些带颜色的布料吧。谁知，这个愿望一直拖到春节跟前也没有兑现，因为年底生产队一算账，他家不仅没有分到红，还超支了几十块钱。

大年初一的早上，天祥看到春叶穿着白色粗布鞋到外面和巷子里的娃娃玩去了，一会儿又抹着眼泪回来了。天祥问："春叶，咋哭了？谁欺负你了？"

春叶两肩膀一耸一耸，委屈地抽泣着，边哭边说："呜呜——狗娃他们都，都笑话我，呜呜——说，说我穿这白鞋，是家里死了人，还往我的鞋上丢泥土，呜呜——"

天祥一听有人欺负女儿了，一下子火了。他拿起院子里的一根木棍，拉着春叶走出院子，到巷里找狗娃那些调皮捣蛋的臭小子。这几年，巷子里搬迁来的新住户多了起来，从东到西整整排了三十多家，巷子里渐渐热闹起来，过年的气氛也浓了许多。狗娃是巷子里新搬迁来的黑蛋家的儿子，比春叶大一岁，也不好好上学，整天在巷子里捣蛋，欺负女娃娃和比他小的娃娃，是有名的"小混混"。过年头一天，春叶穿着自己洗得干干净净的衣裳出了家门，正和巷子里的几个女娃娃在丢沙包玩，狗娃和几个臭小子凑过来，不怀好意地将点燃的鞭炮往春叶她们脚下扔，看到春叶竟然穿着白土布做的鞋，就忍不住嘲笑起来，说："春叶过年穿白鞋，是你爹死了，还是你妈死了。"春叶骂了他一句，他竟抓起一把泥土朝春叶身上和鞋上扔。春叶惹不起狗蛋他们，就哭着回家。狗蛋还不放过，还想拿着砖头块朝春叶扔过来，一看春叶的爹拿着家伙出来了，吓得一溜烟似的逃跑了。天祥一看这阵势，火气更大了，吼叫起来，喊道："狗日的，谁再欺负我娃，看我不打断你的狗腿！"

回到家，天祥发现春叶一个人蹲在灶火前，一手端着一个小碗，一手拿着炭锨在锅底铲着，小碗里盛了半碗黑乎乎的锅墨。他心里纳闷起来，问："春叶，你这是干啥呀？"春叶没有吭声，只见她从水缸里舀了半瓢水，在小碗里倒了一点，将碗里的锅墨拌成墨汁状，用鞋刷蘸着黑色锅墨，一点一点刷在脚上的白鞋上，白鞋一会儿就变成了黑亮亮的黑鞋。眼前的情景让当爹的心里不是滋味，他才发觉自己亏待了春叶。这些年，他一门心思都在两个儿子身上，却没有好好照顾两个女儿，特别是懂事的大女儿春叶，本来让春叶停学就让他觉得亏待了春叶，而自己连一块做鞋面的布料也没有给春叶买回来，心里更是有点愧疚。他知道，后半年家里本来该是娃她妈干的活都让春叶干了，做饭、洗衣服、打扫院子、缝缝补补、晚上烧炕、白天养鸡喂猪，都是她妈动嘴，她动手，有的活虽然做得不太好，但是春叶心灵手巧，学起来也快，慢慢地，家里的大小活她都学会了。春叶不光手脚勤快，也听话懂事，从不和妹妹弟弟争吃穿，一个快长成大姑娘的女娃娃了，不会为自个儿想着买衣服打扮，总是想办法给家里省钱，自己的什么事都能凑合着过，这样好的女儿整个巷子里都难找。想起春叶这些日子的一些事，天祥觉得自己以后要多心疼点大女儿了。

春花放了寒假，从学校回来时给了爹妈一个不小的惊喜：不仅语文和数学都是100分，而且还捧回来一张"三好学生"奖状。全家人吃午饭的时候，春花在饭桌上从书包里掏出一个卷成筒状的油光光的东西，故意慢慢在爹和妈面前一点点展开，最后"三好学生杨春花"几个毛笔写的大字晃入大家眼帘，可惜爹妈都不太识字，不知道是啥东西，只觉得那上面的红旗、红五星、彩带很好看，就知道一定是好东西。春叶知道那是奖状，很羡慕妹妹能得这个三好学生奖状，夸了一句道："爹，妈，春花得了奖状，是三好学生呀！"

天祥和东霞从两个女儿的表情上也意识到了春花拿回来的那张纸是个好东西，都笑着夸奖起春花来。春花小嘴一抿，倒被夸得有点不好意思，接着又从书包里掏出两份用红笔划了100分的语文和数学试卷。春叶看着卷子上一笔一画的字迹和工整的数学答卷，高兴地说："爹，妈，春花考了双百分啊！"

东霞知道春花聪明伶俐，学习一定会跑在大家前面的。看到春花又是双百分、又是三好学生奖状地往回拿，她走进灶房，从竹笼里摸出给宝根藏的三个鸡蛋，破例煮好了给春花、春叶吃。她想，春花给家里争了光，又是妹妹，就给两个鸡蛋吧；春叶虽然没得奖状，可这一年在家也出了不少力，给一个鸡蛋也是应该的，毕竟都是她的女儿，手心手背都是肉啊！

东霞将三个煮好的鸡蛋用手绢包好，回到饭桌前，打开手绢，说："春花，我娃好好念书，以后争取干公家事，不用在地里晒太阳。我娃考了两个一百分，妈今天奖励我娃两个鸡蛋。"说着，把两个鸡蛋放在春花眼前，把另一个鸡蛋给了春叶，"春叶，我娃在家里也干了不少活，下了不少苦，妈也给你一个鸡蛋。"

春花迫不及待地将两个鸡蛋都剥开了，像饿狼一样两三口就吃下一个，由于吃得太急，鸡蛋在喉咙里噎住了。春叶赶紧端起碗里的热水，边让她喝，边轻轻拍打她后背。而她眼前的那个鸡蛋却始终没有动，自从她记事起，这还是头一次拿到煮鸡蛋，平时都是看着妈妈给弟弟喂荷包蛋吃，自己从来没有吃过。今天她是沾了妹妹的光，能吃到妈妈煮的鸡蛋，心里暗暗高兴了一阵子。

晚上睡觉前，春叶脱衣服时才想起口袋里还装着妈给的那个煮鸡蛋，这时候她也确实有点儿饿了。她从口袋掏出那个鸡蛋，像欣赏世界上最珍贵的宝贝一样看来看去，就是舍不得吃，只是想象着一点点剥开鸡蛋皮，捧着光滑而富有弹性的鸡蛋，一口咬下去是什么样的滋味。就在她准备把鸡蛋又装回口袋里时，才看到春花已经爬到自己身边来，两只眼睛像哈巴狗一样看着她手中的鸡蛋。

"姐姐，给我吃一口吧！"春花讨好地求她。

"妈给了你两个呢，都吃完了？"春叶问。

"都吃了，没吃够，还想吃。姐，就给我尝一口吧！"

　　春叶犹豫了一下，说："你嘴太馋，不给你吃！"

　　春花这下急了，突然伸过手准备抢。春叶死死握住鸡蛋不放，春花就张开嘴哭出声来。东霞不知道两个女儿在争夺什么，就拿起笤帚朝春叶身上抡了过去，训斥说："当姐的不让着点妹妹，还惹她哭！"

　　春叶身上挨了一笤帚，伤心地用被子捂住头悄悄哭了。东霞一看春花手里拿着的是煮鸡蛋，才明白是怎么回事。她恼怒着脸，朝春花伸出一只手，说："你白天都吃了两个，还要吃你姐的，拿来！"春花看到妈妈发凶了，只好乖乖把鸡蛋给了妈妈。东霞知道自己错怪了春叶，就把鸡蛋放在春叶头跟前，让春花睡到另一头。

　　第二天早上，春叶醒来发现了头跟前的那个鸡蛋，想起昨晚春花那副可怜兮兮的馋嘴模样，心软了。待春花醒来后，她把鸡蛋放在春花手心里，说："算了，这个鸡蛋还是给你，你要答应姐姐，下学期还要考双百，还要得三好学生。"

　　春花握着鸡蛋，点着头说："好。"

第 五 章

在东霞和天祥夫妻俩的精心呵护下，宝根一天天在长大，由当初那个瘦弱如鸡的小婴儿慢慢长成一个活蹦乱跳的小男娃。宝根长到快两岁时才学会走路，从战战兢兢的站立到摇摇晃晃地迈步走路，掀开了他童年的生活。宝根长到三岁时，东霞才真正放下心来，将儿子交给春叶照看，自己开始随着生产队的妇女们下地干活。

东霞下地干活后，春叶除了在家做饭刷洗外，又多了一份活，就是照顾弟弟宝根的吃喝拉撒。别看宝根身子骨还有点软弱，但小家伙活泼好动，手脚蹦跶得不停一下，一不留神就会跑到外面不是动水就是挖泥，要不就是在院子里跟着抓小鸡，惹得老母鸡追着他跳起来，啄他脸和头，吓得小家伙只会哇哇大哭。最费心的就是在吃饭时，小家伙总是要趴在饭桌上，不是伸手去抓热气腾腾的饭碗，就是趁人不备突然伸手把酱油醋瓶子掀倒。你把他抱开，他就使劲哭着要来饭桌前。春叶实在拿他没办法，就只好放下碗筷，把他抱到外面走走。爹和妈在地里忙了大半天，吃完饭就要跟着生产队的铃声急急火火去上工。春叶每天两顿饭都要费上大半天的工夫照顾宝根，自己吃不好饭是再正常不过的了。

秋季是沙苑丰收的季节。南边的黄沙地，一眼望去是金黄的谷子，或者是从沙土里挖出来一排排摆放整齐的花生。那胖嘟嘟的花生果实像一串串金色的小葫芦，垂在花生蔓上，在金色的阳光下晒着。北边河滩地是一望无际的玉米，一颗颗籽粒饱满的玉米棒子架在玉米秆上，有的垂下了头，有的昂首向天，带在玉米棒子上的金黄的和粉红的胡须随风飘逸，也飘送着丰收的芳香。每年玉米收获后，生产队都会叫社员把剥去叶子的玉米棒子三三两两绑在一起，再在队部的院子里栽上一个木桩，将绑好的玉米棒子一层层架起来，有的可以架到两三人之高。

一天早上，春叶在灶房熬豆子稀饭，在锅里下了豇豆和苞谷糁，刚烧开锅，突然听见院子里有人在急促地喊她。她走出灶房一看，是生产队的六十多岁的瘸子保管员。

"春叶，你娃让玉米架子塌了，赶紧看去！"老保管急急地喊了一声，就转身一瘸一拐走了。

生产队的队部就在斜对面，春叶一时不知道宝根咋就到了队部。她有点儿不相信，喊了几声"宝根——宝根——"，没见答应，就迈开双腿朝队部院子里跑去。刚进了队部大门，就听到宝根"哇哇——"啼哭，哭声凄惨而猛烈，凄惨声之后就半天不出声了。她扭头一看，吓得她浑身一惊，只见宝根趴在地上，架玉米的一根碗口粗的木桩直横倒在宝根腿上，沉甸甸的玉米棒子埋在他下半身上，宝根面朝地面趴着，双手乱舞。旁边站着四五个比宝根稍大一点的男娃娃，吓得不敢到跟前去。春叶一看就知道是宝根没事干又跑到玉米架子下面搂玉米棒子了，她都训斥他好几回了，他就是不听，觉得搂下一个玉米棒子不仅好玩，还拿着玉米棒子去喂猪。可能是栽木桩的人没有把那个木桩子栽实在，也有可能是下面埋木桩子的沙土松软了，那架子上的玉米棒子没经得住宝根和那几个娃娃生拉硬搂，径直朝着小小的宝根压了下来，好在倒下的这架只有半架玉米棒子，不然可就成了灭顶之灾。

春叶吓得浑身都软了，这会儿队部里除了瘸子老保管再没有一个大人，求助也无人应声。幸好瘸子老保管在一旁指挥着她，她听到宝根第二声刺心的痛哭声之后，就赶紧过去先把压在宝根身上的玉米棒子一串一串刨开，然后使出吃奶的劲把压在宝根腿上的木桩挪开一点，顾不上宝根撕心裂肺的哭啼，硬把宝根从玉米棒子堆里拉出来。宝根哭得几乎要岔气了，额头上冒出一个乒乓球大的紫红色的包，两腿在地上也根本站不稳了，腰部软得像要折断一样。春叶从没有经历过这样的事，一时慌乱得不知道该怎么办。她把可怜的宝根抱在怀里，在队部的院子里转着哄着，焦急地观察着宝根的表情，心疼得就像刀割一样。好在宝根命大，过了一会儿哭啼声就弱下了。春叶把宝根抱回家，想起爹在柜子里给宝根留下的一个麦面杠子馍，就把宝根放在炕上，从柜子里取出杠子馍，掰了一半塞到宝根手里，说："宝根不哭，姐给你吃杠子馍。"

等哄好宝根，春叶才想起锅里还熬着稀饭。她赶紧跑进灶房一看，傻眼了，锅盖上溢出了一圈稀饭，再揭开锅盖一看，锅里的饭已经烧煳了，散发出一股焦煳的味道。她心里有点害怕了，坏了，爹妈回来又要训斥她了！

吃早饭时，东霞回到家，第一眼就看到了宝根额头上的大包，双眉紧皱，扯开嗓子，指着春叶问道："春叶，你过来，给妈说，宝根这是咋了？让你看娃，你把娃栽成这样了？"说着，在春叶的头上狠狠打了一巴掌。

天祥从灶房出来，看到宝根额头上的大包后，也是一惊，就赶忙从屋子里取出一小瓶碘酒，用一小块布蘸着碘酒给儿子额头上肿起来的小包擦拭，宝根被紫黄色的碘酒蜇得尖叫起来。天祥也恼怒地对春叶说："这贼女子，看娃都看不好，烧饭也烧焦了，安的啥心？"

春叶耷拉着脑袋，忍受着爹妈的痛骂，心里有苦也说不出。妈训斥她，她已经习惯了，还能忍受得了。爹可从来没有这样狠狠地说过她，第一次被爹爹这样训，她委屈得两汪泪水直在眼眶里打转。

宝根一天天在长大，五岁那年，他就彻底摆脱了家人的束缚，像脱缰的野马，和巷子里那些小伙伴们整天疯跑。东霞给宝根留了一个乌龟头，头顶是一个圆圆的像乌龟硬壳一样的黑发，周围是用剃头刀剃得白亮亮的光头，巷子里的小伙伴就干脆喊他"乌龟"。宝根和那些淘气小娃娃一样，没少让爹妈操心。夏天，最让家人揪心的是宝根跟着一伙小屁孩上树逮知了，脱了鞋，只穿着半截裤，光着脚丫子，上面两手紧紧抱着树干，下面两脚紧紧夹着树干，就像猴子一样噌噌噌几下就爬上了树。巷子里栽的都是椿树、榆树、桐树，树干粗，树杈高，树叶茂密。那些小屁孩在十几米高的树杈上爬来爬去，就够让人操心的了，更不用说有时会爬到那些被压得摇摇晃晃的细枝上，一手还要够知了，让下面的大人们觉得上面的娃娃稍不留神就会掉下了。试想，要是从这十几米高的树枝上摔下来，摔不死也是残废啊，小小年龄的娃娃要是摔成半死不活的，大人们能不揪心？宝根和其他娃娃不一样，人家家里有的是弟兄两三个，有的还是弟兄五六个，而宝根是家里的独苗，出不起事啊，所以，东霞一有空就跟在那群娃娃屁股后面找宝根。等她找不见宝根时，才会把头一昂，总会发现宝根像猴子一样在高高的树杈上爬来爬去，她就会扯着嗓子喊："宝根，你给我下来！再上树，看你爹回来不打断你的腿！"宝根却像没听见一样，照样趴在树杈上，悄悄向知了靠近，只见他一只手猛地拍下去，知了就被他擒在手心吱吱乱叫，这时候是宝根最开心的时候。然而，开心之后，回到家里，总少不了挨妈的打。其实，妈打他多半是吓唬他，他知道妈心疼他，才舍不得真打他，不就是用手掌轻轻地在他屁股蛋上拍一下吗！他最怕的是爹，爹轻易不打他，而是用一双牛眼一样大的眼睛瞪着他，脸色一沉，狠狠地说一句："你再不听话小心着，看我不收拾你！"

　　妈的话听不听无所谓，爹的话可不能不听。爹要是真的打起他，那可是货真价实的打。他记得过年前，巷子里有男娃从"杨倔头"家买摔炮，冷不防在他面前或者身后一摔，"啪"的一声吓了他一跳，那些买了摔炮的男娃娃就哈哈大笑着走了，又去别的地方吓唬那些胆小的女娃娃。宝根觉得这事太好玩了，他也想买些摔炮，吓唬那些比他小的男娃娃或者女娃娃，可是身上没有钱。他知道妈身上一般也没有钱，要钱就只能向爹要，可是爹要是知道他是买摔炮，肯定不会给他，更不用说家里本身就穷，爹身上钱也不多。宝根就盼着大年三十的夜晚快来到，因为每年那天晚上，爹都会给他和两个姐姐发几分钱的压岁钱，往往是他得到的多，最多时会得到两个五分钱钢镚，而姐姐俩最多也就一个五分钢镚。好不容易盼到年三十夜了，他得到了爹发的三个五分钢镚，出了门，撒腿就朝"杨倔头"家里跑，买了三十一个摔炮（本来是三十个，"杨倔头"额外多给他一个）。除夕夜巷子里的小伙伴都不睡觉，等着谁家早早放鞭炮，不等鞭炮响完，他们就会蜂拥而上，用脚踩灭燃着的小鞭炮，装进口袋里，常常会发生拾到手里的鞭炮冷不防"嘭"的一声就响了，不是炸了手指头，就是炸了口袋，这样的意外事故对他们来说也习惯了，没啥可怕的，继续在鞭炮响过的地方捡拾没响的炮。从晚上一直来回奔跑到天亮，每个男娃的口袋里都是鼓鼓囊囊的战利品。大人们轰轰烈烈放鞭炮比赛告一段落后，就轮到他们这些小屁孩登场亮相了。你放一个冷炮，他放一个烟花，有的还会点着雷子朝女娃娃人堆里扔去，雷子一响，女娃娃吓得吱哩哇啦乱跑，他们这些男娃娃就乐得活蹦乱跳的，心里也乐开了花。然而，口袋里的炮总会响完的，这时候他们过年的快乐时光基本就告一段落了。让巷子里那些男娃娃没想到的是，这时候宝根口袋里的摔炮就有了用场，他左一个"啪"，右一个"啪"，吓坏了女娃娃，惹馋了男娃娃，宝根的美好时光仿佛刚刚才开始。等他把口袋里的三十一个摔炮都摔完了时，心里还觉得不过瘾，突然冒出一个念头，干脆到"杨倔头"那里赊账，再买些摔炮。有了第一次赊账成功之后，他就再也控制不住自己的欲望了，又三番五次赊了几次，到了晚上一算账就傻了眼，整整五毛钱！这可是一大笔钱啊，怎么开口给爹要啊？他可是给"杨倔头"打了包票的，说第二天就给钱的。第二天，他始终没敢向爹要钱，到了下午"杨倔头"竟然找上门来，给爹说了他赊账的事。爹做人一向本分，从不与人乱来，咬着牙关还清了"杨倔头"的账，待晚上宝根回到家，爹心里一下子火了，对着宝根的屁股就是狠狠的一脚，蹬得宝根趴在院子里半天回不过神来。妈这时也没有护着他，而是在一旁给爹帮腔，骂道："你这狗崽子，胆大极了，这么小就敢赖账了，看长大了不是败家子才怪哩！"

宝根吓得哇哇大哭起来，哭得天昏地暗，这是他来到世上经受的第一顿打。他这才知道平时惯着他、护着他的爹妈在大过年的日子里竟然对他这样凶狠。他有点儿恨他们，心里暗暗发誓，再也不理他们了，再也不给他们当儿子了。他突然爬起来，发疯似的哭着，跑出了家，胸前粘着一身的泥土，也顾不得拍打。

最后的事实证明，他的力量太弱小了，晚上在奶奶的被窝里睡了一晚上，第二天就被奶奶送回了家。妈开始给他说起心疼的话来。爹没有再打他，却主动叫他到饭桌上吃饭，还给了他一个夹着几块红肉的馒头。他也确实饿了，张开大嘴就吃了起来。

自从爹妈警告他不要上树抓知了之后，宝根倒是很听话，看到别的娃娃上树，就想起爹打他的情景，吓得不敢往树跟前去。然而，男娃娃始终是大人们难管又放心不下的闯祸者，不是今天上房，就是明天下水。宝根六岁那年的夏天，就出了一次祸，差点要了小命。

宝根的家以前在北边的洛河岸边。洛河水从陕北黄土高原上一路朝南、朝东顺流而下，像一条土黄色的彩带在杨家大队的北边自西向东绕过，用她那甘甜的淡水滋润着沙苑里的人们，也浇灌着河滩平坦而肥沃的土地。河水日夜都在静静地流淌着，看起来就像母亲一样慈善温柔，可是这平静温和的水面下，也隐藏着凶恶与危险，无声地吞噬着投入她怀抱的戏水者。有时候河水也会像暴躁的父亲一样涨大水，迫使住在河边的人家不得不向南边沙坡上搬迁。宝根的家就是一九六〇年秋季涨河后，从奶奶家搬迁到这沙坡窝里的。

住在河边的男娃娃没有不下河玩水的，但巷子里差不多每年都有被河水淹死的男娃，有的命大一点儿的是在水中及时被救，有惊无险。听妈妈说，二十多年前，宝根的二大地祥就是下河游泳时被淹死在河里，宝根的奶奶哭得眼睛都红了，再也不允许三大金祥家的红卫跟着娃娃去河边玩水了。而这年夏天，宝根就是那样侥幸，脱离了危险。

那是一个河水暴涨之后的中午，酷暑炎炎，骄阳似火。宝根和几个小伙伴站在沙坡顶上，看着北边白茫茫的河水，号称是他们"头儿"的"二愣子"竟出主意说到水边看看，说不定还能捞到小鱼。他这样一提，几个男娃就不约而同齐刷刷举起手表示响应。就这样，五个六七岁的男娃结伴下了沙坡顶，沿着地边的小路朝河水边走去。

河滩地势平坦一点儿的田地里河水大多已经退去，只有地势低洼和莲菜坑里还积满了水。因为河边的庄稼都被上岸的河水淹了，正午的水边就没有大人在地里干活。宝根和"二愣子"他们来到水边，"二愣子"先脱了身上仅有的短裤，光着屁股试探着下到一个死水洼里，其他几个胆小的都在水边看着。其实，这里的水并不深，也没有见到有小鱼。"二愣子"在水里走了一圈，水面也只到他的膝盖处。可能觉得不过瘾，"二愣子"从水里上来，说："这里没有鱼，我们到河边去，那里肯定有小鱼。"

"二愣子"光着屁股，手里拿着短裤和凉鞋，领着四个"跟屁虫"，踩着泥泞的小路，朝洛河边走去。太阳下，"二愣子"的腿上被晒出一道灰白色的泥水印，脊背也被晒得脱了几处皮。

河水已经退到河槽里了，水面上还漂浮着一些树枝、木板和西瓜等，随着水流急促地一路东去。南岸码头上靠着一只木船，是大队为社员过河种收庄稼用的，船上有两个三四十岁的男人在忙着给码头铺木板。

"二愣子"把他们领到远离木船的一边，这里的河岸相对宽阔，水流比较平缓，"二愣子"说："我先下河，你们跟着我，没事的。"

这是河水向东北方向拐弯的地方，南岸就留下大片的滩涂地。"二愣子"把裤子和凉鞋放在一棵柳树边，要他们四个也脱光衣服，跟着他踩着滩涂地的泥水，一步一试探地朝河里走去。河边的水不深，直到大腿处，水也真凉快，几个小男娃像到了花果山一样开心地玩起来。宝根是第一次下水，开始有点儿胆战心惊，慢慢适应了水里的凉快，感到把身子泡在河水里就是一种享受。他们学着"二愣子"那样在水里一会儿玩"狗刨式"，一会儿"蛤蟆式"，一会儿互相撩水"打水仗"，能想到的玩法都玩遍了，忘却了大人的叮咛，忘却了害怕，忘却了河水的危险。最后，"二愣子"又出了个鬼点子——看谁在水里憋气时间长，还说这样才能练出真正的潜水本领。"二愣子"先给他们做示范，先深吸一口气，然后伸开双手，用两手的中指捂住鼻孔，大拇指捂住耳朵孔，嘴唇紧闭，头猛地向水里扎下去，不到憋不住气的时候，头不要露出水面。几个男孩觉得这样很好玩，也能显示出男子汉的气魄，互相不服气地要比试比试。他们做好了准备，"二愣子"喊一声"开始"，五个脑袋瞬间就消失在水面上，但水面上还是能显露出一两个屁股蛋和面朝天的小鸡鸡。第一次比试，"二愣子"憋气时间最长，宝根只比他早露出水面几秒钟。好胜心强的宝根很不服气，还要和"二愣子"单独比试，让其他三个伙伴做裁判。第二次比试开始后，宝根猛地一头扎进水里，屁股蛋露在水面上。他不但要学会憋气，还要像电影里的解放军那样潜在水里。他把脑袋埋在水下，然后也把撅着的屁股沉下水，整个人趴在河底，感觉这样才有解放军的那种英雄气概。

当"二愣子"从水里抬起脑袋，深深地吸了一口气之后，还没看到宝根露出水面，知道自己这下肯定输了。他长长地出了口气，静静观察宝根啥时能从水里冒出来，这时他没有看到宝根浮出水面，却看到了水面上冒出一串串水泡。"不好，宝根呛水了！""二愣子"发觉不对劲，赶紧朝着冒水泡的地方趟过去。另外三个男娃赶紧上了岸，一边跑，一边大声喊："来人啊，宝根掉河里啦！"

好在"二愣子"跟着他哥下过多次水，多少学会点儿游泳的本事。他走到齐腰深的水里，顺着水流用脚试探，用双手摸，终于一只脚碰到了宝根的身子。他抓住宝根的一只胳膊，使出吃奶的劲头，把宝根拉出水面，架在自己脖子上，站在齐腰深的水里慢慢朝岸上走。

这时，正在离河岸不远处的防洪堤坝上巡滩的一位骑着自行车、穿着白色公安制服的高个子警察听到喊声，扔掉自行车就飞也似的跑过来。他一边向岸边跑来，一边脱掉制服和鞋子，下到水里从"二愣子"手里接过宝根，一直背到离河岸十几米远的柳树下。这时，宝根肚子已经鼓鼓囊囊灌满了水，双眼紧闭，嘴里也吐着河水。"二愣子"吓得浑身打战，脸色煞白，不知道该咋办。高个子警察抱着宝根双腿，让宝根头朝下吐出肚子里的水，然后又把宝根平放在地上，对着宝根的嘴使劲吹气，就这样折腾了足足一袋烟工夫，才看到宝根肚子开始一起一伏地动了起来。高个子警察擦了擦脸上的汗水，对"二愣子"他们训斥起来，说道："谁叫你们跑到这里下水来，看害怕不害怕，以后谁再来下河，看我不把他用绳绑着关起来？快回家去！"说完，那高个子警察捡起衣服和鞋子，朝堤坝上走去。

就这样，宝根的一条命被高个子警察从死亡边缘拉了回来。

经历了这次生死险情之后，爹和妈再也不让宝根去河边，遇到星期天或者暑假，就让春花带着宝根去南边的沙坡窝窝里给家里的猪挖菜，毕竟那里安全多了。

南边的沙苑黄沙绵延，森林茂密，绿茵覆地，空气清新。这里虽然地处偏僻，交通不便，但自然景色却十分美丽。春天，绵延几十公里的沙丘上树木葱郁，草肥沙润，沙丘低洼处用脚可踩出水来。天气再酷热，那儿也会是湿润的。大雨过后，低洼处更成了浅浅的沙漠湖泊。宝根他们一群小孩子就可以脱掉裤子游泳、打水仗，光着脚丫踩在细软的沙子里，真是舒服到心底了。夏天，这里树林成片，通常是每隔两三天就有一场大雨。那开垦在沙丘间的几片土地显得水土肥沃，长出的西瓜甜得赛蜜，花生白得赛雪，那黄花菜的嫩、红萝卜的脆、红枣的香都令人垂涎。

春花姐姐上学时，宝根就经常和巷子里的小伙伴到沙丘里玩。春夏季节，他们牵着小黄狗，提着小竹笼，到沙丘里给猪挖菜。沙丘里的野菜挺多的，他们最喜欢挖的是白蒿。当然，还弄些槐花菜、桑树叶、榆树叶什么的，这些都是猪爱吃的。每逢夕阳西下，他们经常被沙丘的柔绵所吸引，把盛满野菜、树叶的竹笼往沙梁上一放，就聚在一块玩沙子，在沙坡上跳跃、溜滑、平躺，想怎么舒服就怎么舒服，没人管制，无法无天，心儿快活得就像天上飞翔的小鸟和山间奔腾的小溪。

宝根最不喜欢的就是冬天的沙丘，褪去了绿色的盛装的沙苑光秃秃的，风一吹，黄沙漫天纷飞。而春花姐姐却在作文里用他那细腻的情感把冬天的沙丘赞美了一番，她写道：

> 冬季，养我生我的沙丘便把曲线光滑的身躯裸露在我们眼前，从远处眺望，那高低起伏、蜿蜒不绝的沙丘不就是平躺着的母亲的身躯吗？那凸出的沙峰就像母亲的乳房，那延绵的曲线就如母亲的身姿，那甘甜的沙底泉水就像母亲的乳汁，那无边无垠的沙梁沙窝就如母亲的胸怀。我永远也走不出，困了累了就躺在柔软的沙丘上睡一会儿，用双手抚摸一下她那光滑柔软的肌肤，那是多么的温柔可亲啊！

宝根虽然不太懂姐姐写的作文的意思，但朦朦胧胧还是品出点温暖的感觉。

就这样，宝根在黄沙窝里度过了他学龄前那欢乐的童年时光。在宝根眼里，沙坡窝里可比家里好玩多了，那是他童年的乐园，那里洒满了他童年太多的快乐。

第六章

一九七三年春节过后，八岁的宝根就在二姐春花的引领下，来到了学校报名，开始了他的读书生涯。

自小在沙坡和巷子里野惯了的宝根猛然间像小鸟一样被关进学校教室这样的"笼子"里，失去了往日的自由和欢乐的天地，开始很不适应。开学第一天，全大队五十多个和他同岁的娃娃坐在一年级的教室里，铃声响过，班主任老师走进教室，让宝根惊讶的是，他万万没有想到，他的启蒙教师和班主任正是他的三大金祥。

宝根平时很少见到三大金祥，只知道他在十多里外的另一个大队的学校教学，只有星期天才回来一次。三大金祥这几年也从洛河滩搬迁到沙坡上来了，和宝根的家在一条巷子，宝根家在东头，三大金祥家在西头，姑姑水英早已出嫁到外村，爷爷奶奶就随着三大一起过日子。

三大金祥是杨家唯一有学识的人，听爹妈说，金祥从小很听话，在私塾学校学习也很用功，后来在县城上了高中。三大高中毕业后，成了全大队为数不多的高中生之一，被安排在沙苑东边的一个大队学校教学。宝根自从记事起就看到三大金祥与爹这样的农村人不一样，三大金祥经常留着时髦的三七分头，黑油油的长发整整齐齐梳向一边，走起路来长发飘逸，显得很有精神。平时三大穿一身灰色的镶嵌有四个兜的中山装，左胸前的上边兜里别着一支黑色钢笔，中山装总是很平整，很洁净，一看就是教书的或者国家干部。三大金祥是爷爷奶奶眼里的骄傲，也是杨家人的骄傲。三大的媳妇秦玉玲是有钱人家的闺女，听说她爹就是看到三大金祥有知识、有涵养、有体面的工作，才把宝贝女儿嫁给了杨家老三。宝根上学前有时也溜到三大金祥家，三娘和奶奶见了他，总会给他水果糖吃，宝根知道那是三大金祥从学校回来给奶奶买的。当然，三大金祥家里不光有糖吃，还有印着娃娃的小人书，或者有字的书。宝根不认得字，那些光有字的书他只是翻一翻就扔到一边里。他特喜欢看那些有八路军打鬼子的小人书，比如《地道战》《铁道游击队》《智取威虎山》等小人书，一看就忘了吃饭，真的是爱不释手。但是，宝根也知道，这些小人书是三大金祥以前给堂哥红卫和堂姐红莉买的，他只能借回家看看，当然对那些自己太喜欢的小人书他也会私藏起来占为己有。好在红卫哥和红莉姐早都看过了，人家也都上学了。所以，时间一长，他就攒了不少小人书，惹得"二愣子"他们很眼红，天天缠着他要看娃娃书。

宝根看到三大金祥依然穿着他那身灰色中山装，左胸前的衣兜上别着那支黑色钢笔，戴着一副黑边眼镜，风风火火走上讲台。宝根不敢正视三大金祥，低下头，偷偷斜视着讲台。

三大金祥走上讲台后，双手撑在水泥板做的讲桌上，扶了扶眼镜，开始讲道："同学们好！今天，你们就是一年级的学生了，我就是你们的班主任老师，同学们以后叫我杨老师。下面，我点名，叫到的同学请站起来，让大家先认识认识。"

杨老师最后一个点到宝根的名字，宝根站起来低下头，不知咋的脸红了。三大金祥说："宝根同学，以后在课堂上也要叫我杨老师，不许搞特殊。"

宝根不知道特殊是什么意思，但还是记下了三大的话，在课堂上不敢叫三大了，只能叫杨老师。虽然他心里有点别扭，但还是很听三大的话。说心里话，他一直很敬佩三大，觉得能像三大那样学到好多知识，在学校里风风光光教书，在巷子里被人高看，那是多么了不起的事啊！今天就是他实现这一理想的第一天，也正好是在三大教的班里学习，让他感到很幸运，很自豪。他暗暗下了决心，一定要好好念书，给三大争光，给爹妈争光，给全家人争光，他将来也要像三大一样当一名老师，穿上这样的洋气衣服，别上那支黑色的钢笔，让人一看就是有知识的人。

金祥终于回到了家乡的学校，回到了自己以前的母校。是的，自己上小学的时候，这里还是一个庙堂，里面是几个教书先生开设的私塾学堂。在那阴森的庙堂里，他在先生的严格管理下，从《三字经》里的"人之初，性本善"读起，只读了两年家乡就迎来了解放的曙光，后来还是在这里一直读到初中毕业。母校是他走向人生辉煌的起点，是他获取知识的乐土，是他知天下、明事理的启蒙老师。十多年了，这十多年他都是在远离母校的外地学校教学，虽然他很热爱自己的工作，乐于做一支燃烧自己、点亮别人的蜡烛，但是每到夜晚忙碌一天后躺在床上，他就会思念年迈的父母，思念新婚后孤苦伶仃、守空房的媳妇，更思念一对可爱的儿女。每当月亮升起来的时候，他都会打开窗户，遥望夜空那轮皎洁的月亮，在心中默默朗读自己曾经写过的一首思念亲人的诗歌，述说着对亲人的思念与牵挂：

> 遥望天空的明月
>
> 眼含湿漉漉的乡愁
>
> 擦亮天空这面圆镜
>
> 想照出
>
> 亲人的笑脸
>
> 和淡淡的乡愁
>
> 枕着母亲的叮咛
>
> 嚼着父亲的教诲
>
> 牵着妻儿的柔情
>
> 走进了
>
> 香甜的梦乡
>
> 哦，亲人
>
> 真想扯下月亮的银丝
>
> 将你紧紧缠绕
>
> 再拉一根银河的彩带
>
> 一头系着你
>
> 一头握在我手中
>
> 要把亲情与乡愁
>
> 统统拉进
>
> 我日思夜想的梦中

金祥知道，自己能有现在体面快乐的工作，除了要感恩年迈的父母，更要感恩大哥和大嫂。自己十二年求学，家里上有老，下有小，爹常年有病不能下地干活，妈在家要照顾妹妹和弟弟，是大哥大嫂用辛勤的汗水支撑着家。新中国成立前，是哥哥和嫂子给地主打短工，做长工，辛辛苦苦挣点粮和钱，供家里过日子，供自己上学。后来自己成了家，有了儿子和女儿，也顾不得照顾，也是大哥大嫂经常过来，帮家里渡过了难关。最难忘大哥在砖窑厂辛辛苦苦卖力气，挣钱养大家，却很少顾及他家的两个女儿。后来得知大嫂竟然无钱给有病的三女儿春草看病，眼看着女儿病死过去，还被扔到黄沙窝里，他的心就像刀剜一样疼。金祥是知恩图报的人，他毕竟念过书，懂得"滴水之恩，当涌泉相报"，对于大哥大嫂在过去那艰难时月里的恩情，终生难忘。

金祥虽然只有高中文化程度，但金祥在母校当学生时学习还是很用功的。他特别喜欢语文课，他的作文是语文老师经常在课堂上念给同学们听的范文。记得，他在五年级时写的一篇作文，题目叫《我的母亲》，真实记述了新中国成立前在父亲有病、卧床不起的情况下，母亲为了养家糊口，给地主家当佣人，给地主家老婆和小儿子洗衣服、做饭，却顾不上管自己的三个未成年的儿子。八岁的大哥在家带着六岁的二哥、四岁的他在家里苦度时光，母亲在地主家忙碌一天，晚上回到家，还要照顾病重的父亲，又要经常熬夜给三个儿子做衣服、做鞋，多次都是坐在炕上就睡着了。

金祥至今还记得作文中有一段内容，让老师念不下去，让全班同学感动得流泪：

> 一天晚上，妈妈回到家，脸上红肿，头发散乱，眼眶里含着泪水。年幼的我看到母亲这个样子，心里很难受。我知道，那可恶的地主老婆又打妈妈了。听妈妈说，上次她给地主儿子喂饭，不懂事的地主儿子伸手去抓妈妈手里的碗，妈妈一不小心，碗里的热饭就烫了地主儿子的手。地主老婆听到儿子的哭声，过来就拿起笤帚，对妈妈进行一顿毒打，母亲身上被打得伤痕累累。我知道，这一回是母亲又被地主婆打了，我拉着妈妈的衣襟哭着说："妈妈，你再不要去地主家了，再不要挨地主婆的打骂了！"妈妈背过身去，擦掉眼泪，把我抱在怀里，伤心地哭了起来。第二天早上，我睁开双眼一看，妈妈又没在家，知道妈妈又去地主家干活去了，我担心妈妈又会受地主婆欺负，就赶紧穿好衣服，哭着跑出家，想找妈妈，却被大哥、二哥硬拉了回来……

金祥在县城读高中时，就喜欢文学，下课后经常去学校图书馆借书，晚上在宿舍里点着煤油灯，读那些厚厚的小说，像《钢铁是怎样炼成的》《苦菜花》《林海雪原》之类的长篇小说成了他枕头底下的宝贝。后来，金祥毕业后当了老师，他自然而然就成了语文老师。教语文是他的特长，学校里一年级到七年级的语文课他都能教，凭着他丰富的文学知识和较高的文学素养，他能够拓展语文课文的外延，挖掘其深刻的内涵，一样的课文被他讲得津津有味，吸引着教室里每个同学静静地听讲，他的课成了学生最爱听的课。在他的引导和感染下，学校里不少学生爱上了语文课，爱上了写作文，甚至有几个学生爱上了文学，在他的指教下写起了诗歌、散文，甚至小说。在他众多的学生中，有一个叫雷超的四年级学生，爱读书，敢说敢想，富有想象力和创新力，作文写得像老师一样棒，经常会写出让他拍案叫绝的作文。在学校举办的诗歌朗诵会、故事会上，雷超都会自己创作出激情洋溢的朗诵诗，或者编写出一个反映时代潮流的故事。

就在金祥要告别那个校园，回到母校教书前的晚上，得到杨老师要走的消息，雷超一个人走进金祥老师办公室，站在金祥面前，哽咽着说："杨老师，听说你要走了，我真舍不得你走。"然后从口袋里掏出一个红色硬皮小本子，双手递到老师面前，说："杨老师，这个本子是我用在沙坡里挖药材卖的钱买的，我送给您，留作纪念。"

金祥接过本子，打开第一页一看，只见雷超用钢笔写的几个工工整整的美术字——赠给亲爱的杨金祥老师。

金祥看后心里很感动，他没想到一个才十三岁的孩子竟然这样重感情，这样懂得报恩。虽然这个本子不是很精致，但它对金祥来说却很宝贵，它寄托着一个学生对老师的殷殷深情。他忽然想起什么，拉开办公桌下面的桌斗，从一摞书籍下面翻出一个塑料封皮本子，递给雷超，说："雷超同学，老师也舍不得离开你，但要照顾家，也没办法。这个本子就送给你，这里面有老师抄录的许多名人名言和文学经典段落，对你肯定有帮助。希望你好好学习，将来努力成为一个文学家。"

怀着对家乡和亲人的思念，怀着一颗感恩报恩的心，金祥主动放弃即将升迁的副校长一职，申请回到了阔别十多年的家乡学校。他要在这里回报亲人的恩德，回报生他养他的沙苑父老乡亲。

依金祥的教学水平，他完全可以教初中毕业班语文。回到母校他却偏偏要选择从小学一年级语文教起，而且特意要当侄子宝根的班主任，他想用自己的一技之长回报大哥大嫂的恩情。虽然他很少与宝根说话，但凭着他敏锐的目光和这些年的细致观察，他认为宝根聪明、活泼、好学，有天性，断定这孩子是一棵可塑之材。他要好好抓住这个苗子，给大哥大嫂家里培养出一个人才。

金祥要培养出宝根这个苗子，就对宝根的要求比别的学生严格了许多。在课堂上，他经常叫宝根站起来回答问题，对宝根的回答也是近乎吹毛求疵。有一次，他讲《毛主席和延安人民心连心》的课文时，讲课前先问同学们："谁知道延安是什么地方？"全班五十名同学，只有宝根一人举了手。他心里暗喜，知道宝根一定事先预习过课文了。宝根站起来回答说："延安是革命圣地。"

"说得不错。"他首先肯定了宝根的回答。就在宝根有点得意地露出笑脸时，他决定压一压他的傲气，进一步问："你知道圣地是什么？"

宝根这下被问住了，站在座位上半天不知道说什么，脸上的笑意完全消失了，显露出尴尬来。

金祥知道自己的目的达到了，就让宝根坐下，然后对同学们开始讲起延安为什么是革命圣地，讲完后他还特意问了宝根一句："知道圣地是什么了吗？"

金祥也知道宝根上学前经常来他家看小人书，他故意把儿子红卫和女儿红莉看过的小人书、少年图画和儿童杂志放在小屋的桌子上，为的是宝根来了很轻易就能看到。听大哥大嫂说，宝根回到家，经常晚上在被窝里捧着小人书和图画书看，看了还能记下来书里的故事，一出门就给巷子里的那伙娃娃讲故事，往往是吸引了一圈娃娃围着他听。宝根就这样早早受到文化知识的熏陶，脑瓜里装的知识也比别的学生多，这一点让金祥很满意。

在三大金祥的启蒙下，宝根对学习有了浓厚的兴趣。他在课堂上总是把双手牢牢地放在背后，两个眼珠子一动不动地盯着黑板，或者盯着老师的手指，生怕漏掉老师讲的一句话。他也很听老师的话，老师让干啥，就乖乖干啥，连星期天布置的作业也是认认真真做完，从来不拖拖拉拉。除了课堂上好好听讲，课后做好老师布置的作业外，宝根还特别喜欢看书，不会的字用拼音标记，他的拼音学得特棒，每次考试都是满分。晚上放学回到家，他一吃完饭就捧起一本带色彩的小人书，找二姐春花给他讲。二姐春花已经上七年级了，马上就要初中毕业了，学习成绩也是在全班呱呱叫。二姐没想到弟弟宝根这么爱看书，不管有多忙，都要给宝根一边读着小人书，一边讲书里的故事。就这样在宝根幼小的心灵里烙下一连串的英雄形象——为保护生产队集体财产、与地主坏分子作斗争、英勇牺牲的英雄少年刘文学；在抗美援朝战斗中，用自己的身体堵住敌人枪眼的英雄黄继光；埋伏在草丛中，烈火烧身、宁死不动的战士邱少云；手托炸药包、舍身炸毁敌人碉堡的英雄董存瑞……自从与书本结下不解之缘后，宝根就像换了个人似的，再也不像以前那样跟着一群娃娃上树掏鸟窝，下河玩水摸鱼。在小人书的世界里，有数不完的英雄，有讲不完的故事，也有认不完的生字。

第一学期，宝根考试就轻轻松松拿了语文和数学双百分，也像几年前二姐那样给家里领回了一张三好学生大奖状。爹和妈喜得一连几天都合不拢嘴，脸上总是洋溢着笑容。宝根拿回三好学生奖状的那天下午，东霞专门给宝根做他最爱吃的饭——摊煎饼。她让宝根坐在灶火前烧火，自己忙着切葱花、和面、在锅底抹油，用铁铲铲着锅底慢熟的煎饼，兴致勃勃地唱起了小曲：

> 小儿郎呀，吃麻糖呀
>
> 背书包呀，上学堂呀
>
> 考状元呀，中皇榜呀
>
> 戴官帽呀，吃皇粮呀
>
> 全家人呀，把荣享呀
>
> ……

东霞的小曲唱得委婉动听，就那几句她一直在重复着。宝根虽然听不全懂，但他知道妈妈为自己考了双百分、拿了三好学生奖状而高兴。听着妈妈的小曲，宝根仿佛看到了自己将来出人头地的那一刻。他在心里暗暗下了决心，一定要好好学习，给妈妈脸上争光！

从一年级一直到三年级，金祥都给宝根当着班主任，代着语文和政治课。他不仅教宝根学习文化，也教宝根怎样做人，教他如何对老师、长辈讲礼貌，怎样关心班上其他同学，怎样多做好事、不做坏事。在宝根眼里，三大金祥很神圣，很伟大，什么事他都知道，什么道理他都懂。三大比爹都关心他、爱护他，他很听三大的话。三年来，宝根每学期都是三好学生，成为全班甚至全校同学学习的榜样。就在他跟着三大如饥似渴地学习文学时，三大金祥老师却出事了。

金祥出事是一九七五年的夏季。其实，这事不是他的错，他只是因别人犯错误而受到牵连。可是，这次的牵连对他来说，确实是致命的打击。

事情的起因正是他以前教过的得意门生——雷超。雷超春节前初中毕业，本来以优异的成绩考上了县城高中，谁知就在他快要拿到高中录取通知书时，有人揭发他写反动文章。雷超家里成分是富农，要说这富农成分应该是他爷爷辈的，他母亲是贫下中农。雷超学习成绩在班里拔尖，在初中毕业前他对未来充满希望，可是有一件事让他很苦恼，就是因为他家成分不好，他一直没有当上红小兵和红卫兵，政治档案里几乎是空白。他是个爱思考、爱标新立异的学生，十五岁的雷超正处于思想叛逆、风华正茂的人生阶段，那时各种思想宣传活动搞得轰轰烈烈。一天晚上，他一个人坐在教室里苦思冥想，为自己的家庭成分、为自己的未来担忧，他曾多次找到学校校长，恳求接受他为红卫兵，可是每次都碰了一鼻子灰。由于怕自己又会因家庭成分问题上不了高中，他心中充满了忧伤、愤怒。一股激情冲动而来，他就在教室里的黑板上写了一首诗《天问》，以反复疑问的语气道出了自己心中的苦闷和愤怒。思想单纯的他其实没有其他想法，只是想以这首写在黑板上的《天问》，引起班主任、同学的注意和同情，没想到第二天早上还是引起了不小的轰动。同学们最先看到黑板上的这首《天问》，从笔迹和文采上一看就能猜得出是雷超同学的杰作。大家读了后只是佩服雷超的勇气和文采，没有多少人会将其与政治联想在一起。班主任是个女老师，政治敏锐性极强，她在同学们上早读课时来到教室，突然发现黑板上的这首诗，读着读着双眉就紧皱起来，脸色吓得苍白如纸。

女老师突然大声喊了一声："都停止朗读！"教室里静下来之后，她瞪着露出凶狠目光的三角眼，一步一步走到雷超跟前，说："雷超，黑板上的字是你写的吗？"声音很尖利，让人不寒而栗。

"是我写的。"雷超站起来，不慌不忙地答道，"老师，我就是想不明白，上辈人的错为什么要我扛在身上？"

"雷超同学，你这是对党和毛主席的不信任，不忠诚！我警告你，你这态度很危险！必须从思想根子上改正，要不然你的前途就彻底完了！"女老师的声音越来越高，越来越严厉。

"我觉得我思想很先进，我听党和毛主席的话，我就是想加入红卫兵，才苦恼的。"

女老师不与雷超说了，她转过身拿起黑板擦，"嚓嚓"几下就把那首《天问》擦得干干净净，然后说："雷超同学，你到我办公室来一下。"

后来，不知女老师给学校领导反映了什么，雷超就被学校开除了，再后来雷超被公安局派出所带走了，听说成了反革命分子，被关进了监狱。再后来，公社革委会和公安局在雷超的课桌里清理了一些反革命证据，其中就包括金祥老师三年前送给他的那本抄录有名人名言和文学名段的笔记本。金祥也因此受到了牵连，就在第一学期结束后，学校停了金祥的职。从此，金祥不再是老师，成了地地道道的农民，在天地广阔的农村接受贫下中农的再教育。

春花和宝根一样都继承了三大金祥聪明好学的优点，从一年级开始一直到七年级，每年都在全校同年级的两个班一百多名学生中学习拔尖，都是老师心目中的优秀生。特别是最后一年面临初中毕业，好强的春花心知家里贫穷的状况，每年的夏秋两季农忙时节也亲身感受过种庄稼、当农民的辛苦。夏收时，毒辣辣的太阳下她在麦地里弯着腰，挥舞着镰刀，帮生产队割麦子，一晌下来腰酸背疼，喉咙冒烟；秋收时，她和社员们一起钻进闷热的玉米地里，忍受着玉米叶子锋利的叶片在脸和胳膊上划下一道道伤口，把玉米秆上的棒子一颗一颗掰下，又一颗一颗装上架子车，再拉回到生产队的麦场里，回到家，一头倒在炕上，就睡着了；冬天，大雪过后的寒假里，十四岁的她也曾顶着凛冽的西北风，和大人们一道拿上铁锹，在光秃秃的黄沙窝里平沙造田，任凭西北风裹着沙粒疯狂地弥漫在头上、脸上、身上，灌进眼里、鼻孔里、嘴巴里……历经这些艰苦磨炼，春花记不得有多少次在心里暗暗下决心，一定要走出农村，跳出农门，像城里当工人一样吃上商品粮，端上铁饭碗，享受着工厂和办公室冬暖夏凉的滋味，也像城里姑娘那样穿着干净而整齐的衣服，让青春之火在商店柜台上、在工厂车间里、在三尺讲台上、在医院病床前、在毛泽东思想宣传队的舞台上闪闪发光。

春节前，为了备考高中，春花和同学们起早贪黑在教室里复习功课。多少个夜晚她都顶着疲劳在教室里点着煤油灯验算数学题，钻研物理难题，理解化学反应式；多少个凌晨，她披着天上的星星来到学校，一个人到教室里挑灯苦读语文课文、政治、历史知识。经过一年紧张忙碌的复习，她终于走进了神圣而庄严的考场。坐在考场里，她的头脑里浮现的是自己七年来的奋斗历程，是自己曾经多彩的梦想，也是家人期盼的目光。走出考场，她终于如释重负，以较好的发挥答完了所有考题，回到家就掰着手指头，等待着考试结果。她想，凭以往的成绩，自己考个全校同年级前十名没有问题。她甚至肯定地给爹妈和三大说，考上高中一点儿问题都没有。

然而，一九七四年年底时，却发生一件事，彻底打破了春花美妙的梦想，也扑灭了家里人对她曾寄予的希望。春花没有被县城高中录取，学校的黑板上公布的被录取学生多达二十名，里面竟然没有杨春花的名字。春花是怀着兴致勃勃的心情和同学们去学校看榜的，第一遍她没有看到自己的名字，就睁大眼睛细细从头到尾再看了几遍，还是没有看到自己的名字，她简直不敢相信这是真的。她开始以为是公布名单的老师在黑板上抄漏了她。她跑到学校教务处专门问了，教务处的回答是没错，就是那二十名，一个也不少，一个也不多。春花这下彻底傻眼了，她偷偷跑到一旁没人处，胳膊肘拄在学校院内的桐树上，把头埋在胳膊肘里，一个人呜呜哭了起来……

第七章

　　就在春花高中考试意外落榜的同时，春花的三姨飞霞得到丈夫新军的来信，要把她和两个孩子都迁到新疆去，结束夫妻十多年千里分居的苦日子，实现全家大团圆的梦想。飞霞把这个好消息告诉了娘家三个姊妹和两个弟弟后，就开始准备搬家的事情了。春节一过，丈夫新军就回来接她和孩子们。

　　飞霞比大姐东霞小五岁，比二姐西霞小两岁，是三十五年前的一个大雪纷飞的日子里出生的。飞霞出生那天，爹从地里回到家，看到漫天飞舞的雪花，就给三丫头起了个飞霞的名字。飞霞是姊妹四个中唯一念到高中毕业的女孩子，人稳重本分，与世无争。一九六三年，在崇拜军人的热潮中，飞霞嫁给了在新疆当兵的雷新军。结婚那年，新军刚转成志愿兵，婚礼还是在新疆的部队上办的，一间临时腾出的宿舍房，房间里一幅毛主席像，一张双人床，一床绿色军用被子，一把水果糖，一群当兵的在一起热闹一阵子，就算把婚结了。随后，新军休过几次探亲假回到家乡，父母前两年去世后，他回来奔丧尽孝，夫妻俩就一直过着天各一方的牛郎织女般的生活。高中毕业的飞霞在当时农村里算是少有的知识分子了。一九七〇年，公社武装部按照拥军优属的政策，把军嫂飞霞安排在了公社供销社当售货员，后来为了照顾她年幼的孩子，又把她调到了本大队的供销分社，离家也只有一公里多。飞霞的婆家离二姐西霞家不是很远，西霞没事就经常去飞霞家里串门子，晚上熬在妹妹家，陪着妹妹说说话，打发打发她的寂寞。飞霞和新军结婚后的几年里先后生了一男一女两个娃，好在新军是家里老小，公公婆婆就跟着他这个小儿子过日子。飞霞平日里要去供销社上班，两个娃娃都是由婆婆一手带大的。好不容易把一对孙子孙女拉扯大，送进了学校，七十多岁的公公和婆婆也年迈体弱，前几年先后得了重病，离开人世。

　　飞霞家离大姐东霞的家较远，要翻过几个沙梁，路也不好走。大姐东霞平时没事也很少来飞霞家里。想起来，除了整天疯疯癫癫、大大咧咧、无事可做的四妹彩霞还没出嫁外，已经出嫁的姊妹三个就数大姐东霞的日子苦一点。男人天祥人比较憨厚老实，作为家里老大，自然要给爹妈分担点家庭困难，凭着苦力挣点钱也不能全部交给她，总是先要递到自己爹妈手里。自从大姐东霞嫁到这个家，她公公就是一个病秧子，时常闹个头疼脑热，后来发展到卧床不起。她婆婆既要顾着给老汉治病，又要顾着养活下面四个儿子（不幸的是老二儿子地祥掉到河里淹死了，老四儿子水祥半路上夭折了）一个女儿，日子过得也极为艰难。要不是大姐夫天祥挣点钱苦苦支撑着，不要说他家老三金祥能念完高中，恐怕全家人日子能不能过下去都难说。

在世世代代都是耕种劳作的农民家里，出了一个拿公家钱、吃公家饭、干公家事的女儿，再加上这个女儿嫁给了一个同样拿公家钱、吃公家饭、干公家事，还穿着公家衣服、住公家房的女婿，这是沙苑方圆几十里人家都少有的荣耀。飞霞和新军不但成了全家炫耀的资本，也是杨家大队几千口人的骄傲。这里的农民大多数世世代代务农，在沙地里刨食，能出一个革命家庭很不容易。飞霞虽然跳出了龙门，每天穿着干净的衣服，打扮得漂漂亮亮的，和城里人一样站在供销社的柜台前卖货。但是她的心底还烙印着农民淳朴厚实的本色，不管是亲戚朋友，还是父老乡亲，只要来供销社买东西，她都笑脸相迎，用清脆悦耳的声音问候大伯大婶、大嫂大哥，说："您买些什么，我给您取。"丝毫不怠慢，不低眼下看乡里人。时间长了，飞霞在方圆十几里的乡亲们心里成了名人，成了不是亲戚的亲戚。

飞霞知道，自从春草丢失、宝成夭折之后，大姐东霞的心情就一直阴沉着，日子也过得没有了色彩，没有了情趣。她看着大姐遭遇的一连串不幸，心里替大姐感到怜惜。大姐出嫁后，飞霞经常想起她们姊妹四个以前在家里亲密相处的情景。大姐东霞出嫁前，爹妈主要精力用在抚养两个未成年的弟弟上，许多家务活自然就顾不上了，家里一天两顿饭、打扫院子、拆洗被褥床单，甚至打扫茅房和猪圈里的粪便一些累活脏活几乎都被大姐包了，身材并不强悍的大姐在家里这样吃苦受累，却从来没有怨言。二姐西霞却截然不同，她不但不主动给大姐搭把手，还一门心思偷懒躲避，总是挑一些人面前的轻活做做，至于四妹彩霞更不用提了，谈不上娇生惯养，却给人一个永远长不大的印象，谁的话也不听，谁的话都敢顶嘴，爹和妈拿她都没办法。有一回，家里来了几个客人，爹妈在和客人说话的时候，坐在炕上的彩霞一会儿放一个屁，隔一会儿又放一个屁，声音很响，气得妈抡起拐线的拐子朝她头上就打。彩霞呢？用手背抹着眼泪，张大嘴巴哇哇大哭，一边哭还一边争辩道："管天管地，还管人放屁！"妈骂道："就你这傻女子咋嫁人？谁敢要你？"彩霞声音比妈的声音还大，说："我就不嫁人！"母女一阵吵闹，搅和得客人说不成正事，只好笑着走开了。

飞霞准备搬家到新疆部队了，公公婆婆不在了，家里这一院庄基地只能空着，只能留着自己将来回到家再住，还有许多家具和日用品带不走，留着也没用，只好送人了。

春节前的几天，家家户户都在腊月二十三小年那天打扫屋子，准备干干净净过个新年。飞霞却没有心思干这些，她一个人在院子里忙前忙后，收拾着去新疆要带的东西。结婚时娘家陪嫁的两只漆成枣红色的木箱子，上班后自己买的一辆崭新的飞鸽牌自行车、一台标准牌缝纫机，丈夫新军从部队捎回来的军用大衣、高腰大头鞋、火车头棉帽子、几床新纳的棉被，还有两个孩子的衣服、鞋。这一切东西都是她和丈夫辛辛苦苦置办下的，哪一件都舍不得扔。她想把这些东西带走，可新军说那边的新家什么都有，不用带太多的东西，只要带上日常用品和衣服就行了。她知道，新军三年前从新疆一个野战部队退伍后，和许多热血军人一样，积极响应国家支援大西北的号召，就地安置在伊犁地区一个建设兵团，成为建设兵团里的一名职工。他热爱边疆，甘愿为边疆奉献一切，所以要把家永远安在祖国的大西北边陲。

飞霞爱她的丈夫，理解丈夫的心情，支持丈夫的决定。她去过边疆的部队，那里的自然环境还是恶劣的，茫茫戈壁滩，常常是大风来袭，飞沙走石。她也知道这次随丈夫在新疆安家，环境一定很艰苦，不是人们想象的像城里人一样的家。她把这一切都沉在心底，她去新疆不是去享受荣华富贵，心爱的人不在身边，她实在是感到太孤独，尽管经常有姐妹和爹妈的陪伴与问候，但这些都代替不了丈夫在身边的温暖，代替不了一家人团团圆圆的幸福。虽然要丢掉让人羡慕的工作，但只要能和爱人在一起团聚，她觉得不干这份工作也值得，在新疆兵团她照样可以干其他的工作，即使在地里务农，她也能忍受那份苦。她觉得每个人都有两只手，手就是用来干活的，只要是自己愿意付出辛勤劳动的汗水，就一定能换来幸福而甜蜜的生活。所谓地位的高低，工作环境的好坏，身上穿着干净不干净，这些都是无关要紧的外表，只是一种外在的虚荣。在新疆的艰苦环境中，照样可以感受到劳动带来的幸福，更能感受到夫妻恩爱的甜蜜和全家和睦相处的天伦之乐。

两个孩子也放寒假了，一个上一年级，一个上三年级，过了年，他们就要在新疆建设兵团的学校上学了。孩子们出去玩了之后，飞霞一个人在家里走来走去，看看院子里的四棵一抱粗的榆树，摸摸灶房里的锅碗瓢盆，捏一下飞鸽自行车的车铃和双闸，踩一脚缝纫机的脚踏板，听一声公鸡"咯咯咯"的鸣叫声和母鸡"咯咯哒"的下蛋声，她心里实在舍不得离开这些陪伴她多年的伙伴。

小年过后的第二天，二姐西霞来到飞霞家。正是年前大忙的时候，二姐西霞能抽空来看看飞霞，让飞霞心里感到了一丝温暖。

西霞看着飞霞已经收拾了几包鼓鼓囊囊的行李，问："你就只带这点东西走？"

"路途这么远，坐火车时间又长，东西不好带。只好带些紧要的东西。其他的东西到那里再置买吧！"飞霞显得很无奈。

西霞在小屋里开始走来走去，抬头看着炕头上面架板上的两只木箱子，再用手掌细细摸着放在墙根前的缝纫机和自行车，咂着嘴问："这缝纫机和自行车不带走了？"

飞霞说："想带也带不走，到新疆有三千多里路，咋带呀？可放在家里我又不放心，卖了吧，又卖不上几个钱，怪可惜的。我正想办法看咋样处理好。"

西霞想了想，犹豫了一会儿，说："是呀，这么值钱的东西放在家里，没人照看肯定是不行的。妹子，你看这样行不行？咱俩家离得也近，要不自行车和缝纫机先放在我家里，姐先替你保管着，你要是回来想用了，就到姐家里来。"说完，用询问的目光扫视了一下飞霞。

飞霞没有立即作出回应。她不是没有想过这样，自己走后，这么大的一个家托付给谁，她才放心呀？新军只有弟兄一个，几个姐姐都出嫁了，不可能把家托付给他们。到时候几个姐姐争多嫌少的，托付给谁都会落下话说。托付给自己的两个弟弟吗？他们都已成家，两个弟弟都是自己人还好说，就怕两个媳妇将来把她的财物占为己有，到那时有嘴也说不清，还白白得罪两个弟弟媳妇。想来想去，还只有两个姐姐最合适。人常说，姊妹们之间最易亲近，弟兄们之间最易结仇。对于两个姐姐，飞霞心里最清楚不过。其实，她首先想到最能让她信赖、最让她放心的是大姐。大姐这个人虽说没文化，嘴笨一点儿，但人实诚，不会胡说胡来，就是把一个金山给她，她也不会贪得无厌，占为己有。再说了，大姐家日子本来就困难，要自行车没有，缝纫机更没有，做个针线活只能用手工。而二姐西霞家缝纫机、自行车都有，日子相对松宽一点儿，这些东西对于她来说，本来不是稀罕之物。所以，刚才二姐西霞提出了那个问题后，她一时没有回答。

看到二姐西霞还在用询问的眼神看她，飞霞说："家里剩下的东西怎么处理，我说了也不算，等新军回来再说。说不定新军还会想办法把有用的东西带去。"

西霞的手掌在缝纫机的转轮上摩挲着，像抚摸婴儿的肌肤一样依依不舍。听飞霞这么一说，她只好说："姐跟你这么亲近，还信不过姐呀？那好吧，等新军回来你们再合计合计吧，要是真的带不到新疆去，就放在姐家吧，姐保证会给你保管得好好的。"

飞霞听出了二姐话里的味道，为了不伤姐妹的和气，她从自己的衣箱里挑出几件只穿过一两次的毛衣和大翻领夹克外衣，递到二姐手里，说："这几件衣服我只穿过一两次，妹妹也没什么送你的，你看合适的话你就拿回去穿，不合适就给秋菊穿。"

西霞接过一件大红毛衣、一件橘黄秋衣和两件呢子大翻领外衣，脸上露着喜悦，双眼眯成一条线，一边把几件衣服抱在怀里，用一块粗布袱子袱好，一边说："就说嘛，还是亲姊妹心近，姐会记着你的好心，有啥需要帮忙的，尽管叫姐啊！"

午饭时分，飞霞在灶房给二姐西霞包了萝卜饺子，做了一盘红烧肉和一盘炒鸡蛋。西霞吃了两碗萝卜饺子和一个蒸馍，就胳膊肘夹着包裹衣服的包袱，向飞霞告辞后，扭着屁股，一溜烟回了家。

腊月二十九，雷新军终于从新疆坐着火车，经过三天四夜的长途奔波，在省城西安火车站下了火车，再搭着长途客车坐到县城，正好在县城车站旁边的国营蔬菜店碰到了给蔬菜店送菜的"杨倔头"，这才坐着"杨倔头"卖菜的马车，顺路回到了家里。

冬天的白天短。雷新军到家时天刚擦黑，爹妈去世的那几年，他回来过两次。几年没回来，一进门家里的样子就让他感到了陌生。院子里往日熟悉的几棵大榆树不见了踪影，只留下整整齐齐的四五个大坑，显得整个院子豁然空旷。小屋的门半开着，他轻轻走进小屋，屋里没人，炕上堆放着两个鼓鼓囊囊的帆布大提包，缝纫机和自行车被塑料布盖得严严实实。他叫了声"飞霞"，没人应声，却闻着一股肉香从灶房飘了过来。他放下肩膀上的大行李袋，走到灶房门口，看见灶房里的灶膛亮着火光，飞霞那熟悉的身影在锅台前正弯腰忙碌着。

"飞霞，我回来了！"新军一步跨进灶房，高兴地喊着。

飞霞从锅沿上抬起头，微弱的灯光下，脸上露出灿烂的笑容。她一边忙着在锅里煮肉，一边说："我就估算着你今天回来，这不正在给你煮肉，煮了一大锅，我们全家过年好好吃！"她用饭勺从锅里捞了一块红肉，递到丈夫跟前，顺手递给他一双筷子，说："刚煮好，你先尝尝！"

新军先闻了闻扑鼻而来的肉香，然后张开嘴，轻轻咬了一小块红肉，慢慢嚼着，点了点头，说："真香！"

晚上，两人在被窝里一阵云雨之后，飞霞躺在丈夫新军怀里说起了前两天二姐西霞来家里的事，顺便问起了缝纫机和自行车咋样处理。飞霞知道，家里除了这两样东西，再没有什么值钱的财物了，自行车是自己到供销社上班之后，为了上下班方便不误事，新军从部队寄回来一百五十块钱买的，平时自己很爱惜，每次骑车回到家都要用抹布将车子齐齐擦一遍，遇到下雨天更是舍不得骑车子，打着雨伞步行去上班，虽然骑了四五年了，但仍像新的一样，漆黑发亮的钢梁，明光闪闪的内圈、车把和车铃，看着就让她舍不得丢弃在家。那台标准牌缝纫机也是自己上班后用积攒了近乎一年的工资买的紧俏货，用了多少年了，给两个孩子和公公婆婆做了多少衣服了，已经成了她最要好的伙伴和生活帮手，怎么能说分开就分开？

虽说都是快四十岁的人了，但夫妻俩今晚还是品尝到了久别胜新婚的滋味。新军用健壮的臂膀把飞霞紧紧搂在怀里，亲吻了一下妻子羞红的脸蛋和额头，说："霞，这几年我不在家，就辛苦你一人了。这些年，你除了照顾两个娃娃，还要照顾我爹妈，两位老人如今也平平安安走了，我才想起把你和娃娃接过去，我们一家团团圆圆过日子多好！我知道，你舍不得丢下自行车和缝纫机，它们也陪伴了你多年，可是我们去新疆路途很远，肯定带不上的。依我看，还是给你娘家两个弟弟留着，就当我们送给他们的礼物吧！再说了，你爹娘抚养了你也不容易，缝纫机放在喜财家，两位老人做衣服呀缝缝补补的还能用上。你那个二姐就是个爱沾光的人，她家里不缺什么，可她什么东西都想要，给她还不如给大姐。"

飞霞默默听着丈夫的一席话，心想：懂得她心情的，还是自己的丈夫啊！她不由得把新军搂得更紧了。

过了正月初七，飞霞便与亲人告别，与新军一起带着两个儿女，带着简单的几件行李，转车到省城西安，坐上了西去新疆的列车……

第八章

飞霞去新疆之后不久，彩霞就被婆家人送了回来。

彩霞出嫁的时候已经二十五岁，这在沙苑一带算是大龄女子了，谁家的女娃能拖到二十五岁出嫁呀？除了聋哑瘸子那些残疾人外，就剩装疯卖傻之类不懂做女人规矩的人了。彩霞应该属于后者之类的，但她既不傻也不疯，就是整天大大咧咧，笨手笨脚，嘻嘻哈哈，不会看人眉高眼低。

彩霞小时候只念了一学期的书就被学校送回了家，原因竟然是她不好好学习，上课不好好听讲，不是睡觉就是骚扰别的同学，还有一个毛病是整天爱打娃娃，不光打女生，还敢打男生，打得好几个男生脸上都挂着彩、跟班主任老师告她的状。班主任叫她把家长叫来，她从来不给爹妈说，最后她也不想上学了，学校也不想要她，就这样成了连自己名字都不会写的准文盲。和二姐西霞比起来，彩霞就好比猪八戒与孙猴子一样，显得她要多笨有多笨。人家西霞说话嘴上像抹着蜂蜜，人人爱听，而她彩霞一说话就是破嗓子、高八度，而且说起话来不知道让着别人，嘴里就像机关枪一样嘟嘟嘟说个没完，说的话东拉西扯，别人都听厌烦了，她还劲头不减，人家只好走开了。彩霞虽然在姊妹四个中年纪最小，可吵架却是最厉害的，谁也吵不过她。她吵起架来两眼瞪得像牛铃一样大，目光像两把利剑一样凶狠，声音像炸雷一样刺耳；那嘴巴喷着唾沫星子，那双手在腰间一叉，那双腿像猴子一样蹦得老高，而且一边蹦着，还一边用一只手的食指指着对方的鼻子眼睛，一点儿也不胆怯；要是骂不过别人，她还会扑到对方跟前，扬起手准备打人家耳光，就这阵势也吓得一些女人软了几分，男人们会看她热闹，故意把她激怒，看她吵架打人的样子。有一次，一个半拉子老汉逗她，没想到她当时正在气头上，扑到人家跟前就是一脚，接着又是一个耳刮子抡了过去，老汉当下就被她打倒在地。老汉自知不是对手，白挨了打，也不敢还手，只好灰溜溜躲开了。

巷子里的女子一般长到十八九岁时就会有媒人来家里说媒，遇到长得好一点、又聪明、又能干的女子，常常会有多个媒人说对象，这样的女子和家里人就会有很强的自豪感，不急不慢，东挑西拣的，像皇上的女子出嫁一样。彩霞直到过了二十三岁，还没有媒人来家里说媒，急得她妈没事晚上就跑到媒人家里，请人家给四女儿找个婆家，就像搪塞破棉袄一样，赶紧把她嫁出去，省得整天在家里跟着她顶嘴和生气。就这样在她妈妈不停地跑动下，终于在彩霞二十五岁那年才介绍了一个婆家。婆家弟兄三个，家里穷得叮当响，三个儿子又都是老实巴交的人，只会出力气干活，眼看着老大快三十了，还说不下媳妇，虽然知道彩霞是方圆几里有名的厉害女子，但也不敢嫌弃什么，只要将来和老大成了家，生个娃好好过日子就行。五年前，彩霞就在爹妈的催促下，嫁到了这家姓于的家里，丈夫人有点笨拙，巷子里人送他个外号叫"榆木疙瘩"。

彩霞出嫁后，离开了爹妈那娇生惯养的环境，面对着陌生的公公婆婆、"榆木疙瘩"和两个闷葫芦一样的弟弟，过着缺衣少穿、缺盐少醋的日子，那种疯狂劲一下子消失了。她开始感受到了生活的困苦，感受到了穷人家过日子的艰难。开始，公公婆婆还让着她，把家里仅有的几个鸡蛋和掺了一点点小麦的玉米面馍都让给她吃，彩霞亲眼看着两个小男人每人抓一个又黑又硬的红薯面坨坨，蹲在远离饭桌的院子里狼吞虎咽；看着年纪一大把的公公婆婆也只吃一点红薯面坨坨，而把白一点、软一点、香一点的玉米面馍留给她。婆婆还特意在她碗里的清汤面里打了个鸡蛋，圆溜溜、软乎乎、白花花的鸡蛋漂在她的碗里，她用筷子把鸡蛋送到嘴边，张开的嘴巴像被定住了，一向嘴馋的她此时突然间不好意思吃了。她把鸡蛋放回碗里，用筷子夹破成四份，分别给公公、婆婆、"榆木疙瘩"男人和自己一份，嘴里嚼着那份鸡蛋，她的眼睛有点潮湿了。

婆婆是个小脚女人，人们管她叫"马氏"，个头不高，干活却手脚麻利，从地里干活回来顾不上洗脸，就钻进灶房围着灶火和锅台转起来，不到一袋烟工夫，饭就端上桌了，虽然饭菜简陋，但还可口。等新媳妇吃完饭，她就收起饭桌上的碟子碗筷，端到灶房，泡进大水盆里三下两下洗干净，这才收拾起屋子里早上没有叠的被子，打扫屋子里的尘土和垃圾。这些事彩霞在娘家从来不做，现在也轮不到她做。她闲着没事，觉得实在无聊，感到自己一个大活人就这样待在屋子里什么也不做，心里憋得难受。有一天，吃过午饭，婆婆照常要收拾碗筷，彩霞就突然抢先一步收拾起饭桌，动作快得如同一阵风，转眼间就进了灶房。婆婆嘴上没说什么，眼睛却静静在一旁看着她怎么洗。

彩霞端起一家六口人吃过的剩饭剩菜碗碟，"啪"的一声就倒进泔水桶里。

婆婆"马氏"嘴里的"不要倒"还没说出来,几碗剩饭就泼进了桶里,好在还剩下两碟剩菜没顾得倒进去,就被婆婆夺了过去。

"这些饭菜下顿还能吃,你咋倒了?"婆婆心疼了半晌。

"谁吃他们吃剩的?看了就恶心!"彩霞很是不以为然,在娘家她就看到娘经常倒掉那些剩饭剩菜,特别是那些汤汤水水的,看了就让她倒胃口。

"你不吃我吃!"婆婆一看剩菜也不多,当着彩霞面就把萝卜菜和冬瓜菜汤连吃带喝一扫而光,这才把菜碟放在她面前,说:"洗吧。"

彩霞手伸进漂着菜叶和玉米粒的水盆里,觉得心里一阵恶心。那些碗和碟虽说没有多大油水,一点儿也不油腻,但从来没有与这些剩菜剩饭打过交道的彩霞,第一次洗起碗碟心里还是很难受。她开始后悔自己今天的莽撞和逞能,好好的轻松事不干,却硬要逞能和婆婆抢着洗碗碟,也不知自己脑子里哪根弦断了。没办法,她这会儿只能骑虎难下,硬着头皮开始洗了起来。她是个急性子,现在洗起碗碟也是风蚀云残,只是用手指在碗碟里轻轻抹一下,再在水里涮一下,就捞出来,这样用不了多大工夫就把一摞碗碟洗好了。

婆婆在一旁看着她洗碗碟的过程,嘴边露出一丝轻蔑的冷笑。待媳妇把碗碟放好准备离开时,她走过去,让媳妇退到一边,说:"你这就洗完了?看看,你洗的碗跟没洗一样。"一边说着,一边重新把一摞碗碟放进水盆里,用手指一个碗一个碗抠掉粘在碗上的米粒,用洗碗布一个碟一个碟来回抹,就像在描绘一幅画一样精心,但动作熟练,速度也快,不大一会儿工夫,就把一摞光洁的碗碟摆放在案板上了。

彩霞这才知道洗碗这些细活不是她能做好的,可她也不想闲下来。出了灶房,看到驼着背、嘴里不停在咳嗽的公公在后院劈柴,她想这活她能干,就过去让公公歇去,她拿起斧头,高高抡起,"啪"一下就把指头粗的树枝劈成两截。砍了几下,彩霞才体会到了,劈柴这活不用那么细心,只要有力气就行。她越劈越起劲,一会儿工夫就把身边的一堆树枝全劈完了,累得她大冬天脸上也挂满了汗珠子。

彩霞的丈夫"榆木疙瘩"身材瘦弱,在强悍的彩霞面前显得弱不禁风,凡事都让着彩霞,什么事都是彩霞说了算。在彩霞面前,他说的最多的是"你说行就行",或者"随你吧",或者"我听你的",从来不犟嘴。新婚之夜,"榆木疙瘩"看着新媳妇,竟然像娘们一样害臊起来,新媳妇倒没害羞,他脸倒先羞红了。客人走后，彩霞洗了脚，关了门，拉上窗帘，坐在炕沿上等他主动靠近。"榆木疙瘩"却像木头人一样呆呆地站在一边，不敢靠近新媳妇，气得彩霞骂道："看你那熊样，能干啥？"就一个人拉起被子和衣睡了，将"榆木疙瘩"一个人晾在一旁。待新媳妇彩霞响起轻微的鼾声，"榆木疙瘩"才偷偷摸摸从她旁边绕过，拉起另一条被子睡了。两人就这样谁也不碰谁，中间隔了一道防线一样，度过了新婚之夜。

日子一天天重复着。一年过去了，彩霞的肚子平平的没有变化，两年过去了，彩霞的肚子还是没什么变化，唯一变化的是她的饭量更大了，脾气更坏了，动不动就训人，不是训斥唯唯诺诺的"榆木疙瘩"，就是训斥两个同样三棍子打不出一个屁的弟弟。在这三年里，"榆木疙瘩"也曾少有几次碰过她的身体。彩霞清楚地记得，第一次真正意义上碰她身体是结婚第一年夏季的一个炎热夜晚，彩霞只穿着一件花裤头在炕上睡觉，"榆木疙瘩"前半夜是光着膀子在屋子外面的院子里铺了张凉席睡，后半夜刮起大风，随后天上就下起了雷阵雨。"榆木疙瘩"抱着凉席回到了屋里，拉开电灯，刺眼的灯光下看到彩霞丰满而雪白胴体，他的眼睛瞪得老大，口张得老圆，心跳突然加剧，下面开始膨胀，丢掉凉席和枕头，偷偷爬上炕，伸出那扇粗糙干瘦的手掌触碰彩霞的胸部、腹部和大腿。彩霞半睡半醒，紧闭双眼任他乱摸乱抓，细心享受着结婚之后的第一次的冲动与愉悦。然而，事情的进展并没有随着她的期盼进行下去，"榆木疙瘩"使出浑身力气也没有完成两人身体的结合，整个人就像泄了气的皮球蔫了，又像一摊稀泥一样大汗淋漓地摊在床上。在随后的几次试探中，"榆木疙瘩"都是到关键时刻，竟然还没上身就泄了、软了，气得彩霞一脚把他蹬下了炕，从此再也不让"榆木疙瘩"沾她身子，恢复了新婚之夜那种各自而睡、不得越线的冷战格局。三年后，彩霞彻底绝望了，脾气更烦躁，像装了一肚子火药一样，一碰就会爆炸。

一天，她听大姐说爹身体不太好，病得不轻，就给公公婆婆说了声，回娘家看爹去，可能要待上几天。到了娘家，大姐东霞、二姐西霞都守在爹跟前伺候，两个弟媳妇也时不时过来倒水送饭，彩霞看姐妹们好不容易凑在一起热闹，本来决定要熬几个晚上，谁知有大姐、二姐在伺候爹，她根本插不上手（其实她也不会伺候病人），闲着没事，嘴就像放鞭炮一样噼里啪啦说个不停，吵得爹心烦、妈嫌弃，只待了一天，就把她轰走了。那天晚上，她回到家，想睡又睡不着，心里莫名其妙地有点烦，就在这时，她隐隐约约听见婆婆和公公在对面屋子里说闲话。

婆婆说："嫁过来都三年了，连窝都抱不上，真是急死人了。"

公公说："媳妇那么好的身子还怀不上，该不是老大有啥毛病了？"

"屁话！那纯粹就是个不下蛋的母鸡，怪自家娃啥事？"

"哎，难说。你不看儿子那傻样，我估计八成还没沾上人家身子。没见过，世上还有不吃腥的猫！"

"娶个媳妇不生娃，要她有啥用？不是白花了钱？我看，于家八成是指望不上她了，到年底再怀不上娃，就把她送回娘家去。咱总不能叫于家断了香火吧！"婆婆说得咬牙切齿，恨铁不成钢。

这下可惹火了彩霞，她肺都要气炸了，从炕上一轱辘爬起来，踢踏着棉鞋，散乱着长发，推开婆婆屋子两扇小门，双手叉腰，双目怒瞪，指着婆婆的脸问："老婆子，你给我说清楚，谁是不下蛋的鸡？说呀！"

"说你咋了？不服气，有本事给我生一个！"婆婆脸色也大变，完全失去了往日平静的神态，跳下炕，冲到媳妇跟前，气势汹汹。公公一看这阵势，知道再吵下去非要闹出大事了不可，就拉了一下老婆子的胳膊，一边往回拖，一边劝解说："行了行了，有啥好闹腾的，不就是生娃娃的事嘛，急啥呀？"

"你娃上不了身，管我的屁事？你这个烂嘴还有脸说我，都不看自个儿生下的是啥二球货，我嫁到你们于家都倒了八辈子霉！"彩霞也豁出去了，顾不上什么面子了，用嘴出着心中的火气，一边争执，一边往婆婆跟前扑，做好了打架的准备。

婆婆没想到媳妇发起凶来会这么厉害，不给点儿颜色就不知道她的厉害。她狠狠甩掉老汉的手，双手叉腰，小脚一蹦，整个身子跳起来，高声骂道："你嘴巴放干净点，你骂谁？我看你这不懂人话的泼妇就欠收拾！"说着，顺手抄起笤帚，扬起来就朝彩霞身上打过来。

彩霞毕竟身材高大强悍，右手一伸，从婆婆手中一把夺过笤帚，左手拉住婆婆的衣领，用笤帚把就朝婆婆身上狠狠打下去。挨了打的婆婆像杀猪般嚎叫了一声，当彩霞的笤帚第二次抢过去时，被公公挡了回来。公公夺过笤帚，对彩霞吼了一声道："你给我放下！"

彩霞趁机见好就收，但仍装出一副不服气的样子，胸脯夸张地一起一伏，牙齿紧咬下嘴唇，学着婆婆的样子也高高跳起，叫道："你这母老虎，老娘还怕你不成！"

这次婆媳大战之后，"榆木疙瘩"的家里内战就没有停止过，真可谓大战三六九，小战天天有，一家人个个都处在战火的包围中。"榆木疙瘩"的妈对老大的这个歪媳妇彻底绝望了，看到她就像看到了仇人。"榆木疙瘩"的爹心里也不舒坦，本来家里就穷，三个儿子两个打着光棍，好不容易给老大娶了个媳妇，没想到还弄成这样子。不要她了吧，娶个媳妇不容易，还别说这个媳妇干地里活还蛮有力气的，留着吧，不生娃暂且不说了，天天和婆婆吵闹，让人心里一天也清静不下来，这样的日子啥时是个头呀？

最后，还是"榆木疙瘩"的妈做了决断——坚决不要这个媳妇。她一不做二不休，拿了个破洗脸盆，找了一根木头棒棒，一路敲着脸盆，来到彩霞的娘家，在彩霞的娘家门口像耍猴卖艺一样，敲一阵子脸盆，破口大骂一阵子，骂彩霞这样的媳妇简直是疯子，是泼妇，是笨蛋，是不下蛋的母鸡，还让围着看热闹的人看媳妇打的她身上的伤疤，泪眼婆娑地说着这几年彩霞在她家如何横行霸道，一家人过着怎样窝窝囊囊的日子，看得围观人群里不时发出一阵哄笑。

彩霞的爹妈对这样蛮横难缠的老婆子也没办法，躲在屋子里不敢出来。没想到"榆木疙瘩"的妈刚耍了一会儿工夫，离老远就看到胳膊肘下夹着衣服包裹、手里提着一个竹笼的彩霞急急火火赶了回来。彩霞一看娘家门前围了这么多人，再看看"榆木疙瘩"的妈手里拿着脸盆在敲，嘴里在嘟嘟囔囔说着什么，心里顿时充足了气。她扔掉手里的东西，朝着"榆木疙瘩"的妈一路小跑过来，一边跑，一边喊："死老婆子，我让你再胡来，看我不割了你的舌头！"

"榆木疙瘩"的妈一看不对劲，扔掉脸盆和木棒，冲出人群，撒腿就跑……

彩霞最终被婆家赶了回来，待在娘家很招人嫌。妈见了她，没好气地说："你少在家里待，爱死到哪里，就死到哪里去！"爹身子有病，懒得跟她说话，只是睁开眼看了她一眼，就别过头去，不想见她。两个弟弟媳妇虽然留着她在家吃饭，但那眼睛里也是白多黑少。彩霞却是一副死猪不怕开水烫的样子，厚着脸皮待在娘家，吃了饭就四处逛荡。她没事就喜欢到大姐家去逛荡，大姐东霞和大姐夫天祥不会像娘家爹妈和两个弟媳妇那样讨厌她，也不会像二姐西霞那样像逗小娃娃一样逗她，嘲笑她，让她心里很窝火。在大姐家，大姐会和她东拉西扯地闲聊，大姐夫天祥见她来了，会让春叶给她做好吃的饭。她有时候在大姐家会连吃饭带熬夜，在娘家她从不愿意动手做家务，到了大姐家，她却乐意帮大姐烧火做饭、拆洗被褥或者陪大姐说说话，甚至愿意把她在"榆木疙瘩"家里的遭遇一五一十给大姐说，大姐夫听了会笑着离开，把说话的空间让给她们姐妹俩。

东霞听了彩霞在婆家的乱七八糟的事，就劝她，说："你婆婆开始对你不错呀，只是她急着想抱孙子了，才对你那样，你咋不替她想想？再说了，谁家过日子没有个磕磕碰碰的烦心事呀？不是大姐说你，都新社会了，你还和婆婆那样吵架打架，都不怕巷子里人笑话？做媳妇就要有做媳妇的样子，你看你那股凶劲，谁家敢要你？"东霞说了彩霞的不是，然后才设身处地替彩霞着想，叹着气说："话说回来，遇到那样不争气的男人，也够你受的了。你那婆婆不分青红皂白就把不生娃的根子栽在你身上，到哪里都说不过去！你呀，是替那个'榆木疙瘩'男人受气！"

东霞的话很顺彩霞的心，彩霞就喜欢听大姐说。

初夏的一天早上，彩霞在大姐家门口帮大姐扫地，正好碰到赶着牲口车要进城卖菜的"杨倔头"，那牲口车上外围装了密密麻麻满满一车大葱，她正在想今天做饭没有菜吃，就喊了一声："哎，卖菜的，给两根葱！"

"杨倔头"听到有人喊他，最初以为是东霞，以前东霞从来没有这样张口给他要过菜，都是他卖菜回来给车子上留点新鲜的菜，经过她家门口时，喊着"东霞出来"，再把菜赶紧塞到东霞手里。今天她突然间开了口主动要菜，让"杨倔头"还觉得有点新奇，他就赶紧停住了车，看看四下里再没其他人，就从车子上抽出一把大葱，顺手从里面抽了两个又肥又大的紫茄子，递了过去。他抬起头时，才看清楚不是东霞，而是东霞的妹妹彩霞。他也听说过东霞这个妹妹的一些事，就笑呵呵地说："就说嘛，太阳从西边出来了，你大姐从来没张口要过菜，赶紧拿回去，不要让旁人看见！"

彩霞接过菜，很是不以为然，说："不就是要你两根葱嘛，哪来的那么多废话！能要你的葱，就是看得起你！"说着，嘴一噘，扔下手里的笤帚，转过身子，扭着肥胖的屁股蛋子，朝灶房走去。

"杨倔头"很久没和女人这样说话了，特别是和东霞妹妹彩霞这样的直性子女人说笑了。听着刚才彩霞顶嘴的话，他不但不生气，心里还感到很舒坦、很开心，本来还想继续跟彩霞再聊几句，她却拿着菜，转身就走了。彩霞转过身后，那拧着屁股走路的姿势，让他看了觉得很好笑，又很耐看，尤其是那丰满的胸脯，圆溜溜肥嘟嘟的两个屁股蛋子，脊背后面顺下的那根又黑又粗的辫子，像磁铁一样吸引着他的目光。

"杨倔头"家与东霞家只隔两三家。由于家里穷，"杨倔头"的老婆死后，他就一直打光棍，再没有找新对象。他老婆是因为难产死的，那天东霞在她家，外面刮着凛冽的西北风，屋里"杨倔头"的老婆躺在炕上生娃娃，东霞被"杨倔头"叫过来，她一进门先摸了摸炕，发觉被窝里冰凉，就赶紧抱了一捆玉米秆，把炕烧得热乎乎。"杨倔头"像没头的苍蝇乱跑，东霞就让他赶紧去大队医疗站叫赤脚医生，一个四十多岁的中年女赤脚医生来了一看，产妇肚子胀得像气球，再不使劲，娃娃就生不下来了。"杨倔头"的老婆疼得撕心裂肺地哭喊，这样足足折磨了大半天，最后下面大出血。医生说了句"胎儿横位，大人难产"，就开始采取措施，结果一直到晚上十点多娃也没生下来。"杨倔头"的老婆却奄奄一息了，不到天明就停止了呼吸。

东霞是个软心肠的人，她看到"杨倔头"早早就死了爹妈，现在又死了媳妇和没出生的娃娃，觉得他命真苦。十年前，那次去公社看那个长得像春花的娃娃时，他待她很好，平时看着他光棍一条过日子不容易，没事她总会给他送去一碗热饭，或者给他一个刚出锅的馒头。生产队照顾"杨倔头"，让他赶车卖菜。"杨倔头"也算是巷子里见过大世面的人了，经常从城里回来给她说一些外面的事情，或者给她送点儿卖剩下的菜。在这个七八十人家的巷子里，两家算是关系比较亲近的了。

自从彩霞自作主张地向"杨倔头"要了一把菜之后，东霞慢慢发觉"杨倔头"来她家里的次数更多了，有事没事就过来，碰见她就问"彩霞来了没有"，碰到天祥就说"让兄弟抽几口水烟锅"，端起桌子上那个青铜水烟锅，按上烟叶，点着用烧纸卷成筒状的火纸，"呼噜噜——呼噜噜——"抽开了。

"杨倔头"来家里的次数渐渐多了，让东霞渐渐发现了一个秘密。一天晚上，她对睡在她身边的彩霞说："你觉得'杨倔头'这人咋样？"

彩霞说："赶车是把式，人还厚道。头一回给他要菜，就很爽快给了。"

东霞说："这'杨倔头'和我们家打交道时间长了，人真的没说的。我看，他是光棍一条，你现在又是被赶出婆家没人要的女人，你们两个要是能在一起过日子，不正好吗？"

“不行，不行，不行！”彩霞一连串说了几个“不行”，噘着嘴说：“他比我大十几岁，太老了。”

东霞笑了，用食指狠狠指了一下彩霞的额头，说：“年纪大才懂得疼老婆，你呀，就不要在掰扯了，这么好的人不嫁，难道还要找你那‘榆木疙瘩’去？”

彩霞没有再说什么，捂着脸，身子一扭，背过身去。

到了秋天，就到了沙苑人丰收的季节了。八月十五之前，在东霞和天祥的张罗下，彩霞终于搬到了“杨倔头”家里，两人一起在公社扯了结婚证，过起了贫穷而平淡的日子。

第 九 章

女大十八变。一九七五年，春叶虚岁已经二十一岁了。

为了妹妹和弟弟能安心在学校上学，春叶早早就担负起为爹妈分忧、为家里挣工分的重担了。几年的农村锻炼已经使她的身体结实硬朗了许多，不高也不低的个头，黑里透红的圆脸，厚实的手掌，高挺的胸脯，宽大的双脚丫子，齐耳的短发向后拢起，两侧用细细的发卡卡着，黑红格子外衣不肥不瘦，罩在身上很是得体，一双月牙状的眼睛里透着坚毅、朴实、和善。

东霞知道，大女儿春叶到了谈婚论嫁的年龄，她看着胸脯凸起的女儿，开始唠叨起来，说："春叶，该找婆家了。"

春叶也总是"嗯"一句就过去了，好像没事一样。

初冬的一天晚上，春叶在家纳鞋底，听见妈和二姨西霞在院子里说话。二姨好久都没来家里了，这次突然来访，让她觉得有点儿新鲜。她一边纳着鞋底，一边竖起耳朵听妈和二姨说话。院子里只有二姨清脆的声音，妈的话很少，半天才回应一声"对，是呀"。她听出二姨的话里提到了自个儿，但她说到春叶时，声音就压得很低，让春叶隐隐约约听不清楚。

春叶知道二姨平时很少来家里，她是个急性子人，来去一阵风。其实，二姨经常回娘家，都要经过她家门口，却很少进她家的门，总是在门口喊一声"大姐"，或者在大门口喊一声"春叶，叫一下你妈"，多数情况下，会不打招呼一个人走过去。

春叶知道，二姨这几年日子过得很舒坦，当木匠的二姨夫很红火，经常给巷子里人家做家具，盖木料房，给年老体弱的老人做棺材。主家不但管饭，完了还要给钱，就是亲戚、自家人、朋友，也不会白请他干活，总是会好饭好菜招待，给钱二姨夫不好意思要，就给些烟酒食品之类的，拿回家给娃娃吃，这样比较下来，比给生产队下地干活挣得多，人也不太辛苦，用当地农村人的话说，这就叫"吃手艺饭"。二姨夫能挣到钱，二姨也就会打扮自己，新衣服一套一套的，整天把自己收拾得干干净净、整整齐齐，一点儿也看不出是乡下人。二姨的儿子智明比春叶小两岁，今年冬季刚刚到部队当了兵，当兵走的那天，春叶看到大队部门口锣鼓喧天，鞭炮齐鸣，排了一百多米长的群众和学生夹道欢送。智明和十几个新兵身穿绿军装，胸戴大红花，在锣鼓声、鞭炮声和人们的欢呼声中，坐着绿色的解放汽车，徐徐离开了大队。那一刻，她看到二姨西霞心里既高兴又伤感，高兴的是儿子当了兵，全家人脸上都感到光荣，伤感的是唯一的儿子第一次要离开家、离开亲人了，她的眼眶里始终噙着两汪泪水。二姨的女儿秋菊比春花小一岁，也都上学了，眉眼长得与她像极了，瓜子脸，大眼睛，小嘴巴，脸上又白又光，就像瓷娃娃，也像她一样嘴巴甜，见谁都是一说一笑。难怪每年大年初二到娘家拜年，爹妈格外地偏爱她这个女儿，有好吃的总是先给秋菊，明显比对大姐家的春叶和春花好多了。春叶还听妈说过，其实二姨是个在家闲不住的人，没事总是朝外跑，不是揣着男人挣得好吃好喝的回外婆家孝敬外公外婆，就是到三姨家里串门子，一坐就是一天，有时还在三姨家熬夜。妈说："你二姨呀，眼头高，看不上咱穷人，就爱高攀有钱人。你三姨夫在部队，年年给你三姨捎钱、捎东西，你二姨去了就想沾点光，到咱家里啥都沾不上，来干啥？"

西霞和大姐说了一会儿悄悄话，就进到小屋里。春叶看见二姨的一头黑发整整齐齐向后梳理，在电灯下闪闪发光。二姨穿着一件黑色条绒外罩，手里拿着一条蓝白相间的洋布手巾，进来的时候用洋布手巾擦着嘴，好像害怕被人看到她说话时嘴边泛起的唾沫星子。看到春叶在炕上做棉袄，二姨脸上泛着笑意说："哎哟，看我春叶娃就是勤快，就知道替你妈干活，一刻也闲不下来。"声音如铃声般清脆。

春叶在二姨面前永远显得嘴笨，她叫了一声"二姨"，就不知道该说啥好，给二姨回应了一脸笑意，又低下头做起手中的针线活。她给爹做的棉袄已经网上一层厚厚的棉套，正穿上针线将用粗棉布做的棉袄缝起来。

东霞给西霞妹倒了一杯开水，对春叶说："春叶，你二姨给你说了他们巷里一个男娃，问你愿意不愿意？"

西霞说："好我的春叶娃哩，二姨给你说的这个婆家可是个财东家，人家院子里盖着双边房，家里就这一个男娃，上面两个姐姐都出嫁了，我春叶娃要是嫁过去，保管你以后过的是油彩采面的光景！"

东霞在一旁也给西霞妹帮着腔说："春叶，依妈看，你二姨说这个对象不错呀，你也不小了，差不多就行了吧！"

"可不是吗？"西霞不等大姐说完，就插嘴说，"春叶呀，二姨为我娃的婚事把心都操烂了，把人家的门槛都快踢破了。二姨为你的事可没有少费口舌，把我春叶娃夸得像一朵花，好不容易把人家那头说通了。现在只要我娃点个头，这门婚事就成了。"

春叶一时也拿不定主意，她想了半天才说："我妈说行就行，我听我妈的。"

西霞端起碗，刚要喝水，听到春叶终于给了话，放下碗说："这就好，既然我娃应承了，二姨今晚就再跑个腿，去给人家回个话。"

说着，就站起身来要走。东霞正准备要给西霞做点好吃的，看到她这急急火火就要走，就对春叶说："去，到灶火把竹笼里的几个鸡蛋拿给你二姨。"西霞一边推辞着说"不要不要"，临出门时还是接住了春叶用手巾包好的六个鸡蛋。

二姨走后，春叶再也没有心思做针线活了。虽然刚才她没有对妈和二姨说什么"不"字，但她在说"我听我妈的"时，心里还是犹豫了一番，因为她对二姨说的这个婆家是模糊的，最起码二姨应该介绍介绍给她说的对象长什么样，多大岁数了，德行咋样。据她所知，巷子里同龄女青年差不多都有对象了，比如秀芹就是自己谈的民兵排长战胜，红亚是在大队开青年会时与三队的高中毕业生高强谈好的，灵草、芝麻、爱英都是媒人介绍的，就剩下她春叶还没找到对象。也难怪，春叶不像人家女娃那么容易找到对象，她除了给生产队下地干活外，很少参加大队的集体活动，更不爱和那些男生说话，一见哪个男生看她，她就脸红。而那些女青年见到春叶，却偏要打听春叶看上谁了，是不是心里早就有相好的了，有没有媒人给她介绍对象。春叶只能羞着脸说："去去去，谁有了？八字还没有一撇呢！"人家就劝她赶紧找对象，再不赶紧找，好的男青年就让别人挑完了。春叶之所以刚才答应二姨很痛快，就是心里有点急，怕过了这个村就没有这个店了，再不答应，以后找不到合适的了。但是，她对二姨的话还有点不大相信，她想：照二姨说的，对方家里这么有钱，为啥不找更好的，却偏偏看上了她？她春叶嘴笨、手笨、脚笨，人家到底看上她啥了？尽管二姨刚才说的那么好，但她却不在乎将来的婆家有钱没有钱，也不在乎将来的婆家盖了多少房，她只在乎将来做她男人的那个人长得不要太丑，人老实一点，不要太凶就行了，过日子就要和和气气的。

她最怕像五队的会英嫂子身上整天都是让男人打得青一块、紫一块的伤疤。她听妈说过，五队的会英娃太恓惶了，娘家兄弟不给撑腰，婆家就发凶了，女人呀，娘家人才是靠山，娘家人硬了，婆家就没人敢欺负。春叶开始关心起二姨说的那个将来要跟她过日子的男人到底是个什么样的人，这个很关键的事刚才二姨却没有提起过，让春叶心里没有底，不踏实。

过了几天，二姨就叫妈领着春叶到她家里与对方见面。二姨来家里时叮咛春叶好好打扮一下，换上好一点的衣裳。春叶找遍了她的衣服袋子，也没有找到一件新一点的好看的衣服。二姨一看这样咋行呢，就借给她一件洋气的衣服。

春叶在二姨家终于见到了那个男的。春叶有点害羞，不敢抬起头盯着人家看，只是用眼睛余光瞥了一眼。站在她对面的男的身材不太高，和她差不多，黑脸，小眼睛，大鼻子，大嘴巴，脸上长满红疙瘩，看样子比她年龄大了好几岁。他看到梳着油黑发亮头发、穿着大翻领红白格子外衣、长着白里透红、光滑圆润脸蛋的春叶，张开露着参差不齐大板牙的大嘴，发出"嘿嘿"的笑声，瓮声瓮气问："你叫春叶？"

春叶点了点头，低声回应道："是。"然后又问，"你叫啥名字？多大了？"

"我叫赵进财，巷子里人都叫我财娃。听我妈说我属牛，二十六岁了。"赵进财赔着笑脸说，随后走近春叶，伸出一只手，摸了一下春叶的脸。春叶立马闪开了，觉得脸上像被一只钢刷子刷过一样难受。他走近自己身边时，嘴里呼出的气息里有一股口臭味。春叶稍稍抬起头，灯光下他那紫红色洋葱一样的鼻子让她觉得一阵恶心。她神经反射般向后退了几步，与他保持着两米多的距离。

春叶只看了一眼，就感到眼前这个人让她反胃口。她在心里埋怨二姨咋就给她介绍这样的丑八怪，这样的男人家里再有钱，她春叶也不想嫁给他。屋子里就她和丑八怪两人，二姨和妈早已经躲开了，给他俩留下单独见面谈话的机会。春叶心里冰凉，一句话也不想说，她装作去灶房帮二姨烧火，离开了小屋。在二姨家另一个屋子里，春叶透过窗户玻璃看到二姨在给妈清点一大堆花布、棉花，还有一沓红红绿绿的票子。她猜想这是人家给的彩礼，这么说就是订婚了。她一百个不情愿，她走进去，拉着妈的手就往外走，说："妈，二姨，这事我不情愿，人家的东西退给人家吧！"

二姨一看慌了，脸色有点儿不好看了，说话的声音也多了点力气，说道："我说春叶咋就这么不懂事，这么好的婆家你上哪里找？人家说媒的门槛都快让人踢破了，二姨我好不容易给你争下这门亲事，你咋说不情愿就不情愿了？好娃哩，那男娃哪一点配不上你，虽说长得有点粗笨，可人老实，再说了庄稼人要的是干活有力气，将来能过好日子就行了，将来老两口一过世，那一大家子的财产还不是你的？"

妈也被二姨说转了似的，也劝道："春叶，你也不小了，合适的对象也难找，虽说那男的比你大几岁，长得不顺眼，可人还算老实，你二姨的眼光错不了。再说了，你二姨说的这婆家家底厚实，我娃以后嫁过去不会受穷，不会像妈这样受恓惶的。"

春叶向来听妈的话，她知道妈是过来人，经过的事也多了，妈说的话肯定是为她好。虽然她看不上那个大红鼻子、大嘴巴的赵进财，但她知道男人是用来过日子的，不是图脸蛋好看的。她就没再说什么，她想着二姨和妈说的话，有点儿动心了，不说行，也不说不行。

农历腊月十八，春叶就嫁到了那个被她称为"丑八怪"的赵进财的家。

那天，天空中飘着小雪，雪花纷纷扬扬满世界晃悠，好像在为春叶大喜的日子舞蹈庆贺。赵进财穿着一件黑色棉袄，上罩着一件宽大的蓝色粗布罩衣，胸前别着一朵粉色纸做的红花，骑着一辆崭新的自行车来到家里接春叶。春叶简单收拾了一下自己，换上妈做的大红棉袄、蓝裤子，头上别着爹买的一朵梅花状塑料发卡，等贺喜的亲戚在家里吃过四菜一汤的席面后，就推上赵进财骑来的崭新的自行车，在巷子里几个姐妹的陪伴下，迎着飞舞的雪花，朝赵进财家里走去。

就要离开生她养她的家了，就要离开生她疼她的爹妈了，就要离开春花妹妹和宝根弟弟了，如果春草和宝成还在的话，她也就要离开他俩了。这时候，春叶才觉得家里的一切都是那样舍不得，好像这一走就再也不回来似的，她的眼眶里不知不觉潮湿了，热泪像泉水一样从眼窝里不断涌了出来。雪花迎面飘来，落在她别着梅花发卡的黑发上，也落在她大红色的棉袄上，仿佛给她点缀着冬天的花朵。春叶一步一回头离开了低矮围墙围起的家。渐渐地，家在她的视线中被泪水模糊了。她用新棉袄的衣袖擦着不断涌出的泪水，却怎么也擦不净，她干脆不擦了，任伤心的泪水尽情地流吧，这样她心里才感到更痛快点儿。

赵进财的家在西霞所在的赵家大队，离春叶的家有三四里路，其间隔着几道高高的沙梁。沙梁东面是杨家大队，西面就是赵家大队，这几道沙梁就是一条天然界限，把赵进财的家和春叶的家割裂开来。好在沙梁侧面被人们走出了一条小路，迎亲的队伍不需要从沙梁顶翻过。春叶在几个姐妹的相伴下，沿着这条蜿蜒小道，踩着松软的沙粒，推着自行车走向她的婆家。她不知道自己这一次走下去，后面的路是黑暗还是光明，是平坦还是崎岖，那个等待着她踏进去的家门是天堂还是牢狱？她甚至在心里感叹：有时候，一个人的命运真的不由自己，而是掌握在别人的手里，明明知道眼前是深坑，自己也会一时犯傻，不由自主地跳下去……

大姐春叶出嫁了，春花正好从学校初中毕业回到了家，本来正好可以接替姐姐春叶帮妈做家务，可是，春花的心思不在这里。虽然她上高中的愿望破灭了，但是她的梦想仍然在心中，她不相信自己的命运会这样暗淡下来，她要靠自己的聪明才智和顽强奋斗，描绘自己似锦的前途和美好的未来。

高中落榜后，春花并没有就此认输，她不相信眼前的事实是真的。她几个晚上睡不着觉，仔细回忆了自己的考试答卷，经过与班上学习好的几个同学对答案，她估出自己的成绩最少能排在前十名。可是张榜公布的前二十名里竟然还没有她，这太不正常了。她给学校校长写过反映信，给大队党支部写过反映信，最终都没有了音信。天祥实在看不下去女儿这样的任性，跑到三弟金祥家里问金祥到底是怎么回事。金祥毕竟当过十几年的老师，学校的事情他一定能知道底细。

金祥自从被学校开除后回到农村已经半年多了，本不想再操心学校那些事了，当大哥把春花落榜的事情说了之后，他第一反应是春花肯定被冤枉了，确切地说是被人顶替了。在他执教的这些年里，这种事情曾经发生。有一年，他带的毕业班里就有一个平时学习很好的学生出人意料地没有考上高中，他仅仅从公布的中榜学生名单里就一眼看出来其中的奥秘。原来顶替这个落榜优等生的正好是大队长的儿子，按照大队长的儿子以往的成绩肯定是考不上的。

金祥这么一说，天祥才恍然大悟，难道春花也是让大队干部的娃娃顶替了？真要是那样，那胳膊拧不过大腿呀，就凭着春花一个弱女子的力量能扳倒大队干部？简直是做梦！天祥回家给春花说了这一情况，春花仔细把考上高中的二十名同学一个一个过了一遍，才发觉三大说的一点儿没错，不用细想她都能猜得出是谁顶替了她的名额。可是让她弄不明白的是，十九个人里，为什么偏偏要顶替她杨春花，而不是别人？为什么考试时老师偏偏要把大队支书的女儿安排在她旁边，而不是别的同学？为什么那天她叫支书的女儿去学校看榜，她说啥也不去？春花一想起来这事，心里就怒火难平。她想直接找大队支书论理，被爹硬是挡住了。爹说："好娃哩，你就不要逞能了，就凭你一个女娃娃，能把大队支书咋样？"

春花实在咽不下这口气，她非要为自己讨个说法不可。晚上，春花躺在自己屋子里的炕上，双眼在黑暗中寻找着光明，她在脑子里谋划着伸张正义的途径。半夜，她掀开身上的被子，披着棉大衣，点亮煤油灯，在桌子前摊开白纸，给钢笔吸满墨水，按照三大说的意思，写下了一封揭露大队支书女儿顶替她上高中的举报信。举报信足足写了十多页，里面倾诉了自己刻苦学习为前程奋斗付出的辛苦，倾诉了自己被别人顶替上高中的冤屈，矛头直指大队支书，最后明确提出了自己要复查卷子的要求，恳求组织对这件事严查，恢复她上高中的权利。写好后，她把信装进一个信封里，她不想用邮寄的方式发出去，她要亲手送到公社党委书记的手中。第二天一大早，她就怀揣着这封举报信，骑着自行车翻过几道沙梁，沿着羊肠小路来到了公社，在公社党委书记的办公室门口等，直到午饭时候才等到书记。她把举报信亲手交到了书记手中，说："书记同志，我叫杨春花，是杨家大队的，我要举报我们大队书记，他用他女儿顶替了我上高中。我相信公社党委会还我一个公道。"春花哽咽地说着，委屈的眼泪就涌了出来。

公社书记接过信封，眉头一皱，脸色凝重，说："春花同志，你反映的事情我们公社党委会认真调查的，只要属实，一定会公正处理的。你就放心回去吧！"

春花回到家后，一天天地等着公社的消息，等着大队党支部书记被查办的消息，甚至想象着自己要不了几天就可以去县城上高中了。然而，一周过去了，半个月过去了，一个月过去了，都没有等到一丁点儿的消息，哪怕是公社书记捎的口信也没有。大队党支部书记还照样在位主持开会，他的女儿照样在县城上高中，她的高中梦依然是一场梦……春花就这样一天天等着、盼着，想去公社，又没有信心。当希望一天天变得渺茫，最后成了绝望时，她只能躲在屋里用被子蒙着头呜呜哭上一阵子。但是，日子总不能整天在眼泪中度过，睁开眼还是要面对现实，自己的路还得自己选择着走下去。春花从来没想到自己会考不上高中，她以前的梦想都是在城市，在机关，在工厂，就是从来没想过还要回到农村面朝黄土背朝天，当一个土里土气的农民。

春花不像大姐那样会做针线活，她也不想学，也不会像大姐那样能蹲在地里一大晌地干活，她一到地里就会感到头晕、身上乏力。她仔细看了一下生产队和大队里比较洋气的女人，有当赤脚医生的，有当教师的，有在大队当妇女主任的，最低标准的也有在生产队当记工员的。她想自己能不能选择其中一个位子，在经过全面衡量之后，她还是觉得自己当个记工员比较合适，在学校她的数学学得很好，对那些阿拉伯数字头脑最清晰。

人生的路需要自己走，理想需要自己奋斗，与其趴在跌倒的地方哭泣、掉眼泪，还不如自己咬咬牙，擦干泪，勇敢地去闯一闯。人家能挤掉你，就不会同情你的。做人不需要别人同情和怜悯，要敢于扼住命运的喉咙，自己主宰自己的人生。有了这个想法，春花便开始付诸行动。她央求爹给生产队长说说，让她当记工员。她听说生产队的记工员生娃了，正由会计兼着，会计一个人也忙不过来。爹去见了生产队长，回来说这件事没有准信。春花一问才知道，爹原来是空着手去找生产队长的，便灵机一动，晚上从鸡窝里偷偷抓了妈养的一只下蛋的老母鸡，趁着夜色送到生产队长家里，见了队长和队长老婆，大叔、大婶叫得就像自己的亲爹亲妈一样亲。她把队长老婆叫到一旁，偷偷把老母鸡给了队长老婆，给队长老婆说了自己的想法。队长老婆开始还不好意思要，却经不住春花左一个好婶子，右一个好婶子的，只好把那支又肥又大的老母鸡收下了。

过了几天，春花就当上了生产队的记工员。从此，生产队的田间地头，经常可以看到春花穿着一件火红的翻领衣裳、骑着一辆永久牌自行车，车子后面夹着一个硬皮记工夹子，在下工前蹲在地头一个一个点名。春花的身影如同一把火，照亮了地里干活的社员的双眼。这把火，也成了社员们每天眼中的期盼。

金祥也为侄女春花当上生产队的记工员感到自豪。想想自己在学校教学那阵，春花从五年级到七年级的三年时间，有事没事总爱到他房间来，不是喝水，就是借书，他房间里珍藏的那些文学名著几乎都让她借遍了。他为春花这么爱看书高兴过，主动帮她修改作文，帮她改正语文试卷上的错误。春花本来是有希望再上一层楼的，要不是高中考试有人做手脚，她这一会儿肯定坐在了县城高中的教室里读书上课了。好在春花没有就此泄气，她能自己努力当上这个记工员，已经算是给杨家人撑了脸面。

　　金祥的女人秦玉玲这几天身体不太好，一干活就脸色苍白、气短、浑身发软，所以金祥就劝她不要干重活，在家里做做家务，给红卫和红莉做饭洗衣服就行了。可是，玉玲就是不听劝，她知道自己的男人从没有在农村下过苦，干地里活也是赶鸭子上架，就他那单薄的身子，咋能跟那些腰圆膀粗的汉子比，突然间从学校下放到农村干这苦力活，他是吃不消的。一家六口人老的老、小的小，病的病、弱的弱，自己再不下地干活、挣点工分，不再替他分点忧愁，这日子该咋过呀？她想，只要有一双勤劳的手，只要肯出力气，就不会饿着。尽管金祥再三叮咛玉玲不要下地干活，养好身子要紧，可玉玲还是听着铃声，坚持和那些妇女们一道去最远的地里干活，除草、打药、割麦子、拾棉花样样都干，虽然比别人干得慢点，但还是咬着牙子坚持到下工时候。

　　清明前后，种瓜点豆。开春后，人们在沙苑腹地的庄稼地里就开始忙碌起来。绿油油的冬小麦掀开冬眠的棉被，睁开惺忪的双眼，伸着懒腰，在春雨的滋润下开始茁壮生长；整片整片的麦地里眨眼间成绿油油的一片；成片成片金黄的油菜花也随风飘香。河滩那平整的翻耕后的土地上人们也开始播种大豆、黄豆、豇豆，还有棉花，而空出来的沙地种的则是沙苑里特产的薄皮洋芋、红瓤西瓜、落花生。沙苑的庄稼人懂得人勤春早，他们把积攒了一个冬天的能量都释放了出来，撒在世世代代耕种的土地上，播种着春天的种子，期盼收获金秋的果实。

　　清明节后的一天下午，玉玲和一群妇女在生产队长的安排下，在沙苑南边的地里种花生。她和邻居胖嫂分在一组，一人用锄头在前面挖坑，一人在后面点种花生种子。胖嫂虽然身材肥胖胖，但干起活来蛮有力气的。她知道玉玲身体弱，就让她在后面种花生种子，自己挥舞锄头在前面挖坑。胖嫂连续在地里干了几个来回，浑身被汗水湿透了，头上冒着热气。玉玲有点儿不好意思，便夺过她手里的锄头，主动替换胖嫂挖起坑来。她弓着背，俯下头，挥舞锄头，在松软的黄沙地里挖着大小均匀的小坑。午后的阳光暖暖地晒在她身上，如同烤箱一样烤着她的头、她的脸、她的背，让她不一会儿工夫就感到了燥热。胖嫂一个劲儿地喊她歇歇，不要干得太紧，她反而越干越快，暗暗与旁边的春霞、东芝比赛起来。就在她快干到地头时，忽然感到一阵头晕目眩，浑身乏力，顿时觉得天旋地转，身子一软就倒在地里了。胖嫂和旁边的春霞、东芝赶紧过来扶起她，让她坐在地头的一棵杨树下，又是给她擦汗水，又是给她灌水喝，一阵忙活之后，玉玲终于清醒过来。她深深地吸了一口气，脸色由苍白渐渐泛红。眼看着这一片地就要种完了，胖嫂她们就让她先靠在树下歇歇，等下工后再送她去医院看看。

一会儿，春花骑着自行车来到地头。她看到三婶玉玲靠在地头杨树下歇着，就问："三婶，你咋了？"

玉玲看了一眼春花，说："我没事，歇一会儿就好。"

这时，生产队长正好赶了过来，检查这群种花生的妇女活干得咋样。他一看地里的活还没有完，就有人坐在了地头歇着，脸色一沉，说："春花，你可要公事公办，给干活偷懒的人可不能记全工。"说完，催着地里那些妇女，"手脚都快点！"掉了自行车车头，转身走了。

春花一看队长这副脸色，吓得大气都不敢喘一下。她这一回没有像以前那样扬起清脆的嗓子点名，而是默默环视了一下地里的十几个妇女，就一一给她们记了一晌满工，唯独在三婶秦玉玲的名字后记下了半晌的工分。她记这个半晌的工分时，没有丝毫的犹豫，手下的钢笔"嚓嚓"两下就记完了。然后，她合上记工的夹子，看也没看三婶一眼，就骑上自行车走了。

第十章

晚上，金祥拖着几乎散了架的身子，躺在炕上，听着玉玲说起今天下午的事情，他心里像被蜂蜇了一样刺痛。金祥没想到，春花会这样对待玉玲。金祥虽然心里有点儿生气，但作为春花的长辈，作为一名有知识、有教养的老师，他是不会真的和这个刚走出学校的女娃一般见识。他也设身处地地为春花想过，碰到那种场面，不要说春花一个女娃，就是一般的大人也会看着生产队长的眼色行事的，谁也不会傻到明目张胆地与生产队长作对，除非她不想在生产队长手下干记工员的差事。他知道，春花这个记工员的美差事也是生产队长点头给她的，春花在那种场合下自然会听生产队长的话，要说不合适的，只是春花还不会变通，不会等生产队长走了之后再记三婶的工分。

金祥站了十几年讲台了，整天与书本、学生和粉笔末打交道，身处校园这块纯净的小天地里，周围都是一些天真烂漫的娃娃、青春朝气的高年级学生和年轻教师，从来没有感受过校园外面这个社会大天地里的人情冷暖和世态炎凉。他因受到昔日得意门生雷超的牵连从学校被开除回家后，就感受到了旁人看他的眼神里都充满了轻蔑。那些自己曾经教过的学生中，有的见了他，也转过身子故意躲避。在生产队干活时，那些晒得黝黑、练就一身肌肉的庄稼汉子个个都瞧不起他这个白面书生，因为他身子骨单薄没力气，干那些往地里送粪、用架子车拉地里庄稼的重活时，没有人愿意和他搭班，唯有大哥天祥主动和他在一起，时时处处守在他身边，苦活累活争着替他干。夏秋两季收小麦或者玉米豆子，大哥知道他没力气，就让他站在架子车上装车，自己用铁叉叉起地里割倒的一大捆一大捆小麦或者豆蔓子，高高举过头顶，送到他的怀里。他只要用双手理顺就好。装好车子后，每次都是大哥驾辕，他在前面扯大绳。每次看着大哥晒得紫黑色的脸庞，胳膊大腿上一疙瘩一疙瘩肌肉，他心里都有一种自豪感。他和大哥搭班干活，有大哥照顾和卖力气，他们也不见得会落后于别人，有许多次送粪、拉庄稼他们都是提前完成任务。今年冬季，大队在洛河内滩打坝，河边寒风呼啸，地面封冻，生产队按照各家人头每人一米长分了任务，金祥和大哥天祥两家十个人共分了十米长、两米高、三米宽的筑坝任务。

金祥领到任务后心里一下子熬煎了，就靠他和大哥两人要完成这样艰巨的任务，不知要干到何时？大哥来到他身边后，看了看任务，脱掉大棉衣，从架子车上取下铁锨，在两手掌"呸呸"吐了两口唾沫，说："才十米长，有啥熬煎的，咱俩好好干，保证一天就完成任务！"大哥说干就干，铁锨往地里一插就是满满一铁锨土，像丢棉絮一样不费吹灰之力，抛到两三米远的地方。他每一下只能挖半铁锨土，还抛不到指定地方。大哥没有吭声，一个人埋下头，挥汗如雨地干着，大冷的天却浑身冒着热气。那天，他看着大哥干活，自己充其量只能当个帮手，他俩从早一直干到天黑，中间只吃了几个凉馒头，赶天黑之前完成了任务。带队的生产队副队长和会计过来验收一次性合格，副队长当面对着金祥伸出大拇指，说："弟兄俩真行啊，任务完成得很利索，速度也快，排在全队前三名！"金祥听了心里像生了一盆火炉，暖烘烘的。在他的心里，大哥成了他的骄傲，成了他的荣耀，也成了他在这个世界上最坚强的依靠。

一九七五年春夏之交的一天傍晚，春花记完工分，骑着自行车，回到生产队队部，刚洗完脸，就听生产队长叫她。她进了生产队长的房间，只见生产队长正和一位五十多岁、留着稀疏而灰白的大背头、穿着四个兜的中山装的干部模样的人坐在办公桌前，一边喝茶，一边说话。这个干部模样的人有点眼熟，就是不知道人家是什么身份，姓什么，叫什么。

"来来来，春花，王支书正找你呢。"生产队长见春花进来，忙起身给在座的那位中年干部模样的人介绍，"王支书，这就是我们队上的记工员，叫杨春花！去年刚从学校毕业，人聪明，也挺能干的。"

王支书这才站起身来，一米六几的身材，挺着个圆圆的啤酒肚，宽大的裤子里包裹着肥大的屁股和双腿。王支书"呵呵"笑了一声，指着旁边的一把椅子说："春花同志，请坐！"

春花一听生产队长介绍说，对方就是自己曾经写举报信告的那位大队支书，心里不由得紧张起来，心脏怦怦直跳，脸上也感到一阵火辣辣的发烧。她低着头，两手放在身前互握着，扭捏着身子，在门口那把椅子上坐下来，与对面的王支书有一两米的距离。她心里很慌乱，脑子一片空白，竟一时不知道说什么好。

"春花，你还没有加入共青团吧？"王支书先问道。

春花点了点头，轻声回答："是！以前在学校写过申请书，没有批。"

"听杨队长说你工作表现得不错，有文化，又年轻，值得组织好好培养。年轻人可要进步啊！在学校入不了共青团，回到农村也可以入嘛，大队团组织的大门随时都给你敞开着，就看你自己努力不努力了。"王支书显得很亲近的样子说，"这样吧，你回去再写个入团申请，依你的表现，明年'五四'前完全可以解决你的入团问题。你的目标应该更远，以后还要积极向党组织靠拢，争取再入党，前途就一片光明了，你说是吧，春花？"

王支书的一席话可算是说到了春花的心窝窝里了，她没有想到曾经眼中的仇人突然间竟变成了她的恩人，在人生的道路上拉着她一把，扶着她一把，让她心里重新燃起了希望之火，继续编织起绚丽灿烂的美好梦想。她抬起头，看着眼前这位让她尊敬、感恩的王支书，兴奋地说："王支书，杨队长，请你们放心，我一定会努力上进，争取早日加入共青团，将来还要入党！请王支书、杨队长多批评，多考验！"春花显得信心十足。

王支书一听"哈哈"笑了起来，说："好！就需要你这样的精神，这样的势头！"然后拍了拍春花的肩膀，说："好了，春花同志，你忙去吧，记住申请写好了就交给团支书，我会给支部书记专门提起你的，你就放心好了！"

"谢谢王支书！也谢谢杨队长！"春花脸上洋溢着甜蜜的笑容，起身退出了杨队长的房间。

这几天，春花心里就像喝了蜜一样甜，无论是到地里记工，还是回到家洗衣服、打扫房间，嘴里都哼唱着歌曲《红星照我去战斗》，脸上总是挂着微微的笑容，红润的脸庞像盛开的花朵，走路时，两条乌黑的辫子在屁股蛋上活蹦乱跳，粉红色的上衣、天蓝色的裤子、红色偏带布鞋，总是洗得干干净净，整个人洋溢着青春的活力。

"七一"之前的一天早上，春花拿着自己在家里左思右想写好的《入团申请书》，来到大队部王支书办公室门口，她敲了几下门，里面传来王支书浑厚的男低音："进来！"

春花推开办公室门，看见王支书穿着一件白色的确良衣衫，正坐在办公桌前看报纸。她随手关上门，走到王支书跟前，将口袋里那份《入团申请书》双手递到王支书面前，微笑着说："王支书，这是我写的入团申请书，您看看行不行？"

王支书放下手中的报纸，摘下老花镜，坐起身子，喝了一口搪瓷缸里的茶水，一边请春花坐下，一边打开春花递过来的《入团申请书》，一页一页仔细看着，最后放在右手的抽屉里，说："写得好哇，字也写得漂亮！"

春花不好意思地低下头，说："写得不好，让王支书见笑了。"

这时，王支书站起身来，挺着大肚子，走到一旁的生活柜边，右手提起一只铁壳热水瓶，左手拿起一只搪瓷小水缸，倒了一缸开水，放在春花眼前的办公桌上，说："春花同志，提交了入团申请书，就意味着你从今天开始就要接受组织的考验，组织要考验你是不是真的忠诚，是不是听组织的话。"王支书说到这里停顿了一下，观察了一下春花脸上的表情，问道："你明白我的意思吗？"

春花以前在学校接受过团组织的考验，足足考验了她两年，最终也没能通过，她回想自己在学校表现，应该算是很积极的，每天早上提前来到学校打扫教室卫生，积极参加学校组织的革命歌曲演唱会，每天坚持写学习毛泽东思想心得体会，每季度给团组织上报一次思想总结，学习成绩也一直在全班名列前茅，可是直到毕业她也没有通过团组织的考验，好在她最后一年当上了红卫兵，这已经算是自己政治人生上的一大进步了。所以，王支书提到接受组织考验时，春花一点儿也不觉得生疏，她毫不犹豫地回答："王支书，请你放心，我杨春花自觉接受组织的考验，我保证忠于毛主席，忠于党，忠于人民！"

"好！要的就是你这句话，哈哈哈！"王支书在春花眼前伸了一下大拇指，笑呵呵地说。然后，他又坐回到办公桌前，从裤兜里掏出一把钥匙，打开办公桌右下角的抽屉上的小锁，从抽屉里取出一个鼓鼓囊囊的信封，抽出信封里的十几页纸张，递到春花眼前的桌子上，表情凝重地说："春花同志，这是你写的吧？"

摆在春花眼前的正是她年前写的那封举报信，那秀丽的字迹，带着火药味的语句，甚至滴下过自己泪水的信纸，又把她带回当时冤屈悲愤的情境中。她没想到自己的举报信从公社党委书记那里又转回到王支书这里，更没想到王支书说的组织考验竟是这。她这才明白几天前王支书为什么会到生产队突然找她。她不清楚公社党委是怎么调查处理这件事的，只知道王支书现在还稳稳当当在支书的位子上坐着，看样子公社党委也没有把他怎么样。摆在她面前的举报信，如同一位严肃的审判官在审问她刚才表的态是真是假。

看着春花半天沉默不语，王支书显得很大度的样子，说："春花同志，论辈分你该叫我叔了，你毕竟年轻，容易冲动，这，我不和你一般见识的。说实话，你没有上得成高中，这事怨不得别人。你知不知道现在阶级斗争很激烈？

党和国家需要的是又红又专的人才，而不是智育第一、思想有问题的苗子。你说的也不完全错，我女儿是不如你考的成绩好，可是高中学校录不录取你，不仅仅是看成绩，更要看思想觉悟，要对学生进行严格的政治审查。所以说，你也不用把矛头指向我，你知道你这样随便诬告人，会是什么性质的行为？说轻点，你没有任何证据就乱告人，这是诬告，是要负法律责任的；说严重点，你诬告党的领导干部，内心对党极为不满，就是反党反革命！明白吧？"

春花越听，心里越后怕，刚才那副信誓旦旦的决心和信心被王支书一席话冲散得烟消云散。不过，刚才王支书的话并没有完全说清楚，她杨春花心中的疑虑并没有完全打散。按照王支书说的理解，就是说她杨春花去年高中考试成绩应该在前面，问题应该是出在了政审上。她不知道自己的政审到底有什么问题，自己的思想和表现上哪一点落后了。她想问，可是没有勇气，显然王支书刚才已经给她的行为定论了，无论定论轻重，都是她杨春花一个农民家的孩子、一个涉世不深的年轻女子所承受不起的。仅就是王支书刚才那两种定论，也够得上两块沉重的巨石从她头顶压下来，死死压在她的心上，让她直感心气低沉，抬不起头。她始终没有问起压在心底的那句，她感到自己的政治前途就像七八月的天空，刚才还是阳光灿烂，一瞬间就阴云密布，风雨欲来了！她本不想在王支书面前哭泣，可是眼泪还是止不住涌出眼眶，顺着双腮滚落下来。

王支书只扫了春花一眼，看到她脸上挂着泪水，知道她精神已经崩溃，似乎觉得自己刚才说得有点过火了，让眼前的这个年轻女子心理上承受不了。他背着双手，在办公室来回踱步，然后转过身来，在春花面前站住，缓和了一下语气，继续说道："春花同志，你没有上成高中，心情我可以理解，那毕竟是你的人生大事呀！你心中愤愤不平，想反映，想告状，我也能理解，毕竟你考的成绩好，这样的结果对你来说是不公平的。我也知道，就凭你一个学生娃，肯定也想不出这样诬告和攻击党支部书记的阴险主意。我敢肯定，这封举报信决不是出于你的本意，也决不是你一个人想出来的主意，你肯定没有跟我作对的那个胆量，对吗？"

春花不知道王支书说这话的目的是什么，不过从他话里的意思理解，是在帮她杨春花解脱责任，是在一步一步给她台阶下，让她从绝望中看到一丝光明，从严厉的自责中给自己精神松绑。她望着王支书询问的眼神，用手背擦去脸上的泪水，配合着王支书的询问，轻轻点了点头。

王支书继续开导她，说："我说的没错吧？春花，那你给我说说，是谁在背后给你出主意和指点，要你写举报信告我？你可要说实话，这是组织对你真正的考验！"

春花终于明白了王支书兜了一个大圈子后要达到的目的，看来他所有的矛头不在自己身上，那是在……春花冷静地回忆了一下，马上意识到了王支书的矛头是直指三大金祥了。春花那脑海里不断浮现出三大在学校帮她补习功课、借书给她的情景，在她的印象里，三大是一个知识渊博、人品正直的老师，她不知道学校为什么竟然将三大开除了，她当时正为毕业开始紧张备考，没心思打探和细究这件事，只听说是三大犯了政治上的错误。她心里当时还为三大打抱不平呢。看样子王支书现在要逼着自己说出她的幕后策划者是三大杨金祥，凭心而问，三大只不过是分析了这种情况有可能发生，而真实的情况是，写举报信是自己的一时冲动，告王支书是自己联想起她女儿考试时的一连串反常情况做出的判断。自己要是说出了三大金祥，岂不是出卖了三大？可是，此时此刻她杨春花正站在人生的十字路口，往前一步就是一片光明灿烂，后退一步就是万丈深渊啊！她开始为自己的命运愤愤不平起来，恨自己没有出生在干部家庭，没有一个当官掌权的爹，以至于连自己凭本事考上的高中也上不成；她为自己受到的不公平遭遇愤愤不平，全班那么多尖子学生，为什么被顶替的偏偏是她杨春花，而不是别人？她还为这个社会愤愤不平？为什么她的举报信又转到了被举报者的手里，现在又被举报者当面对她兴师问罪起来？她算看透了，一切的一切都是命运在捉弄自己，她的命运、她的出路只能掌握在她自己手里，而不是别人。她要为自己的将来着想，为实现自己的梦想努力，一不做，二不休，铁下心，为自己考虑吧！春花一阵思索之后，平静地说："王支书，我说实话，是我三大杨金祥指使我这样干的，是他给我说是你女儿顶替了我上高中的，是他教我给公社党委书记写举报信的，他说这样才能告赢，才能讨回我的公道！"春花自己都觉得惊讶，自己竟然编得出这一连串的谎言，也惊讶自己说谎话时开始肉不惊、心不跳了。

"哈哈哈！"王支书一阵大笑，然后一本正经地对春花说，"其实，你不说我也知道是他，我这只是考验你是不是真的对党忠诚，对组织坦白。春花同志，你是经得住组织考验的好青年，我给你提前表个态吧，我保证你入团的事能成，说不定你入了团，我还要重用你的。你的前途很光明啊！"说着，王支书收起春花眼前的举报信，从桌子上拿出几张白纸，放在春花眼前，说："你把你刚才说的写在这张纸上，算是组织对你考验的凭证，将来还要装进你的档案里。记住，要承认自己的错误，要有虚心改正的态度，最要紧的是要按你刚才说的，写清楚杨金祥怎样指使你写举报信的，一字一句都不要改动。"

春花右手颤抖地握着钢笔，按照王支书的要求在纸上工工整整写下刚才自己说的话：

认错书

我叫杨春花，是杨家大队一名初中刚毕业的女青年。去年十二月份，我给公社党委书记写了一封举报信，反映我们大队党支部书记将他的女儿顶替我上高中的事。现在我向组织坦白：这封举报信是我一时冲动，受我三叔杨金祥的指使写的。我三叔杨金祥告诉我是大队党支部书记将他女儿顶替了我，他叫我直接给公社党委书记写信举报大队党支部书记。现在我知道自己错了，诬告了大队党支部书记，请组织对我进行批评，今后我要好好学习，积极上进，自觉接受组织的批评与考验。

杨春花

一九七六年六月二十五日

她把写好的材料交给王支书。王支书仔细看了后，和那封举报信一起装进信封里。在春花临走之前，他才打开了刚才春花心中的那个疑问。王支书说："春花，实话给你说吧，你没有上得成高中，问题就出在你三大身上，是你三大自己犯了严重的政治错误，连累了你。你的政审没有通过，县上才按照成绩补录了第二十一名学生。这第二十一名学生正是我家女儿，这个还是我后来从县教育局招生办知道的。这下，你该清楚是怎么回事了吧？"

春花默默地点了点头。走出王支书的办公室，她感觉自己就像刚做了一场梦一样，由大喜突然到大悲，又从大悲一下子到了大喜，最后又回落到疑惑，如同在深山的迷雾之中，辨不出东西南北来。

三天之后的那天晚上，大队在大队部的戏楼上召开全体社员大会，大队的高音喇叭里通知说，每家每户至少来一名代表参加大会，每个生产队由队长带队。东霞不识字，不关心大队的事情，宝根是学生，春花这几天不知道出出进进忙什么，连人影都看不到，天祥只好自己代表全家参加大会。天祥对政治运动根本不感冒。他知道，一般大队开全体社员大会，不是传达最高指示，就是有重大的政治运动，再不就是开批判大会。

天祥和本队的几十名社员排着队进入大队部戏楼下的露天会场，听着人们都议论三弟金祥什么事。他想打听一下，人家好像都在故意躲避他，他一问人家就不说了。大会开始后，让天祥意想不到的一幕出现在舞台上：只见三弟金祥被两个手握钢枪的民兵押着走上舞台的一角，两个威风凛凛的民兵一人抓着金祥一只胳膊，另一只手抓住金祥的头发使劲往下摁，金祥只能弓着背、低下头，脖子上还挂着一个一尺见方的白纸板，上面用毛笔写着"反革命分子杨金祥"几个凶悍有力的大字。天祥头脑一阵发热，双眼一阵模糊。他低下了头，再不敢朝舞台上看，耳朵里响起的是大队党支部书记严厉的声音，接着是一个女子又尖又高的声音，那洪亮的、带着杀气的声音如雷震耳。他听着这声音有些耳熟，但又是那么的刺耳。他禁不住抬头看去，这一看让他彻底震怒了。他看到的是春花在一字一句念着批判稿，台上的春花身穿红卫兵小将的绿军装，目光如炬，声音如雷，气势如虹，一字一句念着，一句高过一句。灯光下，他透过泪眼，竟然看到了春花的眼里闪烁着光亮……

大会终于散去，天祥不知道自己是怎样迷迷糊糊回到家的。当他第一眼看到在屋子里照着镜子打扮的春花时，眼里喷出的全是怒火，他不等春花转过身，抓起她的衣领，扬起宽大而粗糙的手掌，朝着女儿的脸庞就狠狠抡了下去。

这是天祥第一次这样狠了心打二女儿春花。在天祥的眼里，春花是一个聪明、乖巧、伶俐的女儿，曾是他心中的骄傲，是他的掌上明珠，十八年来从来舍不得动她一根手指头。眼前的春花已出落成一个亭亭玉立的大姑娘，是到了该说婆家的年龄了，按说这是一个女人最美好的时光，没想到却被他的一巴掌下去打蒙了。春花捂着脸，没有哭出声来，含着泪跑出了家门。

东霞不知道发生了什么事情，看着当爹的这么狠心地打女儿，对自己的男人哭着喊道："你疯了？凭什么打娃？哪里有你这样当爹的？"然后又出去追春花，却已不见春花的踪影……

第十一章

那天晚上的批判会之后，金祥就被大队民兵连长扭送到了公社驻地的派出所，听说罪名是反革命。

金祥在全大队群众大会上被批判之后，妻子玉玲随即大病了一场，躺在家里浑身发软，一整天不想吃，也不想喝。金祥的七十多岁老父亲本身就有心脏病和哮喘病，听到儿子被批斗后，一气之下卧床不起，奄奄一息。金祥的老母亲还不知道儿子金祥受批判，只听说金祥被叫到大队办什么事没回来，她就守在家里照顾着媳妇，给两个孙子孙女红卫和红莉做饭。红卫和红莉这两天回来也是一句话也不说，低着头匆匆吃完饭，要不拿上一个玉米面馍就走。金祥的母亲感觉到一家人有点儿不对劲，问玉玲到底发生了什么事情。玉玲没敢说，只是劝婆婆放心好了，金祥不会出什么事情。金祥的母亲看到老汉也病情加重，有出的气，没进的气，就预感到了金祥出了什么大祸。

第二天一大早，天祥得知金祥被送到了公社派出所的消息之后，就让女人东霞做了金祥最爱吃的韭菜包子和油干面，用一只竹编的菜篮装好，步行朝十几里外的公社走去。他迎着早晨升起的太阳，沿着沙窝里的羊肠小道，翻过几道绿草遍野的沙梁，穿过一片又一片绿荫如盖的槐树林，走了两个多钟头，才来到了公社那条东西"一"字形的街道上。走过公社大门，就是派出所。派出所两扇大铁门紧锁着，大门顶上朝天伸着十几个尖刀形状的铁齿，右侧那扇大门上开着一人宽的小门，只能自行车和单人进出。他是第一次来到这令他胆战心惊的派出所，心里很胆怯，提着竹篮子，走进这个小门，看到派出所里面并不大，一排瓦房，足足有七八间，右侧一间是灶房和食堂，左侧是一个两间大的会议室。整个院子里空无一人，只听见东侧的灶房里有"噼里啪啦"的风箱声响。

天祥站在院子里正不知所措，从平房最西侧房间里走出一位四十岁上下的高个子警察。他穿着一身上白下蓝、衣领上有两个红领章的公安制服，身材魁梧，威风凛凛，让天祥有点害怕。高个子警察看到天祥站在院子里四处张望，走过来问道："老乡，你找谁，有啥事？"

天祥这才看清走到他身边的高个子警察双眼有点红肿，面带倦容。他怯怯地问："警察同志，我想打听一下，杨家大队昨晚是不是给这里送来一个人？那人叫杨金祥，我是他大哥。"

"哦，有这个人。他还在监禁阶段，你还不能见他。"高个子警察看了看天祥手里提的竹篮子，又问，"你是给他送饭来了？这么远的路，你怎么来的？"

"我一大早就走着来了。警察同志，我三弟确实是冤屈的，都是那个大队支书成心要整他。"天祥像见到救命恩人一样，眼泪都快要出来了，他继续央求说，"警察同志，我三弟没有诬告人，你们可要给他做主申冤啊，他身子骨单薄，你们可不要打他啊。我就剩下这么一个弟弟了，我不能不管他！这是我让我老婆一大早给他做了好吃的，怕他饿了。"说着，从竹篮里的毛巾下取出一个包子，递给高个子警察，"警察同志，你先尝尝，这包子味道可好了。"

高个子警察连忙挡住天祥递过来的包子，笑呵呵地说："包子还是留着给你弟弟吃吧，我们一会儿就开早饭了。这样吧，你要是放心我的话，就把篮子给我，我替你带进去，给你弟弟。你弟弟金祥的事情现在不好说，昨晚你们大队开了批判会，她侄女都当场揭发他的罪行了，还写有字据。为了杨金祥的事，我们昨晚开了好几个会议，几个人熬了一个通宵。这不，刚刚歇息下来，一出门太阳都这么高了。不过，你放心，我们会公事公办，决不会冤枉一个好人的！"

天祥听着高个子警察这么说，悬在半空的心总算落下来了，心里也稍微平静下来，脸上勉强露出了笑容。他把篮子往警察手中一放，说："我天祥命好，今天一大早就碰到你这个好人了。有你这句话，我就放心了。谢谢你，警察同志。那我就回去了，以后需要我做什么，你尽管吩咐！"

高个子警察接过竹篮子，点了点头，朝天祥挥挥手，说："好的，那你赶紧回去忙吧，有什么事我会到你们大队找你的。"

几天之后，金祥被派出所放了回来。天祥心里很高兴，暗暗感激那个大个子警察。不过，金祥告诉他，他人虽然回来了，暂时恢复了自由，但他的事情还没到头，听说公社要派出所以反革命罪行把金祥送到县上，虽然有人证，但证据还是不充分，最后派出所决定只能暂时放人，等有了新证据，再抓人，送到县里。

金祥经受了这次沉重的精神打击后，整个人变得更加沉默寡言，心里话只能对大哥天祥说。他看在大哥的面子上没有怪罪侄女春花，他知道春花是被人利用了，成了别人整他的一把刀。年轻人好冲动，在残酷的政治斗争面前容易迷失方向，她终有一天会清醒过来的。但是，让他感到难以接受的是亲人对他的伤害，自己的亲侄女竟然这样以怨报恩，在他心里还未愈合的伤口上再捅上一刀子，再撒上一把盐，那是钻心的疼啊！如果是别人这样对他，他还能平静地接受。他不明白春花怎么会那么听大队支书的话，那么大胆地在台上揭批自己的老师和亲叔叔？好在公安机关还是主持公道的，那个大个子警察为他的事情彻夜未眠，反复对照法律条文，查看证据材料，为他恢复了自由。

批判会之后，春花就被大队从生产队记工员安排到大队广播室，成了一名广播员。在大队戏楼的一侧有了专门的广播室，春花也就搬到了大队部的广播室住下。每天早、午、晚，春花就会打开扩音机，先放几首革命歌曲，比如早上是《东方红》，中午是《大海航行靠舵手》，晚上是《国际歌》。歌曲播放完了之后，她开始读报纸，传达上级指示精神，或者播报一阵大队新闻、公社安排的工作通知。杨家大队的高音喇叭一响，人们就知道歌曲之后就会有一个女高音铿锵有力地播报新闻或者通知。人们一听到春花的声音，就会想起她在批判会上那种不可阻挡的革命气势。

在大队部上班，可不比在生产队地里记工分，这可是和大队干部、公社领导打交道的地方，除了在广播室播放广播，大队开个大会、公社来个领导，她还要给主席台倒茶，给领导打洗脸水或者倒茶，算是人面前的人了。地位不一样了，春花的衣着可要讲究一点了。可是家里穷，没钱买新衣服，就是有钱，爹也不会给她的。但是，天无绝人之路，春花灵机一动，就跑到二姨家借钱。二姨没有给她钱，而是从包袱里挑出她女儿秋菊的两件新衣服，让她先穿着。秋菊年龄、身材和她差不多，这两件衣服穿在春花身上挺合身的。二姨西霞看着春花穿上秋菊的新衣裳，在一旁双手一拍，说："哎呀呀，人靠衣服，马靠鞍，一点不假，我春花娃穿着这身衣服，都能赛过城里娃了！好好干，春花，过几年当上大队干部了，可不敢忘了二姨啊！"

二姨的话说得春花心里甜丝丝的，脸上像绣着一朵花一样灿烂，她娇声娇气回应道："二姨的好，春花会永远记在心里的。春花要是真的出息了，谁都可以忘记，就是不能忘记二姨！"

西霞轻轻拍了一下春花的肩膀，抿着嘴说："到底是在大队部工作了，说起话来，也招人爱听！"

　　几天之后，春花上班就穿着秋菊的一件新潮的大翻领、腰部有一条紧身腰带的大红色衣衫，脚上也换成一双黑色皮革凉鞋，两条长辫子剪短成马尾松一条辫子，辫子根部扎上一条浅绿色的蝴蝶结，脸上每天都要抹上雪花膏、香脂之类的化妆品，走到哪里，都会散发出一股浓郁的青春气息。

　　一天晚上，春花刚播完广播，大队长嘴里抽着旱烟，走进广播室。春花忙起身给大队长倒茶让座。大队长也算是和支书同龄人，不过身材倒是不胖不瘦，留着一寸来长的平头。大队长是部队复员回来的，走路说话都有一股军人硬朗的气质。他坐在春花搬过来的椅子上，抽着烟，思虑了一下，才开口说话："春花，这几天干得不错嘛！手脚勤快，脑子灵活，就是要这样把事当事干，看来王支书眼光不错，没有选错人，哈哈哈！"

　　春花有点不好意思，扭捏着说："能得到大队长的表扬不容易，春花一定会听大队长和王支书的话，好好干好广播员的事！"

　　"你说错了，不是我表扬你，是王支书！他老是在人前夸奖你，说你有文化，有气质，又聪明，又能干，看来王支书很赏识你呀！"

　　"那你替我谢谢王支书。不是王支书赏识我，我哪能到大队部广播室上班？"

　　大队长"吧嗒吧嗒"吸着旱烟，在春花面前吞云吐雾，一点儿也不顾及春花的感受。他停了一会儿，凑近春花，压低声音说："春花，给你透露点儿消息，听王支书说，过了年就优先解决你入团的事，入了团，还要提拔你当大队的团支部书记，听说现在的团支部书记后半年就要调到公社当干部，这可是一条好路子，你可得好好干呀！"末了又叮咛了一句，"这话你藏在心里就行了，先不要给别人说，懂吗？"

　　"我懂！放心吧，大队长。"春花点着头，心里暗喜。

　　大队长再叮咛了几句工作上的事，就踱着步离开了。

　　望着大队长的背影，春花又是高兴，又是疑惑。喜悦的是自己的前途将一片光明，入了团，当了大队团支部书记，团支部书记干得好的话说不定将来也能调到公社当个社办干部，再过几年就可以转为正式国家干部，彻底离开农村、离开黄沙窝窝，可以与那些城里人一样吃国家供应粮，挣工资，这可是她连想都不敢想的事情啊！疑惑的是王支书为什么对她这么好，她可是当年写过举报信向公社党委书记告过他的，虽说自己已经认了错，他能不记恨吗？全大队比她文化高的人有的是，高中毕业生就有好几个，没有一个一毕业就分到大队部工作的，她杨春花充其量只是个普通的初中生，能和人家比吗？从大队长刚才说的那些话里，春花听出了一点话外音，她猜想大队长今晚来是故意给她放风的，也是替王支书来说话的，提前打探她的心里话，看她春花对王支书的态度。那么，王支书对她这么重用和提拔，到底是为了什么呢？

春花想得脑袋都发疼了，也没有想出个结果。管他呢，车到山前必有路，船到桥头自然直，先干好本分工作再说吧！春花打着哈欠，简单地洗了一下，就上床睡了。

事情的发展正如大队长所说的那样，第二年的"五四"青年节前，春花被大队团支部正式吸收为共青团员。半年之后，就是春节前夕，春花就取代了已经调到公社团委的前任大队团支部书记，成了全公社唯一被破格提拔的最年轻的大队团支部书记。这一年，春花刚满二十岁。

春花的青云直上，引来了全大队青年男女的羡慕和青睐。二十岁，也是沙苑一带农村女青年谈婚论嫁的黄金年龄，给春花提亲的媒人自然会不少，特别是春节前后，在外上学的、干公的、当兵的都集中时间回到农村的家，有的是放假，有的是从部队回来探亲（其实也回来相亲）。进入腊月之后，忙了一年的生产队里庄稼地的农活就少了，留下充足的时间给人们做过年的准备。大队的剧团其实从秋种之后就开始排新戏了，到了春节，从大年三十晚上会一直唱到正月十六。春花在学校时曾在宣传队参加过文艺演出，自然就会在剧团穿插扮演一些角色，她的身段、唱腔、台架都像专业演员一样，铁梅、小常保、阿庆嫂都被她演得活灵活现，很快成为全大队社员心目中演戏的好苗子。

春节前后，晚上来春花家里提亲说媒的不下十家，有在供销社干公家事的，有在部队当兵转了志愿兵的，有在学校当民办教师的，甚至有从部队复员回来的大队民兵连长，哪个条件都比普通农民强得多，一个比一个地位高、工作体面，让春花简直有点眼花缭乱。对这些提亲的媒人，爹和妈也拿不了主意，春花不像春叶那样好说话，春叶什么事情都听大人的，春花什么事都要自己做主。所以，爹和妈只能对那些说媒的说："现在是新社会了，不能太封建了，婚事这事大人们也不能包办，娃的事还是要娃情愿，我们做大人的做不了主。"一次妈问春花："人家给你介绍了那么多好对象，你可不敢挑花了眼。"

春花嘴一噘，有点厌烦地说："妈，我的事不用你管，他们要说，就让他们说去！"

这样过了一段时间，也不见春花的爹妈有回音，那些媒人就知道春花的眼头高，一般人家是攀不上的，再来家里说媒的自然就渐渐少了。春花就像没有事似的，依然坐在大队团支部书记的办公室里，不是召集团员学习开会，就是参加大队党支部会议，再不就是陪同王支书或者大队长下到生产队检查工作，传达公社指示精神，当然，也少不了骑着自行车，经常去公社给团委书记汇报工作。春花觉得，自己正是干事的年龄，正是追求上进的时候，过早的谈婚论嫁会影响自己的前程，只要自己将来能调到公社当干部，不愁找不到更好的对象，她甚至把自己未来的家设想在了县城，把将来的对象设想成在县城当官，要不就是在供销系统掌权、要不就是城里的文化人，最差也应该是一个中学老师，这样自己将来就能名正言顺地成为一个地地道道的城里人。

就在春花打定主意好好干一番事业的时候，一个不大不小的难题却挡在了她的面前，让她再次陷入进退两难的境地。

开春时分，一天大队开完两委会，大队长把春花叫到他的办公室，给她倒了茶水，请她坐下后，给她说起一件个人大事。大队长说："春花，你现在也进步不小了，工作也稳当了，是不是该考虑自己的婚姻大事了？"

大队长的话题提得太突然了，让春花没有丝毫的准备。春花觉得现在应该是干事业的年龄，谈婚姻大事还不是时候，她要响应国家晚婚晚育政策的号召，最起码到二十五岁左右再说婚姻问题也不迟。她知道大队长是想给她介绍对象了，就说："大队长，我想还是把工作先干好，婚事过几年再说也不迟。"

"农村娃娃过了二十岁就该考虑婚事了，再推就怕到时候没有合适的。"大队长笑了笑，说，"这样吧，我很少给人说媒，今天就想学着做个媒人，给你介绍一个小伙子，你看行不行？"

春花本不想急着谈自己的婚事，可现在大队长亲自给自己介绍对象了，可不能随口就拒绝。再说了，大队长的眼光可不是一般人的，他瞅准的对象能差到哪里去？她想了想，说："大队长都操心我的个人大事，那我就恭敬不如从命了。"

"你看王支书的大儿子咋样？这可是在公社粮站吃商品粮的，一般农村女娃想攀都攀不上哩！你看，王支书对你那么好，把你当自己的亲闺女看待，不说感谢人家，做他的儿媳妇总是可以考虑的吧！将来要是真的嫁了过去，你以后升迁的路子多着呢！你考虑考虑吧！"

　　王支书的儿子春花听说过，但没有见过人。王支书在她面前曾经提起过他的大儿子，高中毕业后在公社粮站干临时工，以后有机会就可以转为正式工。春花觉得能做王支书的儿媳妇当然好，将来有一个当大队支书的公公这个靠山，不愁去不了公社当个干部。可是，她没见过他儿子的面，不知人长得是高是矮，是美是丑，两人脾气和不和，有没有感觉，就贸然答应也显得不合适。她只好对大队长说："我还没见过对方，现在还不好说。这件事我回去再想想吧。"

　　春花没敢把这事给家里人说，八字还没见一撇呢，连男方的人还没见过，只能说这件事还只是处于准备阶段，除了大队长和她知道外，对其他人都不应该提起，万一将来成不了，还让别人笑话自己是白日做美梦，一门心思想攀高枝。不过，自从大队长提起这件事后，春花心里就开始有了负担，平时上班见了王支书，竟然会莫名其妙得脸红，甚至想故意躲开。她闲下来后，还专门找了一位女同学，打探王支书的大儿子是怎么样一个人，同学一听她的话就知道什么意思，没说好，也没说不好，只是应付着回答她："你见了就知道了。"春花听了在心里骂了句：屁话，说了跟没说一样。

　　又过了几天，是一个星期六，大队长中午特意来到春花办公室，说他已经安排好了，王支书的儿子晚上就回来了，让春花和他一起在他办公室见面，说说话。

　　晚上，春花在家里精心打扮了一下，换上从二姨那里借来的秋菊的另一件米黄色紧身大翻领时装，头上也换了一个紫色的大蝴蝶结发卡，脸上抹了一层淡淡的香脂，骑着自行车来到大队长的办公室。她推开办公室门，发现里面坐着一位男青年，长着四方脸、皮肤黑红、身材壮实，穿着的确良白衬衫，海蓝色裤子，左手腕戴着一只闪闪发亮的手表，自然卷的头发像烫过一样铺在头上。见春花进来了，男青年站起身来，朝她笑了笑，又坐到椅子上。春花只看了他一眼，对对方的第一感觉不是很好，便低下了头，装作找热水瓶。正好这时大队长进来了，一手提着一个热水瓶，一手拿着几只洗干净的玻璃杯子，放在桌子上，准备捏茶叶倒水，春花忙接过大队长手中的热水瓶，说："我来。"

　　大队长忙给春花介绍道："这就是王支书的儿子，叫胜利，今年二十五了。你们先坐下谈谈，我还要到会计那里查查账。"

　　大队长走后，春花和胜利坐下，两人相距两三米。春花问："你在粮站？"

　　胜利回答："嗯。"

"在粮站做什么？"春花问。

"嘿嘿……"胜利傻笑一下，露出两颗黄黄的大板牙，"没啥事干，有时看粮库！"

"你哪一年高中毕业？"春花问。

"嘿嘿，忘了。"

一阵沉默。

春花觉得空气都凝固了一样，这样问答很别扭，很尴尬，也很难受。她第一次与人相会，就碰到这样的情况，心里暗暗来气。实在没啥可问的了，她见胜利坐在离窗户不远处，就随便说了一句："房子里真闷，你把窗户打开吧！"

胜利这才站起身，不情愿地抬起脚步。这时，春花看到他走路的姿势有点儿不对劲，再仔细一看，她有点儿吃惊，他右腿有点毛病，走路一瘸一拐，身子有点摇晃，虽然不是很明显，但还是能看出来。

春花这下心里凉了半截。她心里埋怨大队长，为啥提前不给她说对方腿有点毛病，明知对方是个跛子，还要给她介绍。春花想离开，又怕不给大队长面子，不走吧，和他又实在没话可说，这样沉默了一会儿之后，胜利也看出了春花对自己不太满意，说了一句："我的腿是工伤，不是病，是从粮垛上摔下来，摔成这样的。"

春花不想听他过多解释，她这时考虑更多的是自己怎么给大队长说出那个"不"字。她现在明白了，王支书为什么对自己这么好、这么提拔重用，他是早就把她给儿子预定了，看来大队长说媒也只是个托词，其实是王支书的本意，只是当公公的不便于亲口问起春花。这样说来，这门婚事她是答应也得答应，不答应也得答应，否则会给王支书难看，甚至会被人认为是忘恩负义。春花觉得自己已经跳入了王支书和大队长设置的圈套，其实一切的关心、重用、提拔，都是为了今晚这门婚事。如果王支书的儿子胜利不是跛子，人长得不是那么黑、个头再高几厘米，说话再灵活一点，那她春花还没有啥不情愿的理由，毕竟他是大队党支部书记的儿子，做支书的儿媳妇意味着什么，每个人心里都清楚的。春花认真分析着事情的来龙去脉，揣摩着进与退的得失，想着自己的理想前途和婚姻大事都交织在王支书儿子身上，感到自己真是进退两难，骑虎难下。

这时，大队长正好进来了，笑呵呵地问他俩谈得怎样。春花没有吭声，胜利只是"嘿嘿"一笑，这让大队长一时丈二和尚摸不着头脑，急切地问道："春花，胜利，你俩感觉咋样？"

胜利先说："我没意见，不知她情愿不情愿。"

大队长把询问的目光投向春花，春花一时不知该咋说，半晌才说了一句模棱两可的话："我们慢慢再了解吧。"

世上没有不透风的墙，春花和胜利见面的事很快就传到了家里人耳朵里了。天祥指着春花的鼻子一顿怒骂："就知道你跟着那王八蛋没好事，他害了你三大，又来打你的主意，他操的是啥坏心？春花，你明天就给姓王的说，你就说爹说了，我娃宁愿嫁给要饭的，也不会进你王家的门！"

大队长来家里找春花的爹妈，想把事情捏合好，没想到天祥一口回绝了："大队长，我就把话挑明了，他家的门楼高，我们杨家攀不起。他姓王的想和我杨天祥成亲家，门都没有！"

这门婚事就这样匆匆收场了。同时，匆匆收场的还有春花的团支部书记，在家里人，特别是爹的极力反对下，春花也正好来个顺势推舟，和王支书儿子胜利的婚事就到此为止了。过了"五四"青年节，大队团支部书记就换人了，王支书只一句话，春花就从大队部卷铺盖回到了家，重新面对下地干活当农民的艰巨考验。

第十二章

　　春花的事也让东霞伤心、头疼了好一阵子。这女子从小就是个要强的人，不像老大春叶那么顺从顺心，越大越让人操心。东霞想不到，春花这女子就为了上个高中，竟然跑到公社告大队支书的状，都不想想你一个女娃娃能有多大的能耐，能告倒人家大队支书。人家可是当了十几年的老支书，老资本在那里放着，上边能说换就换了。告不赢人家也就算了，老老实实回家当你的记工员，这是多好的事呀，你还不满足，这山望着那山高，非要回过头去巴结人家大队支书。那么聪明的娃，竟然会里外不分，和大队支书串通一气批斗你三大，给你三大身上栽赃，你难道忘了你三大在学校以前是怎么样照顾你的，把你和他的女儿一样看待，你让我这当妈的说你啥好呀？那天晚上你爹打你，我不知道是怎么回事，还嫌你爹那么狠心，硬是生他的气。要不是你爹晚上咬着牙子给我说了你的事，我还不知道会出这样的事。哎，你这女子净做一些让人想不通的事，人样这么好，脑子又聪明，要写能写，要算能算，要说能说，要唱能唱，都算得上全大队有名有望的女子，提亲的媒人都能踏破门槛，再好的对象你就是看不上。我还以为你心里有了人，没想到竟然偷和支书的跛子娃去见面了，真是眼睛瞎了呀！说起二女儿春花，东霞就一肚子气。如今春花在大队部转了一圈又被赶回来了，连记工员的事都丢了，整天把自己关在屋子里哭，顶啥用呀？春花呀，不是娘说你，心不要太高了，咱就是庄稼人，就干庄稼人的活，别整天想着轻松的好事，咱没有那个命呀！不要嫌弃庄稼人，咱祖祖辈辈都是庄稼人，也没有饿死。你有文化，又聪明，比你爹妈都强，在农村照样能活得好好的！

　　东霞这几天心情很乱，不光是春花的事，春叶也让她操不完的心，嫁过去几年了，原以为她能在有钱人家享福，没想到自从进了赵家门，就像跳进了火坑。那女婿赵进财看起来是个正常男人，谁能想到会有癫痫，病一上来就像疯魔，六亲不认，抄起啥家伙就拿啥家伙打人，打得春叶好几回晚上偷偷跑回娘家来。娃挨了打还不敢给爹妈说，一个人躲在院子里掉眼泪，要不是她那晚上摸黑出去上茅房，碰到娃在后院哭得像泪人，她还不知道娃受了多大的恓惶。

回到屋里，她脱了娃的上衣一看，身上青一块紫一块的伤疤，让她心疼得就像刀割一样。天祥知道了春叶在婆家受欺负后，连夜带着春花到了赵家，当着亲家母的面，对女婿赵进财怒气冲冲地说："你们都给我听着，我的女子是嫁到你们家，给你当媳妇的，不是来挨打受气的，以后要是让我再知道你打了我女子，我可饶不了你，这么好的娃，你不知道心疼，良心是不是叫狗吃了？今后你们家不管是谁，再欺负我的春叶，我就把娃领回去，你们看谁家女子好再娶谁家的。"然后，他把春花交给赵进财，"春叶，不要怕，谁再欺负你，回来给爹说，爹再来找他算账！"

有了天祥的吓唬和警告，赵进财发起疯来，再不敢打春叶了，改为乱摔东西。赵进财的娘是个吝啬鬼，守着上辈当家留下的家产，却舍不得给儿子治病，更舍不得给春叶花一分钱，春叶在赵家就这样紧巴巴地过着日子。

一天早上起来，东霞扫院子的时候，就觉得右眼皮老在跳，可能是昨晚没有睡好，她心里一阵莫名其妙的烦躁。东霞昨晚心里想着乱七八糟的事情，一晚上没有睡好，半夜还做了一个噩梦，梦见天上电闪雷鸣，沙坡上狂风四起，天昏地暗，顿时下起暴雨来，沙坡顶的水顺势流下来，冲到他家里来。自己家好好的房子灌进了雨水，墙根被水泡软了，房顶也开始漏雨了，大梁发出了"咯吱咯吱"的响声，眼看着屋顶就要塌下来了，她忙喊叫："娃他爹，房要倒了，咱赶紧出去！"她紧喊慢喊，刚迈开腿想跑，整个屋顶和雨水就从天而降，她吓得大喊一声，惊醒了，被吓出一身冷汗，半晌心还"咚咚咚"跳个不停。

吃中午饭的时候，东霞听见彩霞在门口急促地叫着她。她等一家人吃完饭，正准备洗碗洗锅，两手还端着两摞碗，见彩霞站在大门口喊得很急，人就是不过来，只好放下碗碟，走过去问："有啥紧火的事，不能等我洗完了碗再说？"

彩霞把东霞拉到门外，悄悄说："赶紧到娘家走，听说爹出事了，快点走！"

东霞问："爹到底出啥事了？是不是病又重了？"

彩霞说："不是，病早就好了。去了，就知道了。"

东霞只好撇下家里一摊子事，给春花叮咛了一下，就跟着彩霞急急火火朝娘家赶去。春夏之交，天已经慢慢热了起来，地里的麦子开始泛黄，随风波动，掀起一个又一个的麦浪。走在沙地与田野之间，心事重重的彩霞顾不上欣赏丰收在望的麦子，也顾不上偷摘麦地里熟透了的杏子，只顾迈着急促的大步子赶路，走路的样子像是在飞。东霞使劲赶，也跟不上，走一段就喊她慢些。路上，东霞想起昨晚自己做的那个噩梦，想起老人们说的"房倒屋塌，不是亲戚就是邻家"，心里想，难道爹会出人命？这样一想，她就一下子紧张起来，气喘吁吁地跟上彩霞，朝娘家赶去。

两人来到娘家门口，东霞本以为娘家门口院子里会有很多亲戚和巷子里人，没想到大门紧闭，推开大门，喊了半天妈和爹，没人答应，好一会儿工夫，才看见大弟喜财的媳妇从灶房出来，穿着一件短袖汗衫，满头大汗，脸上落满了灰烬。喜财媳妇告诉东霞和彩霞，家里人都去大队医疗站了。

东霞和彩霞匆匆赶到医疗站时，老远就看到医疗站门口围了一大群人，门口还停着一辆画着红十字的白色救护车。彩霞拉着东霞的手，从人缝中钻进医疗站，医疗站的两个病房被几个民兵把守着，除了医生和大队干部，谁也不能进。东霞不知道发生了什么事，心想爹肯定在病房里，有医生抢救就不要紧了。当病房里三个脸上蒙着白布的人被抬到救护车上之后，救护车就拉着警报开走了。这时，围观的人群才散了一些，把守病房的民兵也撤了，彩霞和东霞赶紧进了病房，一眼就看到了半躺在病床上的爹，爹脸上、腿上扎着绷带，东霞这才长长地松了口气，爹没事就好。

爹半躺着，脸色阴沉，眼眶里含着老泪，愁眉苦脸。喜财在旁边招呼着给爹打吊针。病房不大，里面有三张病床，其余两个人伤得不是很重。

"妈呢？"彩霞找了一圈，没看到妈，也没看到二弟发财。

喜财没有回答，只顾看吊瓶里的药水，脸上流露着哀愁。

这时，另一个房间里传来了几声女人的哭声，还有男人的劝解声。彩霞和东霞走进那个房间，这是医疗站的门诊加医务室，平时是给病人看病、打针、换药的地方。这时医务室里并没有穿白大褂的医生，坐了七八个男男女女，里面就有妈和西霞。西霞和妈的眼睛红肿，眼泪还没擦干。

"妈，西霞，到底出啥事了？"东霞走到妈跟前问，心里突然慌乱起来。

西霞哭着说："发财……死了……生产队淘井，井塌了，发财在井下，给砸死了……刚才救护车把死人拉走了，一共三个……"

是发财出事了，怪不得爹和喜财脸色那么难看。想起才不到三十的二弟发财突然间就没了，东霞的眼泪一下子就涌了出来。彩霞没有哭，也没有掉眼泪，而是悲愤地说："谁叫发财下的井，我就找谁去！"

妈喊了一句："你少给我添乱，赶紧回去！"

在病房里，爹躺在病床上，头上缠着绷带，腿上也包扎着伤口，精神头好点了。喜财要去和大队干部商量有关开追悼会和下葬的事情，就把爹托付给三个姐姐，便离开了。

晚上，彩霞被爹和妈撵回去了，剩下东霞和西霞陪着爹。在静静的夜晚，爹才说起今天白天发生的那可怕的一幕：这些天正是小麦成熟期，生产队的一口老井却泛起黄沙，水泵抽上来的水就像黄泥一样。眼看着沙地里五十多亩小麦就要被旱死了，队长就叫了几个有经验的泥水匠和青年汉子，准备下到井里面淘井，需要把井底的黄沙挖出来。这口老井是用砖头砌起来的，也就七八米深，下面大，井口小。他们几个泥水匠被上面的人用绳子掉下去后，在里面一点点挖沙，一边挖一边在四周加固砖块。后来，随着井底的沙被挖得越来越少，水越来越深，就需要再增添几个劳力来帮忙加固砖块，生产队长就让发财和两个中年人下来轮换帮忙，三个泥水匠就一个一个被吊上来休息。就在爹最后一个被吊到半空中时候，也可能是上面井口人多，也可能是井底下水深了，只见井口开始慢慢向下沉，爹感觉到就像天要塌下来一样，脸色煞白，心惊肉跳，喊了声："不好，要出事了！"就听见井下的水面上噼里啪啦有砖块掉下去的响声。他头顶上也有砖块从天而降，朝他头上、脸上砸了下来。就在他半个身子升上井口时，上面吊着他的辘轳架子和井口就轰然倒塌了，他的双腿被砖块和泥沙埋住了，整个人就像陷入地震的裂缝之中一样向地下沉去，他也被吓得晕了过去……

醒来时，爹已经被人抬到了医疗站进行抢救，好在人没有被捂在砖块和泥沙中，只是下半身被埋，在人们的紧张抢救下终于转危为安了。只是可怜的发财和两个中年汉子却被埋在了井底下，好在井不是很深，出事后大队民兵连长马上召集了几十个青年民兵进行抢救。经过三四个小时的连挖带刨，三个男人总算被从井底挖了出来，可是长时间被捂在泥沙和水里，都已经没有气了。

三天后，大队在大队部的戏楼上为三个因公牺牲的英雄举办了追悼会。因公牺牲的三个英雄中发财年龄最小，二十九岁，其余两个都是四十多岁。参加追悼会的有学生、社员、公社干部上千人，把戏楼下面的露天会场挤得满满的。戏楼上方挂着一条黑底白字的横幅，上面写着"3·23因公牺牲英雄追悼大会"，戏台两边摆着一排花圈。东霞和西霞、彩霞、妈、喜财被安排在戏楼一侧的广播室里，透过广播室的窗户可以看到台子下面拥挤的人群。公社干部、大队干部讲完话之后，广播里播放着哀乐，人们排着队一一上台向英雄的遗体告别，东霞和亲人们站在一侧哭成一片。在被泪水模糊了的视线里，东霞想起了十几年前家里盖房时，才十三四岁的发财穿着一条宽大的短裤，一双露出大母脚趾的布鞋，顶着炎炎烈日，从一百多米远的井台上给工地上挑水，从太阳升起直到太阳落山，整整一天时间，挑着两个水桶在工地与井台之间来回奔走，汗水珠子滚落在他那黑黝黝的光脊背上，洒在了滚烫的沙地上。艰难的日子，使得他单薄的肩膀过早地就压上了生活的重担。她还想起了十年前的冬天，跟着爹学泥水匠的发财在寒雾中来到她家里，给她家盘火炕、盘灶火。爹弓着腰，拿着冰冷的瓦刀和泥板，在一砖一砖砌。他穿着一件破棉袄，腰间扎了一根草绳，在一旁又是和泥、又是刮砖，寒冷侵袭着他的手、脚、脸部，逼得他不停地打着寒战，给双手哈着热气。她还听爹说起过，发财从小到大都没有花过十块以上的大钱，即使成家后，他的日子还是那么苦、那么难，可他给几个姐姐家帮忙却从不推辞，就是这样一个人见人爱的小弟弟，说没就没了呀……

追悼会举办了一个多小时后才结束，最后大队在林场边的沙地里挖了一个三筒坟墓，将三个英雄统一埋葬在里面，并在坟墓前立了一个两米多高的石碑，用朱红大字刻上了三位因公牺牲英雄的名字。从此，不满三十岁的发财就永远长眠在沙苑深处的这块公墓里，成了沙苑父老乡亲心中永久的纪念。

追悼会和葬礼结束后，喜财留在大队，代表英雄家属和大队说一些善后的事情，东霞、西霞和彩霞陪着妈回到了家。爹只是伤了腿关节，头上有一处砖头砸下的伤痕。在他的执意请求下，大队派了几个民兵用架子车把他送回家里静养。

晚上，东霞姊妹三个熬在了娘家，陪着妈说说安慰的话，六十多岁的老人突然间失去了最小的儿子，而且是她心目中最懂事、最吃苦能干的儿子，白发人泪中送黑发人，心理的悲伤和痛苦可想而知。一家人为了发财的事情忙了一整天，大家几乎都没有吃什么，心里正伤悲着，谁也没有胃口吃。回到娘家，东霞像往常一样，一头钻进了灶房，给灶火生火，给锅里添水，在面盆里和着水揉面。她想给一家人做一锅清汤面，让大家先填饱饥饿的肚子。

吃过热乎乎的清汤面，三个女儿围着妈坐在炕上，连续几天的伤悲和劳累，大家都累了。爹躺在门口靠墙的木床上，打起了呼噜。妈也靠着炕上的墙面闭目养神，不知道她心里在想着什么。东霞虽然浑身也发困，但她睡不着，心里全是弟弟发财的身影。她轻轻地对西霞说："发财走了，丢下媳妇和两个碎娃娃，该咋过日子，想起两个碎娃，就让人可怜。"

西霞缓缓睁开双眼，半晌才说："是呀，发财媳妇还不到三十，这么年轻，就要守寡了。日子久了，以后她肯定会改嫁的，剩下两个可怜的娃娃，可咋办呀？"

"她要嫁咱也不挡，两个娃不能带走，找个后爹要是对娃娃不好，两个娃娃就受恓惶了。我看，咱姊妹三个替发财把娃娃养大吧！"东霞说。

"我看，还是让媳妇再找一个男人上门，顶着发财家的门楼，两个娃娃有爹和妈照看，不会受苦的。"西霞说。

彩霞听着两个姐姐的对话，本来不想掺和，她对娘家的大事从来很少操心，可是说起发财和发财的两个娃娃，她不由得动心了。两个姐姐都不说话时，她插了话："天要下雨，娘要嫁人，谁都挡不住。媳妇想嫁人就嫁吧，两个娃就留在家里，平时让爹和妈照看，我们三个有时间多过来照顾照顾，这不就好了嘛！"

然而，发财的媳妇并没有像三个姐姐说的那样匆忙改嫁，而是继续守在家里，守着丈夫发财的灵魂，一个人顶起生活的重担，照顾着两个还未成年的儿女。

喜财从大队出纳处领了发财的一百多块抚恤金，准备晚上交给爹。媳妇爱琴无意中发现了喜财藏在炕席下面的钱，就赶紧关上小屋的门，问喜财这钱从哪里来的。喜财说是大队给弟弟发财的抚恤金，他要一分不剩地交给爹。媳妇伸出双臂挡住他，说："你傻呀，这么多钱全部给你爹了？也不想想给咱留着点，真是榆木疙瘩。"

喜财从来不敢有媳妇这样的想法，他知道这是弟弟用生命换来的钱，是沾着弟弟鲜血的钱，谁敢随便动？就是给了爹，爹也不敢用，发财虽然不在了，可他媳妇和两个娃娃还在，这钱应该是给他们娘仨的。他把钱揣在怀里，显出很生气的样子，说："你让开！这是啥钱，你都敢动？"

媳妇没有丝毫让步，双臂伸展在他面前，满脸怒色，高声说："我就不让开，咋了？两个儿子眼看着就要说媳妇了，你有本事给我把娶媳妇的钱挣回来！你是老大，你还不能说了算？什么事都要跟父母说，你有没有出息呀？老二不在了，你都不想想，你爹要是把钱给了老二媳妇，她卷着钱改嫁了，给你们家留着两个娃娃咋办？你不为咱想，谁为咱想？"媳妇放了一阵大炮之后，见男人有点儿蔫了，就缓了缓口气说："要不，留下一半交给你爹算了，反正他也不知道大队给了多少钱，还不是由着你说嘛！"

喜财不想让爹妈又为他和媳妇吵闹生闷气，也拗不过这个强悍的媳妇，他只好做了让步。其实，媳妇说的也有点道理，发财不在了，这钱最终还是要给发财的媳妇的，人家往后会不会卷着钱一走了之？还不如给自己留着点，好赖是亲兄弟一场了，他平时也对弟弟照顾不少，现在家里除了爹妈，再没有别的人了，作为长兄支配其中一部分钱也说得过去。这样想着，他就抽出一半，把剩余的钱交给爹。给爹交钱时，他的心跳得很厉害，好在爹没有细细追问什么，也就这样交了差。

自从发财在塌井事故中死了之后，爹就一直沉浸在失去小儿子的悲痛之中。眼看就要七十岁的人了，受了一次惊吓，失去了最心疼的小儿子，心里肯定难过，会伤悲。他的身体越来越差，双腿膝关节打不过弯来，走路吃不上力，两脚一着地，腿就疼得厉害，上茅房都要人搀着。胃口也大不如以前了，有时一天只吃一顿饭，最多吃上一个馍，喝点稀饭。他再也干不动泥水匠的活了，也不能给生产队干活，挣点工分了，每天从早到晚就一个人坐在黑暗的后屋里的炕上，双眼微闭，静静养神，坐累了，就躺下睡一会儿，可是年纪大了，人瞌睡少，睡一会儿，就醒来了，睡不着也难受。喜财只是在吃饭时才来到后屋叫声爹，把饭碗端到爹跟前，好多回他端的饭碟都原封不动在那里放着，他一问，爹就说："没胃口，不想吃。"

熬过了酷热的夏天，爹的身体状况就急剧下降。中秋节前，东霞又来到娘家，她守在爹跟前，看到爹突然间苍老了许多，往日那一寸来长的一头白发脱落得只剩下后脑勺半圈，一双目光浑浊的眼睛深深凹陷进去，就像两个杏核大的浅坑，脸上皱纹纵横交错，颧骨凸起，两腮陷进，稀疏的几根山羊胡须零乱地挂在下巴上，一件灰色的衬衫领子上油光发亮，炕上的被褥发出一股发霉的恶臭味道。看着突然苍老了许多的爹，东霞不由得一阵心酸，眼泪也涌了出来。

"爹，你想吃点什么，我给你做？"东霞知道爹已经吃不下什么东西了，但她还是这样问了一句，她觉得这样问着心里舒坦一点。

爹轻轻摇了摇头，身子无力地靠在身后垫起的被子上，头向后一仰，长长地叹了口气，开始说道："哎，那天咋能让发财下井哩，爹这是造孽呀！老天咋就不叫我这个半截子都埋进土里的老汉去死，咋就叫我的发财去了呀！"东霞看到爹的眼眶里湿了，两行浑浊的泪水顺着高高突起的颧骨往下流。

东霞的眼泪更旺了，她一边擦着眼睛，一边安慰爹，说："爹，你糊涂了，再莫要那样怨自己了，那天谁也不知道会出事。发财已经不在了，你再想他也想不回来，还是管好自个吧，好好活着，我们才心里安稳。"

"东霞，爹一点儿也不糊涂，爹心里清楚得很。爹剩下的日子不多了，说不定哪天就走了。要说爹这一辈子最遗憾的事，就是两件……"爹说到这里停住了，也许是由于说的话太多了，身体有点支撑不了，重新闭上双眼，面朝屋顶，胸部微微在起伏。

东霞止住眼泪，但还是哽咽着轻轻叫了声："爹！你累了吧？"

爹半天才睁开双眼，侧过脸，接着说："东霞，你是老大，爹就把心里想的事托付给你吧！以后，你要多照顾照顾发财那两个娃，看着把他俩养大，要是发财媳妇要走，你们不要挡，让她走吧，她还年轻。"爹说完第一件事，缓气了一下，用一只手指了指炕席，说："凉席下面有五十块钱，这是大队给发财的补命钱，你取了交给发财媳妇，让她知道是发财留给她的。哎，喜财两口子靠不住，心也太狠，他媳妇和他闹，抽了发财的一半钱，我都知道了。如今发财走了，你要给弟妹们带好头，做好人。你要相信，老天是不会亏待老实人的……"

爹在交代完心里的事情后，当天晚上就走了。爹断气之后，东霞含着眼泪给爹洗了个澡，用湿热的毛巾把爹消瘦如柴的身子细细擦洗了一遍，然后给爹换上她亲手缝制的黑色丝绸寿衣，在爹的灵前守了三天三夜。埋葬爹的那天，她一直哭到墓地。爹的墓地在黄沙窝窝里，爹下葬那天，天下着淅沥的秋雨。她扑到爹的灵柩上拍打着棺木，想把爹叫醒，她多想让爹睁开双眼，再看一看他曾经走过的黄沙窝窝，再看一眼他的儿女们。就在爹的棺木被抬进墓洞里时，她透过雾蒙蒙的泪水，朦朦胧胧中看到天空中飞来一只雪白的天鹤。那天鹤闪动着柔软的双翅，在爹的墓地上空盘旋，一声声凄惨地啼叫着，仿佛在叫爹随它飞向天堂……

第十三章

过了寒露，天气开始有了寒意。窗外的苦楝树和杨树的树叶由碧绿色变成了金黄色，一叶一叶随风在空中飘落而下。天空中像下了一场金黄色的秋雨，地面上则像铺了一层薄薄的金色。院子里的风不大，有一阵没一阵地吹着，地面上的树叶在风中"哗啦啦"响。太阳明晃晃的，有点刺眼，却给渐冷的空气里送着一点儿温暖。

彩霞坐在炕上，挺着个大肚子，在忙着给"杨倔头"纳棉袄。冬天快到了，她怕"杨倔头"穿着单衣、赶着牲口车子、去县城卖菜太冷，就想在天气冻人之前给他把棉袄做好。可是，她做针线活很不得手，马马虎虎网好棉花后，就是用针线纳起来费劲，纳了几遍都不合适，拆了纳，纳了拆，折腾了好几遍，还是没有把棉袄做成。她这才后悔以前做女子时在娘家没有好好学针线活。"杨倔头"劝了她好几回了，要她坐在家里啥事都不要干，护好身子，保好肚子里的娃，不要为他的吃穿忙活了，他自己随便凑合着就行。彩霞却不高兴了，说："你要是冻出了病，落下个病根子，往后我们娘儿俩靠谁呀？""杨倔头"听出了彩霞话里的疼爱，心里感到了一丝温暖。他和这个比他小了十岁的彩霞已经过了两年多的日子，对她的脾气性子了如指掌。他知道她心直口快，像个小辣椒一样，一不顺心就会放几声响炮，过去了，心里就忘得干干净净。所以，什么事他都让着她，她说什么，他都不顶嘴，而且还会顺着毛捋一捋，让她的暴脾气一点儿威力也没有。

彩霞想赶在"杨倔头"晚上回来之前把棉袄做成，却越急越出错，不是针线缝子歪了，就是接茬处没有对齐。她急出了一头汗水，也没有把棉袄做好，没法子，只好拿着半成品去找大姐东霞。

东霞这几天一直处在失去爹和发财的悲伤之中，很少下地给生产队干活了。现在家里有天祥和春花挣工分，她可以闲在家里烧饭、扫院子、喂猪。彩霞把给"杨倔头"做的半成品棉袄拿过来时，她正忙完家里的闲杂活，正想准备进灶房做饭。彩霞却在催她，说："做饭还早着哩，还是先帮我把这棉袄做成，完了我们俩一起做饭，叫我那老汉也过来吃。"

东霞就依了她。姊妹两人坐上了炕，摊开那件网好了棉花的棉袄，东霞让彩霞穿好针线，把彩霞纳过的线全部拆了，就飞针走线忙活起来。难者不会，会者不难，东霞一会儿工夫就把棉袄做好了，让彩霞穿在身上试试。彩霞和"杨倔头"身材差不多，就是肚子凸起来了，她穿在身上试了试，不用扣纽扣，挺合身的。彩霞得意地说："姐做的我放心，保证我那老汉没啥说的。"

彩霞把做好的棉袄叠好放在炕头，两人就像往常一样拉起家常来。东霞看着彩霞挺起的肚子，问："现在有几个月了？肚子有没有难过？"

彩霞说："估计生在年跟前了，没啥难过的，饭量也没减。"

"酸儿辣女，你好那一口？"

"说不准的。酸也吃，辣也吃，管她生儿生女的，只要给我老汉生个娃就行，我可没有你封建，把儿子当宝贝一样，见了女子就像仇人。"

彩霞随随便便一句话却无意中刺到了东霞的痛处。东霞一时接不上话来，骂了句："你就是嘴坏，你说姐不爱女子，姐也没有让春叶和春花饿着冻着，还不是把她们抚养大了？"

彩霞却想起了什么，突然神神秘秘的样子，凑近东霞跟前小声说："姐，说到这，我倒想起一件事，本来前几天就想说给你的。"她见东霞急着想知道，就继续说，"前几天我那老汉从城里卖菜回来给我说，他在县城见到一个女子，和春花长得很像，他还叫了几声春花，人家回过头，看了他一眼，就是没有应声。你说这世上还有这么巧的事吗？"

春草？东霞心里一震，就像有人在她心里扔了一块石头，让她的心疼了一下。这个"杨倔头"呀，咋老是给她心头添堵，十多年前就提到过他亲眼见到的女娃跟春花长得一模一样，可是跟着他去了公社却愣是啥也没看到。没想到十几年过去了，他又提起这事来，难道我的春草会在城里，这谁会信呢？这一次，她不会再跟着"杨倔头"去县城找那个和春花长得一模一样的女子了，她的心已经淡了。她摇了摇头，说："不会的，是你老汉看花眼了。"

"我就知道你会死不认账，就当我啥也没说好了。"彩霞知道大姐提起春草就摇头，想起当年她听信二姐西霞的话将春草丢在沙窝窝里，她就来气。她觉得大姐这一辈子啥都好，就是这一点做得不好。看起来大姐是个心里软得像豆腐一样的人，没想到那时会吃错了啥药，竟那么狠心地将生病的小春草就丢了！那时，她还是个整天只知道疯来疯去的野女子，对这事也没放在心上，还是遇上了"杨倔头"后，这老汉才给她说起了当年大姐做的那件事，让她对大姐那个不知下落的三女儿春草有了怜悯和牵挂。

自从那天去大队医疗站看爹、被妈和二姐西霞撵回来之后，彩霞很少再去娘家了，既然娘家人不欢迎她，她就少去为好。自从和"杨倔头"一起过日子后，每当她要在姊妹们面前放响炮或者去娘家搅和事情时，"杨倔头"就会给她泼泼冷水，敲打敲打，劝她冷静冷静，给她翻过来覆过去讲道理，说利害，她开始还嫌老汉多管闲事，像个婆娘一样说个没完，后来事实证明那老汉说得都被一一验证，让她像变了个人一样，遇事也不再那么急躁，不再口无遮拦地乱放空炮，而是先听旁人说啥，再拾到心里辨认说得是对是错，是好是坏。唯一没有改变的是认死理，只要她认为对的就是对，错的就是错，十头骡子也拉不回头。

东霞不想再听到春草的什么消息，她想把这个女儿在心底彻底忘掉，永不再提起，这是她心底深处一道伤疤，不想再揭起这道伤疤。她怕彩霞抓住这件事说下去，就赶紧转换了话题，说："彩霞，爹走前交代给我一件事，爹说发财死了后，让咱们姐三个好好照看着发财的两个娃娃，那两个娃娃还小，没了发财也怪可怜的。我答应爹了，咱们姐几个要看着发财的两个娃娃长大的。发财死了还不到一年，喜财的媳妇就劝发财的媳妇带着两个娃改嫁，你说她这是安的啥心？妈说了她几句，她就跟妈大吵大闹，啥难听的话都敢说，妈只能生闷气，也没啥法子。发财死了还不到一年，喜财媳妇就赶着发财媳妇改嫁，是咋想？"

彩霞本来对娘家的事情不再掺和，也懒得管，可大姐说的这件事让她心里一下子来气了，她知道喜财媳妇打的啥主意，说道："这不是秃子头上的虱，明摆着，不就是想再霸占发财那份家产吗？她到想得美，想让她大儿子以后在发财家里娶媳妇，叫我说，连门儿都没有，不信咱看着走！"

十一月二十日是给爹烧百日纸的日子。这天，东霞、飞霞、彩霞姊妹三个都来到了娘家。东霞一进门就钻进灶房忙着给大家做饭。她进到灶房时，喜财媳妇已经把萝卜、白菜切好了，准备中午包饺子。东霞包饺子是拿手好戏，她擀的饺子皮又圆又匀称，不薄不厚，切的萝卜、白菜丁又细又碎，拌的饺子馅味道正好，她与别人不一样的地方是在饺子馅里加了花椒粉和茴香粉，吃起来又麻又香。喜财媳妇就学不会东霞大姐的这一手，在东霞拌饺子馅时边看边问，东霞都给她说得清清楚楚。喜财媳妇和东霞姐挺合得来，见了东霞姐进了灶房，就大姐长、大姐短地叫个不停。有东霞大姐在灶房帮她做饭，倒真的让她省了很多心。

东霞一边包着饺子，一边与喜财媳妇拉起话来。她问："爱琴，咋不见发财媳妇过来？"

爱琴鼻子里哼了一声，说："男人都死了，还赖在这里做啥？要是我的话，早就走人了。"

东霞劝道："你咋能这样说话呀？发财虽说不在了，可两个娃还是我们刘家的骨肉，咋能说走就走？她就是走到天涯海角，心还是在两个娃身上。你也是当妈的人了，这还不清楚？"

"她生的娃肯定她要管，总不能撂给旁人呀！我们当初分家时，爹一分钱也没给我们，还不是喜财没白没黑地干，靠和旁人换工才盖起几间瓦房。她发财倒好，住在爹妈留下的老房子里，不用受苦受累盖房，现在男人不在了，她老二媳妇就坐享其成，想得倒美！"爱琴学着东霞的样子包着饺子，话匣子一打开，嘴里就像喇叭一样说个不停，"要我说，趁她还年轻赶紧领上两个娃改嫁去吧，要是想招个上门女婿就省了那份心吧，刘家的财产不管给谁，也不能给外来的汉子！"

"放屁！这是人说的话吗？"不知什么时候，彩霞从院子里闯进灶房，听着刚才喜财媳妇爱琴说的话，心里就窝了一股火，她指着爱琴高声嚷开了，"当初要不是爹给你们供的木料和砖瓦，你拿啥盖房？说话要凭着良心吧！就说发财还没过周年，你就撺掇人家媳妇改嫁，你这是安的啥心？想霸占发财那院子就直说，别拐弯抹角的。本来好好两家人，都让你戳乱了。"

爱琴没想到半路上杀出了四姐，这个歪女人她是领教过的，那嘴简直就是两瓣辣椒，说的话又狠又辣。可她也不是吃素的，在娘家她也曾是"惹不下"，和人吵架还很少败下阵来。彩霞的话就像一根火药捻子，引爆了她这个定时炸弹。她丢掉手里的饺子皮和饺子馅，走到彩霞跟前，把嘴凑到彩霞的脸上，瞪着双眼，说："我叫你一声姐是看得起你，今天你是给爹烧纸来了，我本不想和你吵，你要是没事找事，敢撕破脸骂人，就莫怪我不给你脸面。"

彩霞也不甘示弱，伸出一只手推了一把爱琴，说："少在我面前耍歪，我也不是吓大的，我倒要看看你咋不给我脸面？有理你就说！"

爱琴又扑上来，硬是被东霞挡住了。她指着彩霞的脸说："你嚷嚷啥？这里有你嚷嚷的份吗？你在你家称王称霸我不管，可甭想在我家这样耍凶！我和大姐说发财媳妇的事，管你啥事？用得着你操这份闲心吗？"

爱琴越说越激动，唾沫星子喷溅在彩霞脸上。彩霞咬着牙子，说："呸！谁想和你说？今天不给你点颜色，你还不知道你几斤几两？"说完，狠狠给了爱琴一个耳刮子，然后屁股一拧，挺着大肚子，就走出灶房。

爱琴被彩霞这一巴掌打蒙了，等她清醒过来时，彩霞早已出了灶房。爱琴受不了这番窝囊，抄起烧火的炭锹，追出灶房。东霞眼看着两人又吵又闹，劝了几次都没用。灶房里两个女人的战争惊动了小屋里的西霞，爱琴刚追出灶房，就被迎面而来的西霞挡住了。西霞夺过爱琴手里的炭锹，劝着爱琴说："好我的爱琴，你跟彩霞那种人争啥呢？你还不知道你彩霞姐是啥人，就是半吊子，不讲理啊！听二姐的话，咱吃亏就吃亏了，别往心上去，以后不要理她就行了。话说回来，不是二姐说你，你也不该管发财媳妇的事，她爱咋就让她咋去，你就不用管她了，听二姐的话吧，啊？"

爱琴面子上过不去，挣扎着，还想扑过去，找彩霞打一架，西霞和东霞同时在劝着。东霞说话了："爱琴，算了吧，不要和你四姐再闹腾了，你不看她肚子里还怀着娃？大家都忍一忍，不要让人看笑话了。"

两个姐姐你一句我一句，总算把爱琴劝说得宁静下来，爱琴胸脯一起一伏，眼里含着两汪泪水，咬着牙子，回到她的屋里去了。

爹死后，喜财两口子就把六十好几的老母亲从老二家接过来，安在了后边那个又暗又小的小屋里，而前院子以前给爹和妈留着的一间宽敞明亮的大屋子就给了他两个娃娃住。刚才彩霞和爱琴吵架，妈在后屋里肯定能听见，只是她人老了，也管不了这些闲事。再说，即便是她在当面，也管不下彩霞，更不用说管老大媳妇了。老人坐在炕上，听着院子里大媳妇和彩霞吵闹，想起这些年大媳妇对她和老汉那张冷脸，心里都被气装满了。

那天，爱琴和彩霞闹了事之后就躺在自家屋子里再没出面。喜财到吃午饭时才回家，他陪着三个姐姐吃了饭，就去爹灵地里烧了纸。姊妹三个自从爹去世后，就很少再聚在一起聊聊家常，本想这一天晚上都熬着在一起陪着妈说说话，却被彩霞和爱琴中午吵的那一架搅和散了。东霞和彩霞都没心思再熬夜了，天黑之前就各自回家了。

回来的路上，彩霞愤愤不平地给东霞说："老大媳妇就是欠打。"

东霞劝了一句："喜财媳妇再不好，也是娘家人，妈还在，你难道再不去娘家了？看你今天闹的，以后咋有脸再进娘家的大门？"

"谁稀罕进她家门！咋了，还怕她不成？该去看妈我照样去，看她能把我咋样？"

东霞摇了摇头，无奈地叹了口气。

彩霞赶在腊月十八就生产了。她身体健壮，生娃娃倒没有费多大的劲儿，虽然是生头胎，但还算顺利，最起码没有遇到像"杨倔头"头一个老婆那样难产，接生婆来了之后，在东霞的帮忙下，不到两个时辰，就在炕上生下一个大胖小子。接生婆把娃捧在双手上掂了掂，说娃至少有八斤重。

彩霞生娃娃心里都没有咋样害怕，倒是"杨倔头"心里怕得要命。第一个老婆生娃娃难产的阴影一直在他心里挥之不去，使他对彩霞生娃娃很担心。他知道，彩霞嫁给"榆木疙瘩"五六年了，也没生过娃，过了三十的女人毕竟不算年轻了，生头胎难产的概率还是很高的。他已是上了四十岁的男人，心里自然会心疼这个老婆，生怕彩霞也遇到个难产，让他揪心死了。而彩霞在炕上生娃娃时，"杨倔头"死也不敢进屋子里，他怕看到彩霞痛苦的样子，怕听到彩霞撕心裂肺的惨叫声，怕发生大人小娃都不顺利的事情。他早就听老人说过，"人生人，吓死人"。看到彩霞肚子里有了他的娃，一天天像气球一样膨胀起来，他是又欣喜、又惧怕，欣喜的是自己四十多岁了还能让彩霞怀上娃，怕的是彩霞以前没生过娃，年龄也大了，怕出现难产，怕像头一个媳妇那样生死难保。

"杨倔头"和彩霞结合后，给家里带来了不少变化，连他自个儿也觉得奇怪了，以前自己可是个倔脾气，三句话说不对劲就会发起火来，他以前可没少跟头一个老婆发火，甚至摔碟子摔碗都发生过好几回。有一回吃饭时，他老婆对他说明天准备回娘家去，可是家里也没有什么东西给娘家拿，空着手肯定难看，就让他明早上卖菜时从车子上偷几个西红柿和黄瓜。没想到"杨倔头"给老婆瞪起了眼，说："你以为生产队的菜就是你家里的，想拿就拿，想偷就偷？要是让人看到了，我这脸往哪里放？"老婆也理直气壮地顶他一句："公家的菜不拿白不拿，你卖了十几年菜，连给家里拿一点菜的本事都没有，你说你能干啥？""杨倔头"顿时火冒三丈，"啪"的一下就摔了饭碗，双眼盯着老婆就像喷着火一样，吓得老婆大气都不敢喘一下。可是，自从彩霞后来跟了他，和他搭着伙过日子后，他那倔脾气不知咋的，就消失得一干二净，见了比自己小了十岁的彩霞就像见了自己的妹妹或者女儿一样，有时看着她噘着嘴或大声嚷嚷耍脾气，他不但发不起火来，还会像哄娃娃一样哄着她，让她有火发不出来，有气赶紧发泄掉。"杨侷头"头一个老婆受娘家妈的教唆，处处想拿住他，掌握了家庭财政大权不说，还常常得理不饶人，总想和他争个高低，说起话来也蛮不讲理，就像农村人说的"不踏犁沟"，经常给他肚子里装气，唯有一样比彩霞强多了，做饭做家务干地里活手脚麻利，是一个好干家。而彩霞呢？虽然生起气了，也会高声嚷嚷，可是她说话顺着理，对就是对，错就是错，从不拐弯抹角，让"杨侷头"听了不服不行。彩霞是个不太爱掌权的人，过日子也不会精打细算，干脆就把掌柜的推给了"杨侷头"，从不在这方面争执，只要有口饭吃，有衣穿就行了。所以，东霞曾经担心两个暴脾气放在一起，会天天干仗，但三年来几乎没发生过，连东霞和天祥都觉得奇怪。

当"杨侷头"在院子里听到屋里娃娃的哭声后，心里的石头总算落下了地，让他担惊受怕的事情到底还是没有发生，算是老天爷给他造的福，给他带来了好运。等接生婆和东霞出来后，他迫不及待地进屋子看了一眼蜷缩在彩霞怀里的宝贝儿子，用粗糙健壮的手指摸了摸儿子丝绸一样光滑的屁股，心里一阵喜滋滋，笑得两只眼睛眯成了一条线。从此，"杨侷头"心头也多了一份柔软。

第二年清明节，大队社员、学校学生都纷纷来到了发财等三位因公牺牲的英雄坟墓上祭奠，悼念英雄。清明节傍晚，有人看到发财媳妇手里牵着两个三四岁的娃娃，胳膊肘挎着一个竹篮子，里面放着一碗鸡蛋菠菜面、两个雪白馒头、一双筷子，还有一摞纸票子，来到了发财的墓前。三人跪在发财墓前。媳妇把碗筷和馒头放在墓口，用树枝在墓前画了一个圈，把一摞纸票子放在圈子里，一边烧着票子，一边哭喊着发财的名字，然后给墓口恭恭敬敬磕了三个头。两个不懂事的娃娃也学着妈妈的样子跪下，连磕了三个头。从此，人们再也没有见到过这母子三人。有人说，发财媳妇牵着两个娃娃去外地讨饭去了；有的说发财媳妇带着两个娃娃改嫁到外地了；更有人说得有鼻子有眼，说发财媳妇嫁了一个酒鬼，那男人天天喝酒，一喝酒就醉，一醉就打人，经常暴打发财媳妇和两个娃娃；还有人说，发财媳妇回洛河北岸的娘家了，娘家人收留了她和两个娃娃，从此与河南岸的发财家不再来往了。

发财的忌日过了之后，东霞跑遍了沙苑几个大队的角角落落，找了多少回，打听了多少人，也没有人说出发财媳妇的下落。她一直为发财媳妇和发财的两个小娃娃牵挂、担心。在随后的日子里，她一闲下来就想发财的两个娃娃，有好多回在梦里梦见发财的两个娃娃和发财媳妇终于回来了，两个娃娃长高了，吃胖了，懂事了，母子三人又回到家好好过起了日子。可是梦醒来，她心里就沉下去了，像有一块石头压在心底，让她一直沉浸在内疚和伤痛之中……

第十四章

一九七七年九月，中国教育事业迎来里程碑式的改革。这一年，教育部在北京召开了全国高等院校招生工作会议，决定恢复已经停止了十年的高考。这是具有转折意义的决定，对于莘莘学子来说，高考将改变他们的命运；对于教育界来说，迎来了教育事业发展的春天。

当这一振奋人心的消息从广播里传到金祥耳朵里时，他抑制不住激动的心情，热泪盈眶。教了半辈子书的他，总算有了用武之地。他想到了他的儿子红卫和女儿红莉。红卫今年就初中毕业了，按上边的政策，他们这一届初中毕业的时间要延迟到明年七月份，以后随着高考时间的改变，新学年就要从往年的十二月份改为七月份了。也就是说，红卫还有一年的紧张的毕业班学习时间。红莉比红卫低了两个年级，考高中还早。金祥想，自己现在在农村吃点苦倒没啥，关键是要把两个娃娃都培养成大学生，彻底跳出龙门，离开偏僻、落后、贫穷的沙窝窝。而这一年，本来可以小学毕业的宝根也要按政策延迟到明年七月份才能上初中。当然，金祥也没有忘记宝根，没有忘记当初回报大哥大嫂的承诺。他暗暗下了决心，要用自己肚子里的一点儿知识，辅导和帮助三个孩子逐步实现自己的人生目标。

金祥从派出所被暂时保释出来，他知道为了他能免受牢狱之灾，派出所的那个大个子办案警察可没少费工夫，他与一名年轻警察连夜对他进行了讯问。高个子警察讯问很耐心，虽然语气严厉，但是没有逼供诱供。他点着一支羊群牌纸烟，坐在金祥对面的一把椅子上，两人隔着一张桌子，有两三米距离。他旁边的年轻警察摊开几张纸，用钢笔在一字一句记录。高个子警察一边抽烟，一边问他一些话，他讯问了金祥的得意门生雷超当年写反动诗歌的前前后后和具体细节，讯问了他们师生之间的关系，也讯问了他赠送给学生那本手抄本诗集的动机。当这些事情搞清楚之后，高个子警察又对照大队支书和春花反映指控的事实，与他一一核实，金祥把整个事件的详细情况都一五一十说了，没有半点掺假和隐瞒。讯问在闷热的审讯室进行，没有风扇，只有一只明晃晃的灯泡散发着热量，让本来就很热的房间更像蒸笼一样。询问进行了整整七个小时，从晚上十点开始，一直到第二天凌晨五点，高个子警察问得很细，问一会儿，就停一下，等着年轻民警记录完，接着又问。就这样三人在蒸笼一样的审讯室熬了个通宵，直到东方的天空露出鱼肚白，才完成了这场马拉松一样的询问。

听说，第二天早上县上公安局还派人来派出所，专门审核昨晚的询问笔录和整个案卷。公社党委书记也来派出所问杨家大队那个反革命分子的处理情况。为了确定该不该把反革命分子杨金祥送到县公安局拘留所，高个子警察专门请示所长和县公安局特派人员召开了专题研讨会，会议的结果维持了高个子警察的意见，即杨金祥反革命的罪行事实不清楚，证据不确凿，不够送进拘留所的条件，建议不往县上送了，暂时送回原地接受大队和派出所的监视。

金祥虽然行动有了自由，可是反革命的罪行还未彻底解脱，也就是说，他还是一个戴罪监外服刑的人，他在政治和思想上还没有完全自由。但是，接受劳动改造金祥能接受，这些年他已经在农村的广阔天地里得到了锻炼，再也不是前几年刚从学校回来的那个弱不禁风的知识分子了，无论是割草、施肥、割麦子，还是修渠、打坝，他的腰杆已经渐渐硬了起来，他的手掌也磨出了一层茧，手上也有了力气。他知道自己的未来不在农村，而是在学校，他人虽然离开了学校，离开了三尺讲台，可是他的心仍然在学校和学生身上。教师不一定非要在学校才能教学，在农村、在家也一样可以施展才华。这些年，生产队经常晚上开会，他总是自告奋勇在会前给群众念上一阵报纸，让只知道埋头干活而不闻天下事的乡亲们也了解一下上面的政策，知道外面的世界发生的新鲜事。社员们其实也爱听他念报纸，因为他对群众不懂的事情和词语，能给大家解释得清清楚楚，有时还会打着比方让大家理解明白。他还主动承担了出黑板报的事情，在生产队队部的门口两块黑板报上工工整整地写一些新政策、毛主席语录和农业知识介绍，图文并茂，通俗易懂，常常引来一些社员观看，出黑板报成了生产队社员羡慕的事情。就是出了这次事情之后，虽说生产队长不敢再让他在社员大会上念报纸了，但出黑板报的事情还没有人制止，因为社员们爱看，大队和公社干部看了都说好，所以，黑板报就一直由金祥承包下来了。当然了，出黑板报让金祥觉得唯一的好处是不用到地里干活，一样可以挣满分工分。

当年十二月，杨家大队有八名高中毕业生参加了恢复高考后的第一次全国统一招生考试，可是都名落孙山了，而外大队却考上了两个大学生，听说一个还考上了西安交通大学，这可是全国重点大学。全公社就考上了那两个大学生，而这两个大学生正好都是金祥以前教过的学生。两个大学生的消息很快在全公社传开了，这两个大学生也成了全公社的榜样和骄傲，成为无数家长和老师鼓励鞭策学生的典范。而让杨家大队学校领导和家长无法接受的是，外大队的两个大学生竟然都是他们杨家大队的老师教出来的，而他们杨家大队一千多人里却没有一个考上大学的。

第二年七月份，在金祥的日夜辅导下，红卫终于以全公社总分第一名的成绩考上了县城重点高中。宝根也顺利考上了初中，语文成绩还在全校名列第一名。听说公社对教育也越来越重视了，从今年起初中学生就要统一到公社的中学上学了，九月份开学后红莉和宝根都要去公社上学了。

开学前的一天，金祥在家里和大哥说起宝根学习的事情。自从金祥离开学校后，这两年多的时间里宝根学习越发认真刻苦了。说起来也怪，天祥本来担心金祥离开学校后没有自家人管，宝根的学习会放松下来，成绩也会落下来，没想到金祥离开后，却激发了宝根的学习激情，他学习更加刻苦起来。听巷子里的几个同班同学说，宝根从四年级开始，语文考试成绩每次都是全班第一名，数学成绩也保持在前十名，每学期都是三好学生，是老师眼里的好学生，也是同学眼里的尖子生。天祥听了心里很高兴，当金祥那天来家里给他说起国家恢复了高考制度之后，天祥虽然不知道高考是怎么一回事，但听金祥一解释，才知道考大学对于娃娃来说是天大的事情。这些天，他来金祥家里就有点儿频繁了，见了红卫和红莉也是特别高兴，总会说上一句："好好学，将来考上大学就能当国家干部，吃公家饭了！"

就在天祥和金祥哥俩端着饭碗，在院子里的饭桌上一边吃饭，一边唠着三个娃娃将来考大学的事情时，大队民兵连长杨战锁领着那个高个子警察进了金祥家门。民兵连长边往院子里走，边打招呼，说："杨老师在吃饭啊？一家人都在呀！"

金祥抬起头，看见大个子警察站在自己眼前，心里一阵惊恐。高个子警察穿着他那身上白下蓝的警服，戴着一项白色大檐警帽，警帽上的国徽在阳光下熠熠发光，一张"国"字形脸庞在大沿警帽和衣领上两个红领章的衬托下，显得刚毅、严肃、沉着。金祥的第一反应是自己的那件事又被翻了回去，警察来到家里找他，肯定没有好事。刚才还和大哥谈笑风生，现在他脸色一下子阴沉了下来。尽管刚才民兵连长进门时还装着热情的样子和自己打招呼，可是他看出来了那是给他打的镇静剂，怕他突然瘫下去了。金祥迅速回忆了一下自己在派出所交代的事情，反省了一下自己还有什么事情没有向警察交代清楚，或者自己又有什么犯罪的把柄让警察掌握了，想来想去就是想不出来。上次自己出了事，已经把老爹气得差点儿要了命，说啥也不能再让爹妈为他担惊受怕了。他想强迫自己镇静下来，离开了饭桌，把两人引到小屋里。天祥也跟着他进来，忙着给民兵连长和高个子警察递烟倒茶。

战锁接过天祥递过来的纸烟，用火柴点着，吸了一口，说："杨老师，这是咱们公社派出所的宋指导，你们认识吧？今天我和宋指导就是为你前年那个事来的。"

金祥给宋指导递着烟，说："我的事还多亏了宋指导，不然早就给送到县上坐监狱了。宋指导今天亲自来我家里，是不是要带我走？"金祥捏着香烟的手指头在微微发抖。

宋指导摘下警帽，另一只手往后捋了捋有些灰白的短发，就有滴滴汗珠子从头发梢蹦了起来。他用手挡住金祥递过来的香烟，说了声"这个我已戒了"，然后坐在桌子前的一个板凳上，微笑着说："看来我俩有缘分啊，这不？又见面了。前年那件事可不是我的功劳，你要感谢就感谢县公安局下来的特派员吧！是他英明果断做出了正确的决定，我只是替你说出了你该说的话。"

战锁喝着茶，说："过去的事情咱不说了吧！杨老师，你虽然没有教过我，但你的教学水平可是硬邦邦的，要不是那件事连累了你，说不定你早就成了咱们学校的骨干了。"

金祥听着战锁的话，觉察到事情不可能是自己想象的那么回事，如果自己的事情又犯了，他说话的口气绝对不会是这个样子的。还有，刚才宋指导不是已经说了，连县上下来的特派员都认定了自己是不够送到县城拘留所的，那么派出所当然也不会再找自己的事情了，这下他心里开始放松下来，脸上也露出了一丝笑容，说："看你这个民兵连长就是会说话，我是教了十几年的书，能不能成为学校的教学骨干咱先不说，只要能让我再站在讲台上讲课就心满意足了。"

战锁接过金祥的话，说："嗨，说不准你这个愿望还就能实现。"

这时，宋指导从随身带着的公文包里取出一张带有红头文件的纸张，站起身来，郑重其事地对金祥说："杨金祥同志，今天我和杨连长来，主要是给你当面宣读县公安局的一份决定，这个决定我们已经事先与你们大队党支部、大队部进行了沟通，随后大队还会找你的。"宋指导拿起那张红头文件，开始宣读：

同朝县公安局关于给杨金祥同志平反的决定

1975年6月，沙苑公社杨家大队党支部书记王××向公安机关反映，杨家学校教师杨金祥因教唆其侄女杨春花向公社党委写举报信，诬告自己将其女儿顶替杨春花上高中，流露出对党和政府极度不满的反革命思想。经县公安局认真审查，现已查明，沙苑公社杨家大队党支部书记王××所反映的事情与事实不相符，纯属打击报复，事实证明：杨春花写举报信举报大队党支部书记王××一事与杨金祥同志无任何关系。为此，经县公安局研究决定，取消对杨金祥同志的监外重点看管的措施，并给杨金祥同志平反。

一九七八年八月二十五日

宋指导宣读完毕，屋子里突然静下来，几个人没有发出一点声音。只有金祥的眼泪在宣读声中已经悄然涌出眼眶，一滴一滴从脸颊流下，滴落在胸前的衣襟上，也滴落在他的心坎上。金祥能感受到自己的心在颤抖，那是激动的颤抖，是兴奋的颤抖，是囚禁的心灵被彻底释放的颤抖。他的脑海里瞬间闪现出三年前那天晚上自己在戏楼上当着全大队人的面被揪着头发、摁着头接受批判的情景，闪现出自己和家人平时在巷子里、在地里干活时遭人白眼、被人低眼下看的情景，他觉得自己好像被人狠狠地把头摁在水里，长久地憋着气，突然间就从水里昂起头，仰天长长地出了一口气一样，感觉到天空是那么广阔，空气是那么清新，大地是那么芳香……

良久，金祥才紧紧握住宋指导的双手，含着热泪说："谢谢！谢谢宋指导！谢谢组织！"

临走时，宋指导拍了拍金祥的肩膀，也握了一下天祥的手，对兄弟俩说："我也代表组织给你们道歉了。我叫宋大成，以后有什么事可以到派出所找我。"

第二天，大队长带着公社党委干事来到金祥家里，党委干事正式宣布了一份文件：

公社党委决定恢复杨金祥同志的教师职务，并决定调杨金祥同志赴公社初级中学任教。

宝根以优异的成绩考上了公社的初中，让天祥和东霞很高兴，在人面前也觉得脸上很光彩。自从宝成因病突然夭折后，宝根就成了天祥和东霞两口子心中唯一的希望。虽说春花在学校学习很好，经常受到老师的表扬和同学的称赞，但是在天祥和东霞眼里也没有什么值得太高兴的。他们知道，即使春花将来上了高中，出人头地了，最终还是要嫁人的，也会成为别人家的骄傲和光彩，只有宝根在学校出了头，才是他们最高兴的事。东霞觉得老天爷还算公平，虽然让她失去了当初最疼爱的宝成，可还是还给了她一个儿子宝根，而且还让他们的这个儿子也不缺胳膊缺腿的，从小学习还好，将来肯定会有大出息的。

开学之后，宝根和红莉都跨进了公社初中上学，宝根念初中一年级，红莉则比宝根高一年级。金祥开学之后也告别了农村，重新回到了学校，回到了三尺讲台。他这次跨进的是聚集了全公社优秀教师的初级中学，继续教他的专长课语文。而且更巧的是，他还教初中一年级的语文，就是宝根的语文老师了。

从此，金祥重新揭开了他人生新的一页。

宝根从小学升入初中，进入新的校园学习，面对崭新的环境，他既新奇又自豪。公社的初中就是以前的两年制高中学校，而以前的高中已经并入一个规模较大的高中，为了容纳更多的新生，学校在年初已经新盖了几排教室。新的初中学校其实就坐落在公社西边的黄沙窝里，四面是连绵起伏的沙丘，校门口新修了一条铺设着炉渣的公路，直通公社街道。学校大门坐北面南，走进校园，横在眼前的就是一个东西长、南北宽的新平整的操场。这个操场是在一片田地里建起来的，社员们把庄稼收获完之后，就把地平整了一遍，上面再盖了一层厚厚的泥土，就像平整生产队的晒麦场一样平整出一个能容下 400 米跑道的标准操场。走过操场，后面就是教学区了，左右两排各三座教室，宝根数了一下，共十八间教室，再往后走就是教师办公室和学生宿舍，西边是女生的，东边是男生的。整个校园错落有致，树木成林，最吸引宝根眼球的当属每座教室的外墙上都有一块黑板报。他一个一个黑板报认真看，语文、数学、物理、化学、英语和时政等应有尽有，让他大开眼界，虽然许多内容完全看不懂，但是语文他还是最喜欢看的，黑板报上的成语故事、歇后语摘录、学生作文、唐诗欣赏以及名人名言都是他爱不释手的知识。漫步在两排梧桐树下的南北轴道路上，看着两旁黑板报上的丰富的内容，他感觉自己如同站在了一片浩瀚的知识海洋面前，让他这个饥渴的鱼儿恨不得立即钻进去游个痛快。

虽然有两三年没有上课了，但凭着扎实的基本功和深厚的语文知识，金祥讲起课来仍是那么娓娓动听，引人入胜。初中第一节语文课堂上，他把毛主席的《浣溪沙·和柳亚子先生》一诗的创作背景、艺术风格和每句诗的意义，以及整首诗的思想高度都讲得很到位，很透彻，也让学生很容易理解接受。他不光从文学艺术的角度讲解这首诗，还从政治的角度对学生进行思想教育。

他在课堂上讲道："同学们，我们学了毛主席的《浣溪沙·和柳亚子先生》这首诗，要深刻记住新中国成立前旧中国受到三座大山的压迫，长期处于黑暗之中，全国各族人民四分五裂、难以团圆，是共产党领导中国人民闹革命，正如诗中说的'一唱雄鸡天下白'，中国人民才真正站起来，享受到团圆幸福的美好生活。我们每一个学生要从新旧社会的对比中，感受到共产党和毛主席的深厚恩情，从而珍惜今天来之不易的幸福生活。当前，英明领袖华主席一举粉碎了'四人帮'，我们伟大祖国迎来了科学文化的春天，希望同学们趁着年轻好好学习，将来成为对祖国有用的人才，为新中国的繁荣富强多做贡献。"

他讲的每一句话都是那么吸引人，那么振奋人心，让教室里在座的每一个学生热血沸腾，激情昂扬。下课铃声响了，同学们好像没有听见一样，直听到他讲完最后一句话。在他没有说下课之前，没有一个同学骚动，课堂上仍是那么宁静。

下课后，同学们发现杨老师背过身，掏出手绢，擦起眼里饱含的热泪，下面的一些学生也随之泪流满面。

宝根从小就受到了三大喜爱文学的熏陶，对语文特别是写作文偏爱。在三大被学校开除回家的这三年里，正是宝根上三年级到五年级的阶段，他已经不满足于语文课本上的那些文章和故事，一到星期天或者放寒暑假，就到三大家里看书。有一天，他在红卫哥的房间里发现三大给红卫哥订了一本《少年文艺》，他向红卫哥要了一本，没明没黑地看了起来，里面的小说、童话、故事、诗歌、散文篇篇让他爱不释手。特别是其中一篇《妈妈的偏爱》小说，讲了妈妈对抱养烈士后代的妹妹的偏爱，对亲生的我的疏远，让我产生误解，以为我是抱养的，妹妹是亲生的，竟然要离开妈妈寻找我的亲生妈妈，让妈妈很伤心，真相大白之后，我才感受到妈妈的爱的伟大。这篇小说情节曲折，感情真挚，生活气息浓厚，让宝根读着哭着，哭着读着，妈看到他看书还哭，不知道怎么回事，以为他哪里不舒服，关心起他，又是给他做好吃的，又是领着他要去医疗站，让他回到现实中来，真心感受到妈妈的爱是多么温暖，多么感人。初中第一次写作文，老师布置的作文题目是《终生难忘的人》，他就把自己真实感受的母爱写进作文里，洋洋洒洒写了十几页，用倒叙的手法回忆了小时候自己发高烧，妈妈半夜背着他去大队医疗站叫起来医生给他打针；回忆了小时候家里人都吃苞谷面馍，妈妈却专门给他蒸了两三个掺着小麦面的馍，而他却有一次竟然把吃不了的半个麦面馍扔在了院子里的窗台上。天一热那半个馍发霉了，当他要扔掉时，母亲看到后赶紧捡起来，摘掉上面的霉点，自己把那半个馍吃了；还回忆了小时候自己淘气总爱爬树下水，母亲整天提心吊胆地让姐姐看护着他，生怕他出意外。宝根的这篇作文赢得了三大金祥的好评，在全班同学面前读了作文中的部分精彩片段，让宝根一开始就在中学同学面前获得了"文学才子"的雅号。

宝根的作文让金祥感到了意外的惊喜，这些年他被学校下放到农村接受锻炼和再教育，对学校里的事情也很少关心，除了有时候晚上给红卫和红莉辅导一下文科类功课外，很少过问宝根的学习情况。大哥虽说经常到他家来坐坐，也很少提到宝根的学习。金祥现在才知道，他这些年几乎是忘却了宝根，忘却了当年心里暗暗对大哥大嫂许下的愿，要替他们照看着他们的宝根，决心把宝根和他的儿女一起都送到大学的校园。直到今天，他才欣喜地看到宝根竟然一直学习这么努力，更没有想到宝根会和他当初小时候一样，对语文特别是作文那么偏爱，文字功底又是这么扎实。捧着宝根的作文本，金祥仿佛看到了几年之后宝根跨进了艺术学院的殿堂……

第十五章

春花从大队回到了家，回到了生产队的田地里，和那些晒黑了脸、整天顾不得梳妆打扮、跟着生产队铃声下地干活的农村妇女一样，也不得不拿起锄头、镰刀、铁锨等农活工具在黄土地里干活了。春花感到自己成了落架的凤凰不如鸡，她干活干不到人家前面，下苦又比不过人家，在土地和庄稼面前，脸蛋长得漂亮没有什么用处。在农村人面前，比的是谁干活泼辣，谁手脚利索，谁能在太阳底下忍着腰酸背疼不间断地干活。这些，春花都比不过别的女人。以前她还能骑着自行车在田间地头转着给人家记工分，如今那种美差事再也轮不到她了，她也会像当年三婶那样，有个头疼脑热的要歇一歇，只能任凭记工员给自己记个半晌工分。

让东霞心急的是春花的婚事。女娃娃到了该找婆家的年龄了，就要赶紧找，动手早能挑拣个好女婿，动手晚了就会让人家把好对象挑完了，只剩下一些歪瓜裂枣的或者家里穷得叮当响的。春花今年都二十一了，在杨家大队都算是老姑娘了，人家有的女子像她这个年龄都结婚了。前几年，春花在大队当广播员和团支部书记的时候，正是说对象的黄金时间，如今转眼间就已经过了两年多了，当初有多少好对象都让她回绝了，现在想回过头再找人家都难了。当初的好对象如今大多有了下家，要不就是已经结了婚，眼看着和她年龄般配的小伙子越来越少了，急得东霞饭也吃不下，觉也睡不香。她想叫西霞在他们大队找一个，可是春花那死女子就是不让。当初春花到了大队广播室当广播员，是人面前的人了，借了她家秋菊两件新衣裳，穿了一年她也没有想起要回。春花刚刚被大队赶了回来，西霞也在当晚就跑到家里来，当着春花和全家人的面说："春花呀，这一年你穿着秋菊的衣裳也风光了一场，不是二姨皮薄，是秋菊谈了个对象，她要去部队看看对象，你说出那么远的门，不穿洋气点咋行？"春花一听她二姨的话就知道是什么意思，当即脱下身上的新式衣裳，连同包袱里的另一件一块塞给西霞怀里，没好气地说："这两件衣服都拿回去吧，我才不稀罕！"就为了这事，春花这两年很少和西霞招嘴，两人见了面就像生人一样，也没什么话可说。

西霞这边的路子走不通，东霞不知道该找谁给春花说对象。春花见她整天为自己的事忙来忙去，很不耐烦，说："妈，你让我清静清静，好吗？我自己的事不用你操心，你以后再不要找人给我说媒了。"

东霞好心落不下好报，一生气，也就不想瞎操心。她叹着气说："好好好，我不管你的事了，就眼睁睁看着你成了嫁不出去的老姑娘！"

"嫁不出去也不要你管，嫁不出去，我就在家待一辈子！"春花还她一句。

母女俩这样吵了几回，东霞就不想再管春花的婚事了，任由着她自己折腾去。

一九七八年夏，沙苑地区迎来了一场长达一个多月的干旱，灼热的太阳像一颗巨大的火球，悬挂在人们的头顶，无情地烘烤着大地。滚烫的沙子都可以用来煮鸡蛋了，小孩子再也不敢光着脚丫子在沙地里奔跑了。密密的槐树林使劲地在进行着光合作用，向空中吐放着氧气和水蒸气，可就是催不下天空的雨滴。沙地里的花生蔓子开始拧起了绳，玉米叶子干枯地打着卷，树下的大黄狗也张着大嘴，吐着长长的舌头，在急促地喘着气。生产队的头头们望着毒辣的太阳，双眉也皱起来了。

就在这持久大旱的三伏天，沙苑里开来了一支全副武装的部队，大概有一个营的兵力。他们身穿绿军装，腰扎武装带，背上背着步枪、冲锋枪、机关枪和一米多长的圆头铁锹。还有的战士肩上挑着做饭的铁锅、炒瓢、水桶。他们排成长长的队伍，从南边的华山开来，驻扎在了沙窝窝里，在沙地里挖战壕、布铁丝网，在密密的槐树林里搞埋伏，在模拟的战场旁支起铁锅，自己做饭。部队在这里拉练和实战演习，使沙苑一带的老百姓闻到了战争的气息，也让大队平时训练的民兵们受到了活生生的国防教育。

听公社武装部的部长讲，部队训练为期两个多月，在杨家大队是一个营，还有两个营在其他大队，这近两千人被分在东西十几公里长的沙苑里搞实战训练。前几天从杨家大队经过的拉练部队光汽车就排了几里长，还有大炮、小炮，这些战士白天在沙窝窝里训练，晚上就近在老百姓家里睡觉。按照公社武装部长和大队民兵连长的安排，杨家大队有住房条件的家里都住了训练部队的战士。

春花本来一个人住在后面的小屋子里。这个小屋子以前是堆放杂物的地方，后来随着春叶、春花两个女娃娃逐渐长大成人，女娃娃就不便于和家里人再住在一起。天祥就挨着灶房在后面用树干和树枝搭了个棚子，将棚子上面压着一层泥土和小瓦，做成了一个简易的仓库，把家里的杂物从小屋里移放在这个简易的仓库里，在小屋里盘了一个大火炕，让春叶和春花住在了小屋里。春叶出嫁后，小屋子就成了春花一个人的闺房。春花请人用芦苇秆和竹席在屋顶搭了顶棚，再用白石灰粉把墙面粉刷一新，在炕的三面墙上贴了报纸，在炕下的地面上铺了砖块，墙上还贴了几张自己喜欢的电影明星的大幅彩照。春花把这个屋子收拾之后就被大队支书调到了大队广播室，这两年就没有好好在小屋里住过。从大队回来后，她才重新住进了这个属于自己小天地的小屋子。这次部队来大队训练。春花的小屋子正好被生产队干部盯上了，春花只好搬到了爹妈的屋子临时住一阵子，把自己的小屋子留给三个战士临时住。

　　春花毕竟在大队待过一阵子，知道怎么招呼人。那天，三名年轻的战士来到她家，天祥和东霞由于听不懂他们带有外地口音的普通话，只是赔着笑脸把三名战士迎进来，却不知该和他们说什么。他俩说的沙苑地方的土话，人家也听不懂。这样，还是春花的文化派上了用场，她微笑着对三名战士点着头，给他们倒了茶水，用广播员标准的普通话和三名战士交流。春花的出现让三名战士眼前一亮，他们不得不对面前这个人样长得漂亮、普通话说得标准的年轻姑娘刮目相看，没想到在这偏僻的沙窝窝里还有这么一位年轻美貌、谈吐自如的姑娘。那位年龄比较大、长得白白净净的战士接过春花递来的茶杯，说："你就是春花吧？刚才来你家前，生产队长就给我们说起了你，说你可不是一般的姑娘，以前在大队当过广播员和团干部，还是大队剧团里的台柱子，现在一见，果然名不虚传呀！人长得漂亮，嘴也会说话。"另外两个看起来年轻一点的战士点着头跟着附和。

　　春花被这个白白净净的战士夸得不好意思了，脸上浮现出两朵粉红色的花朵，她有点害羞地低下头，两手抓着自己的长辫子，低声说："你们这些当兵的，嘴比我还会说！你再说这样的话，我就不理你们了。"

　　旁边一个小个子年轻战士指着白白净净的那位战士说："梁班长，你看你一见面就把人家姑娘说得不高兴了，以后人家姑娘真的不理我们了，咋办？"

　　"去你的，少插嘴！"梁班长训斥了年轻战士一句，连忙给春花道歉了，"春花姑娘可别不高兴啊，我们这些日子可要给你们添麻烦了，有哪里做得不周到的地方，还请批评原谅。"

　　春花装着不高兴的样子，没有再理梁班长，她拿起炕上的一把小笤帚，细细把炕扫了一遍，然后对三名战士说："好了，你们可以铺床了，热水瓶在桌子上，需要什么东西，给我说一声。"说完，偷偷瞅了那个梁班长一眼，就低着头走出了小屋子。

第二天傍晚，春花从生产队地里除草回来，看到院子里的一个军用脸盆里放着一件白色汗衫，梁班长正坐在小屋里板凳上脱袜子，看样子准备拿到院子里一起洗袜子。春花放下锄头，端起家里的脸盆从水缸里打水，准备洗脸。看到梁班长走出来，手里拿着两只草绿色的袜子，准备泡进那个军用脸盆里洗。春花忙喊了一句，说："哎，汗衫和袜子怎么能放在一起洗？你把袜子放在旁边，我给你洗。"说着，就去屋子里拿洗衣粉。梁班长还想端起脸盆，被春花一把夺过去。

"背心你洗吧，袜子我自己来洗。"梁班长倒不好意思，他把袜子捡起来，放在身体背后。

春花偷偷笑了一声，说："大男人家还不好意思？给我，保证给你洗得干干净净！"

梁班长这才不好意思地把藏在身后的两只袜子递给了春花，说："那就谢谢你啦！"

随后，进门的两个战士看到这一幕，互相挤着眼，说："春花姐，你真偏心，咋不给我们洗袜子呀？"

梁班长脸色突然严肃起来，说："你俩少来给我捣蛋，回屋里去！"

春花却大大方方起来，朝他俩喊道："把你俩的袜子、背心也脱下来，姐给你们一块儿洗！"

春花从两个小战士口中得知，梁班长是四川人，今年二十二岁了，是第三年兵，班长就当了两年多。梁班长当兵前可是多才多艺的高中生，本来有希望考军校提干，不知什么原因第二年考军校的名额被别人顶替了。今年本来也有希望考军校，可没想到部队有了紧急战备任务，从三月份开始就拉练和实战训练，这一耽误就是三四个月，他带着兵搞训练，也就没有机会报考军校了。这训练一完，他也就离退伍的时间不远了。"哎，梁班长真可惜呀！"两个年轻战士都这样叹息着。

自从给梁班长洗了背心和袜子之后，春花这些天不知咋的了，做什么事情都跑神。妈让她到灶房烧火做饭，她答应得很干脆，可一转眼就忘得干干净净。傍晚下工后坐在院子里纳鞋垫，纳着纳着就胡思乱想起来，冷不防手指就被针尖扎破了。晚上躺在床上愣是睁着双眼翻来覆去地睡不着，心里还想着那件散发着男人汗腥味的白色背心，仿佛手里挨着的不是背心，而是梁班长那健壮的肌肉和有力的臂膀。只要两个小战士提起梁班长，她就来了兴趣，想问些问题，又不好意思问，任由他俩翻江倒海地说。从两位小战士的嘴里，她得知了不少梁班长的事情，比如家在成都郊区，是城镇户口，虽然没考军校，但回去照样可以安排工作，梁班长的父母都是国营大工厂的职工，他爸爸还是清华大学毕业的工程师，很让人羡慕。梁班长人长得俊，在华山脚下当兵期间，一走出军营就会吸引许多女孩子的目光，有当地几个女知青还给梁班长写过情书。她还知道，梁班长家里给他介绍了一个对象，对方是成都一家大医院的护士，也是部队退伍后安置的正式工人，吃商品粮，可梁班长都以部队有任务不能回家为由，回绝了相亲的事情。关于部队训练的一些事情，两个战士要保密，不能随便说，春花也就不问了。

部队在酷暑炎热的三伏天将战士们部署在灼热的沙梁上，就地趴着，一会儿是匍匐前进，一会儿是全力冲击。最高的沙梁上插着营部的队旗，埋伏在槐树林里的战士头上戴着柳树条编织的草圈。有时人们还能听见部队实弹打靶的枪声，还有隆隆的迫击炮声。处于和平年代的人们能远远地亲身感受到这战争的场面，也很激动。生产队里那些爱看报纸、爱听广播的人就会散布一些新闻，比如最近中越边境不安定，中国可能要与越南打一仗了。

部队训练完一个月，三伏天气也就过去了，但是训练还有一个多月，这期间有一个短暂的休整期。累了一个多月的战士们开始在老百姓家里休整三天，但这三天时间里早上照样吹起床号，照样在沙地里集合跑早操，完了各连带回休整。梁班长训练一个月下来，刚来时那白皙的皮肤变得黑里透红，脱了上衣，后背上也被太阳隔着衣服晒得褪了一层皮。

休整的第一天早操完毕后，梁班长照常准备洗脸、洗衣服，走到水缸前一看，缸里没有多少水了，就脱掉上衣，穿着背心，拿起扁担，挑起水缸旁边的两只水桶，去巷子中间的老井边挑水。他连续挑了三担水，累得满头大汗。春花从地里回来，正好看到梁班长挑着水回来，看到他肩上、背上被太阳晒得脱了皮的皮肤，就有点儿心疼。她赶紧放下手中的农具，跑过去要帮梁班长把铁桶里的水倒进水缸，梁班长却"嘿嘿"一笑，说："这出力气的活不用你干，你先回屋里歇歇去！"

春花的倔脾气却上来了，硬是从他手中夺过水桶，梁班长抓着水桶也没有松手，两只手紧挨着共同提起水桶，把水倒进了水缸里。倒完水，春花立即抽去那只手，第一次碰到男人的手，让她感到脸上发烧，心跳加快。她低下头，不好意思转过身去，两条又黑又长的辫子像两根鞭子一样抡起来，打在梁班长的胸前和手臂上。春花背对着梁班长，轻轻说："今天你休息，想吃啥饭，我去给你做。"

梁班长说道："不用，不用麻烦你，部队有纪律，不准在老百姓家里吃饭，我们有炊事班，一会儿吃饭时会吹军号的。"

这时，两个年轻战士懒洋洋才睡起来，好不容易遇到个休整日，他俩难得睡个懒觉，两人蓬乱着头发，双眼还迷糊着，出了小屋门，就到水缸前来准备刷牙洗脸，却看到了梁班长和春花在水缸边，不好意思地做了个鬼脸，又进屋了。

春花看到两个小战士出来了，就把梁班长一个人撇下，自己朝灶房跑了过去。一会儿工夫，春花就把刚从锅里捞出来的两个煮鸡蛋用手绢包好，把梁班长从屋里叫出来，偷偷把包着鸡蛋的手绢塞到他手里，转过身就走开了。梁班长叫了她两声，她也没有回过头来，转眼间就钻进了灶房，随后就听到了风箱噼里啪啦的响声。

国庆节过后，部队拉练训练就要结束了。这时候，沙苑里的庄稼人也迎来了忙碌的秋收和秋种。沙地里的花生出了之后，人们就开始要忙着给地头送粪，再给地里洒上农家粪，然后套上牛把地深深耕一遍，就可以在松软的沙地里撒上小麦种子，播种冬小麦了。勤劳的沙苑人在沙地上种庄稼，就像在本子上打格子，要用刮板将梁子刮得笔直、端正、匀称，以便以后给冬小麦浇水方便。

得知部队训练马上就要结束了，春花这些天白天忙着和社员们一起在地里掰苞谷、采拾棉花、出花生，晚上则在灯下一针一线做着针线活。部队临走的前一个傍晚，夜幕即将降临，春花早早刷洗完锅和碗筷，从屋子里拿上她这些天准备的东西，放轻脚步，来到梁班长他们住的屋子门口，轻轻叫了一声："梁班长！"屋里却传来一个小战士的声音："梁班长去大队部开会去了。"

春花一定要等到梁班长，亲手把自己准备的东西送给梁班长。她本想在家里等，可是心里一想，家里太不方便了，爹妈一会儿就会叫自己，再说那两个小战士在屋子里也不方便。她想了想，就出了家门，走出巷子，沿着那条炉渣公路朝着大队部走去。她也不想进大队部的门，干脆就坐在路边的沙梁半坡上等着梁班长。她想，梁班长开完会一定会从这里经过回家的。

　　大队部离家不太远，中间要穿过一道沙梁，不过这几年通往大队部的路已经由原来的蜿蜒小路变成了端直的宽阔的炉渣路。这条端直的公路从高高的沙梁中间穿过，把沙梁劈成南北两半，公路两旁也栽上了两排钻天白杨树，风一吹，树叶就哗啦啦作响，仿佛无数个小鸟在振翅鸣叫。

　　初秋的傍晚，没有了白天人们的喧嚣声，公路旁边的沙坡上显得冷清了许多，偶尔只听见路两旁的杨树叶哗啦啦响，远处也不时传来狗叫声。夜幕已经全部降下，天空出现银色的月牙和点点星星。春花坐在路边沙梁下，双手抓着细细的松软的沙粒，感到一丝缠绵和温情。她抬头望着天空中的一弯月牙，心里开始憧憬着美好的未来——这美好的未来来自梁班长。和梁班长在家里相处了两个多月，她感觉自己已经悄悄爱上了这个来自天府之城的城市兵，确切地说是爱上他白皙的皮肤，爱上他随和的性格，也爱上他健壮的体魄，还有他文武双全的才艺。梁班长不仅在训练场上是业务尖兵，在文艺上也有天赋，她曾在窗台前偷偷听过梁班长吹口琴，那首《九九艳阳天》的歌曲经他用口琴独奏出来，委婉动听，听得春花春心荡漾，思绪飘扬。她也曾看到过梁班长晚上在灯下读书，他读的是一本厚厚的战争题材小说《桐柏英雄》，这本小说她没看过，不过偶尔在收音机的小说联播里听到过几次，好像是写解放战争时期的战斗故事。

　　通过与梁班长的慢慢接触，春花对梁班长的了解越来越多，无意中竟把自己的命运与梁班长联系在了一起。她的脑子里过来过去都是梁班长的影子，梁班长在她眼前傻笑，棱角突出的嘴唇里露出了两排雪白整齐的牙齿；梁班长在她眼前伸拉四根弹簧做成的臂力器，肩膀上的肌肉随着拉力也膨胀晃动，让她感受到了男人的力量之美；梁班长在训练场上对一班战士下着短促洪亮的口令，表情严肃庄重，目光炯炯有神……她甚至想象着梁班长在成都郊区的家里人，想象着他的父母在期盼着儿子快点退伍回来成家，最好能够带回一个漂漂亮亮的媳妇，她还想象着梁班长退伍后把她带回家，介绍给他的爸爸妈妈和亲朋好友，想象着他俩成家后在成都这个大城市里的一个国有企业上班。她知道这是一场美梦，她不知道这场美梦能不能成为现实，但她还是喜欢做这样的美梦。做着这美梦时，她的心像飞上了天空，人也飞到了千里之外的大城市。

　　这时，远处传来一阵脚步声，有几个人从大队部那边走了过来。春花的心不由得怦怦乱跳，她盼着这个时刻的到来，而这个时刻真的到来时，她却有点儿害怕了，心情紧张得几乎不敢喘一口大气。她站起身来，靠在一棵白杨树树干上，睁大双眼瞅着过来的几个人。她不知道该怎么叫住梁班长，他们可是一块的，怎么好意思只叫他一人，其他人知道她在这里等着梁班长，会不会有其他想法？怎么办？她心里急得像热锅上的蚂蚁，眼看着几个人就要从她身边走过去了，她再不叫住梁班长就来不及了，这半晌不是白等了？

她的脑子飞快地转动起来，几个穿着军装的军人终于从她身边走过去了，而且她还看到了梁班长就在人群中，听到了梁班长和身边几个战士在说话。她额头上渗出了一排细密的汗珠子，就在几个军人走过有几米远时，春花突然急中生智，从杨树行里走上公路，对着几个背影喊了一句："梁班长，我们大队长叫你过去说点儿事！"

黑暗中，春花能模模糊糊看到几个人同时回过头，梁班长可能听出了春花的话外之音，就顺水推舟对身边几个战友说："你们先走，我去大队部看看还有什么事。"

静静的夜晚，习习的晚风，软软的沙丘，空旷的田野。春花和梁班长并排坐在远离公路的沙坡顶上，春花望着天空中的半月和几颗闪亮的星星，意味深长地说："梁班长，你看天空多美啊，月儿弯弯，星星闪烁，星星伴着弯月多么亲密！"

梁班长也抬头望了望星星和月亮，说："没想到，这沙苑的秋夜是这么富有诗意。"

春花把头靠在梁班长的肩膀上，问："梁班长，你说星星会不会跟着月亮一起走？"

梁班长的肩膀没有躲闪，稳稳当当地支撑着她的脑袋，他的头也微微倾斜了过来，半边脸轻轻挨着春花的发丝，深深呼了一口气，说："月亮倒是想带着星星一起走，可它们毕竟离得太远，也许今晚一别，天一亮，月亮就看不到星星了。"

春花的眼泪突然奔涌而下，她抽泣着，却把梁班长靠得更紧了，说："你就是走到天涯海角，春花的心都跟随着你。"

"春花！"梁班长突然伸出双臂，把春花紧紧揽在怀里，手掌不停地抚摸着春花的肩膀，"你的情意我明白，说心里话，从见到你第一眼，我就喜欢上你了，你温柔、善良、聪明、文雅，又坚强。可是，部队有纪律，我不能……"

春花用软绵的手掌抚摸着梁班长的头发、眉毛、眼睛、脸蛋，最后到嘴唇。她紧紧依偎在梁班长的胸前，脸紧紧贴在他的胸口，说："我知道你们部队的纪律，所以这两个多月来，我一直把想说的话压在心底，可是我爱你，你的影子总在我眼前晃动，你的一举一动都刻在了我的脑子里。我也知道，我一个农村女娃，配不上你这个大城市里出来的当兵的，我也没敢指望你现在就痛痛快快答应我的请求，只要将来你不忘记我这个沙窝窝里的女娃就行了。"

春花的眼泪终于止不住了，像决堤的洪水奔涌而出。

"春花！"梁班长显然也动情了，他双手捧起春花的脸，深情地凝视着月光下春花泪光闪闪的双眼，俯下头，轻轻地，轻轻地将自己温热的嘴唇压在春花泪汪汪的眼睛上，顺着湿热的泪水吻下去，最后吻在春花湿润、柔软、富有弹性的嘴唇上。春花浑身像触电般激动起来，她微微张开嘴唇，贪婪地迎接着平生第一次热吻……

两人从沙梁上走下来，春花才想起了随身带给梁班长的东西。她从口袋里掏出两双绣着"革命"和"爱情"的鞋垫，递给梁班长说："明天你就要走了，我没有啥值钱的东西送给你，这两双鞋垫是我花了一个多月时间，一针一线给你纳的，虽然做得不好，可代表我的一片情意，送给你做个纪念，以后不要忘了我春花就行。"然后，她又从衫子口袋掏出一个信封，递到梁班长手里，说："我想对你说的话，都写在这信里，现在不要打开，等明天走后再打开看看。"

梁班长没有推辞，顺手摘下手腕上的一块手表送给春花。这么贵重的东西，春花没敢要，梁班长突然严肃起来，说：

"春花，这是我爸妈在我入伍前给我买的，万一哪一天我牺牲在战场上了，就让这块手表永远陪伴着你吧，这手表的每一次滴答声就是我梁斌的心跳声，也是我对你爱的表白。"

两人泪流满面，又一次紧紧拥抱在一起。

第十六章

春叶等进财、婆婆和公公一家人吃完晚饭，离开饭桌之后，才一一收拾起盛着残羹剩饭的碗碟和七零八落的筷子，分两三回往灶房送，直到饭桌上的菜碟和盐罐罐、醋瓶瓶都收拾干净了，才用抹布将饭桌擦干净，拾起饭桌靠在院子的墙上，然后进了灶房，盛了一盆子凉水，开始洗起碗筷。

时光像一把刻刀，在春叶的脸上一刀一刀刻着皱纹，才二十五岁的她额头上就过早地出现了几道浅浅的皱纹。春叶嫁到赵家满打满算也四年了，这四年来，春叶的日子过得很不容易，并没有享受过当初二姨说的赵家的财富，反而是赵家人的抠门吝啬让她时常受气。春叶是生在穷人家的娃娃，从小就随着妈妈学会了节俭，就是这样一个过惯了穷日子苦日子的媳妇，在赵家也受到了婆婆苛刻的监视，婆婆的双眼就像两盏探照灯，时时刻刻监视着春花，生怕春叶多花了家里一分钱，更怕春叶回娘家时把家里啥宝贝东西偷偷给娘家带回去了。

记得刚嫁来头一年冬季的一天，春叶给进财洗衣服，进财这件衬衫衣领脏得像涂了一层油污，春叶就多捏了一把洗衣粉，反复搓着衣领的脏处。那洗衣粉的泡沫就在脸盆里开始膨胀起来，好像一朵蘑菇云。春叶心里也觉得洗衣粉放多了，就又把进财的裤子也泡在脸盆里，没想到这样一来，那蘑菇云般的洗衣粉泡沫更多更大了，直接从脸盆沿溢了出来，洒在了地上。这时正好婆婆出了小屋，一眼就看到了院子里洗衣服的春叶把水和洗衣粉泡沫弄了一地，脸色突然就变了。婆婆迈着小脚，气势汹汹走到春叶跟前，双手叉在腰间，说："我说你咋就这样会糟蹋洗衣粉呀，不就是洗了两件衣服嘛，用得了那么多洗衣粉，你以为这洗衣粉不是用钱买来的？给你说了多少遍，要省着过日子，你就是不听，照你这样大手大脚，再好的日子都要叫你过穷了！"婆婆数落了一通，又夸张地显露出十分生气的样子，长长吁了口气，说："哎，真是气死我了！"

春叶虽然心里不高兴，但没有吭声。作为新媳妇，她还不好意思和婆婆顶嘴。

随着与公公婆婆一起生活的时间长了，她才慢慢了解到婆婆一家是什么样的人。公公是以前旧社会地主的儿子，从小富日子过惯了，到老了还是好吃懒做，没事就在家里睡懒觉，要不就是去生产队的地里偷一些东西，夏天晚上去西瓜地里偷西瓜，偷回家的西瓜就在小屋里和他老婆两人悄悄吃了，要不是看到后边猪圈里扔的西瓜皮，她还不知道；秋天老家伙半夜起来溜到南边花生地里偷刚熟的花生，一夜就能偷来半布袋花生，让老婆偷偷在灶房煮了吃，春叶也尝过公公偷回来的花生；老东西偷生产队的东西简直成瘾了，见什么就敢偷什么，社员在场里晒玉米棒子，他白天就溜到没人处偷上几个玉米棒子藏在棉袄里带回家；社员们在生产队队部的围墙上架着的红辣椒树，他半夜就拿着铁叉在围墙外面往下挑，连辣椒树带红辣椒一起偷回家。时间长了，也让社员和干部逮着了几回，生产队开过批判会，大会上让他背着赃物站在社员面前丢脸，他却满不在乎，批判会过了又贼性不改，该偷照样偷，该嘴馋还是嘴馋。那小脚婆婆也跟着老汉学会了偷生产队的东西，不过她偷的东西都比较小、比较少。比如，在生产队菜地里干活，会偷回来一两个西红柿，或者一两根黄瓜；给生产队摘棉花，回来会在衣服里偷偷装几把棉花回来，别看是小脚女人，干起偷鸡摸狗的事来手脚很利索。两口子算是全队数一数二的"夜猫子"。

越有钱，还越爱偷。越有钱，还越吝啬。春叶没想到这个地主的儿子享受了一辈子的荣华富贵，到老了，还是爱财如命。春叶以前从来没有和有钱的财东家打过交道，即使杨家大队的两个富农家她也从来没去过。以前，在春叶的想象里，有钱人家可是过着油采面的日子，花钱肯定是大把大把的，一点儿也不会心疼，衣服脏了也会扔掉买新的，白馍馍掉在地上也不会捡起来，人家有的是钱，有的是白面馍馍。要不是嫁到赵进财这个财东家，要不是亲眼看到公公那么贪婪生产队的东西，婆婆连掉在地上的馍馍花都会捡起来吃掉，打死她也不敢相信有钱人家会这么吝啬。春叶就是在这样两个吝啬鬼的白眼下，在癫痫丈夫赵进财的拳打脚踢下，咽着泪水度过了两个春秋。这两个春秋让春叶知道了穷人和富人的心长的是不一样的，在外人眼里看起来她过的是荣华富贵的日子，其实只不过是在富人脚下胆战心惊地过着一天又一天，有钱人家的钱是拴在他们的裤腰带上的，即使是嫁过来的媳妇也别想随随便便花上一分钱，那一分一厘的钱都是有算计的，是为他们的疯疯癫癫的儿子准备的，哪里还想到过她这个外人？

熬过了两个春秋的苦日子，春叶第三年冬天就给进财生了一个儿子，她在赵家的地位才高了一点儿，日子也才慢慢好起来。赵进财是家里唯一活了下来的儿子，前两个儿子都一个个半路上得病夭折了，两个女儿因为家庭成分不好，也都嫁到外公社的穷人家了。春叶给赵家生下的这个儿子可算是为赵家续上了香火，不至于让赵家断了根，所以，赵家老两口这才舍得给春叶花钱。老两口数着箱子底压着的钱，开始给春叶买鸡蛋吃，怕宝贝孙子吃不上奶，干脆给家里买了头奶羊。公公也不给生产队干活了，就到沙坡窝窝里放羊，回来给孙子挤羊奶喝。

春叶生下的这个儿子简直就是他老子的翻版，那眉眼、那大鼻子、那厚嘴唇、那大脑袋瓜没有一点儿不像进财的，除了皮肤像春叶一样，比进财白一点，其他的模样都像进财那丑嘴脸。虽然丑，但毕竟是从春叶身上掉下的肉，她还疼爱不过来。有了儿子，丈夫进财的癫痫病很少犯了，本来春叶晚上总算可以冷冷静静睡个好觉，可是进财那死猪一觉睡过去就不愿睁开眼睛。夜里孩子哭啼、喂奶、屙屎撒尿、换尿布都要她一个人管，反而累得她整天恍恍惚惚，昏昏沉沉。

婆婆是个爱干净又身子懒的人，过来看小孙子时，嘴上喊得甜蜜，却很少动手抱抱孙子，要抱也要把尿布垫好，生怕孙子尿或者屙在她身上。春叶白天晚上一个人照顾儿子，不到一礼拜时间，就累得瘦了一圈。等儿子刚过满月，她就迫不及待抱着儿子，带上儿子的东西回了娘家。

东霞也算是当了外婆的人了。春叶生娃时，她就在春叶屋子里陪了三天，等到娃娃生好了，女儿也缓过劲来，她才回了家。尽管家里有春花在做饭做家务，她还是不愿意在女儿家熬，其实是心里看不惯亲家母这种门缝里看人的眼神，也害怕女婿半夜里犯病。

头一个外孙回到了家，东霞心里自然高兴。虽然外孙长得有点丑，那眉眼没有一点儿像春叶，可是赖好是亲外孙，再丑也比别人家的娃娃亲。

春花看了一眼春叶的娃娃，没有想抱的意思，说："姐，你说这小家伙咋就没继承你一点优点，鼻子眼咋都净是姐夫那样的模样？"

春叶不知道说什么好，训了春花一句，说："去去去，嫌我娃丑就走开，往后就抱你的亲娃娃去吧！"

"姐，我真为你感到悲哀。你说，当初你咋就看上姐夫那样的人样，就说嘛，老子长的那模样，能生出啥好看的儿子？"春花很不服气姐姐训她，开始替姐鸣冤叫屈。

东霞在一旁替春叶说话了，言道："你这死女子，咋这样给你姐说话？人都说不图一头可要图另一头，你姐虽说没有图上进财的模样，可图了人家家里有钱，过日子不缺吃、不缺穿，总比那些提起裤子没有腰的人家强。"

春花说："妈，我明白了，你和我姐都是中了二姨的圈套，她说媒从中得了好处，却把我姐推进了火坑。就赵进财家里那啬畜鬼的样子，还有啥好稀罕的？我姐嫁到赵家哪里是享福了，挨打受气的日子忘了？叫我说，赵家这种人就该断子绝孙！"

春叶气得直喘大气，说："春花，你嘴上积点德好不好，你姐没有你文化高，没有你运气好，嫁到了赵家就是赵家的人，赵家人再不好也是我的婆家，你那样咒赵家不就是咒你姐我吗？好在我还给赵家生下个儿子，没有让赵家断子绝孙，你看不惯赵家，以后就少跟赵家人来往，干吗要骂人家？"

春花没有再说什么，将两条长辫子往身后一甩，恼着脸出去了。东霞指着春花的背影，说："这贼女子，进来就是成心给你姐装气来了，走了也好，省得生她的气。"

随着儿子一天天成长，春叶也陪在儿子身边一天天看着儿子的变化，先是眼睛会瞪着看人了，再是看到春叶逗引他，会"啊啊啊"出声了，再就是哭的时候会双脚乱蹬了，这些细微的变化也会让春叶感到高兴。她知道儿子正在一天天长大。可是，天祥在一旁看了外孙却有点纳闷了，这娃的头显得比一般娃娃的大些，反应灵敏度也比一般娃娃差些，而且这娃很少闹着性子大哭，也几乎没见过会笑。他虽然看出了一点儿问题，却窝在心里没敢说，外孙还小，正在一天天变着，说不定以后这些问题会发生变化的，他也就没往心里去，最要紧的还是女婿进财再没有犯过病，再没有打过春叶，两口子日子过得还算好。这下，天祥才放下心来，在春叶熬娘家这半个月的日子里，他每天都早晚要把炕烧一遍，让春叶和娃整天能坐在暖烘烘的炕上，免得她娘俩有个受冻感冒的，尤其是刚过月子的大人、小娃，更不能冻着了。

春叶熬了半个多月，就有点想回家了。在娘家是好，有妹妹春花，白天就不要她做饭，晚上有妈帮她照顾儿子，不要她半夜醒来端着娃娃撒尿，给娃换尿布，半夜坐在爹烧的热炕上，不用管外面刮西北风，还是下大雪，屋里始终是暖和的。这样的日子简直比神仙都好，春叶这才感到了生娃娃做母亲的神圣和荣耀。可是，娘家再好也不能天天吃住在娘家，自己毕竟是嫁出去的女子了，有自己的家。时间一长，她就不由得牵挂起进财的吃饭和换洗衣服的事。

自从结了婚，进财什么事都靠上了她，这半个多月没有了她，家里不知道乱成了什么样。

进入腊月的头一天，春叶就在春花的陪伴下，抱着儿子离开了娘家。回家的路上天气很冷，西北风"呼呼"刮个不停，那响声就像牧马人吹起的长长的口哨。几天前下过的雪还没有彻底消完，阴凉坡里的雪由于见不到阳光，还白茫茫地铺在地上。春花帮她提着装有儿子衣服和尿布的大包袱，沿着新修好的炉渣公路朝赵家大队走去。

路上，春叶问起春花的婚事，说："春花，你也不小了，该找个对象了呀！"

春花扭捏着不说话。

"听爹妈说，咱大队一个生产队的会计看上你了，托媒人到家里提亲，你就是不应承，咋回事呀？"春叶继续劝着春花，"要我说，这事差不多就行了，再莫要挑挑拣拣，摆架子了，啊！"

春花埋怨起来，说："姐，你管好你家里的事就行了，我的事不用你操心。"

春叶急了，说话的声音有点高了，语气也重了，说："就算我不操心，爹妈可要为你操心啊！听姐劝吧，过了年你就二十三了，你看咱大队像你这样大的女子都一个个出嫁了，就剩下你让爹妈操心个没完。"

春花不说话了，她理解爹和妈催她赶紧把婚定了的心情，当爹妈的哪有不操心儿女婚事的？春叶的话让她突然间想起了梁班长，想起了他们分别时那天晚上他答应过自己的事。梁班长说，等他到了部队就会给她回信。她想起自己熬了几天几夜饱含热情给梁班长写的那封情书，把她的心里话、她的梦里话都写给他了。她曾多少回想象着，他拆开她的情书，一个人在没人处静静地看着她写的情书，品味着她那颗洋溢着炽热和纯真感情的情书，他一定会在字里行间感受到她对他的痴爱和依恋，感受到她一个少女纯真的情感。她也一天天在等待着梁班长的回信，没事就跑到大队部或者生产队队部看有没有她的信件。可是元旦都过去几天了，梁班长离开沙苑的训练场、离开她杨春花已经两个月了，也没有给她写封回信，让她心里陷入了深深的失落和痛苦的思念之中。

春叶回到家第三天，儿子就莫名其妙发起高烧来，脸蛋烧得通红，就像刚出土的红萝卜，身上也烫得像火一样，双眼紧闭，不哭不闹，让春叶的心吊在半空中。她实在没办法，就叫了婆婆过来，看儿子怎么了。婆婆迈着一双小脚，扭着身子进来一看，吓得脸色都变了，她摸了摸娃的额头，说："你咋弄的，回了一趟娘家，就把我孙子弄得病成这样？"说完，叫春叶抱着娃和她一起赶紧去大队医疗站看病。

在医疗站里，穿着白大褂的中年女赤脚医生给娃量了体温，用听诊器听了胸脯，说："娃烧得不轻，要赶紧打针。要是打针能治好娃的病就不说了，治不好就要去县医院，我担心你娃会因为发高烧引发其他病症。"

春叶就说："那就赶紧打针吧，先把我娃的高烧退下来。"

中年赤脚医生给娃打了两针之后，又包了几样西药。春叶发起愁了，这么小的娃，咋会吃那药片。婆婆从口袋里掏出用手帕包裹了几层的毛毛钱，清了打针和开药的钱，和春叶换着抱着娃娃回了家。春叶从医疗站回到家时天色已经黑了，她一进小屋门就觉得一阵寒冷，看到进财坐在炕沿上，两手塞进衣袖筒里，既没有生炉子，也没有烧炕，她气得说了一句道："你这懒熊，娃病成这样了，你也不管，在家里也不知道生炉子烧炕，等谁一天伺候你？"

进财却瞪着牛眼珠子，狠狠地说："我都把这些活干了，要你这媳妇有啥用？老子就是不动弹，看你能把我咋样？"

"你走开！让我把被子褥子铺好，让娃睡下，我来烧炕。"春叶见进财坐在炕沿上一动不动，还对她骂骂咧咧，不由得火冒三丈。她知道这些事指望不上那懒汉丈夫了，只能自己动手。

进财"呼"的一下站起身来，扬出右手做出打人的架势，恶狠狠地说："烂婆娘，你再喊叫一句，看我不收拾你！妈的，在屋里不好好做饭，这半天跑到哪里去了？你是想成心饿死老子？"

春叶不敢再说什么了，她知道只要她再一开口，进财那巴掌就会抢过来，她已经被他这阵势吓怕了。春叶一声不吭地给娃铺好被褥，从后院抱来玉米秆塞进炕筒里，烧了炕，然后又用玉米芯生好炉子，屋里才渐渐有了暖意。她知道进财生气的原因是晚上回到家一看冰锅冷灶的，没有饭吃就来气。她从娘家拿回来给她补身子的几个鸡蛋里拿出两个，在小锅里给进财做成荷包蛋，调好盐和椒面，拿好筷子，端到他面前，没说什么就上了炕，开始将医疗站开的药片用擀面杖擀成细面面，再和白糖和在一起，用勺子给儿子喂起了药。

半夜，春叶突然从睡梦中醒来，她睁开眼睛第一反应就是先摸儿子在不在身边。刚才她做了一个可怕的梦，梦里有几个面目狰狞、龇牙咧嘴、张牙舞爪的凶神从天而降，就站在她家屋顶上方，一个手里拿着一条铁链子，一个手里拿着钢叉，还有一个手里拿着上面长满狼牙的大铁锤，在屋顶的上空中朝她喊话，声音就像打雷一样："哇呀呀呀，春叶、进财你们两个听着，老天爷想吃小娃娃的嫩肉了，看上你家小娃了，今晚派我们来，专门要你家小娃的小命，还不快快给老天爷献上来！"说完，只见天上一团乌云飘下来，遮住了太阳，瞬时天地间一片漆黑，春叶只觉得浑身发冷打战，她赶紧把儿子紧紧抱在怀里，任凭两个凶神恶煞的厉鬼揪她的头发，掰她的手臂，想从她的怀里夺走儿子，她就是死死抱着儿子不撒手。她一边挣扎，一边哭喊："老天爷呀，我春叶一向孝敬着您，没有做过半点伤天害理的事，您为啥要这样惩罚我的娃娃？老天爷呀，就算我春叶做了啥对不住您的事，您要惩罚，就惩罚我吧，也不该要我娃娃的命呀！老天爷，您行行好吧，看在我春叶对您孝顺的份上，饶了我的儿子吧，以后我就是给您当牛做马也愿意！老天爷，求求您了……"春叶哭喊着，紧紧抱着儿子，等她哭喊累了，才发现几个凶神恶煞的厉鬼已经走了，她低下头看看怀里的儿子，却傻眼了，儿子早就没了，她紧紧抱着的是她自己的肚子！

春叶黑夜里在被窝里乱摸一通，还好，她摸到了熟睡中的儿子。她拉亮电灯开关，看到儿子还好好地睡在一旁。她把儿子抱向自己怀里，感觉到儿子的高烧已经退了，脸上、胳膊还有点冰凉。想起刚才的噩梦，她心疼地看了一眼儿子，擦掉自己眼眶里的泪水，把儿子紧紧抱在怀里，用自己温暖的胸脯给儿子暖着身子，然后拉灭电灯。可是她再也睡不着了，她在心里暗暗向老天爷祈求：老天爷保佑保佑我的儿子！

老天爷还算睁开了双眼，保佑着春叶的儿子挺过了鬼门关。儿子病好了之后，春叶就给儿子起了个吉祥一点的名字——安顺，意思是希望儿子安安顺顺长大成人。

小安顺半岁之后还不会说话，但是一双水灵灵的眼睛倒是惹人喜爱。小安顺一岁后，站也站不稳，比起巷子里其他同龄小娃，身子骨还比较虚弱。一岁半时，春叶看到小安顺还不会叫爸爸妈妈，嘴里只会哇哇乱叫，春叶有了一种不祥之兆，她偷偷带着儿子到公社卫生院找医生看。医生对小安顺做了一番检查之后，问春叶："娃得过什么病没？"春花对医生说起儿子的那场发烧和重感冒，医生说："娃已经是哑巴了，可能与那场病的打针与用药有关。"

哑巴？这个结果不亚于一个晴天霹雳，让春叶心头沉到了万丈深渊。这么虎灵的儿子咋就成了哑巴？也就是说，儿子以后永远不会开口叫她一声妈妈，不会和正常人一样跟人说话了，那样的生活对于儿子来说是多么的残酷和可怜啊！春叶求医生想法子给儿子治治病，医生摇了摇头，叹了口气，说："这种病我们这里是治不好了，要不你带娃去县医院看看。娃还小，你可以多对娃进行语言启发，多教娃学着说话，看能不能矫正过来。"

为了能让小安顺开口说出第一句话，春叶整天对着儿子说话，教儿子喊爸爸妈妈，可是小安顺就是喊不出，还是只会哇哇乱叫。

后来，公公婆婆和春叶一起带着小安顺去了一回县医院，给娃娃做了检查，一个年老的医生还是摇着头说："这娃有点儿先天性哑巴，加上那次重感冒，加剧了病情，现在治疗为时已晚，还是那句话，多跟娃进行语言交流，看会不会有奇迹发生。"

春叶彻底泄气了，她觉得这辈子她就是这个命，老天爷给了小安顺活命已经不错了，虽然说不成话，但总比瞎子强多了。

小安顺成了哑巴之后，赵家老两口开始对她和小孙子的态度变了，动不动就埋怨春叶回娘家时把娃弄得病重了。丈夫进财开始还逗着儿子开心地玩，后来发现儿子就是不会叫爸爸，也懒得跟儿子接近，更谈不上逗着儿子开心。只有春叶对小安顺更加疼爱，她看到儿子安顺小小年纪就遭受人生的磨难，想象着儿子以后的路还很长，儿子以后的生活与正常孩子相比，会艰难许多。无论将来儿子是成了哑巴，还是聋子，那都是她身上掉下的一块肉，儿子的一举一动、人生道路上前进的每一步都牵连着她这个母亲的心，她不能眼睁睁看着儿子受人欺负，受人白眼，她要用自己的生命呵护这个残疾儿子。她唯一的希望就是有一天儿子突然像正常人一样说话，哪怕喊出一句"爸爸妈妈"也行。她心里清楚，在赵家只有儿子安顺才是她的生命，才是她全部的希望，虽然这个希望是那么昏暗，虽然儿子的将来会遇到更多的苦和难，但是她都要在心里维护着这个希望。

第十七章

西霞这几天心里头很乱，整天坐立不安，晚上睡觉也不踏实。

春节前，智明就要从部队退伍了，当了三年兵，什么也没有捞到，就这样两手空空回来，让她心里有点不安。大队里当年和智明一起当兵的有五个娃，现在有两个考上了军校，还有一个准备转志愿兵。她的智明没有上过高中，考军校肯定没门，可是转志愿兵还是够条件的，人家那个娃和智明一样也是初中毕业生，一样在连队当战士，他能转志愿兵，凭什么智明就不能转？她也打听过了，那个娃之所以能转志愿兵，是因为他的舅舅在新疆一个部队当团长，朝里有人好做官，转志愿兵也是一样，这一点西霞比谁都清楚。所以，智明要转志愿兵就得找人，找关系。她想了半天也想不到亲戚里谁在部队当官，即使整个大队也很少，就是有一两个在部队当官的，咱也够不着。再说了，转志愿兵这种大事，不是亲戚朋友，一般人都不会帮忙的。智明的事情就摆在眼前，眼看退伍的时间就剩下两个多月了，再不抓紧时间办，恐怕就晚了。

除了智明的事情在催着她外，秋菊高中毕业也半年了，秋菊的学习成绩不是很好，大学也没考上，高中毕业后就回到农村种庄稼，她这个当妈的也心有不甘。她想，说啥也不能让秋菊像大姐家的春花一样在农村吃苦，她家的秋菊和智明就是要比别人家的娃娃强，要比别人家的娃娃走得高，有出息。

可是，这样的大事，靠她一个农村妇女能办得到吗？难啊！西霞就是为这熬煎得睡不着觉，吃不好饭，心里干着急没办法。一天，她跑到娘家给喜财说了心里的事情，喜财一句话就说得她心里顿时亮堂了许多："咋不找我飞霞姐帮忙呀？我三姐夫以前不是在新疆当过兵的？听说我三姐夫现在已经当上兵团的副团长了。"

"哎哟哟，你咋不早说呀！"西霞拍了一下喜财的肩膀，脸上笑得像盛开的牡丹，"我还在家里一个人闷想，想来想去，也没想到飞霞和新军。你说这飞霞和新军也是的，走了这么多年，也不见有个回音，你不提起她，我还真把这个妹子忘了呢！"

喜财说："二姐，你这话说得就不好听了。你想，三姐和姐夫刚到新疆时，还没有安好家，等了一两年才好不容易安好家，这安好家后，还要安顿两个娃娃上学。三姐来信说了，他们这些年在新疆过得也很苦，和咱们一样下地做庄稼活，只是这几年他们家境才慢慢好转了，姐夫从兵团连长提到了副团长，三姐也在兵团里的供销社上了班。就说前几年发财出事和爹走了时，正是三姐一家最艰难的时候，就那样三姐给家寄回来一百块钱，让给爹办丧事用。"

西霞马上改嘴了，说："我哪里是说飞霞坏话呀？就是好久没有飞霞的音信了，心里想她们呀，哪有亲姐妹乱说坏话的？你看，二姐这不是到了难处嘛，你也帮二姐一回吧！"

"我咋帮你？"

"你看这样行不行？你去过飞霞那里，知道路上咋走，咋样坐车，我从没有出过远门，要不咱俩一起去一趟新疆，找找飞霞和新军，让新军给智明办个志愿兵，顺便看能不能给秋菊再找个事做做？"

"这个，那等我把家里事情安顿好再说。最好，提前给三姐去个电话或者写封信，问问情况？"

"不用了，不用了，咱先去，到了那里不啥都清楚了？"西霞催促着喜财，"这样吧，你赶紧安顿家里，我们过两天就动身！"

三天之后，西霞和喜财就动身了。

在新疆伊犁的建设兵团，西霞见到了四五年没见的三妹飞霞。飞霞与以前在家相比，脸色晒黑了，一看就知道在太阳底下种过庄稼，下过苦。不过，飞霞也算是苦尽甘来，去年终于从农场里调到了团部驻地的供销社，干起了她的老本行，这对于飞霞来说可是如鱼得水。那天，飞霞听丈夫新军在家里打来电话说老家来人了，就赶紧请了假回到家，第一眼看到二姐西霞，她的眼泪差点流下来了，多年不见了，亲姐妹在这离家几千里之外的地方重逢，那种浓厚的亲情，让她们感受到了从未有过的喜悦。

老家来人，而且是从小一起长大的亲姐姐大老远来看她，飞霞高兴了一番之后，立即张罗着丈夫新军去团部的街道上采购蛋肉蔬菜，要好好为姐弟俩做一顿好吃的家乡饭菜招待。放学回来的儿子、女儿也忙活着搬凳子，擦桌子，一家人像过年一样喜庆。

吃完热腾腾、香喷喷的大肉饺子，喝上几口新疆特产的伊犁老窖，姐弟仨围着饭桌拉起了家常。晚上，西霞才小心翼翼向飞霞和新军提起了智明转志愿兵和秋菊找工作的事情。

　　飞霞知道二姐提出的两件事都是难事，什么事都好说，唯独这种事最难办，关于秋菊的工作问题，她知道在新疆建设兵团想安插一个内地来的人，几乎是不可能的，最起码的条件就有两条：一是有当地户口，二是与当地青年结婚成家，还要靠各种亲近的关系才能办成。至于智明转志愿兵的事，她家新军已经从部队转业多年了，也不清楚有没有战友能帮上这个忙。再说了，她听新军说过，部队的事情也很复杂，什么事都有条条框框限制，不是农村人想象的那么简单。

　　西霞的心有点凉了，想起自己大老远从家里坐了三天三夜的火车辛辛苦苦来到这里，想办的事眼看就要泡汤了，她的脸上写满了忧愁。她没想到飞霞回绝得这么坚决，要是她能说句"我们尽量想办法吧"，她心里还好接受点。事情到了这一地步，让西霞进退两难。想到智明从部队回家后就要在农村待一辈子，下一辈子苦，秋菊也要像春花一样拿着锄头下地干活，她有点儿不甘心了。她暗暗给自己鼓劲，不行，说啥也不能让两个娃娃再像她一样当农民，事情再难也要想办法办。

　　西霞从自己的大旅行包里一样一样掏出从家里带来的炒花生、大红枣、黄花菜和红辣椒，这些家乡土特产，西霞可是挑了最好的给带来的。最后，西霞掏出一条红黄格子的纯棉土布床单，捧在飞霞眼前说："这可是二姐花了一个多月时间，用家乡最好棉花给你织的，纯棉的，你摸摸，多柔软！"

　　飞霞知道二姐西霞摆出这些礼物的用意，觉得自己刚才把话说得有点太绝了。她知道，丈夫新军可是个原则性很强的人，为人做事一向光明正大，作风正派，不大会做那些投机钻营的事情。要是把西霞姐的这两件事给新军说了，十有八九会碰钉子的，说不定还要挨上他一顿批评。丈夫的脾气她最清楚，去年就是为了她自己到供销社的事情，人家团长倒没意见，还主动提出为她办这事，可他却觉得自己刚当上兵团领导就这样搞特殊化，别人肯定会在背后指脊背的。想到这里，飞霞稍微把话说活了一点道："二姐，我知道你来一趟不容易，你的心思，妹子也懂，事情虽说是难办，可是事也在人为。这样吧，我回头给新军说说，看他能不能给你办这个事。我丑话先说到前面，事情能办了当然好，办不成，也不要埋怨你妹子和妹夫，毕竟这两件事都不是他说了能算的，我想这你会理解的吧！"

西霞脸上愁容马上消失了，笑着说："看妹子说的，二姐是那样的人吗？只要妹子和妹夫尽了力，二姐就感谢得很了！我想就凭妹夫这个官位，人家也不会不给脸面的。"

飞霞把西霞和喜财安排在团部的招待所之后，回到家已经是晚上十点多了。外面的天气冷得让她瑟瑟发抖，双手像从冰窖里捞出来一样冰凉。晚上睡觉前，飞霞开始给新军吹起了枕头风，说起了西霞要给智明转志愿兵和给秋菊找工作的事情。

新军大概也料到了西霞没有事情是不会来这里的，他看出了飞霞说话时的为难样子，思索了一会儿才说："不是我说你这个二姐，就她的事多。你说，你姊妹四个，常常来为难咱的就是她，也不见你大姐和你四妹来找过咱。说心里话，如果是大姐来给春花说事，我倒还乐意帮一把，大姐家日子过得不容易，大姐和姐夫人又老实本分，即使有难处也不会给咱说的。"新军叹了口气。

飞霞觉得新军说的也是实话，没有打断他，静静地听着他说下去。

新军把飞霞搂在怀里，握住她冰冷的手，接着说："哎，你说我不办吧，二姐大老远来一趟也不容易，让她失望回去，显得我这个妹夫多不近人情；办吧，事情又挺难的，就算挺着我这张老脸，也不见得人家会给你办，团里要安排工作的孩子排着长队哩，再说了违反原则的事情咱可做不出来。倒是智明转志愿兵的事情相对好办些，一来不在咱团部，不怕别人说闲话，二来智明所在部队的团长恰好以前和我在一个连，而且关系不错，他老婆还在咱团部的招待所，我想这点事找他说说不会很难的。就是秋菊的工作嘛，哎，我不知道该咋办？"

飞霞看到事情有点转机，说："新军，我知道这两件事确实让你为难了，依我看，先把智明的事情办了再说，秋菊的工作办不成也好给二姐交代。要是二姐硬要给秋菊找事做，那就先在招待所干临时工，能干多长时间就多长时间，我想这个你说了还是能算数的。"

新军说："这样也好。可是我要提醒你的是，这种事有一有二，可不能再有三有四。不然，二姐回到老家一张扬，老家的人都找来了。你说咱是办，还是不办？到那时办不办都得罪人呀！"

"我知道。"西霞拉灭了电灯，长长地出了口气。

最后，事情正如飞霞说的那样，智明和秋菊的事情都办成了，有新军那个当团长的战友帮忙，智明转志愿兵的事情人家一口答应了，秋菊也可以在过了春节之后来这里的招待所先干临时工。西霞高高兴兴和喜财离开了飞霞的家，带着飞霞回赠的新疆葡萄干、蜂蜜和家里不穿的时髦衣服，踏上了回家的汽车。

在回伊犁市的公共汽车上，西霞和喜财坐在客车最后一排左后角的座位上，每个人怀里都抱着一个鼓鼓囊囊的大旅行包。喜财脸贴着车窗玻璃，看着窗外一一向身后掠过的路边的树木、光秃秃的田野和远处的山峰。西霞则像防贼一样盯着车里的每个人，仿佛车里每个人都盯着她怀里的一大包东西。就在西霞的目光扫视在前面一排最右边靠窗的一位穿着军装的女战士脸上时，她的眼睛像被使了定身术一样死死地定住了。她侧着脸，目光久久停留在那位女战士的脸上。那位女战士没有侧过脸，一直看着前方，直到前方一个部队卫生所门前，女战士喊了句"请停车，我到了"，就站起身来，背上一个军用挎包，从西霞的右前方擦身而过，轻捷地下了车。车子开动后，西霞还透过车窗玻璃，向后盯着那个女战士多看了一会儿，直到女战士的身影从她的视线里全部消失。

西霞心里纳闷了，刚才下车的那个穿军装的女兵咋就那么像春花呢？当她第一眼瞥见那个女兵时候，开始还以为是春花，她当时就疑惑了，这春花啥时候来到新疆这么远的地方当兵了？当她再细细看了一眼那女兵时，才断定那只是长得和春花很像的另一个人，没想到这么远的地方还有和春花长得这么像的人。当时喜财只顾扭过头看窗外的风景，没有注意到这个女兵，西霞也就装作没事的样子。

在回家的火车上，喜财显得很宁静，他对身边兴高采烈的西霞说："二姐，这次三姐夫给你家可算办了大事呀，你的忙我算帮到头了。我在想，等我家银锁过几年初中毕业了，也让他到新疆当兵去，将来你和我一起再去找三姐夫，给银锁也转个志愿兵吧！"

"银锁才多大呀，你就想这事？你都不看新军为智明和秋菊的事多为难，还嫌没让人家为难够。等你家银锁当了兵，新军那个战友还会不会在部队？"西霞觉得他这纯粹是瞎凑热闹。

喜财不再说话了，一路上都闷闷不乐。

西霞和喜财两人各抱着一大包战利品回到了家。西霞脸上大放光彩，见人就会夸起她的智明在部队干得如何好，团长都喜欢得不得了，非要让智明留在部队，答应给智明转志愿兵。她的秋菊也要离开这沙窝窝到远处干工了，用不了一两年就能成为城里人了。西霞首先是跟东霞这样显摆，东霞正在为春花的婚事发愁，听了西霞家的喜讯心里自然有点儿不快，但脸上也没有显露出什么，只是替西霞家的智明和秋菊感到高兴。有一天，西霞碰到彩霞，又这样显摆了一回，彩霞却没有像东霞那样不显山露水的，直截了当地顶了一句，说："你给我说这些，谁没见过啥？城里人还能咋，城里人就不吃农民种的粮食？"西霞碰了一鼻子灰，脸一红，转身就走开了，说："我不跟你这人说了。"

然而，留在西霞心里的那个疑团还在困扰着她，西霞在家想了半天也没有想明白，那个穿军装的女兵咋就那么像春花？从个头、脸型、眼睛、鼻子和嘴巴，都长得和春花很像。春节前一个晚上，西霞来到了大姐家，想给大姐说说这个女兵。天刚下过雪，生产队也没有啥活干，东霞和天祥都在家烧了炕，天祥在拉起被子睡觉，东霞坐在炕上给宝根做棉鞋。西霞来到家后，东霞以为西霞来是给春花说媒的，就大吐心里的苦水，说："哎，妹子，不怕你笑话，我那春花这些天就像中了邪一样，饭不好好吃，觉也不好好睡，整天死气沉沉的样子，也懒得跟人说话。人家有两个媒人上门来提亲，她都待理不理的，这个不情愿，那个又不想嫁，都二十三的人了，人家的女子都嫁了，她还没找到对象，你说让人着急不着急？"

西霞说："大姐，娃娃有娃娃的想法，现在是新社会，又不是咱们那个时候，婚姻大事还是由娃娃自己拿主意吧，咱们当大人的着急也没办法。依我看，春花这个样子肯定是心里有人了。你想一想，她以前和哪家的男娃谈过？和哪个男娃来往多？"

东霞想了半天，忽然明白了过来。她一拍自己的脑门子，说："你不提这事我倒不在意，提起这事我倒想起来了。你知道今年有部队在沙坡上搞训练，家里住了三个当兵的，我就看春花和一个长得白白净净的当兵的有说有笑的，还给人家纳鞋垫。我以为两个娃娃只是说说笑笑而已，可从来没有往这婚事上想。"

"这就对了。要我说，人家部队的人也走了，春花想人家也是白想。当下最要紧的是掐断她这个想法，给她找个婆家赶紧嫁了。要不然夜长梦多，说不定春花这女子会做出啥事来！"

东霞还是叹着气，显得很无奈。她知道，要掐断春花的想法，可是比登天都难。春花这女子的性子倔起来，十头牛也拉不回来。

西霞心里清楚，春花的事情其实自己也管不了，如今年轻人的心思大人可难懂，更不用说春花也是有知识、有头脑，还曾经在大队部干过公家事的，做长辈的也确实左右不了她。其实，西霞也不想多管春花的事情，自从上次她要回秋菊的衣服，春花见了她就一脸的不高兴，让她这个当姨的脸面有点没处搁。

西霞看着大姐正用锥子上着棉鞋的鞋面和鞋底，两人都没话可说了，空气就像凝固了似的，让她觉得有点闷得慌。西霞还是下定决心，想把堵在她心里的那件事说给大姐听。她说："大姐，你知道喜财前两年去新疆看飞霞的事吗？"

东霞只顾低下头上着鞋面和鞋底，随口说："知道，喜财回来跟我说过。"

"他跟你说没说过他在新疆坐车时看到的一个女娃？"西霞脑子转得很快，决定转个弯说出她心里的事情。

"没有啊！你说的是哪个女娃？"

"大姐，这个事可是喜财前一段时间才跟我说的，我以为你也知道了。"西霞故作神秘的样子说，"是这回事，喜财说，他从飞霞那里坐公共汽车回来时，在车上看到一个当兵的女子，这女子长得跟春花一模一样，他差点都以为是春花呢，多亏没有叫出春花的名字，那当兵的女子在部队一个医院门口下了车。喜财还盯着人家看了半晌，越看越觉得那女的像咱春花。你说，天底下真有这么凑巧的事吗？"

"有这回事？那喜财咋没跟我说？"东霞停住了手里的活，自言自语问了一句，然后又摇了摇头说，"那是喜财看花了眼，觉得谁都像春花。"

"这种事喜财哪能随便说呀？你想，在车上那女的就坐在他旁边，两人离得又那么近，能看错吗？"西霞把自己当时在车上的情景和想法说了出来，"大姐，你说，那个当兵的女子会不会是当年你丢失的春草呀？"

东霞心里突然一惊，她看了看身后正睡觉的天祥，慌乱地对西霞摆摆手，示意不要再说了。

西霞这才想起大姐夫就在大姐身后盖着被子睡觉，她意识到了大姐对这件事的警觉和后怕。想起当年大姐从娘家回家前，自己无意中说了一句"还不如把这女子给人算了"的话，大姐竟然会真的上心，在回家的路上就直接把春草丢在了黄沙窝窝里，后来大姐一提起这事就眼泪汪汪的，老是在说："把春草丢了，我这是造了孽呀！"她之所以这么关心公共汽车上遇到的那个穿军装的女战士，就是因为在她的内心深处总抱着一丝希望，希望苦命的春草现在还活在人间，希望有一天能在哪里碰到她。如果没有她说的那句话，如果不是她和妈嫌弃大姐的春草，大姐能把春草丢在了黄沙窝窝里吗？

西霞走后，东霞陷入了痛苦的回忆和深深的自责之中。刚才西霞在她面前再次提起了春草，让她不禁想起了十七年前那个风沙狂飞的秋日，被她丢在沙窝窝深处一条小路边的病得还剩下一丝气息的春草；想起了在娘家她的春草在院子里树坑边玩得一身泥水而无人管，西霞还嫌弃地说了一句"还不如把这女子给人算了"的话；想起了男人天祥从砖窑厂回来不见春草后怒气冲冲的样子。她不知道自己给天祥撒的这个谎会不会被戳穿，会不会成为她一生难以弥补的罪过，她希望她的春草还好好地活在这个世上，希望"杨倔头"当年在公社门口见到的那个小女孩就是她的春草，也希望彩霞说的"杨倔头"在县城见到的那个长得和春花很像的女子就是春草，甚至希望今天西霞提起的那个当兵的女子就是她的春草。同时，她又希望这一切都不是真的，希望她的春草最好不要出现在她的面前，最好离她越远越好，哪怕是在天涯海角。

第十八章

时光如水，岁月如梭。时代的车轮驶入了二十世纪八十年代，这是一个崭新的时代，是年轻人大有作为的时代，也是军人经过战火洗礼之后重塑灵魂的时代。

离梁斌的所在部队告别沙苑训练场已经过去一年多了，直到一九八〇年的春节前，春花也没有盼到梁斌的来信，她的心像井里放下的水桶一样一下子沉到了水底，沉下去就浮不上来了。一次次的希望变成失望，让她不再天天往生产队队部跑了，也不敢面对生产队队长和文书质疑的目光。但是，她的希望还没有完全破灭，半夜起来趴在桌子上又给梁斌写信。她已经记不起这是她写的第几封信了，这一年多来，她经常半夜起来在夜深人静的时刻给梁斌写信，倾诉着对他的思念和牵挂，梁斌所在部队的地址和邮政编码她都能背得很熟，可是每一封信寄出去后都石沉大海，没有音信。她觉得整个世界在她的眼里都是昏暗无色的，她的心情也像这严冬的冰雪，久久不能融化。

虽然他们的爱情就像在严冬里度过，显得如此的寒冷而漫长，但是春花依然坚信梁斌不会忘记她，更不会忘记他们那天晚上在月光下、在沙坡顶上的拥抱、亲吻、热恋和爱的表白。在没有得到梁斌确凿的回信之前，她坚信他们的爱情依然是美好的，他们的梦想依然会实现。她记得他说过，他会等到退伍后来娶她的。她也说过，她会默默地等待着他的归来，等待着他来家里带她走的那一天。

一九八〇年的春节在春花的苦苦等待中到来了。沙苑人的春节是喜庆而热闹的，沙苑公社七个生产大队每个大队都有剧团，春节期间都会在大队部的戏楼上演出剧团新排练的戏剧。大队剧团排练的新戏有三个，分别是秦腔现代戏《三世仇》和传统古装戏《五典坡》《十五贯》。如果是前几年，作为大队剧团里新秀演员的春花肯定会登台演戏的，而且一定会是一号女主角。可是，这一年的春花却从人们的视线里渐渐消失了，如同一颗流星在杨家大队的上空闪过亮光之后，就销声匿迹了。人们虽然还会记着她，但再也看不到她登台演戏了。

过年也是沙苑人家拜年、互相走亲戚的时节，忙碌了一年的沙苑人过年这十几天是自由的，欢快的。女孩子盼着过年就是盼着穿新衣服；男孩子盼着过年就是盼着放鞭炮；大人们盼的是到亲戚家串串门，围在饭桌前热热闹闹说说话，叙叙亲情、友情；至于那些年纪大一点的老头老太婆盼的则是在过年那几天晚上能坐在戏楼下面看几场戏，不管晚上天气有多冷，不管看戏的人有多拥挤，都不会缺席，图的就是热闹的气氛。

过年的这十几天，春花哪里也不想去，谁也不想见，把自己关在屋子里一个人静静地坐着、睡着，想着心事，再好的白馍和再香的大肉，她也不想吃。东霞懂得女儿的心思，看到女儿这样折磨着自己，心里也难受，也独自叹息、流泪。天祥也清楚春花的心事，他劝了多少回，让她忘掉那个没良心的当兵的，春花就是不听劝。他气急了，当着春花的面骂过那当兵的是"负心汉"、"良心让狗吃了"，后来甚至骂春花是"心比天高，命比纸薄"、"不知自己几斤几两"。他越骂，春花越委屈。看着春花泪水盈盈的样子，天祥妥协了，不再管女儿的事，她爱咋样折腾自己，就咋样折腾去。

直到春暖花开的一天，春花才盼来了梁班长的第一封来信。

那天，天祥手里拿着一封盖有三角形红色印章的信封，敲开了春花屋子的门。春花看到爹就恼着脸，扭过身子，趴在炕上一声不响。天祥把信放在桌子上，说："那个没良心的来信了，你看看吧！"说完，转身走出了屋子。

春花猛地坐起身子，拿起桌子上那封未开启的信封，捧在胸前，眼泪不知不觉奔涌而下。爹走了后，她关好门，坐在桌前，看着信封上那一排熟悉的笔迹，心里像揣着个兔子怦怦乱跳。她从桌子下面取出裁剪衣服用的小剪刀，小心翼翼地剪开信封的封口，展开薄薄的两页信纸，一字一句看了起来：

春花：

你好！

好长时间没有给你写信了，请你原谅！自从去年随部队离开了你的家乡后，部队稍作休整，就做好去越南前线参加自卫反击战的准备，过了春节我们就奔赴到了战斗前线。春花，你是知道的，战争是随时都会牺牲的，我这一去还不知道能不能从战场上活着回来，所以一直没敢给你回信。

在你的家乡参加拉练和训练期间我们认识了，感谢你给了我许多帮助和爱，你是个心地善良、有美好追求的好姑娘，我很喜欢你，也一直惦记着你，希望你一切都好。

我在离开原部队即将奔赴前线时就想给你写信，可是当时时间紧，走得急，没顾得上。当时我想了很多，我们虽然有过一段美好的爱情，但是战争是残酷的，作为军人我要随时做好牺牲的准备，所以我不想耽误你的一生，也不想让你为我担忧。如果我在战场上牺牲了，请你忘记我，重新寻找属于自己的幸福。

春花，当你看到这封信的时候，我已经坐在轮椅上了，我的一条腿在战场上被炸飞了，现在只能拄着双拐走路。我残废了，可你还年轻，你人生的路还很长，我不能拖累你，请不要再惦记着我了，我怕将来会让你失望。所以，请你再次原谅我的离开，也请你把我们那段美好的爱情作为人生的一个片段封存起来，忘掉过去，重新勇敢地奔向美好的明天吧！

再见了，春花！

此致

军礼！

梁　斌

一九八〇年三月

春花的眼睛被泪水彻底模糊了，她的泪水像泉水一样涌出来，顺着双颊滚落而下，打湿了薄薄的信纸。这就是她盼了一年多盼来的结果？这就是她等待了一年多等来的希望？这封信对她的心灵是一次沉重的打击，让她从幸福的巅峰瞬间掉落到了痛苦的低谷。她感觉心里憋得难受，止不住终于放声痛哭起来，任凭心中的忧伤随着哭声散发而出。她哭得酣畅淋漓，哭得惊天动地，哭得随心所欲，她要把心中的委屈和痛苦统统抛到哭声和泪水中，让这涟涟泪水冲走她心中一切的悲伤，让这一声盖过一声的哭声驱赶她所有的失望和迷茫……

隔壁的东霞听着女儿的哭声，心里也像刀割一样疼。女儿再不听她的话，也是她身上掉下的肉啊！知女莫如母，女儿的心也连着母亲的心啊！母亲也是从那个年代过来的，虽然她没有体验过春花那爱得死去活来的爱情，但她能体谅女儿痛苦的心情。春花本是一个在全大队都数一数二的好女子，可这几年她却经历了一个又一个的挫折，上高中被人顶替，上不了学；在大队干得好好的广播员、团支部书记，突然就被撵了回来；刚爱上一个自己喜欢的男人，苦苦等了这么长日子，却再一次受到打击。一个刚刚走出校门、刚刚迈向社会的弱女子，哪能受得了这接二连三的打击？做妈的心再狠，也不能看着自己的女儿受这样的煎熬与折磨。

东霞擦着眼泪，起身要去安慰女儿，天祥制止她道："她呀，迟早会有这一天的，就让她一个人哭去吧，迈过这个坎儿，就会好起来的。"

东霞不顾天祥的劝阻，一边往屋外走，一边哭着说："女儿都哭成那样了，还不让我去管，你这当爹的心咋比石头都硬呀！"

天祥没再说什么，也不再挡她了。他坐在桌子前的椅子上，拿起水烟锅，按上旱烟叶子，"呼噜噜"吸了起来。

沙苑开春的天气乍暖还寒，前几天还是春光融融，今天就突然阴云密布。天色阴沉了多半天，偏东风也一阵一阵地刮了多半天，将沙坡上的沙粒刮得满世界纷纷扬扬。傍晚时分，风小了，云层却厚了，黑压压的，就像盖在人们的头顶上。春花下了工，没有吃晚饭，就一个人从家里走了出来，沿着巷道朝东边走去。那是前年她去等梁班长的路，她要沿着这条走了千万遍的路再走一次，重温那幸福的滋味。她一个人来到通往大队部的那条路上，爬上了高高的沙梁，坐在当年她俩坐的沙梁顶上。

春天的傍晚，夜幕降临要比秋天晚一些，虽然阴云密布，但天色还没黑下来，远处的景致还能看得清楚。春花坐在沙梁上向南边的远处眺望，起伏蜿蜒的沙梁脊背像一条长龙自东向西飞翔在天空，龙的脚下是刚刚披上绿色的树枝，还有粉红色的杏花与桃花、雪白色的梨花，这些粉白色花林下面是平坦如茵的麦苗，这一切组成了一副朦胧的乡村水墨画，尽展眼帘。然而，在春花看来，这一切都是灰蒙蒙的一片，仿佛这春意盎然的乡村水墨画在另一个世界，与自己没有一点儿关系。她坐在沙坡顶上，闭上眼，不想看这曾经装载着梁斌训练记忆的沙苑。她把头埋进屈起的双膝里，双手抱头，让思绪回到了一年多前的那个傍晚，那个让她第一次体验到异性拥抱和亲吻的幸福里……

她想起了自己看过的爱情小说和电影里的一些片段，特别是电影《早春二月》的结尾，男主人公萧涧秋因文嫂投河自尽而愤然离开芙蓉镇后，女主人公陶岚不顾家人反对毅然追随而去。这个结尾片段对春花的心灵震撼力太强了，她曾经为陶岚的爱情赞叹，被陶岚对爱情的执着和勇气深深感动。她想，梁斌虽然缺了一条腿，可他没有缺少对生活的勇气和对爱情的向往，他的来信分明是在考验她的真心，考验她在他陷入人生低谷时是否依然真心爱着他，考验她会不会在他失去健全的躯体、陷入人生的低谷时离他而去。她曾经对梁斌说过

"永远爱你"，难道是一句微风就能吹跑的空话吗？她清楚，梁斌才是她的幸福，是她的希望，是她追求的一切，没有了他，她的生活就像在黑夜里黯然失色，毫无兴致。她想，陶岚能不顾家人阻拦，义无反顾去追求她的爱情，她春花为什么不能？要知道，陶岚可是身处封建的旧社会，而她则是处在思想大变革的八十年代，她难道还不如旧社会一个小女子？春花想到这里，不再让眼泪毫无遮挡地往下流了，她要去追求属于自己的幸福！

春花回到家，认真查看着信封上的地址，还是他以前的老部队，就在华山脚下，这就是说，梁斌还在部队，还没有退伍。梁斌怎么能退伍呢？为保卫祖国的和平光荣负伤，应该是战斗英雄，应该是国家的功臣啊！梁斌的后半生肯定要由国家照顾了，就是说，他有可能就会落脚在部队驻地，不回成都了，这样不是离她更近了吗？春花喜出望外，把信封放在嘴唇上，深情地亲吻了一下，又捂在胸口，自言自语道："梁斌，春花不会嫌弃你残疾的，春花这就去见你！"

然而，当她带着卖了头发的十几块钱，背着自己晚上在家烙的饼子，怀揣着梁斌写的那封信，搭上县城去华山的公共汽车，来到梁斌所在的部队，却没有看到梁斌的身影。一位穿着四个兜军装的军干部告诉她："梁斌从战场负伤回来后在军区疗养院住了半年，听说过了春节就回成都老家了。"

春花掏出内衣口袋里的信封给这位军干部看，军干部看了看信封上的字，说："从邮戳上的时间来看，这信可能是他临走时写的。"

春花望着天，望着远处的险峻的秦岭山脉，她感到前途迷茫。走出部队大门，她竟然一时不知该向哪个方向走，她这才开始为自己的鲁莽后悔了。她在心里问着梁斌：梁斌啊，你咋就不等等我，这么快就回老家去了？你的心里还有我这个傻女子春花吗？你知道我为了找你，下了多大的决心吗？你知道我的心里是多么盼望见到你，听到你的声音，看到你的笑脸，哪怕是搀扶着你走下轮椅？她在心里无数遍叫着梁斌，眼泪再一次不自觉地涌出眼眶。她像落了魂一样沿着山间公路向北走着，北方是她的家，是见证过她和梁斌爱情的地方！

没有了来时的迫切心情，回家的路显得那么漫长。她身上背的烙饼还没吃一口，大半天只在山沟里喝了几口清凉的山泉水。她完全忘却了饥饿，忘却了时间，忘却了自己身在何处。不知道走了多长时间、多少里路，太阳偏西时走到了华山脚下的车站，坐上了回县城的公共汽车。

春花在太阳落山之前从县城回到了家乡的河边，此时她已是身心疲惫，浑身发软。过了河不远就是连绵起伏的沙丘了，那金黄色沙丘下桃红柳绿的地方就是家乡，隔着河都能听到远处大队部的高音喇叭里正播放着李谷一唱的《妹妹找哥泪花流》。春花是在一个月之前才在大队部看的《小花》电影，回想起自己像电影里小花那样不远百里翻山越岭，去找她的心上人，她的心又开始流泪了。她来到洛河边，滔滔的河水正奔涌着向东流去。春花想起自己一大早就偷偷溜出家，也没有跟爹妈打招呼就匆匆出走了，这一走就是一整天，家里人会不会着急？

梁斌走了，回他的老家成都了，撇下她一个人回去了。成都在哪里春花还不是很清楚，只听梁斌说过要翻过秦岭，一直像西南方向走一千多公里，坐火车最少要一天一夜。春花知道，梁斌这一走，就是和她永远的分别。她一个沙窝窝里的农家女子，哪里有钱坐火车去那么远的地方？就是借钱坐上火车，她又怎样能联系上梁斌呢？又能怎样在人生地不熟的大城市里找到她连家庭住址都不清楚的梁斌呢？

在现实面前，春花彻底绝望了。她的爱情、她的希望、她的美好未来都化成了肥皂泡，这个肥皂泡现在终于在她眼前破灭了。她想哭，已经哭不出声来；想流泪，眼泪已经流干了；她想离开这个让她伤心欲绝的世界，想在另一个世界圆了自己的爱情和梦想。她沐浴着暮色，离开了河岸的码头，沿着弯弯的河岸追着河水朝东走，走到一个河水打着旋涡的弯道，她停下了。她站在十几米高的岸上，脚下就是滚滚东去的洛河水，是滋养着沙苑世世代代人们的母亲河，她要投入母亲河的怀抱，在母亲河温暖的怀抱里感受一份心灵的温暖。

春花卸下身上的背包，从怀里掏出梁斌的那封信，放进背包里，双手向后轻轻捋了捋被风吹散的头发，将衣角拉平整，盯着脚下打着旋转的浑浊的河水，轻轻闭上双眼，整个世界消失在她的眼前，她喊了声"梁斌"，身子就向前倾下，扑向了那滚滚东流的洛河……

"不好，有人跳河了！"就在春花落入河水的一瞬间，河岸上的小路上，一个骑着自行车的人影从不远处冲了过来，他撇下自行车，顾不得脱掉衣服，跟着跳进了滚滚的河水中，在旋涡中抓起春花的一只胳膊，架在自己脖子上，朝下游的浅滩上奋力游去。

当春花睁开双眼时，她已经躺在大队医疗站的病床上，第一眼看到的是妈妈那张挂着泪水的脸庞。母女双目相视，泪眼蒙眬。春花哭着，叫了声"妈"，就止不住哭出声来。

东霞坐在女儿病床前，用手掌轻轻抚摸着春花消瘦的脸庞，替春花捋顺湿漉漉的头发，哽咽着说："傻女子，你咋就想起来走那条路呀？"

"春花，你醒了？"一张青春的脸庞挂着憨厚的笑容，出现在春花眼前。一双粗壮的手，捧着一杯热水，放在春花的嘴边，"春花，喝点水吧！"

这张青春的脸庞，还有那憨厚的笑容，春花是熟悉的。这张脸还是当年那张娃娃脸，就是比以前黑了点。春花感到嘴里有一股泥腥味，她挣扎着想坐起来，那双粗壮的胳膊就伸了过来，把她扶起来，在她身后垫起枕头。春花接过水杯，水是温热的，一点儿也不烫。她喝了一口，漱了漱口，将嘴里的泥沙味道冲洗干净，才喝了几小口热水。春花渴了，也饿了。她看了看医务室的窗外，已经是黑夜了。

那张挂着憨厚笑容的娃娃脸将春花喝空的杯子放在桌子上，对春花和东霞说："婶，那你就在这里照顾春花吧，我回去了！"

"哎，真是谢谢你了，小伙子！天黑了，你慢走啊！"东霞起身把小伙子送出了医疗站门口，回到医疗室就对春花说："今天呀，多亏这小伙子，不是他呀，你就没命了。"

春花知道，他叫陈满仓，是她的同班同学，以前是班里的劳动干事。陈满仓是个害羞的男生，在班里话不多，但人很勤快，爱劳动，个头不高，其貌不扬。要不是班里组织集体劳动，大家平时都会忘记这个一说话脸就红的小个子男生。

天祥没有想到，倔强的春花竟然会一个人跑到华山的部队去追那个"没良心的"，人家明显是想把你蹬开，你却还死皮赖脸地去追人家。这下倒好，人没追上，自个儿还气得跳河寻短见。他弄不明白这死女子到底是中了哪门子邪，吃了啥迷魂药，竟这么死心眼要跟人家走。一个外地人，精得跟猴子一样，要你你都不知道，你还这么老实地去找人家。天祥想起正月十七那天早上，他走到生产队队部门口，正好碰到生产队长，生产队长把他叫住了，从他办公室新送来的报纸里取出一封信递给他，说是春花的信。天祥不识字，不知道会是谁给春花写的信，他就顺路拿到了金祥家里让金祥看。金祥看了信封上的地址，对天祥说："大哥，这是从部队寄来的信。部队还有人认识春花？"

天祥想了半天，才想起去年夏天有部队在沙坡窝窝里搞训练，家里还住了三个当兵的，肯定是家里住的哪个当兵的给春花写的信。天祥联想到这一年来春花的反常举动，就说："金祥，打开看看，到底信里说了些啥？"

金祥摇了摇头，说："大哥，娃娃的信咱不能随便看，娃娃有他们的隐私。"

"啥隐私不隐私的，我这当爹的咋就不能看？"天祥有点急躁起来，拿过信封自己就要扯开，被金祥挡住了。金祥从屋子里取出一片刮胡刀片，从一个角轻轻把信封封口处裁开，取出里面的信纸，自己先看了一遍，然后对天祥说："大哥，就是那个当兵的写给春花的信。春花早就和这个当兵的好上了，还说要嫁给他，可这当兵的在信上说他刚打仗回来，腿被炸断了，要和春花分手了。"

天祥听了长长出了口气，心想那小子成了残废，春花这下可以死心了。金祥重新用糨糊把裁开的封口封好给了天祥。过了一个礼拜，天祥才想起把那封信交给春花，心想这下这死女子该死心了，安安心心找个婆家出嫁算了。没想到，春花竟然会为了那小子痴迷成这样，竟然还闹到跳河寻死的地步。

天祥心里害怕了，他显然是低估了春花的倔脾气，要是自己再这样和春花拧着对阵下去，恐怕春花还会给他弄出跳井、上吊什么的。没法子，他再次想到了金祥。当爹的话可以不听，老师的话总不能不听。金祥可是有文化的人，有文化的人之间沟通起来更容易些，不像自己是大老粗，一和春花说起来，她就顶嘴。

春花从医疗站回到家后，金祥就和玉玲提着一包点心来到天祥家里，直接进了春花的屋子。春花躺在炕上，见三大金祥和三婶来了，就半坐了起来，身子靠在挨窗的墙上。玉玲坐在春花面前的炕沿上，摸着春花的一只手，望着春花消瘦的脸说："春花，过去的事情不要再想了，你还年轻，后面的路子还长着哩，想开点，再不要让你爹妈替你担心了，啊！"

春花点了点头，用一只手抹去夺眶而出的眼泪。

金祥搬了一只板凳，坐在春花身旁，说："春花，你是个有文化、有抱负的青年，凡事应该想得开一点，千万不要再钻牛角尖了。三大知道你是真爱那个梁班长，那个梁班长也确实爱过你，可是，爱情虽然崇高，但不能脱离实际，你想想你一个农村女子，人家是大城市里的青年，即使梁班长情愿娶你，人家家里人会愿意吗？你们年轻人一时冲动这可以理解，但不能脱离了现实。咱是农村人，就安安心心在农村生活吧，只要肯吃苦，咱农村人照样可以干出一番大事。你的错误在于把爱情想得太美好了，等将来你结了婚、有了家就知道，真正的爱情不是那种浪漫的生活，而是平平淡淡过日子。刚才你三婶说得对，过去的就让它过去，就当这是一次教训，咱抬起头来，重新做人，重新开始自己的人生，在农村找一个心地好的、勤快的小伙子一起生活，将来你的日子一定会好起来的。不要嫌三大说得太多，三大和三婶都是过来人，不管怎么说，你也是我的侄女，也是我的学生，作为自家人，作为老师，都是为你好。"

春花抬起头，含着热泪，望了望三大和三婶，使劲地点了点头，说："三大，三婶，我会记住你们今天说的话，好好生活下去。"

"这不就很好嘛，三大也相信春花会振作起来的，人生道路上难免会遇到坎坎坷坷，跌倒了，爬起来，就是好样的。"金祥满意地点着头，脸上露出了和善的笑容。

第十九章

春叶的儿子安顺满两岁了，虽然支支吾吾说话说不清楚，但脑子却不笨，耳朵特别好使。春叶在屋子外边叫一声"顺儿"，小家伙就会迅速扭过头，朝门口晃晃悠悠走过去，一只小手掀开门帘，一只小手抓着门边，一抬腿就跨过了门槛，一双圆溜溜的小眼睛左右张望，看到躲在一边的春叶后，马上就张着小嘴，伸着双手，迈着小脚，朝春叶扑了过来。春叶此时心就像泡在了蜜汁里一样又软又甜，她赶紧伸出双臂，蹲下身，上前一把将儿子抱在怀里，又是爱抚儿子的小脸蛋，又是亲吻儿子的小嘴巴，欢喜得不得了。

儿子安顺的快速成长给春叶带来了无限的幸福和欢乐。有了小安顺在身边陪伴，春叶即使整天面对丈夫进财死气沉沉的懒样子，面对公公婆婆的无理欺负，也不觉得有什么苦闷和忧愁了。在春叶心里，小安顺就是她的幸福，就是她的开心果，也是她全部的希望。

寒冬腊月，地处沙苑腹地的杨家大队迎来了一场纷纷扬扬的大雪。鹅毛般的雪花从天而降，飘落在沙梁上、田地里、树枝上、沙苑人家的屋顶上和行人的头上、脸上、肩膀上，形成了一个银装素裹的乡村世界。一大早，就有勤快的人起来拿起扫帚和铁锹铲着厚雪，扫着出门的小路。吃早饭时，就有几个穿着厚厚棉裤棉袄的碎娃娃伸出冻得通红的小手，抓雪球，打雪仗，堆雪人，他们才不怕雪的冰冷，只要玩得高兴就行。春叶和巷子里几个勤快人一样，早早起来，先是扫了院子里的雪，再用铁锹和扫帚开出一条通往后院茅房的小路，等她干得满头大汗，脱掉头上的棉头巾和棉手套，打开大门开始扫门口的大雪时，公公婆婆才先后起来，沿着她扫的那条小路去了茅房，而丈夫进财还在被窝里打着鼾声，睡得正香。

这么大的雪，生产队肯定不会安排地里活了，也不用上工了。春叶扫完门口的积雪，准备到灶房给一家老小做早饭。她来到水缸跟前一看，水缸里的水面已经快要见底了。没有水咋做饭？本来挑水是男人家的事，可自家男人是懒汉一个，不催他，他都不动弹一下。这会儿懒汉睡得正香，如果喊他起来，他肯定会跟春花吹胡子瞪眼，要不就是骂骂咧咧一通。春花不想受他那份气，也懒得叫他，就自己拿起扁担，挑起水桶，到巷西边的井台上去挑水。

井台就在巷子西头的一片空地上，是用砖砌起来的老式水井。井台像一个小包一样微微隆起。挑水的人挑水时都要沿着一条小道上到井台上，用辘轳将桶放到井里的水面上，再用辘轳一圈一圈把水桶吊上来。春叶平时经常来这里挑水，起先她肩膀还单薄，只能挑上多半桶水，而巷子里的那些男人都是挑满满两桶水。春叶却是井台上少有的妇女，那些大伯大叔大哥们见到春叶总会问道："进财那小子懒到哪里去了，让你来挑水？"春叶总是微微一笑，说"他到地里去了"，或者"他这几天身体不太好"，搪塞过去。其实，她心里清楚，她家男人本事不大，脾气却不小，你叫他去挑水，比要他的命还可怕，动不动就会发起脾气来，把水桶一踢，骂骂咧咧道："要挑你自己挑去！"

下过雪的井台上被人踩出一条光滑的雪路，春花小心翼翼走上井台。她看到井台太滑了，就只吊了两个半桶水，够早上做饭就行了。她哈着热气，将两只水桶按扁担的位置放好，半蹲下身，弓着腰，挑起了两桶水，用一只脚试探了一下下坡的小路，小心迈开脚步，沿着那条光滑的小路朝坡下走。当她迈开第三步时，脚下突然一打滑，整个身子仰面朝后倒下去，两只水桶"哐当"一声滚到了雪地里，后面那只桶里的水洒在半坡上，冒着热气，顺着坡面往下流，浸湿了春叶的后背棉衣。春叶的腰狠狠地磕在了光滑的路面上，顿时觉得一阵钻心的疼。她想爬起来，但腿疼得支撑不起身子来。

这时候，巷子里的厨子东林挑着水桶走了过来，他看到春叶摔倒在半坡上，赶紧过去扶起春叶，问道："春叶，摔得要紧不？"看着春叶痛苦的表情，关心地问，"哪里摔疼了？"

春叶咬着牙，忍着疼痛，摇了摇头。她刚才一下子摔麻木了，现在在东林的搀扶下挣扎着站起身来，挣脱开东林的手，扶着旁边那棵老槐树，大口大口喘着气。东林在一旁说："春叶你先在这里等着，我给你到家里叫进财去。"

这时候又有几个男的来到井台挑水，看到春叶这副样子和东林急急忙忙跑远的身影，不知发生了什么事情。一位好心的大叔以为春叶怕路滑不敢到井台上来，就拾起地上的水桶，替春叶从井里吊上来两桶水，两只手各提了一桶水，从小坡的旁边踩着积雪走下来，放在春叶身边，说："是滑倒了吧？你一个女人家，下雪天就不要来挑水了，让你家进财来挑吧。"

不一会儿工夫，进财慌慌张张跟着东林过来了，看到春叶一只手扶着大槐树、一只手抚摸着腰部，后背的棉袄上湿了一大片，瞪着双眼，咬着牙子，训斥道："他妈的，挑不了水就别到这里胡逞能了，去，赶紧给我回去！"

"进财，你这小子还是人不是？老婆这么早起来挑水，你一个大男人家竟在被窝里睡觉，春叶摔倒了，你都不问问哪里摔坏了，竟然先骂起老婆来，你那算屁本事！"东林实在看不下去，帮着春叶说起话来。

"你这个老光棍少给我在这里装好人，谁知道你刚才把我老婆咋了？这么多人就你一个跑来喊我，是不是做贼心虚了？"进财回过头，找起东林的事来。

东林脸色恼怒起来，指着进财的鼻子，狠狠说道："你他妈的简直是条疯狗，一大早起来就乱咬人。好心帮你老婆叫你来，你还猪八戒倒打一耙，有本事你过来，看不打死你小子才怪哩！"

眼看着两个男人就要打起来，春叶挣扎着，赶紧走过去，插在两人之间，把进财拖开，扭头对东林说："东林哥，你就不要和他计较了，他就是那样的人。"

东林冷静下来，一边回头往井台上走，一边盯着进财说："我是看在春叶妹子的面子上先饶了你，你小子以后再敢乱说，看我不打断你的腿！"

进财在春叶的劝说下，挑起两桶水，灰溜溜地朝家里走去。春叶跟在后面，一步一瘸地回家去了。

吃早饭的时候，进财在饭桌上摔碟子摔碗地生气，春叶知道他在人多处被东林骂得抬不起头来，心里肯定火，可是要打架，他根本不是东林的对手，现在只能把心里的火气发在她面前。

"你给我听着，今后少和东林那狗日的来往。他妈的，一个老光棍对你能有啥好心，明摆着，他就是黄鼠狼给鸡拜年，没安好心！"进财的话里火气很大。

春叶点了点头，没出声。

"你干不了的活就不要干，少给我逞能，丢人现眼！"

春叶再点了点头。

"不吃了，老子肚子都气饱了！"进财把吃剩下一口稀饭的老碗往饭桌上一摔，站起身来，扭过身子，就上了炕，阴沉着脸，急促地喘着粗气。

儿子安顺在春叶怀里正吃着稀饭，被进财的摔碗举动吓哭了，依偎在春叶怀里，身子直发抖。

春叶一口饭也没顾得上吃，她一直默默坐在饭桌前受着丈夫进财的火气。回想着今早发生在井台上的一幕，她觉得她和东林之间没有做下什么见不得人的事。要不是东林扶她起来，说不定她真的会坐在雪地里起不来，那时的腰就像断成了两截，凉水顺着斜坡直往她的棉袄里灌，大雪还在疯狂地下，除了东林，井台上当时没有一个人。再想想进财对东林那蛮横凶恶的样子，春叶真为自己的男人感到丢脸。她不知道进财哪里来的这么大火气，吃饭的时候把心里的火气全都撒到她身上。她斜视了进财一眼，觉得他的脸是那么丑陋，鼻子、眼和嘴巴是那么恶心，跟这样的男人在一起过日子简直是受罪。可是她也没办法，嫁鸡随鸡，嫁狗随狗，谁叫她当初听了二姨和妈的话，为了赵家那点彩礼和赵家的双边厦房四合院，就轻易应了这门婚事。要是早知道赵家人是这副模样，她就是嫁给比自己大几岁的老光棍赵东林，也比嫁给赵进财强。

春叶任进财发泄着心里的火气，一手抱着小安顺，一手开始收拾饭桌上的碗筷和菜碟。虽然从早上起来到现在她还没吃东西，但她一点儿也没感到饥饿，气都气饱了。她把安顺放在一只板凳上，让他坐好，自己一声不响走进了灶房，开始洗碗洗锅，每弯一下腰，都会感到一阵钻心的疼，但她硬是忍着，不想对赵家人说半句话。

第二天吃过早饭，春叶仍是忍着疼痛，收拾完饭桌，洗完了饭碗菜碟和饭锅，把安顺抱到婆婆屋里，对坐在炕沿上抽着水烟锅的婆婆说："妈，你先看一会儿安顺，我想到大队医疗站看看腰，今天早上起来疼得要命。"

婆婆仍"呼噜噜"地抽了一口水烟锅，又白又细的手指捏住烟筒往上一提，倒过去，把另一头放在嘴边一吹，又倒过来，从烟叶盒子里捏上一小撮烟叶，按在烟筒上。当她不急不慢地做完这一整套动作之后，这才板着脸说话了："你的身子骨就是脆，不就是栽了一跤嘛，挺上几天就不疼了，别动不动就去医院，去医院不用花钱啊？"

春叶知道婆婆会给她说难听话，她起初本不想给婆婆张这个口，可她昨晚上腰实在疼得一晚上都没睡好觉，不去医院看看，怕是撑不到天明了，就这她还是咬着牙、忍着疼给一家五口做好了早饭，洗了锅碗瓢盆，才想起去医疗站的。她知道婆婆是怕她花钱，她身上也确实一分钱都没有了。她本想着先到医疗站赊账，等过一段时间她卖了家里喂养的猪再去清账。看婆婆这样的态度，春叶抱着安顺转身就走出了婆婆的小屋，回到自己屋子里，把儿子往进财身上一推，说："你先看着娃，我出去有点儿事。"

刚下过雪，地里也没啥活，进财正坐在火炉前烤火，也没说什么就接过了儿子，在火炉上给儿子烤起了馍。

医疗站病人不少，可能是下雪天气候太冷了，来医疗站的小娃娃和老汉老太太看病的很多，大多数都是感冒咳嗽。穿着白大褂的医生正忙碌着给挤在医务室的病人量体温、打针、开药，等将医务室的一大批病人送走之后，只剩下春叶了。春叶正要给医生说自己的病情，赵东林背着他六十多岁的老母亲，急匆匆走进了医务室。春叶看到东林满头大汗，脸上由于赶得太急憋得通红，有点秃顶的头发梢上挂着晶莹的汗珠子。

"东林哥，大妈这是咋了？"春叶听到东林的老母"哎哟哎哟"的呻吟声，急忙问。

东林把母亲轻轻放在医务室的病床上，让母亲躺下，才说："我妈早上起来上茅房，滑了一跤，腿摔疼了。"

春叶知道东林哥的老母亲是个瞎子，看不见脚下的路面，下过雪的地面早上起来再一结冰，老人不小心就会滑倒。她帮着东林把老人放好在病床上，问了句："大妈，腿上哪里疼呀？"然后对医生说，"医生，你先给大妈看看吧！"

东林问："春叶，你的腰还疼吗？要不先让医生给你看看，我妈的腿等一会儿再看。"

春叶忙摇头，说："不，还是先给大妈看，你看大妈都疼得叫出声了。"

医生检查过东林母亲的伤情，说："老人只是骨头损伤，还好没有裂缝，抹点红花油，吃点止疼片就行了。"然后问春叶哪里病了，东林抢先说道："她呀，是昨天早上挑水时在井台上滑倒了，摔得可不轻哩，医生，你可要好好给她看看。"

医生让春叶背对着他坐在眼前的椅子上，轻轻摁了一下春叶的后腰，春叶就"哎呀"疼痛地叫了一声。医生又细细观察了一下疼痛处，看到了一片肿块，半天才说："是摔得不轻，弄不好会椎骨骨折，要去公社卫生站拍片子检查检查。"

春叶一听自己的腰疼还这么麻烦，就赶紧说："不了不了，医生，要不你也给我开点红花油和止疼片，我先试试再说。"

"春叶，你都伤得这么厉害，还不想去公社检查，往后落下病根子可咋办？"东林急了，埋怨起来，"还是听医生的话，赶紧让进财带着你去公社检查检查吧！"

"不用了。"春花放下撩起的衣服，低下头不好意思地说，然后要医生给她开药。

医生给东林和春叶开了两副同样的药，分别递到了东林和春叶手里，然后说："这药钱一人交九毛钱，共一块八。"

春叶这下为难住了，她口袋里没有一分钱，在东林哥面前又不好意思开口说自己没带钱，更不能让东林哥给自己垫付，他家里本来就穷。怎么办？春叶心里一阵慌乱，装着把一只手伸进口袋里，摸了半天，也没摸出钱来。东林一看春叶的神情，就知道怎么回事。他从衣兜里掏出两块钱，递到医生手里，说："两人的药钱一块清了。"

春叶却不好意思地拉着东林的一只手，说："东林哥，咋能让你给我交药钱呀，我只是来时走得太急，把钱忘在家里了。我一会儿回家取来交了不就得了？你和大妈过日子也不容易。医生，把我那份药钱先欠着，我下午就来给你清。"

东林依然让医生结了账，把找的零钱收起，把药往春叶怀里一塞，说："你跟东林哥还计较啥，先把医疗站的账清了，咱们的账回去再说。"

春叶本还想推辞，这时外面又进来他们巷子里的几个婆娘来看病。几个婆娘一进门就叽叽喳喳说个没完，看到春叶和东林在为看病交钱互相推辞，都静了下来。春叶瞥了几个婆娘一眼，就催着东林背起老人，离开了医疗站。

春叶吃了医疗站医生开的止疼片，抹了红花油之后，腰疼明显减轻了许多，虽然还不能弯腰干重活，但干家里的洗洗涮涮、缝缝补补的轻活还是没问题的。就在她为自己的腰疼减轻感到高兴时，不知从啥时候开始起，突然感觉到肚子开始有点膨胀，吃饭时闻不得一点油腻的味道。在灶房炒菜，给炒瓢里倒了油，刚放到灶膛里一热，那种冒着青烟的油腻味就扑鼻而来。她突然感到了一阵恶心，赶紧捂着嘴跑到后院的树坑里呕吐起来。呕吐完之后，她摸了摸自己额头，也不觉得烫，不像感冒的样子，这才意识到自己肚子里又有了进财的娃娃。

想起小安顺说不清话的样子，她就有点害怕起来，怕这回肚子里怀的娃将来生下来又像安顺一样不会说话。她也希望生下来的娃娃是个正常人，将来能叫自己一声"妈"，不管是男娃，还是女娃都行，至少让她感受到了做母亲的幸福与快乐。有了肚子里的新的希望，春叶就格外注意保护自己了，尽量不再干那些挑水、劈柴、下地拉架子车的重活了，她沉浸在来年生娃娃的幸福的想象之中。

这天晚上，春叶从生产队的队部干完擦玉米的活回到家，一进门就看到进财瞪着眼珠子，阴沉着脸，一声不响站在屋子里。她刚进门，进财就扑到她跟前，伸出左手抓着她的头发，扬起右手掌，就朝着她的脸左右开弓，一连打了她好几个耳光，一边打，一边骂着："臭不要脸的，我让你再跟那光棍汉往一块儿钻！"

春叶顿时感到两眼直冒金星，被扯住的头发连着头皮都快被揭开，她浑身发抖，惊恐地喊叫着，可她越是喊叫，进财的手下得越重。她顾不得护脸，双手赶紧捂着肚子，挣扎着，朝屋外跑。进财手一使劲，春叶的一大把头发就被他生生揪下，可是她还没顾得上迈腿跑开，就被进财从后腰一脚踹得趴在地上。进财还不罢休，又在她的肚子上狠狠踢了两脚，春叶惨叫一声，感觉到下身一片湿漉漉的……

春叶的叫声终于停息了，对面婆婆屋子里却传来儿子安顺的啼哭声，还有婆婆恶狠狠的声音："把这伤风败俗的婆娘给我狠狠地打，看她还敢不敢勾引光棍汉子！"

血！殷红的血顺着春叶的裤裆流在地上，染红了棉裤，染红了地面上的砖块，也吓坏了发疯般的进财。他看到紧闭双眼、不省人事的春叶下身流了那么多的血，吓得双手颤抖起来，站在那里像被定了格的木偶一样，然后拔腿跑出屋子，慌慌张张喊道："血，妈呀，她下面流血了！"

婆婆这才扔下手里的旱烟锅，走出她的小屋，进来一看，嘴张开半天也没合住，说："快，快送医疗站，她肚子里有娃了！"

春叶被进财打了的消息，如同春叶和光棍汉子在一起乱搞的闲言碎语一样，很快在巷子里传开了，不仅在他们生产队的巷子里传播，还被一些长嘴婆娘一传五、五传十地传到了整个赵家庄大队。西霞是在春叶被打的第二天知道这事的。当初春叶的婆家是她给找的，如今春叶做出这样见不得人的事情，也让她这个当二姨的脸没处搁。走在赵家庄的巷子里，她都有点抬不起头，好像那些长嘴舌的婆娘们在背后指指点点，说的是她。她心里也开始憋气了，想了想，还是在天黑时跑到了大姐家，把巷子里人们传得到处都是的闲言碎语给大姐东霞说了。西霞说得那么有鼻子有眼的，让东霞不相信都难。要是春叶真的做下那种事，她这个当妈的脸上也不光彩。

西霞走后，东霞又替苦命的春叶伤心起来，她知道赵家的人是什么样的人，也清楚自己的女儿是什么样的人，尽管西霞刚才说得那么有鼻子有眼，赵家庄大队的人那么骂她的女儿，她还是不相信她的春叶会偷汉子，在心里清楚，她的春叶不是那种水性杨花的人。可是，众人的嘴是堵不住的，众人的唾沫星子也能淹死人！她想，春叶要是真的做下这种事，赵家人肯定会饶不了她的，以后会天天欺负春叶，那个半吊子进财和那狠心的婆婆肯定会在春叶身上出气，春叶单薄的身子咋能受得了赵家的毒打？春叶以后的日子可咋过？东霞越想越害怕，越想越心疼，她就叫天祥去赵家看看春叶到底是咋回事。

天祥连夜进了赵家庄，他先是到了西霞家里，从西霞那里了解到外面传的一些闲话，然后找到赵家门上。天祥敲了赵家大门，半晌进财披着一件军用大衣出来开了门，看是丈人来了，心里有点儿胆怯了，赶紧把丈人领到屋子里。天祥在电灯下看到春花脸上还肿着，脸色苍白如纸，头发散乱。他一看就明白是怎么回事，冷冷地问："进财，老实给我说，你是不是又打春叶了？她脸上为啥那么肿？"天祥说话的字字句句都带着劲。

进财赶紧赔着笑脸说："也没咋，就推了一把，她就碰到门框上，自己撞成那样了。"

"胡说！"天祥的拳头握得紧紧的，就差出手了，"你不打她，能成那样子？你以前咋给我保证的？"

天祥和进财的说话声惊动了对面屋子里的老两口，进财他妈听着两人的对话就推门进来了，双手叉在腰间，很有气势地说："我说亲家，你来了，也不要只盯着我家进财问这问那的，你咋不先问问你的女子都干了些啥见不得人的事，你也不听听巷子里人都说了些啥难听的话，你说这让我们赵家人咋有脸出门？"

天祥问："你说清楚，我女子到底做下啥见不得人的事？要不是那些人说的那样，咋办？"

进财这时候也变脸了，说："这还用问？我亲眼看见你女子和那老光棍眉来眼去的。我可是警告过她的，让她以后少跟那光棍汉子来往，可她就是不听，两人又在医疗站拉拉扯扯的，让巷子里的许多人都看到了，外边都传乱了，你说我能不生气？"

"春叶，你说说，到底是咋回事？"天祥被进财和他妈说得没话可说，只好问春叶。

这时候赵家的门口围了一群看热闹的人，那些好看热闹的妇女一边看，还一边在旁边叽叽喳喳议论个没完。春叶心里委屈，看到爹一个人被他们一群人围着说这说那，自己即使想辩解也说不清楚，尤其是肚子里怀的那个没有成形的娃，更是说不清楚。她背过脸去，委屈得哭了起来。

春叶没有说出啥，天祥却被夹在人群中，像靶子一样被那些婆娘们的嘴万箭齐发，刚才那一肚子的火气也顿时熄灭了。他过去一把拉起春叶就要走，说："春叶，跟爹回去，咱再不受这样的气了！"

春叶却死死抱着怀里的安顺，不愿意跟着爹回去。

"咋了？你还想气死爹呀？"天祥重重地叹了口气，一跺脚，自己就扭头从人群中溜了出去。

第 二 十 章

天祥心事重重回到家，阴沉着脸，不言不语，一头倒在炕上，拉起被子盖在身上就睡。东霞在家一直焦急地等着天祥回来带回消息，看他这副样子，就明白了春叶的事情肯定没有说好，春叶被赵家人打了，也就白打了，她只能独自唉声叹气了。

天祥躺在炕上翻来覆去睡不着，又坐起来，取来水烟锅，"吧嗒吧嗒"抽了起来，抽一口烟，叹一口气。东霞本来将纺线车搭在炕上纺线，这时也全无心思纺线了。她小声问："她爹，春叶到底咋啦？他们是不是又打春叶了？"

天祥抽着水烟，半天才说："哎，众人的话可怕呀，春叶怀的娃流了，这下跳到黄河也洗不清啊！"

"春叶能怀谁的娃？那些人嘴真贱，搬弄是非。我的娃我心里清楚，就是给上她十个胆，她也不敢跟人乱来。"

"问题是春叶不敢犟嘴，一犟嘴那半吊子进财就打，我看呀春叶被打得不轻，脸上都肿了，肚子里的娃娃也流了，刚从他们大队医疗站回到家，身子骨正虚弱，我本想把娃领回来，可是春叶怀里抱着安顺，就是不走。我看春叶娃往后的日子难过呀！"

"这可咋办？春叶流了产，又挨了打，身边总得有个人照看照看，要不我明天去看看娃。"东霞心里一疼，眼泪就唰唰往下流。

"春叶挨了打，受了罪，又不想让咱这当爹妈的看到，娃的心情我能理解。我今晚去看娃，她都背着身子，不想看我。你去了，要是再这样一哭，娃看着肯定心里难受。"天祥抽着烟，想了半天，才说，"要不明天让春花去看看春叶，反正这几天生产队地里活也不忙，等春叶身子好些了，再让春花回来。"

"这样也好。"东霞用衣袖擦着眼泪说。

这时，院子里的公鸡开始打鸣了。天祥拉开窗帘，外面天色已经微微发亮，可他这会儿一点瞌睡也没有。他说："你也一夜没睡了，赶紧睡一会儿，天明后就让春花去看看春叶。"

东霞张着嘴巴，打了个长长的哈欠，拉起被子，和衣睡下。

天祥坐在靠窗户的一头，继续抽着水烟。他的脑海里浮现出的是春叶和春花两个女儿小时候的身影——

他从砖窑厂回来，穿着粉红色罩衣、梳着麻雀尾巴辫子的春叶和春花迈着小腿，喊着"爹"，争先朝他跑来。他蹲下身子，从衣兜里掏出在砖窑厂舍不得吃的杠子馍，一掰两半，分给两个女儿。看着两张小嘴大口大口吃着，他心里充满了无尽的柔情和甜蜜。

三女儿春草出生后，东霞怀里抱着一岁多的春草，春叶和春花就跟着他来到洛河北岸的砖窑厂，和窑厂其他人家的娃娃在一起玩耍。她们四五个小女娃坐在柳树下，手里抓着用砖块磨成的又圆又小的棋子一样的东西，在地上玩着"抓五子"，一边用手抓，一边唱着小曲子，真是无忧无虑。

上学了，春叶和春草都是天不亮就起床，梳洗打扮之后，背上书包，沿着高高的沙梁下面的小路，一蹦一跳地朝学校走去，也不知道害怕……

多么美好的童年，多么亲密的姐妹，多么可爱的女儿！为啥长大后都要遭受这般折磨？让他的春花高中上不成，大队的工作做不成，好不容易爱上一个男人却要离开她，让她整天失魂落魄，最终走向死路一条？他的春叶多么善良、多么听话、多么勤快、多么懂得疼人，咋就嫁了那样一个好吃懒做、光知道打老婆的半吊子？两个女儿如今一个刚刚从绝路上扳了回来，一个刚刚经受了一场暴风骤雨般的身心打击，哪一个都让他这个当爹的牵心！天祥本来不相信命运的，虽然他没有文化人那样复杂的头脑，可他像所有的庄稼人一样，看重现实。他只知道春花走上了绝路，根子在于心太高，没有像一个庄稼人那样两只脚稳稳地踩在大地上，而是像天上的云彩随风飘在半空中，飘着飘着，自己就晕头转向，不知东西南北了，也不知道自己应该到哪里去，结果风一停，就从天空中摔了下来，知道疼了，已经晚了。春叶呢，与春花完全是两码事，这娃的病根在心软上，没有自己的主见。她倒是心不高，也不会飞起来，可是她却更像地面上的一棵草，任人踩踏，也不吱声，风向哪边吹，她就朝哪边倒。要是当初她硬着性子，不答应她二姨提的这门亲事，任她二姨说破嘴，也不改变主意；要是她早早给自己谈一个看得上眼的对象，也不会落到今天这地步。哎，人啊！一步走错，步步错。无论是对是错，前面都是走不到头的小胡同，是甜是苦，只有自己品尝了才知道。春叶啊，你走到今天，爹也帮不了你啥。爹的劝告你也不听，要怪只能怪你自己吧。日子是甜是苦不要紧，只要你愿意过下去就行，爹也管不了你那么多了！春花啊，你以前的路子走错了，不要紧，知道回过头就好。你也该听听爹的劝告吧，不要眼睛只往上看，多看看脚下。咱是农民，是庄稼人，不是人家城里人，就老老实实找个庄稼人过日子吧，这样的日子你过得会踏实。凭着你这样有文化、有灵气的女子，还担心找不到你想要的男人？爹怕就怕你那牛脾气一上来，皇上老子的话都不会听，一根筋去找那当兵的，到头来只能害了你自己啊！

不知是被缭绕的烟雾熏了，还是心里有了触动，天祥的眼睛不知不觉湿润了。

春花是吃过早饭后来到大姐家的。她进了春叶的屋子，叫了声"姐"，看到春叶无力地躺在炕上，眼睛里饱含着泪水。小安顺坐在她身边，只顾自己玩着枕头。

"姐，你还没吃早饭吧？妈让我给你带来些吃的，趁热吃吧！"春花把爹妈让她带来的二十个鸡蛋、一包红糖、四五个还冒着热气的蒸红薯和红白萝卜包子从小竹笼里取出，放在炕沿上，拿起一个热红薯，剥了皮，掰成两半，一多半递到春叶手里，一小半给了安顺吃。

"姐，他人呢？你下不了炕，他也不知道给你做饭？就这样让你们娘儿俩饿着？"春花一看屋子里的炉子也灭了，冰锅冷灶的，也不见赵进财的人，她心里就来气了，也懒得叫他姐夫或者进财哥。

春叶坐起身子，有气无力地说："他在对面他妈屋子里吃饭，刚才给我端过来一碗玉米粒稀饭，我不想吃，他就端走了。"

"这像个男人的样子吗？"春花嘟嘟囔囔说着，看到安顺只穿着单衣单裤坐在炕上，怕娃冻着了，就赶紧给安顺穿起了棉裤棉袄。等春叶吃完半个红薯和一个萝卜包子后，她找了些麦秸和玉米芯放在炉子里，用火柴点着后，再把一块蜂窝煤用铁筷子架在炉子上，一会儿工夫就生好了蜂窝煤炉子，屋子里顿时感到了一些温暖。然后，她从院子里取来笤帚、簸箕，开始扫起屋里地面上的灰尘，顺手收拾起乱七八糟的东西。

忙完这一切后，春花坐在春叶身边问："姐，身上还疼吗？"

春叶摇了摇头，说："不疼了，就是身上没有劲儿。"

"哦，差点忘了。"春花打开了用麻纸包裹的红糖，从桌子上取来一个大搪瓷缸，端起热水瓶准备倒热水，热水瓶空空的。她赶紧从灶房里的水缸里舀了一铝壶凉水，放在已经冒着蓝色火苗的蜂窝煤炉子上。"等水开了，我给你泡红糖水喝，补补身子。"

这时，屋外响起了脚步声。接着，门帘被掀起，赵进财进来，看了看春花，没有吱声，就放下门帘，退了出去。春花放声喊了句："你出去干啥，我又不吃人！你们一家人吃饱了、喝足了，就不管我姐啦？"

赵进财结结巴巴地说："谁，谁，谁说的？我这不是来看看你姐吗？你来了也好，就不用我管了。"

"我照顾了，要你这样的男人干啥用？"春花没好气地顶了一句。

"哎哟，你是哪里来的歪人呀，在我家里还这样耍威风呀？"进财他妈踱着小脚，站在对面小屋门口，怪里怪气地说。

春花透过门帘的缝隙看到一个带着银耳环、镶着金牙、手里拿着一只青铜水烟锅的小脚老太婆站在对面，说话的声音就像尖叫的乌鸦。她第一次领教了这个地主婆的厉害，但她并不怕她，想起他们赵家人成天欺负春叶姐，她胸口也燃烧起怒火，说："咋啦？一个只知道打老婆的男人还不敢说两句？窝里横算啥本事？有能耐到外边横去！我是来看我姐的，不是听乌鸦嘴乱叫的。"

眼看着春花要和进财的老妈吵起来了，春叶赶紧喊住了春花，说道："春花，你就不要来添乱了，你要是这样，就回去吧！"

看在春叶的面子上，春花强压住了火气，放下门帘，闭上两扇门，胸脯一起一伏的，说："姐，你越是这样忍着，他们就越欺负你。我看出来了，他们一家人就是拣软柿子捏。"

"你少说两句，好不好？你以为我愿意这样，我还不是为了安顺呀？要不是有这个儿子，要不是安顺从小就成哑巴了，我早就想到了离婚，想到了离开这个家！"

春叶说得春花一下子心软了，她能理解姐的心情，知道一个做母亲的心里最柔软的地方，她不再说什么了，提起炉子上开始冒着热气的铝壶，给春叶泡起了红糖水。

春花的到来给春叶带来了亲情和温暖，到底是从小一起长大的亲姐妹，见了面总会感觉到有说不完的心里话。由于外面天冷，房顶和沙梁背阴面的残雪还没有消完，加上天黑前又刮起了西北风，春花干脆就熬在了大姐家。晚上，她和春叶睡在热炕上，让进财到他妈屋里睡，姐妹俩才难得有机会彻夜拉起家常话来。

安顺已经在春叶的怀抱里睡着了。春叶怕春花闻不惯进财盖过的被子的味道，从柜子里取出结婚时妈陪嫁的一床新棉被子。赵家的整个院子静下来后，姐妹俩这才躺在被窝里，小声说起心里话。

春叶多少也知道一点春花今年发生的一些事，作为大姐不能不关心一下妹子的个人大事，说道："春花，那个梁斌再给你来过信没有？"

"不要再提他了，一提起他，我就来气。"春花撅着嘴，有点儿不高兴了，"过去的事情，我懒得去想了。"

"这样也好。那你现在有没有瞅下合适的对象？年龄不小了，再不敢耽误了。"

"急啥呀？我是宁缺毋滥，在没有找到合适的以前，先不说婚姻的事情。"春花显得倒很沉稳，她叹了口气，说，"姐，我可不能像你当初那样，随随便便就把自己应承给了别人，到现在后悔已经晚了。婚姻大事还是要有爱情做基础，没有爱情的婚姻是不道德的，即使把两个人捆绑在一起，也长远不了。"

"死女子，说你的事咋又拉到我身上了。"春叶在春花身上锤了一把，"哎，姐就是这样苦命，老天爷早就给你安顿好了，嫁鸡随鸡、嫁狗随狗。好在姐还有个安顺，虽说他不会说话，但心里可灵性着哩。姐知道，进财是指望不上了，姐以后可就全指望安顺了，安顺就是姐的命根子。"

"你好歹还有个指望，我呀连个指望都没有。哎，要是那个梁斌不去上战场多好呀，说不定我们去年就……"春花提起往事，就感慨起来。

"看出来了，你还没死心。人家都把你忘了，你还想着人家，有啥用呀？我看你还是忘了他吧，就在咱村里找一个，要不让二姨在我们村给你找一个？"

"再不要在我跟前提二姨了，要不是她，你能落到今天的下场吗？我最见不得这种人了，话说得好听，事做得太差，打死我也不会找她说媒的。我的事你们都不要管，我有我的主意。"

春叶侧翻了一下身子，感到腰还是有点疼，"哎呀"叫了一声，眉头一皱，脸都有点扭曲了。

春花忙问："姐啊，你给我说实话，你和那个光棍到底是咋回事？到底有没有那事？我看人家传得有鼻子有眼的，不信都不行。"

"姐是那种人吗？我给你说掏心窝子的话，我们啥事都没有，我摔倒在井台上还是人家扶我起来的。再就是我们在医疗站恰好碰到一起了，他背着他老妈看病，我给自己看腰疼，清药费的时候，我钱不够，还是人家帮我垫付的。

我们平时都难碰到面，你说我们能有啥事？要怪就只能怪巷子里那些嘴长的婆娘，添油加醋地捏造事情，我一张嘴能说得过人家十几张嘴？你姐夫和他妈就是听了巷子里那些乱七八糟的传言，把气都撒在我身上，你姐夫打了我，我都能受得了，可他把我肚里的娃娃也打没了，我的心都碎了。"

"我看赵进财是打你打顺手了，你再不要惯他这坏毛病了。姐，赵进财要是以后再敢打你，就回来给我说，看我不叫派出所人来收拾他？"

两人你一句我一句，说着说着就困了，春叶打了个哈欠，说："不早了，睡吧！"说完，拉灭了电灯的开关。

第二天早上，春花早早就在蜂窝煤炉子上给春叶做好了饭菜。想起今天回去，要赶紧给宝根把棉鞋做好，宝根脚上穿的那双棉鞋破了，大母脚趾都露出来了，脚后跟也破了个洞，在学校里穿着那鞋咋行？前几天，她把鞋面和鞋底做好了，就剩下上在一起了。春花告辞时，春叶也没有再挽留，下了炕，从灶房取出两颗自留地种的大白菜，让春花带回去给爹妈吃。

春花回到家，叫了半天大门，也没人开门。门是从里面关着的，她觉得奇怪，都快半晌午了，爹妈还睡得没起来。她从邻居家后墙上翻过去，一边叫着"爹"、"妈"，一边推小屋的门。小屋的门也从里面关着，春花使劲推了几下后，两扇门才露出一条半寸宽的缝隙。她伸出手，一点一点把里面的关子拨开。门终于开了，屋子里立刻散发出呛鼻的浓浓的无烟煤的味道。爹和妈睡在炕上一动不动，她马上想到爹妈是煤气中毒了，赶紧上了炕，打开炕上的窗户，敞开小屋两扇门，赶紧跑出去叫来四姨和四姨夫。"杨偏头"正好准备赶上牲口车子去地里装菜，一看这情形，赶紧把车子打扫干净，让春花和彩霞给车上铺好被子。他把天祥和东霞背上车子，车子比较宽，刚好够让两人平躺着，忙完这些后就赶紧赶着车子往大队医疗站送。

抢救得还算及时，两人总算有惊无险，赶在中午饭时都清醒了过来。东霞昨晚是靠着窗睡觉的，中毒轻点。天祥挨着墙角睡，中毒就重得多。最近天冷，他气管不好，老是咳嗽，连水烟锅都不敢抽了，这回再加上煤气中毒，呼吸就更是不顺畅了，为了缓轻症状，不得不在医疗站挂着吊针住一两天。

爹妈这一次死里逃生，多亏了春花及时赶回家抢救。爹妈眼看都快五十岁的人了，这在农村就算是进入老年人的行列了，辛辛苦苦大半辈子，一天的福都没有享受过，还要整天为三个儿女操心。前半年，爹妈为自己的婚事差点气得半死；前些天大姐的家事又让爹妈伤透了心；宝根自从那年和一群小屁娃娃下河差点被水淹死之后，虽然在安全问题上，再没有让爹妈操心过，但是他前几年去公社上了初中，第一次离开父母，开始独立生活，爹妈还是整天操心宝根的吃穿住。特别是妈老是牵挂她的宝根在学校白天吃得好不好，晚上睡得好不好，半夜会不会蹬被子，冬天宿舍里冷不冷，夏天蚊子咬不咬。只要宝根星期六一回家，妈就问个没完，连宝根都被问得烦了，妈问什么，他的回答都是"好好好"。爹关心的是宝根的学习，他一个庄稼人，也不懂得什么数理化，只知道从金祥嘴里了解情况，每一次都会问宝根最近考试排第几名。金祥总是在他面前夸宝根学习肯吃苦，成绩一直排在全年级前三名，让他不要操心。今年后半学期宝根就进入初三了，明年夏天就要考高中了，依宝根现在的学习成绩，考上高中是不成问题的。可爹想得却更高，希望宝根明年能一举考上县城的师范学校，考上师范就等于端上了公家的饭碗，早早摆脱贫困，他心里也就吃上了定心丸。他听说，金祥家的红莉今年夏天毕业时就因为差了三分没有考上师范，本来可以顺利上县城的重点高中。可金祥硬是没有让红莉上高中，而是在公社的初中再补习，准备明年争取考上师范学校，这对于一个农村女娃娃来说，已经是最好的出路了。要知道全公社今年才考上一个师范学校的，可见师范学校不是一般学生能随随便便考上的。妈知道了爹的这个心思后，也开始为宝根考师范的事牵心起来。今年秋忙之后，妈竟然背着家里人坐着四姨夫"杨偏头"的牲口车去了一次华山脚下的西岳庙，跪在神像面前磕头拜神，抽签占卜，求西岳华山之神保佑她的宝根明年考上师范学校。爹妈的一举一动都让春花深深体会到一句话：可怜天下父母心！

天祥在大队医疗站连续打了三天吊针，身体恢复得差不多了，就在家里继续养着身子。外面冰天雪地的，他一出去吸一口冷空气，就会咳嗽好一阵子，有时候咳嗽起来没完没了，弄得他半天喘不过气来，憋得脸上通红通红的。东霞看着男人这副可怜兮兮的样子，劝他说："就在屋子里歇上几天，以后可再不要抽你那水烟锅了，你少点儿咳嗽，我和春花也少受点儿烟熏。"

天祥下不了地干活，就不能给家里挣工分了。东霞本来冬天也不到生产队地里去，像她们这样的婆娘，人家生产队长也懒得给她们安排活。可是家里四口人总不能只靠春花一人挣工分呀，宝根到了初三快毕业了，学校要让买这样那样的参考书，要花钱。眼下离过年也只有一个多月了，家里也不能不给每个人买一些新布料做过年时穿的新衣服，就算天祥和东霞不用做新衣服，春花和宝根总要打扮得漂亮一点吧。这样，天祥虽然身子坐在家里的炕上，心却在生产队的地里或者冬季农田水利建设的工地上。他知道，他现在是家里的顶梁柱，顶梁柱要是不给家里挣点工分，一家人靠什么过日子？天祥坐在炕上心急啊，也为家里的日子熬煎发愁。

东霞看出了天祥的心思，她主动提出找队长要点活干，挣点工分。天祥显得不高兴了，说："你都多长日子没给生产队干活了，这突然下地干活，能受得了吗？还是在家好好待着，给一家老小把过年的衣服鞋帽做好，挣工分的事你就少操心了。"

东霞没有听天祥的劝告，但也没有当面顶嘴。她偷偷出了家门，找到生产队长，提出了要干点活，挣工分。正好这几天生产队地里倒没有啥活，而冬季农闲时节队上总会安排一些小工程，这些活只有在这时候才能有充足的时间做好。比如，在田间地头修水渠，在黄沙窝里平沙造田，在洛河南岸修补被河水崩塌的堤坝，这些活看起来是闲时间自找的，但做好这些活也是"磨刀不误砍柴工"，关键时候就会见成效的。比如，修好水渠可以在抗旱的时候给庄稼灌溉，修补好洛河堤坝可以避免夏秋两季河水暴涨时淹没坝里面的大片庄稼，平沙造田可以逐年增加农田面积。大队提出的口号就是"向黄沙要地，向黄沙要粮，向黄沙进军"，哪一项工程都不能小看。东霞找到生产队长的时候，生产队长为了照顾她这个年龄大一点的妇女，让她自己挑选。东霞想来想去，还是想到了去黄沙窝窝里平沙造田。原因是工地离家近一点，就在巷子南边的沙坡上，修渠和打坝都是在河滩地里，河滩的西北风大，带着呼哨吹来，就像刀子割着人的脸和手上的皮肤。黄沙窝窝里有沙梁挡风，沙地也松软，挖沙不用费那么大力气，参加这一项工程的妇女们自然就多。

第一天下午，从平沙造田工地上回来时，东霞就感到了腰酸背疼，好长时间不出大力气了，猛然间一出力，身上胳膊腿都疼，但她硬是忍着没敢给天祥说。

第二天，她干脆跟别人换了活，不用铁锨挖沙了，挖沙赶得紧，还要一锨一锨把沙丢在架子车上，太费力气了。她换成了拉架子车，两人一组，从挖沙的沙坡跟前把架子车拉到低洼的坑里，把车上的沙倾倒在坑里就行。看着拉架子车轻松，其实也并不简单，关键是倒沙的时候是个技术活，要掌握好时机，把一架子车沙恰到好处地倒在深坑与向前续新沙的棱上，这就要求掌握车辕的人瞅准时机及时撒手。撒手快了会把沙倒在已经平整好的地方，还需要有人把倒下的新沙堆用锨移到坑里；要是撒手迟了，会把架子车翻到坑里，有时候弄不好，还会把掌握车辕的人一起带到坑里，这是十分危险的。

东霞找了一位力气大、经验丰富的妇女搭成一组，两人在挖沙处与倒沙处来来回回忙碌着。和她搭档的妇女干累了，就和她调换了，让东霞掌握车辕，她在一边推车。东霞平时很少干这技术活，但是有搭档在指挥，她学起来也快，开始几车沙虽然没有倒在合适的地方，但明显地可以看出，一次比一次好。东霞觉得自己已经差不多掌握了倒沙的技术，就不用搭档指挥，自己开始大胆地一车一车往平整好的沙棱下面倒，一次倒沙时撒手晚了点，连人带车翻到了十几米的深坑里，好在沙地松软，架子车扣在她身上，也只是压伤了她的右腿。就在车子翻下去的那一瞬间，她的搭档还尖叫着，紧紧扯住大绳，但还是没有阻挡住。车子趁着惯性，还是冲下了深坑里。

东霞被送到了医疗站，医生一检查，大腿被车子压出一条紫色的肿块，大腿骨头只是有点损伤，脸上还有被车架子碰的伤痕，嘴角上也流出了血。东霞受的惊吓可不小，人到了医疗站，手还在不停地颤抖。

在医疗站，医生给做了简单处理后，东霞在春花的搀扶下，一瘸一拐回到了家。东霞和天祥一块儿坐在炕上，两人都不能下地活动了，忙碌的只有春花一人了。

第二十一章

西霞终于收到智明从部队寄回来的信。她坐在小屋的桌子前，打开了书信：

爸爸、妈妈：

你们好！

告诉你们一个好消息，今天部队已经批准我转为志愿兵了。我在部队已经服役整整五年了，是三姨夫的战友，也就是我们的团长给我办的。他还叮嘱我要在部队好好干，给三姨夫和他脸上争光。我现在在部队的汽车连开车，过得挺好的，你们二老不要为我担心，等将来志愿兵期限满了，我就可以回老家重新安置工作了。

爸，妈，我上个礼拜天请假专门去了三姨家一次。听三姨说，秋菊也在他们兵团的招待所干临时工，由于时间紧，我没有顾得上去招待所看秋菊。听三姨说，秋菊正和招待所一个当地的男员工谈恋爱，如果能谈成，将来结了婚，就可以把户口也迁到建设兵团，在招待所干好的话将来还可以转为正式工。秋菊这一步走得太好了，要是真的能在这里成家并有一份正式工作，那就不用再吃苦种庄稼了，爸和妈将来也可以跟着我们兄妹俩享清福了。

爸，妈，你们年纪也慢慢大了，要注意保重身体，不要太累了，今后有我和秋菊伺候你们，你们就尽管安度晚年吧！对了，记住年前给我寄一些咱家乡的特产，最好是大红枣、辣椒面、黄花菜和烤花生，我好给我们团长表示表示谢意。

就写这么多吧，如果有好消息，我再写信告诉爸妈。

再见！

儿子 智明
一九八〇年十二月二十日

西霞看完儿子智明的来信，脸上挂着笑容，嘴咧得合不拢。她回忆起前几年去新疆找飞霞和新军给智明和秋菊办事的情景，不禁为自己当时的想法暗自庆幸起来。她将信小心叠好，装进信封里，把信封故意放在桌子中间的梳妆盒上面，这样凡是来她家里闲坐的人都能第一眼看到信。识字的人会自己取出信看，看完一定会夸她的两个儿女有出息，当然了也会对她这个当妈的投来羡慕嫉妒的目光；不识字的人就会打听谁来的信，信里说了些什么，她就会把智明转了志愿兵和秋菊快要成为招待所正式工的消息告诉他，让他对她的智明和秋菊羡慕嫉妒，这样家里来的人多了，就会在队里，甚至全大队传开。她巴不得全大队、全公社的人都知道，她的一双儿女多有出息。那样她西霞走到哪里，都会觉得脸上有光彩。人们也会把她当人上人看待，对她就会客气得多，敬重得多。

西霞一个人沉浸在无比的喜悦与幸福之中。她先把全生产队的人家齐齐排了一遍，还没有谁家一双儿女都吃上商品粮的。接着，她甚至把全大队的人家也齐齐排了一遍，除了几个考上大学、中技的人家的孩子跳出了龙门外，还没有谁家像她家这样一双儿女都吃上了商品粮，干上了公家的事。她开始觉得自己突然高大起来，不，是伟大起来，要不是她亲自跑到新疆求飞霞和新军，要不是她在飞霞拒绝后硬是坚持着把事情办成，智明和秋菊的事情能办成吗？她在夸奖和赞美自己的同时，又开始嫉妒起弟弟喜财来，笑话起大姐东霞和大姐家的春花。喜财也是跟着她瞎凑热闹，见不得她给智明和秋菊把事情办成，他就急着要他的银锁也当兵，也让新军找战友给他的娃转志愿兵，都不看他的银锁才多大，就提这事，真是急死了！至于大姐东霞，这一辈子也只能这样吃苦、受恓惶了，两个女儿也没多大出息。如今一个不守妇道，干了见不得人的事；一个心高命薄，癞蛤蟆想吃天鹅肉，被人家梁斌一脚踢开了。都到了这个地步，春花这娃还架子不倒，见了我还不理不睬的，这下我让你春花见识见识你二姨的能耐，让你春花也对我家智明和秋菊眼红吧！

西霞高兴得在家里坐不住了，她急着想把这个好消息告诉别人，最先要告诉的当然是与自己亲近的人了。她迅速在脑子里筛选了一下，彩霞是个管不住自己嘴巴的人，与自己向来话不投机，就是告诉她了，她也不会往心上去的。喜财正准备让他儿子银锁去当兵，沿着她的路子找飞霞和新军，让他知道了智明转成志愿兵的消息，不是更刺激他吗？不行，最好不要向喜财提起智明和秋菊的事情。这样挑来选去，就只剩下大姐东霞了。她决定去大姐家，让大姐和春花知道智明和秋菊的好事，对她西霞另眼高看。

西霞穿上智明给她买的羊皮棉袄，把头发梳得乌黑光亮，洗完脸后在脸上、手上、脖子上又抹了一点雪花膏，换上老汉给她买的棉布鞋，迈着轻快的步子走出了家。

来到大姐东霞家里，她看到大姐一家四口都在，大姐和姐夫半躺在炕上，宝根刚从学校回来背馍，春花在小屋里的火炉上给一家四口人熬着玉米糁稀饭。西霞问："春花，外面天气这么好，你爹和你妈咋都躺在炕上？"

春花一边收拾火炉前的锅盆碗，一边说："我妈前几天把腿摔骨折了，我爹中了煤气毒，这几天在家里歇着。"

西霞忙问东霞道："大姐，腿摔得要紧吧？你和大哥都这样躺在炕上，这日子可咋过呀？"

"我不要紧，你大哥身体也好些了。你最近也好着吧？"东霞这几天心里憋得慌。西霞来了，也让她精神头足了起来。她挺起了靠着墙的身子，坐起来让春花招呼西霞。

春花给西霞倒了茶水，放在桌子上说："二姨闲了？先坐下喝茶吧。"

西霞端起茶杯，喝了一口，不小心烫了嘴唇，又把茶杯放下，问春花道："春花，有对象了没有？我娃年龄大了，不敢再拖了，赶紧找个婆家嫁了，也让你爹妈省心点。"

春花没有吱声，脸色有点不高兴，撅着嘴说："还早着，急啥呀？"

这时，天祥睡醒了，他给西霞打过招呼后，问了句："你家智明是不是年前就该回来了？好些年也没见你家秋菊了，她现在干什么？"

西霞摇了摇手，一副很生气的样子，说："哎，这智明也是的，好好的家不想回，偏偏要弄什么志愿兵，部队有啥好待的，当了这么多年兵还没当够？这不，昨天给家里来信说，他转上志愿兵了，今年就不回来了，还说他们团长对他很好，看他勤快能干，非要留下他给自己开车。智明也不好回绝人家团长的好意，就留下来给团长开小车了。"西霞说得龙飞凤舞的，她喝了口茶，接着又说起来，"智明到底是见了大世面的，他和团长关系搞好了，团长就问他家里还有啥困难没有。智明还真会想，顺便说了句，他的妹妹高中毕业在家没事，想找个事做做。结果那团长一句话，就把秋菊安排到了他老婆所在的招待所干工，现在还是临时工，听说过了年就能转为正式工了。这样也好，就不用我操心秋菊没事可干了。"

"看你的两个娃多能行，多让人省心啊！说到底还是你的命好，比大姐强多了，大姐要是有你那样的好命，这辈子就算烧高香了。"东霞听西霞这么说，想起自己的两个女儿，心里就更加沉重了。

"那秋菊现在一个月挣多少钱？"春花的眼里闪着亮光，也关心起秋菊的事。

"听智明说，本来临时工工资都低，可秋菊在招待所干得好，又把团长老婆巴结得紧，所以她的工资就比其他临时工高了几块，可能是一个月四十多块钱。"

春花一想，以前三姨飞霞在供销社才挣三十八块钱，现在秋菊干临时工竟然都比飞霞姨的工资高，看来出门找工作还是比在家强多了。这样想着，春花就问了一句："二姨，能不能给智明说一下，让他们团长也给我找个事做做，我不求多高的工资，行吗？"

"你看看我春花娃就会想好事，可你就不知道人家团长办事可是看人的，不是谁都能给办的，要不是看在智明的脸面上，人家能给秋菊办事吗？你和秋菊不一样，就不要想那美事了，人家招待所就是招临时工，最起码也得高中毕业，文化高的人才行。"

春花一看云里没雨，就泄了气，她知道二姨的话咋说都有理，刚才还说团长一句话就办成了事，到她身上就成了难事。不想办就不想办，说那些理由有啥意思？春花不是三岁娃，随便就能哄过去。春花这就打消了找事做的念头，还是三大金祥说得对，咱是农民，就老老实实在农村待着，干得好一样会有出息的。想到这里，春花心态平静了许多，说话也有点撒气："既然二姨这么说了，那就算了，人比人，气死人，咱就是当农民的命，咋能跟秋菊比呀？智明和秋菊现在都干了公家事，二姨也算是贵人了，以后我春花可是高攀不起了。"

西霞听出了春花的话里带着刺，心里很不痛快，来时想显摆一下的心思一下子全无了，就站起身，对东霞说："我还要到娘家去看看喜财，就不停了。"说完，扭着屁股走了。

离宝根初中毕业的日子越来越短了。

进入五月份就是毕业生最后冲刺的时期了。其实，自从进入初三之后，宝根就做好了冲刺师范学校的准备。晚上，当学校的熄灯铃声响过之后，其他同学差不多都躺在宿舍的床板上进入了梦乡，而宝根却用胳膊肘夹着书本，来到三大金祥的办公室，在灯下做着参考书上的数学题。他心里记着三大金祥告诫他的几句话——"天才，百分之九十九的汗水，百分之一的灵感""勤能补拙，熟能生巧""只有吃得苦中苦，方能成为人上人"。他还记着爹妈告诉他的话："一定要给全家人争光，一定要出人头地。"他心里时刻都装着父母的期望，装着全家人的期盼。他要咬着牙关，争取一举考上师范学校，成为全校的第一个师范生。他的成绩一直在全年级名列前茅，他初三第一学期期末全县统考的成绩在全县也排在前十名，这样的尖子生可是全校的骄傲和希望。

金祥虽然没有带毕业班，可一直关注着宝根的学习成绩。在金祥的心里，这一年是最关键的一年，因为这一年除了宝根要初中毕业，他的两个孩子也同样要参加中考和高考。红莉去年考试成绩离师范学校只差了三分，今年补习一年后争取也考入师范学校。虽然从几次模拟考试的成绩来看，红莉每次都要比宝根差两三名，但只要再加把劲，考试若能超常发挥，就很有希望。红卫在县城高中也到了毕业时刻，五月份的高考预考已经结束，红卫顺利通过了预考，成绩属于中上游水平，按他的成绩来说，如果高考发挥正常，就能上线。

进入五月份之后，金祥也是日夜为三个孩子担心。为了实现三箭齐发都能中标的愿望，他每天晚上都要把宝根和红莉叫到自己办公室，让他俩多复习一个小时，最迟十点半才允许他俩睡觉。夜晚，全校最后一个熄灯的房间准是金祥的办公室，初三的男女生宿舍最后一个进入宿舍的准是宝根和红莉。晚上，金祥除了给宝根和红莉解答一些文科的疑难问题之外，还会主动当起两个毕业生的后勤人员，给两个孩子煮鸡蛋、熬稀饭、炒上一两个菜，或者在火炉上烤馍馍，让他俩身体尽量适应高强度的学习。有时候，他还会用刚发的工资给宝根和红莉买些麦乳精、补脑汁之类的营养品，补充孩子们学习时脑力劳动所需要的能量。

紧张而庄重的中考终于到来了。

六月下旬的天是多变的，昨天还酷热难耐，今天就阴云密布，随后就是淅淅沥沥的阴雨从天而降，给天地间织起一副无边无际的雨帘。中考那天早上，宝根怀着紧张的心情走进了设在县城重点高中的考场，在贴着自己考号的座位上坐下来。此时此刻，他仿佛看到了爹妈那张沧桑的脸庞，看到了他们倾注了希望与期盼的目光；他还仿佛看到了三大金祥那双鼓励的目光，感觉到三大似乎就站在他身边，帮着他一起对付那些各种各样的考题。同时，他仿佛看到了家乡的父老乡亲都在期盼第一个师范生产生的目光。

考生都坐齐了，监考老师开始发试卷了。第一场是语文，这是宝根的强项。宝根拿到试卷大略浏览了一下试题，题量很大，作文题竟是一篇根据材料自由发挥的题目。开始答题的铃声还没有拉响，宝根心里开始有点慌乱，因为他看到有几个成语填空和阅读题自己以前从没有做过，特别是阅读题占到了二十分，每一个填空和选择都很模糊，这让他心里没有了绝对把握。答卷的铃声终于响了，考场上只有钢笔尖划在试卷上的沙沙声，就好像运动场跑道上疾奔的脚步声，每个考生都在争先恐后地往前飞奔。宝根埋下头，先是从头到尾把自己有绝对把握的题答了一遍，然后开始攻坚那些答案比较模糊、心里没底的基础题和阅读题。他答得很认真，很仔细，不容一分轻易跑掉。在阅读题上，他花费了大量的时间，总算按自己的判断慎重地完成了所有的填空和选择，他终于长长地吁了口气。

然而，令他没有料到的事情不知不觉就发生了。就在他一个不落地答完了前边所有的考题，开始考虑怎么样写好作文的时候，考场外突然吹起了哨声，监考老师提醒了一句："最后十五分钟。"宝根一下子慌了神，心里开始咚咚咚跳了起来。天呀，只有十五分钟了？十五分钟能写完不少于八百字的作文吗？他顿时感觉到天要塌下来了，一切都要葬送在这最后的十五分钟里。他几乎要哭了，但他没有放弃，按照自己的第一印象和第一想法，飞快地写起了作文。时间在一分一秒地流逝，那滴答滴答的秒针就像催命鬼在催促着他快写。他做梦都没想到，平时最有把握的作文竟成了决定他命运的关键因素。这时，身边有的考生已经搁下笔开始检查试卷了，宝根才给作文开了个头。宝根头上开始冒出了汗水，手心也湿漉漉的，钢笔在他手里开始不听使唤了，握着钢笔的手也开始打战起来。十分钟后，监考老师开始讲收卷子的注意事项了，这预示着下考场的铃声即将响起，宝根的作文才写到中心段落，正进入高潮。他心里开始哭了，眼里已经涌出了热泪。就在下考场的铃声响起的同时，他不得不放弃作文的高潮部分，按照以往的经验以最快的方式用一句话对作文结了尾。

走出考场，天空下着中雨，雨水在地面上溅起了无数的水花。宝根没有带雨伞，只身走进密密的雨幕中，眼里不知是雨水还是泪水，身边走出考场的考生在叽叽喳喳议论着考试题的答案，他一个人静静走在一旁，不想和任何人说话。走出县城高中的校门，他和同学们才相聚在一起，朝着住宿的饭店走去。他没有让眼泪流出来，不想让老师和同学们看到他沮丧的样子。他鼓励自己不要泄气，不要再想过去的事情，拿出勇气和拼劲，以最高的水平考好接下来的几场试。

中考在三天的阴雨中终于结束了。宝根回到家，面对爹和妈急切的询问——"考得咋样"，他只能低下头，说声"不好"，然后就躲开爹妈的追问，坐在院子里的梧桐树下品尝着考试失利的苦果。

七月下旬，中高考成绩陆续揭晓。宝根知道自己肯定考不上师范，就连重点高中也玄乎，他不敢去学校看成绩。放榜的那天晚上，三大天祥来到家里，和爹坐在屋子里说话。宝根躲开三大，等三大进了小屋后，他就坐在屋外门口的檐台上偷听着三大和爹的谈话。其实，他关心的还是自己的考试成绩到底怎么样。

"大哥，宝根这次考试没考好，成绩离师范学校分数线差了三十几分，好在这成绩刚刚够县城重点高中的分数线。"

"哦，那就只能上重点高中了。"爹低声说，明显是不高兴的样子，"对了，红卫和红莉考得咋样？"

"红莉这次考得倒不错，比师范录取线高了五分，上师范是没问题了，全校只有红莉考上了师范。红卫高考分数比录取线高了十五分，估计能上个好一点的大学。"三大抑制不住心中的激动，说话的声音倒是很高，与爹形成了鲜明的对比。

宝根听到了最终的考试结果，心里的一块石头总算落地了，虽然师范学校没有考上，但重点高中还是没有丢，能上高中也算是一条正路，再努力上三年，争取像红卫哥那样考上一个像样的名牌大学，到那时，可比现在的红莉姐考的师范学校好多了。

三大走后，宝根走进小屋，看到爹情绪低落地坐在桌前，又拿出了好些日子没有抽的水烟锅，捏上烟叶，点着火柴，"呼噜噜"抽了起来，刚抽了几口，就一阵猛烈的咳嗽，随后走到门口朝院子里吐出一口痰，眼睛里也被烟熏得流下了泪水。

"爹，咋办？是上高中，还是补习再考师范？"宝根知道，爹想的是他考师范，早早毕业挣工资，上高中三年家里还要花不少钱，三年后能不能考上大学还不一定。

"算了吧，你三大说，还是让你上高中吧，红莉是女娃娃，上个师范学校就行了，你是男娃，还是以后考大学吧！你是咋搞的，平时学习都那么好，关键时候就掉链子。"爹显得心事重重的样子，说一句，叹一口气。

宝根知道自己这回考试让爹失望了，没有给爹和妈争得个脸面。他也知道，爹不高兴的另一个原因是平时考试总是全年级第一名的宝根没有考上师范，而排在宝根后几名的红莉却意外地以全校第一名的成绩考上了师范，这个意外让他难以接受。再加上红卫第一年就考上了大学，让他心里既高兴，又失落，红卫和红莉就像矗立在爹眼前的两堵高墙，逼得爹几乎喘不过气来。多年的希望变成了失望，如同被人高高举起在半空，一松手，突然间被摔在地面上一样疼痛。

整个夏天，天祥都感到呼吸有点不舒服，他不敢再抽水烟锅了，一抽起来，就会剧烈地咳嗽，有时候咳嗽起来没完没了，好几次都有岔气的感觉。这些天春花晚上也不在家，不知道跑出去干啥去了，就剩下他和东霞老两口。宝根为了放松心情，主动和队里一些学生娃结伙去沙坡上给猪弄菜去了，每天早上一起来，就背上馍，拿上竹笼和肥料袋子，到沙坡捋槐树叶子和榆树叶子。将这些叶子晒干后碾碎，和麸子、水一搅拌，就是猪最爱吃的上好饲料。

东霞也为宝根没有考上师范学校感到难受。她和天祥一样，整个夏天都不太出门，偶尔在生产队的队部里干点活。当有人问起她家宝根考上师范没有，她都低着头，沉默不语，别人也就知道什么意思，就不再好意思追问了。于是，人们又开始议论起金祥家的红卫和红莉，都羡慕起金祥家一年就出了两个状元，女儿上了师范，儿子考上了大学，就是全公社也没有这样让人眼红的人家了。

东霞听着人们的议论，心里感受到了压抑和委屈。她在心里说，要是我的宝根头一场试像红莉那样戴上手表就好了，也不会最后十几分钟了，才慌忙写起了啥子作文。听宝根说，光那最后的作文题就占了三十分，他没有写完，要是像往常那样写完作文，肯定会像红莉一样，也能考上师范学校的。他的宝根平时在学校每一回考试都是在第一、第二名排着，红莉虽说是补习了一年，平时的考试成绩也总是排在宝根的后面。一次考试说明不了什么，如果再让宝根考一次，肯定会比红莉考得好，那样能上师范学校的就不是红莉了，而应该是她家的宝根。东霞这样想着，也算是给自己出出气，解解闷，她明知道世上没有后悔药，今年也不可能再有一次考试了，她心里唯一的希望是三年后考大学的时候，再看她家宝根是咋样争口气的。

第二十二章

不知不觉间，彩霞的儿子已经长到五岁了。到快一岁时，"杨偏头"才随口给儿子起了一个紧跟形势的时髦名字——杨革命。革命长得虎头虎脑，大脑袋，大眼睛，大个子，大手掌，大脚板，又像彩霞的身材一样胖嘟嘟的。"杨偏头"中年得子，对儿子革命疼爱得不得了，一回到家就把革命抱在怀里，用他那钢刷一样的胡茬扎儿子肥嘟嘟的脸蛋。晚上躺在炕上，革命就会坐在他的肚子上骑马马。"杨偏头"肚子一闪一闪的，让儿子感觉到马儿奔跑的样子，逗得儿子小嘴巴咧开后就合不拢了。慢慢地，儿子会说话了，他还是那样娇惯着，儿子要月亮他不敢给星星，每次从县城卖菜回来，都要给儿子买点水果糖、饼干之类的食品。

"杨偏头"给儿子买东西从来不花生产队一分钱，他给生产队卖了将近二十年的菜，从来没有在账务上出过一次差错。别看"杨偏头"只念了两三年书，账算得可是很清的，每次出车拉了多少种蔬菜，每一种菜多少分量，每种菜的价格是多少，他都给会计和出纳报得一清二楚。从没有短少一分钱，卖不了的菜一斤不少给生产队拉回来。难怪生产队长换了几茬，他这个赶牲口卖菜的却没有换过。

那么，"杨偏头"哪来的钱给儿子买吃货，又是怎样弥补偷偷给东霞家和自家的菜呢？这就要归功于"杨偏头"那灵活的脑袋瓜了。他的办法是在生产队菜园子装了车、过了分量之后，在去县城的路上找到地头的机井，用水管子给车子上的蔬菜浇一遍水，增加了蔬菜分量，这样按照正常价格卖就不会少卖钱，经常还会多出一些钱。遇到夏天天热的时候，他把车子赶到县城郊区时还要再找机井或者自来水，用随身带的小水桶给车子上的菜再浇一遍水。当然，按生产队的规定，每次去城里卖菜还有两顿饭的伙食补贴。"杨偏头"自从有了儿子革命后，就经常省吃俭用，从伙食补贴里克扣一点给儿子买点吃货或者小玩具，这在生产队其他人家可只有干瞪眼羡慕的份了。

革命长到两岁多时，彩霞又生下一个女儿。女儿长得不像彩霞，倒像"杨偏头"，细长的瓜子脸，小巧玲珑的身材，纤长的手指，弯弯的细眉细眼睛，谁看了都会产生爱怜之情。女儿的名字是彩霞给起的，叫兰兰，缘由是彩霞看了一场电影名字叫《刘胡兰》，对刘胡兰的印象很深，就给女儿起了个兰兰的名字。兰兰刚生下时身子很虚弱，显得很文静，只啼哭了几声，就宁静下来了；分量也比较轻，只有六斤多，抱起来也不费劲，一点儿也不像儿子革命生下来活蹦乱跳的大哭大叫。彩霞生兰兰时，"杨倔头"已经四十二岁了，这年龄在农村已经算是半拉老汉了。怕兰兰身子太虚弱、长不大，"杨倔头"在兰兰身上也没少花钱，硬是从病窝窝里把她拉扯成会走路的女娃娃。兰兰如今已经快三岁了，身子虽然有点瘦，但跑跳起来很灵活，和正常的娃娃一样，"杨倔头"和彩霞的担心显然成了多余的。

彩霞以前在娘家当女子时整天就知道疯，没有学到什么手艺，现在有了男人、有了儿女，才后悔起来，做针线活笨手笨脚的，只会做点粗活，细活只好请教大姐。多亏她家和大姐家离得很近，只隔了两三家。一出门，她扯着嗓子喊一声，大姐在家门口都能听得见。彩霞有了大姐这个好近邻，遇到什么难做的针线活，就不怕了。她对大姐也啥都舍得，一点儿也不抠门，她想给儿子革命做衣服，就叫"杨倔头"去县城扯布料买针线，而且每次买的东西都有许多余头，为的是把那些剩余的布料给大姐。她知道大姐家日子过得紧巴巴的，大姐夫天祥不像她家"杨倔头"会弄一些零花钱。彩霞去大姐家，请大姐帮她给家里人做衣服、做鞋，自然就会带上革命和兰兰。大姐待彩霞的两个娃娃就像自己的娃娃一样，隔三岔五就会留下革命或者兰兰在家吃饭，家里做了好吃的饺子、包子、红薯饸饹，都会给彩霞家送去，两家人过得就像一家人一样亲密。

眼看着宝根就要开学了，去县城上高中，学费可不像在公社的初中那样少。天祥打听了，每学期至少要十五块，这可是一笔数目不小的钱啊！要知道，生产队一个劳动日才三毛多，天祥下地干一天活才挣八工分，不到一个劳动日的钱，除去家里正常开支，一年到头分红都分不到十块钱。光宝根一年学费就要三十多块钱，还不算在学校吃饭、买些学习资料啥的，宝根一年没有五六十块钱是下不来的。本想宝根考上师范学校后，就不要家里花钱了，什么都是国家管，要是再能申请到助学金和奖学金就更好了。宝根这次考试的失利，让天祥的如意算盘落空了。天祥是个爱面子的人，虽然眼下有了困难，但他却不想连累别人。他想过把家里喂的还没长大的猪卖了，可猪没长成分量卖不上价，太可惜；想起把自留地地头的两棵白杨树伐了，卖给木匠，可要有下家买，他问了几个木匠，人家都不要。他躺在炕上想来想去，实在没有办法了，就想起把屋里藏的自留地里产的几十斤旱烟叶子卖掉，那本来是为自己平时抽水烟准备的，现在他已经戒烟了，那些旱烟叶子也就用处不大了，估计还能卖上十几块钱。可是，让他犯难的是，他不清楚县城里卖旱烟的地方在哪里，更怕工商局那些打击投机倒把的穿制服的工作人员。再三考虑之后，他来到了"杨倔头"家里，想请"杨倔头"去县城卖菜时，顺便给自己捎带着这些旱烟叶子，卖多卖少不要紧。

"杨倔头"有点为难了，自己跑县城卖菜是干公事，按规定是不允许捎带办私事的，但看在两家这么亲近的份上，他还是点头答应了，说："明天进城时，我带上试试，看能不能卖出去。"

八月的天就像在下火，到处都是火辣辣的灼烫。"杨倔头"早早就从生产队的菜园子装好了一车西红柿、黄瓜、茄子和长线豆角，赶紧套上那匹白马，长鞭一扬，就穿过巷道，朝县城方向赶去。车子经过天祥家门口时，"杨倔头"喊了一声，天祥就提着用麻袋包好的一捆旱烟叶，趁着巷道里没人，赶紧与"杨倔头"一起抬上车子。"杨倔头"用大绳把装有旱烟叶子的麻袋捆好后，就坐到车子的左前角，赶着长鬃白马进县城了。

目送着"杨倔头"远去的背影，天祥心里就有了盼头。等"杨倔头"帮他卖了旱烟回来，宝根上学的学费就不用再熬煎了。早上，天祥把旱烟叶子从后院的柴房里拿出来时还有点儿舍不得，可想到宝根的学费还没着落时，就豁出去了，宝根的学费解决了，压在心底的一块石头也就落地了。

日头快要落山时，天祥早早就在家门口等着"杨倔头"回来。他知道，"杨倔头"一般这个时候就会赶着牲口车子，响着清脆的鞭声，从巷子的东头回来。他只要站在自家门口就准能看见"杨倔头"的车子。其实，在这之前，他已经去过彩霞家里好几次了，问彩霞"杨倔头"回来了没有。彩霞总是说："快了，估计快回来了。夏天天长，回来得晚。"于是，天祥就坐在自家门口等。他想，今天"杨倔头"卖烟叶肯定会耽搁点儿时间，自然就比往常回来得晚一点儿。他唯一担心的就是怕"杨倔头"没有把自己的烟叶卖掉，有可能工商局的人盯得紧，他不敢轻易出手，也有可能是他在等待着买主，没有人一下子能买那么多的旱烟叶子。

天祥等到天黑，也没有等到"杨倔头"的车子回来，他有点慌了神，又跑到彩霞家里问彩霞。彩霞也觉得今天有点儿不对劲儿，就把女儿兰兰放在大姐身边，跟天祥一块儿去了生产队的队部。他俩刚到队部大门口，就迎面碰到生产队长，生产队长喘着急促的气息，说："彩霞，我正要去你家找你，你男人出事了，赶快去医疗站看看去！"

"我男人出啥事了？要紧不要紧？"彩霞慌乱起来，不知朝哪个方向跑，来回闪了几闪，迈开双腿，就朝巷子东头的医疗站跑去。天祥紧跟在后面跑，一边跑，一边喊："彩霞，你慢点！"

来到医疗站，彩霞看到"杨倔头"躺在病床上，左腿被医生打上了石膏，左臂也缠着绷带，闭着双眼，表情痛苦的样子。天祥问医生："他这是咋了？"

医生刚忙完，边收拾桌子上的医疗用品，边说："听说下河坡时车子翻到路边的沟里了，一边的胳膊腿都骨折了，一会儿把他拉回去，静躺一个月，我再给开点吊针和药，慢慢就会好的。"

天祥不能问卖烟叶钱的事，只好和彩霞商量了一下，他就回去借架子车，和彩霞一起把"杨倔头"拉回家静静养病。

晚上，"杨倔头"回到家，被彩霞小心放在挨窗户的炕头上，静静地睡了一个晚上。第二天早上，他打开窗户，太阳从东边的沙梁上徐徐升起来，像一轮橙红色的圆盘挂在天空，阳光透过朝霞洒在了宽敞的院落里，微风吹得院子里的树叶哗啦啦响，也给窗下的炕头送去一阵清凉。

"杨倔头"躺过一夜之后，觉得胳膊腿的疼痛减轻了许多。彩霞端着一碗冒着蓝色火苗的水，用一只手掌在那水里蘸一下，手心里就掬了一团蓝色火苗，只见她迅速把火苗捂在"杨倔头"肿胀的胳膊和大腿上。"杨倔头"立刻感到了一阵灼热的疼，但他没有出声，咬一下牙就挺过来了。随着胳膊腿上的火苗冷却熄灭后，他闻到了一股浓浓的酒精味道。他知道，彩霞正在给他用燃烧的酒精擦洗摔伤的部位，这个民间土方子他以前听说过，也曾在别人家里看到过。

被酒精擦洗过的肿胀的部位显然轻松多了。"杨倔头"用另一只手撑着身子，挣扎着坐起来，看着自己左大腿上打着厚厚的石膏，左手臂用绷带吊在胸前，知道自己从此会告别以前健全的身体了。他看着彩霞在一旁忙碌的身影，说："不用再忙了，你歇一会儿吧。"

"赶了大半辈子的车都好好的，这一回是咋搞的，看把你摔成啥样子了？"彩霞既心疼，又责怪他。

"卖天祥哥家的那点旱烟叶子耽搁了半天时间，回来晚了。那匹马也饿了一天，天快黑时就急着赶路，到河坡上就不听使唤地狂跑起来。车子拐弯没有拐过来，就翻到坡下面的沟里了。我这半边身子就被车子压在下面动弹不得，还多亏了船上那几个人跑过来，把我从车子下面扶起来，赶着车子，把我送到了医疗站。"

"那天祥哥家的烟叶卖完了没有？天祥哥可是着急得来过好几回，硬是等不到你回来。"

"当然卖完了。今天还算运气好，正好碰到一个大个子警察，一看天祥哥的旱烟叶子是好东西，就把我叫到他家，全要了。我问他，你一个人抽得了这么多烟叶吗？你知道那警察咋说？他说他一个人肯定抽不了那么多，他是顺便给他那帮兄弟捎带一点，他们破案子，经常熬夜，人哪个不抽烟呀？像他那样年纪的同事都喜欢抽旱烟，烟瘾也大，他就是要和他们一起把这些上等好烟叶分了。"

正说着天祥进来了，手里提着一个竹篮子，放在炕头，打开竹篮子，从里面取出一大碗红豆稀饭、一盆西红柿烩茄子热菜，还有三个热气腾腾的玉米面掺麦面的馒头。天祥把稀饭和热菜放在炕头，说："彩霞肯定还没做饭。娃他妈一大早就起来做好了饭菜，刚做好就让我给你们送过来，赶紧趁热吃吧！"

"饭真香，我早就饿了。"说着，"杨倔头"拿起一个馒头，一口下去就是一大块，用筷子抄起一口热菜就着吃起来了。彩霞在一边训斥道："你吃慢点儿，没有人跟你抢着吃。这些都是你的，我不饿！"

"杨倔头"边吃边让彩霞把他的衣服拿来。他吃了两口菜和馒头，然后从衣服口袋里取出一个钱夹，从里面取出一沓整钱和一张五毛的毛票子，递到天祥手里，说："这是卖了你的旱烟叶子的钱，一共十八块五毛钱，你数一数。"

天祥脸上露着笑容，接过钱，把钱装进了上衣口袋，说："还数啥呀，我还信不过你呀？你还卖了不少呀，这下宝根上学就不用发愁了。"

"我刚才还给彩霞说呢，昨天还算运气好，遇到了一个好买主。"

"是吗？谁一下子买了我那么多烟叶子？"

"一个警察。他们破案子，经常熬夜，听说公安局像他那样的烟鬼可不少，他买了，也是和那些烟鬼一起分了。"

"我这身体现在是不如以前了，一抽那水烟锅就咳嗽，一咳嗽胸腔就难受，要不是这样的话，我还舍不得卖那些旱烟叶子。"

"都咳嗽成那样了，还惦记你那把烂烟叶子。卖了正好！"彩霞抢过一句说。她收拾完"杨倔头"吃过的饭碗和菜盆子，拿到院子里的水缸边去洗了。

天祥看着"杨倔头"胳膊腿摔成那样子，不由得为他以后担心起来。他知道，像他这样的年纪，这样骨折过的胳膊腿，怕是以后赶马车就不合适了。要是遇到性子刚烈的骡子和马，他这样的身体估计很难掌控好。他摸着"杨倔头"打着石膏的左腿说："兄弟，腿摔成这样了，往后咋赶车呀？要把控好那些骡子马，毕竟是要靠力气的，你这胳膊腿往后恐怕会使不上劲儿的。"

"杨倔头"笑了，一副不在乎的样子，说："天祥哥，不瞒你说，往后这马车肯定是赶不了了，说实话也再不用赶车了。听城里人都在传说，农村马上就要搞大包干了，生产队也要解散了，地要分到家了，那些骡子马可能也要分到各家各户了，到时，我就是想给生产队赶马车也不成啊！"

"这是真的？"天祥一脸惊喜，"要真是这样，那多好呀，自己的地自己种，种的粮食自己吃，就不愁吃不饱肚子了。"

"是呀，天祥哥，像你这样的好劳力，再加上春花和东霞姐，种那点儿地，还有啥说的？听说上头已经开会研究这事了，估计明年就可以实行了。"

"这些年心思都用在了那几分自留地上了，要是家里能分上七八亩地就好了，就是十亩地也不够我一家人干的。如果春草在的话，还可以多分一个人的地，多一个旺劳力。"

"看把你高兴的。""杨倔头"看到天祥一脸兴奋，心里也开朗了许多。不过，天祥刚才提到的春草让"杨倔头"心头一震，心里暗暗波动起来。他想起十八年前自己和东霞去公社找那个长得像春花的女娃，还有前些年在县城卖红薯时遇到的那个长得和春草很像的女子，又想起了彩霞从娘家回来给他说的，西霞在新疆看到了一个长得和春草一模一样的当兵的女子。这些巧合串在一起，不正说明了春草还在吗？他动了几次心思都想把这事告诉天祥，可又想到东霞叮嘱过他的话，千万不要给天祥说起春草的事情。天祥哥现在还以为春草已经病死了，被东霞丢弃在了黄沙窝窝里了。时间过去了那么久了，难道还要让天祥哥蒙在鼓里吗？他觉得是该给天祥哥挑明事情真相了，可那个长得和春花很像的女子的身份至今还没有得到证实，这件事也不能随便信以为真。所以，大家都在推测和揣摩之中，谁敢肯定那女子就是春草？万一不是呢？大千世界，什么事情都可能有，你能保证世上就没有一个和春草长得很像的女子吗？再说了，这三个女子都不在一个地方，一个在公社，一个在县城，一个又在几千里之外的新疆，扯得那么远，谁敢保证就是同一个人？"杨倔头"想，还是慢慢给天祥挑起春草为好，让他也有个考虑与心理准备的时间。

"天祥哥，有一件事我觉得有点巧，本想给你说，也忘了。""杨倔头"说着，观察起天祥的表情变化。

天祥倒没有什么警觉，随口问了句："啥事呀，这么神神秘秘的。"

"杨倔头"顺势说了起来："前几年我在县城卖菜时，来了一个女子买菜，我细细看了一下那女子的脸，觉得很像咱们的春花，那身材、个头、脸型和鼻子、眼睛、嘴巴，都很像。我起初还以为是春花进城来了，就纳闷春花见了我，咋不叫我一声，还低下头挑挑拣拣的，跟我讨价还价。你说，这女子该不会是春草吧？"

"有这事？"天祥神情凝重，然后又问了一句："那你当时咋不问问她叫啥？是哪里的？"

"看你说的，咱跟人家又不认识，大街上我咋好意思问人家年轻女子这些？就是看人家脸，我也是趁人家不注意，偷偷看了几眼。要是正面盯着人家看，人家还不骂我是老流氓？呵呵！""杨倔头"说着，自己笑了起来。

"你说的也是。"天祥一副漫不经心的样子说，"这世上长得像的人多了，可能是凑巧吧！我也总觉得春草还在世，可你东霞妹子说，春草当年就病死了，丢在黄沙窝窝里了。"

天祥回到家，走到小屋门口时，听见彩霞在屋子里和东霞说话。彩霞的话让他停住即将迈进屋里的脚步。

"大姐，西霞姐的话你就不要全信，十有八九都是在哄人。一样的话到了她嘴里就变味了。我到妈家去，喜财都给我说了，西霞姐硬要拉着他去新疆找飞霞和新军，她家智明转志愿兵和秋菊找的临时工都是飞霞让新军给办成的。她怕咱姊妹几个眼红，不敢给咱说真话，怕咱以后也去找飞霞和新军办事，你看她心有多短。"彩霞说话带着气，声音很高，天祥听得一清二楚。

"他们啥时候去新疆了？我咋不知道？"东霞问。

"前年年头时去的，过年是咱在妈家拜年时，你看西霞姐故意躲着咱俩，总是和喜财钻在一起，偷偷摸摸说啥事，怕咱俩听到。还是我问妈，妈才跟我说，他俩去新疆找飞霞姐了。"彩霞依然说得很激动、很气愤。

"听西霞说，喜财在新疆的汽车上看到一个当兵的女娃，很像春花，她估计这女娃可能是春草。喜财没给你说这事？我好长时间没去妈家了，也没顾得上问喜财这事。"

"你还信西霞姐的话？"彩霞责怪起东霞，说道，"哪里是喜财看到的，就是她在汽车上盯着那女娃看了半天，喜财在车上也看到了，那个当兵的女娃年龄、长相、个头和白白净净的皮肤，都和春花像极了，很有可能就是咱春草。大姐，你有机会的话，也去新疆看看那女娃。要不？让我飞霞姐带您去找找，问清楚她到底是哪里人，要是她是咱这里的人，我看十有八九就是春草了。"

东霞没有再说话。

天祥的心里却不是滋味，听了彩霞和"杨偏头"都这样说起春草的事，他从开始的不以为然到半信半疑，一直到现在的深信无疑。他心里明白了，原来东霞一直在骗自己，看来他的春草根本没有死，应该是被人捡了，长大后到新疆当了兵。如果那个当兵的女娃真是他的春草，他一定要去见他的女儿。他的脑海里顿时又浮现出春草小时候张着嘴，伸着双手，朝自己怀里扑来的情景，这时，他不禁潸然泪下……

第二十三章

春花虽然为了最初的爱情差点付出了生命的代价，但是那种浪漫而美好的爱情，对她来说，却是她人生中一段最美好的记忆，不管时光的河流冲刷多久，都不会被冲刷掉的。

回想起自己走过的这段不平凡的爱情之路，她心中充满幸福和苦楚。美好的初恋在她眼前一晃而过，剩下的就是无尽的思念和痛楚。离开梁斌后，她接二连三给他写了十几封信，每封信的最后都写了一句话：速回信，想你！可是每封信寄出去后，都如泥牛入海，有去无回，让她体会到，思念一个人是多么的痛苦而甜蜜。爱情就像一把看不见的刀子，一刀一刀割着她的心，折磨着她的感情。她想起了一篇小说里主人公说的一句话："爱一个人只需要几秒钟，忘记一个人却需要一辈子。"说得多么深刻、多么现实啊！是的，梁斌是刻在她脑海里的爱情符号，也许她这辈子再也见不到他，但她却永远不会忘记他。她相信，梁斌也不会忘记她，毕竟他们深深地真爱过，在月光下许过爱的誓言，在沙梁上温情拥抱过、激情亲吻过，在月亮老人的见证下交换过信物。她一直珍藏着梁斌给她的那块手表，一直没有舍得戴在手腕上。那块手表就是她的生命，就是她爱情的寄托，就是梁斌的一颗爱心的见证。她用红绸子裹了十几层，藏在桌子上的木梳匣子里，晚上一个人时会偷偷拿出来，轻轻上紧发条，放在耳边听那手表的"嘀嗒"声。那每一声"嘀嗒"就是梁斌的心跳声，就是梁斌在心里对她说的"我爱你"。

春花不知道梁斌现在到底在哪里？梁斌有可能回成都老家了，和他父母在一起生活，他残废了，也没有工作了，由他父母照顾他的生活；梁斌也有可能没有回老家，留在了部队的疗养院。她那天问过他们部队的那个穿着四个兜的干部了，他告诉她，梁斌有可能去军区疗养院了。对！他是在战场上负伤的，应该是战斗英雄了，战斗英雄的后半生应该由国家照顾。她想，如果梁斌现在就在她眼前，哪怕他只有一条腿，哪怕他两只眼睛都看不见东西了，哪怕他吃喝拉撒都不能自理，她都愿意陪在他的身边，照顾他，甚至和他结婚。她也能理解梁斌，他残废了，他怕连累她的后半生，才毅然提出了和她分手。他做出这一决定时，心情一定是痛苦的。他一定是经过了无数次的反反复复的情感与道德的对决后，忍受着背叛爱情的折磨，才忍痛割爱做出了这个决定的。虽然他没有把话说得那么决绝，但春花还是能感受到他在信里遣词用语都很小心谨慎。

再美好的东西也是可望而不可即的，过去的就让它过去吧。春花明知再想梁斌也没有用了，他现在一定有了自己的新生活，说不定也有了自己的新家庭。春花只能把这段爱情埋在心底，作为人生中永久的纪念。她必须面对现实，面对未来。自己的青春毕竟才刚刚开始，人生的道路还很漫长，她必须重新寻找真正属于自己的爱情和伴侣。可是，全大队里像她这样年龄的青年男女基本上都成家了，就连读了三年高中、没考上大学的高中生，也差不多都有了对象。在农村，女青年上了二十岁后就陆续出嫁了，她今年虚岁已经二十四岁了，还是单身，再不赶紧找个对象，就真成了电影里的"嫁不出去的姑娘"了。

自从她出了跳河自尽的事情后，再没有人来家里说媒了。这两年爹妈也催过她多少回了，她都没有上心，现在心情平静下来，才想起了自己的终身大事。她也通过生产队里的一些没出嫁的女子打听着，看有没有年龄合适、人差不多的小伙子，全大队十个生产队倒是有几个年龄大一点的男青年没有找到媳妇。可是仔细一想，不是人长得有毛病，就是家里穷得揭不开锅，都是人家挑过的"剩货"，至于外大队的情况她就不清楚了。在危机面前，她没有慌乱，决定耐心等待，有缘人总会出现在眼前，是自己的，总会来到自己身边；不是自己的，抢也抢不过来的。

吃过早饭，春花背着农药喷雾器，过了洛河，一个人朝着河北边的棉花地里走去。这些天，她和队里另一个妇女的任务就是给河滩上的五十亩棉花地喷洒农药，杀死那些专吃棉桃的棉铃虫。雨过天晴，棉花地里的棉铃虫就会多起来，蚕食刚长出来的棉桃和叶子。棉花可是沙苑大队的主要经济作物，各生产队自然对棉花生产都格外重视。长出棉铃虫，各生产队就都会派人背上农药喷雾器，给棉花地里打农药。打农药最好是中午天气最热的时候，这时候药性大，对棉铃虫的杀伤力也最大。今天和她搭档的妇女家里有事，她只好一个人去地里打药。

八月的洛河河滩地里，绿油油的一大片庄稼丰收在望，玉米已经长到一人多高了，一颗颗挂着粉红色、棕色胡须的玉米棒子斜插在玉米秆上，随风摇晃；结满了绿桃的棉花枝繁叶茂；结满了黄豆、豇豆的豆蔓子也在地里尽情铺展开来。春花来到地头的水渠边，从背上卸下喷雾器，按比例给喷雾器配好农药和水，再打足气，然后背到右肩膀上，走进齐胸高的棉花地，拧开喷头的开关，对着一颗颗棉桃开始喷洒农药。正午时分，骄阳似火，棉花地里一丝风也没有，地头公路两旁的柳树上知了在"吱吱"地叫着，密不透风的棉花地里蚊虫在飞来飞去。春花喷洒完一亩多地返回到地头，脸上的汗水就像雨点一样往下流，喉咙里也像着过火一样灼烧。此时的她只觉得口干舌燥，头昏眼花。按照她的计划，中午和下午加把劲，再剩下不到五亩地就全打完了，明天就可以不用再来这里打药了。

她忍着口里的干渴和身体疲惫，再次配好药，打足气，背上喷雾器，走进了棉花地。药水像喷泉一样从喷头喷出，洒在棉花叶子和棉桃上沙沙作响，刺激呛鼻的农药味也随即在阳光下蒸发上来，即使戴上口罩，也能闻到这种农药味。好不容易打完三亩地，春花感到身体几乎要透支了，上衣和裤子都被汗水和药水浸湿了，脸上灼烧得火辣辣疼，农药味刺激得她几乎喘不过气来。她有气无力地走到地头的柳树下，靠着柳树坐下来，闭上双眼，似乎进入了模模糊糊的梦里。

"哎，你咋了？脸色咋这么红？"

不知过了多长时间，她隐隐约约听到耳旁有人叫她。她使劲睁开双眼，看到一张黑里透红、表情焦灼的娃娃脸出现在眼前。这张脸庞几年前曾经在自己眼前晃动过，现在看着依然是那么的熟悉，但此时她神情恍惚，如同在梦里一般，竟然一时想不起来以前在哪里见过这张娃娃脸，也想不起来他是谁。她奋力睁大双眼，迷迷糊糊看到一个身材低矮壮实的男青年站在她面前。男青年身上也背着一个喷雾器，准备到地头的水渠里给喷雾器灌水配药。春花揉了揉眼睛，使眼前模糊的影像变得清晰一点，看清了对方的面容后，才叫了一声："杨满仓！你咋在这里？"

满仓那张娃娃脸露出憨厚的笑容，说："我也给队里的棉花地打药，打到这边地头一看，药桶子里没水了，就顺便到你们队的地头水渠里灌水。春花，我咋看你身体不对劲啊！"

春花用双臂支撑起身子坐起来，说："刚才给棉花地里打药，天太热，感觉到浑身无力。"

满仓显得有点着急，说："我看你这是农药中毒。天这么热，在地里打药时间长了，很容易中毒的。"说着，他从身上背的一个绿色军用挎包里取出一只水壶和一盒清凉油，递给春花，说："你先喝口水，解解渴，再在额头上抹点清凉油，再歇一会儿，等感到轻松了，去那边水井旁洗洗脸。对了，我这里还有点薄荷片，你含在嘴里会感到清凉一点。"

春花接过满仓递过来的军用水壶，昂起脖子"咕咚咕咚"喝了半壶水，感到心里清凉如冰，然后，又接过他递来的薄荷片，在嘴里含了一片，顿时感到一丝凉气透过牙齿、舌头被吸入喉咙、肺腔。她感到浑身一下子轻松了许多，想站起来准备给喷雾器继续配药，把剩下的不到两亩地赶紧打完，早早回家吃午饭。可是，她站起来后，身子仍有点不听使唤似的，走了两步，身子就摇摇晃晃的。满仓忙制止住她，说："你先歇着，剩下的这几亩地我替你喷洒。"

春花感觉身上已经实在没有劲了，不好意思麻烦他替自己打药，说了句"你忙你的，不用麻烦你了"，就又坐下身子，想起自己刚才在地里浑身汗淋淋的样子，觉得自己脸上一定也被汗水弄得脏兮兮，就挪动了脚步，朝旁边玉米地头的水井旁走去，准备把脸和脖子、胳膊、手好好洗一洗，可是自己今天来时走得急了，把肥皂和毛巾都忘在家里了。满仓看出了她有点窘迫的样子，就从挎包里取出一盒肥皂和一条新毛巾递给她，说："先用我的毛巾、肥皂洗洗脸吧，这都是我们队今天给我买的，是新的。"

春花开始还有点儿不好意思，看满仓急急催促她的样子，就接住了，也没有说声谢谢，就朝水井那边走去。等她在水井旁的水泵上洗完脸、冲了头，用毛巾擦干身上的汗水，重新回到地头的水渠边时，看见满仓已经背起她的喷雾器走进棉花地里开始喷洒农药了，茂密的棉花树干几乎要将他又矮又壮实的身子埋没在棉花地里，就如同看到他在棉花地碧绿的海洋漂游，只露出一只胳膊和一个圆圆的脑袋。

不到一个小时，满仓就喷洒完了将近两亩的棉花地。他卸下肩膀上的喷雾器，在水渠里涮洗干净，把用完的农药瓶子埋进地头的土里，清理完这一切后，把喷雾器提到春花跟前，说："你的任务算完了。你先坐在树下歇一会儿，我也只剩下不到一亩地了，一会儿打完了，咱们一块儿回去，行吗？"

春花看着满仓利索地做着这一切，看到他给自己打完了地里的药，还要给他们队的地里打药，这么热的天一定很累，本想劝他歇歇再干活，还没等她开口，满仓已经背起了他的喷雾器进了对面的棉花地。

　　回来的路上，日头已经偏西，也是农村人开始吃午饭的时候了。日头偏西的时候正是夏天里一天最热的时候。太阳像一个大大的火球在天空中对着大地喷吐着火焰，把大地烘烤得滚烫一般。走在柳荫覆盖的生产路上倒还没觉得太阳淫威的厉害，刚一走出柳树的树荫，春花就觉得像走进了火场一般，耀眼的阳光逼得人睁不开双眼，地面的尘土也像炒熟的炒面烙着脚心。春花向前走了几步，却听不见满仓跟上来的脚步声，她回头一看，只见满仓像个猴子一样爬上了柳树，从树上折了许多柳枝条扔了下来，细细长长的柳枝条从树上飘落而下，覆盖在树下的尘土上。春花回头走过去，满仓已经从树上溜了下来。春花问："你折这树枝干啥用？"

　　满仓"嘿嘿"一笑，没有说话。他拿起两支细长的柳枝条，弯成圆形状，然后像编辫子一样扭着柳枝条，一会儿手里的柳枝条就像变戏法一样变成一个圆圈，他再在圆圈的一周斜插上一些短的柳条，一顶柳树枝编织的草帽就成了。他双手拿起编好的柳枝草帽往春花头上一戴，不大不小，刚合适。春花戴上满仓编织的柳枝草帽，走在太阳下，再也不怕太阳的灼热了。

　　满仓很快也给自己编织了一个草帽，戴在头上，然后从春花肩上卸下喷雾器，往自己肩上一背，两个肩膀各背起一个喷雾器，与春花肩并着肩朝洛河渡口走去。

　　满仓走在前面，两只喷雾器压在他坚实的红褐色的肩膀上，随着他的双脚抬动，也在一上一下跳动。满仓上身只穿了件白色的汗衫，说是白色，其实背上已经被汗水和农药水染成了一片一片的浅黄色。他下身只穿了件短裤，宽大的裤腿盖到膝盖上，两只腿粗短而结实，小腿的肌肉就像玉米秆上结出的玉米棒子，一疙瘩一疙瘩的。春花无意中关注到满仓脚上穿的那双布鞋，黑色的条绒已经磨得看不清条绒的纹理，在尘土的覆盖下也看不出鞋面的黑色了，倒让人觉得是土灰色的，后脚跟的鞋帮子早已经磨烂了，两只脚一走路几乎带不起鞋底来，只听到"噗嗒噗嗒"的声响。春花突然有点可怜起满仓来，一个二十多岁的大男人就穿着这样的衣服和鞋，都不怕巷子里的人笑话。她放快了脚步，赶上满仓，这才发现他鞋子的前面露出两个大母脚趾头。满仓害羞似的赶紧收回了两个大母脚趾，只留下两个鸟窝一样的洞口。她"扑哧"笑了，问："满仓，你看你的汗衫都脏成那样了，鞋都破成啥了，你妈也不给你洗洗缝缝？"

　　"嘿嘿，我妈早就瘫在炕上了，哪能给我做鞋？嘿嘿，不怕你笑话，我家里弟兄三个至今都打着光棍，说媒的都嫌我家穷，还有哪个女子愿意到我家里来。"满仓说得很轻松，并没有流露出半点的诉苦和唉声叹气的意思。

春花想起来了，满仓只念到小学四年级就不念了，听班里同学说过他，当时他大就有病，家里日子很穷。没想到，他大死后，他妈又成了瘫痪，真是屋漏偏遇连阴雨！

随后的几天，春花到棉花地里掰棉花芽子时，眼睛就会不由得朝地头公路对面的棉花地里看。她想，满仓也该会在棉花地里和她一样掰棉花芽子，可是一连好几天都没有看到满仓的身影，看到的却是两位妇女在棉花地里忙碌着。有一次她在地头歇息时，正好看到对面棉花地里一个妇女也到了地头，她忍不住问了一声："大嫂，你们队上的满仓最近在忙啥？记得他那几天还在这里给棉花打过药。"

那位妇女说："满仓只管给这片地打药，其他的事就不管了。这些天他又在黄豆地里打药。你问他有啥事？"

春花脸上马上红了，忙掩饰说："哦，我们是同学，前几天我们在这里给棉花打药时碰到过。这些天没有看到他的身影，我就随便问问。"

"这小伙挺能干的，心也好，就是家里穷，至今还没有说下媳妇，你就帮忙给他介绍个对象吧。"

春花大大方方地说："那还有啥说的，只要有合适的，我肯定会给他介绍的。其实穷并不可怕，只要人好就行。"

"这你就放心吧，满仓一家子都是老实本分的人，他妈虽说瘫了，可人很和善，要不是手脚不能动弹，干起活来年轻人都比不上。"妇女说着，两只眼睛盯着春花，那双目光像透视光线一样，探视着春花的心思。

几天后的一个晚上，春花回到家，妈把她叫到小屋里，当着爹的面对她说："春花，妈问你个事，你要想好了再说。昨晚上三队有人来家里给你说媒了，说他们队有一个叫满仓的小伙子，听她说，你们还是同学，你觉得咋样？"

这突然袭击让春花一点思想准备也没有。春花心里虽然有点动心，但没有马上表态，说："你和我爹看着办吧。"

爹坐在一旁一直没有说话，等着春花的表态，见春花这样说，他才说道："那个叫满仓的娃我都打听过了，家里穷不说，还有一个瘫痪的老妈，下面有两个光棍兄弟，这样的穷人家你嫁过去只有吃苦受累的份。你要是听爹的话，就打消了这个念头吧！"

妈也点着头，说："春花，你爹说得也有理啊，妈也是这么想的，昨晚才没有给人家回话，就看你的想法了。"

"让我再想想吧！"春花说着，就离开了爹妈的小屋，回到了自己的屋子里，躺在炕上，双手手指环扣着放在脑袋下面，望着天棚，眼前开始浮现出满仓的影像——满仓在棉花地里打药，满仓给她递毛巾肥皂，满仓上树折柳树枝条，满仓给她编柳条草帽，满仓替她背喷雾器，满仓那露出大母脚趾的条绒布鞋……还有那位大嫂说的那些话，总是在她耳边萦绕。两年前自己投河自尽，就是满仓及时跳到河里救了她。记得满仓给她说过，有几个情愿嫁给他的女子到他家一看，三间低矮的瓦房，一个瘫痪的老妈，两个光棍弟弟，当场都被吓跑了。要是他再不说下媳妇，下面两个弟弟也要打一辈子光棍了。

春花觉得满仓就像那《牛郎织女》里家境清贫的牛郎，也像那《天仙配》里面的董永，人虽穷，心却善。穷，难道就是隔断爱情的鸿沟？春花觉得那几个看了满仓的家境后扭头走人的姑娘就不配满仓去爱，她们要走，就让她们走好了，不值得去挽留，也不值得后悔。这样的女人就是勉强留住了人，也留不住她们的心，她们在贫穷和病痛面前肯定会当逃兵，留给满仓的肯定是更大的伤害。春花也在心里问自己：满仓是牛郎，自己愿做织女吗？满仓是董永，自己能像七仙女那样不顾亲人阻拦，执意下凡嫁给董永吗？春花清楚，如果她要做织女和七仙女，就必须做好面对贫穷困苦的准备，做好伺候满仓老母亲的心理准备，做好为挑起一个五人之家生活重担的准备。还有个不能不想到的问题，自己嫁给了比自己个头矮、又黑又土气的满仓，能不能顶得住人们嘲笑和世俗的偏见？春花在心里一遍又一遍这样审问着自己，她开始是没有这胆量和决心的，唯有的只是一丝的同情和怜悯。可是同情和怜悯是爱情吗？能支撑起自己的人生选择吗？她问自己：你爱满仓吗？满仓值得你爱吗？你愿意在这样贫穷的家里生活一辈子吗？这些都是她必须面对的问题，是回避不了的，需要她发自内心地如实回答。春花想起了大姐春叶，嫁给有钱人家就幸福了吗？没有！看来，贫穷和富有不是决定幸福的唯一条件。她又想起了梁斌？那种风花雪月的浪漫爱情给她带来了幸福吗？最终没有！那只是一个梦想，不是现实。她生活在农村，每天必须与土地、日头和锅碗瓢盆打交道，她的幸福应该是脚踏实地的，实实在在的，摸得着、看得见、感受得到的。她在努力地寻找自己拒绝满仓的理由，无非就是家境贫穷，对方长相不般配。可是，嫁给家里有钱人、长得好看的男人，就一定幸福吗？《舞台姐妹》里的月红不是嫁给了有钱有势的戏院老板唐经理吗？最终得到了幸福吗？也没有！春花又开始想自己愿意嫁给满仓的理由。是呀，又黑又矮、穿着破烂、家境贫穷的满仓到底有什么值得她喜欢和留恋的地方？是那憨憨的笑容，还是那心底的善良？是烈日下帮她给地里打药、又给她编草帽、怕她晒着的体贴，还是在自己投河自尽一刹那间，他奋不顾身跳到激流的漩涡里救自己的英雄壮举？都是！这些难道不值得她春花爱吗？难道不正说明这个看似不起眼的男人完全值得自己托付后半生吗？

春花头脑清醒了，心里的主意也坚定了。她起身走进爹妈的屋子，平静地说："爹，妈，我想好了，要是那个说媒的再来了，就说我春花愿意嫁给那个满仓。"

妈瞪着双眼，半天说不出话来。爹本来已经躺在炕上，准备睡觉了，听到春花的回答，猛然坐起来，指着春花，狠狠地说："你疯了？那样的人你都能看上？当初给你说了那么多对象，哪个没他好？你这不是打爹妈的脸面吗？不行，你愿意也不行，我不愿意！"

"你愿不愿意，我不管，我心已定！"春花说完，扭头就出了门。

春花的犟脾气再次让天祥心头上了火，一气之下直感到血压往上蹿，心口好像堵了一团棉花，连气都上不来，脸色由红胀又变得蜡黄。

第二天是礼拜天，他一大早起来就来到金祥家里，向金祥说起了春花的事，说一句，叹一口气，最后给金祥抛下一句话："这贼女子睁着双眼要往火坑里跳，简直要把我气死了，我是说不下她了，还得你去劝说劝说，我看她还是听你的话。"

金祥听了大哥的话，点头答应去给春花做思想工作。金祥听了春花的想法后，没有说什么，转过头做起了大哥大嫂的思想工作，说："大哥，大嫂，春花已经长大了，有自己的想法了。我觉得，春花说得有道理，虽说那满仓家里穷了点，但只要人心好就行，再说了春花和满仓都还年轻能干，只要下功夫苦干，穷日子也会变富的。你们就不要替她担心了，满仓也是我的学生，我了解，肯定是好娃，他今后绝对不会亏待咱春花的。"

天祥和东霞一向是相信金祥的话的。金祥这么一说，天祥和东霞也就没有什么话可说了。

秋收之后，春花就在简朴的仪式中嫁到了满仓家。

第二十四章

喜财等生产队的秋收秋播的活完了之后，就开始忙着找大队民兵连长，提前打听今年征兵的消息。民兵连长顺便从文书那里查了一下喜财儿子银锁的户口，一看银锁还不到十八岁，就劝喜财明年再让儿子报名吧。

喜财却急了，说："小一岁怕啥，把户口本一改就行了。"

民兵连长问："那可不行，征兵也是有严格条件限制的。"

喜财满不在乎地说："这你就不用管了。只要你让娃到了部队，我就有办法。"

征兵开始的时候，喜财早早就给银锁报了名。报完名回到家，他就给飞霞和新军写信。

> 新军哥、飞霞姐：
>
> 你们好！
>
> 我已经给银锁报名当兵了，我已经打听好了，今年有新疆兵。要是有智明的部队在我们这里接兵，就让新军哥给接兵的说声，看着把银锁带走。银锁到了部队后，还想让新军哥给老战友说一声，将来也给银锁转个志愿兵。
>
> 飞霞姐，妈的身体一年不如一年了，最近有点糊涂了。可你们放心，我和爱琴会照顾好妈的，爱琴天天给妈做好吃的，把妈照顾得很好。我的女儿凤云已经念初中二年级了，她很聪明，学习也好，争取像她飞霞姑妈一样上个高中，将来也能在供销社当售货员。凤云天天都在念叨着她的飞霞姑妈和新军姑父。
>
> 飞霞姐，妈最近看病花了不少钱，我现在手里也没有钱了。要是你方便的话，给家里寄点钱回来，我和爱琴好用来给妈看病。
>
> 就写这些吧，有啥事下一回我再给你们说。
>
> 弟弟　刘喜财
>
> 一九八一年十一月五日

喜财把写好的信再细细看了一遍，没有发现什么遗漏的事情之后，就封好信，贴好邮票，送到了大队部的收发室。然后，他考虑要不要给飞霞姐打个长途电话，一摸上衣口袋，就放弃了。在大队收发室打长途电话是要钱的，他身上一分钱都没有带。

公社武装部的征兵按照县上的安排，从报名、目测、体检、政审到定兵一步一步正常进展着。喜财从报名到体检都跟着大队民兵连长，几乎是寸步不离，又是给民兵连长递烟、点烟，又是主动请民兵连长在公社食堂吃饭。在民兵连长的一番努力下，银锁终于通过重重关卡，进入到了最后的定兵关口。

喜财把信寄走后已经差不多有一个月了，他还没有收到飞霞姐和新军哥的回信或者电话，他心里每天都在焦急地等待着。眼看就要定兵了，要是新军哥还不给他音信，银锁到底能不能到部队还成了问题。就在他左右等待、万分焦急的时刻，一天民兵连长杨战锁领着公社武装部长和两个部队的干部来到了他家里，听战锁说是进行家访。喜财觉得接兵部队的干部能来家里家访，银锁的事十有八九成了。他赶紧让爱琴给来人倒茶，准备花生、瓜子招待，又从柜子里取出早已准备好的金丝猴香烟，给他们齐齐散着，却只有民兵连长一人接过了一支香烟，自己点着吸了起来。

一位接兵干部见过银锁之后，简单地询问了他的年龄、文化程度和参加人民解放军的动机目的。银锁报了年龄和文化程度之后，就支支吾吾不知道该怎样回答了。民兵连长和喜财赶忙给他递话，半天银锁才说出四个字——"保卫祖国"，再也不会说了。

喜财看到另一个年轻的接兵干部在笔记本上忙碌地记录着什么，心里有点担心起来，怕银锁的回答不能让他们满意，就赶紧说："连长，我让我媳妇做了油泼面，炒了几个菜，一会儿你们就在我家里吃了饭再走吧！"

民兵连长用询问的目光看了看公社武装部长，武装部长说："不用了，家长的心情我们理解，我们还要到其他大队的新兵家里走访。谢谢了！"

武装部长和接兵干部动身先走了。这时，民兵连长杨战锁把喜财单独叫到外面，在院子里的一个角落里低声问道："老刘，你是不是有亲戚在新疆那边？"

喜财心里一阵暗喜，点了点头说："是。我姐夫在兵团当副团长。他的一个战友在你们部队当团长。"

"哦，我知道了。这次接兵干部要把你娃带走，你可要让孩子做好吃苦的准备，好好学习文化。这事你知道就行了，先不要给人说。"

"好的！"喜财脸上露出了喜悦的笑容。

一周之后，银锁就换上了县武装部发的新军装，胸前佩戴着大红花，与其他十几个新兵坐上一辆解放牌大汽车，在一阵锣鼓声和欢呼声中离开了大队。

银锁的事情终于顺利办成了，喜财在人面前也可以扬眉吐气了。银锁临走之前，喜财用飞霞和新军寄来的一百块钱在家置办了十几桌酒席，邀请亲朋好友、民兵连长杨战锁喝酒，在酒席上他逢人就说："有我三姐夫帮忙，还有啥办不成的事情？不信瞅着看，我家银锁用不了几年还要转志愿兵，说不定将来还要安置在新疆哩！"

银锁走后，沙苑地区就下了一场大雪，大雪是随着凌厉的西北风一起突袭而来的。这场雪给干旱了一个冬季的气候带来了湿润，但也带来了严寒冰冻。大雪断断续续下了三天两夜，一次比一次猛烈，给大地铺上了厚厚一层洁白的棉被。冬小麦这下可以尽情地喝上大雪融化后的雨水了。

大雪刚停，太阳就暖烘烘地露出了脸。阳光照耀着沙梁、房屋、田地和公路上的积雪，家家屋檐下都开始滴下大雪融化后的雨水，吧嗒吧嗒在院子里打出一个个小坑。有的人家干脆在屋檐下放上脸盆、水桶，接住雪水，用来喂牲口或者洗衣服用。

突如其来的一场大雪让喜财和爱琴开始慌乱地忙了起来。大雪之后的第二天早上，他来到妈住的小屋子里，叫了半天也不见妈答应。他叫来爱琴看看，爱琴摸了摸老人的手，感到一股冰凉，慌乱地说："咱妈会不会已经走了？"

"不会吧？昨天还好好的，咋就这么快？"喜财几乎要哭出声来。他摸着妈的一只手，细细地感受了一下，发觉妈的脉搏还在微弱地跳动。他觉得妈可能是昏迷过去了，就让爱琴把他们屋子里的蜂窝煤炉子搬到妈的屋子。他赶紧骑上自行车去大姐、二姐和四姐家里去叫几个姐姐。

东霞第一个来到喜财家，直接走进妈的小屋子，看到矮小阴暗的屋子里寒气袭人。虽然喜财给小屋里放一个蜂窝煤炉子，可是炉门没有打开，炉子上还放了一只大铝壶在烧开水。房间里温度不高，但煤气却很重。妈睡在炕上白发散乱，两眼紧闭，脸色苍白，只有胸脯还微微地一起一伏。东霞赶紧把门帘搭起来，把炉门打开，又从后院抱了些柴火，把炕烧热，然后坐在妈的身边叫了几声："妈！妈！"

妈扭过头来，微微睁开双眼，嘴唇动了几下，东霞听不出妈在说什么。妈那爬满皱纹的脸庞、浑浊的目光和稀疏苍白的头发在东霞眼里成了永久的定格。东霞的泪水忍不住涌了出来，她点着头对妈说："妈，你想吃点啥，我给你做去？"

妈轻轻摇了摇头，又闭上了双眼。

一会儿，彩霞和西霞也先后来了。彩霞一看妈这个样子，就高嗓子开口骂了起来："挨刀子的喜财两口子这是咋管妈的，你们都知道暖暖和和凑在一起，咋就不管妈冻不冻？"

西霞有点不高兴了，说："你一来就煽风点火，你知道喜财没有管妈？你不看炉子就在妈的屋子里？人家媳妇再不好，可是天天在伺候着妈，不要冤屈了喜财两口子。"

"你就会说两面光的话。他们把妈放在这破屋子里，白天见不上太阳，晚上没有一点暖和气，大冬天的，就这样让妈一个人在这里受冻，他们就是这样管妈？"

东霞一看彩霞和西霞一见面就吵个没完，就把她俩挡住了，说："妈都成这个样子了，你俩还吵来吵去，都不怕打扰妈？"待两人静下来后，东霞让西霞把喜财也叫了过来，说："妈身子都虚弱成那样了，看样子活不了几天了，咱姊妹几个商量商量，看该咋办好。我想，这些天妈身边不能离开人，彩霞，西霞，你俩要是家里没事就守在妈身边，我肯定也会在。喜财，你赶紧给飞霞打个电话，就说妈快不行了，让她和新军尽快赶回来。再就是赶紧给妈做棺木，挖墓，买寿衣，这些事都要尽快做。"

西霞说："我的意思是妈房子太小了，咱们都守在这里，晚上也睡不下。干脆一人一个晚上轮流守候。"

彩霞说："轮就轮，谁还怕轮？"说着，用眼角瞅了一下西霞。

东霞说："你俩谁家里有事就不用来了，这些天我会一直在妈这里，你们谁闲了，就来看看妈。妈抚养我们姊妹兄弟六个长大成人不容易，一辈子没有享过清福，临终前我们做儿女的不能没有一点儿孝心。妈以后不在了，我们想尽孝，也没有机会了。"

东霞的一席话说得姐弟几个不出声了。东霞开始抽泣起来，彩霞和西霞也跟着抹起眼泪，喜财一边往外走，一边说："我这就去大队给飞霞姐打电话去，叫他们赶紧回来。"

飞霞和新军赶到家已经是第四天了，他们在火车上摇晃了三天三夜，又用了大半天的时间从县城坐着一个送砖的四轮车回到了家。飞霞惊慌地进了门，径直朝着爹和妈以前住的正屋走去，一推门却发现喜财媳妇爱琴正在炕上睡觉，屋子里的摆设全变样了，缝纫机、自行车、收音机、大立柜、大板柜显得富丽堂皇。飞霞意识到这已经是喜财和媳妇的屋子，她退了出来，正要找妈的屋子，看见西霞从后屋里出来准备朝后院走。西霞瞥见了飞霞，赶紧小跑着迎了过来，脸上像挂着两朵花一样，说道："飞霞，新军，你们回来了！妈在这个屋里。"西霞从她手中接过两个大提包，把飞霞和新军领向后屋。

这时，喜财听到音讯也从后屋出来了，看到飞霞姐和新军哥，高兴地迎上去，从西霞手中夺过大提包，一边把飞霞姐和新军哥往他的屋里领，一边说："三姐，姐夫，先坐到我屋里吧，妈那屋子太小，东西放不下，你们也没地方站。"

飞霞没有随喜财去，只是把两个大提包，还有新军手里的一个大背包让喜财放在他屋子里，两个人随着西霞来到了后屋。飞霞推开后屋的门，里面光线昏暗，一股煤气味随即飘进她的鼻孔。她过了一会儿才适应了里面的光线，看到妈静静地仰面躺在炕上，东霞姐坐在妈身边，整理妈的衣服，彩霞坐在蜂窝煤炉子前烤着手，蜂窝煤炉子占了炕下的中心位置，几乎没有歇脚的地方了。飞霞叫了声："妈！"然后就扑到妈的面前，仔细看着妈的脸。妈的两个眼眶和嘴边的两腮已经深深地陷了进去，面色蜡黄，苍白的头发整齐地向脑后梳理着。飞霞再看了看妈的身上，已经穿上崭新的寿衣了。

"飞霞，你可回来了！妈可一直在等着你。"东霞听到飞霞的叫声，看着妈的面容，对飞霞说。

"妈现在咋样了？"飞霞问，问得很急切。

"三姐，妈留着一口气，就等你回来。"彩霞站起身来。屋里地方实在太小了，她只有站起来，才能让跟在飞霞身后的三姐夫新军进屋。新军看到大姐和彩霞都在，分别打过招呼后，就退了出去。正好喜财泡好了茶，叫新军过去喝茶。

飞霞握住妈的一只手，感到妈的手很冰凉，她试着轻轻叫了声："妈！我是飞霞，我回来了。你睁开眼看我一下。"

姐妹四个都围在妈的跟前，看着妈的表情，盼望着妈睁开双眼。时间像凝固了一样，屋子里顿时静悄悄的，只能听见几个人的呼吸声。妈似乎听到了飞霞的声音，飞霞感到握在她手里的那只冰凉的手微微动了一下，妈的眼皮开始跳动了，眼皮间隙漏出一丝缝隙，妈的嘴唇也微微动了几下。飞霞突然感到妈那只冰凉的手使劲握了一下自己的手心，然后缓缓地，缓缓地放开了，两只眼皮中间的那一丝缝隙慢慢合严了，嘴唇也慢慢停止了颤动……

一分钟，五分钟，十分钟，时间像电影里的慢镜头在一点一点流逝着。在四个女儿注视的目光里，妈的心脏慢慢停止了跳动，时间凝固在了傍晚七点三十分。

哭声，泪水，交织在一间潮湿、阴冷、散发着煤气的小屋子里，一个一生抚养了二男四女的女人，伴随着贫穷、苦难、艰辛和晚年的凄惨，走完了她七十岁的人生……

妈的丧事是由飞霞和新军出钱办的。喜财叫了巷里人帮忙，杀了家里养的一头百十来斤的肥猪，请了生产队里两个最好的厨子，设了四品四碗酒席，宴请亲朋好友和父老乡亲。东霞熬了一夜，回家给妈糊了一对白色长线灯、一对金山银山，西霞给妈用纸扎了一个摇钱树和四合院，彩霞不会做纸扎的活，只能让大姐替她扎了一个花圈。起丧时，喜财请了队里十六个青壮年小伙子用八抬罩将妈送到了黄沙里，与爹合葬在了一起。送葬的那天，天空阴沉，刮着阵阵西北风，黄沙窝窝里荒草干枯，沙粒飞扬，东霞、西霞、飞霞、彩霞一身洁白的孝服，紧跟在八抬罩后面，个个哭得跟泪人似的，而唯一爬上八抬罩、拍打着棺木，哭天喊地的竟是喜财的媳妇爱琴，只听她一声一个"妈呀"，哭得很伤心，让一边看热闹的人还以为她才是老人的亲生闺女，而跟在八抬罩后面的像四个媳妇。

东霞从妈病重到给妈办完丧事过了头七，整整熬了九天九夜，这九天九夜她没有睡过一个安稳觉，没有好好吃过一顿饱饭，中间只有一天是回到家里给妈蒸了一个大馒头，熬夜做了纸扎活。她是老大，在妈病重即将离开人世之前，她要做出老大的样子，遇到事了她要出主意，要安排事情咋办。这九天九夜里，她突然间觉得和妈在一起的时间是那么短暂，分分秒秒都是那么珍贵。她后悔的是自己平时只顾忙了家里的事情，在妈身体好的时候没能经常好好陪陪妈，而在妈将要离开她们的时候，她又是那么依依不舍。回想起妈的一生，那就是一把辛酸泪啊！为了抚养她们姐弟六个，妈和爹吃了多少苦，受了多少难，谁能说得清，谁能说得完？更让她心酸的是自从爹走了之后，妈的日子更难了，喜财两口子那样待妈，她是看在眼里、气在心里，但是她什么也不能说。彩霞不懂事，爱乱说一通。她不能那样，她知道哪家的媳妇都一样，不是亲生的，就是不一样。可是，亲生的女儿又不能像媳妇那样天天守在跟前照顾。好在妈在最后一刻终于看到了远在新疆的三女儿飞霞，她终于在临走之前了却了心中的一个心愿，没有遗憾，没有痛苦，就这样不知不觉飞上了西天。

西霞在妈的丧事期间，心情却是异常不安，她的心里时刻在装着一个人，但她不能马上去看她，她心里升起过无数的问号，是惊喜？是沮丧？是欢喜？是悲伤？她不知道，虽然心里急得像火烧，但作为女儿，她不能随便离开妈的灵堂，不能穿着孝服乱跑。她还特意留心着那个人来了没有？会不会也在妈的灵堂前磕个头，烧个香，奠三杯酒？可是，她始终没有看到那个人的身影。

飞霞终于从遥远的天边飞到了妈的身边，终于在妈临终前与妈有了一次亲情的握手，哪怕只有那短暂的几秒的握手，也终于听到了妈嘴唇间微动的声音。虽然她没有听见妈说什么，但她心里清楚妈一定是在说疼爱她的话，一定在诉说一个老人八年来对女儿的牵挂与思念。妈的眼睛虽然只露出一丝缝隙，但她分明看到了期盼已久的亲女儿终于守在了她的眼前，终于看到了女儿那熟悉而亲切的面容。这副面容无论是胖是瘦、是白是黑、是美是丑，都是亲的。飞霞心里得到安慰的是，她拿出了这些年和新军一起攒下的五百块钱给妈办了丧事。她亲自把妈送到了黄沙里，陪在爹的身边，与爹一起入土为安。

彩霞的心里只有恨。她也悲伤过，也流泪过，也像大姐一样后悔过以前没有经常来看妈，尤其是这一两年。她明知道妈的日子过得很苦，身体也大不如以前了，可她还是不想来看她。她一进喜财的家门，就像进了充满愤恨的容器，憋得心里难受、肚子胀。她恨喜财的媳妇，爱钱不要脸，虐待老人要遭老天报应；她恨喜财软蛋不争气，怕媳妇像老鼠怕猫，由着媳妇在家横行霸道，当着妈的面嘴里骂一些难听话。她恨喜财两口子，贪占飞霞姐寄给妈的养老钱，只得好处，不养老人。她清楚，妈是被那场大雪冻死的，是一天天被饿死的，说到底是被儿子和儿媳妇气死的。她看不惯喜财媳妇趴在棺木上假装伤心的样子，要不是旁边站了许多巷里人看热闹，她真想一把把她从八抬罩上拉下来，骂一句："你算啥球东西！"

妈的头七纸烧了之后，西霞就急匆匆赶回了家。她一刻也不能再等待了，要不是给妈送葬和守孝，她七天前早就回家了。彩霞家里还有不到两岁的女儿兰兰，虽然妈去世之前"杨倔头"送过来几次，但这七天再没见到女儿的面，心里也火急火燎地回了家。东霞没有啥牵挂的，宝根在县城上学，天祥自己可以做饭吃，她只是忙活了这些天，身体有点儿累。可是现在有飞霞陪伴在身边，再累也没什么，她干脆就和飞霞一起在妈的小屋子里住了一个晚上，新军则回到他弟弟家里看他的亲人了。

晚上，东霞陪着飞霞睡在妈曾经睡过的炕上，没有了西霞和彩霞的打扰，姊妹俩才好拉起家常话。八年的分离，分不开的是亲情，虽然相隔几千里，但姐妹俩的心却走得更近了。

离开老家八年了，一切都变得那么陌生。由于喜财和西霞到新疆来过一两次，对于西霞和喜财家里的情况，飞霞还是有所了解的。其实，那年西霞来新疆的时候，她还捎带着问了大姐东霞和四妹彩霞家的情况，西霞和喜财只是提了一句"都好着"，就避过了她的问话。这些年来，飞霞除了牵挂爹妈的身体，更多的还牵挂着大姐东霞。她知道大姐东霞当年丢了春草之后，又死了儿子宝成，大姐和大姐夫心里肯定会留下永远的伤痛。她还记得春叶与春花两个女娃从小都很懂事，一个本分老实，善良能干，一个聪明伶俐，学习很好，她也关心她俩现在的情况。她想知道的事情太多太多了，想给大姐说的话也太多太多了，有的话只能像今晚这样两个人悄悄说，不能让第三个人听到，包括喜财、西霞。

东霞把炕烧热后，上了炕，和飞霞并排躺在炕上，头朝着窗户。虽然身上裹着棉被，她还是感到屋子里有点儿寒冷。

飞霞问过东霞家里的情况后，对春花的遭遇很同情。她说："大姐，春花嫁给那个满仓，往后的日子肯定会很苦，我就怕那个家将来会把春花压垮。"

东霞说："起初我就不愿意，可春花情愿啊，她的牛脾气犟上来，谁也拉不回来。要不是她三大金祥后来劝我们，我和你姐夫是不会让春花嫁到那个穷家的。春花这娃命也苦，那个当兵的没有跟成，后来又嫁了这样的人家。你说，春花要人样有人样，要文化有文化，咋就不能像西霞家的秋菊那样干上体面一点的事？"

飞霞压低声音说："大姐，你不知道啊，秋菊这回在我们那里可出大事了。这次她和我们一起回来，没脸来喜财家，怕见到人，人家笑话她。"

"秋菊到底咋了？"

"哎，当初我就不想给秋菊办这事，可经不住西霞姐的软磨硬蹭，看到西霞姐和喜财大老远来一趟新疆也不容易，心一软，就让新军抹下老脸找了团长，才让秋菊在我们招待所干了临时工。本来临时工干好了就行了，可谁知道秋菊心还不甘，想着法子想留在那里转成正式工。要留在新疆转正式工，就要有新疆当地户口，外地人肯定不行。为了转户口，秋菊就和招待所一个小青年谈起恋爱。本想和小青年结婚后户口就转到这里了，可她不知道人家小伙子已经结了婚，媳妇就在我们供销社。那小伙子和秋菊谈恋爱纯粹是耍她，占了她的便宜，弄得秋菊大了肚子，就一脚把她蹬开了。后来，小伙子的媳妇也知道了他俩的事情，那媳妇可厉害了，抓住他俩的把柄，就把秋菊狠狠打了一顿。这时候我和新军才知道是咋回事，秋菊在招待所干不成了，我正好接到了喜财的电话，就顺便把秋菊带了回来。"

"我就说嘛，怪不得这几天西霞魂不守舍的。"

"要是知道秋菊起初会打这个主意，说啥我们也不会给她办这个临时工的。秋菊现在干下这难以见人的事情，让我和新军在团里也没脸给人说。"

"说到这里我倒想起一件事。"东霞想了想说，"听西霞说，她和喜财从你那里回来，在车上看到一个当兵的女娃，很像春花，有没有这回事？"

"有这事。喜财有一次在电话里给我说起了这事，我就很留意。去年过了春节，我去那个卫生所找她时，没有见到那女娃，卫生所的一个护士给我说，那女娃被抽调到前线救助伤员了，听说是去了越南战场了，就再没有她的消息了。"飞霞一边回忆着，一边说，"大姐，我觉得那女娃很有可能就是你当年丢失的春草。"

东霞想起了当年"杨倔头"和她去公社派出所门口找那个和春花长得很像的女娃娃，还有"杨倔头"给天祥说起过在城里看到一个很像春花的女子，就把这两件事给飞霞说了。飞霞听了，沉思了片刻，说："这么说，春草是被派出所的一个警察捡了，后来把春草送到城里养着。春草长大了，就到新疆当了兵。这样吧，咱俩明天就去公社派出所问问。"

"都过去这么多年了，那警察还会不会在派出所？就是在，人家要是不承认捡到过娃，咱也没有法子。再说了，我当初可是给你姐夫说过的，春草是病死的。你说这突然间又冒出了春草，你姐夫会咋想，还不把我骂死？"

飞霞一听大姐东霞这样说，知道事情远远没有她想象的那么简单，在春草的事情上，大姐左右都会为难的。她想，解铃还须系铃人，春草的事情往后慢慢再说吧！

第二十五章

飞霞和新军回来时只请了十天的假，过完妈的头七，飞霞又该起身要走了。他俩买的是晚上的火车票，家里到县城没有通公交车，他们先要从喜财家坐顺车一个小时后，才能到县城，然后再从县城长途汽车站坐长途汽车三个多小时到西安，再从西安坐去新疆乌鲁木齐的火车，来回倒车，旅途遥远而艰辛。

昨晚和大姐东霞聊得时间太长了，睡着时已经是后半夜两三点了。早上七点多起床后，飞霞就帮着大姐在喜财家的灶房做起早饭。农村的人都是吃两顿饭，吃完早饭也就上午十点多了，按照飞霞的计划安排，吃过早饭后就要开始动身去县城了。

飞霞从新疆匆匆赶回来，原本计划要与新军一块儿到新军的两个姐姐家里去看一下，顺便把买回来的礼物给他们送去，也看看自己的老家成了什么样子。由于她刚回到家，妈就闭上了双眼，第三天就要办丧事。在这全家人都忙忙碌碌的情况下，她也不便离开，只好让新军一个人先回到两个姐姐家里看看。现在妈的丧事也办完了，离吃早饭还有两个多小时的时间，她想自己应该去新军的姐姐家看看。她洗完脸梳好头，跟大姐打了一声招呼，就去了新军大姐家。

飞霞骑着自行车，迎着对面吹来的寒风，感到空气都清新了许多。她昨晚想过了，大姐家的春花往后的苦日子长着呢，作为三姨，能帮点尽量帮点。她想来想去，最后决定把她当年走之前留在喜财家里的那台缝纫机送给春花。她从大姐和彩霞妹子那里也知道，这些年喜财和爱琴对妈也不孝敬，不然妈也不会这么快就离开他们。缝纫机在喜财家里已经放了八年，虽说当初走时，并没有说把缝纫机给他，但现在想要回，却不好开口。昨晚入睡之前，飞霞想出了一个办法，就让新军开口要回缝纫机，就说他大姐家上有两个老人，下面娃娃又多，需要一台缝纫机给老人和娃娃做衣服用。然后，让人把缝纫机直接拉到春花家里，自己和新军这一走，往后就不再提起这事了。

新军和飞霞在两个姐姐家里转了一圈，给两家大人、娃娃送了他们从新疆买的糖果和衣物，推掉了两家的早饭，就赶忙回到了喜财家里。新军把飞霞的意思给喜财说清楚了，喜财和媳妇听了，都有点儿不高兴，舍不得让人拉走缝纫机，只是顾及新军给他的银锁办了当兵的事，才让新军把缝纫机拉走了。事情刚办完，东霞提着用塑料纸包裹好的辣椒面和一袋子花生来到了喜财家。她们知道飞霞今天要走，就急忙赶来为飞霞和新军送行。

车子是"杨倔头"从生产队要来的卖菜的皮轱辘车子，套了一匹枣红马。"杨倔头"虽然腿脚还没有完全好，但是干起老本行还是轻车熟路。随"杨倔头"一起赶来的还有天祥和春花，天祥知道飞霞和新军今天要走，前一天晚上就让春花给三姨准备好纯棉花布，还有满仓种的山药，放在一个硬纸箱里面，用绳子捆好，放在"杨倔头"的车上。

二姐西霞没有赶来为她送行。

飞霞走的时候太阳终于出来了，温暖的阳光轻轻抚摸在她的脸上、身上，让她心里温暖了许多。飞霞知道，她和新军这一走，可能再也不会回来了。没有了爹妈的牵挂，就好像没有了家，姐妹弟弟也只是连着根的几个枝条，在生活的旅途上各朝各的方向奔去。

再见了，故乡！

再见了，亲人们！

飞霞在姐妹和喜财两口子送别的目光中，随着枣红马的马蹄声和脖子上的铃铛声，一步一步离开了家，离开了曾经朝夕相伴的姐妹。南边的沙梁在阳光下闪着金光，远处的西岳华山也隐隐可见，车子随着木船渡过了洛河，朝着县城的方向驶去……

送走了飞霞，东霞回到家，春花跟她说，三姨把缝纫机给她了。东霞说："你可要记着你三姨的好心。"这么多年了，飞霞虽然远在新疆，可对娘家的事情却看得很清，这台缝纫机也是飞霞对她这个大姐的一片心意。有了这台缝纫机，春花在缝缝补补的活上再也不用受多大的麻烦了。

这次妈的丧事办得还算红红火火，在全大队也很有体面的，唯独让东霞心里有点儿不踏实的是西霞。秋菊出了这种事，这些天一直躲在家里不敢出来见人，西霞心里也很难受吧？在给妈办丧事的这些天里，西霞就像换了一个人似的，坐在妈的灵堂前总是一个人闷闷不乐想着心事，不像往常花样话说个不停。东霞问她咋了，她总是摇摇头说没事，就是想妈，没有了妈，她心里难受。在这种场合她说这话也合情合理，要不是那天晚上飞霞给她说了秋菊的事情，她还真不知道西霞的心里会有那么多事。

现在，妈的丧事办完了，飞霞也走了，春花吃过午饭也回家去了，她和天祥就坐在炕上熬时间。这些天的忙碌也让东霞感到困乏了，这会儿她最想的就是盖上被子好好睡一觉，这一觉肯定会从下午睡到明天早上天大亮。她太累了，九天九夜没有好好睡过一个安稳觉。她躺在炕上，盖上厚厚的棉被，头枕在松软的荞麦皮枕头上，闭上眼，只恍惚了不到一会儿，就醒了过来，翻来覆去就是睡不着。她心里还是放不下西霞。西霞这些天和秋菊闷在家里一定很苦闷吧？西霞没有来为飞霞送行，会不会一时想不开在家里出事？

天刚黑下来的时候，东霞就出了家门，穿过寒风肆虐的沙梁，来到西霞家里。她敲了敲大门，西霞的老汉过来开了门。看到东霞来串门，他有点稀奇，说："大姐，你可是稀客啊！快进来，你妹子正在屋子里发愁哩。"

东霞进了小屋，看到秋菊已经躺在炕上睡了。秋菊听到屋外有脚步声，身子转了过去，给了东霞一个脊背。西霞一脸忧愁，两眼红肿，显然是哭过了。东霞叫了一声"西霞"，然后问炕上的秋菊，说："咦，秋菊什么时候回来的？"

西霞强装着笑脸，说："大姐，你来了！"说着，拉着东霞的手坐在炕上，又说："快，坐到热炕上，老汉刚烧过炕，热乎乎的！"

东霞脱掉棉鞋，和西霞一起上了炕。两人面对面坐着，头顶就是一只明晃晃的电灯泡。西霞轻轻推了秋菊一下，说："秋菊，快起来，你大姨妈来了。"

秋菊"哎"了一声，装着刚睡醒的样子，用手背揉了揉双眼，坐起来，叫了声："大姨妈！"

东霞细看了秋菊一眼。秋菊的头发成了烫发头，一圈一圈卷在头上，脸色清瘦，下巴尖细，眼眶有点浮肿，面容愁恼。秋菊变化很大，让她快认不出来了。东霞说："秋菊是城里女子了，打扮都和咱农村人不一样。"

西霞说："大姐，秋菊过了年就二十了，也该是找婆家的时候了。这回秋菊跟着飞霞回来，就是想找个对象。再不赶紧找对象，怕像春花一样拖成大姑娘了，到那时候再找，就难了。"

西霞这样说起春花，东霞心里有点不高兴，但她没有显露，说："是呀，要找对象就赶紧找。看样子，秋菊这回回来是心里早就有人了？"

"哪里有啊？看大姐说的。"西霞一脸茫然地说，"你这个当大姨妈的，咋就不关心关心我的秋菊娃啊？还指望你大姐给娃瞅个合适的对象。"

"莫提了，春花的事就让我把心操烂了，想起来，心里就不舒坦。"东霞说，"秋菊和春花不一样，还年轻，又是在城里干体面活，说啥也得找一个城里人，最低也应该说一个农村的好小伙子。"

西霞说："是呀！这回秋菊回来，是我的主意，城里人不可靠，咱也不放心，这才把秋菊硬叫回来，想在咱这近处找一个知根知底的人家。"

"那你瞅好了没有？"

"不瞅好我能叫娃随便回来呀？"西霞显得很神秘的样子，"大姐，我实话给你说吧，年初我就给春花瞅好一个对象，无论从哪方面说和春花很般配，那小伙子也还真看上春花了，可是头一回人家托了媒人到你家提亲，就被春花回绝了。人家不死心，还一直在等着春花，直到春花和那满仓结了婚，他才死了心。如今那小伙子已经拖到二十五岁了，才急着想找媳妇了。"

东霞越听越糊涂，本来是给秋菊瞅对象，这西霞咋又扯上了春花。春花的事情已经过去了，现在说这些还有啥用？东霞就问："当初咋没见你提起过这个娃？"

"我说大姐呀，这可不能怪我。还记得我去你家时，春花对我不理不睬的样子，一看春花不欢迎我的样子，我连提都不想提这事了。"西霞倒是一副很委屈的样子，说得有点生气了，"既然你家春花看不上人家，我也不强求了。"

"你到底说的是谁家娃？"东霞问。

"就是你们大队的民兵连长杨战锁，他可是大队长的外甥，刚从部队回来就当上了民兵连长。"

"哦，你说的是这个娃呀，这战锁确实是个好娃。可春花已经嫁了人，你现在还提他干啥？"东霞问。

"大姐，你还不明白我的意思呀？我说这个娃，就是想把秋菊给他，你家春花看不上他，我家秋菊可能看上。我觉得我家秋菊配他没问题，大姐，你看这两娃合适不？"

"是很般配的，可就是秋菊比人家战锁小了好几岁吧？"东霞这才明白西霞绕了一大圈，原来是这样的打算，佩服起西霞的眼头就是比自己亮。

"秋菊是比战锁小了四五岁，这又怕啥呀？彩霞不是比'杨偏头'小了十岁吗，我看两口子过得不是很好吗？再说了，有她舅舅这个靠山，还怕以后两娃过不好日子？"

本来想去安慰一下西霞母女俩，没想到西霞却给她上了一课。东霞回来的路上想着西霞说的那些话，总算看清了西霞的心思，她看重的不是战锁本人，而是那当大队长的舅舅，以后她肯定会教秋菊学会顺着大队长这棵大树往上爬，这种事也只有西霞这样的人能做出来。多亏自己没有把飞霞的话说出来，要是她当面给西霞说了秋菊在新疆干的那种事，那场面该有多难看呀？西霞想遮掩，就让她遮掩吧，反正飞霞不回来这件事谁也不知道，让事情的真相永远埋在心里也好，对西霞和秋菊都好，毕竟秋菊还年轻，路子还很长，还要重新做人，就当新疆的那件事情没有发生过一样，这样秋菊后面的路就顺畅多了。

世上的人有千千万万，各有各的活法，春花嫁给满仓是对是错，不是一句话能说清楚的，春花自己的感觉最重要，只要春花心里觉得好就好，旁人说啥也没有用。儿女自有儿女福，春花的事就由着她去吧，当妈的毕竟管不了她一辈子，管不了，就别去管了。西霞爱管秋菊的事就让她管去吧，她给秋菊瞅的这个对象确实不错，说不定秋菊以后嫁了过去，后半辈子会好起来。让东霞有一点担心的是人家小伙子能不能看上秋菊？万一秋菊在新疆的事情暴露出来了，人家会不会不要秋菊了？

在进入腊月之前，西霞就托媒人把这门亲事说成了，事情正如西霞希望的那样顺利。其实，战锁的舅舅正为战锁的婚事着急，也知道他以前一直等着春花，可人家春花一开始就回绝了，后来再也没有那个意思，让战锁白白等了这几年。这春花一嫁人，战锁才死了那个念头，再也不像以前那样阻拦父母请媒人说媒了。没想到这回是女方家请了媒人主动上门说亲事，这让战锁的舅舅高兴都来不及。再一打听人家女方不仅有文化，是高中生，还在城里干过临时工，专门从新疆赶回来说婚事。虽说年龄小了战锁四五岁，但过了年也够法定结婚年龄了。这门亲事一成，过了年就可以给两娃办喜事了。

秋菊的婚事没有遇到任何障碍，从订婚、照相到办喜事，前前后后只用了三个多月。第二年的阳春三月初六，战锁家就把打扮得漂漂亮亮的秋菊迎到了家。

秋菊出嫁了，西霞又可以在人面前光鲜一番了。在秋菊的婚礼上，战锁的舅舅、杨家大队的大队长都恭恭敬敬端起酒杯给她敬酒，她感觉到自己的身份和地位一下子提高了许多，有了这个亲家舅舅，在杨家大队她再也不用低三下四求谁办事了。她假装着推辞了一番，嘴里说着"不敢喝，不敢喝"，却接过了酒杯，假装着畏惧的样子，象征性地往酒壶里倒回一点，一仰脖子，就将多半杯酒全喝了下去，脸上泛起淡淡的红晕。战锁的舅舅还要敬第二杯和第三杯，西霞赶紧挡住了，从对方手中夺过酒壶，倒了满杯酒，双手捧在战锁舅舅面前，说："今天是喜庆日子，我替我家秋菊给娃他舅敬一杯，秋菊以后还有望你这个舅舅多照看照看！"

战锁舅舅接过酒杯，连连夸赞："亲家母真会说话，秋菊嫁过来就是自家娃了，我这当舅舅的肯定会照看的，你尽管放心好了。"

随后，杨家大队副大队长、妇女主任、治保主任、团支部书记、会计跟在大队长后面，轮番给西霞敬酒。第一次受到这么多大队干部的抬举，西霞直感到受宠若惊，她实在推辞不过，都一一接过酒杯，喝下浅杯酒。几杯酒下肚后，她就红光满面，有点晕晕乎乎了。

在沙苑一带，结婚后第二天女婿要带着新媳妇一块儿同娘家，这叫媳妇回门。战锁给丈人和丈母娘准备了两包点心、两个大肉丸子、两瓶西凤酒和一竹篮麦面馍馍，带着秋菊回门。这些礼物在杨家大队可算是很丰厚的了，一般人家都只是用竹篮里放一些白馍馍就行了。

西霞看着战锁准备的这些厚礼，脸上始终挂着开心的笑容，真是应了当地农村的一句话：丈母娘看女婿，越看越喜欢。她赶紧给新女婿打了荷包蛋，下了一碗长面条，做了粉条拌豆芽、辣子烹豆腐、小葱拌萝卜丝和猪肉炖白菜，看着女婿吃得很香，她在一边说道："战锁，秋菊比你小几岁，不太懂事，往后你可要让着她几分，千万不要欺负她啊！秋菊在和你结婚前，可是在新疆她三姨那里干工作的，现在结婚了，那边的事可就做不成了。秋菊高中毕业后可是没干过地里活的，也吃不了苦，你看，是不是跟你舅舅说一声，让秋菊在大队干个啥事？"

战锁一边吃着面条，一边说："我知道，等过一段时间我再跟我舅说，正好那个妇女主任年龄也大了，工作上忙不过来了。"

"这太好了呀！"西霞一听秋菊的事情有点眉目了，心里顿时像喝了蜜一样甜。她赶紧用自己的筷子给战锁碗里夹了一块瘦肉，说："来，我娃吃点肉，到了这里就像在你家里一样，不要客气，不要拘束。妈给你做了这么多菜，你就尽管吃饱吃好。"

吃完午饭，西霞一边叮咛秋菊注意身子，一边嘱咐战锁别忘了赶紧找舅舅说秋菊的事情。送走女儿女婿，西霞长长出了口气，想着秋菊将来当上大队妇女主任的样子，舒心地笑了。

忙完了秋菊的事情，西霞心里的一块石头总算落地了，秋菊带给她心里的那个阴影也总算消失了。她这才缓过一口气，在家里闲得没事了就跑到喜财家里，想看看这些日子新疆那边再给喜财来过电话没有，秋菊结婚时她也没有告诉飞霞，怕飞霞知道了会说出秋菊在招待所的事情。她现在唯一牵挂和担心的是智明的事，智明好些日子也没有来信了，不知道他在部队怎么样了。她算了算，智明今年也二十三了，也该到说媳妇的时候了，不知道他有没有谈到对象。反正离退伍安置还早着，不如早早把婚订了，过一两年把婚一结，成了家，到将来三十多岁从部队回来安置到县城里就不着急了，她和智明他爸的任务也就算完了。智明的婚事到不了头，她这心里也歇不下。

喜财前几天刚喝了秋菊的喜酒，心里也为银锁的事牵挂着，银锁新兵训练也该结束了吧，下一步就要分到连队了，该让银锁在部队干啥好呢？他打听了生产队里几个当过兵的，都说如今改革开放了，部队里除了考军校外，就数开汽车最吃香。有了驾驶技术，即使将来转不成志愿兵，退伍回来后也可以给人家工厂开大车，工厂里的驾驶员可是很肥的差事。经人这一点拨，喜财也开窍了，就等着银锁新兵训练结束后，再跟新军说，让银锁在部队开车。二姐来得正好，两人想的事情都一样，就一同来到了大队部的传达室，给新军团部的办公室挂了长途电话。

电话铃声响过几声，里面传来了新军的声音："喂，请问是哪位？"

"新军哥，我是喜财。你和我飞霞姐都好着吧？"喜财很激动。

"我们都好着，家里也好着吧？有事吗？"新军很耐心，显然办公室里再没有其他人。

"新军哥，银锁新兵训练是不是该结束了？我想让你跟他们团长说一声，能不能让银锁开车？"喜财试探着问。

这时在一旁的西霞等得着急了，从喜财手里夺过话筒，说："新军，我是你西霞姐，你们一家都好吧？智明最近怎么样了？家里也没有他的消息。"

"二姐，家里好吧？你们两家娃娃的事我过几天到战友那边问问，不用着急，有什么事情会给你们去信的，你和喜财就放心吧！再不要乱跑了。就这样吧，我还有点事要忙了，长途电话，少说点，啊！"新军那边挂了电话。

喜财有点儿不高兴了，埋怨西霞抢了他的话筒，说他的话还没有说完，本来还想叮嘱银锁以后转志愿兵的事情，这下可好，人家新军就挂了电话，想说也没有机会了。西霞也不高兴了，说："你有完没完？说上一件事就行了，转志愿兵的事还早着哩，等两年后再说都来得及。"

两人边互相埋怨着，边往外走，门卫老汉在后面喊住了他俩，要他俩交电话费，一共七毛钱。

喜财和西霞你看看我，我看看你，喜财有点为难了，说："二姐，我身上钱不够。"

西霞边撩起上衣，边问："差多少钱？"

喜财手里拿出三毛钱，西霞一看，眉头一皱，从身上掏出一沓零票子，抽出一张五毛钱，递给喜财说："你平时来打电话就拿那点钱？这爱琴也真是的，把你管得这么紧！"

第二十六章

宝根从公社的初中考到县城的重点高中，开始了实现他的大学梦的旅程。

九月一日开学那天，宝根怀揣着爹卖了旱烟叶子的十五元，骑着爹给买的一辆永久牌旧自行车，车后座上带着妈给他新纳的被褥和二姐给他做的新床单，沐浴在早晨东方火红的朝阳下，告别了爹妈，出了家，朝着县城方向而去。他乘着木船渡过了滔滔的洛河，穿行在丰收在望的高粱、玉米、谷子和棉花地间，沿着一条田间小路一路向北，之后上了宽阔的柏油马路，沿着柏油马路向西行驶，前方十里远的地方就是县城，这条路他以后要来回走三年了，甚至四年、五年。宝根的心早已经飞到了县城，飞到了心中向往的那所重点高中。

宝根上的重点高中坐落在县城东大街，学校坐南朝北。走进校园，绿荫环绕，正对面的一排五层教学大楼气势宏伟。教学楼前是一个花草葱郁的花池，花池前是一个正正方方的小广场，两边各有一条绿荫大道，绿荫大道两旁各有三栋三层楼，每层楼有三个教室；教学楼后面就是一个标准的操场，操场正中央是一个400米田径跑道，跑道上铺着柏油，呈深蓝色，跑道里面是东西一排四个篮球场，操场两边是一排整整齐齐的乒乓球案子和羽毛球场地。走进这样气派的学校，宝根算是见了大世面，回想起公社那个坐落在黄沙窝窝里的只有一个黄土操场、几排瓦房的初中校园，两所学校简直是天壤之别。

高中和初中显然有许多不同之处了，老师不像初中老师那样抓得紧，全靠自觉学习，学生也是来自全县二十多个公社的尖子生，以前在初中那种尖子生的优越感全无了，学生成分也比初中复杂多了，城里的学生穿着就是洋气时髦，乡里的学生穿着一看就土里土气的。老师也是陌生的，高中一年级的任课老师几乎都是从师范学校毕业的年轻大学生，宝根听惯了三大金祥的语文课，听惯了初中那些头发花白的数理化老师的课，突然面对一个个年轻老师，他还有点不适应。

报完名的第一天的晚上，按照学校安排，高一各班就召集新生开班会。一个二十三四岁、留着偏分头、带着金丝框架眼镜的男老师脸上挂着微笑，手里拿着一张学生名单，快步走上讲台。他看了看下面同学，清了清嗓子，开始讲道："同学们，我是咱高一五班的班主任余老师，今天我们班同学都到齐了，下面我开始点名，请各位同学按照我点名的顺序，从前面第一排自左向右依次坐到座位上，没有特殊情况我们就不变动座位了，这样便于其他老师上课点名提问。"随后，班主任就开始按照名单点名了。

宝根仔细听着老师点名，前面点到名的同学背起自己的书包按次序坐到了各自的座位上。宝根是倒数第五个被点到名的，坐到了教室左后角。倒数第四个被点到名的是一个女生，叫丁洁云，坐到了宝根这张课桌的右边，他俩就成了同桌。宝根的个子并不高，坐在最后排最左边的角落，看着黑板上的字如同蚂蚁一般大小，再一看前面的男女同桌的很少，心里有点不高兴了。但是，刚才班主任已经说过了，没有特殊情况是不会做调整的，他能有什么特殊情况呢？没有。开学第一天，他不想开这个口，怕给老师和同学留下不好的印象。再说了，他不想在这个位置坐，又有谁愿意坐呢？他要是提出调整座位，同桌丁洁云会怎么想呢？人家肯定会觉得自己讨厌她或者对她有意见才不愿意和她在一起坐，一开学就和女同学闹别扭显然不好看，何况宝根以前在初中可是同学眼中的尖子生，老师眼中的好学生，学校多次表扬奖励过的优秀学生干部？就是由于中考发挥失常，成绩不理想，他在这个全县重点高中的全年级中，成绩排在了末尾。宝根心里还寻思着，班主任点名的顺序是不是按照考试成绩由高到低排列，如果是，说明自己在这个班里的成绩已经排在了五十六名同学的倒数几名了。想到这里，他心里有点儿失落。

宝根用双眼的余光瞥了一下丁洁云，就这一眼就给他留下了深深的印象。丁洁云长得像城里人，白白净净的脸蛋，乌黑光滑的披肩发，又细又长的手指，上衣是浅灰色的双排扣条绒袄，下面是深蓝色上窄下宽的喇叭裤。丁洁云似乎觉察出宝根在偷看她，就把脸转了过去，给了他多半个后脑勺。宝根脸上有点儿发烫，赶紧收回眼光，低下头装着看起摊开在课桌上的高一语文课本。

宝根心里更加别扭了，自己一个土生土长的农村娃，和一个城里女娃坐在一起，仅从自己穿的这身妈妈手工制作的绿色中山装和宽大的蓝色大裆裤子，就让这个城里女娃看不起了。

座位定了之后，班主任余老师指定了几位同学为班干部，剩余十几分钟时间里让同学们自由支配时间，相互认识，相互熟悉，明天早上正式开始上课。

教室里顿时像炸开了锅，前面有的同学交流欲望很强，很快就和身边的新同学交谈起来，不时还传来几声笑声。坐在后面的同学倒是交谈比较少，宝根仔细打量了一下，差不多都是像他这样从农村来的同学，显得胆怯、内向、呆滞。

"哎，你是哪个公社的？"一个柔和的、文静的、又很低调的声音在问。

宝根心里不知在想着什么，对这个声音没在意，以为是在问别人，他默不作声，仍埋下头看着语文课本。

"问你话呢，怎么不回答呀？"有人在轻轻推了一下自己的右臂，宝根这才知道是丁洁云在问自己。他的心突然急剧地跳了一下，脸也红了，赔着笑脸说："你刚才问我什么了？我没注意。"

"问你从哪个公社来的？"丁洁云有点害羞地说，说完，抿着嘴唇，想笑又没有笑出来。

宝根说："我是洛河南边的沙苑公社的，家在杨家大队。你是县城里的吧？"

"哦，沙苑公社的，我去过，就是风沙大。"丁洁云说，"我家以前在北塬公社，我爸以前在沙苑公社工作，前几年调到城里了，我就在县城初中上学。"

"我爹妈可都是农民，我是地地道道的农村娃，跟你们城里学生不能比，一看你的穿着打扮，就知道你不像农村的。"宝根很羡慕丁洁云有一个在城里工作的爸爸，可以在县城上初中和高中。第一次和丁洁云说起各自家里的事情，宝根不好意思打听丁洁云的爸爸到底干什么工作，人家告诉你什么你就知道点什么，要是打破砂锅问到底，就显得太没礼貌了。

"你考了多少分？看样子我们坐在后面的都是成绩不高的同学，听说咱们班最高成绩有四百五十多分的，比师范录取线还高许多，人家都不愿意上师范，就是奔着重点大学去的。"丁洁云到底是城里娃，知道的事情很多。

"我中考没考好，作文没有写完，也影响了第一天其他科目的考试，结果只考了四百零几分，本来想考师范学校，结果还差了三十几分，好在刚上重点高中线。你呢？"

"我可没有你考得好。你能上重点中学已经不容易了，估计你们公社也没考上几个吧？"

"是的，我们学校一共有两个学生考上重点高中，一个学生考上师范，考上师范的是我堂姐，她是补习生。"

　　宝根和丁洁云正聊得热火时，晚自习的下课铃声响了，同学们开始陆续离开了教室。宝根也要去班里的男生宿舍整理被褥，丁洁云说她不在学校住，爸爸的单位离学校不远，她就在爸爸单位里住。

　　第二天早上到第四天都没有上新课，语文、数学、物理、化学和英语老师陆续与同学们见了个面，都是把初中升高中的考试题给大家讲了一遍。第四天班主任说，学校通知，星期五和星期六对高一新生进行摸底考试，大家做好准备。

　　第二周周一早上，考试成绩就出来了，成绩榜就贴在学校门口。上完早操，宝根和同学们相拥着朝学校门口墙上的公示栏走去，在十几张红榜上寻找着自己的名字。宝根一眼就找到了自己，排在三百多名新生的第五名，名列高一五班第　名，成绩是 468 分，最高的是 475 分。因为这次摸底考试题比中考题简单了一点，大家的成绩普遍都比升学考试成绩高。令人意外的是班里两个考过师范录取线的学生才考了 450 多分，排在了十名左右，看来人家根本就没把这次摸底考试当回事吧！而丁洁云的成绩有点差，只考了 380 分，排在了全年级倒数第二十几名。

　　班主任余老师代的是语文课，早上第一节正是语文课。余老师在课堂上宣读全班同学的摸底考试成绩，在宣布成绩之前，班主任在黑板上先写下大大的"杨宝根"三个字，才说："杨宝根同学请站起来，让同学们认识认识你。你这次考试可为咱们五班争了光，语文和数学成绩都是全年级第一名。"

　　宝根站起来，看到全班同学的目光瞬间聚焦在他身上，看得他有点儿害羞，像做错了事的孩子一样低下头，还没等班主任下达"坐下"的命令，就坐下了。

　　下课后，有好几个男生女生向宝根祝贺，大家都投来羡慕的目光。宝根心里很甜蜜，但嘴上总是不好意思地说："谢谢！"

　　待教室里人少的时候，丁洁云又像第一次那样碰了碰他的右臂，低声说："宝根，你真棒！没看出来呀，你才是我们班的尖子生，未来的重点大学生，要是我有你那两下子该多好！"

　　宝根红着脸说："这次考试题简单，没什么，一次考试也说明不了什么，关键是要看以后的成绩咋样。你这次没考好，不要紧，以后好好努力，会考得更好的。"

"能和你这个尖子生坐在一桌，是我的运气好。以后还请多帮教，让我也跟着尖子生沾点光！"丁洁云笑着说。

"肯定会尽力帮你的。"宝根说。

经历了一周高中生活的体验，宝根带着新奇和喜悦的心情回到了家，他将摸底考试的试卷和学校印发的喜报带回家给爹妈看。爹妈都没念过书，看不懂，只是听他说。爹妈知道宝根考了全班第一、全年级三百多名学生的第五名时，脸上都洋溢出开心的笑容。爹说："宝根呀，全家人现在就指望你了，你要好好学习，像你红卫哥那样，几年后也考个大学，让爹和你妈脸上也有点光彩。爹就是豁出去把这把老骨头，也要把你供到考上大学的时候。"

妈说："根娃呀，妈和你爹都没念过书，一辈子只能在沙窝窝里下苦，也没个出息。我娃在城里要好好念书，往后考上大学，吃上公家饭，挣了大钱，也让妈和你爹跟着你享几天福，那个时候咱家也就能出人头地了。"

爹妈的话让宝根心里一阵激动，他点着头，说："爹妈放心吧，我会替你们争口气的。"

宝根在县城学校第一次考试就考了前五名，这让东霞看到了日后的希望。她感谢老天发了善心，让她的宝根考了好名次，为全家人争了光。她在心里对老天爷说：老天爷，我会记着你的好处的，以后逢年过节还会用最好的水果、吃货、五谷杂粮孝敬你，供奉你，只要你保佑我的宝根往后考上大学，吃上公家饭，我这辈子就是做牛做马也愿意！

这天晚上，东霞做了一个梦，梦见一白胡子光头老人拄着拐杖，从天上驾云降临到自家的院子里。白胡子老人手里拿着一张鲜红的喜报，对着屋子里的她瓮声瓮气地说："善人请出来接旨！善人请出来接旨！"东霞听到老人声音，赶忙穿好衣服和鞋子，来到院子里，对着高大的白胡子老人"扑通"一声跪下，先是连磕了三个头，然后双手举过头顶，说："东霞来接旨，谢谢老天爷！"说完，就觉得手心里放了一张卷成筒状鲜红的油光硬纸，她低着头怯怯地问："老天爷，这是啥喜报？"老天爷哈哈大笑起来，一字一句说："恭贺你家儿子中了状元，上天专程给你家道喜了。"东霞心里一阵狂喜，又恭恭敬敬对着白胡子老人磕了三个头，高兴地说："谢谢老天爷！谢谢老天爷！"等她抬起头时，那个白胡子老天爷已经驾着云一溜烟上了天，只见蓝天白云中有两条巨龙在腾空狂舞，那巨龙全身金黄，在阳光照射下，发出万道光芒……东霞再看看身边，全大队的男女老少都聚集而来在为她们家道喜，她抑制不住心中的喜悦，逢人就说："宝根中榜啦！宝根中榜啦！"

"宝根中榜啦！宝根中榜啦！"东霞几乎是喊着从梦中清醒过来。窗外的月光温柔地洒在炕上，也洒在她的脸上。在这宁静的秋夜，她看到皎洁的月光和几乎圆满的月亮，不由得想起了宝根小时候在她怀里和她一起欣赏月亮的情景，记得那时她把宝根抱到窗前，指着天上的一轮圆月，问宝根："快看，那是啥？"宝根不知道，只是高兴地朝着天空挥舞着双手，好像要把月亮抱在怀里一样。于是，她就在宝根耳边轻轻哼起了一句民谣：

> 月亮宝，穿新袄，
> 吃白馍，打核桃。
> ……

她回到了现实的夜晚中，抬起头，看了一眼窗外那轮圆月，心想，快到农历八月十五中秋节了，怪不得老天爷给她托了这样一个美梦，只可惜美梦太短暂了，她真想再回到梦中去。她在心里对自己说："有老天爷保佑，看样子我的宝根一定能考上大学，能当上官。"

东霞刚才的喊叫声惊醒了沉睡中的男人天祥，天祥问："大半夜的不睡觉，喊啥呀？"

东霞把她刚才做的美梦给天祥说了，她说："娃他爹，宝根将来考上大学了，我们两口子以后也就有了依靠啦！"

天祥迷迷糊糊说了句："你不要再说梦话了，宝根能不能考上大学这要全靠他自己，可不敢再像上回那样一到关键时候就怯场。"

高中的课程与初中比起来难度自然要大许多，特别是数学、化学和英语三门课程，数学更加深奥，化学更加抽象，英语的词汇量和阅读量更大，宝根心中时刻装着爹妈的叮咛和希望，按照初中的那一套学习办法，除了上课专心听讲之外，每天晚上下自习后还要加学一个小时整理笔记，做一些课外题，争取达到熟练和融会贯通。教室里，经常有他孤灯奋战的身影，宿舍里总会有他最后一个进来的响声。晚自习上，为了做对一个三角函数综合题，他全神贯注，苦思冥想，尝试了不下四种思路去解题，不知花多少时间，终于靠自己的努力把这道题做出来，每当清扫完一个"拦路虎"，他都像打了胜仗一样兴高采烈。在数理化科目上，他全靠一种认真劲和顽强的韧劲，去解答一个又一个迷宫一样的数学难题，理解一个个陌生而抽象的物理概念和原理，搞清一个个化学分子式和化学反应式。半年里，他就是这样围绕着教室、宿舍、食堂三点一线，循环往返地度过一天又一天。走在校园里，他眼前经常浮现爹在生产队地里顶着火辣辣的日头收割麦子，经常会想起妈妈熬到半夜纺线织布做针线活，他几乎把校园当作了战场，每一天都在练兵备战，为的就是全力打好中期和期末两次考试的仗，他要求自己占领高地不失手，决不能后退到全年级前三名之后。

两个半月后，终于迎来了期中考试。这可是检验这半学期学习效果的一次庄严考验，也是迈向大学校门的第一步。考试前一周，他给自己做了详细周密的部署安排，每天早读时间朗读语文课文的精彩段落，背诵英语单词和主要句式，中午自习完成上午课程作业，晚自习先完成当天全部作业，后尝试做综合性课外辅导题，各个科目都不能落下，注意政治、语文、数学、英语、物理、化学、历史、地理八门课程的平衡发展，不能有一门课程拉下分数而成为"跛子腿"。

一连三天紧张而忙碌的期中考试终于结束了，宝根觉得自己就像脱了一层皮一样，浑身一下子轻松了许多。像第一次摸底考试一样，最后一门课程放在了周六中午考，考完试同学们就可以各回各家了，等着下周老师判卷后公布成绩。最后一门是英语，这可是宝根的长项，答完最后一道题，宝根仔细检查了一下，对自己还是有百分之九十九的自信，离交卷还有半个小时的时间，他有点儿急着想交卷了，无意中瞥见旁边的丁洁云双眼瞪着卷面在发愣，试卷上有好几道题都是空白，她也瞥了宝根一眼，可能是看到宝根已经答完了卷子等着交卷，她开始着急了，额头上渗出一排细细的汗珠子。宝根趁监考老师不注意，把自己的试卷往右边推了推，故意露出了答案，丁洁云马上领会到宝根的意思，趁机抄写了几个答案，然后宝根又把试卷翻过来装着检查，丁洁云又赶紧抄了一个答案。铃声响起时，丁洁云抄得也差不多了，卷面上的空白都补齐了，在监考老师和同学们的一阵忙乱中，两人心领神会地双双交了试卷。

第二周的周四，期中考试的成绩终于出来了，各科的考试卷子也陆续发下来了。功夫不负有心人，宝根的语文、英语和数理化都在九十分以上，特别是数学得了全年级最高的98分，英语和语文也都在全班第一名排着，总分一跃成为全年级第三名。丁洁云的英语成绩也由摸底考试的48分提高到了82分，总成绩也一下子排到了全班中游，甩掉了后十名的尾巴。

三天的各科老师评卷结束后，宝根抑制不住心中的喜悦，急着想把这次考试的喜报早早告诉给爹妈，周六中午下了最后一节课后，他顾不上在学校食堂吃午饭，就从宿舍里推出自己的自行车准备回家，在学校门口的树下正好碰到了丁洁云。丁洁云背着书包，正往学校外走，看到了宝根后，她喊了声："哎，杨宝根，你咋不吃饭就回家？"

宝根说："回到家再吃，我妈在家里给我做好了。"

"你家那么远，回到家你肚子不早就饿坏了呀？走，到街上我请你吃大肉水饺。"丁洁云放慢了脚步，和宝根并排走着。

"不了，我还是回家吃吧，我爹妈看不到我回家，会着急的。"

"你真幸福！你爹妈对你这么疼爱，我羡慕死了。"丁洁云神情有点低落。宝根觉察到了丁洁云的不快，忙安慰她说："其实，哪个爹妈都会疼爱自己的儿子的。我也很羡慕你啊，你有一个在城里干工的爸爸，还有一个城里的家，多好啊！"

丁洁云一摆手，说："不说这些了，你到底去不去和我吃饭？第一次请你吃饭，你也该给我个面子吧？"

宝根有点儿为难了，他想了想，说："洁云，我真的要急着回家。要不，下次怎么样？我爹妈没有多少钱，我请不起你吃饭，可明天我从家里给你带一些我们的特产，有落花生、大红枣，还有我妈会给我烙油饼，给你尝尝，好吗？"

"那好吧！你说话可要算数，我下次请你吃饭，你明天给我带你们家里好吃的，互相交换，谁也不吃亏，行吧？"丁洁云终于露出了笑脸。宝根发现丁洁云笑起来的样子很好看，两腮边露出两个小酒窝，一排洁白的牙齿整齐地排在嘴里，轻轻压着下嘴唇，上下嘴唇两角微微向上翘起，双眼眯成了一条线，一双细细的眉毛弯成了月牙状。

宝根觉得，丁洁云笑起来很像一个电影明星，但他就是一时想不起来那个电影明星的名字。

第二十七章

红卫上了大学，红莉考上了师范学校，这下金祥心里的负担轻松了许多，这可算是了却了他多年的心愿。作为中学教师，他深深明白，如今农村的娃娃改变命运、跳出龙门唯一的途径就是考大学、中技或者师范学校。红卫和红莉相继跳出了龙门，他们以后的路子就好走多了，不用他再操心牵挂。红莉一个女娃娃将来当个教师，继承父业是再合适不过的了。红卫上的是财经学院，毕业后可以在银行或者政府财政部门工作，都是让人羡慕的职业。两个孩子有出息了，也不枉他这些年付出的心血。大哥家的宝根没有考上师范学校，这出乎他的意料，不过还好，宝根最终还是上了县城重点高中，以他的基础和相对超强的学习能力，三年后一定能考上像样的大学，那样可能比现在早早上个师范学校好多了。

送走了三个娃，金祥平时在上好自己所代的语文和历史课之余，也在不断用文学和新闻充实自己的生活。他订阅了《延河》《当代》《人民文学》三样文学刊物和本省本市日报和农民报，每天晚上睡觉前都要看看当前的诗歌、散文、小说，白天有时间了，也会和附近农民交谈，和公社干部交谈，试着写写农村里的新鲜事，用作文稿纸一个字一个字工工整整抄好，寄到省市日报和农民报。教育方面的新闻稿他不写的，怕给自己惹来麻烦，也怕其他老师眼红，更怕学校领导批评嘲笑他不务正业。

一次，金祥利用星期六下午学生回家取馍的机会，独自来到学校附近的一片花生地，看到有一对四十多岁的农民夫妻在花生地里出花生。他走上前去与他俩交谈起来，交谈中得知他们生产队率先在全大队实行了家庭联产承包责任制，社员再不用看队长的脸色上工，也不用干部催自己早早就到地里干活了，地分到了各家各户，除了给国家上缴公购粮和给大队上缴提留款外，地里所生产的粮食和棉花、花生、大豆之类经济作物也归农民自己的，两口子干得更欢畅。这可是党的富民政策在农村开花结果的体现啊！金祥对两位农民夫妻再做了深入采访后，就立即回到自己办公室，写出了一篇《"大包干"落下地"钱袋子"鼓起来》的现场短新闻，然后按照新闻稿件要求，到公社文书那里盖了公社的公章，寄到了农民报社。这是他第一次试着投稿，没想到一周后就在农民报头版显著位置刊登了。第一次看到署有自己名字的新闻稿件上了省农民报，他激动得半个晚上都没有睡好，从此一发不可收拾，相继又试着采写了《农村女强人承包荒沙地一年脱贫致富》的通讯稿，先后也被市内的日报和农民报采用了。一篇篇新闻通讯稿件上了省市报纸，如同一个个丰收的果实，让金祥感受到了辛勤耕耘后收获的喜悦和成就感。

杨金祥的名字慢慢在全公社甚至全县传开了，有认识他的农民见到他都不喊他杨老师了，干脆就叫他杨记者。然而，金祥在报纸上公开的抛头露面却引起了学校领导的不满，也让一些教语文的同行嫉妒起来，学校教导主任还把他专门叫到办公室个别谈话了。教导主任拖着官腔说："金祥同志，你要知道你的身份是老师，不是其他的什么，教好学、给学生上好课是你的本职工作，有时间还是在教学上钻研钻研吧，别整天跑来跑去写什么新闻了，那是人家宣传干事干的事，你尽管种好自己的一亩三分地，别替别人瞎操心了。你要是嫌这里的庙小，想出名，干大事，干脆就不要在这里教学了，哪里适合你就去哪里吧！"

走出教导主任的办公室，金祥的脸上发烫，他以前那种成功的喜悦和激情一下子被教导主任用一盆冷水扑灭了。看样子，给报社投稿的事情以后是再也干不成了，再干就会惹火烧身。他走在一排教师办公室前的院子里，看到了几位语文老师看他的眼光也怪怪的，有几个初二语文老师还围在一起小声议论着什么，看到金祥走过来了，就停止了。金祥总觉得那几个老师是在议论他，他突然感到身边这些人有点儿讨厌。他弄不明白，自己给报纸写点稿子，又妨碍了他们什么？

也许是金祥的那篇刊登在农民报上的稿件起了作用，很快全公社的十个大队相继都实行了家庭联产承包责任制，党的农村改革政策在沙苑公社全面得到落实，沙苑公社也成了全县落实农村改革政策的示范公社。十月份，县政府在沙苑公社召开了现场会，全面推广沙苑公社落实家庭联产承包责任制的做法。

这次现场会的成功举办，给公社书记脸上增了光彩。其实，这次现场会的最初功劳还应该归功于金祥的那篇新闻稿件。公社书记是年初刚从县委宣传部下来的，对宣传工作很重视，而现任宣传干事年龄有点偏大，已经五十多岁了，头脑跟不上形势的变化，写的材料和新闻稿件老套死板，没有新意，书记很不满意，早就想物色个人才把他换掉。前一段时间金祥的几篇文章一上报就引起了书记的关注，他看了金祥写的现场新闻稿和人物通讯，就觉得稿件反映的事情和思想都很新颖，紧跟时代潮流，而且文字功底很扎实，后来一打听，原来是公社初中的一位语文老师，怪不得能写出这样高质量的文章。在公社党委会上，他当场拍板决定引进这个宣传人才，并给予重用，自己直接到县教育局和县委组织部协调好了金祥的人事关系，通过组织部正式文件把金祥调到公社党委当宣传干事。

金祥到了公社党委宣传干事的位置上，写起新闻稿件更是如鱼得水，短短的一个月之内，就接连在市内党报和农民报上刊登反映全公社农业生产和精神文明建设方面新闻稿件五篇，连县委宣传部通讯组的干部都感到惊讶，以为是书记自己写的挂了别人的名字发的稿子。金祥的才华越来越得到书记的赏识，金祥也渐渐成了领导周围的红人。有时候书记下基层检查工作或者蹲点搞调研，都要叫上金祥作陪，回到公社后就给金祥交代一下自己的观点和意图，让金祥赶快写成文章，不到半年时间，金祥就和书记配合得游刃有余，书记的署名文章也多次在县委的简报和市委内部刊物上刊发。

金祥从学校升迁到了公社当干部，这在杨家大队的干部群众眼里就是一大喜事，因为公社里有了自家大队的人，以后去公社办啥事，肯定好办点。再说了，书记对金祥评价那么好，金祥在公社又那么红火，说不定杨家大队的人还能跟着金祥沾点光。

金祥进了公社工作，身份可不比以前当老师了，穿着方面也应该讲究一点。金祥的妻子玉玲自然关心起丈夫的穿着，她用金祥一个月的工资在合作社扯了时下流行的蓝色涤卡布，请大队里有名的裁缝给金祥做了一身四个兜的中山装，专门让裁缝照着人家大干部和有文化人穿着的样子，在左前胸的上衣口袋盖上留出一个插钢笔的空隙，那样钢笔帽上的金色或者银色夹子露在外面，一眼就能看出金祥是个"笔杆子"或者文化人。自从金祥到了公社当干部之后，杨家大队的人碰到玉玲也彬彬有礼，敬重三分，看她的表情都不一样了，都是一副抬头仰望她的样子，即使不说话也会对她露出笑容。

然而，令玉玲犯愁的事情也接二连三来到眼前。一是金祥到了公社，家里的责任田就靠她一人干了，她就是累死累活，一个人也干不了三个人的责任田；二是公公上了岁数，身体突然衰弱了许多，经常丢东忘西，显然是头脑糊涂了。金祥一走，红卫和红莉也去了学校，家里只剩下她一个人，里里外外肯定忙不过来。还有，娘家爹妈身体也越来越差，她抽空也得去看看。星期天金祥回到家，玉玲晚上就在炕上诉起了苦。金祥知道玉玲一个人在家里很辛苦，说："你还是先把家里的事做好，地里的活我抽空回来也干干，到了收获的时候把大哥大嫂叫过来帮帮忙，再不行的话两家合一家，人多力量大，干起活来，就不发愁了。"

玉玲觉得这也是个好办法。她说："大哥大嫂年纪也大了，下力气的活恐怕也干不动了，我看到收庄稼的时候，干脆把春花和她家里的几个壮劳力叫来，满仓那弟兄几个干起活来一个赛一个，就不愁咱地里活多。"

"到时候我让大哥给春花说声，看人家忙不忙。"说完，金祥脱掉了内衣，钻进了玉玲的被窝。

入冬以后，天气一天天冷起来，金祥礼拜天回到家，发现爹的身体一天不如一天了，他赶紧把大哥叫来。天祥走到爹跟前，看到爹脸上瘦得几乎是皮包骨头了，露在被子外面的一只手也瘦得像竹竿一样。妈在炉子上给爹煮着稀饭，眼里布满了忧愁。天祥说："金祥，我看爹是过不了这个冬天了，你赶紧把水英也叫来，咱们商量商量咋样给爹准备后事吧。"

水英家在邻村，其实也不远，农闲时候经常过来看看爹妈。只是这天气突然间变冷，身体弱一点儿的老人就受不了。这些年，爹身体本来就不好，高血压、脑梗，还有哮喘，只有天气好的时候敢出来到院子里晒晒太阳。水英不到一个半小时就坐着金祥的自行车从家里赶了过来。看到爹这番模样，她差一点儿掉下了眼泪，摸着爹干瘦的手叫了几声："爹！爹！"爹没有出声，眼皮吃力地张开一下，又闭上了。

天祥把水英、金祥叫到妈跟前，围着火炉坐在小凳子上，一起商量起为爹准备后事的事情。

妈先开口说话了："我看你爹也熬不过多少日子了，天祥，咱这农村有一个传统的做法，就是爹由老大管，妈由老二管，儿管挖墓和棺材，女管穿的寿衣。地祥和水祥老早就不在了，现在妈就剩下你们俩了，水英是嫁出去的女人，你爹的丧事按理应当在天祥家过，水英和你两个嫂子商量着趁早就给你爹把寿衣买好，还有棺材里面铺的盖的都要准备好。妈现在身体还好，还能伺候几天你爹，从今天起你们就各忙各的吧。天祥，你爹一时半会儿还咽不了气，说不定还能活个十天半个月的。我看就先把你爹放在金祥这里，我照顾起来也方便点儿。等你爹真的快不行了，咱就把你爹拉到你家里，你给东霞提前打个招呼，不要到时候闹别扭。还有，金祥，你一直在外面教书和工作，经常不在家里，请人做棺材和挖墓的事情就交给你大哥吧，到时候你只管出钱就行了。你大哥家里也困难，你是挣钱的，在出钱的事上你多分担点儿，你大哥就多跑点儿腿，多出点儿力。我就说这些，你们三个有啥话也尽管说，先说响，后不嚷，免得到埋人过事的时候再争吵，让巷子里的人笑话咱。"

天祥看看金祥，金祥明白大哥的眼神，先表了态："我没啥说的，就按妈说的办。"

天祥说："金祥，现在你也算是公社的干部了，在爹的丧事上咱可不能马虎，爹受了一辈子苦，和妈把咱三个拉扯大也不容易，说啥咱也得让爹风风光光地走。我看墓就挖成双筒的，棺材就用比较好的松木，我明天就去县城看一下，买上木材公司做好的松木板拉回来，请咱队上的几个木匠在我家里给爹做棺材。只是松木板贵一点，你看行不行？"

"大哥，就照你说的办，只要把活做好，钱不是问题。"金祥说。

晚上，金祥把今天妈和大哥说的话给玉玲说了，他想这事应该让玉玲知道，到出钱的时候省得玉玲说她不晓得这事心里不情愿，毕竟他挣的工资都给了玉玲，明天大哥就要去县城买松木板，眼下就得拿点钱。

玉玲听了半天没反应，思考一番后，才说："都是爹妈养的儿子，凭啥让咱多掏钱。大哥家过事，他就想用最好的松木做棺材，他为了在外人面前显晃，却让咱多掏钱，想得倒美呀！"

金祥发觉玉玲慢慢变了，变得学会了计较小事，变得忘了大哥大嫂以前对自家的恩情了。他发现从他当了公社干部之后，玉玲对旁人说话的语气变得傲慢了，对自家人也冷淡了，现在还开始跟大哥计较起来。他有点寒心，往日那种对玉玲的亲热感瞬间冷却下来。他说："出钱的事是妈说的，妈是看在大哥家日子紧，宝根上学要花钱，春花春叶又都嫁出去了，家里缺劳力。我毕竟是拿工资的，多照顾一下大哥有什么不可以？再说了，这挖墓、买松木板、找木匠做棺材来来回回哪样不要跑腿找人，大哥都给咱把这些事做了，咱就是多出一点儿钱，还能吃亏？何况爹妈就剩下我们弟兄两个了，打断骨头连着筋，亲弟兄之间再这样计较，让旁人咋看咱？"

玉玲也生气了，背过身去，给他丢下一句冰冷的话："你爱当好人，你就当去吧，我才不管你了！"

爹是半个月之后死的。爹死的那天，天上下起了小雪，雪花不大，随着西北风飘飘洒洒，就像从空中散发的纸钱。丧事是在天祥家里过的。爹是穿着水英让裁缝制作的深蓝色大圆花绸子寿衣入殓的，嘴里还含着一枚硬币，沙苑一带农村人称这是死者的岁数钱。起丧时，天祥顶着冒着火苗和青烟的纸盆子，跟在八抬罩后面一路哭着到了墓地。爹的墓地选在沙坡窝窝里一个低洼平缓的地方，旁边已有队上几位老人的坟墓。爹的棺材被送进了墓洞口时，天祥和金祥沿着斜坡下到墓口，亲眼看着爹的棺材被平稳地安放进墓洞里面，给封墓口的匠人散了烟和几瓶白酒，把水英给爹用纸糊的柜子、四合院、长线灯、摇钱树、金山银山和亲戚送的花圈统统放在墓前。天祥用孝棍围着这些东西画了一个圆圈，然后跪着，用火柴点着。在熊熊的火光中，天祥趴在沙地上大哭出了声，身后的孝子和亲戚都跟着哭起来。天祥和金祥一哭起来，眼泪就止不住了，但是这个时候男人们是不能放开哭的，只有女人们可以跪在地上哭哭啼啼不起来，才显得对死者的无限依恋和哀痛。哭了几声之后，天祥擦干眼泪，对着爹的墓口敬了三杯白酒，又恭恭敬敬地磕了三个头，才抱着爹的遗像从墓地里返回，从沙坡窝窝里带着一身黄沙和细小的雪花走上了回家的路……

冬去春来，二月初八，爹的百天忌日过了之后，地里的农活慢慢就开始忙了起来。金祥给天祥说："大哥，现在咱队上也实行了责任制，红卫和红莉都上了学，我在公社也忙着回不来，玉玲一个人既要忙家里又要忙地里，到秋麦两料收获季节，还要你照顾照顾，我要能请到假也就回来。要是你和嫂子忙不过来，到时候看，能不能把春花和满仓叫来帮帮忙？"

天祥说："兄弟，咱一家人不说两家话，放心吧，到时候我会帮着玉玲把庄稼收回家的，好在咱两家的地在一起，好照顾。要是万一忙不过来，我看咱两家和在一起收庄稼，到时候再把春叶、春花两口子叫上，一两天时间就能干完地里活。"

金祥说："大哥，爹走了，我会伺候好妈的。只是这玉玲后来变得有点傲气，我说过她几回了，她就是改不过来，有时候说了不好听的话，你也不要往心里去。女人嘛，都是爱计较，爱虚荣，我怕她这样下去弄不好会伤了咱兄弟两家的和气。"

"不会的，玉玲心倒是还好，都相处这么多年了，你还不了解她？女人爱说啥，就让她说去，咱不听就是了。你嫂子有时也一样，处处跟我对着干，就说春草吧，明明是她当年丢在了沙坡窝窝里了，硬要说是病死了，这么多年了也不给我说句实话。听说春草还在，有人说在县城里，有人说在新疆当兵，反正我也没见过，不敢相信是真的。一想起这事，我心里就疼。你说你嫂子看起来挺老实心善的，当年咋就那么狠心把春草娃丢在沙坡窝窝里了？"天祥说着，叹了口气。

"大哥，你也不用着急，咱慢慢找吧，既然有了线索，就一定能找到。你放心，以后要是进城开会或干其他事，我也会留意这件事的。"金祥没想到，大哥心里还有这件伤心事。想起当年春草丢失的事情，金祥觉得嫂子一定有苦衷，要不然是不会那么狠心把亲生女儿丢弃在黄沙窝窝里的。

随着气温的一天天升高，夏天的步伐也加快了。布谷鸟在一片金黄色的麦田上空飞过，唱着"算黄算割"的曲子，仿佛催促着人们该收割麦子了。沙苑的麦子比河滩地成熟得早，上一星期天祥刚给自家和金祥家的八亩小麦浇了水，这些日子他天天都要到麦地里转转，看麦子成熟得咋样了，如果完全熟了就要赶紧收割，要不然刮一场大风就会把麦子刮倒，倒伏在地里的小麦不仅难收割，还会大幅减产。按照沙苑农民的说法，"阳历收麦六月初，阴历收麦端午后"，明天就进入阳历六月份了，这六亩沙地小麦也该赶紧收割了。第一年收割自己承包的责任田里的小麦，天祥心里充满了喜悦和激情，感到浑身有使不完的劲。

从小麦地里回来，天祥吃过早饭后，就去了春花家。他叫了声："春花！"没人答应，又叫了声："满仓！"也没人。推开小屋的门，没有人。他知道，另一间屋子是满仓那个瘫痪在炕上的老妈和两个弟弟的屋子，他没有推那屋子的门。这时，后面的灶房里响起了"噼里啪啦"的风箱声，他想是春花正在灶房做饭。春花家的灶房是用麦秸铺成的草房，又矮又小，灶火的烟筒冒着浓浓的黑烟。天祥走进烟雾腾腾的灶房，叫了声："春花！"

春花脸上落满了柴火烧过后飘落的灰烬，听到爹的声音，她赶紧从灶火前站起身来，问道："爹，你来了！吃饭了没？没吃的话，就在这里吃吧，饭马上做好。满仓去麦地里浇水去了，一会儿就回来，咱一块儿吃。"

"我吃过了。"天祥说，"你家的麦子啥时候收割？"

"满仓今天浇水去了，最快也得四五天以后。爹，咱家麦子熟了没？要是熟了，我和满仓帮你去收割。"

"我今天早上刚从地里回来，我看明天就能收割。"天祥说，"春花，今年是实行责任制后的第一年，分产到户了，收庄稼就得靠强壮劳力。咱家以前还有你、你妈和爹，宝根今年又在城里上学不回来，收起庄稼还真的需要帮手。你三大在公社也忙，他家里的麦子只有你三娘一个人收割，我和你三大、三娘商量过了，今年收麦子两家合在一起，爹今天来就是叫你和满仓明天来帮忙，一共六亩多地，一天估计收不完，得用两天时间吧！"

"好的。满仓回来了，我就给他说，明天一大早我和满仓就去家里，要是人手不够的话，把满仓的两个弟弟也叫上，反正他们这两天也没啥事。"

"那更好，这样的话顶多一天就割完了。"有了春花和满仓弟兄三个来帮忙，天祥这下心里不用发愁了，他把从自留地里摘的几个西红柿和茄子给春花放在灶房之后，就转身回了家。

第二天日头刚刚出来，春花和满仓家弟兄三个就来到了娘家。爹正蹲在院子里水缸前磨着镰刀刃，妈和三娘在灶房忙着做饭，春花远远就闻到了妈烙的葱花饼的香味。爹把镰刀刃在镰刀架子上搭好，从灶房提上装满开水的塑料大水壶，用布袋装好刚烙好的葱花饼，由满仓和他的弟弟拉上两辆架子车，朝沙苑里的麦地里走去。

他们来到麦地里时，已有几家人开始收割着小麦。春花向他们一一打过招呼，就跟着爹进了三大金祥家的麦地。几个人一人占一畦，开始挥舞起镰刀收割起来。只听一阵"咔嚓咔嚓"的割麦子声响，很快身后就倒下了一堆一堆摆放整齐的麦子，颗粒饱满的麦穗齐刷刷躺在地上，显示着一派丰收的景象。

火球一样的日头慢慢爬上了头顶，开始发起了淫威，鼓足劲向大地喷出滚烫的热气，无情地烘烤着地面。沙地里的麦子在阳光的照耀下，麦秆像一条条银条耀眼。经过将近两个小时的弓腰收割，割麦子的人们开始感到了腰酸背疼的滋味。最先直起身子不停歇息的是落在最后面的玉玲，由于很少干这样的苦力活，她娇弱的身子有些吃不消了，脸上被太阳晒得爬满了汗珠子。她掏出手绢不停地擦，汗珠子不停地冒出后，又往下流。离她前面不远处是东霞，东霞毕竟是快五十岁的人了，干起活来自然要比别人慢，但与玉玲比起来，她有韧劲，割起麦子来不急不慢，一个劲往前行。也许是弯腰的时间太长了，她这时也直起身子开始歇歇。她回过头看到玉玲脸色通红、汗流浃背的样子，就喊了声："玉玲，干累了吧？要不到地头的杨树下面歇歇去。"

天祥听到东霞的喊声，也直起身子，回过头看了看，就对东霞和玉玲说："算了，你俩不用割麦子了，快到上午饭时间了，你跟玉玲赶紧回去做饭去。人多，多做点儿饭，再烧点儿绿豆汤。"

玉玲有点儿不好意思，说："大哥，叫春花他们来帮忙，给自家割麦子，我回家咋行？"

东霞抢过话说："玉玲，看你说的，春花也不是外人，叫咱俩回家是去做饭，又不是睡大觉，这六七个人总得吃饭吧！走走走，不管他们了，咱赶快回家做饭去！"

快到上午十点时，五个人已经割了金祥家三亩多地，满仓一个人就割了将近一亩地。这时候天气更热了，人也又渴又累又饿，塑料水壶里的水早已经喝完了，布袋里的葱花饼也吃得一个不剩。天祥也累得撑不住了，对春花说："咱们回家吃饭吧，吃完饭再来割麦子，剩下一半是咱家三亩多地了，后半天就能割完了。"接着，满仓和两个弟弟开始用三股铁叉叉起割下的麦子装在架子车上，两个弟弟驾着一个车子，满仓和春花驾着一个车子，拉到生产队分给两家的麦场里卸了车。

回到家里时，东霞早早就把饭做好了，玉玲也在脸盆里打好了洗脸水。满仓待春花洗过脸之后，才在脸盆里的脏水里洗了起来，两个兄弟也跟着往脸上撩水。玉玲看到后走过来，把脸盆里的脏水倒到树坑里，从水缸里重新舀了干净的凉水，让满仓弟兄三人再洗洗。

春花饭量小，吃了一个馍，喝了半碗绿豆汤就吃饱了。她看到满仓两个弟弟碗里的绿豆汤都喝完了，就拿着他俩的碗去灶房给盛饭。走到灶房门前，她听到三娘在给妈说话："满仓和他兄弟一点卫生也不讲，三个男人就在一盆脏水里洗脸。他们也真能吃，每个人都能吃两三个馍。"

春花停住了脚步，她听到三娘的话，心里升起一股无名火。她假装着咳嗽了一声，又清了清嗓子，才进了灶房，装着什么也没有听见，到锅里盛了两碗绿豆汤，端着碗走了出去。

吃过饭后，玉玲和东霞留在了家里洗刷锅碗。天祥和春花、满仓弟兄三个来到麦地里，开始收割自己家的麦子。他们刚刚割了不到半个小时，就看到天空中从北边过来一排黑压压的乌云，万马奔腾般朝南压了过来，太阳慢慢被乌云遮挡住了，天色昏暗下来。不一会儿，刮起了一股东北风，风卷着黄沙、卷着麦秸狂袭而来，顿时麦地里天昏地暗，狂风肆虐。紧接着，乒乓球大的冰雹就从天而降，击打在麦地里"啪啪"作响。天祥心里暗暗叫了声："不好！"他赶紧叫春花和满仓他们到地头的杨树下面躲避冰雹……

第二十八章

春花带着满仓和他的两个弟弟在麦地里忙活了半天，只是给三大金祥家收割完了麦子，而爹妈家的麦子却因为收割晚了半天，被冰雹打得精光，半年的收成就这样瞬间被毁了。她和满仓被冰雹淋湿了衣服不要紧，可惜的是爹妈家三亩多地的小麦被冰雹打落在地，麦秆上成了光光的秃子头。爹虽然心疼，但当着她和满仓的面没有说出来，表面上还装着满不在乎的样子。春花想象得出，她们走后，爹和妈在屋里会咋样唉声叹气。

春花为这憋了一肚子气。三娘这下该会暗自庆幸了吧，她家的庄稼收获及时，免遭了狂风和冰雹的袭击。这下她该不会嫌弃满仓兄弟三个在脏脸盆里洗脸了吧！春花觉得，三娘对满仓弟兄三个嫌弃和厌恶不只是表面上随便说出的那几句话，而是从内心里流露出来的一种偏见与傲慢，说到底是把自己的身份和地位看得高人一等了。其实，并不是满仓兄弟三个有多么脏，他们平时就是习惯了这样洗脸，也并不是满仓兄弟三个有多能吃，原因是年轻小伙子顶着烈日干了整整一上午力气活，饭量增加，多吃一两个馍是再正常不过的了，可是为什么到了三娘眼里就那么讨嫌？想起爹那么讨好三大金祥和三娘玉玲，春花心里有点怨爹没有骨气。可是，爹毕竟是没有文化的老实人，这样埋怨爹也有点儿过分了，再怎么着金祥也是爹的亲兄弟啊！

人穷了会被人看不起的。自己家的日子还是要靠自己，靠别人是靠不住的，与其看别人脸色行事，还不如自己争口气，多吃点苦，把日子过好，用自己的努力改变自己的生活面貌。春花这样想着，就对自己家里的情况进行了细致分析。她知道巷子里许多人都看不起满仓家，他们肯定会认为像这样穷困的家境，满仓下面两个兄弟注定要打一辈子光棍了。老二满囤虚岁都二十四了，媳妇越来越难说了。老三还小一点儿，不用太着急。满囤说媳妇难就难在家里穷，没有多余的屋子，要是人家女方愿意结婚，连个屋子都没有，咋结呀？自己和满仓应该搬出去，申请庄基地盖房，然后把满仓的瘫痪老妈接过来，好让满囤先在老院子里娶个媳妇成个家。

吃饭的时候，她给满仓说起自己的想法。满仓说："好，我听你的。你说咱咋样干就咋样干，只要能给满囤和满福说下媳妇成了家，我就是累死也情愿。"

春花瞪了满仓一眼，看着他憨憨的样子，又有点儿心疼他，说："你累死了，我咋办？"

满仓知道自己说得有点儿过火了，低下头"嘿嘿"笑了。

秋收过了之后，春花和满仓卖了家里责任田里的棉花、黄豆和花生，第一次赚到了五百多块的"巨款"。她把零头放在家里，五百块钱存到了信用社，估计用这些钱盖房还不够，再借一点就行了。当天晚上，春花就从大队门口的小卖部里花了一块多钱，买了一斤点心和一瓶西安特曲，提着到了生产队长家里。她对生产队长说："队长，你看我家满仓弟兄三个挤在一个院子里，日子多难过呀，我想申请一个庄基地，和满仓从家里分开，给两个弟弟把房子腾出来好娶媳妇。"

生产队长一看春花手里提的点心和酒，埋怨起她来，说："都是一个巷子里的，还拿这东西干啥？满仓家的情况我清楚，是咱队上的贫困户，庄基地的事情没问题，就是一点要给你说清楚，只能给你家批在靠近大路的一个沙坑里，要你和满仓拉些土垫起来，才能盖房。你看吧，要是愿意要，我明天就可以给你批。"

春花连想都没有想就说："路边我不怕，有坑也没啥问题，只要动手就会改造好的。"

入冬之前，把责任田里的小麦种好之后，她和满仓就开始准备着从河滩拉起泥土、垫起庄基地里那个深坑的事。

生产队长给春花家批的庄基地其实就是一个沙坑，沙坑北边是一个不太高的沙丘，沙坑南边就是巷子最西边，沙坑西边就是通往洛河渡口的生产大路，沙坑东边是巷子的最边一家，好在这一家已经把土墙打好了，要是春花家将来盖房，就可以直接挨着土墙盖半边房。然后，只要接着这堵土墙往后把后院的墙续起来，这堵墙就叫作关墙，这堵关墙就算把两家彻底分开了。要填平两三米深的沙坑，单靠人力和架子车，可是一项不小的工程。满仓却一点儿也不怕，有两个弟兄和他两口子，这点活没啥难的，大不了就是多干几天。

入冬前后，正好是地里庄稼活闲的时候，天气不热也不冷。那天，满仓从巷子里借了两辆架子车，两个兄弟拉着架子车，从巷子东边的家里来到了最西边的新批的庄基地里，他和春花在北面的沙丘下挖沙和装车，四个人分工明确，两人挖沙装车，两人转运沙子，一天就差不多填平了沙坑的五分之一，看来最多一周时间就可以把这个沙坑填平并夯实。满仓以前也经常帮巷子里的人家填沙坑，他知道沙子是松软的，不能在它上面直接盖房，填平的沙坑上面还一定要覆盖一层一米多厚的河滩泥土，再用碌碡反复碾压平坦，才能开始在上面给房子打地基。

春花到底是女人，力气比不上满仓，她干了头一天就感到有点腰酸腿疼了，晚上吃过饭躺在炕上就像浑身散了架子一样，一点儿也不想动了。满仓心疼起春花来，一边给她揉着肩膀捶着背，一边说："春花，你要是干乏了，明天就不用干了，我们三个就行了。你只管在家里做好饭，管好咱妈就行。要是你不放心我们干活，抽空过来看看也行。"

春花说："再乏也要去，这可是给自家干活呀，还能偷懒？想起我们将来能住新房了，满囤也能成家了，苦点累点也愿意。"

满仓说："我这辈子最大的福气就是娶了你做媳妇，你这样能干的人，当初我可没敢想过娶上你。"

"那你就偷着乐去吧！我也不知道咋就看上你这穷光蛋了。虽说你穷点，但比那些华而不实的人强多了，跟上你过日子我心里踏实。"

满仓的眼眶有点发热，他很少有过这样的感觉，他的手在春花的肩膀上和背上有点发抖，不知道该是用力还是轻一点，感到春花那光滑柔软的皮肤很脆弱，生怕自己一不小心把那光滑而柔软的皮肤弄破了弄疼了。他停下手里的活，从背后紧紧抱住春花，在她耳旁轻轻说："春花，你跟着我吃苦，我真心疼你。"

"吃苦不怕，有你疼，我就满足了。我能嫁到你家，就做好了吃苦的准备。咱人穷志不能穷，得想办法改变穷面貌，不能让人看不起！"春花说。

"还是你想得多，看得远，今后这个家就是你说了算，我们兄弟三个都随你指派使用，你说啥，我们都听你的。就是我妈瘫痪在炕上不能动弹，要你伺候了。"

"看你说的，你没听人说过，百善孝为先吗？你妈也就是我妈，我不能看着不管呀！我都想好了，将来咱们的新房盖起来后，就把妈接过去住，我继续伺候着，给你两个弟弟腾出屋子好结婚。不然，人家女娃娃一进门就要伺候一个病瘫的老妈，那多难堪呀！"

"春花，你真好！"满仓把春花抱得更紧了，厚厚的嘴唇里呼着热气，轻轻挨在春花的脸庞上。

只用了不到一周的时间，新庄基地里的那个大沙坑就被填平了。第六天和第七天，满囤和满福俩就拉着架子车，从河滩野地里拉来黑红色的胶泥土，覆盖在黄沙填平的庄基地面上。满仓从巷子里借来碌碡和一头老黄牛，满囤和满福在黄沙上覆盖一层泥土，他就用碌碡齐齐碾压一遍，经过三层碾压，新庄基地总算填好了。

立冬那天，春花来到了娘家，她给爹说起了盖房的事情。春花说："爹，满仓已经把庄基地填好了，我们就等着盖房了，再不盖就怕天气冻了，到那时候盖房的人冻手冻脚的，不方便，盖的房也不好。"

春花的家里也就三间小屋子，一家五口人就窝在那里也够呛。天祥当然支持春花盖房，支持春花搬出来单过，那样就不用再跟她那病瘫的婆婆和两个光棍弟弟混在一起了。可是盖房是大事啊，不是想盖就能随随便便盖得起来的，首先手头要有钱，要有砖瓦、木料，还要有乱七八糟的小东西。他问春花："要盖房，你事先要有个准备。盖三间房最少得准备七八百块钱，还有做人字梁、檩条、椽子用的木料，土坯、砖瓦都得准备好。你看你还缺些啥？"

春花听爹这么一说，头就有点大了。她细细想了一下，不由得皱了眉头，说："木料只有院子里的几棵槐树和榆树，估计不够用。钱只有五百来块，可能还差一点。砖瓦还没买，不知要多少钱。"

天祥想起来自家自留地里还有一排白杨树，大概有七八棵吧，把这些杨树伐了正好可以做门窗和椽子。至于砖瓦，他以前在生产队砖窑厂干过几年，在这方面可是内行。他说："春花，我知道你们钱也紧，干脆这样吧，木料不够，就把咱家自留地里的七八棵杨树伐了，基本上够你盖房用了。砖瓦嘛，听爹说，你不用全用砖盖房，隔段墙可以用土坯，这样可以省下许多砖钱。爹和窑厂人熟，砖瓦先由爹从咱生产队的窑厂给你买上，土坯要是不够的话，爹正好夏天在咱队上的麦场里打了一些，你先用着。你再精打细算一下，这样下来这五百多块钱也差不多够了，万一到时候钱不够，爹想办法再借点儿。盖房还是放在过了年天气暖和以后吧，这个冬天你先叫人砍伐自留地的杨树和院子里的槐树榆树，叫木匠先把人字梁、门窗做好，木匠活可要慢慢做好，这些活要早动手，到过了年盖房时，木料也就干了。不管咋样，赶在收麦之前，一定要把房盖起来，这样过了夏，就可以搬进去住了。"

"好吧！爹，你有时间就去窑厂看砖瓦，我回去就和满仓商量着先伐树做木匠活。"

满仓一听春花的计划和安排，就开始请巷子里的相好的十几个同伴，在院子里开始伐树，第二天就把岳父家自留地里的几棵杨树也伐了，前后只用了两天时间就把砍伐的十几棵大树整整齐齐堆放在了院子里。那些细心的同伴还帮他把那些胳膊粗的树枝截成椽子，分别放了一堆。这两天，春花和妈在自己家里给伐树的男人们特意做了红萝卜丝、莲菜、土豆丝精肉和白菜熬豆腐四菜一汤，蒸了两笼子麦面白馍，下了两锅长面条，满仓还特意从商店买了两瓶白酒，好好招待了同伴一番。

树伐了，木料准备好了，剩下的就是木匠活了。爹说过，木匠活可是细活，不能急急匆匆，春花就和满仓一起请了二姨夫这个大木匠和自己生产队里的三个木匠，在宽敞的院子里开始刮树皮、拉大锯、解大板、做门窗。妈和大姐春叶不用叫，也主动过来帮忙给木匠做饭。爹经常帮巷子里人家盖房，懂得盖房都有些啥活路，他就隔三岔五地过来照看照看，看木料够不够用，木匠用的大小钉子之类的小东西有没有，随时给木匠打打下手。就这样忙活了半个多月，总算把这些木匠活做完了。

第二年过了正月之后，春花就开始忙活着盖房。春花按照沙苑一带的习俗，借着东邻居的土墙与邻居盖起了一样的四间新瓦房，前面两间作为她和满仓居住的正屋子，中间一间是给满仓的老妈准备的屋子，以后老人不在了，还可以给娃娃们住，最后面一间当然就是灶房了。

天祥为了春花盖房，找了大队砖窑厂的厂长。厂长以前和自己一起在窑厂干了五年多，两人关系很好。可是，当他一天下午骑车子来到砖窑厂找到厂长时，厂长却说现在窑厂是他们三个人承包了，他一个人说了不算数，要天祥先付上一半砖钱，剩下的一半到秋后庄稼卖了再付清。

天祥相信厂长没有给自己乱说，他能这样赊给自己一半砖瓦钱已经够意思了，自己也不能强行要求人家全部赊账。天祥也是个干脆人，当场拍了胸脯说："能行，我明天就先给你一百块钱，带着人来拉砖瓦，剩下的一百块钱你也放心，到时候我肯定会给你还清的。"

傍晚回到家，天祥有点着急了，家里刚刚给宝根上学交了二十多块钱的学费，剩下不到十块钱了，根本不够。咋办？他急得直挠头，在屋子里想来想去，最后还是想到了金祥，只有金祥每个月能领到工资，有现钱，其他人家这个时候正是缺钱的时候，有点钱的人家春耕春种都要买化肥买种子，大家手头都不宽裕。可是，金祥一个月也就不到四十块钱的工资，虽说家里两个上学的学生不太花钱，可老妈和玉玲总要用钱吧？以前，自己没少从金祥那里借过钱，现在都不好意思开口借了。可是春花盖房是大事，这次不开口也是不行的。天祥天黑时来到金祥家里，玉玲正在灶房做饭。他问："玉玲，这么晚了，你和妈还没吃饭？"

玉玲看到大哥来了，忙从面盆中取出一个摊好的葱花煎饼递给天祥，说："大哥先尝尝我摊的煎饼。金祥一会儿要回来，要和我商量给家里买彩电的事。"

"哦，你家都要买彩电了，金祥真行，到时候大哥就不用跑到人家屋子里看电视了。"

"那倒是啊！"玉玲显得很自豪很得意，手里的铁铲在锅里铲得更欢了，"大哥，听大嫂说，春花要盖房了，啥时候动工？"

天祥不好开口提借钱的事了，只好说："快了，上梁时你和金祥可要来喝酒啊！"

正说着，院子里响起了一阵自行车的铃声，金祥把自行车撑在院子里，闻到灶房里飘来的油香味，就一边来到灶房，一边兴冲冲问："玉玲，做啥好吃的，这么香？"进了灶房看到大哥天祥在，忙问："大哥，你啥时来的？"

"我刚来。"天祥回答，接着又问，"听玉玲说你们要买彩电了，好事呀！"

金祥脸上挂着笑容说："是呀，大哥，前几天刚领到公社去年发的几百块奖金，加上这几年攒的工资，差不多就够买电视机了。"

玉玲拾起一盘子煎饼，和好了蒜泥醋水，端到小屋的桌子上，说："大哥，你和金祥一起吃吧，我再把剩下的面做完。"

玉玲走后，天祥犹豫了一番，才把给春花买砖瓦缺钱的事情给金祥说了。金祥听了，思索了一下说："大哥，春花盖房可是大事，电视迟看上半年也不要紧。这样吧，我一会儿和玉玲商量一下，先给你一百块钱，买电视就再推两个月。"

天祥说："金祥，大哥实在不好意思开这个口，可不找你，我又没办法。我给窑厂说好了，明天就把钱给人家，明天就能让春花他们拉砖瓦了。"

金祥放下手里吃了一半的煎饼，去了灶房。天祥一个人留在小屋里等着金祥回来。这时他听到玉玲尖利的喊声："大哥也是，早不借钱，晚不借钱，偏偏要到咱买电视机的时候借钱，这台电视机可是托了几个人才要到手的便宜货，再过几个月怕是再遇不到这样的好机会了。"

金祥说："春花娃盖房是大事，这个时候咱不再帮一下，啥时候能帮上娃？你也不要着急，过几个月肯定能买到好电视机的。"

金祥和玉玲吵了几声后就出来了，他从柜子里的黑色皮夹里取出十张"大团结"钞票递给天祥，说："不管玉玲说啥，春花盖房的钱不能不借，有钱就要用在刀刃上。"

天祥心头很热，他攥着十张"大团结"钞票，心情复杂地离开了金祥家，连夜去了春花家，让满仓第二天找四轮拖拉机去窑厂拉砖瓦。

房子用了二十天左右的时间就盖起来了，房子盖起来后，木匠和泥水匠就撤走了，剩下春花和满仓慢慢清理高低不平的院子和工地上遗留的碎砖头、烂瓦片。满仓按照春花的要求，在院子里栽了一排七棵梧桐树，春花说了，梧桐树长得快，将来长高了树枝铺开了，院子里夏天就凉快。后院留了一块方方正正的地面专门种蔬菜，挨着菜地，小两口用盖房剩下的砖块砌起了猪圈和茅房，另一边留下一块地方是为了将来养牛用。

春花家的新房紧挨着通往洛河渡口的大路，全大队社员去渡口差不多都要从她家旁边经过，社员们看着春花和满仓小两口盖起的新瓦房和规划的院落，都夸起春花。

有人说，一个穷家，让一个女子改变成这副模样，真不容易！

有人说，还是春花行，给满仓家撑起门面，让人不得不刮目相看！

大队支书也注意到了，他心里很不快活，也弄不明白，这样一个能干的女子，咋就嫁给了满仓这样一个穷光蛋，真让人想不通。

……

过了夏季，春花和满仓小两口带瘫痪的婆婆，赶在八月十五中秋节前搬进了新房里面。搬家那天，秋高气爽，白云蓝天。春花从大队小卖部里买了一张红纸和一串鞭炮，她先裁了红纸，用毛笔蘸着墨汁写了一副对联，贴在小屋的门两边：

上联：五口人齐心努力改旧貌
下联：一双手勤劳致富换新颜
横批：穷则思变

　　然后，在巷子里，人家吃上午饭时燃放起鞭炮。鞭炮"噼里啪啦"响起，立刻引来了几条巷子的人们来看热闹，有的端着饭碗，有的拿着针线活，有的手里捧着个辣子夹馍，还有几个会识文断字的老先生走近那副鲜红的对联前，戴着眼镜，一字一句细细读着对联的内容，不住地点着头，嘴里连连称赞着："好！好！好！写得好！"

　　满仓第一次被这么多人围观和关注，感到有点儿不适应，他悄悄站在春花身后，不敢抬头看围观的人群。春花倒像是站在舞台中央一样一点儿也不畏惧，她大大方方对围观的人群说："大爷大妈大伯大叔大婶，父老乡亲们，大家能来给满仓一家捧场，我和满仓都很高兴！今天我们搬新房了，图个吉利，放了鞭炮，贴了对联，也请父老乡亲们以后多照顾照顾满仓一家，多抬举抬举这弟兄三个。过去他们是穷了点儿，但他们穷得有志气，他们能吃苦，肯出力气，我想以后我们一家人一定会过上好日子的！"说着，春花让满仓给几位老人倒茶，给男人散香烟，给碎娃娃一人发了一颗水果糖，然后请大家到屋里坐坐。

　　一些人像参观景点一样进了满仓的新家，看看满仓和春花的正屋、满仓妈住的小屋和收拾得干干净净的灶房，几位大婶大嫂看到满仓妈住进了盘有新炕的屋子，盖着拆洗一新的被褥，有人赞叹着说："满仓真有福，娶了个这样孝顺能干的好媳妇！"

　　八月十五那天，春花和满仓提着自家炸的油糕和包的韭菜包子来到娘家。妈对她说："春花啊，你盖房时你三大借钱给你，帮了大忙，你们可要记着人家的好处。今天是中秋节，你和满仓提着东西，再带上春叶给你爹送来的这瓶酒，去你三大家里看看你三大和你三娘吧！"

　　春花觉得妈说得有道理，多亏三大这回借钱给爹，帮她清了砖窑厂最初的一百元砖瓦钱，不然窑厂不让拉砖，房子就不能按期盖起来。她就按照妈说的，和满仓带上一篮子油糕、韭菜包子和一瓶西安特曲来到了三大家。三大没在家，听三娘说今天在公社值班，晚上就回来了。三娘的脸绷得紧紧的，没有招呼他俩，也没有给他俩让座倒茶。

　　春花看到三娘不高兴，还以为三娘在生三大的气。三娘一个人也没有做什么好吃的，春花就把篮子里的东西给三娘取出来放在饭桌上，说："三娘，你不要生气，我三大值班也是身不由己啊，眼下正是秋收忙季，公社里肯定事情多。"

三娘看了一眼春花放在饭桌上的东西，吁了口气，说："春花呀，你三大还是离你心近，你盖房缺钱了，你爹来了，一开口，你三大就把钱给了。你新房是盖起来了，也住进去了，可我家要买的电视机泡汤了，本来说夏天就买，谁知你奶奶病了一场，花了一摊子钱，现在想买，钱又不够了，哎！"三娘又叹了口气。

春花听出了三娘话里的话，心里觉得有点儿亏欠三娘。她说："三娘，过一段时间我把地里的花生和棉花卖了就还你们的钱，你和我三大对我的好我会记住一辈子的。"

春花离开三大家里时，心里开始盘算起一件事情来。

第二十九章

这年秋后，沙苑的天气比往年冷得早些，早上起来，薄薄的晨雾就在半空中飘了起来，雾里透着一股刺骨的寒气。在薄雾降临之前，人们已经把地里的秋季庄稼收完了。沙苑里的花生收了之后，有种冬小麦的，有留下空地等来年春季点西瓜的，而洛河滩地的玉米、黄豆、棉花收完之后，地里几乎都种上了冬小麦，成了人们保口粮、交公粮的粮食基地。

天气骤然变冷，让一些农村里上了年纪的老人旧病复发。春叶的公公最近本来就不好，因为天气突然变冷，病情就突然加重了，感到哮喘、头晕、浑身乏力，上了七十岁的老人本来身子就越来越虚弱，几种老毛病集中复发起来，就让他承受不了，躺在炕上不吃不喝的，只是闭上双眼睡觉。春叶的婆婆没有预料到老头子的病会这么突然来了，她喊着春叶去大队医疗站叫医生。

医生给春叶的公公量过体温，测过血压，看了看老人的舌苔，用听诊器听了老人的心脏，号过脉搏，最后翻了翻老人的眼皮，对春叶的婆婆说："老人病比较多，还很重了，我先开点针和药，试着治疗几天，要是不见好转，就去县医院让医生看看。"

医生给春叶公公的屁股上打了一剂退烧针和一剂镇痛针，开了三种西药片，就背起医药箱走了。

春叶的公公吃了三天药，病情仍不见好转，到了第四天，什么药都吃不下了。春叶的婆婆看到老头子已经滴水不沾了，估计着他真的是快不行了，就是送到县医院也是白搭。她突然有点儿可怜老头子，自从自己嫁给这个比她大七八岁的老头子，福没有享多少，苦却没少吃。她刚嫁到赵家就遇到地主家东西充公，多亏老头子心眼多，偷偷在猪圈里的猪槽下面藏了一些银圆和值钱的青铜器古董，再加上老头子经常能倒腾来一些零钱，虽然跟着他没少挨批斗、扫巷道、遭白眼，但吃穿上却比其他人好多了。这样吃苦受累跟了老头子一辈子，她也习惯了。如今突然间就要她离开他，老两口从此就阴阳相隔，她心里害怕起来，怕离开了老头子，自己往后的日子咋过。

春叶的公公还是在生病后的第八天的晚上咽了气。春叶的婆婆一个人趴在老头子的身上哭了一阵子，还是她的女儿在一旁硬是把她拉了起来。

给公公送完葬，春叶看到婆婆整个人像散了架一样，倒在炕上一连睡了两三天。春叶的心有点儿软了，她渐渐忘记了婆婆以前对自己的冷若冰霜的眼神，也忘了婆婆指使进财对有身孕的她的那一场毒打。她也不知道自己为啥就这样心软，看到老人流泪，她就想跟着掉眼泪。第三天，她给婆婆做了一碗鸡蛋面糊，端到婆婆的炕前，把碗筷放在婆婆头边的炕沿上，说："妈，我给你做了鸡蛋面糊，起来吃点吧！"

第一次听到春叶叫她"妈"，婆婆心里一阵发热，她挣扎着想起来，可是感到身子虚飘，春叶扶着她坐起来，把碗筷递到她手里，说："你尝尝盐轻重咋样？还想吃啥你就说，我去给你做。"

婆婆尝了一口，点了点头，说："味道刚好。把安顺娃叫来，让我娃也吃点儿。"婆婆的眼里闪着泪花。

春叶说："妈，你吃你的，我给安顺做了，安顺在灶房，他都能帮我烧火了，我一会儿就给他吃。"

过了春节，安顺已经长到六岁了，黑黑的头发，圆圆的眼睛，小小的嘴巴，瘦瘦的身子，越来越好看。他已经不像前几年那样整天跟在春叶屁股后面，拉着她的衣服寸步不离，如今，不光会给春叶在灶房拉风箱烧火，还懂得给春叶做许多小事。春叶蹲在地上洗衣服，安顺就会从屋子里搬来小凳子，放在春叶屁股下面，让妈妈坐下。春叶从地里回来在院子里的水缸前洗手洗脸，安顺就会从屋子里取来香皂，一双小腿"噔噔噔"跑得飞快，让春叶心里又高兴又担心他摔跤，嘴里不停地喊着："安顺慢点！安顺慢点！"她想，要是安顺会说话，嘴巴肯定会像抹了蜜一样叫着："爸爸，妈妈，爷爷，奶奶！"她想象着安顺叫她"妈妈"时的样子，感到那就是自己一生最幸福的时刻了。

安顺慢慢在长大，春叶和进财到地里干活去的时候，他有时就留在家里跟着奶奶，有时会跑到巷子里，找同伴玩耍。巷子里像他这样大的孩子有一大堆，不是在靠墙的玉米秆里面捉迷藏，就是在巷子南边的沙坡里面玩斗鸡，或者摔跤。农村娃娃也不怕脏，夏天太阳落下山之后，五六岁的小屁孩就光着身子在沙地里摔跤、打滚，常常是晚上带着一身沙回到家连洗都不洗，就躺在炕上或者院子里的凉席上睡觉。

傍晚，太阳刚下了山，安顺就到沙坡和一群男娃娃玩老鹰抓小鸡。安顺只能当小鸡，当老鹰的当然是那些大一点的或者长得身材壮实一点的男娃娃。那些"老鹰"就专找安顺先抓，他身材瘦，个头小，跑得没有其他男娃娃快，常常是头一个就被"老鹰"抓住。那些"老鹰"抓住他这个"小鸡"还不过瘾，还要在他身上体验一下胜利者的滋味，抓住他后，一把将他推倒在地，有的会骑在他身上让他当马，有的会压在他身上，架起他的双腿和两只胳膊坐"飞机"。有时候玩"小八路抓坏蛋"，几个不怀好意的小家伙会抓住安顺这个"坏蛋"，让他双手背后、双腿下跪，然后他们就会把一只脚放在他头上，用食指和大拇指伸开当手枪，对准他的头，说："你这个小坏蛋，老子枪毙了你！"接着，就是"啪啪"两声"枪响"，一脚把安顺这个"坏蛋"蹬倒在地，在安顺身上过足了"英雄小八路"的瘾。

一天，他们又玩起了"小八路抓坏蛋"的游戏，一个个头高出安顺一头、身材也胖乎乎的男娃娃抓住安顺这个"小坏蛋"后，让安顺双手背后，跪在地上脸朝天，他把一只脚放在安顺脸上，手里拿着一把木头做的手枪，顶在安顺的脸上，喊过"你这个小坏蛋，老子枪毙了你"后，用木头手枪顶着安顺的额头，使劲往后一推，安顺就仰面躺下了。没想到安顺倒地之后，几个男娃娃一起上来，你一拳我一脚开始痛打起"小坏蛋"。安顺被打得哇哇大哭，可这帮小家伙还不停手。这时候，从地里干活回来的东林正好经过，听到了有娃娃哭叫。起初他没有在意，巷子里这些小娃娃经常这样玩，打打闹闹、哭哭啼啼是家常便饭。可他突然觉得这哭声很熟悉，扭头一看是安顺在哭，赶紧跑了过去，扬起手里的锄头，吓唬着那群坏小子，大声喊道："谁在打安顺，都给我滚开！"

几个胆小的小家伙抬头看到东林拿着锄头要打过来了，都吓得撒腿跑了，而为首的那个拿着木头手枪的小家伙却还骑在安顺身上，抓住安顺的两只胳膊没放手。东林看到安顺小脸憋得通红，满眼泪花在哭喊，他不由得火上心头，丢掉锄头，揪着那个男娃的一只耳朵，把他拉到一旁，骂道："狗崽子，你再打安顺看我不揪断你的耳朵！"

那小子似乎根本就不怕，骂了句："关你屁事，老光棍！"

东林火气更大了，狠狠揪住那小子的一只耳朵往上提，说："你再骂一句？"

"老光棍，骂你了，还咋的？"小家伙脾气也倔了起来。

东林放开手，抡起了臂膀，朝着那小子脸上左右开弓一顿暴打，一边打，一边训斥："看你狗日的还敢嘴硬？以后再敢欺负安顺，看老子不打死你！"

挨过暴打之后，小家伙张开大嘴巴哇哇大哭起来，一边哭着，一边给东林回话："我不了，我不了。"

天黑的时候，巷子里的大人娃娃都从闷热的屋子里出来了，在巷子南边的沙坡上纳凉、说闲话，这里就成了人们聚集的乐园。小娃娃们光着脚丫子在软绵绵的沙地上乱跑，大人们三五成群坐在一起，摇着扇子拉着家常，说着闲话。

突然，巷子里传来一阵女人的大骂声，声音高亢、粗野、充满火药味。骂声从巷子里向南边沙坡人多处逼近，随着骂声越来越近，只见一位脸庞像铜瓢、腰杆像麻袋、胳膊腿像柱子一样粗的女人扯着破嗓子高声骂道："狗日的东林，你死到哪里了？有本事你过来？你这老不死的光棍，凭什么打我娃娃？赵东林，老娘今晚上和你拼命了！"

东林这会儿正在沙坡顶上吹风，傍晚的风从南边树林里吹来凉飕飕的，就像冰凉的绸子一样轻轻抚在人脸上、身上。他正在惬意乘凉，突然间被这骂声惊动了。他听出了是一个小时前他打的那小子的妈，知道这女人是巷子里有名的"母老虎"，他打了她儿子，这"母老虎"肯定惹不下。再说了，巷子里这么多人在这里，他一个大男人家咋能和这难缠的娘们说理？她要骂就让她骂去，反正是为了娃娃的事情，又不是别的事，人们也不会太计较啥的。她惯的娃谁不知道是巷子里有名的小混混，谁对谁错，想必大家心里都清楚。还是老人们说得对，好男不和女斗，咱惹不起，还躲不起？她骂她的，咱就装着没听见。这样想着，东林就从沙坡顶下来，悄悄走到了南边的一片花生地头，坐在地头，听那"母老虎"的动静。

"母老虎"在沙坡上下转了一圈，也没有找到东林的人影，知道东林躲了起来，心里更来气了，骂得更凶了，也更难听了："东林，你是男人就出来，夹着尾巴跑啥呀？娃娃们在一起耍，关你屁事！你这个断子绝孙的老光棍，没娃就急着找野婆娘了，你护着安顺，那是你的娃？东林，你打了我娃就以为没事了？老娘跟你没完，晚上就找到你家里去，就不信你狗日的能在野地里躲一个晚上！"

东林心里的火气被这实在难听的骂声点燃了，这"母老虎"骂他倒还无所谓，可她竟然捎带起春叶来，这让他咽不下这口气了。看来躲是躲不过去了，事情必须快快有个了结。他在地头坐不住了，"忽"地站起身来，爬上沙坡顶，站在高处猛然高喊道："老子在这里，你这'母老虎'再敢乱骂，看我不扯烂你的嘴！"说着，就跑下沙坡，直奔"母老虎"跟前。"母老虎"一看东林来真格的，也有点胆怯了，但嘴上扔不饶人，喊道："你说，你凭什么打我娃？狗抓老鼠多管闲事！"

东林指着"母老虎"的鼻子说："你那混账儿子天天欺负人家娃娃，我看真是欠打。你不好好管教你的娃娃，跑到这里来撒野，我看你也是想挨打了！"说着，一把抓住"母老虎"的衣领，右手巴掌扬在半空，做好了扇她耳光的准备。

"母老虎"一下子软了，像一堆稀泥一样摊在地上，抱着东林的双腿，哭天喊地地号啕大哭起来："大家都来看呀，东林欺负我们一家了！"

这时，春叶走到东林和"母老虎"跟前，一边拉开两人，一边劝道："嫂子，东林哥打了你的娃是他的不对，可你也不该在这么多人面前骂那难听的话，我和东林哥之间啥事也没有，你也不要当着大伙的面乱说呀！算了，都是一个巷子里的人，低头不见抬头见，东林哥，你就放手吧！"

春叶的话让"母老虎"好下台了。在春叶和几个大嫂大婶的劝和下，她才不情愿地松开了双手，拍打了几下身上的沙子，一边往回走，一边回头说："谁要是以后再敢打我娃，我决不饶他！"

这场风波总算这样平息了，可春叶的家里又掀起一场不大不小的风波。那天晚上春叶回到家后，进财就在家门口等着春叶，双手交叉着放在肘关节里，两眼瞪着春叶，话里透着火气："咋回来了？咋不跟着东林那混蛋回他家去？这下让人家骂了个狗血喷头，满意了吧？就说娃娃们在一起玩耍，关他东林屁事？就是教训那小胖子，也轮不到他东林，他算啥东西？我给你把话说清楚，以后你给我放灵性点，少跟那个光棍在一起掺和！"

进财的声音一声高过一声，一句一句就像震山炮一样炸在春叶的心里，春叶没有说一句话，怕进财那脾气恼火了，给她几个巴掌也是白受。

然而，事情是越怕什么，什么越来。春叶尽管处处在躲着东林，尽量避免与他发生什么说不清、道不明的事情，让进财抓住把柄又跟她发火，可是这样的事情还是没有躲过去。

那天，春叶和进财到责任田里收玉米。中午时分太阳高照，天气燥热，他们掰了半亩地的玉米棒子，进财就到地头捧起水壶喝起水来。喝完之后，他看到有人在洛河边用竹笼捞鱼。进入秋季后，洛河上游的雨水多了，洛河的水面就宽了，水里的鱼也就多了起来。有爱吃鱼却没有钱买的人用草绳拴着竹笼，在河边捞鱼，手气好的还能捞到一斤左右的大鱼。进财的爹以前可是捞鱼的老手，进财也就跟着他爹学了几手。这时看到有人在捞鱼，他就忍不住提着竹笼，朝河边走去。

进财走了大半天也不见回来，春叶已经将一亩多地的玉米棒子掰完了，眼看日头偏西，她就拉着架子车将地头的一大堆玉米棒子往车上装。装完车后，春叶犯愁了，进财不回来，她一个人把车子拉不出玉米地，就只好在地头等着。偏西的日头开始发起淫威，晒得春叶满脸通红，汗流浃背。这时，东林从远处拉着架子车走过来，车上装的是黄豆蔓子。看到春叶坐在车子旁边被火辣辣的太阳烘烤着，东林放下车子问："春叶，咋坐在这里不动？"

"进财不知跑到哪里了，我在等他来把车子拉出去。"

"我帮你把车子拉出去，给你放在大路上，你坐在柳树下面树荫里乘凉，就不用这样在太阳下面干晒了。"

春花已经在太阳下面晒了半个小时了，又热又渴又困。东林这样一说，她就点了点头。东林走过来架起车辕，春叶就在后面推车，两人费了很大的劲，才把一车子玉米棒子拉上了宽阔的公路上，放在了一棵大柳树下面。春叶看到东林黑里透红的脸庞上挂满了汗珠子，就从口袋里掏出自己的手绢递给他。东林犹豫了一下，还是接住手绢，擦起脸上的汗水来。

这时候，进财提着竹笼，从河边走了过来，一只手里提着一个用麻绳拴好的半斤多重的草鱼，那草鱼还在活蹦乱跳。进财一眼就看见了春叶和东林在柳树下说话，还注意到了东林在用春叶的手绢擦汗，脸就沉了下来，对春叶说："你男人又没死，你咋叫人家给咱拉车？"

东林听出了进财话里的味道，咬着牙子说了一句："你这人都枉当了男人，春叶嫁给你都倒了八辈子霉了。"说着，就把手绢还给春叶走了。

进财把鱼和竹笼往车上一栓，架起车辕，恶狠狠地对春叶说了一句："少理他，赶紧回！"

玉米棒子拉回家后，按照沙苑人们的习惯，人们会在晚上把玉米棒子一层层剥开，只留下两三张叶子，然后把四个或者六个玉米棒子用叶子按两个或者三个一组绑成串，再在院子里栽上一个木桩，把玉米棒子一串一串架起在木桩上，就会在各家各户的院子里或者门前照得到阳光的地方树起一座座金黄色的玉米山。等玉米晒干了后，人们再把那一串串玉米棒子卸下来，用手搓掉棒子上的玉米粒。这天晚上，春叶和婆婆就在院子里剥着玉米，小安顺也学着妈妈的样子剥小一点的玉米棒子，进财却不见了人影。

春叶懒得寻找进财，她知道，即使把进财找回来，他也不会安下心坐在这里剥玉米棒子的。直到晚上十一点多，他们把院子里的玉米棒子全都剥完，一串一串绑好，堆放在院子里时，进财才摇摇晃晃推开大门回来。安顺早就瞌睡了，被她抱到炕上睡着了。春叶洗了脚正准备睡觉，看到进财脚底下像打滑一样摇晃着进了小屋，一头倒在炕上就呼呼大睡，嘴里喷出浓浓的酒精味。春叶倒了洗脚水，准备上炕睡觉。看到进财连鞋也没有脱就斜躺在炕上，占去整个炕的一大半，根本没有她睡觉的地方。她就给进财脱掉两只脚上的布鞋，把他的双腿往里面推了推。这时，进财翻了一下身子，侧身面向炕沿，"哇——"地吐了一身酒味浓烈的东西，呕吐物直喷了春叶一身，也溅了一炕沿。春叶闻不得酒精味道，这时她直想呕吐。但她还是忍住熏人的气味，赶紧取来脸盆和毛巾，先给进财擦净脸上的呕吐物，再清洗干净自己身上和炕沿上的污秽。把这一切都清理完之后，她一看墙上的钟表，已经十二点多了。

半夜里，春叶听到进财在迷迷糊糊说着酒话："狗日的赵东林，你这个老、老色鬼，想占我老婆的便宜，老子要、要杀了你——"

春叶惊出一身冷汗，她这才明白了进财为啥一个人出去喝闷酒了。进财的酒话让春叶害怕了，害怕进财说不定哪一天会干出犯法的事来，也担心东林为了自己受到连累，被进财冷不防背后放冷箭。黑夜中，她瞪大着双眼，一点睡意也没有了，眼前仿佛出现了一群拿着棍棒、大刀、铁叉的凶悍的恶神，朝着她和东林挥舞着凶器，叫喊着："杀——"

然而，一个秋季都过去了，直到天降小雪时，让春叶担心的事情终究没有发生，东林自然也没出啥事，这才让春叶放下了心。

下大雪那天，东林七十八岁的老妈去世了。

在沙苑一带农村，巷子里死了老人，整条巷子的人家都要来一个人帮忙，妇女们一般在灶房择菜洗碗帮厨，精壮的男人们一般抬八抬罩，年老的男人一般烧开水、搬桌椅板凳，或者到墓地里帮着泥水匠挖墓填墓。东林的老妈下葬的那天，春叶早早就听到了巷子里的喇叭唱起了秦腔戏，她出门一看，看到东林家的大门口贴了一幅白对联，门梁上挂了白纸，知道东林的老妈死了。她想去东林家帮忙，又顾虑进财会阻拦，要是进财当着东林和巷子里众人的面找她的事，就会给东林家的丧事惹上麻烦。想来想去，春叶还是回了家，把自己关在屋子里一个人发呆。进财最近迷上了学打麻将，趁着下雪天地里没啥活，就找了一帮狐朋狗友打麻将去了。安顺被婆婆叫了过去，婆婆的房间里火炉子暖和，婆婆还在炉子上给安顺烤了几个热红薯。

春叶还是坐不住了，她又下了炕，开了大门，向东林家张望，看到帮忙的人很多。谁家死了人帮忙的人多，就说明谁在巷子里人缘好。春叶知道东林的老妈和东林都很心善，为人也朴实，人缘好。可是，人家有这么好的人缘，她却不去帮忙，而且她家里没有一个人过去帮忙，东林会咋看？东林这些年帮了她不少忙，见了她的安顺就像见了自家的孩子一样，不是给吃的，就是给做玩具，按说春叶本来应该感激东林才是，可是在东林最需要人帮忙的时候，她想去却又去不成，让春叶心里感到了一种痛苦的折磨。

吃午饭的时候，雪停了，春叶在屋子里听见喇叭里喊："帮忙的都到事主家里来，马上要入殓起丧了！"起丧之后就要把死人用八抬罩抬到墓地里下葬了。春叶知道东林家的丧事已经进入尾声了，她这才拿着给安顺纳的鞋底和针线，走到东林家旁边一个僻静的土堆上。唢呐声响起，东林头上戴着纸糊的孝帽，顶着一位老汉端着的纸盆，沧桑的脸上挂着长长的泪水，哭着下跪在八抬罩前面，泪眼中望着老妈被人抬上了八抬罩的架子上面，这才站起来，转过身，朝墓地走去……

就在东林转身那一瞬间，春叶和东林的目光老远就相碰撞在一起，东林的脸上写满了悲哀和伤痛。春叶知道，和东林几十年相依为命的老母亲离他而去了，世上最牵挂他，最疼爱他的老妈就这样走了，东林的心里此时此刻肯定很悲哀。

春叶的眼睛潮湿了，寒风中，她擦了擦两腮的泪花。目送着东林的背影消失在寒风和积雪中……

第三十章

高一的生活像流水一样匆匆流过。这一年，宝根在学习成绩上一直坚守着全年级前三名的"高地"，虽然生活很简朴，学习很辛苦，但能保住自己每次考试全班第一、全年级前三名的优异成绩，他心里却很高兴。

丁洁云的学习在高一这两个学期里可谓突飞猛进，到高一最后一次期末考试时，她的跛子腿"英语"学科已经从以前的三四十分长到七八十分了，数学和语文两个基础科的成绩也有了明显的进步，总成绩由开学摸底考试的380分考到了480多分，名次也一下子跃居到了全班前二十名，全年级前一百名。当然，丁洁云的成绩取得如此大的进步，不能说与宝根无关。这一年里，宝根可是费了最大的力气帮助丁洁云学英语，把自己的课堂笔记给她，让她晚自习时抄写。只要他做英语试题，丁洁云也跟着做，两个人就像同时起步赛跑一样，宝根尽量跑得慢一点，让丁洁云跟上自己的步子，丁洁云遇到不懂或者答错了的地方，他自然就成了她的第一老师，给她反复讲解，帮她改正错误。数学和语文也是一样的，只是比英语下的功夫少一点，原因是丁洁云在这两个学科上基础还不错，宝根对她稍加提示，她就会做数学难题、会写作文了，两个人的帮教可以算是全校的楷模。

进入高二的时候，学校开始实行了文理分科。按说宝根喜欢的是文科，他曾经的理想就是将来当一名文学家，像许许多多的大文豪一样创作出一部部优秀的作品，在文学创作的道路上实现自己的人生价值。可是，让他没有想到的是学校的文理分科名单贴出来之后，他竟然排在理科三班的第一名。理科一共五个班，每个班五十多人，文科却只有一个班，大概七十多人，丁洁云排在第五名。一看这名单，宝根就知道学校是按照高一期末考试成绩分文理科的，一到五班的第一名分别是全年级前五名同学，而文科班几乎是清一色的中下游同学。宝根这才想起分科前学校教导主任对他们高二年级的全体同学讲过，学理科是大有作为的，前途一片光明，将来专业多，好择业，只有那些数理化真正学得差的同学，才可以报文科。宝根本来还想找那个教导主任把自己调到文科班，可想起他讲的这句话，就没了勇气。他可是全年级前三名啊，能被排在理科三班的第一名，就是学校的尖子生，咋能轻易让他去文科班？只有像丁洁云那样上不上下不下的中游水平的学生，随便调到哪个科都不会有人说啥的。

就这样，宝根和丁洁云一年的同桌生涯也就此结束了，文理两科就像一道鸿沟把两人彻底分开了，而且理科三班的教室和文科班的教室离得最远，一个在最东边，一个在最西边，中间还隔了两条南北主干道路和一座五层高的教学大楼。

宝根的新同桌是一名男生，留着电视剧里陈真一样的长发，整天都板着脸，就像不会笑一样，那双眼睛里透露着一股子凶气。宝根尽量不和他说话，上课下课都是默默一个人坐在座位上，有时候脑子里会不由得想起丁洁云，想起以前他和丁洁云在一起下课交流所学知识，晚上在教室里"开夜车"复习功课，他觉得那才是他中学里最快乐、最美好的一段时光。可惜，这段最快乐、最美好的时光将一去不复返了，他需要面对的仍旧是那张不苟言笑、透着凶气的脸庞。

开学一个多月了，宝根也没有与丁洁云碰过面。学校的男生宿舍和女生宿舍分别在学校的东南角和西南角，形成了两条永远没有交集的河流，井水不犯河水。到了高二，宝根就年满十八周岁了，十八岁是一个人成年的标志，进入十八岁就是进入了成年人的世界。宝根不知什么原因开始为了成年人这个年龄开始犯愁，晚上回到宿舍，宿舍里的男生嘴里句句不离女人，有的男生还将自己看到的言情小说里的男女相爱的细节讲得更加细腻，更加诱惑。宝根来自偏僻的沙窝窝里，醒事比较迟，开始不懂他们说的那种事，只是在电影里看到过男女谈恋爱互相追逐的情景，最大胆的情节还要数《庐山恋》里面的男女青年穿着泳衣在水边亲昵。新班级里的男生来自县城里的比较多，他们知道的奇闻怪事也多，有的偷偷看当时一个暗地里最流行的手抄本《少女之心》，在夜深人静的男生宿舍里就会两三个人偷偷说起里面的情节，这两三个男生的床铺离宝根并不远，他们说的情节宝根似懂非懂，他虽然沉默不语，却装着入睡的样子，闭着双眼静静细听着他们的悄悄话。

那天夜里，宝根做了一个奇怪的梦，梦见一个阳光灿烂的午后，他和丁洁云吃过午饭，携手来到一个山谷里，头顶上蓝天白云，身边青山绿水，环视山谷间，溪水潺潺，流水淙淙，溪水两边层峦叠嶂，绿树成荫，仿佛到了庐山的美景里。溪水边丁洁云脱去外衣外裤，穿着泳衣，向水里一步一步走去，然后回过头朝着他送来一个暧昧的眼神，宝根双眼盯着阳光下的丁洁云洁白的肌肤，凸凹有致的身材线条，特别是那弯弯的双眼、瀑布般光滑下垂的一头乌发、甜蜜诱人的微笑更让宝根心里发抖。他忍不住脱掉衣裤，只留一条短裤，试探着下到水里。溪水冰凉，绕过他的双腿缓缓流过，像无数把刷子刷过他的双脚和小腿肚子，一种酥痒的感觉瞬间传遍全身。他终于抓住了丁洁云伸来的一只素手，将她轻轻地抱在怀里……宝根突然觉得下身一阵膨胀，一股触电般感觉传遍全身，他似醒未醒，一半在梦里，一半在现实里，随着一股青春的欲望喷发而出，他在黑夜里醒了过来，一摸内裤，里面一片湿热……

宝根为自己做的这个青春梦感到脸上发烧，他不清楚自己怎么会做出这样的梦，梦里的情景虽然很美好，但他觉得有一种罪恶感，他应该把心思用在学习上，不该胡思乱想那种羞耻的事情。

一天晚上，上完最后一节晚自习，宝根像往常一样摊开桌上的书本和练习本准备做数学习题，隐隐约约听到有人在教室外面叫他。他循声望去，看到窗户的玻璃上露出一个熟悉的脸庞，他急忙走出去，见丁洁云站在外面窗台下。他就像见到久违的亲人一样一阵欣喜，忙问："洁云，你咋来了？感到好久没见到你了。"

丁洁云手里拿着两本厚厚的新书，抿着嘴唇微微一笑，说："你们理科都是尖子生，谁还敢高攀你们？"

宝根自嘲着说："啥尖子生呀，将来谁能考上大学还说不定的。咋样，没有物理化学那些抽象的东西，文科的课程还好学吧？"

"哎，没有物理化学了，总算脱离了苦海，学自己喜欢的东西，倒还有乐趣。宝根，前几天我姐到成都出差，给我买了一套高二各科的辅导教材，这物理和化学两本书我用不着，就送给你了。"说着，就把手里的两本崭新的辅导教材递给了宝根，这时有同学在一旁看着他俩，丁洁云不好意思地说了声"就这样，我走了"，就转过身消失在教室外的黑夜里了。

和丁洁云的匆匆一面，让宝根心里激动了好几天，丁洁云送来的两本辅导教材让宝根感受到了一种温暖。他对这两本书很爱惜，看完后总会习惯性把书合起来，用手掌将书面抚平，他做上面的练习题，都舍不得用钢笔在书里面画记号，生怕弄脏了它。

然而，让宝根意想不到的一种现象开始折磨他——他上课听讲时注意力开始集中不起来，双眼盯着黑板和老师看，脑子里却不由得想起别的事情，不是想那两本书，就是想丁洁云送书的情景，有时还会想起那天晚上做的那个梦境。他好几次要自己别胡思乱想，可是思绪却像脱缰的野马，由不得他了。一上课或者晚上睡觉前，丁洁云的影子就会浮现在他的眼前，赶也赶不走。他有时候晚上还会失眠，莫名其妙地睡不着觉，有时候会在脑子里细细琢磨起宿舍里那些男生们说的悄悄话，也会不由得把那些悄悄话与丁洁云联系起来，这种现象就像一张网把他网在中间，想摆脱也摆脱不了。

之后的一年里，丁洁云还找他借过几次英语笔记，都是星期六中午放学前找他的，她说她星期天在家好好抄抄他的英语课堂笔记。除了借过他的英语笔记外，丁洁云还在高二第一学期期末考试前借过他的作文本，她说她喜欢看他的作文，喜欢欣赏他那优雅而老到的文笔，无论是记叙文、散文还是议论文，她都要以他的作文为模板，套着写自己的作文，以便考试时能写好作文。

高二最后一学期考试前几天的一个下午，宝根在丁洁云归还给他的作文本里看到一张纸条，他展开那张纸条，丁洁云那秀丽的字迹映入他的眼帘：

宝根：

　　自从分了科离开你之后，这一年里我心里很孤独，也很难受，真想再回到高一和你当同桌。这一年我不知怎么了，上课老是不能集中精力，心里老是想见到你，每天下午自由活动时我都要到你们的教室外面转转，虽然看不到你，但我心里踏实多了。你在操场打篮球，我也在一旁远远地看着你。我只能这样默默想着你，看着你，却不能让你觉察，怕你分心。说实话，那两本书是我专门从县城新华书店里给你买的，我为了见你，才说是我姐姐买的。

　　宝根，你不知道，我的家庭情况比较特殊，我在家里很孤单，只有回到了学校，才会感到生活的美好，只有和你在一起才能感到人生的快乐。这个世界上，只有你能理解我，能帮助我，我感到你就是我的亲人。

　　宝根，你的作文我都一字一句看了，写得真好啊！你写你的家乡，写你的母亲，写你的童年，都是那样的真实动人，你的父母对你那么疼爱，我真羡慕你！

　　宝根，再有一年我们就要毕业了。毕业后你会考上一所好的大学远走高飞，我是没有指望考上的，只能在县城当个待业青年。想起一年之后的匆匆分别，我心里就很留恋高中生活，更留恋你。我不求你什么，只希望你将来不要忘记我，若干年之后你还能记起我这个同桌。

马上就要考试了，祝你考出优异成绩！

洁 云

一九八三年六月二十三日

宝根看完这张纸条，心里有一种想哭的感觉。原来她也受着这种情感的折磨，也感到了内心的孤独，也渴望见到他。她和他的心情就像约好了似的，他们这种情感超乎了一般的同学感情，难道这就是言情小说里描写的那种青春萌动期少男少女的爱情？他开始害怕起来，甚至恐惧起来。他这才想起为什么自己上课不能集中精力听讲，为什么自己的记忆力竟直线下降，为什么自己晚上常常失眠，半夜里胡思乱想，白天上课又无精打采。他已经意识到了这种情感的可怕，他高二的学习成绩已经开始走起下坡路，第一学期期中考试下滑到了全班第三名，全年级第十一名，期末考试更是跌出了全班前五名和全年级前二十名。这一学期在他的刻苦和努力下，成绩虽有一点点的回升，挤进了全年级前二十名，可是他一贯的强项英语却只考了七十八分，第一次考到八十分以下。他再一次想起了家中父母期盼的双眼，想起了父亲一个人在烈日下辛勤耕耘、汗洒田间的情景，想起了三大金祥每次见面都关心地问起他的学习成绩的情景。他心里那种负疚感越来越强烈，觉得自己这样的成绩实在对不起亲人的期望，也对不起自己的将来。不能再这样下去了！宝根咬咬牙，狠了狠心，他要慢慢忘掉丁洁云，慢慢驱赶走这种情感的干扰，要重新回到高一那段精力旺盛、不知疲倦、如饥似渴的学习时光。

可是，宝根又实在不忍心冷落丁洁云，他没有想到，表面上无忧无虑、整天打扮得很时髦的丁洁云，她的家庭竟然隐藏着难以言表的不幸。他虽然不知道丁洁云所说的家庭情况特殊是什么意思，但可以断定丁洁云在她家里肯定不快乐，她在家里肯定受着孤独的折磨。唯一可以给她带来幸福和快乐的他，如果再狠心地冷落她，是不是对她太残酷了？宝根还是下不了和丁洁云一刀两断或者互不来往的决心。

紧张而忙碌的高三终于到来了。一开学，宝根就接到一个令他沮丧的消息：上学期期末考试物理没有及格，只考了 57 分。物理没有考好是他早已预料到的，没有预料到的是成绩竟然不及格，还要参加学校举行的单科补考。这对于宝根来说是极没有面子的事，一个上学期还是全年级第三、全班第一名、数理化考试从来没有下过80分的尖子生，竟然沦落到了需要补考的地步，这不管对于谁来说都是一种悲哀，一种羞耻。补考名单的黄榜就贴在校门口，高三的同学都会关注的，丁洁云当然也会看到的，宝根第一次有了在同学面前抬不起头的感觉。宝根想，丁洁云肯定知道了自己补考的消息，她肯定看过了那张黄榜，好在黄榜上没有丁洁云的名字。

补考的题目很简单，宝根不费吹灰之力就顺利通过了，只是自己和那些差等生坐在一起参加补考的滋味实在不好受。宝根没有脸面见丁洁云，心里既想着见到她，又怕见到她，好在补考的黄榜张贴出来后，好些日子宝根都没有再见到丁洁云，他下课后还专门留意了教室外面，也没有看到丁洁云。他想，丁洁云可能是怕伤他的面子，在故意躲避着他，也可能她一心用在了学习上，进入了高考前的决战时期。宝根给自己下了最后一道命令：不去想她，专心学习，迎头追赶，备战高考！

在随后的一个学期里，宝根强迫着自己收回心思，好好学习。可是，让他无奈和失望的是，他再也难以集中精力上课听讲了，有时候听着老师的讲课，心思又跑到了九霄云外，追也追不回来。一堂课下来，也不知老师云里雾里都讲了些什么，自己只好晚自习时重新自学课本，靠自己的理解和想象学着新知识。高三本来课程进度就赶得很快，物理的电磁学，有机化学的分子式，数学的数列与排列组合又都是一些抽象而深奥的知识，让他开始感到了学习上很吃力，完全没有了高一时轻车熟路的轻松感。

肩负着爹妈的嘱托与希望，怀揣着跳出龙门的大学梦，宝根从初秋到严冬，都一直在备战高考的途中艰难跋涉着，同时还与记忆力下降、注意力不集中、半夜里失眠、下身骚动一系列敌人做着顽强的抗争。这一学期直到期末考试，宝根都没看到过丁洁云。要不是看到期中考试后学校公布的成绩榜上文科班第七名丁洁云的名字，他都怀疑丁洁云还在不在学校。

高三第一学期的期末考试是在一个飘着雪花的冬日里开始的，考试的三天时间里雪是由小到大逐渐下起来的，到了第三天就纷纷扬扬飘起了棉花一样的雪花。校园里的冬青上、松柏树枝上都结着一朵朵洁白的雪球，五层教学楼和三层教室楼的楼顶都铺上了一层厚厚的、软绵绵的雪，就像白色的海绵覆盖在楼顶。最后一节英语考试的交卷铃声响过之后，有几个男生一出教室就喊起来："哇，这么大的雪！"还有人高声唱了起来："我爱你，塞北的雪！"还有人带上黑色的皮手套，用双手拢起一大堆雪，然后弄成圆柱形开始在雪地上滚起雪球，雪球从小到大一层层滚着，不一会儿就成了一个碌碡一样大的雪堆，几个人用脚蹬也蹬不动了。看到同学们尽情地用各种玩雪的形式释放着内心压抑的感情，宝根只有羡慕的份，却一点儿也高兴不起来。他心里清楚，这次考试数理化又各有几道题没答上来，即使答完的题，也不敢保证全部正确。

大雪一点儿也没有停止的意思，而且到了天快黑的时候还越下越大，中午几个男生滚起的碌碡大的雪球也几乎被雪花埋没了。按照往常的习惯，考完期末考试同学们就可以各回各家了，学校里就会出现一阵忙乱的景象，在学校寄宿的学生这会儿都应该把宿舍里的被褥用绳子捆扎在自行车后架上带回家，等过了春节开学后再换新的被褥。可是，今天下着这么大的雪，远处的同学肯定是回不去了，只能等雪停了之后，路上不太湿滑了，再骑着自行车、带着被褥回家。

高三是学校里考试最晚的年级了。到了傍晚，离学校近一点的学生都陆续回家了，即使离家远的一些男生也有勇敢地顶着大雪回家的。晚上，校园里显得冷清了许多，所有的教室里都没有了往日的灯光，只有男女生的宿舍里亮着浑浊的灯光，一部分离家远的学生没事可干，就在宿舍里补觉或者看小说。宝根不想早早去宿舍里睡觉，他平日里都是晚上九点半到十点才去宿舍睡觉的。

冬天的天黑得早，还不到六点夜幕就慢慢降临了。宝根穿上爹给他买的军用黄大棉衣，一个人静静地走在校园的操场上，任雪花一朵朵飘落在他的头上、肩上。他刚走到操场的一角，就听见身后有人喊："宝根！"

他转过身，看到操场一排梧桐树下站着一个人，隐隐约约看清是个穿着毛领大衣的女生。他听到这声音很熟悉，站在原地没动，那身影从树下走了过来，走到他面前，小声说："咋了，不认识我了？"

"丁洁云！"宝根惊喜地叫出声来。他万万没有想到，她这时候会出现在他的眼前。他想，她考完试肯定回家了，她家离学校只隔着一条街道啊，这么近的家咋不回去，还要等到天黑、雪下大了的时候才回去？他轻轻问："你咋还没回家？"

"回家一个人也没啥意思，我就猜你会来这里的。"丁洁云神秘兮兮地说。

"你咋知道？"宝根问。

"我知道你不会在宿舍里待的，也不会去教室里了，学校的其他地方黑乎乎的，路不好走。只有这操场上宽阔明朗，适合一个心情不好的人在这里默默转悠。"

"你真是神了，连我心情不好你都猜得到。"宝根无不佩服丁洁云的神机妙算。其实他也知道，她只不过是碰巧遇到了，才这样说的。

"现在考完试了，心里也没事了，咱俩一起走走，好吗？"丁洁云大胆邀请他。

宝根心里正感到孤独失落，丁洁云的建议他当然乐意接受，就说："好吧，我们就在这雪地里走走。"

偌大的操场上冷冷静静，都能听到雪花落下的唰唰声。有白雪反射出的亮光，周围的一切还不是很黑暗。宝根心里还是害怕操场上有人看到他俩，他就走在前面，与丁洁云拉开一段距离，沿着隐隐约约显露出的炉灰铺垫的跑道默默走着。丁洁云倒显得很大方，她快步追上宝根，和他肩并着肩走着，气喘吁吁地说："你走得那么快干啥？这会儿操场上又没人，你怕啥？"

"哦，不怕啥，这样也好。"宝根也觉得自己刚才那样丢下丁洁云一个人走在前面有点儿不好看，好像两人闹别扭了一样，其实他也想和她这样并排走，一边走，一边说说话，不更好吗？看丁洁云喘着气赶了过来，他有意地放慢了脚步，等她稍稍平静了，才问道："洁云，这一个学期都没有你的消息了，你还好吗？"

"不好，心里特不好。"丁洁云有点泄气地说。

"咋了？心情不好，也不见你找我？"宝根急了。

"想找你说说话，可又不敢打扰你。我知道是我影响了你的学习，看到你一开学就要补考，我心里起初是震惊，然后是难过、愧疚。"

"我成绩下滑是我不努力，与你没有关系，你不用愧疚难过啊！我也不知道是咋了，后来总感到注意力不集中，晚上睡不好，白天总犯困。可能是晚上开夜车时间长了的原因吧？"宝根想起了那张纸条，问道，"我的事不说了，还是说说你吧！洁云，记得你给我写的那张纸条上说，你的家庭特殊，也看得出你在家里并不高兴，能给我说说是怎么回事吗？"

丁洁云沉默了。他们不知不觉已经走到了操场的后门口。他们知道，这个后门到九点半之后才关门，现在才不到七点。出了这个后门，就是一片平坦坦的庄稼地，现在种的是一片冬小麦。丁洁云说："咱出去转转吧！我喜欢旷野里的雪地。"宝根说："好吧！"

出了操场后门，两人沿着一条生产小路朝田地里走去。地里的雪花飘得更大，像一群疯狂的白蝴蝶漫天飞舞。小路上的雪有两三寸厚，松松软软，双脚踏上去就像踩在海绵上，发出"咔嚓咔嚓"的声响。丁洁云突然用右臂挽住宝根的左臂，和他靠得更紧了。他俩放慢了脚步，漫步在白雪皑皑的田野里。

"宝根，你想知道我的家庭的事吗？好，我就说给你听。"丁洁云深深吸了一口气，开始说起了她的家庭："我现在的爸爸不是我的亲生父亲，我的亲生父亲以前是县纺织厂的技术工人，在我五岁多的时候就得了一场大病死了。我妈妈也是纺织厂的女工，爸爸死后，就一个人拉扯着我生活。我十四岁上初中二年级那年，经人介绍，妈妈带着我改嫁给现在的这个继父。当时我的继父是一名派出所的警察，就在你们沙苑公社上班，他对我和妈妈都挺好的。只是我心里总是会想起我的亲爸爸，总觉得继父夺走了母亲对我的爱，就故意和他保持着心理上的距离，对他冷冰冰的。"

宝根想起三大被平反时，听爹说起过一个派出所的高个子警察，便问："你的这个爸爸个子很高吧？以前听我爹说起过派出所一个高个子警察，他可算是我们家的恩人。"

丁洁云有点惊奇，停了片刻才说："是的，我的继父个子有一米八左右，听说以前还是公安局篮球队的队员。其实，他的命也苦，他和我妈妈成家之前没有结过婚。听说他年轻时在派出所下乡时捡到一个快要病死的女孩，为了把这个女孩养大，他的母亲辞去了工作替他抚养那个女孩，就是因为这个女孩，我的继父相了好多次对象都没有成，人家都以为那个女孩是他的私生子。后来他也就放弃了成家的念头，直到那个女孩高中毕业待业了几年之后当了兵，才想起了自己成家的事。就是那年春节前，我妈妈才带着我到了继父的家。"

"那个女孩现在在哪里？"宝根有点儿好奇，他想起了爹和妈以前提起的三姐春草。

"那个女孩就是我后来给你提起过的我的姐姐，叫宋焕英，在新疆当了兵，去过对越自卫反击战的前线，立了战功后，就在新疆部队一个医院了，嫁给了一个战斗英雄，可我至今还没有见过她。"丁洁云说起她的这个姐姐，心情很愉悦。

"你的家庭其实很好啊，你为啥还整天闷闷不乐的？"宝根不解地问。

"我爸爸，我是说现在这个爸爸，以前对我很好，给我买好吃的，好穿的，我慢慢对他有了亲近的意思。可是好景不长，一年后，他和我妈妈生了个弟弟，全家人开始都围绕着小弟弟转，尤其是我爸爸，对小弟弟更是爱得不得了。我感到自己是这个家里多余的人。这时候爸爸也回了城里，在公安局上班了。我在初中三年级就不想学习了，开始混日子。我的变化让我爸爸看出来了，他到我们学校找到班主任问我的情况，班主任说了我的思想情绪的变化，他就开始对我关注起来，有事没事都找我谈心，鼓励我好好学习，不要荒废学业。本来我想混到初中毕业就算了，没想到爸爸开始对我的学习抓得很紧，每天晚上都要检查我的作业，就这样我初中毕业时学习成绩赶了上来，连我都没有想到自己能考上高中。跟你说实话吧，我的分数离这个重点高中还差二十几分，是爸爸找了他一个在县教育局给领导开车的战友，我才上了这个重点高中。老天让我一开学就遇到了你，起初看到你很朴实，我还有点儿看不起你，没想到你是个卧虎藏龙的人，第一次考试就一鸣惊人。这三年来，我心里最要感谢的人就是你，最牵挂的人也是你——杨宝根！"

他们走在田野里，任雪花飘落在头上、身上，成了两个相互依靠的雪人。虽然天气很冷，可是宝根的心里却热乎乎的，他俩不知不觉来到了地头一个弃用的小房子里，这应该是前些年生产队为看护庄稼建的。丁洁云停住了脚步，说："咱到里面歇歇吧！"宝根抖了抖身上和头上的雪花，也替她拍打了一下身上的雪，就随着她进入到了小房子里。

小房子里黑乎乎一片，空空荡荡什么也没有，但比飘雪的外面暖和一点儿。黑暗中，宝根觉得丁洁云的身子向自己慢慢靠拢过来，而且越靠越近，她的双臂从后面紧紧抱住了宝根。宝根的心跳开始加快，呼吸开始急促。然后，丁洁云把宝根的身子扳过来，把脸靠在宝根的胸前，突然抽泣起来。宝根摸了一下她的脸，脸上是热乎乎的泪水。宝根轻轻问："洁云，你咋哭了？"

"宝根，今晚我就要和你道别了，我就要离开你了，怕再见不到你了，我舍不得离开你啊！"丁洁云把宝根抱得更紧了，让宝根呼吸更加急促。

"你要到哪里去？这为啥呀？"宝根心里一震，以为她要出啥事了。

丁洁云没有回答她，把呼着热气的嘴唇慢慢凑近宝根的嘴唇，然后猛烈地吻了起来。宝根浑身就像触了电一样，脸上开始火辣辣发烫，心跳更加急促，整个人就像被大海的波涛卷走了，又像飘荡在蓝天白云之间。他第一次感受到了少女的亲吻，第一次摸到了少女柔软的胸部。他情不自禁张开嘴唇，把他温热的双唇紧贴在丁洁云的双唇上，然后把舌头一点点轻轻伸进她的嘴里，品味着初吻的甜蜜和幸福……

第三十一章

一九八四年冬天，随着一股强劲的西北风袭击而来，黄沙飞扬的沙苑里没有了前几年平沙造田的热闹场面了。实行家庭联产承包责任制后，人们冬天里开始由自己自由支配起时间，有的年轻人买了四轮拖拉机到窑厂拉砖挣运费；有的上了年纪的老人就坐在了热炕上玩古牌；妇女们也闲不住，几个相好的凑在一起，一边做针线活，一边聊谁家的娃娃乖巧，谁家的媳妇厉害，又和婆婆吵架了，再不就是看谁到公社的交流会上买了件新衣服，互相评判着、试穿着。总之，男女老少都有一个感受：如今再也不用听生产队的铃声上工了，自己想咋样就咋样，皇上老爷也管不住咱。

喜财在这个冬天也闲不住了，他的心里又多了一份牵挂——银锁要退伍了，就像智明退伍那一年西霞姐的心情一样，他也要为银锁转志愿兵的事忙活了。

喜财来到西霞家里，向西霞说起了银锁的事情。西霞说："事不宜过三，咱老是麻烦飞霞和新军两口子，都不怕人家讨厌咱？要去新疆，你去吧。你也知道了，秋菊做出那样的事情，我咋有脸再见飞霞和新军？"

喜财有点儿不高兴了，说："二姐，你咋能这样说呀？当初为了智明的事，我都跟着你去了新疆，现在轮到银锁的事，说啥你也要跟着我走一趟新疆啊！秋菊的事情已经过去了几年了，谁还会再提起它？你还是准备一下，过几天我们就动身吧！"

西霞也想去新疆看看飞霞，毕竟是亲姐妹，离得那么远，心里难免会经常牵挂的。再说了，智明还在新疆，去了也顺便看看智明，再和智明说说结婚的事。至于秋菊的事情她不提，飞霞和新军也不会再提的。这样给自己打消了顾虑之后，西霞才说："好吧，为了你的银锁，姐去就是了。"

"二姐！二姐！"就在西霞和喜财商量着去新疆事情的时候，彩霞迈着欢快的脚步从大门口走了进来，一边走，一边大声叫着。

西霞赶紧走出小屋，看着彩霞风风火火的样子，说："彩霞，你这么急急火火地喊，有啥急事？"说着，就把彩霞挡在屋外。

彩霞说："我二哥没在？我老汉想叫二哥给我家做个架子车，木料都备好了。"说着，就推开西霞的手，径直朝屋子里走。

西霞紧跟着彩霞进了屋，说："等你二哥一会儿回来了，你跟他说。"想给彩霞倒开水，一看热水瓶空了，说着，就去灶房烧开水。

这时喜财坐在门后的蜂窝煤炉子旁边，双手在炉子上烤火。彩霞看到喜财就问："你到二姐家又有啥事？是不是又跟爱琴吵架了？"

喜财摇了摇头，没有理彩霞。

彩霞却不管喜财理不理她，只管说："我说喜财呀，对爱琴这样蛮不讲理的婆娘就不要心软，啥事都还能由得了她？"

喜财知道四姐彩霞和他媳妇合不来，心里多多少少有点见不得四姐。他心里一生气，就什么话都说了出来："你再不要给我提爱琴了，我现在哪里还管得了她，光是银锁的事就让我上头，天天晚上睡不好觉。"

"银锁又咋了？不是当兵去了吗？哦。对了，今年该回来了吧，回来就回来，说个媳妇，结了婚，不就完事了？"彩霞说话是不假思索，只管自己嘴痛快。

喜财挠着头，半天才说："要是让他当农民，三年前我就不让他当兵了。当兵就是想让他转个志愿兵，回来安排个工作。这不，我就是来找西霞姐去新疆，让飞霞姐和新军哥给银锁办转志愿兵的事。"

彩霞一听他俩商量着去新疆的事情，就问道："你和西霞姐啥时候走？我也想去看看飞霞姐和新军哥。上次你俩偷偷走了，也不给我和大姐打个招呼，就像做贼一样。"

喜财这才意识到自己刚才说漏了嘴，让彩霞知道了他俩要去新疆的事，这下想甩掉彩霞都难。他想了想说："我和西霞姐只是说说而已，西霞姐不一定去。要是去的话，我再叫你。"

彩霞在西霞姐家和喜财一起吃过饺子，就先回了家。她一回到家，就给"杨倔头"说起了喜财和西霞要去新疆的事情。"杨倔头"这几天正忙着准备做架子车的事，他在一片责任田里种了大白菜和白萝卜，这些都是城里人冬天最爱吃的蔬菜，他卖了几十年的菜，对这个行情很清楚。所以，有了新的架子车，再套上生产队分的那头高大的毛驴，干着老本行，给自己挣点钱，那是再快活不过的事了。"杨倔头"这几年虽然外出的机会少了，但他也是个在家里闲不住的人，地里活闲了时就喜欢东跑跑西逛逛，打听一点小道消息，寻找致富新门路。他虽然在家里话很少，但心里对许多事都很清楚。彩霞说起西霞和喜财的事情，他一听就知道里面的奥秘。他嘴里吸着旱烟袋，脸上显得很镇静，不紧不慢地说："人家姐弟俩去新疆都有自己的事，你掺和到里面干啥？那喜财这会儿正为他那银锁转志愿兵的事情发愁着，当初西霞家的智明转志愿兵还不是喜财陪着去找飞霞和新军的吗？人家俩是合计着去新疆办大事的，你跟着人家去，不是坏了人家的事吗？"

彩霞却不听劝，依然坚持自己的意愿，说："不就是跑银锁当兵的事嘛，有啥见不得人的？他们跑他们的事，我才懒得管。我就是想去看看飞霞姐和姐夫，也不稀罕他们什么东西。都是亲姊妹，为啥她去就行，我去就不行？要是他们不让我去，我就叫上大姐一起跟着他们，看他们还敢挡着大姐？"彩霞说着，起身就要去大姐东霞家里，她心里可是搁不住事的。

"杨倔头"知道彩霞的性子，想好的主意就是他说破了嘴皮子也挡不住的。自从和她结了婚，他可是处处让着她，尽量不跟她顶嘴和对着干。她想去，就让她去吧，反正菜园子里的活儿都是他一个人的事，大不了这些日子自己凑合着吃饭吧。

三天之后，喜财和西霞果然没有耐得住彩霞的软磨硬蹭，只好带着她一起踏上了去新疆的旅程。走的前一天，彩霞鼓动东霞一起去，东霞却说："我一个字不识，出了门就是睁眼瞎，再说了，那么远的路，一个来回就是十多天，我可走不开。"彩霞又说让春花跟着去，话刚出口，就被西霞和喜财挡住了。西霞说："能叫你跟着去新疆就不错了，你还要叫上春花，又不是去上会看戏图热闹。你要是再叫春花，我们连你都不带了！"其实，春花刚盖了房，手头上有点儿紧，正盘算着自己的大事，也没打算去新疆。

三天之后，三人从家里出发，经过西安坐上火车，到了乌鲁木齐，下了火车，搭上了去65兵团的长途班车，沿着蜿蜒崎岖的石子路朝飞霞的家里赶去。彩霞第一次出远门，也是第一次坐火车，开始是新鲜好奇，随后就是疲惫困乏。坐五十多个小时的硬座火车，让她领教了长途火车，对身体的摧残。在长途汽车上又摇晃了两天两夜，她们才到了65兵团。

喜财提前给飞霞打过电话，飞霞接了电话就给单位请了假。这一天，她早早就准备起来，买好水果、瓜子、葡萄干，割了牛羊肉，买了四五样蔬菜，在厨房忙了大半天，做好了一顿丰盛的午饭，然后顶着刺骨的西北风，跑到公路边的车站上去接亲人们。喜财、西霞和彩霞拎着大包小包，走下长途汽车。三人经过五天五夜的长途跋涉，都已经累得腰酸腿疼，下了车后几乎迈不动双腿了。多亏飞霞和新军来接他们，帮他们拎着大包小包，穿过几条街道，拐过几个弯，才到了家。

在冰天雪地的西北边陲，亲人的团聚对于置身于故乡千里之外的飞霞来说是最幸福的时刻。她一会儿忙着给亲人沏茶倒水，一会儿忙着削苹果，一会儿叮嘱新军打开早已准备好的新疆伊犁的白酒，给三人斟满酒杯。几个人围在圆形饭桌上，一边吃着新疆的手抓羊肉和馕，一边互相敬酒碰杯。亲人相见，要说的话自然就长了，飞霞和新军关切地问着家乡的新鲜事，好像又回到了老家一样。

酒足饭饱之后，飞霞知道他们坐了几天几夜的车肯定很累了，就招呼三人早早休息。家里的地方也不是很宽敞，好在儿子和女儿平时住校，就把儿女们住的房间腾出来给新军和喜财睡，她们姐妹三人就在飞霞屋子里挤着睡。

喜财心里装的事情很多，时间又很紧，他不得不抓紧时间办事。晚上和新军躺在一起，他就跟新军说起自己的来意："新军哥，银锁就要退伍了，你看能不能找找你的战友，让银锁转个志愿兵？"

新军已经料到喜财会问这事，他的战友早在一年前就转业回老家了，银锁的事情肯定是不好办了。他把这情况给喜财说了，喜财沉默了半天，从叹息的声音中可以猜得到，他心里不痛快。新军没有再说什么，等着喜财的反应。喜财再开口说话时，语气都变得低沉了许多："那就再没有办法了？我大老远来，就是为娃转志愿兵的事呀！新军哥，你再想想办法吧！"

新军摇了摇头，说："战友一回老家，事情肯定办不成了，我也不好意思找到人家老家去。这样吧，你还是明天去部队看看银锁，问问他有什么想法，看看部队的情况再定吧。"

喜财有点失望，说："那就只好这样了。"

第二天一大早，喜财就拎着一包炒花生，坐上去银锁部队方向的公共汽车去看银锁了。彩霞在家里平时就爱睡懒觉，早上不到太阳出来一般情况下是出不了被窝的。几天几夜的长途颠簸，让她早就困得要散架了，飞霞和西霞起来已洗漱完毕，做好了早饭，她还赖在床上"呼噜"大睡。西霞和飞霞没有叫醒她，她俩做饭的时候，就商定了一件秘密行动。

西霞领着飞霞悄悄走出家，坐上了去伊犁的长途汽车。一个多小时后，她们在一个部队卫生所门口下了车。卫生所不是很大，中间是一座墙面被刷成橘红色的两层楼，卫生所后面是几排家属楼。西霞和飞霞走进急诊室，看到一位穿着白大褂、二十多岁的女医生正在给一位战士包扎手上的伤口。等战士包扎好伤口离开后，年轻女医生问道："两位阿姨是看病，还是找人？"

飞霞说："我们是来找人的。请问你们这里以前是不是有一位从陕西来当兵的女医生，听说她后来还去了前线？"

女医生摇了摇头，说："我刚到这里，以前的事情不清楚。"

两人很失望。飞霞已经是第二次来这里，都不凑巧。她俩有点儿不罢休，想让女医生从卫生所其他人那里打听一下，西霞还特别强调了一声说"我们可是从陕西不远千里来找她的"，那女医生还是摇了摇头。

飞霞和西霞只好失望地离开了急诊室。走出急诊大楼，外面的阳光暖洋洋的，院子里的冬青齐刷刷地站立一排一排，一直通到后面的家属院。飞霞和西霞漫无目的地走在卫生所院子里笔直的小道上，阳光透过头顶的雪松星星点点地洒在她们脸上。院子里静悄悄的，偶尔能听到后面家属院里人家的炒菜声和收音机里传来的香港电视连续剧《霍元甲》里的主题歌《万里长城永不倒》。就在她们准备离开卫生所时，飞霞无意间抬头看到，家属院里走来一位穿着绿军装的二十多岁的女兵，双手推着一辆轮椅，轮椅上坐着一位脸色白皙、浓眉大眼的男人。女兵一边推着轮椅在冬青间缓缓行走而来，一边与轮椅上的男人轻声交谈着什么。那男人看上去不到三十岁，坐姿挺直，一看就有军人的气质。阳光照射在女兵和男人的脸上、身上，把他们的眼睛、鼻子、嘴巴、头发和身体的轮廓都勾画得清清楚楚，仿佛一幅精致而美丽的油画。

西霞这时仍在扭头看着小道两旁的假山、喷泉、凉亭和修剪得整整齐齐的冬青、枯黄的草坪。飞霞看到女兵推着轮椅朝着她们迎面而来，便悄悄拽了一下西霞的衣袖，示意她向前方望去。西霞转过头来远远望去，不由得停止了脚步，微微张开的嘴巴好像被定住了一样，待女兵和男人走近时，这才清楚地看清他们的面容，她也不由得拉了一下飞霞的一只手。

女兵推着轮椅越来越近，西霞的目光一直没有离开他们，确切地说，她更关注的不是女兵，而是轮椅上的男人。她突然觉得他是那么的熟悉，肯定以前在哪里见过，可又一时想不起来。女兵和男人也发觉对面两个陌生女人在注视他们，也与她俩短暂地对视了一下，就避开她俩的目光，默契地继续着两人的交谈。

西霞终于忍不住了，就在双方对视了片刻之后，她对着轮椅上的男人开口问道："这位同志，我觉得你有点眼熟，好像以前在哪里见过？"

女兵停止了脚步，脸上露出甜甜的微笑，说："两位阿姨好！你们是找人吗？"

"对对对！"飞霞激动地说，她被眼前这位女兵的美丽惊呆了，不，是被她熟悉的面容惊呆了，像哥伦布发现新大陆一样一下子激动起来，"姑娘，我越看你越像一个人。"

"是吗？"女兵"咯咯"地笑了起来，笑声像银铃一样动听，粉红色的脸庞像开了一朵花。她又马上止住笑声，嘴角仍挂着笑意问："我像谁呀？"

飞霞没有直接说出春花的名字，她怕发生误会，还是小心翼翼地从侧面开始打听她的情况："姑娘，要是阿姨没看错的话，你应该是陕西人吧？"

女兵脸上瞬间掠过一丝诧异，说："对，我老家是陕西同朝县的。阿姨，你是哪里人？听口音，你也像那地方的人呀？"

西霞激动地抢过话茬，说："她也是同朝人，现在家安在了建设兵团，我是她二姐，我家在同朝县沙苑公社，我们那里可是一大片的黄沙，对了，天晴的时候，还能看到南边的华山呢！"

轮椅上的男人开始注视起西霞来，他的目光里充满一种亲切、渴望、惊喜和激动。待西霞一口气介绍完家乡的这些情况之后，他有点迫不及待地问道："阿姨，你是沙苑人？怪不得我也觉得你有点眼熟。我想起来了，七八年夏天我们部队在你们那里进行过战前训练，我好像在我住的那个老百姓家里见过你。"他略略思考片刻后又问："对了，你该不会是春花的二姨吧？"

"你认识我们春花？"西霞喜出望外，心都快跳出来了，她一把握住男人的一只手，"你是叫梁斌吧？"

"是呀，我是梁斌！"男人也情绪激动起来，另一只手把西霞的手紧紧捂住。

"这位姑娘是？"西霞的目光开始转移到了女兵的身上，她急切地想从梁斌口中得知女兵的情况。

梁斌扭过头，注视了身后的女兵一眼，对她微微一笑，说："她姓宋，叫焕英，是我爱人。"

在西霞和梁斌说话期间，女兵一直在静静地听着他们的对话，脸上一直挂着微微的笑容，待她弄清楚眼前的两位陌生阿姨竟然是从老家来的，也显得心情激动起来。是啊，和故乡一分别就是六年多，在与家乡相隔三千多公里的西北边陲，能这么巧碰到故乡人，能不激动吗？老乡见老乡，眼里泪汪汪，亲不亲，故乡人啊！焕英用手背擦了擦激动的泪水，连忙招呼起两位老家来的阿姨，说："两位阿姨，到我家去坐坐吧，我家就在后面家属院一楼。走吧，难得遇到老家人来到这里，听到你们的声音，都感到很亲切！"

飞霞和西霞正想问他们家里情况，没想到焕英竟主动邀请她们去家里坐坐，两人没有推辞，就点头答应了。

梁斌的家不大，不到八十平方米，三间小房子——卧室、厨房和卫生间，都收拾得很整洁。南边靠阳台的一间房子是两人的卧室兼客厅，紧挨双人床的是一对黑皮双人沙发，靠门口的地方是一张折叠式方桌，两边各放了一把折叠式铁座椅。从新涂刷的墙壁、屋子正中央一朵伸向四个墙角的拉花，还有床头正上方的一幅新婚大彩照，可以感受到房子里还留有一点儿新婚的气息。飞霞和西霞在双人沙发上坐定之后，梁斌坐在轮椅上指挥着焕英给客人沏茶、端水果盘子，好像招呼自己远道而来的亲人一样，让飞霞和西霞心里很温暖。

西霞是第一次走进城里人住的这种楼房里的家，一切都感到很新奇，想不到城里人家住这样小的房间，与农村人的大院子相比显得拥挤多了。可是，人家城里人就是会打扮，把这么小的屋子收拾得干干净净，更让农村人没法比的是人家的家里充满着浓浓的文化气息，房间里有书柜，墙上也挂着书画，墙角还放着一个像葫芦一样、带着长长的把柄，把柄上还绷着几根钢丝一样的细线，她在电视上看到过，好像叫什么吉他，是年轻人唱歌弹奏用的。西霞坐在这里，感到自己处处被一股高雅的文化气息包围着，仿佛自己也立马成了高雅的城里人一样，在羡慕着梁斌小两口的生活的同时，也庆幸自己有了这样一次开眼界的机会。

飞霞倒是没有西霞那种新奇感，显得很淡定。看着焕英忙前忙后地招待着她俩，她赶忙说："焕英，你就不要忙活了，我也不是外人，我家就在不远处的农垦兵团，今个儿是陪我这个二姐来专门找你的。"待焕英把梁斌从轮椅上搀扶起来，坐在左侧斜对面的方桌旁的铁交椅上之后，飞霞才细细说道："是这样的，前几年我二姐来我这里，在回家的车上曾看到了你，当时你也穿着军装，就是在这个卫生所下的车，你可能没有注意。我二姐看你很像我大姐家一个女娃，她一直看着你下了车进了卫生所，后来还叮嘱我有空来这里找找你。后来我来过一次，可是没有见到你，听你们卫生所一个护士说，你去了前线。"

焕英的脸上一直挂着微笑，她又抓了一把新疆葡萄干放在西霞眼前的果盘里，说："你说的是五年前的事吧？那时我经常在星期天坐公共汽车去我们部队团部参加卫生员业务培训，当兵第二年春季就去了前线，在前方卫生所抢救战场上受伤的战士，梁斌就是我在前线卫生所认识的。"她回头看了看梁斌，梁斌也微笑着点了点头。

西霞有点沉不住气了，她抢过话头说："焕英啊，你不知道，自从那一回在车上看到你，我就一直在心里牵挂着你，想着你，越想越觉得，你就是我大姐家当年丢失的那个春草。你看，你长得多像春花啊，杏仁眼、高鼻梁、樱桃小嘴、瓜子脸，简直和春花一模一样。"

"阿姨，你真会说话，看你把我夸的，我有啥好呀？"焕英脸上泛起淡淡的两片红晕，抿着小嘴，低下头，有点儿不好意思，"听阿姨这么说，我倒想起来了，梁斌以前也跟我说起过，他第一次看到我，就把我当成了另一个人，听说那个人就是他所在的部队在咱们老家野外训练时认识的，叫春花，是吧？"

"对对对，就是春花，我大姐家的二女儿。要是我没说错的话，你应该比春花小两岁，今年虚岁该二十四了吧？我大姐当时生了三个女儿，你是老三，上面还有一个大姐叫春叶，春花是老二，你是老三，叫春草。我大姐为了要生男娃，当年一时糊涂就把你丢在黄沙窝窝里了，要不是好心人捡了，你早就没命了啊！"

飞霞赶紧给西霞使了个眼色，西霞才意识到自己话说得不太合适。飞霞忙打断西霞的话，说："那时正是自然灾害时期，大姐也是实在没办法才那样做的。焕英，你可要谅解啊！"

焕英点着头，眼睛有点湿润了，说："阿姨，你别说了，我就是我爸爸捡来的，是我奶奶把我养大的。我爸爸为了我吃尽了苦头，直到我当了兵之后他才成家。你这么一说，我现在什么都明白了。我下次回老家时再问问我爸爸，要是我真的是你说的那个春草，那我们可就是亲人了，你们两位可就是我的亲姨了。"

"春花她还好吧？"坐在一旁的梁斌沉默了半天，这时候插嘴问了一句。

"春花可算苦命的了，差点儿跳了河没命了，好在有人救了她。现在她也嫁了人，刚结婚时日子虽说苦了点，可春花肯吃苦，也能干，去年还盖了新房，日子一天天也好起来了。"西霞没敢说春花为什么跳河寻短见，她一边说着，一边观察着梁斌脸上表情的变化，她发现梁斌低下了头，似乎沉浸在痛苦而美好的回忆之中。

室外的阳光格外耀眼，暖暖地抚摸着卫生所里墨绿的冬青、雪松和包裹在绿色中的这座红砖墙壁的三层家属楼。日头偏西时，飞霞和西霞便要告辞了，焕英和梁斌说啥也要让她们吃了午饭再走，梁斌甚至已经从柜子里取出了一瓶伊利老窖放在桌子上，说要好好招待一下她俩。飞霞说家里还有客人，她们必须赶紧回去招待客人，焕英和梁斌这才不好再挽留她们了。然后，她又是一阵忙活，不大一会儿工夫就搜集到了一大旅行包的东西，让两位阿姨带回老家。飞霞一个劲谢绝，焕英就把大旅行包塞到西霞手里，说："阿姨，这点东西就给家里人带着吧，等梁斌过几年安上假肢，我就回老家去看看他们。"西霞嘴里说着"不要不要"，手里却接过了旅行包。临走时，西霞要了一张焕英和梁斌的结婚照片，放在了旅行包里。

飞霞和西霞回到家时，新军正在屋子里和彩霞说着什么，看到她俩回来了，两人的谈话也就戛然而止。彩霞看见西霞手里提着一大包，包显得很沉，里面鼓鼓囊囊地装满了东西。彩霞问西霞包里是什么东西，西霞支支吾吾半天才说："是我俩早上从旧货市场买的一些便宜东西。本来早上要带你一块儿去的，看你睡得那么香，就没忍心打搅你的美梦。"

天黑之前，喜财从银锁的部队返回飞霞家里，一副愁眉不展的样子。西霞一看就知道，银锁转志愿兵的事情泡汤了。新军也无能为力，只好避开这个话题，让飞霞赶紧做晚饭，怕喜财饿着了肚子。

第二天吃过早饭，西霞和喜财在厨房里悄悄给飞霞说了些什么，就撇下彩霞出了门，直到太阳偏西，才看到两人红光满面地回来了。喜财嘴里喷着酒气，一副洋洋得意的样子，一进门就对飞霞和新军说："银锁的事总算有点眉目了。"西霞则在一旁掩饰着什么，说："看你的样子，喝了点酒，就乱说一通，八字还没一撇的事，就吹起来。"

彩霞一时不明白他俩说什么，只觉得自己云里雾里犯迷糊，好像被蒙在鼓里一样。但她猜测到，西霞和喜财一定有什么事不想让她知道，他们俩一定在背着她做什么事，这么大老远的地方，西霞和喜财会跟谁一起喝酒？她知道，西霞和喜财串通一气在偷偷摸摸干啥事，反正处处提防着她，显得她成了他们的眼中钉。心里不由得升起一股怒火。昨天，新军给她说了秋菊在新疆的事情，她就猜测到西霞这一回来肯定没干啥好事。

第三天，三人就告别了飞霞和新军，又提着大包小包的东西，踏上了返程的汽车和火车。与来时唯一有一点不同的是，西霞手里多了一个鼓鼓囊囊的大包，而彩霞手中来时提的鼓鼓囊囊的大包却显得有点儿干瘪。

第三十二章

　　长途汽车把她们一直带到了乌鲁木齐火车站。临近春节了，火车站上的人密密麻麻，老远望去，只能看到无数个后脑勺在眼前不停地晃动。听说火车站小偷多，三个人心里都有点紧张。西霞带着他们来到一个人少僻静的角落，进行了简单的分工：彩霞不识字，留在这里看护东西，然后三个人平摊出了火车票的钱，由西霞和喜财去排队买车票，两个人互相照应着比较安全。临走之前，西霞再三叮嘱彩霞，看好东西，别乱跑，不认识的人少搭话。

　　西霞和喜财走后，彩霞将三人的包一个一个提起来，集中放在火车站外面大楼的一个角落里，这样便于她好照看。她提西霞的那个大包时觉得很沉，里面不知都放着什么东西。不管是在飞霞的家里，还是在长途汽车上，西霞都紧紧抱着这个包不让彩霞碰一下，现在彩霞倒有机会探个究竟。出于好奇心，她轻轻拉开了绿色旅行包的拉链，露在外面是几大包葡萄干、大红枣和铁皮牛肉罐头，两边是一件粉红色的高领毛衣和一件崭新的花边床单，床单折叠得整整齐齐。彩霞意外地发现在床单里夹着一张彩色照片，她抽出来一看，是一张彩色结婚照，照片上两个人都很眼熟，那女的不就是大姐家的春花吗？旁边那个男的也在哪里见过，她再仔细回想了一下，终于想起来了，他不就是几年前在大姐家住过的那个拉练部队的班长梁斌吗？他那时和春花谈得不正热火朝天吗？可是，这春花啥时候又当了兵，穿上了军装？那梁斌不是在华山脚下吗，咋又会跑到这几千里之外的新疆？彩霞一头雾水，她无论咋样也不会把照片上的这两个人联系在一起。不过，有一点她敢肯定，这大包东西肯定跟照片上这两个人有关，怪不得西霞不让她碰这个大提包。彩霞猜得到包里的好东西肯定还不少，肯定是梁斌和春花给家里的爹妈带的，只是让西霞捎带着罢了。想到这里，她也不再眼红西霞这个人提包里的东西，回到家西霞肯定会把这些东西给大姐大哥的。她没有再翻看包底下的东西，顺手想把照片放回去，可是一想又觉得不对劲，明明春花在家已经嫁给了满仓，她来新疆前还见到春花从家里带来了花生、辣椒面和黄花菜给飞霞的，她现在咋又会在新疆？难道她会飞？不对，她又仔细看了看照片上的女兵，这才看清楚她不是春花，照片上的女的脸比春花白，也比春花瘦一点，其他地方都很像春花，只是看起来要比春花年轻几岁，难道是——春草？彩霞心里一惊。对，春草比春花小两岁，看样子就是她了！她巴不得现在就想把这个消息告诉大姐东霞和大哥天祥，让他们知道二十多年前丢失的女儿找到了，而且是个当兵的。她回想起大姐给她提起过西霞姐上次来新疆在汽车上看到的那个像春花的女兵，这么说，西霞姐和飞霞姐是瞒着她去见了这个女兵？没错，一定是！彩霞想明白后，决定把这张照片拿给大姐大哥看看，让她们也高兴高兴。于是，她把照片又从床单夹缝里抽出来，偷偷放进了自己包里面的夹缝里，拉上两个包的拉链，装作什么也没发生一样，坐在一边等着西霞和喜财买火车票回来。

经过三天三夜火车上的摇晃，三人第四天早上终于回到了西安火车站，直到傍晚天黑之前才回到了家，各人提着自己的包回了各家。

彩霞回到家就拉上棉被不吃不喝地睡了一大觉，一直到第二天早上太阳升到头顶，才懒洋洋睁开双眼。他们三人回来买的是硬座票，硬邦邦的硬座靠背坐得人腰背酸疼，就像忍受酷刑一样难受，这一觉醒来才让她渐渐恢复了元气。她昨晚睡觉也没脱衣服，坐起来后，头还有点晕，"杨偏头"已经把玉米糁稀饭和一碗热气腾腾的冬瓜炖豆腐端到她的眼前。"杨偏头"说："看你困的，昨晚一晚上呼噜打得像响雷一样。饭菜我早就做好了，你赶紧趁热吃吧。"

洗了脸，吃过饭，彩霞就从大提包里取出飞霞让带回来的一袋葡萄干、一袋大红枣和一瓶蜂蜜，用一个布袋装好，然后又取出那张照片揣在内衣衣兜里，提着布袋来到了大姐东霞家里。

东霞正坐在炕上摇着纺线车子纺线，锭子上的白线穗子已经像白萝卜一样大了。大哥天祥坐在桌子前的椅子上用一张书纸卷着烟卷，他把一撮旱烟叶子用大拇指和食指捏碎，均匀地撒在半张书纸上，然后卷成喇叭状，接着，把细的一端放在嘴里，用火柴点着另一头，一股青色的烟雾立刻就从他嘴里飘向了空中。随着烟雾越来越浓，东霞的眼睛被熏得开始流泪了，她咳嗽了几声，开始唠叨起来："才戒了不到一个月，你又抽起烟来，把你喘不过气来的时候忘了？你抽烟，害得我跟着流泪咳嗽。"

彩霞进屋的时候正听到大姐在埋怨大哥抽烟，屋里的烟雾缭绕也让她几乎睁不开眼，她直接就说起大哥来："我说大哥，你不抽烟行不行，看屋子里都雾成啥了？"

"是彩霞呀，你不是到新疆去了，啥时候回来的？"东霞把锭子上的白线穗子抽了下来，放在一个小竹篮子里，问着彩霞。

天祥正好把嘴里的纸烟卷吸完了，扔掉快烧到嘴边的烟屁股，用脚踩灭，然后走过去把小屋的布门帘搭起在门梁上，说："我今天刚想起抽一支烟，你俩就说个不停，算了，不抽了，省得让你俩老在说我。彩霞，你啥时候到新疆去的，我咋不知道？"

"来来回回半个月了，昨晚刚回到家。哎，坐火车简直就是受罪，硬是坐了三天三夜，腰都快断了。"彩霞愁眉苦脸地说着，然后把布袋里的东西掏出来递到天祥手里，"这是我飞霞姐和新军哥给你们带回来的新疆特产，咱两家一家一份。我回来带的东西少，西霞姐和喜财都是鼓鼓囊囊一大包东西，西霞姐那一大包东西估计是春草给你俩捎回来的，西霞会给你们送来的。"

"啥？春草？春草在哪里？"天祥像触了电一样从椅子上弹起来，急急问道。

"大哥，你还不知道啊？春草就在新疆当兵，这回我西霞姐和飞霞姐还见到她了。你看，这就是春草和她女婿。"彩霞说着，从怀里掏出那张照片给天祥看。

天祥戴上老花镜，把照片拿到门口光亮处看了看，然后还给了彩霞，坐在一边不出声了。

东霞脸色慌张，一个劲地给彩霞使眼色，彩霞都没在意，看来想制止彩霞已经来不及了，她故作镇静地说："他们带的东西再多，我们也不稀罕。这西霞和喜财也真是的，给人家拿了屁点东西，回来却背了一大包，都不嫌人家笑话。"说完，继续纺起线。

天祥问："你们大老远地跑到新疆就是去干这事？"

彩霞坐在炕沿上，说："还不是喜财去找新军托人办银锁转志愿兵的事？听新军说，他的战友已经转业回老家了，办不成。第二天西霞就领着喜财跑到外面不知寻到谁了，竟然把银锁的事情办成了。在飞霞家待了三天，西霞就跑出去了两天，丢下我一个人在家，好在新军上班也不太忙，回来陪着我说活。大姐，大哥，这回我才知道秋菊前几年在新疆干的事，真不要脸，害得新军和飞霞都在团里跟着丢脸，就因为秋菊当初是新军安排的，她干下那见不得人的事，兵团里的人对新军意见很大，新军的副团长也当不成了，从老家回去后就让人家换了，新军现在也没有权了，整天没事就在家里待着。"

东霞有点不高兴了，冷冷地说："秋菊的事飞霞跟我说起过，这都过去的事了，你就不要多嘴了，传到外人耳里也不好。"

彩霞并没有觉察到大姐脸色的变化，依然在跟天祥说："飞霞家住的地方真宽敞，两个娃平时在学校住，星期天才回来。一家人的光景比以前好多了。"

天祥问："你刚才拿的照片从哪里来？"

彩霞说："这张相片是从我西霞姐的包里偷偷拿的，她见到了春草，春草才给了她这张照片。"

东霞在一旁插了话："彩霞，你咋知道她就是春草？西霞还没说，你就乱说一通。这世上长得像春花的人多了，不要大惊小怪的。"

彩霞却认真起来，说："大姐，你是真糊涂，还是假糊涂？这么像的女子，还不是春草是谁？你连这点儿都看不出，是不是揣着明白装糊涂呀？"

天祥的脸色更沉重了，他拿着照片凑到东霞跟前，大声怒吼起来："你不是说春草死了吗？这到底是咋回事，你给我说清楚！好你个死老婆子，哄了我多少年了，以为我不知道？你说，你把春草给谁了？说呀！你今天不跟我说清楚，我跟你没完！"天祥的声音很大，震得东霞的耳朵都有回音。天祥把照片狠狠摔在东霞身上，眼睛里似乎喷着火焰。他发了一通怒火之后，突然老泪纵横，低下头，肩膀一耸一耸的，像孩子一样委屈地抽泣起来。

彩霞没有想到会发生这样的事情，她不知道当年春草丢失后大姐是咋样跟大哥说的。看到自己惹下了大祸，她劝了天祥一句就悄悄溜出了大姐的屋子。

一连几天，天祥的脸色都像黑夜一样阴沉，他一句话也不和东霞说。东霞跟他说话，他就像没有听见似的，东霞再跟他说话，他就起身走出了家。白天也不和东霞一起在饭桌上吃饭，东霞把饭菜端到桌子上，他就拿起一个馍，从中间掰开夹上油泼辣椒，再端上饭碗，一个人到一边吃，连看都不看东霞一眼。晚上两个人也不像以前那样紧挨着被窝睡，天祥故意似的把他的被窝挪到离东霞远一点儿的炕边，天黑时总是一个人闷闷不乐地外出，十点以后才迟迟回来，回来也是一声不吭。东霞问他饿不饿，他也不吭声，拉起被子倒头就睡。这样的日子持续了半个多月，东霞实在忍受不住了，在天祥出去的时候，她一个人在家里默默地流眼泪，心就像跌到了冰窖里一样寒冷。宝根在城里学校住宿，明年就要考大学了，提前半年就不过星期天，在学校里补课。她感受到了一种可怕的孤独，对彩霞来家里给天祥看照片感到很气愤，觉得是彩霞惹得她和天祥这样闹别扭。她恨彩霞给她家里添了这么大的麻烦，恨彩霞又一次揭开了她心里刚刚愈合的伤疤。她这辈子最怕人在她面前提起春草，一提起春草，她就会条件反射似的想回避，甚至想跟谁闹事。她知道，二十多年前的那一幕是她这一辈子的痛，是她一辈子的羞耻和愧疚。她欠春草太多，欠自己的男人天祥也太多。当年自己只不过是听了西霞一句话，才一念之差把奄奄一息的春草丢弃在黄沙窝窝里，她只不过是想好好养活她的宝贝儿子宝成，可是老天爷偏偏不睁眼，让他的宝成早早就夭折了，儿子没活成，女儿也丢了，她等于一连失去了两个亲骨肉。她后悔过，也返回去找过春草，可是茫茫黄沙窝窝里却没有了她可怜的春草！她也使出过浑身的力气挽救过宝贝儿子宝成的性命，可是最终也没有挽救过来。她能理解天祥失去春草后悲伤的心情，都说女儿跟爹心近，天祥最爱的就是春草。春草的嘴也乖，一句软软的绵绵的"爹"，就能让天祥的心像泡在醋里一样软下来。这么多年过来了，天祥也是尽量在忘却失去春草和宝成夭折的伤痛，没想到这一切的努力竟然让彩霞从新疆拿回来的一张照片给化为了泡影。自己当年的谎言也再次激怒了天祥，让她陷入了如今这万般孤独、万般痛苦的境地，让她有了一种生不如死的感觉。

在经历了天祥半个多月冷漠的折磨之后，东霞在心里无数次愤怒地骂过彩霞之后，她到西霞家里，要向西霞问清楚这张照片是怎么回事，照片上的女娃娃到底是不是春草。她把从彩霞手里要来的相片摊在西霞眼前，直接问她："西霞，你给我说清楚，你是从哪里弄的这张相片，这相片上的女娃娃到底是谁？是不是我家春草？"

西霞把照片揣进自己怀里，问道："大姐，这张相片咋在你手里？我找了半天也没找到，还以为丢在了飞霞家里，要不就是丢在了火车上。"

"是彩霞拿到我家里来的。就是这张相片，害得你大哥半个多月不理我，你知道我心里有多苦？"东霞说着，眼泪就涌出了眼眶，十多天憋在心中的郁闷和委屈瞬间像开闸的洪水奔涌而出。

西霞心里慌了，她没想到大姐见到了照片竟是这样的伤心。她还以为，大姐和大哥会因为看到了他们失去二十多年的女儿高兴呢，想不到大姐和大哥竟然会闹起别扭来。她问道："大姐，你哭啥呀？照片上的女娃就是你家春草，我不哄你，真是的！我们帮你找到了春草，你应该高兴才对呀，咋就哭起来了？"

东霞止住了哭声，擦了把眼泪，盯着西霞的眼睛问："你咋知道那女娃就是春草？你见到她了？她在哪里？"

　　西霞给东霞倒了一杯开水，让东霞坐到炕上的热被窝里，然后面对面给大姐说起了她和飞霞在新疆那个部队的卫生所见到照片上的两个人的情景。西霞一边回忆着，一边描述着当时的情景，把他们是怎样巧合地相遇，女兵和坐轮椅的梁斌如何接待她们，他们住的家是如何整齐干净，小两口子最后如何挽留她们吃饭，她又是如何向他们要了这张照片，都一五一十说给了东霞听。最后西霞强调了一句话："大姐，这女娃说的都能和咱春草对得上号，她咋就不是春草呢？"

　　"她没说她家在哪里？"东霞问。

　　"说了，她老家在县城，是她奶奶把她养大的，她爸爸是干公家事的。"

　　"那就不对了啊。咱春草是丢在了黄沙窝窝里，咋能让县城里的人捡了呀？"东霞摇着头，眼睛里的那一丝光亮又暗淡了。

　　"我也想这个问题，咱沙窝窝离县城那么远，春草咋就能到了那里呀？"西霞沉思了片刻，又说道，"大姐，那女娃也说了，等她的男人腿好了，他们就会回来家的，到时候他们两口子也会来咱们这里的。哦，对了，忘了跟你说，你看她的男人很眼熟吧，他就是前些年在你们家住的那个梁斌。"西霞掏出照片指着上面的男的给东霞辨认。

　　东霞再一次感到了惊讶。自从彩霞把照片给了她，她只顾看那女娃，第一眼看了确实跟春花很像，她根本就没有注意看那男娃。现在西霞这么一说，她还真有点儿不敢相信，就把照片拿到眼前细细看了一下，那男娃还真有点眼熟，有点像那个跟春花打得热火的当兵的。她问："他们两个咋能认识，还能成为一对？"

　　西霞就说起了照片上的女兵去前线卫生队抢救伤员和梁斌在战场上被炸断一条腿的事情。东霞明白了是怎么回事，想起当年春花为了那个当兵的去跳河，差点丢了性命。她对照片上这个男娃有点恨之入骨，要是他现在站在她的面前，她肯定要抓着他的衣领问他，你为啥丢下我家春花不管了？想到这里，她给西霞说："这个相片你收好，千万不要让春花看到，不然春花会想起当年的往事伤心的。"

　　东霞走了之后，西霞开始想着一个问题。她仔细回忆了他们三人从飞霞家里回来的整个过程，像放电影一样在脑海里把回来的每个细节都过了一遍，就是想不出照片怎么会落到了彩霞手里，就是这张照片，引起了大姐和大哥两人一场不小的战争。她从焕英手里要来这张照片，起初的目的只是想让大姐知道她的春草不但还活着，而且活得很好，在部队卫生所转了干部，还与一名战斗英雄结了婚，虽然这个战斗英雄没有了一条腿，却能终生享受国家的抚恤金，两口子过着无忧无虑的日子，让大姐也高兴高兴。没有想到，照片竟然神不知鬼不觉地飞到了彩霞的手里，让彩霞疯疯癫癫把照片拿给了大哥看，大姐几十年的谎言一下子就被揭穿了，大哥能不生气吗？彩霞惹了祸，大姐却来找她的事，她也是憋了一肚子火气。她想，一定是彩霞从她的包里偷偷拿走了照片，她决饶不了她，一定要找她说说。

西霞经过一个晚上的思索，第二天一大早就匆匆忙忙来到了彩霞家里。她硬是把彩霞从被窝里叫起来，脸上表情显得很严肃。彩霞心里清楚，西霞没有十分要紧的事一般是不会来彩霞家里的，今天西霞的样子看来是寻事的，她虽然猜不出她寻她什么事情，但还是在心里做好了迎战的准备。

两人冷对了一会儿，西霞先开口了："昨天大姐来我家找我了，哭得眼泪就没有断过。你知道大姐为啥哭得这么恓惶？"

彩霞摇摇头，说："不知道。大姐她咋了？"

"大姐咋了？你还问我？都是你干的好事。要不是你拿着那张照片在大哥面前捅了娄子，大姐能哭吗？你知道大哥有多长时间不理大姐了吗？你知道大姐整天以泪洗面过的是啥日子吗？"西霞说得有点儿动情了，眼圈也红红的。

彩霞想起了那天大哥在她面前训斥大姐的情景，她还以为大哥只是想起了以前的事情生气而已，并不知道他对大姐会那么冷酷，甚至是绝情和折磨。她意识到自己做得有点不对，但并不觉得大姐的遭遇完全是她引起的。她甚至有点儿委屈了，说："不就是让大哥看了那张相片吗，有啥不对的，难道还要把这事窝在心里不让大姐大哥知道？你还好意思来说我，就说你和喜财背着我偷偷去看了春草，一路上嘴也哑巴了，不跟我说一声？要不是我从你的包里看到那张相片，还真不知道你俩偷偷摸摸都干了些啥？你俩大包小包拿着春草给的东西，连跟我说一句都不敢说，把我当二球一样看待？不给我东西也不要紧，我也不稀罕，回来了，就把东西藏在你家里，也舍不得给大姐一样东西？这都是你和喜财做的事情！"

彩霞连珠炮似的发问让西霞的脸色通红，她几次想插嘴都插不上，彩霞一连串的话说得她倒不占理了。她本想问问她咋拿到照片，还没等她问话，彩霞就直接说了出来，显得她彩霞敢作敢当，光明磊落，而她西霞都成了鬼鬼祟祟、偷偷摸摸的样子。西霞不敢轻视彩霞了，她知道她的嘴巴厉害起来就像刀子，闹起事来也是一副天不怕地不怕的样子，啥也不顾。她心里开始有点服软了，说话的语气也缓和了一点儿："我在新疆东奔西忙，还不是为了喜财的事和大姐的事吗？要不是我跑来跑去的，能知道春草在新疆吗？要不是我给那梁斌说喜财的心事，银锁转志愿兵的事能办成吗？我为这个忙为那个忙，到头来我还落下个不是人，你说我冤不冤枉？"

"你也别给我哭恓惶了，前几年喜财陪着你去找飞霞和新军，不也是为了你家智明和秋菊的事吗？跑了一点儿路，就得了人家一大包好东西，你还冤枉？要是早知道你俩穿着一条裤子，我当时就不去了！"

两人互相诉苦，互相喊冤，唇枪舌剑斗了一阵子，也说不出个啥结果。西霞本来是找彩霞的事来，却给自己装了一肚子气，扭身就往外走。"杨倔头"从灶房出来，端了自己做的一大盘飘香的饭菜，也没有留住西霞。

"留她干啥？她要走，就让她走！"彩霞一脸的不愉快。

大年初三，春花挺着大肚子和满仓回到娘家给爹妈拜年。每年正月初三是爹和妈招待亲戚客人的日子，春叶和进财、春花和满仓，还有秋菊和战锁这些晚辈都来给爹妈拜年。春叶自从出嫁后每年初三来到娘家都是第一个进灶房帮妈做饭的，春花来了只能给春叶当下手，顺便跟着妈学做一些花样饭菜。满仓的妈妈早些年瘫痪后，满仓就学会了进灶房做菜做饭，擀面条、蒸馒头、包饺子、包包子他样样都拿手，所以春花平时进灶房亲自做饭的机会也不多。说实话，春花到灶房给大姐春叶打下手还不如满仓，有时候她还给大姐帮倒忙，比如炒菜放的盐多了，煮稀饭煮糊了。所以，今年她干脆就不进灶房了，让满仓去给大姐当帮手。满仓天生爱动不爱静，他给大姐当帮手，不但减轻了大姐许多负担，还与大姐挺说得来。

春花闲下来就在小屋里给客人倒茶，摆放瓜子、水果糖、油炸馓子和水果盘。早上吃饭前客人来得少，大多数都是在家里吃过早饭后才来。爹一大早就在后院劈柴，要蒸一大锅的东西，灶火里就要用硬柴火。春花一个人在小屋里刚摆好四个盘子，泡好了一大壶茶，彩霞就来了。她知道，四姨是早早过来混饭的，她嘴馋手懒怕动弹，每年早上都要过来混早饭吃。

春花给四姨倒了杯茶，又抓了一把瓜子，递到她手心里。彩霞盯着春花看了一会儿，说："春花，肚子里的娃有几个月了？"

"六个月吧！"春花说。

"明年生个娃，你和满仓的日子也就会慢慢好起来了。听四姨说，不管男娃还是女娃，都不要嫌弃，你可不要像你妈一样，生了女娃就恨不得扔到沙窝窝里。"

"四姨，看你说的，现在是计划生育，政府就不让你生那么多，娃娃少了，都当宝贝一样的，谁还舍得扔掉？"

"想想你妈当年咋就那么狠心，硬是把春草给扔到沙窝窝里了。"彩霞叹口气说。

"我妈那是没办法。记得，我小的时候连吃的都没有，经常饿肚子。听我妈说，春草病得快死了，她也不愿意眼睁睁看着春草死在她怀里。"春花回忆着往事，说，"听我二姨说，她在新疆见到春草了，她也结婚了，住的跟城里人一样的楼房，她男人腿不好，等她给她男人把腿治好了，就回来看看我爹妈。四姨，你不是也去新疆了，你见到她了吗？你也去她家里了吗？"

"我没见到春草，也没去她家。是你二姨和你大舅两人去的，对了，第一回是你三姨和二姨一起去的。你二姨做事一向是偷偷摸摸，总是怕谁知道她做什么一样。我只是看过春草和她男人的相片。"

"是吗？相片在哪里？给我看看。"春花眼里闪着亮光。

"你二姨拿走了。她是不会给你看的。"彩霞嗑着瓜子，喝着茶水说。

"为啥我就不能看？"春花问。

"不说了。我再说，你二姨又要说我多嘴了。"彩霞的话语里有点儿怨气，她放下手里的茶杯，肚子有点咕咕叫了，就到灶房看早饭好了没有。

春花也不再说什么了，她想自己以后有的是时间找二姨要那张照片看看。

第三十三章

过完鼠年春节，春花的肚子越来越大了，只能待在家里等待孩子出生。这些天，满仓包揽了家里地里的活，一个人从早忙到晚，又是到地里给小麦春灌，又是回到家做饭，照顾瘫在床上的老妈。春花看着满仓满头大汗地忙来忙去，就心疼他，说："你累了，就歇一会儿，家里的活是干不完的，别累坏了身子。"满仓总是笑呵呵地说："我再累，心里也高兴，只要你和肚里的娃娃好着就行。你现在可是咱家的宝贝，千万不要乱动，就坐在屋里等着生娃，家里地里的活都有我哩！"

春花点了点头，在满仓那张黑里透红的脸上狠狠地亲了一口。

这年农历三月三，春花顺利生下一个男娃，小家伙的脸圆圆的、胖乎乎的，简直就是满仓的翻版，那双水汪汪的大眼睛、高高隆起的鼻梁和不大不小的嘴唇，还有白皙的皮肤却完全继承了春花的优点。小家伙的哭声给杨家增添了一份欢乐，满仓看了一眼自己的儿子，嘴巴咧得都合不拢了。

儿子满月的时候，春花给儿子起了个名字叫杨宇。满仓问春花，怎么想起这么个名字。春花说，要让他们的儿子以后胸怀大志，征服宇宙，眼光要看高、看远点，不要老是盯着家里的一亩三分地。给儿子简单地过了满月之后，春花回到了娘家。按照沙苑地方人家的风俗，女人生完孩子过了满月，要回娘家住一个月，叫作"认门"，意思是让外孙认识姥姥家的门。

就在春花抱着刚满月的儿子在娘家熬了半个多月的时候，春花的家里突然来了一位不速之客。客人是从县城坐了一辆绿色北京吉普车来的，吉普车开进了杨家大队的巷子后，他就操着外地口音很浓的普通话打听着春花的家，吉普车最终在春花家旁边的大路边停下了。那位客人下了车，瘦高的个子，身穿一件草绿色的老式军装，留着一头乌黑发亮的长发，长发三七偏分，一丝不苟向一边倒着，棱角分明的五官很恰当地分布在"国"字形的脸庞上，鼻梁上戴着一副墨镜。客人看样子有二十四五岁，走起路来，右腿有点拖拉，但是看得出，他尽量保持着正常的走路姿势，让两条腿保持着身体平衡。他在春花家的门前站了一会儿，望着眼前这一排新盖的瓦房和布置得井井有条的农家小院，脸上露出了欣慰的笑容。巷子里第一次来了一辆吉普车，惹得一些大人小娃凑过来看热闹。客人从车子上取下一个黑色提包，让司机把车子开远一点儿，使自己尽量远离看热闹的人群。院子西边靠近通往洛河渡口的大路，路边是主人用土坯和砖块垒起的一人多高的围墙，墙内栽着一排碗口粗的梧桐树，梧桐树在春天暖阳的照耀下长出了嫩嫩的绿叶。后院栽的是几排白杨树，白杨树上挂着点点绿色的枝条，像火炬一样朝上伸展着。大门口是用方形木头做的两扇木栅栏门，人站在外面可以看到院子里面。他发现两扇木栅栏门没有上锁，就轻轻摇了摇门上的铁链子，一边摇着，一边喊着："家里有人吗？"

满仓正好在灶房做好了上午饭，他听见有人摇门上的铁链子，就赶紧走出灶房，一看有一个陌生人站在门外喊着话，就跑过来打开栅栏门，问："你找谁？"

"这是春花家吗？"陌生人问。

满仓说："是春花家。你是谁？找她有啥事？"

"我是她远方一个亲戚，顺路来看看她。可以到屋子里看看吗？"陌生人摘掉鼻梁上的墨镜，擦了把脸上的汗。

"当然可以，请进吧！"满仓从来没有听春花说起过她远方还有一个亲戚，对这个自称是春花的远方亲戚的陌生人还有点提防。可是看到对方那么彬彬有礼，他也就不好意思拒绝了，忙热情地把陌生人请进了屋子里。

春花不在家，这几天满仓忙前忙后、忙里忙外的，也顾不得收拾屋子，炕上的被子也没有叠，胡乱地摊在炕上，炕下的地面上也凌乱地放着脱下来还没顾得洗的衣服、春花走时洗好的儿子的尿布以及地里下种剩下的洋芋种子，桌子上的茶杯、热水瓶和洗漱用品也胡乱地放着，看样子有好几天都没有收拾了，整个屋子让客人几乎都没地方下座，更谈不上喝一杯热茶了。好在客人环视了屋子后并没有显露出厌恶的样子，而是左半个屁股坐在炕沿上，右腿支撑在地面上，抬头注视着桌子上方墙壁上悬挂着的一个相框。那是一张放大了的春花和满仓的订婚照，黑白色的，春花还留着长辫子，一条辫子搭在胸前，一条辫子甩在身后，春花脸上露着微微的笑容，依然是那么美丽亲切。

满仓从灶房提来热水瓶，又把两只茶杯用热水洗干净，从桌子上拿起一个茶叶桶，里面差不多已经空了，有点儿尴尬地笑了笑，说："春花回娘家去了，已经半个多月没在家了，我也忙得顾不上收拾屋子，看乱成啥了，让你见笑了。"他从茶叶桶里在手心倒出一点儿茶叶粉末，扔进一个脏兮兮的茶壶里，从热水瓶里倒了热水，等了片刻才给客人倒了一玻璃杯热茶，说："请喝茶！"

客人只顾抬头看着相框里的照片，听到他的声音后才转过身，双手接过茶杯，说了声："谢谢！"然后审视了一下眼前的满仓，问："你是叫满仓吧？你们结婚几年了？春花怎么回娘家这么长时间还不回来？"

满仓给自己端了个凳子坐在桌子前，说："是，我是叫满仓。你咋知道我的名字？呵呵，我和春花是一九八二年结的婚，今年刚生了个儿子，春花就是回娘家熬月子去了，再有十来天就回来了。春花要是在家，家里就不一样了，她平时总是把家里收拾得干干净净的。"

客人"哦"了一下，沉思了片刻又问："春花她，这些年还好吧？"

满仓觉得客人对春花的关心比自己还上心，知道客人肯定和春花不是一般的关系，而且他还断定那个所谓的远方亲戚根本就不存在，只是他的一个借口而已。他也仔细审视了一下眼前的这个客人，觉得他应该和自己年龄差不多，听他的口音不是本地人，从他的着装和举止来看，十有八九是军人出身。他试探性地问道："你是春花的什么亲戚？"

客人这才意识到自己有点失态，笑了一下，说："哦，忘了跟你说，我叫梁斌，是春花的妹夫。你可能不知道，春花以前有一个妹妹，叫春草，很小的时候就让她妈妈弄丢了，她这个妹妹后来被人捡了并养大，改名叫焕英，后来当了兵，还上了前线。我和她这个妹妹就是在前线认识的，现在我们住在新疆。去年冬天，春花的二姨和大舅还到新疆专门来看春花的妹妹，在我家还吃了饭呢！"

满仓想起来了，听春花说起过，她一个妹妹在两岁时被她妈丢了在了黄沙窝窝里了，没想到这么多年过去了还能找到，而且还当了兵，嫁给了眼前这位英俊魁梧的军人，真是大难不死，必有后福！他心中刚才对客人的警惕和疑虑一下子全扫光了，兴奋地像个孩子一样说："妹夫，这么说你是从新疆来的。这么远的路回来一趟不容易啊，路上一定很累了吧？你先喝茶，我去灶房给咱端饭去，要是不嫌弃的话，就尝尝我们农村人的家常饭，白蒸馍就萝卜酸菜，再喝玉米糁稀饭。中午我给咱弄几个下酒菜，咱哥俩好好喝几杯，咋样？"说着，就要起身去灶房端饭。

梁斌被满仓的热情和真诚感动了，对这位淳朴、憨厚、善良和勤劳的庄稼汉也有了许多好感，感觉两人的心立刻亲近了许多。他一只手放在满仓的肩膀上，轻轻摁了一下他将要起来的身子，把放在身边的大黑提包打开，说："满仓哥，你就不要忙了。我只是顺便来看看，一会儿还要回县城去。这样吧，春花也不在家，我就不多停留了，这个包里的东西是她妹妹让我给你们带来的，也没啥，就是些新疆特产，几袋葡萄干，几瓶蜂蜜。对了，还有给你的新疆特产——伊利老窖。这两件毛衣是她妹妹照着自己的身材专门给她买的，还用塑料纸精心包好了，等她回来再让她打开看看。女人家的东西都收拾得很细心，咱男人们就不要动了，免得他们叨叨，是吗？"

满仓一个劲点着头说："是！是！是！"还是一个劲儿想挽留住梁斌。人家妹夫大老远来一趟多不容易，还带来这么多好东西，在咱家也不吃一顿饭就要走，这让他实在心里有点过意不去。可是，梁斌放下黑提包，还是站起身来就要走。他走出小屋，又前前后后参观了一遍春花家的院落，感到院子还是规划得蛮不错的，后院留下的一块地里还种植了韭菜、蒜苗，看样子主人还是蛮有经济头脑的，一看就是个会过日子的女人。他一边往外走，一边握住满仓的手说："姐夫家搞得真不错，就是日子过得还是有点儿苦，春花姐回来了，你告诉她一声，以后家里有啥困难了就跟我们说一声。"满仓仍在一个劲挽留梁斌吃过饭再走，梁斌走出木栅栏门，回过头向满仓招了招手，说："不用客气了，你赶紧回去吃饭吧。我走了，以后有机会再回来看你们！"

梁斌再一次回过头，看了一眼春花的新家，看了看院墙里那一排梧桐树和后院那一排吐着绿芽的白杨树，然后转过头朝停在不远处的吉普车走去。上了车，他朝站在门前的满仓招了招手，向司机说了声："走吧！"

吉普车徐徐开动，离开了春花的家，沿着一条炉渣路，朝着洛河渡口驶去。梁斌坐在副驾驶座位上，闭上双眼，沉浸在六年前那个明月当空的夜晚和春花相拥相吻的美好回忆之中……

春花抱着儿子从娘家回来后，满仓就把十几天前梁斌来家里看她的事告诉了她。春花听到梁斌的名字先是吃了一惊，然后就摇了摇头说："你说的是哪个梁斌？我不认识。"满仓一本正经地说："就是你的妹夫，春草的夫婿呀，他可是从新疆大老远回来看你的。"

春花越听越糊涂，心里问自己，春草都丢失了二十多年了，咋就突然冒了出来？再说了，自己心中的那个梁斌不是回了成都老家吗，咋又跑到新疆了，简直是东拉西扯。她以为满仓在给自己说笑话，觉得满仓说的事好像离自己有十万八千里远。世上叫梁斌的人多了，谁知道他是哪里冒出来的梁斌。

满仓不再和春花拉扯了，他从大立柜里取出那个黑色大提包，拉开拉链，把里面的东西一样一样取出来，最后把那两件粉红色和鹅黄色的高领毛衣摆在春花面前，说："这下你总相信了吧？这两件毛衣还是你妹妹春草专门给你买的。妹夫说了，让我不要动你的衣服，好像毛衣很珍贵的。他说，要等你回来，让你亲自拆开塑料袋看看。"

春花用手掌轻轻摸了一下两件毛衣，质地柔软，色泽鲜艳，纯羊毛的。她小心翼翼将毛衣放进自己的衣服包袱里，把包袱绑紧，放到了结婚时娘家陪嫁的朱红箱子里。然后，她把葡萄干、蜂蜜、大红枣各分了一点，拿到隔壁婆婆的屋子里给婆婆尝，剩下的让满仓又分了几份，说："这两份给我爹妈和春叶姐留着，其他的你看着给满囤他们尝尝，那两瓶酒你自己留着喝吧，蜂蜜是好东西，留一瓶让咱儿子慢慢吃。"

满仓按照春花的吩咐分好了东西，看到春花很平静的样子，出乎他的意料，他本来想春花看到妹夫大老远送来的东西一定会很高兴，一定会问妹夫来到家都干啥了，可是春花一句也没有问，好像妹夫就是一个很平常的客人一样。满仓没有多问什么，只要看到春花心里高兴就行。他看到春花没舍得当面拆开塑料纸看看，就保存在她的箱子里了。

春花让儿子在炕上睡着了后，就开始拿起扫帚，扫起院子，给院子里的梧桐树和后院白杨树下面的树坑里浇了水，然后端起洗衣盆，把屋子里满仓和婆婆换下的脏衣服拿到后院的水缸前洗了起来。

农历四月的天气慢慢热了起来，杨树叶已经变得绿油油，春风吹过，哗啦啦作响。后院那块菜园子里的韭菜和蒜苗、葱都已经葱葱郁郁了，散发着阵阵菜香味。

刚才满仓一开始给她提起梁斌时，她心里就像被针刺了一下，微微疼了一下，那种疼是一瞬间的，就像触电般被猛击了一下。她怎么也不会想到，苍天会把满仓和梁斌交织在一起呈现在她的面前。满仓和梁斌在她心里是水火不容的，是不可相提并论的，是有他无我、有我无他的关系。可是，两个男人还是一同来到了她的面前，只不过那个梁斌已经远走，而这个满仓还在她的眼前。她的心开始慌乱了，浑身的血液直往头顶冒了一下，让她几乎有点眩晕。但她还是没有让那种眩晕和血液冲顶持续下去，她很快镇定住自己，尽量将心中那翻滚的波涛迅速平静了下来。她故意表现出对梁斌的平静和漠视，好像那个人跟自己毫无关系的样子，她这样做，只是想让满仓心中多一份安全感，让自己也多一份平静与安全。她尽量不想把自己心中的伤痛带给满仓，她也没有权利让淳朴憨厚的满仓跟她一起品尝那段伤感与痛苦。

春花坐在暖暖的阳光下洗着衣服，脑海开始浮现出六年前那个难忘的夜晚的情景，回想着月光下、沙坡上，她把头靠在梁斌的肩膀上，静静地听着梁斌说话；也回想着两人分别前紧紧拥抱、激情亲吻的甜蜜时刻，还有最后两人互赠礼物，依依道别的难忘时刻。这种美好的回忆已经远离她多少年了，自从那次从华山脚下的部队失魂落魄地回来之后，她就决心将这段美好的回忆封存在她的记忆里，不想再揭开那伤心的一页。这么多年来，她总是在尽力忘掉他，把他从她的记忆里驱赶出去。可是，越是想忘记一个人，越是难忘；越是要驱赶走他，他越是赖在她的脑海里不走。春花这才真正体会到，那种刻骨铭心的爱是烙在她心灵上的烙印，永远也抹不平的。爱情啊，就是一剂包着甜蜜外衣的苦果子，品尝起来很甜蜜，品到最后却是苦的。她这么多年了都在想方设法用满仓替代他，可是根本就替代不了，两个人的影子永远无法重合起来。她在梦里无数次地梦见过他，梦见他从战场上回来了，回到沙苑来接她；梦见他胸前戴着大红花，在人们的夹道欢迎下来到她面前，将大红花摘下献给她，说："春花，这份荣誉里面也有你的一半，是你的爱激励着我在前线顽强拼搏，勇敢杀敌，我要将大红花献给你！"她还梦见，他带着她一起坐火车回到了成都老家，成都是一个马路宽阔、高楼林立、树木苍翠、干净整洁的城市，梁斌把她介绍给了他的父母兄妹，梁斌的家人热情请她吃饭，大家围着一个大圆桌，热热闹闹谈论着他俩的婚事；她甚至梦到了梁斌穿着绿军装，她穿着一身大红衣裤，两人在成都，也可能在部队举办着婚礼，鲜花、彩带、音乐、欢笑一起围绕着梁斌和她……这些都只不过是一场梦罢了，好梦都难以成真吧！

春花的神志又回到了现实中，她看到眼前的瓦房、院落、树木、围墙，和梦中繁华的大都市相差是多么的远！她知道，自己就是这个命，自己命里注定就是要嫁给满仓，命里注定就是住这样的房子，生活在这样的环境里。可是，她又不相信命运，不甘自己就这样平平庸庸活一辈子。她是有雄心的女子，她有自己的梦想，虽然有时候自己的梦想离现实太遥远，甚至是可望而不可即，但她还是要怀揣这个梦想并为之奋斗。她难以想象自己没有了梦想将是怎样可怜的样子。虽然她的梦想曾一次次被现实残酷地击碎了，但她并不罢休，不会认输，旧的梦想破碎了，她又会有新的梦想。她是一个梦想不断的女子，是一个决不向命运屈服的女子。她知道，有梦想总比没有梦想好点儿，人不能糊里糊涂地过一辈子，没有梦想，人与牲口有什么区别？春花的梦想是被梁斌点燃的。自从训练部队来到了沙苑，自从梁斌和两个战士住到她屋子里，她就向往外面的世界，决心要走出黄沙窝窝。虽然现在她的梦想还没起步，但她在心里蓄力，她要重新规划自己的人生和梦想，让自己的梦想顺应时代，顺应社会潮流，决不会像大姐春叶那样忍辱负重、忍气吞声地过一辈子。

春花将洗好的衣服一件件搭在院子里绷好的草绳上，走进屋子，又开始收拾起炕上凌乱的被褥、炕下地面上的桌椅板凳和洗好的儿子的尿布，然后用湿抹布将桌子上的瓶瓶罐罐、茶缸茶壶、镜子钟表齐齐擦洗了一遍，将这一切收拾妥当后，太阳已经掠过头顶偏西了。满仓到地里拔草去了，儿子也睡得正香，做饭还有点早。院子里和屋子里都显得冷冷静静，春花忙完这一切，身子也有点累了，她躺在儿子身边想睡一会儿，可是眼睛虽然闭上了，可脑子却歇不下，怎么也睡不着。她的视线不知不觉瞄准了夹板上的朱红箱子，她这才想起了那两件毛衣。满仓不在家，她可以静下心，看看那两件毛衣了。

春花打开箱子，从包袱里小心取出用塑料袋包裹好的两件毛衣，用剪刀把塑料袋沿着一边剪开，粉红色的高领毛衣呈现在她的眼前。她像抱自己的婴儿一样把粉红色毛衣抱在胸前，贴在脸上，感受那毛衣的柔软和温暖。她心里很清楚，这毛衣肯定不是春草妹妹买的，要是春草买的，她一定会和他一块儿回来看她的。她知道这两件毛衣是梁斌对她的一种情感补偿，虽然对于她来说远远不够，但是能得到这点补偿，她也感到了一丝的幸福，也算是他对她受伤的心灵的一点安慰吧！她把粉红色的毛衣小心放在一边，准备再看那件鹅黄色的毛衣时，却发现鹅黄色毛衣上放着一封牛皮纸大信封，而且有点鼓鼓囊囊。她用手掌拍了拍自己的额头，确信自己不是在做梦后，才拿起那个牛皮纸大信封。信封的口是封严了的，一边还用糨糊粘紧了。她小心翼翼用剪刀剪开信封的封口，从里面取出一封厚厚的信纸，还有厚厚的一沓"大团结"的十元票子，她掂量了一下，差不多有一千块钱。这么多钱，她还是头一次看到，心里不禁有点紧张。她把钱赶紧放回到信封里，连同两件毛衣一起重新放回箱子里，打开对折的厚厚的信件，一字一句看了起来：

春花：

你好！想不到我还能回到你的家乡去看你一次。这次我是随我的爱人（也就是你当年的亲妹妹春草）一起回到她的老家去看她的父亲，她的父亲有点脑梗住院了。我就是借这个机会，以去看战友的名义专门到你家里去看你的。如果能见到你，我当然很高兴。如果见不到你，我就把这封信给你留下。这封信是我在离开新疆的家之前的晚上，一个人在部队卫生所的会议室里写的，我知道，这封信的内容只能我们俩知道，这是属于我们俩的秘密，请你看完后就不要再保留了，免得引起不必要的麻烦。

春花，还记得我们六年前在沙坡顶分别的那个充满诗意的夜晚吗？皎洁的月光下，我们促膝相谈，描绘过美好的爱情。我们紧紧相依，热情相吻，享受过爱情的甜蜜。这是我这一辈子最幸福、最甜蜜、最难忘的夜晚！没想到，这一别竟然成了我们永远的告别。这六年来，我还会时时想起我们那个美好的夜晚，经常梦回那个甜蜜的时刻。可是，现实的车轮还是碾碎了我的梦境，让我清醒地回到了现实之中，不得不面对残酷的现实。

部队离开你的家乡后不久，我们就接到了开赴对越自卫反击战前线的命令。这也是我们早就意料到的，但没有料到会这么急，这么紧。1979年的春节前，我们全团官兵就写了遗书，2月初部队就开赴广西。我没有给你写信，是怕你为我担惊受怕，我知道，那时你的心灵还很脆弱，经不起心爱的人在战场上发生意外的打击。我到了广西前线依然很想你，但残酷的战争还是让我只能把你先放在一边，我必须全神贯注地面对战争，面对枪林弹雨和炮火连天的生死考验。你知道吗，我是带着对你的爱，对我们爱情的美好憧憬上战场的，你的爱一直支撑着我勇敢地战斗。我们在越南境内战斗了将近一个月，我们尖刀排始终冲锋在前，夺取了一个又一个的胜利。就在我们接到撤退的命令后，我还庆幸自己没有负伤，更没有牺牲，我想我可以活着回去给你报喜了，继续憧憬我们的爱情了。可是，不幸的事还是发生了，就在我们撤退的第二天傍晚，我们经过一个雷区时，不少战友踩雷牺牲了，我算是不幸中的万幸，只是一只脚踩到了地雷，只听"轰隆"一声巨响，我的一条腿就被炸飞了。我只觉得一阵麻木，之后才发现右腿一片血肉模糊，膝盖以下不见了，这才感到了钻心的疼痛，接着自己就昏迷了过去。

当我清醒过来时，春花，你知道我看到了什么？连我自己也不敢相信自己的眼睛，我的眼前竟然出现了你那熟悉而亲切的面容，你的弯弯的丹凤眼，细细高高的鼻梁，挂着笑容的樱桃小嘴就显现在我的眼前。我庆幸自己活了下来，更庆幸自己终于见到了你。我激动地叫了声："春花！"你依然在朝着我微笑，而且笑容更加灿烂了。你轻轻对我说："同志，你醒了！真好！别动，你的伤还很严重，你要好好静养！"声音是那么温柔，那么熟悉。可是，我心里还是有点不开心。你见了我怎么会叫我"同志"，就不能叫得亲切一点儿？但我一点儿也不生你的气，我知道这是在部队，在前线医院，不能随便表现出那种亲昵的样子。在你一天天的细心照顾下，我的腿伤一天天好了起来。可是，当我知道自己将来会成为一个只有一条腿的残废人时，我几乎绝望了。我不敢想象自己的后半生将怎样度过，我怕拖累你一辈子，怕影响你的前途，就开始自暴自弃，拒绝配合治疗。我的悲观情绪却没有逃脱你的眼睛，你开始给我做思想工作，讲保尔·柯察金的故事，给我更多的无微不至的关心，是你的爱心融化了我，支撑着我顽强地挺过了我人生最艰难的时刻。当我终于想通了，要好好活下去，勇敢地再一次向你表白爱情的时刻，没想到你却犹豫了，你说："这来得太突然了，让我好好想想！"我又一次悲观绝望起来，我对着你的面几乎喊了起来，我说："春花，难道你忘了我们以前的誓言了？忘了我们在月光下爱的表白了？现在我成残废了，你却退却了，好，你走吧，我不会拖累你。春花，你走吧，永远不想见你！"你哭了，哭得很伤心，很委屈。我知道我的话伤害了你的心，我心里也难受，也痛苦，我在喊完这一句话后，眼泪已经像滂沱大雨一样顺着双颊奔流而下，打湿了我胸前的病号衣服，也打湿了洁白的床单。你终于替我擦干眼泪，双眼盯着我的双眼，肯定地点着头，说："我答应你，答应伺候你一辈子，只要你不再想死，不再绝望。"我感动得一把抱住你，把头埋在你的胸前大哭了起来。

春花，我说这些你一定很迷茫。是的，当时连我也感到迷茫，好像在梦中一样。后来我度过了危险期，情绪也平静了下来，你才平静地告诉我："梁斌，实话告诉你，我不叫春花，我叫宋焕英，我的部队在新疆，是上级紧急抽调来前线医院参加伤员抢救任务的。可能你认错人了，但是我的诺言不会变，我很崇拜像你这样的英雄，你的顽强毅力和英雄壮举让我深深敬佩。我愿意伺候你一辈子。"就这样，你几乎每天守在我身边，细心照顾着我，后来我和你回到了新疆，结了婚，成了家。春节前你还陪着我在部队的大医院安装了假肢，让我像正常人一样双脚站立起来走路，从此告别了轮椅和拐杖。可我一直把她当作你，你们俩在我脑海里已经重合为一个人了，已经化为一个美丽女性的象征！

春花，我没想到世上还有这样和你长得一模一样的人，你们俩简直就像一个人一样。第六感觉告诉我，你和宋焕英一定有什么关系，虽然她在新疆（后来才知道她老家就是你们一个县的）。事实最终也印证了我的第六感觉，就在去年冬天，你二姨和三姨来到焕英所在的部队卫生所，凑巧碰到了我们俩，你二姨认出了我和焕英，后来在我家细细一说，才知道焕英是你二十多年前丢失的亲妹妹，怪不得你们两人长得那么像。

春花，请原谅我的负心。我对不起你，让你的心灵受到了伤害。当你二姨跟我说起你后来到我们部队找过我，回去后竟然跳河自尽的事情后，我心里就像刀割一样难受，是我把你逼上了绝路，我这辈子亏欠你的太多了，这点礼物和钱肯定还不清欠你的那份情义，但也算我的一份情感上的补偿。听说你成了家，找了个淳朴善良勤劳的男人，而且是你的救命恩人，我也为你感到高兴，希望你们好好生活，衷心祝福你们家庭美满，生活幸福！

虽然我们没有走到一起，但我们还是亲人。还要告诉你的是，你的妹妹焕英这次还不能直接回你父母的家里看你们。你的二姨告诉过她，她的亲生母亲也就是你的母亲已经不认她这个女儿了，你二姨会慢慢给你母亲做思想工作，等她把你母亲的思想工作做通了，再让春草回家认她的亲生父母。现在，她的养父正在医院住院，在这个时候她还不能把自己的身世告诉她的养父，等她养父身体好些时，在适当的时候再把这件事说开来，让她的养父有个思想准备。毕竟人家抚养了她二十多年了，父女俩也是有深厚感情的，不可能轻易就断了。

我们过两天就要起身返回新疆了，以后有机会我们再见面，也欢迎你和满仓有机会来我新疆的家里做客！

梁 斌

一九八四年四月二十五日

春花是含着泪水读完这厚厚的十几页信的，现在她终于明白了梁斌为什么后来再没有和她联系，也明白了他是怎样和自己的妹妹春草走到了一起的。她已经原谅了梁斌，心中一切的怨恨和伤痛都随着这封长信烟消云散了。她没有见到他，也不再遗憾了，他觉得有了这封信反而比见到他还好点儿，最起码没有了误会，没有了冷场，也没有了尴尬。至于春草，她只能模模糊糊想起她小时候柔弱乖巧的样子，如今总算找到了，她心里当然高兴。她想，以后有机会一定会去新疆看她这个亲妹妹的，当然，也会见见他的。而让她不能原谅的是二姨西霞，她怎么能从中阻挡一对失散了二十多年母女的相聚？她怎么知道妈就不想认她的亲生女儿呢？

第三十四章

一九八四年的夏天，宝根高考最终以 3 分之差落榜了，而让宝根不敢相信的是，丁洁云竟然顺利考上了外省一所师范大学。

其实，进入高三第二学期之后，宝根就再也没有见到过丁洁云。也就是说，那个飘着雪花的晚上他俩在雪地里并肩漫步，就是他们最后一次在一起了。

第二学期开学之后，高三每个学生都进入了紧张的临战状态，大家都绷紧了神经，投入到没黑没白的复习之中。就在复习之余，宝根还特意留心着丁洁云的身影，可是整整一个学期也没有看到她的影子。宝根以为丁洁云十有八九是辍学了，要不就是她的家里发生了什么变故。他几次都鼓足了勇气想去她家里找她，鼓励鼓励她把高中课程学完，可是他不认识她的家，虽然她的家就在县城里面，可是丁洁云从来没有领着他去过她的家里。他想，可能是她的家里情况特殊吧，丁洁云不便于把自己领着去，再就是高中阶段的学生家长一般都会忌讳女生和男生密切交往的。丁洁云就这样不知不觉在他的视线里消失了。

知道丁洁云考上外省一个师范大学的消息，还是宝根高考落榜后的九月下旬在家里收到了一封来自新疆师范大学的信。丁洁云可能不知道宝根没考上大学，就只好把信寄到了他家里。信封上那两行秀丽的字是那样熟悉，那样亲切，他迫不及待地拆开信一看，却发现信的最后署名竟是宋洁云，而信封里却夹着一张丁洁云在新疆师范大学门口照的照片。

> 宝根：
>
> 你好！好久不见了，挺想念你的。不知道你考上哪所大学了，也不见你告诉我一声。我想，你一定是考上西安交通大学或者西北工业大学了吧？我没有你考得好，只考了个新疆师范大学，其实我觉得，女孩子嘛，将来当老师也没有什么不好。在这里，我要感谢高中三年来你对我的帮助，我也永远不会忘记你的！
>
> 宝根，还记得那个下雪的晚上我们一起在雪中漫步的情景吗？在静静的校园，空旷的操场，漫天飞舞的雪花里，我们肩并着肩，漫步在雪的世界里，昏暗的夜色里，知道吗，那时我的心简直要跳了出来。那是我

终生难忘的夜晚，也是见证我们友情和爱情的夜晚。宝根，有一句话压在我心里好久了，我一直没敢说出来，因为那时我们都是中学生，都是肩负着高考使命的重任，时代和环境都不容许我说出那句话。现在，高考终于结束了，我们终于可以向中学时代告别了，我们也过了成人的年龄了，所以，我现在要向你大声表白我的心声：

宝根，我爱你！

现在，我终于跟上你的步伐了，也走进了大学的校园，我们可以共同在大学的生活里享受美好的青春年华，描绘自己美好的未来蓝图了。宝根，不管你将来是当了科学家，还是政府领导，我都愿意做你的绿叶，你在前方冲锋陷阵，我在后方做你的坚强后盾，我们虽然不在一起，相隔几千里，但是希望我们的心始终牢牢贴在一起，永远不分开，好吗？

对了，忘了告诉你，自从那个雪夜我们分离之后，高三最后一学期我就转到新疆一所中学上学了。当然了，高考也是在新疆考的，为的是新疆那边高考录取分数线比陕西低，我的高考成绩要是放在陕西，连中专都考不上的。我转学的事情是我继父给我办的，高二结束后，他就把我的姓（我以前姓我亲生父亲的姓）改为他的姓，我就从"丁洁云"变成了"宋洁云"了，新疆那边有我继父一个兄弟，我继父就把我的户口转到新疆他兄弟的名下，这样我就以他兄弟的女儿的名义参加了新疆的高考。这么说来，我还真得感谢我的继父。其实，他人挺不错的，为了抚养捡来的女儿，直到四十多岁才和我母亲成了家，即使他和我母亲后来生了一个儿子，他对我还是格外关心，我穿的衣服都是我继父给我买的，我上学的钱也都是我继父给的，现在想起来我以前对他那样冷冰冰的，真觉得对不起他。在我离开家将要去新疆的那一天，我恭恭敬敬站在我继父面前，眼含着热泪，发自肺腑地叫出了第一声："爸爸！"我也看到了，继父苍老的眼眶里瞬间也充满了泪水。

宝根，我说得太多了，可是这些事我从没有对其他人说过，特别是我转学在新疆考试的事，那更是不能跟别人说的。我知道，我继父为了我的前途，可是冒着违反政策的风险在办这件事，他也说了，这是他一生中唯一做的一件违背组织规定的事情，希望你也替我保密。

宝根，你进了大学门后也别忘了照一张照片给我寄来，也跟我说说你的心里是咋样想的。我等待着你的来信。

再见，宝根。亲吻你，拥抱你！

宋洁云

一九八四年九月二十一日

宝根看着丁洁云的来信，心里有一种莫大的自卑和失落感，看着照片上丁洁云阳光灿烂的笑脸，他的心里却在默默流泪。他觉得命运之神和自己开了一个天大的玩笑，又觉得高中三年自己仿佛是在做了一场黄粱美梦，现在梦终于醒了，自己重新回到了残酷的现实之中。他还觉得自己好似和丁洁云在高中校园里上演了一场命运对决与爱情游戏，最终她胜利了，而他杨宝根从最初最被看好的赢家成了最后的失败者。他把信和照片放进信封里，划了一根火柴，让它们燃为灰烬。他要把过去的一切从自己的脑海里洗得干干净净。他知道，这一别很可能就是永远的分别了，他是无颜再见到丁洁云了，她现在成了美丽的天鹅，成了童话世界里的白雪公主，而他杨宝根则成了趴在沼泽地里的癞蛤蟆，成了别人眼中的小矮人。

宝根觉得家里的空气几乎要凝固了，让他憋得喘不过气来，仿佛自己成了巷子里的小丑，走在哪里都被人嘲笑着。他一个人默默走出了家，爬上了高高的沙坡，坐在沙坡顶上，看着西边夕阳西下的余晖，感到自己的人生就像这落山的日头，即将从光明走向黑暗，摆在他面前的是一条无边无际的黑暗的小道。他知道，家里的经济状况是不允许他再补习了，就是高三这一年，也是年衰体弱的爹妈在地里拼了老命供给他在学校的费用。他也知道，自己的亲戚中没有人能帮他继续自己的学业，大姐的日子过得很艰难，二姐刚盖了房，还生了小孩，是指望不上了。他的前途很可能就此黯然失色了，他不得不开始面朝黄沙背朝天的生活，不得不像那些光着膀子、皮肤黝黑的庄稼汉，在黄沙窝窝里手拿铁锨、锄头开垦黄沙，也不得不像童年那些没念过多少书的玩伴一样，娶个媳妇、生个孩子，过着"三亩地、一头牛，老婆孩子热炕头"的日子。

其实，与自己一样受到如此煎熬的还有年老的爹妈。他知道爹妈对自己寄予了多大的希望，他也知道全大队的人都在盯着他和爹妈，等待着杨宝根考上大学为全大队人争光，特别是妈这三年来日夜都在替她的宝贝儿子操心，多少回去了西岳庙给他抽签、烧香、拜佛。爹也是整天把太阳从东山背到西山，脸上的皱纹深了，挺拔的脊梁也有点弯曲了，稀疏的头发也渐渐花白了。他还知道，为了供他上学，这几年来爹和妈平日里没有买过一件像样的新衣服，没有吃过一顿有大肉的饭菜，地里庄稼卖的那点儿钱几乎都用在了他身上，全家人都盼着高考结束后宝根金榜题名的那一刻。可是，现在一切都成了破裂的泡影，都是一场美梦。正所谓希望越大，失望就越大，爹妈那种失落感宝根是最能体味得到的。

宝根在家无聊透顶，实在没事可做，也懒得做，就闷闷不乐来到了二姐家里。春花最先从三大那里知道宝根落榜的消息，看到宝根这副失魂落魄的样子，她对宝根说："宝根，考不上大学也没啥见不得人的，前面的路还长着呢。考不上大学照样可以活下去，还要比别人活得更好。不要泄气，听二姐说，下一步你有两条路可以走：一是在家自己复习，明年再参加高考；另一条路是发挥你的特长，在写作上再努力，说不定有机会了还能当个民办老师，或者当个大队干部。农村里不如你的人多着呢，你有文化，还怕啥？"

二姐一番话让宝根眼前豁然开朗，好像拨去了乌云，看到了一线阳光。他在心里揣摩了一下，还是走第二条路比较合适，因为在学校有老师辅导的情况下才考了那点分数，在家一个人自学肯定不行。再说在家里不是下地干活，就是给亲戚朋友帮忙，这种环境能有自学考大学的保障吗？他从小就喜欢文学，早就萌发了文学创作的念头，现在身处农村，不用牵挂六七门学科的学习，可以在业余时间专心致志写作，每天扎根于黄沙和泥土之中，肯定能吸收丰富的生活营养，为他的创作提供源源不断的素材。只要坚持下来，他坚信自己一定会取得成功的。

回到家，宝根擦干泪水，鼓足勇气，在干完了一天的庄稼活之后，晚上一个人坐在窗前的桌子上，铺开稿纸，开始奋笔写作。他从短小一点的诗歌、散文、小说写起，还从大队的图书馆借来几本《延河》《人民文学》《散文》和《诗刊》杂志，边看边自己创作。在九月份学生开学之前，他把自己和丁洁云在学校由友情发展到恋情的故事写成一个五千字左右的短篇小说，用作文稿纸誊写整齐，试着投寄给了《延河》杂志，又把自己写的几首反映改革开放后农村面貌焕然一新的诗歌投寄给了《陕西农民报》，然后就默默等待着结果。然而，一切都是那么平静，他的小说和诗歌如同两粒石子丢进了大海里，连响都没有响，就悄无声息了。然而，宝根越是面对失败，越是发疯了似的写，他尽自己最大的努力，从现实生活中寻找写作素材，模仿文学刊物上的作品不停地练笔，他的房间除了书籍就是稿纸。他白天除了下地干活就是在家看书，晚上就坐在桌前灯下，苦思冥想，奋笔写作。仅仅两个月时间，他就把在学校用的作业本正反两面写完了，然后在考试卷子的背面写。他写了不少半成品作品，从中挑选了自己认为满意的诗歌、散文、小小说开始疯狂投稿，后来连一分钱的信封、八分钱的邮票都买不起了，他就把作品收集起来，等将来有机会再慢慢投出去。

由于晚上写作看书，宝根早上常常要睡到很晚才能起床，白天下地干活也显得无精打采，心不在焉，好几次在玉米地里锄草都把玉米苗锄掉了。宝根的这副样子让天祥实在看不下去了，天祥最近的脾气也越来越火了，早上天不亮他就趴在宝根房间的窗台下面，喊宝根起来下地干活。宝根总是懒懒地应声，又接着睡懒觉。天祥第二遍喊他时充满了火药味，忍不住骂出了声，声音也像高音喇叭一样提高了响度。宝根有点儿胆怯了，只好一边用手背揉着迷迷糊糊的双眼，一边坐起来，慢慢穿衣服、洗脸。到了地里，已经到了太阳当头照的时候，宝根在地里干活浑身乏力的样子同样让天祥心里窝火。他走到宝根面前，指着他锄过的草说："这就是你锄过的草？草没有锄干净，倒是把苗伤得不轻。你说你应的是啥心？"看到他干活歇歇停停的时候，就喊："看你那干活的样子，哪里还像小伙子的样子？我是白养了你十几年！"有一次，宝根给玉米地浇水时，顺手拿了一本小说，一边浇水，一边看小说，他只顾看书，水渠跑水了也不知道，结果一渠的水跑到人家萝卜地里，自己家的玉米干旱得快要死了，却把人家的萝卜地灌了个湿透。天祥看到后肺都要气炸了，他一把夺过宝根手中的书，把书撕了个稀烂，狠狠丢到水里，骂道："叫你浇水来了，你却在这里看书，你看看，水都浇到哪里去了？你这工不工，商不商的，像个啥球样子？"宝根看着自己惹下的祸，心里虽说有点不服气，可不敢在爹面前发作，只能默不作声，忍受着爹的训骂。

整个夏季，天祥和宝根都处在家庭内战的对决之中，父子俩由开始的冷战发展到后来的火爆对峙，宝根开始还是顺从的，还能听进去爹的话，后来就忍受不住了，开始顶嘴，开始为自己的尊严反抗，他的反抗也是由初级慢慢升级为大声反抗，以至于发展到最后的与爹对着干，"你不让我干啥我偏要干啥"。东霞只能夹在父子两人中间受夹板气。她说儿子，儿子不听她的，说天祥，天祥反过来责怪她太溺爱宝根。天祥说东霞"宝根成这副模样全是你惯的"，东霞两边不讨好，只能默不作声，看着两人就这样整天吵来闹去的，让家里也得不到一时的安静，缺失了一家人和和气气的亲情和温情。

日子就这样一天天熬着。最先撑不下去的是天祥，儿子宝根的犟脾气让他也没法子了，他这两个月来火气太旺，脾气太大，身体慢慢出现了气短哮喘的老毛病，而且比以前更严重了。晚上，他躺在炕上翻来覆去睡不着，一方面为不争气的儿子宝根唉声叹气，一方面忍受着哮喘气短的折磨。东霞开始害怕起来，害怕天祥的身体出现大问题。她睡在天祥身边，从天祥一晚上唉声叹气和上气不接下气的呼吸中，能感受到天祥心中的难受劲。她心疼自己的男人，劳累了大半辈子，没有享过一天清福，本指望宝根像金祥家红卫一样考上个大学，为全家人脸上争点光，最起码把他自己以后的日子过好，再不用像上一辈这样在黄土地里刨食。没想到宝根每到关键时候就把气冒了，三年前考师范没考上，现在考大学又是差了几分，家里现在这个样子，咋能再供他补习？她也替宝根难过，一个从小就学习用功、平时考试总是排在前面的娃娃，咋就考不上大学呢？人家金祥家的红卫咋就第一年就能考上？想到这里，东霞的眼泪也就不听话地流了出来。她也像天祥一样彻夜睡不着觉，有时候一个人在漆黑的夜晚想着天祥和宝根的事，她就偷偷流泪，抽泣着问天祥："娃他爹，你说宝根该咋办？"

天祥只能叹着气，不作声。有时候东霞问得频繁了，他只好说："听天由命吧！他爱咋就随他咋去。哎，我是老了，力不从心了，管不住他了。"其实，天祥也在替宝根的下一步想着，他曾找过金祥，说起宝根在家看书写东西，白天不安心干地里活的事情。金祥安慰他说："大哥，宝根的事我会放在心上的，要是公社招聘社办干部，我会给领导说说，让宝根先在公社干干。只是这事不能太着急，得找机会。"

东霞闷在家里整天听着天祥和宝根父子俩吵架，心里也憋得难受，她没事就来到彩霞家里。彩霞听着大姐诉说着家里的难事，就想起了西霞和喜财去新疆找飞霞、新军办事的事，就说："对了，大姐，你干脆让我大哥也去新疆找飞霞和新军，让宝根去当兵，以后转个志愿兵或者考个军校啥的，智明和银锁不是这样走过来的吗？"

东霞摇了摇头，说："你大哥那种人，你还不知道？打死也不愿意求人。他除了求过他的兄弟金祥外，没求过一个外人。让你大哥像西霞和喜财那样找飞霞两口子，他可张不开口。再说了，新军的战友不是已经回老家了吗，新军就是想给咱帮忙也帮不上啊！"

"新军帮不上，那咱就找春草两口子吧，春草的夫婿梁斌可是给银锁办成了事啊！他在你家里也住过一段时间的，和春花又是那么好，春草又是咱的亲生娃娃，找他还有啥说的？"

一提起春草，东霞心里就像被蜂蜇了似的，她不想说起春草，那是她心底永远的痛。她摇着头，没说什么，拖着疲惫无力的身躯，失望地回家了。

这天晚上，"杨倔头"突然找上门来，他对天祥说："天祥哥，听彩霞说起宝根的事情。我倒是听到一个消息要告诉你。""杨倔头"端起桌子上天祥的水烟锅，捏了一把烟叶，点着，"呼噜噜"吸了两口，然后不紧不慢地说："我听说，有人把娃的户口转到了外地考试，那边分数线低，比咱们这里好考上。大哥你也可以去新疆找找新军，看能不能把宝根的户口也转过去，到那边考大学，凭自己的真本事考，不用看谁的脸。我觉得这是一个好办法，你不妨试试！"

天祥一听，觉得"杨倔头"说的倒是一个好办法，他也听宝根说起过他一个女同学把户口转到新疆后考上了一所师范大学，他又去找金祥说起这件事，金祥告诉他确实有不少人这样办，只要宝根的户口能落到新疆，凭着宝根的学习成绩，在那边考试就不用担心。听说户口要提前一年落过去，所以事不宜迟，现在得马上行动。

天祥来到喜财家，把想找新军给宝根转户口的事情说了，他向喜财要新军和飞霞的电话，然后自己到大队给新军打电话说这事。喜财连想都没有想就说："这事肯定不行。大哥，新疆现在落户口很难的，不是你想的那么简单，你还是不用找新军了。你想想，前几年秋菊在那边都干了一年工作，最后也没有落下户口，你现在突然想把宝根的户口搬过去，连落脚的地方都没有。"

天祥被喜财说得心里冰凉，他还是不罢休，说："听人家说，有人去年还把娃的户口迁了过去，人家都能办成，到了咱，咋就不行？你把新军的电话给我，我想亲口问问他？真正不行，就不为难他了，我再想其他办法。"

喜财支支吾吾说："我这里是老电话号码，听说他家电话号码变了，新电话号码我这里没有。自从我从新疆回来后，再没有跟新军电话联系过。这样吧，大哥，你找找我二姐，她那里有飞霞姐家的新电话号码。"

　　在西霞家里，天祥没有再提起宝根的事，直截了当向西霞要起飞霞家的电话号码。西霞反复问天祥，要电话号码干啥，天祥不知怎么编了个借口，说："听彩霞说，我家春草在新疆找到了，我想问问飞霞和新军是真还是假。你大姐一直哄我说，春草当年就死了，我不信。"

　　西霞脸上掠过一丝惊慌，想了想说："大哥，去年我们从新疆回来时飞霞倒是给我抄了她家的电话号码，我回来后把那张纸条就给了喜财。你找喜财要吧！"

　　"我找过喜财了，他说电话号码在你这里，要我找你要。"天祥有点儿生气了。

　　西霞说："他胡说，前几天他还给新军打过电话，问他家银锁的事情，咋就不知道新军的电话哩？他肯定在哄你哩，你再问问他去！"

　　天祥像皮球一样先是被喜财踢到了西霞家里，然后又被西霞踢到喜财家，碰了两个"软钉子"后，天祥只好怀着一肚子气悻悻回到家里。天祥躺在炕上回想起喜财和西霞的话，感到两人都有什么事情在隐瞒着，怕他知道。西霞和喜财两次去新疆都没有给他和东霞打招呼，去年冬天去新疆时就是西霞硬挡着不让春花去，要不是彩霞回来拿着那张相片给他和东霞看，他还不知道春草还在，而且就在新疆。这可是自己的亲闺女啊，飞霞和新军办不成宝根的事情她不怨人家，可是眼下自己想和新军通个电话都这么难，西霞和喜财处处给自己设障碍，推来推去就是不给他新军的电话号码，让天祥窝了一肚子的火。天祥知道找新军这条路走不通了，他又想到了一条路，要是找找春草说不定还行，春草毕竟是自己的亲生女儿，也是宝根的亲姐姐啊，亲姐弟之间心肯定离得近。可是，现在有西霞和喜财这两堵墙横在他面前，同样阻断了他找亲闺女的去路，没有电话，没有地址，就连通过飞霞和新军联系春草的路子也被掐断了。他又憋了一肚子气，躺在炕上，连出气也觉得不顺畅。

　　东霞做好了午饭叫天祥吃，天祥睡着不起来。他一天都没吃东西了，也不觉得饿。东霞把饭碗端到天祥身边，放在炕沿上，碗里是冒着热气的韭菜饺子。看到天祥一脸不高兴的样子，东霞问："你这是咋了？又跟谁生气？整天脸吊着，好像谁欠你几十块钱。"

　　天祥突然坐起来，"啪"的一下把饭碗打得掉在了地上，碗摔得粉碎，饺子滚落了一地，热气腾腾的饺子汤也洒了一地。东霞也一下子来气了，说："我又把你咋了，你跟我发这么大的火？"说着，呜呜哭了起来。

天祥怒吼起来："咋了？你说，你把春草给了谁？你不是说春草死了吗？咋在新疆了？一圈子人都知道了，只有你在装糊涂？你是不是和你娘家几个人合伙哄我？西霞和喜财他妈的都是什么东西，我的娃都挡着不让我认了，以为他们在新疆做的事我都不知道？小人，简直猪狗不如！"天祥用尽各种恶毒的语言骂了起来，他骂的每一句话都深深刺痛着东霞的心窝。

"我娘家人咋了？没偷没抢的，害得着你这样骂我娘家人？都丢了几十年的娃，你认她做什么？咱抚养她了？你要认春草，你就去新疆，没人拦着，关西霞和喜财的啥事？人家又没有拦着你。春叶、春花还没让你操够心？你还要替春草操闲心？"东霞这回没有忍让退缩，她要护着娘家人的面子，把憋在心中几十年的委屈、愁苦一句话、一把泪地倒了出来。她一边说着，一边抽泣，肩膀也随着一耸一耸的。

天祥更来气了，他抓起头下的木头枕头，朝着东霞脸上狠狠砸了下去，指着东霞骂道："人家欺负咱，你还替人家说话，你这吃里爬外的东西，还有啥脸跟我说春草！"

东霞的额头被木头枕头砸出一个口子，殷虹的血顺着鼻梁、嘴角流了下来。东霞坐在地上，一手捂着伤口，一手指着天祥，哭着说："死老东西，我跟着你大半辈子了，伺候了老的，伺候小的，你这样对我？当年你在窑上一走就是一个多月，你知道我一个人拉扯着三个女娃娃有多难？我给你把娃娃一个个拉扯大了，你就这样打我，我这辈子造了啥孽呀！呜呜……"东霞哭着说，她想擦干眼泪，可是眼泪越擦越多，她的一只手已经被血染红了，半边脸都是鲜血流下的印迹。她哭累了，也说累了，就从地面上爬起来，晃晃悠悠走到院子的水缸前。水缸里是宝根早上刚挑满的水，她看着水缸里自己可怕的倒影，一咬牙，一头插进水缸了，水面上立刻泛起一串水泡。

这时，"杨倔头"正好来到天祥家串门，看到东霞头朝下插进了水缸，他赶紧跑了过来，抓住东霞的下半身把她拖出水缸。他一边拖着东霞，一边喊："天祥哥，天祥哥，快来呀，东霞掉水缸里了！"

东霞得救了，天祥却病倒了。

春花知道了爹和妈吵架的原因后，愤愤地找到二姨西霞家里，质问她为啥不给爹新疆的电话，害得爹和妈吵架，差点儿闹出人命来。西霞却双手叉腰，蛮有理地说："你爹要新军电话，我又没有。他要去新疆寻人办事，我又没拦着，你爹和你妈闹事，关我啥事？"春花找到大舅喜财家论理，喜财却说："你爹是让宝根没考上大学气的，关我啥事？"

春花问："你明明有我三姨夫的电话，我爹向你要，你为啥不给？你是不是想把我爹活活气死？"

喜财也理直气壮起来，说："你以为新疆的电话能随便给人？你外婆在世的时候早就立下了规矩，新疆的电话和信只认我一家，其他姊妹谁也不能随便和新疆通话通信！你爹要找新军，他就直接去新疆，我不会拦他！"

春花气得眼泪都出来了。她算是完完全全看清楚了二姨和大舅是啥人了，知道和这两个人论不出个啥理，就扭头走了。她在心中发誓，以后再不和二姨、大舅来往，这样的亲戚没有也好！

第 三 十 五 章

天祥这次的病来得突然，也很严重。那天他和东霞吵过架后，就突然胸闷憋气，老是猛烈地咳嗽，有时几乎要把体内的五脏六腑都要咳嗽出来一样，脸憋得通红，就像下蛋的母鸡，脖子上的青筋冒得老粗，几乎要挣断了一样，老半天才咳嗽出声来。这一咳嗽让他吓了一大跳，他将口中满满的痰吐了出来，竟看到自己吐出来的是一大口鲜红鲜红的血，怪不得嘴里的腥味那么大。喉咙里卡着浓痰，想咳又咳不出，他强制自己把卡在喉咙里的痰咽了下去，这才长长地出了口气。

天祥知道吐血不是好征兆，十有八九是肺结核，严重一点儿就是肺癌了。他害怕了，感觉到死神正一步步向自己逼近。刚过了五十五岁生日的他就要走向生命的尽头了，他内心充满了恐惧感。

九月的天还在经受着秋后母老虎的浸淫，虽说早晚再没有盛夏那么酷热了，可中午在屋子里还是闷热难耐。在春花的劝说下，宝根到新疆复习考试的事就此终止了，他的身体不容许他再跑来跑去的，更经受不起西霞和喜财给自己的肚子里装气了。他躺在金祥送来的一把竹躺椅上，在身边放了一脸盆黄沙，一咳嗽就把带血的痰吐到脸盆的黄沙里，一天换一盆黄沙，这样就不用打扫屋子里的地面。

东霞虽说被天祥扔来的木头枕头打破了额头，可那毕竟是小伤口，比起天祥咯血就轻多了。天祥那样在她面前骂她娘家人，东霞心里也记恨过他，可是一看自己的男人咯血、喘不过气来时，她的心还是软了，毕竟她跟着他过了快三十年的日子了，他病成这样了，她肯定心里着急。她知道，在农村，男人就是家里的天，就是顶梁柱，男人要是没了，这个家就会垮了。何况她的宝根才刚刚走出校门、走向社会，连媳妇也没说下，宝根的路才刚刚开始，要他撑起这个家还软着呢。

春叶和春花听说爹病了，都来看过了。两个女儿也都有自己的家，不可能天天守在娘家照顾爹，只能隔三岔五过来看看。这些天，东霞就担负起了照顾天祥吃喝、换脸盆里的黄沙的任务。听说桑树叶子熬的汤水能治肺上的病，她就让宝根到沙坡窝里摘了一竹笼桑树叶，在锅里熬成汤，灌到茶缸里给天祥喝。天祥喝了桑树叶熬制的汤水，咳嗽显然减轻了一点儿。东霞就天天给他熬汤，直到天冷了，桑树叶落完了，才隔几天熬一次汤。冬天来了，她就把宝根摘来的桑树叶晒干，当茶叶一样储存起来，用开水泡着给天祥喝。虽然这种土方子能缓解病情，可是治不了病根。进入农历十月之后，天就一天天变冷了，天祥的哮喘和咳嗽就更加厉害了，咳的血也比以前更多了，饭也不好好吃，整个人比以前瘦了一圈。看着天祥这副模样，金祥心疼起大哥了，他把宝根和春叶、春花叫到一起，说："我看你爹的病不轻啊，你们三个还是把你爹拉到西安大医院检查一下，看到底是啥病，要紧不要紧，能住院，就先住一段时间院，不能住院，就拉回来自己买点药慢慢治疗。"

经过两天的准备，第三天，宝根拿着三大给的两百块钱，春花从家里拿了两百块钱，春叶向进财要了一百块钱，姐弟三人把爹扶上"杨偏头"的驴车，天不亮就从家里出发，渡过冰冻的洛河，沿着河滩地之间的一条生产小路一直向北，然后走上一条通往县城的宽阔的柏油马路。天亮时候，"杨偏头"把姐弟三人和天祥送到了县城的长途汽车站，看着他们坐上了去省城西安的第一班长途客车，然后才赶着自己的驴车往回走。

姐弟三人和爹都是第一次进西安城，下了长途汽车，他们一时不知朝哪个方向走。春花让宝根和春叶照顾好爹，她走在前面问路。春花和一个四十多岁的蹬三轮车的谈好价钱，把三轮车叫到爹跟前。春叶在三轮车车厢里铺好被褥，宝根扶着爹坐好，三人坐在三轮车车厢两边的车帮上，在小巷子里穿梭着，半个小时后才到了西安医科大学附属二院。在付钱的时候，蹬三轮车的变卦了，讲好的一块钱的价格突然变成了三块，春花就和他争论起来，可蹬三轮车的说得还有理了，讲道："你吵啥呀？我给你要三块钱还是便宜你了。你算算，一个人一块钱，四个人是多少钱？看在老汉有病的份上，我没要他的钱，还算照顾你们了。"

春花却不买账，还在和蹬三轮的论理，说："当时我就给你说了我们好几个人，你当时咋不把价钱说清楚？说好的一块钱，就只给你一块钱，多一分也不行！宝根，扶着爹咱们走！"

春花话音刚落，旁边就围上来几个小伙子，挡住了宝根他们的路。春花一看这些人都是在一旁找活干的三轮车车夫，心里有点儿胆怯起来。春叶这时急忙替春花打了圆场，说："算了算了，不就是两块钱嘛，给他们算了，咱给爹看病要紧，就别在这里耽搁时间了。"说着，从自己口袋里掏出两张一块钱，给了那个蹬三轮的，这伙人这才散了。

春花还是让宝根和春叶照看着爹，她一个人又是挂号，又是交费。医院里面开着暖气，等她忙完一切，已经满头大汗。中午十二点之前，医院给爹拍了胸部片子，空腹抽取了血样，提取了痰液做痰菌检查。主治医生说，痰菌检查需要四五个小时，结果才能出来，到时候根据痰菌检查的结果和胸片才能判断到底是什么病，再说怎么治疗，让她们等到下午痰菌检查结果出来，再来找他。

春花一想，等给爹诊断清楚病情，天就快黑了。他们来时都没有做好熬夜的准备，还以为当天就能回家，看样子今晚上只能在医院的走廊里凑合一夜了。给爹检查完身体之后，春花和春叶来到医院外面一个小饭馆里，买了一小笼大肉包子，用塑料饭盒盛了四盒鸡蛋汤，提到医院和爹、宝根一起吃了午饭。

吃完饭，春花对春叶说："听说现在的医生都要收礼，收了礼才能用心给病人看病。咱身上的钱也不多，给不起医生钱，这样吧，春叶姐，你一会儿到附近的街面上买一些鸡蛋，咱再到医院后面的家属院打听打听那个主治医生的家，把鸡蛋直接送到他家里去。"

"好吧。"春叶说着，就一个人走出了医院，来到街上，一个门店一个门店找鸡蛋，一连找了几个门店都没有卖鸡蛋的。就在她失望之时，忽然看到街对面有一个摆地摊的中年妇女身边放了一篮子鸡蛋，旁边还围了一圈人在讨价还价。她抑制不住心中的兴奋，赶紧从车流中间穿过去，挤进人群，听其他人砍价。等有人把价钱砍到最低后，买的人就多了起来，春叶觉得身后还有人凑上来问鸡蛋价钱，有人喊给我留一斤。春叶好不容易凑到中年妇女身边，要了十斤鸡蛋，一共才六块多钱。中年妇女给她把十斤鸡蛋用塑料袋子装好，春叶就从裤子口袋里掏钱，她手伸进裤子口袋后不禁慌了起来，口袋已经被人用刀子割了一个大口子，用手绢裹起来的一百块钱早已不知去哪里了。她吓得脸色煞白，赶紧退出人群，左右前后找她的手绢和钱，可啥也没找见。她的眼泪差点儿要出来了，只好穿过街道，朝医院返回。

春叶坐在医院附近路边的台阶上，眼里闪着泪花，想着自己该咋样向春花和宝根说？她知道，爹在医院已经花了三百多块钱了，宝根和春叶拿的钱已经花得差不多了，再要给爹买药打针就只能指望着她的钱了，现在她的钱被人偷光了，爹的病该咋看？还不说他们回去的车费够不够。想到这里，春叶更加害怕了，她恨透了那个偷她钱的家伙，在心里骂了无数遍，可是再骂也不能把她的一百块钱骂回来。她感到天地间都是灰蒙蒙一片，感到了大城市人的冷酷。她站起身，继续向医院走去，走到医院门口，碰见一位小伙子一手摁着另一只胳膊，被摁的那只胳膊袖子卷得老高，另一只手里拿着一沓十块钱，从医院里走了出来。她以为他抽血检查出来了，就问："这位小伙子，你也抽血检查了？检查结果出来了？"小伙子说："我刚去医院卖血了，好给我妈看病。"

春叶一听可以卖血，她似乎看到了一丝希望，便问小伙子："你在哪里卖的血？带我去好吗？"小伙子一看就是农村来的，也是个热心人，就把她从医院的侧门领到一栋两层楼下，说："就在一楼最里面那个房间。"

春叶谢过小伙子，就小心翼翼地走进那个房间，看到一位穿白大褂、戴着口罩的医生，就怯怯地问："医生，我可以卖血吗？我要给我爹看病，钱不够，请你们帮帮我。"

穿白大褂、戴口罩的医生看了她一眼，说："你年龄偏大，抽血会发生危险的。"春叶急忙摇了摇头说："我不怕，没事的。医生，求求你，你先看看我的血行不行？"穿白大褂、戴口罩的医生看春叶这样坚决的样子，就给旁边一个年轻护士说："那就先化验一下她的血，行了再说。"春叶高兴地走过去，脱掉一只棉袄袖子，伸出右臂。年轻护士就开始取出针管子抽起了血。

经化验，春叶的血液符合献血标准。穿白大褂、戴口罩的医生问她准备卖多少血，春叶连想都没想就说："一百块。"

"一百块？你不要命了？就你这身体，一次最多卖出五十块钱的血，就已经够你受的了。"

"没事，就抽一百块钱的，你们不用操心。"春叶很坚决。

穿白大褂、戴口罩的医生摇了摇头，叹了口气，说："一看你就是乡下来的，看你挺可怜的，这样吧，我们掌握着你的忍受程度，尽量让你多卖点儿钱。"

春叶高兴地说："真是太谢谢你了，医生！"

护士在她身上抽了多少血，春叶不知道，也不关心。她只知道自己的血液顺着那根细管子流进了一个又一个四四方方的塑料包里，以至于到后来她头开始晕厥，浑身开始乏力。不知过了多长时间，护士才抽完了血，那个穿白大褂、戴口罩的医生给了她五十五块钱，吩咐她歇歇再走。春花拿了钱，揣进棉袄里面的口袋里，走出了那个房间，觉得身体像浮在空中的羽毛一样轻飘飘的。她硬撑着来到医院走廊里。宝根说，春花出去找她了，怕她出了啥事。春叶坐在走廊里的长椅子上，有气无力地说："我在街上转了一大圈，也没找到卖鸡蛋的，实在走累了。"说着，就闭上眼，在长椅子上昏昏欲睡。

春花回来时已经是三个小时以后了。她已经把自己从菜市场上买的鸡蛋送到了那个主治医生的家里。主治医生是个心肠软的半拉老头子，他向春花推辞了一番之后，才收下了一塑料袋鸡蛋，并告诉春花，不用看化验结果，他都知道病人的病不好，念及病人是农村里来的，挣点儿钱也不容易，才直说了得了这种病花多少钱都是白搭，还是把病人送回去吧，在家里让老人吃好睡好就行了。春花当时眼泪马上就涌了出来，问医生爹还能活多长时间。那位医生说，病人的病已经很严重了，最多恐怕也就半年时间吧！所以，要家属有个思想准备。最后还劝春花先不要告诉病人真实病情，不然病人精神一垮，活下去的希望就更小了。

春花虽然心里已经有底了，但还是要等到爹的检验结果出来再决定回不回家。下午四点半，春花终于取回来了检验结果，请主治医生细细看了。主治医生让病人和宝根、春叶都离开了办公室，只留下春花，对春花说："小妹子，我说的没错，胸片我也看了，痰菌检查结果也出来了，实话跟你说吧，你爹肺部的癌细胞已经扩散了，人已经到了肺癌晚期了，你们就放弃治疗吧，能回去就今天回去，病人吃饭的碗筷、喝水的杯子，还有其他生活用品要与家人分开，最好让病人单独居住好些。"说完，坐在桌前开了一张药方子，让春花去抓药。

春花谢过这位和蔼可亲的主治医生，拿上爹的胸片和检验报告，走出了医生办公室，给宝根、春花和爹说："医生刚才说了，爹的病不太要紧，也不用住院，买点儿药回家服用，就会慢慢好起来的。爹，要不咱现在就去车站坐车回吧？"

当天晚上，他们就回到了家里，天祥的脸色看起来比以前轻松了许多，吃饭喝水都主动起来。

然而，天祥还是没有抗争过病魔，离春节还有十几天的时候，就躺在炕上咽了气。其实，从医生把春花单独留在办公室说事的时候，天祥就猜测到自己的病不是好病，要是真的像春花说的那样轻松，儿女们是不会让他回家的。都这种时候了，春花肯定不敢跟他说真话，他也不想把话挑明，就这样表面上装着很轻松的样子回到家。回到家后，天祥被放在了宝根住的小房间，宝根过来和妈住在了一起。天祥的吃穿拉撒都在那个小房间，东霞给他生了火炉，一天两顿饭按时送到他跟前。天祥知道自己的时间不多了，他一个人孤苦伶仃地躺在小屋子里，双眼盯着已显破烂陈旧的屋顶，往事像放电影一样在他头脑中一幕幕浮现——

二十多年前，炎热的夏天，他穿着裤头，光着膀子，弓着身子，在热烘烘的砖窑里用架子车把土砖坯拉进窑里，又把烧好的带着热气的红砖拉出来，然后在毒辣辣的太阳下面把那些烧好的砖一块块整整齐齐堆放好；金祥结婚前一年，自己东凑木料、西凑砖瓦，辛辛苦苦在黄沙窝窝里盖这四间瓦房；新房刚盖好不久，三女儿春草就呱呱落地了。一年后，他从砖窑厂回来，刚会走路的春草迈着东倒西歪的步子向他走来，张着小嘴巴喊着"爹"，朝他怀里扑来；那个秋风肆虐的秋天，他回到家，到处找春草却找不见，东霞跟他说春草丢了，春花说春草死了，在他的再三追问下，东霞说春草是病死了……

回首往事，都是辛酸的泪！天祥的心好像被人狠心地揪断了一样疼痛。他觉得自己来到世上就是受这些罪来了，罪受完了，阎王爷才叫他报到去。他有点可怜又可恨自己，可怜自己被两个人气得落了这个下场，恨自己没有勇气、也没有能力去新疆亲自看自己的春草一眼，让他闭上双眼之前，心里也得到一点儿安慰。

在陷入回忆的同时，天祥也为以后的日子担心和牵挂，他当然是为活着的宝根和他娘担心牵挂。他知道宝根面前的路还很长，可是宝根刚从学校回来，在农村干地里活还显得很弱小，根本就不是种庄稼的料。凭着他那点写写画画的能耐，在农村也是根本养活不起自己的，更不用说养活一个家了。将来他说了媳妇，成了家，生了娃娃，就凭他那副懒样子能把一家老小养活？所以，天祥临走之前，最放心不下的就是宝根。他知道他走得有点儿急了，还没有完成给宝根成家的使命，他这个爹的一项任务还没完成。他病重后，曾好几次把宝根叫到他跟前，流着泪，咽着血，说："宝根呀，以前爹对你发脾气是恨铁不成钢啊，怕你在农村变成了高不成低不就的懒汉。爹这辈子没文化，下了一辈子苦，本指望你好好学习、考上大学、走出农村，不再像爹这样在黄土地里苦一辈子，可没想到你竟没考上。宝根，听爹的话，你现在回到了农村就要像个农村人的样子，要趁着年轻咬着牙苦干几年，把地里庄稼种好，有了粮食，攒点钱，再成个家，以后的日子才会好过点，可千万不要再写写画画的，那没用，咱农村不兴那一套，别让巷里人看咱的笑话啊！"宝根含着热泪，听完爹说的这些话，一边听，一边点着头。他知道，人临终前的话都是善意的，这可是爹临终前对自己吐露的最后心声啊！

天祥随后的时光都是在回忆与叮咛中度过的，他的思绪由清晰渐渐变得模糊起来，直到最后的一无所知。从省城医院回来不到两个月，他就进入了临终状态，一天比一天吃得少了，再慢慢就吃不下去任何东西了，腊月十八那天晚上，他终于永远地闭上了那双已经严重塌陷的眼睛。

天祥从西安医院回来后，巷里人就知道天祥的病不好。有许多人都拿着鸡蛋、白馍、食品来家里看望他，坐在天祥的炕头，关心地问候几句才走。那些天金祥也是一有空就从公社回来看看大哥，就连玉玲那样最爱干净的人也跟着金祥来看过大哥几次。春叶和春花、满仓和进财、彩霞和"杨倔头"就不必说了，他们几乎是天天都要来一会儿，东霞和宝根每天都要忙着给他们烧开水、倒茶。自己的男人就要走了，东霞心里留下无限的伤痛，此时此刻，她多么需要自己亲人来安抚安抚那份伤感的心情。可是，在自己的弟妹中，除了彩霞经常来安慰安慰她之外，西霞和喜财直到天祥死了，也没来看过他一眼，即使在天祥死后的三天丧事里，西霞和喜财也一直不露面。更让东霞感到寒心的是，他让宝根到他二舅和二姨家里叫了他们两次，都没有把他俩叫来，甚至连他们的女儿也没有一个来行门户。她知道，天祥为了要电话号码和西霞、喜财闹得不太好，可是天祥都是快要死和已经死的人了，他们俩还这样记恨他，东霞的心彻底凉了，凉得就像跌进了冰窖里。

办完爹的丧事后，宝根觉得就像天塌下来一样，面对繁杂的家务活和几亩责任田里的庄稼，他觉得自己太软弱了，太渺小了，他稚嫩的肩膀还担负不起这份沉重的家庭负担。他这才意识到爹当初训斥他、骂他是对的。爹走了，宝根就成了家里的顶梁柱，地里的庄稼就得他亲自下地下种和收割，家里平时的开支就需要他想办法挣钱，靠他那点写作水平肯定是支撑不起这个家的。宝根突然感到了孤独，既有内心的孤独，也有生活上的孤独。他同时感到了自己的无用，一个大男人连家都管不了，还能管已经上了年纪的母亲？他晚上不再奋笔写作了，而是睡觉前想着明天茅房的粪该出了，也该用架子车送到地头了；院子里的水缸里没有水了，明天早上要早早起来挑水，不然妈妈就做不成早饭了；小麦地里的草该锄了，再过一个月该准备洋芋种子了；眼下最紧的是快过年了，腊月二十三要打扫屋子了，过了小年就要帮着妈妈准备年货了……这些事，以前有爹操办，从不用他操心，可是现在他不操心都不行了。宝根仿佛一夜之间成熟了许多，才体会到了不当家不知道当家的难处，知道居家过日子原来这么艰难，这么繁杂。

就在宝根渐渐融入了这种辛苦的日子里的时候，三大金祥却突然唤醒了他已经沉睡到心底的文学梦。正月过后的一天，金祥来到家里，在东霞面前对宝根说："宝根，现在公社已经改为镇政府了，咱们沙苑镇文化站要扩编，需要招收有文化的合同制镇干部了，三大知道你有基础，以前又爱写作，你就多看看书，再写一些文艺作品，我到时候给镇上管文化的副镇长说，争取把你招到镇文化站，先干干临时工，有机会再参加考试，考上了，就和正式干部一样了。"

宝根一听有这好机会，脸上露出了喜悦的笑容。他表现得很兴奋，当场就对三大表了态，说："放心吧，三大，我会努力写作的。"

这一年一开春，金祥就被镇党委从宣传干事提到了党委干事的角色，具体搞党建工作。别看这样的位置平移，意义却很大，一般情况下党委干事再干几年，就可以升为副镇长或者镇党委副书记，顺利进入镇党委班子，算是镇上领导了。金祥的文笔锻炼得越来越好，写的材料和新闻通讯稿经常上县委组织部的简报和市上的党报，深受现任镇党委田书记的青睐。田书记经常在酒桌上给县上领导介绍身边陪酒的金祥，说："这可是我们镇上的'笔杆子'，写的材料也是大手笔，我把他看作我的左臂右膀。"

五月下旬，县文化局将在全县举办一次故事调演比赛，以进一步弘扬同朝县"故事之乡"的美誉。沙苑文化源远流长，这里的皮影、碗碗腔、社火和民警故事都是驰名陕西的，沙苑镇历来是全县出精彩故事的地方，在以前县上举办的故事会上多次拿了大奖。镇党委田书记是县委宣传部下来的，也是个爱文艺的文化人，秦腔、书画、摄影，唱歌样样爱好，对于这次县上举办的故事调演比赛自然很重视，专门安排文化站长找人写故事，寻找讲故事讲得好的人才，一定把头等奖夺回来。文化站长立即奉命行事，可是以前写故事本子的人才已经调进县文化馆了，再找人家肯定不好开口。于是，文化站长把希望寄托在金祥身上了，他知道金祥以前在学校当老师时写过小说、散文，肯定有这个能力写好故事。

金祥却有点为难了，想推辞又不好意思，他对文化站长说："你看我一天光材料就忙得团团转，还不用说党建上那一摊子琐碎事，根本没有心思写那东西。要不这样吧，我给你推荐一个人，他也爱好写一些文学作品，肯定能写出好故事的。"

文化站长兴奋地拍着他的肩膀，说："好啊，快说是谁，赶紧把他叫来，让他就在文化站静静地写。只要他写得好，我会给他一点儿经济补助的。"

第二天，宝根就跟着三大金祥来到了镇文化站，见到了站长。金祥把宝根介绍给文化站长，说："这是我的侄子，去年刚高中毕业，在学校就喜欢看书写东西，你把任务跟他说清楚，让他在文化站里写，估计用不了一个星期，脚本就出来了。到时候我再改一改，保证质量上过关。"

五天之后，宝根就把一个五千多字长的故事《台湾来客》交给了文化站长，文化站长看了一遍，连连点头夸奖说："好！到底是虎门出将子，严师出高徒！"

金祥看了宝根写的故事本子，觉得整体上还不错，有新意，情节也吸引人，就是语言上还不够鲜活风趣，还需要再修改、再加工。晚上他忙完手头上的工作，就连夜改起本子。经过他一番精心润色，第二天他把本子再交到文化站长手里时，让文化站长惊喜地拍着桌子连喊："太好了！"文化站长拿给田书记过目后，田书记一次性通过，当场拍板道："马上找人背故事台词，这么好的本子起码要找上两三个人同时讲，将来谁讲得好，就让谁去县里参加调演，争取一炮打响，把第一名夺回来。"

一个半月后，宝根写的故事《台湾来客》终于在全县二十七个乡镇文化站和县上十几个单位参加的故事调演比赛中一路过关斩将，最终勇夺第一。连当评委的一些故事写家都连连称赞，故事写得好，也讲得好，不服不行。

文化站长从县上抱着奖杯和证书回到镇上后，当天就把宝根推荐给镇党委田书记，说："田书记，这是写故事的那个青年，叫杨宝根，是金祥的侄子，他可真不简单，这次一举获得全县唯一的最佳故事创作奖。这可是咱沙苑镇的后起之秀啊，只要好好写，将来肯定会大有用处！"说着，把大红缎面上印有"获奖证书"烫金大字的证书递给田书记看。

田书记打开获奖证书看了看，又抬头看看宝根，高兴地说："好！就让这宝根在文化站干吧，你可要好好培养这个好苗子啊！这样吧，下一周镇党委就开个党委会，在会上把这件事研究一下，等会议通过后，就让小伙子来文化站上班，先按乡办干部对待。"然后又问了站在一旁的金祥一句："这样可以吧？"

　　"田书记这是伯乐相马，爱惜人才，我先替我侄子谢谢田书记！"金祥抑制着内心的激动说。宝根也赶紧说了一句："谢谢田书记！"

　　六月初，宝根就用自行车带上了铺盖来到了文化站，从此在这个广阔的文化天地里，揭开了他人生崭新的一页。

第三十六章

一九八五年的春天，春花开始实施了她酝酿已久的致富计划。

春花的计划早在她去年盖好房、去三大家道谢的时候，就已经在心中有了萌芽。她清楚地记得，当时自己盖房的钱不够，是爹从三大金祥那里给自己借了一百块砖钱，害得三娘整天给三大嚷嚷要的电视机没有买成。春节她和满仓提着一篮子东西去看三大和三娘时，三娘玉玲看她时的那种眼皮耷拉、眼珠子朝下的眼神，还有说的那些似乎让她一辈子都还不清的人情债的话，让她体会到了什么叫人穷志短，什么叫求人必低头。走出三大家的大门时，春花心中就萌发了一个穷则思变的计划。要不是儿子小杨宇第二年出生和爹病重去世两件事挡着，她早就开始坐在家里挣钱了。

进入阳历四月，春花就来到镇工商所，给自己申请了个体户营业执照。然后回到家请来村上的泥水匠，在自己住的两间屋子朝南开了个大窗户，在窗户上方用朱红油漆写了三个大字：小卖部。春花让满仓和满囤把炕下的大立柜、桌子、凳子都搬到了婆婆住的屋子里，腾出一个十来平方米的空地。然后，她就拿出了梁斌给的一千块钱，从城里旧货市场上买了三个旧货架和一个半人高的木柜台，再从批发市场进了一些烟酒副食、日杂用品，仿照供销社商店的样子，整整齐齐摆放在三个货架上，又从外村一家酱油醋厂子里进了两瓮酱油醋，放在炕下的角落里。一切准备就绪后，在一个艳阳高照的早上，春花让满仓在新开的窗户门前放了一长串鞭炮，就开始营业了。

小卖部开张之后，春花平时在家一边抱着娃娃，一边在屋里用蜂窝煤炉子做饭，兼顾卖货，让满仓、满囤、满福弟兄三个跑地里做庄稼。由于春花的小卖部就在通往洛河渡口的大路边，村里人进城和过河收庄稼差不多都要经过这里，就给村里人买东西带来了很大的方便。小卖部一开张，生意就火爆起来，男人们来买烟酒，小孩子拉着大人来买糖，妇女们来买洗衣粉和酱油盐醋，要是谁家来个客人或者请木匠、泥水匠做点活，也就来这里买烟、买酒、买食品。别看这些都是些小买卖，利润很薄，可时间一长，积少成多，一个月下来就可以赚一笔数目可观的钱。杨家村的人这才意识到春花有经济头脑，眼光看得远，一些眼红的人也跟着在家里开起了小卖部。可是，他们有的受地理位置限制，有的赚钱心切、卖价太高，都竞争不过春花，连几个村干部都对春花伸出了大拇指，不服气不行。

春花没想到，自己的致富计划开局竟这样顺畅。她心里清楚，自己能有今天，不能不感谢一个人——梁斌，多亏他送来了一千块钱。这一千块钱对春花来说，就是及时雨，就是救命稻草。要是没有这一千元，让她空着手从信用社里去贷款，不知要费多大的劲儿。她还要感谢满仓，虽说满仓在开办小卖部上没有出过多大的力，可他这些日子来风吹日晒地下地干活，庄稼从种到收全部揽下，让她安安心心在家里照看儿子带卖货，替她分担了一半的重担。

就在春花和满仓开始过上忙忙碌碌挣钱的日子时，家里却突然发生了一件意外事情，让两口子饱尝了一番生活的艰辛和亲人的生死离别。

盛夏的一个早上，满仓带着满囤、满福早早去了南边沙坡里的花生地里拔草去了。春花像往常一样早早起床，洗漱完毕，给儿子热了牛奶，整理好货架上的商品，将货架上的灰尘抹干净，在柜台的抽屉里准备好零钱，开始营业。她刚把两扇窗户打开，就有人来买东西，而且买的东西品种还很多、商品量也比较大，让春花大清早就来了个开门红，心里高兴了好一阵子。她一问，原来是外队的，今天请了匠人和巷里人准备盖房，一大早就来买些烟酒、食品、茶叶和酱油盐醋调料品什么的，特别是香烟一要就是十条，让春花一个人翻箱倒柜地找东西，忙忙碌碌了大半个早上，连给儿子喂奶都忘了。等忙完了，打发走顾客，春花才想起给儿子喂奶。她刚把奶嘴放到儿子小嘴巴里，就听到隔壁屋子里"扑通"一声响，接着就是婆婆惨痛的呻吟声。春花赶紧把奶瓶放下，关好小卖部的大窗户，顾不得儿子啼哭，就跑到婆婆屋子里。一推门，她傻眼了，婆婆光着下身跌倒在炕下，炕边堆放的一摞商品硬纸箱倒塌在她身上，箱子里面的洗衣粉、香皂、牙膏、食品倒了一地，地面上倒着一个尿盆，尿液流了一地，散落的一些东西都泡在了尿液里。春花又气又急，赶紧把压在婆婆身上的硬纸箱子搬开，给婆婆把裤子提好，把婆婆抱上炕，然后把泡在尿液里的商品小心拾起来放在一边，从院子里铲了一铁锨黄沙盖在尿液上面。婆婆还在"哎哟哎哟"地呻吟着，听得出她摔得不轻。春花问："妈，你咋摔的？"婆婆一边呻吟，一边说："我下去尿尿，起身上炕时手抓空了，就摔倒了！这个好腿也不能动了，哎哟……"

春花说："妈，你躺着不要动，我给你叫医生去。"说完，就关了家里的门，赶紧到村卫生站叫来医生。医生仔细检查了老人摔伤的胳膊和腿，叹了口气说："人老了，骨头脆弱，稍一摔跤，就会骨折。你婆婆的这条腿看样子已经骨折，胳膊也可能骨折，我先开点药吃着，不行的话再拉到镇卫生院看看。"医生走后，春花给婆婆喂着开水服了止疼药，将屋子里收拾好，才回到自己屋子，给哭得稀里哗啦的儿子喂奶。就这样忙碌了一上午，都没顾得歇息一下。

婆婆这次摔成胳膊和腿骨折，在炕上一躺下就再也没起来。以前婆婆是半瘫，吃喝拉撒还能自理，只是不能单独出门走走，这一摔后，就成了全瘫，吃喝拉撒都需要人管。春花常常是在小卖部忙了卖货，又要跑到婆婆屋里忙着照顾婆婆，儿子放在炕上也要照顾，稍不留心就会摔下来或者乱抓东西。晚上还好，不用卖东西，满仓又能帮着照顾婆婆，白天家里就剩她一个人，真是忙了老的忙小的，还要兼顾做饭、卖东西，让春花常常是跑来跑去疲于应付。过了一个月，春花干脆想出一个法子，把婆婆搬到她屋子里，这样白天就好照顾，不用来回跑，自己和满仓、儿子就搬到婆婆屋子里住。

这样忙忙碌碌的日子只过了不到半年，婆婆就在一个寒冬的夜晚去世了。婆婆的丧事办得一点儿也不简陋，春花按照村里人家办丧事的风俗，请了四口唢呐，八个乐人，晚上在自家门口放映了电影，让婆婆体体面面地走了。

婆婆去世后不久，春花就把以前自己住的两间屋子全部腾出来，把以前开的大窗户直接变成了大门，把西边的小门封住了，再买了三个货架，把小卖部的地方扩大了一倍，卖的货品种更多了，主要是加了厨房用的调料、干菜、锅碗瓢盆之类的，把一半责任田租给了别人种，让满仓腾出更多时间，帮她给小卖部进货和卖货。第二年秋季，小卖部就收入过万元，让满仓简直有点儿不敢相信。

在事实面前，满仓不得不佩服春花。在他心里，春花就是杨家的顶梁柱，就是大救星，他唯一能报答春花的就是给她更多的体贴，更多的爱护，替她分担更多的重活，让她少操一份心，少一点儿劳累。每天从地里回到家，他总是匆匆吃完饭，抢着洗刷碗筷，收拾饭桌。然后，他从春花怀里要过儿子，抱着到外面转转，哄着儿子高兴。他觉得，这几年自己就是全村活得最幸福、最快活的男人。

中秋节那天晚上，春花心里开始盘算起一件事来。她在被窝里对满仓说：

"满仓，咱日子慢慢好了，也该操心你两个弟弟的事情了吧？别让村里人背后说咱只顾了自己，让两个光棍还那样单吊着。"

满仓说："你说咋办就咋办，我听你的。说心里话，你要是给满囤和满福把家成了，他俩会感激你一辈子。妈走了，你就是咱杨家的当家的，以后只要你一句话，让我们弟兄三个干啥就干啥，决不会有半点含糊！"

"去你的！谁让你说这些了。"春花轻轻捶了满仓胸部，她那柔弱的拳头打在他结实的胸肌上，被弹了回来，她接着一本正经地说，"你爹走得早，你妈把你们弟兄三个拉扯大不容易。你现在是兄长，按照古时候的说法，兄长即为父，我想你应该为两个兄弟的事操心了。"

满仓心里一激动，就越过中间熟睡的儿子，翻身到了另一边，把春花紧紧搂在怀里，在她的脸上、嘴唇上狠狠地亲了几下。春花想推开他，却被他搂得更紧了，几乎喘不过气来。好久没有享受男人这种激情了，她用激情的拥抱回报着满仓，像温顺的小猫一样贴在他的胸前，尽情地吮吸着满仓伸进她嘴里的厚厚的、热热的、软软的舌头。然后，两个充满激情的火热的躯体紧紧地贴在一起，满仓爬在春花波涛一般的身体上，让自己的爱欲像窗外的月光一样，静静地倾泻在身下的一片热土里……

在农村，像满囤这样过了二十六岁的小伙子说媳妇可不是件容易的事，一般人家的女娃娃不到二十岁就开始订婚，过了二十岁就结婚嫁人了，哪有二十四五还没嫁人的？

沙苑一带，一般秋收一过，地里的冬小麦一下种，人们就清闲了下来。男人们就会忙着跑运输、到工地打工挣钱，女人们就会闲着没事，不是在一起拉家常，就是给青年男女牵线搭桥。那些专门说媒的这时候就派上了用场，而且还红火得不得了，有的人家的男娃娃过了谈婚论嫁的年龄还没瞅下合适的对象，家里人就急了，找到媒人家里，求人家给自己的男娃瞅个合适的媳妇；一般的女娃娃不用着急，即使过了那个年龄也总会有单吊的光棍等着，而这些剩女十有八九都是人家挑拣剩下的，不是长相不好，就是人本身有点儿毛病，要不就是家里大人在巷子里声誉不太好，没有哪家愿意和那种歪搅胡缠、混账不讲理的人家结亲。用沙苑当地人的话说，就是丈母娘要是酸酵子，女儿肯定会好不到哪里。所以，满囤的媳妇一时半会儿还不好说，春花从一入冬，就摸着夜色为满囤的事跑个不停，找媒人说了几个，不是瘸子哑巴，就是提起彩礼狮子大张口，恨不得把小卖部都要过去的，没有一个让春花看上眼的。

媒人那里看来是无望了，春花就改变了策略，她不再瞎跑了，就守在小卖部等那些大娘大婶大嫂们来买东西时，从侧面打听谁家有合适的对象。一天，一个来小卖部买东西的大婶听说春花要给满囤说媳妇，就悄悄跟她说，她娘家村子里有一个合适的对象，要人样有人样，要干活能干活，心灵手巧，朴实能干，懂得过日子，而且年龄比满囤只小一岁，配起满囤绰绰有余，满囤要是能娶了这女子，可算是烧了高香。

春花听得满心欢喜，赶紧从货架上给大婶拿了一瓶橙汁饮料，打开盖递到她手里，说："大婶，这么好的女娃咋还没嫁人？人家咋能看上我家满囤？"

那位大婶也没有客气，端起饮料瓶子就"咕咚咚"喝了一口，然后用手背抹了一下嘴巴，顾虑了一下，才说："大婶也不瞒你了，实话跟你说了，这女娃确实是啥都好，就是有一点你可要想好，只要你想通了，这事十有八九就能成！"

"大婶，你就别卖关子了，有啥不合适的你尽管说，我春花是通情达理的人，没有啥想不通的。要我说，只要这女娃人好、会过日子，就成。"

"你这么说，我就放心了。"大婶这才平静下来说，"这女娃是个结过婚的，刚结婚不到一年，夫婿就让车撞死了，好在两口子没有急着要娃娃，夫婿死了半年后，这女娃就回到了娘家。你是知道的，离过婚的和死了男人的媳妇在咱农村再要嫁人就有点儿难了，她娘就托我兄弟媳妇给女子找婆家。"

原来是这样子的。春花心里揣摩了一会儿，不就是个结过婚的嘛，虽然听起来名声不太好听，其实这种事只要想开了，也没什么。农村人讲究的是过日子，不是听名声，再说了，满囤也是个没有文化的老实疙瘩，能娶上这样心灵手巧、吃苦能干的媳妇还有啥说的。春花自己先想通了，就对大婶说："大婶，我看这门亲事能成，只要女方人好，我们不会在意她结过婚的。那就麻烦你跑跑路，赶紧给满囤说那女娃娃吧！"

春花把这事给满仓一说，满仓说："只要满囤没啥意见，我看这能成。"春花又找到满囤问他的想法，满囤说："嫂子看的人还能错？嫂子说能成，就能成。"就这样，在春花的做主下，满囤和那个死了男人的媳妇的亲事就很快说成了。接着，满仓就按照春花的指使，找人把老家的房顶和屋子里面收拾了一番，买了些新家具，就在他和春花结婚的那个房间里布置好了新房，赶在腊月之前就给满囤把喜事办了。

满囤的事情办完后，剩下满福的事情就好办多了。满福今年才二十三岁，年龄刚好是说媳妇的时候，而且满福看起来比满囤要聪明灵活得多，见了人不笑不说话，打招呼时嘴上就像抹了蜂蜜一样甜，"大伯大婶大嫂大哥"叫个不停，不像满囤见了人只知道傻笑，三棍子打不出一个闷屁来。满福人样也长得好，高高的个子，匀称的身材，加上脑子活络，学啥也快，其实村子里已经有人家看上满福了。满仓告诉春花，外队一个女子模样好，有文化，手也巧，干活麻利。她家里人前一段时间还托人找他，想把他女子给满福，人家啥意见都没有，就是有一点要求，要满福倒插门。她家里没有男娃，就两个女儿，大女儿已经出嫁，想给小女儿招一个夫婿。这女娃的爹妈说了，只要咱满福愿意，他们一分钱的彩礼都不要，还要给女儿和满福盖新房。他一听要满福倒插门，就没答应。

春花听了满仓的话，用手指轻轻指了一下满仓的脑门子，说："你呀，还是封建脑子，倒插门有啥不行的，有这么好的事，你还犹豫啥？满福招过去不是挺好的嘛，省得咱要庄基地盖房。再说了，招过去咱也是一个村的，又不是离十万八千里远。听我说，你明天就给满福说清楚，只要满福没意见，你就赶紧给人家话，把这门婚事定下来，再挑个好日子把喜事办了，这不就好了吗？"

经春花这么一点拨，满仓才点着头傻笑了，说："其实，我心里倒没啥，最主要的还是怕你想不通，没想到你还比我想得开。"

兔年春节刚过，满福就高高兴兴招进了新家，和早已谈了两年恋爱的女子牵手走进了洞房。

三个年头忙完了三件大事，让春花心里感到轻松了许多。婆婆已经过了三周年，满仓的两个弟弟也算是有了各自的家，让她觉得自己这个当嫂子的身上的义务也该尽完了，剩下的就是把自己的小卖部的生意做好，把儿子杨宇抚养大，等儿子长到四岁了就可以再生一个女儿了，那时自己也就是上了三十岁的人了。步入中年后，儿女成双，家中有钱，这辈子她就该知足了，后半辈子就是她和满仓悠闲的太平日子了。

就在春花规划着自己后半辈子的太平日子时，她突然迎来了一个挑战者，让她有了一种泰山压顶般的压抑感和危机感。

正月刚过，春花在院子里就看到马路对面的沙坡上开始出现一台红色推土机。推土机加大油门，冒着黑烟，沿着路边的坑道"突突突"朝着沙坡顶爬上去，然后前面那个大铲子狠狠插进沙坡顶，就把半个沙坡顶一下子铲了一个豁口，那个大铲子就推着半个沙坡顶朝沙坡下推去。这个冒着黑烟、"突突突"哼着响声的庞然大物就这样一铲一铲蚕食着长满了枯草的沙坡，不到半天时间，那个有两层楼房高的沙坡顶就被铲为平地，沙坡顶的黄沙正好填进了旁边的一个两人深的大坑。平日里这个坑可是几条巷子排水的地方，每到下大暴雨时，南边几条巷子里的水就会顺着通往渡口的这条南北大路一路而下，最后流进这个深坑里。太阳出来后，坑里的雨水一半会蒸发到空中，一半会渗到黄沙里。现在这个坑被推土机填平了，沙坡顶也没了，冬天的西北风就会毫无遮拦地刮到春花的院子里来。春花有点生气，心想谁竟然会这样大胆把几个队里人共同排水的深坑填平了，这让雨水以后往哪里排？她知道再往北就是村民的责任田了，雨水以后排到谁家地里，谁都会不高兴的。春花起初没有太在意，她觉得自己又不是村干部，管那闲事干啥。再说了，人家是在路西边填坑，自己的家在路东边，自家北边有的是排水的沙坑，虽说没有西边那个沙坑大，但足够自己家和自己这条巷子的水往里面排了。

第二天，推土机已经走了，春花再向对面看去，沙坡顶已经没有了，沙坑的南半部分被填平了，背面还留着一小半，看来人家还想到了雨水排泄问题。可是，让春花心里添堵的是她看到的两个人——这两个人都是让春花难以忘怀却又不想再见到的人。老天就是会这样捉弄人，越是不想看到的人，却偏偏又会出现在她的眼前，而自己曾经日夜想见的人却见不到，即使他已经从大老远的新疆来到了她家里，她却偏偏不在家，错过了千载难逢的机会。

春花看到的两个人，一个是十一年前用她女儿顶替了自己上高中、设了圈套让自己在批斗会上揭发三大、后来又想让她给他当儿媳的王支书。十一年过去了，当年威风凛凛、叱咤风云的王支书如今已变成一个光着脑袋、背驼腰弓的老头。另一个人就是王支书身边那个走路还是一瘸一拐的王胜利了，听说他已经被镇上的粮站辞退了，回到家里种庄稼。春花心里就纳闷了，他们父子俩站在那里在干什么？莫非是想在这里平沙造田，种点庄稼？不大可能，谁家推地就只推这巴掌一点。她不愿再想了，甚至连多看他们一眼都不愿意。

过了几天，春花又看到有人开始用四轮拖拉机从河滩里拉了泥土覆盖在对面推平的沙地上。两天之后，被推平的地方就覆盖了一层厚厚的泥土，春花这才看清楚这是在填庄基地，有人准备在这里盖房子。果然，过了几天就见那王胜利一瘸一拐地在对面填好的庄基地头开始卸砖，卸石子、白灰、水泥、楼板，看样子人家是要盖小楼房了。一个月之后，一排楼板房就整整齐齐堆放在路边。匠人收工后，春花偷偷进去看过了，细细数了一下，足足有七间。南面的三间是连通的，门不开在南面，而是对着大路朝东，那门开得又高又宽，几乎与春花家院子的小屋门正对着。中间一间是住人的小屋子，最北面三间又是一个连通的大屋子。春花没见过有谁家这样设计过屋子，不过她还是看出了其中的门道。她知道，他们是来者不善，肯定是看红了眼，早早地霸占了这个有利的地形，专门和她杨春花对着干。她也看出来了，人家这次可是铆足了劲，要和她抢生意了。自己小小的两间屋子，人家是宽敞的三大间楼板房，大门开向大路，一看就是个像模像样的商店，这一下把自己那个临时改造成的小卖部简直比得像乡下的土老帽。

有人偷偷告诉春花，别看人家王支书现在不在位了，可现任的村长可是人家以前培养推荐上去的接班人，人家王支书现在在村里照样能呼风唤雨。人家看中了路边这个深坑，村里就把这个深坑给人家划了庄基地。人家就是要利用路边这个有利地位开大商店，只要这个大商店一开张，春花对面那个临时改造的小卖部就生死难保了。

春花想起书中的两句话，一句话叫树大招风，另一句话叫高处不胜寒，其实意思都一样，你杨春花在全村出了风头，头一个办起了小卖部，抢先一步发了财，肯定就会有人害"红眼病"，就有人目光毒毒地盯着路边这块风水宝地，而且豁出全部力气要压住你杨春花的风头。你才是一个小小的小卖部，人家就是要在你对面开一个三大间（以后还可能是七大间）的大商店，货卖堆山嘛，开商店的，不怕货少，就怕货不全，人家再来个百货商店，看你春花的小卖部还能卖啥？春花想了几天几夜，才想出了一条新的活路。

第三十七章

六月的下旬天已经开始酷热起来。傍晚，金祥穿着短裤背心，趴在办公桌上，正写着上半年全镇党建工作总结，身上还是不停地冒汗。办公室的天花板上安装了一个吊扇，吊扇已经被拧到风速最大的档位上，扇出的热风在头顶嗡嗡嗡嗡地旋转，如同头顶上空悬着一个直升机一样。这时，田书记端着茶杯悄无声息地进来了。金祥的写作思路正打开了，只顾埋头写材料，没有觉察到有人进来。田书记轻轻走到他身后看着他写，只见钢笔尖在稿纸上快速飞舞着，稿纸上有几处钢笔写过的字已经被金祥掉下的汗水浸湿了。

金祥写了一大段，又开始思考下一步该怎样写。他放下手中的钢笔，直起腰，准备起身给自己水杯里续开水，才发现站在身后的田书记。他赶紧站起身来，笑着说："田书记啥时进来的，我咋不知道？快坐吧！"说着，把自己的椅子让给田书记。

田书记没有坐，就站在原地跟金祥说："金祥，不要太辛苦了，歇一会儿再写吧，可别把身体搞坏了。"

金祥对田书记的关心很感激，忙说："田书记，我身体还行，县委马上要开始半年工作检查了，我必须早点把党建工作的总结写出来，再依托这个总结给你写个汇报稿。今晚加加班，这个总结就出来了，明天我再修改修改，然后呈给你看。"

"好！你写的东西我放心，不需要大改。"田书记拍了拍金祥的肩膀说，"金祥，你是我亲自从教育部门要过来的人才，看来我没看错人。你的文章写得确实不错，工作也很卖力，有你替我把关，党建口的工作我就放心了。不过，你也该为自己的前途考虑考虑了吧。我给你透露点情况，这次半年检查县上要调动一批干部，我从县委宣传部来到这里也满五年了，这次可能要调走，具体到哪里还不清楚。在我走之前，我想也把你提拔一下，这次就给县委组织部提名你为副科级干部人选。这只是我的想法，还没有上镇党委会，过几天我会主持召开党委会，把你的事提出来，等通过后就上报县委组织部。好好努力，前途还是无量的嘛！"

金祥听着田书记给他透露的好消息，心里激动起来。想想自己跟着田书记这五年来下的苦，再想想田书记对自己的赏识与关心，他觉得眼前这位老大哥比自己的亲人还亲，田书记可是他一生中遇到的大恩人，是他命运发生转折的关键人物。他赶紧端起热水瓶，给田书记手中的茶杯倒了半杯热水，激动地说："田书记，你对我太好了，我都不知道该怎样谢谢你了。你是我这一辈子都难遇到的好领导，也是我的恩人！"

田书记哈哈笑了起来，说："别说得这么肉麻了，你的心情我理解，你跟着我也下了不少苦，我是不会让下苦的人吃亏的。我这个人最大的特点是爱才，说实在的我以前也是文人，特别爱惜有文化、有写作才能的人。你放心好了，你的事我会给你办到头的，不过先不要声张，免得节外生枝。"

"七一"过后，县委组织部的干部任命通知就下来了，金祥被任命为沙苑镇党委副书记，田书记则调到了县委组织部任副部长。

农历七月七是金祥母亲七十五岁的生日，也是金祥上任镇党委副书记后第一次给母亲过生日。母亲七十大寿时金祥还在学校教学，当时儿子红卫和女儿红莉还在上中学，家里经济情况还不是很好，他没有给母亲好好操办七十大寿的庆典。现在，儿子红卫已经大学毕业分配到县上农业银行工作，女儿红莉也在镇中心小学教书，他自己又刚刚被提拔为镇党委副书记，可谓三喜临门。大哥去年不幸早早离世，他想好了，今年自己要亲手给七十五岁高龄的母亲好好办一次生日大寿，也让母亲在世的时候享受一下当官的儿子给她带来的荣耀。

母亲七十五岁生日大宴那天，金祥家大门口张灯结彩，金祥用金粉亲自写了一副朱红对联：

> 上联：风风雨雨七十五载含辛茹苦
> 下联：欢欢喜喜两代子孙感恩戴德
> 横批：母慈子孝

这天，给金祥母亲贺寿的人络绎不绝，金祥提前给自家亲戚、以前来往密切的学校老师和镇上干部打了招呼，村干部、村学校领导、村电工等各路有头有脸的人，还有一些在外乡镇和县城干工的都不请自到，连金祥自己也没有料到会来这么多客人。客人比预料的来的多得多，他只好又多置办了些酒席食料，临时加了十几桌酒席，院子里坐不下那么多客人，就在巷道里支起了十几个桌子。酒席也十分的讲究，七凉八热，八品八盘，抽的全是窄版金丝猴香烟，喝的全是精装西凤酒。晚上，文化站站长还专门送来了一场电影，并请了全镇几个有名的秦腔演员，带妆在院子里给金祥母亲演了一出秦腔折子戏。这场面在杨家村还是头一次，让杨家村的父老乡亲也大开了眼界。

这也是金祥媳妇玉玲最荣耀、最光鲜的一天。这天，她特意染了头，烫了发。她一头乌黑发亮、打着卷的短发显得端庄、高雅，上身穿了一件淡蓝色底色上印有青瓷色小菊花、衣领和袖口都镶着白边的中式短袖衫，下身穿着深蓝色喇叭裤，脚上穿的是白袜子、棕色高跟凉皮鞋，这一身新衣服不紧不宽，看起来很合身，把她高俏丰腴的身材和中年女性的优美曲线勾画得格外凸显。玉玲收拾好自己后，一大早就站在大门口，弯着双眼，咧着粉红色的小嘴，满面春风地招呼前来祝寿的客人，整个院子里不时能听到她那清脆的笑声。

春花和春叶一大早就来到了三大家里，帮三大三娘置买灶房里需要的东西，和巷子里一些妇女一起择菜、洗碗。春花到外边买花椒粉回来时，在三大家大门口碰见了二姨西霞和她的女儿秋菊。母女俩看样子也是精心收拾了一番，二姨手里提了个黑色大皮包；秋菊手里提着一个方形竹篮子，竹篮子上面盖着一条粉红色大毛巾。两人碰见春花也没顾得上跟春花打招呼，而是直接对站在门口迎客的三娘玉玲点头微笑。二姨的一双眼睛都笑得睁不开了，嘴里甜甜地说："哎呀呀，玉玲妹子，看你今天打扮得就像仙女一样，要多美，有多美！你这书记夫人就是不一样，一看就是有福的人。"

玉玲忙接过西霞手里的皮包，拉着她的手说："西霞姐就是会说话，赶紧到屋里喝茶吃糖。"

春花本来就不想理二姨，也懒得跟她打声招呼，看到二姨眼里根本就没有她，就装着没有看见她似的从三娘身后进了大门，心里暗暗地骂了一句："狗眼看人低。"

午饭后，一部分远道而来的客人和亲戚大都酒足饭饱，捧着肚子、擦着热汗、打着饱嗝一个个走了。当然了，他们肯定也会看在镇党委副书记金祥的脸面上，在礼房交上一份十元、二十元，甚至五十元不薄的礼金。就是没有行礼金的亲戚，哪个也少不了送几个雪白的寿桃馍馍和几样罐头食品之类的。没有走的，差不多都是本村子的亲戚朋友，留下来晚上看秦腔戏或者看文化站放的电影。客人和亲戚们大多是第一次享受这么宏大的场面，嘴里不停地啧啧赞叹："瞧瞧人家书记给老妈过生日就是不一样，从早到晚都有吃有喝的，晚上还有戏、有电影，跟过年一样热闹。"

春叶从早到晚一直在灶房里帮厨，几乎没有走出过灶房门口，口袋里的一条手帕都被头上的汗水浸湿了。春花一看灶房里帮忙的妇女不少，有大姐在帮厨，也用不着她忙前忙后的，她就在院子里给客人倒倒茶，打扫一下桌子底下的瓜子皮、糖纸和烟头，再没事了，就到三大的屋子里看看电视新闻和广告。

晚上，大门口的电影《妈妈再爱我一次》已经开演了，院子里的秦腔戏《三娘教子》也唱得催人泪下。春花以前可是大队剧团里的台柱子，秦腔戏更是她的爱好，电影以前也是一场不落地看。可是现在她却突然对这些没有了兴趣，她发现自己不知不觉喜欢上了看电视，特别是看电视上的新闻和广告，总想从电视上寻找到新的发财致富的门路。她知道，自己家公路对面的大商店马上就要开张了，自己的小卖部即将面临被挤压得关门的危险。

就在春花一个人坐在三大屋子墙角的沙发上看着电视时，她听见二姨与三娘在窗外低声说着话。她把电视的音量调到最低，竖起耳朵听了起来。

二姨说："这么多年了，也没见战锁她舅让秋菊当上大队的妇女主任，如今他舅也从大队长的位子上退下来了，连战锁的民兵连长也让人换了。我家秋菊可是受苦了，这不，只好求到你家金祥门上了。我知道金祥兄弟今天肯定忙，顾不上这件事。玉玲妹子，就麻烦你有空给金祥兄弟说说，把秋菊的事情办了。"

三娘说："看你说的，咱也不是外人啊。你的东西我先收了，明个儿我就给金祥说说。你放心，我家金祥现在就分管着共青团和妇联的事，让秋菊当个村上的妇女主任，还不是金祥一句话的事嘛。不是我说你，这事你靠战锁那个不管事的舅舅是靠不住的。"

二姨说："有你这句话我就放心了。今天借着金祥给他老妈过寿，我专门给你带了几件羊毛衫，这可是从新疆带回来的，是春草两口子送给我的，我舍不得穿，就专门给你留着。你摸摸，纯羊毛的，样式也新，冬天穿着既暖和，又时髦，也配得上你这个身份。还有，我还给金祥带来了几瓶新疆特产的酒，这也是春草的女婿梁斌让我带回来的。你看，是伊利老窖，新疆名酒。听梁斌说，这酒味道很醇香，一瓶要三十多块钱哩。"

三娘说："哎呀呀，咱都是自己人，还带这些干啥？我都不好意思收你的东西。"

二姨说："这点东西也没啥，只要金祥给秋菊把事情办成了，我和秋菊是忘不了你们的恩情的。"

两人又是一阵说说笑笑之后，二姨和秋菊就告辞回去了。春花听到二姨说起梁斌，心里就有点恼火，她凭什么要春草和梁斌的东西？她想，那羊毛衫和酒肯定是春草和梁斌让她带回来给爹妈的，她倒好，一个人独占了，还不吭声。春花起身关掉电视机，出了三大家大门，朝娘家走去。

一个月之后，秋菊就顺利当上了村上的妇女主任。以前的妇女主任也确实年龄大了，再就是这些年镇上抓计划生育工作很紧，计划生育就成了妇女主任的主要工作，这就需要年轻有为的妇女主任来跑腿，镇上的干部下来工作也轻松。

秋菊一上任，就遇到一件麻烦事。

村里有一户人家，三代独苗，可是到了孙子辈后，孙子媳妇连生了两个都是女娃。小夫妻俩不服气，非要生出儿子不可，两口子就躲着镇村计划生育工作人员，以打工为名偷偷跑到外地生娃去了。按照国家计划生育政策，这对小夫妻是绝对不能再生了，要生就会影响全镇和全村计划生育工作的排名。前任妇女主任可是跑断了腿、磨破了嘴也没有做通这家人的思想工作，最后甚至被人家骂得狗血喷头，还被人家放出的狗咬破了腿，这位年过半百的妇女主任最后认输了，发誓打死都不再去这家了。

新官上任三把火。秋菊一上来，就咬着牙非要拔掉这个"钉子户"不可，她要让这家人知道她秋菊可不是吃素的，也不像前任妇女主任那样胆小怕事，有金祥书记在镇上给自己撑腰，她还怕啥？她从前任妇女主任手里接过村上的计划生育那套手续和底子后，就开始走访群众，打听那小两口的下落，还亲自骑着自行车，到县城一个私人厂子暗中找过。经过两个多月的暗中摸底，终于摸清了这两口子的具体地方。她就把自己摸的情况迅速报告给镇上计生办，准备立即行动，拿下这个"钉子户"，决不能让一只老鼠害了一锅汤。

就在镇上计生办做好准备深夜展开行动的当天晚上，玉玲突然来到秋菊家里。秋菊一见玉玲来了，忙着就让座倒茶。玉玲一看战锁不在家，就开门见山问道："秋菊，听说你们准备要逮小龙两口子了，有这事吗？"

秋菊一听心里有了戒备，她揣摩着玉玲婶来找她肯定是为了这事，就说："婶子，你的消息还蛮灵通的，我们的工作稍有点眉目，你就知道了，是不是我们杨书记跟你说的？"

玉玲接过秋菊双手递过来的热茶，闻了闻茶的味道，就放在茶几上，说道：

"这事还用得着他给我说，村子里人都传开了，我还能不知道？不过，听他们话里的意思好像对你不好，说什么你是内奸，是转拣软柿子捏。我听了心里都不顺畅，赖好你也是我和金祥扶上去的人，他们那样说你，也是在打我的脸。"

"真难为玉玲婶替我着想，他们爱说啥就让他们说吧。我既然当上这个妇女主任了，就要把这个钉子户拔了，不然以后村上的计生工作就不好开展了，我也没办法给村上和镇上交代，更对不起杨书记的栽培。"

"到底是念过书的，说话还一套一套的。大道理我说不过你，只是想提醒你一点儿，做事还是把握好火候，不要把事情做得太绝了。那小龙家上三代都是独苗，到了他这里要是断了香火，这事搁在谁头上都会想不通的。咱农村人不是人家城里人，封建思想是断不了根的，你是不是也替人家想想？"

"玉玲婶子，你不知道我现在有多难。一开始我也不想把事情做得那么绝，可是镇上计生办一直在给我施加压力，村上支书、村长也都支持我的工作，我刚上任，不这样做，也不行啊！你也知道，现在计划生育可是国策，谁敢跟国策开玩笑？要是那小两口真的把娃生下来，那可是计划外的三胎，县上会通报的，镇上也饶不了我的。"

"哎呀呀，看你说的有那么可怕吗？实话给你说吧，今天小龙他妈来找我了，哭哭啼啼的，非要我给你说说，看能不能饶了她儿子儿媳，只要让他们能顺利生下一个儿子，以后罚多少钱，他们都认了。你是主管这事的，逮不逮小龙的媳妇都由你说，人家生不生那个娃，你都可以推脱，何必这么认真呢？"

秋菊这才明白了玉玲婶子的真正意图，她其实就是来给小龙两口子说情的。她心里也清楚，玉玲婶子可不是白替那小两口子跑路说情的，里面肯定有事情，她也不便说透。可是，如果不答应玉玲婶子，自己这个妇女主任也很可能当不成了，想起自己这个位子是怎样来的，她只好口头上先答应了。

玉玲走后，秋菊陷入了两难境地，左思右想也想不出个好办法。最终，她只能把一线希望寄托在杨书记身上，她决定还是妥协，成全玉玲婶子的情面吧，出了事就由自己一个人背黑锅，毕竟有杨书记替她说情，结果也坏不到哪里去。

夜里凌晨三点，镇上由计生副镇长亲自带队，计生办四个人全部出动，由秋菊带路，开着镇上的面包车，朝小龙两口子所在的地方开去。结果，他们扑了个空，人家刚刚逃脱了，所租的房间里的东西还没来得及拿完。秋菊傻眼了，眼泪都快要出来了，对计生副镇长说："人明明在这里，咋就突然跑了呢？

肯定有人走漏了风声，这下再要抓住，可就难了。"

计生副镇长脸一沉，一句话也没有说，手一挥，说："算了吧，打道回府！"

半个月之后，小龙两口子抱着刚出生的儿子大摇大摆地回到了家里，秋菊在全镇秋季工作大会上流着泪做了检讨，主管计生的副镇长要求村上撤销秋菊的妇女主任职位，立马换人。为了保住秋菊这个妇女主任，玉玲没少给金祥吹耳边风。金祥抵不住玉玲的唠叨，先是和计生副镇长谈，然后又跑到村上给村支书和村主任沟通，最终总算保住了秋菊的妇女主任位子。

过了这个坎儿，秋菊才体会到官场上的事情不是那么好干的，村干部这碗饭也不是好吃的，受夹板气是家常便饭，有的事不能太硬，也不能太软，许多时候事情并不是自己想象的那样简单，各方说情的、明的、暗的、走动的，都让她一个小小的妇女主任无能为力。她觉得自己要在夹缝中生存，就必须有靠山，这次要不是玉玲婶子和杨书记给自己说情撑腰，自己早就被人家从这个位子上拖下来了。

秋菊知道，镇上有杨书记给自己撑着，不用她担心，村上也必须有一个给自己撑腰说话的人，这样自己的位子才保险。于是，秋菊开始有意识地主动和村主任接触。

村主任就是以前的治保主任，比秋菊大几岁，高中毕业，当过兵，能说会道，什么家庭背景也没有，硬是靠自己的才华和能力从治保主任干到村上副主任，再一步步走到主任的位子上，他当选村主任的票可是占了全村总票数的百分之九十多。所以，他走起路来总是昂首挺胸，一副趾高气扬的派头。平时，秋菊有事没事就主动到村上找村主任汇报工作，村主任要是不在村部，她就会到他家里去找他。镇上开会，她就会主动要求坐着村主任的摩托车一起去。村上开会，她就主动当起了服务员，抢过了文书的风头，开会期间不停地起身给支书和村主任倒水。镇上干部下到村里，她常常会主动帮村主任招呼镇干部。要是镇上领导要在村主任家吃饭，她就会主动到厨房帮助主任老婆做饭炒菜。就这样，不到半年时间，两人无论是工作上，还是其他方面，都配合得很默契。直到这时，秋菊这才觉得自己总算在村委会里站稳了脚跟。

一天晚上，秋菊跟村主任一起陪计生副镇长在村上食堂里喝了点酒，晕晕乎乎回到家，在床上倒头就睡。战锁回到家看她这副模样，脸吊得很长，眉头皱得很紧，没好气地说："当个烂妇女主任，看把你张狂得不知道姓啥了，整天不着家，跑到外面净管些闲事，你说你一个女人家喝那么多酒干啥？你看你现在成了啥？"

秋菊趁着酒劲儿也发火了，说道："我整天跑来跑去就跟散了架似的，你以为我是享福去了？也不看我整天受的啥气？你不心疼自己的老婆就算了，还说这风凉话干啥？"

"活该！谁让你去干那出力不讨好的事了？你以为地球离了你就不转了？自家的庄稼不种，家里事也不管，现在连一天两顿饭也不做，你让我和儿子喝西北风呀？你以为你跑来跑去是工作？放屁！别以为我是聋子、瞎子，啥都不知道，你知道外面都传些啥话吗？我听了都脸红！早知道你会这样，当初就不该让你当那狗屁妇女主任！"

秋菊气愤地咬着牙，指着战锁问："你说，我干啥见不得人的事了？说呀！难道我都不该跟村干部在一起吃饭了？我看你和那些爱嚼舌头的人一样，肮脏卑鄙！"

战锁也不甘示弱，继续嚷道："咋了，你心虚了？无风不起浪，没有的事别人也不会乱传！你听着，我今天把话给你撂到这里了，以后再让我看到你和那个狗主任亲昵的样子，老子非打断他的腿不可！"

秋菊感到一股热血直往头顶上冒，眼前也闪着无数颗火星子，她拿起床头的一只玻璃杯狠狠地往地上一摔，怒吼了一声："这日子过不成算了！"然后用被子蒙上头，呜呜地哭了起来。

第二天一大早，酒醒过来后，秋菊就打开大衣柜取出自己的换洗衣服，装进一只皮包里，把皮包往自行车前一挂，骑着自行车就朝娘家走去。身后传来儿子贝贝一声哭喊："妈……"

秋菊到了娘家，一见西霞就眼泪汪汪哭了起来。西霞一脸惊吓，不知道女儿到底出了啥事，赶忙把秋菊搂在怀里，像哄小孩子一样哄着说："我娃不哭了，我娃不哭了，跟妈说说，到底出啥事了，是不是镇上又让我娃做检查了？妈这就寻她金祥和玉玲两口子去！"

秋菊仍是哭着，听妈这么说，她又摇了摇头，趴在西霞胸前又接着哭了起来。

等秋菊哭够了，情绪慢慢平静下来，西霞才让秋菊坐到椅子上，坐在女儿面前，小心翼翼地问："我娃不哭了，现在跟妈说说，谁欺负你了。"

秋菊依然抽泣着把她和战锁闹事的情景说了一遍，最后说："妈，战锁要是再这样，我和他这日子就过不下去了。"

西霞明白了，心里也装满了气。她想起当初战锁和秋菊结婚后第二天来她家时给她作过的保证，战锁当时答应她，结婚后要好好疼爱秋菊的，决不欺负她，还答应让他舅舅给秋菊找事做。没想到，他舅舅给秋菊屁事没办成，才过了几年，战锁他就翻脸不认账了。她家秋菊当时要不是看在战锁的舅舅当大队长的份上，哪会嫁给他这个大龄光棍，他战锁能娶到我家秋菊算是烧了八辈子高香，还有啥资格训斥我家秋菊？要知道，我家秋菊如今这妇女主任的位子可不是靠着他舅舅得来的，是我们自己求爷爷告奶奶争取来的。他战锁不感激我们就算了，还要把我女儿从这个位子上拉下来，他安的是啥心？我的秋菊整天忙里忙外的，还不是为家里多挣点钱。要不是我的秋菊当这个妇女主任，谁还稀罕到你战锁家跑？不行，这一回一定要给战锁一点颜色看看，让他知道，离了我秋菊他家的日子咋过？我就不信他能耗过我们娘俩。

在西霞的劝说下，秋菊在娘家一住就是一个多月。期间，战锁托人来叫过秋菊几次，西霞都没有放话让女儿回去。战锁看托人不行，就自己把三岁多的儿子贝贝放在西霞家门口，转身就走。秋菊看到脏兮兮的儿子，一把将他搂在怀里痛哭起来，眼泪像雨点一样滴在儿子的身上……

谁也没想到，秋菊和战锁的拉锯战一直经历了一年多也没有停息，两个人谁也不退缩让步，就这样死耗着。

秋菊平时待在娘家跟爹和妈一起过日子，妇女主任的事情照样干着，村部和村主任家照样经常跑，想儿子贝贝了，就到村里幼儿园里去看看，顺便给儿子买些衣服、鞋子、书包和玩具之类的东西。每次见到儿子，秋菊都会忍不住掉下眼泪，看着儿子一天天在长大，却和自己一天天陌生起来，心里有一种说不出的痛苦。

秋后的一天，秋菊督促村里最后一名生了二胎的妇女到镇计生办做了绝育手术，和镇村干部一起在村食堂吃了饭，顺便给儿子夹了一个肉夹馍，趁热给儿子送到幼儿园。她走到幼儿园门口时，正赶上幼儿园孩子放学，门口停了许多自行车和摩托车都是接孩子的。她就在幼儿园门口等着贝贝出来，当她看到贝贝和小伙伴们排着队走出幼儿园时，一边朝儿子挥着手，一边跑过去准备把手里的肉夹馍给儿子吃。就在她将要靠近儿子时，有人从她身后一把把她拉到一边，抱起儿子放在一辆自行车后座，骑着车就要走。她看着战锁的背影，心头一下子冒起了火花，一步上去拉着自行车后座，对儿子说："贝贝，跟妈妈回姥姥家去！"说着，就要把儿子从自行车后座上抱起。

战锁转过身来，一把将秋菊推到一边，喊道："赵秋菊，你没资格抱走我的儿子！给我走开！"

秋菊不肯罢休，非要把儿子抱走不可。秋菊一只手死死拉着自行车后座不松手，战锁一手推着车子，一手把秋菊往后推，两人就这样在幼儿园门口你争我夺，围了一圈人在看热闹，可怜的贝贝坐在自行车后座上哇哇大哭。战锁一看这阵势，丢下自行车，揪着秋菊的头发，扬起右手，朝着秋菊的脸上一阵左右开弓，最后朝着秋菊的肚子狠狠蹬了一脚，秋菊被蹬得坐在地上，披头散发，手中的肉夹馍也掉在了地上，捂着肚子大声哭了起来。战锁扶起自行车，让儿子坐好，蹬着自行车就走了。

秋菊捂着肚子回到了娘家，西霞一看秋菊这样子，气得牙都要咬碎了。她抱着女儿哭了一阵子后，就径直来到了战锁家里，在战锁家门口跳着骂着："杨战锁，你给我出来，打老婆算啥本事？你有本事把我们娘儿俩杀了！"她骂了半天，战锁也没有出来，倒是战锁家门口围了一大圈看热闹的人。西霞骂累了，就推开战锁家大门，走进了秋菊和战锁的小屋。战锁躲在屋里一声不吭，西霞又是一阵劈头盖脸的大骂，战锁干脆走出了屋子不理她。西霞一不做二不休，按照秋菊跟她说的，从床头的毯子底下取出了一个银行存折装在身上就走出了战锁家的大门。

第三十八章

沙苑一带土质松软，水质甘甜，表层的沙子又有过滤有害物质的作用，很适合种蔬菜。沙苑的线辣椒皮薄肉厚，含油性高，调在碗里直往上漂，吃起来又辣又香。据同朝县县志里记载，清朝时沙苑辣椒可是朝廷的贡品，驰名全国。沙苑的红萝卜、洋芋、洋葱、大蒜和大葱都是全县有名的蔬菜，更别说沙苑的西瓜，吃起来更是比蜜汁都甜，在全省都享有盛誉。

"杨倔头"以前给生产队卖了几十年的菜，知道什么菜好卖，什么菜赚钱。所以，这些年他就一心一意在地里种他的蔬菜。他在沙地里种了辣椒、大葱、大蒜和洋芋，夏天在河滩地种了西红柿、黄瓜、线豆角之类的，冬天种大白菜和白萝卜，一年四季都有新鲜蔬菜可卖。家里吃菜更不用说了，他和彩霞加上革命、兰兰，四个人也吃不了多少菜，"杨倔头"就常常把卖剩下的菜分给东霞和春花，反正见了亲戚能给的都给点。

那天，"杨倔头"卖完菜回家的路上，经过村上幼儿园门口时，看到那里围了一圈人在看热闹，人群把路也挡住了，让他的毛驴车子过不去。他就停下毛驴车子，也看热闹，后来就看到战锁推着自行车，带着娃要走，秋菊在车后拉着车子不让走，然后两口子就当众打了起来。他听见战锁打了秋菊两个响亮的耳光，然后又听见秋菊"扑通"一声坐在地上啼哭的声音。他想过去拉住战锁，可是眼前的人太多，他根本过不去，再就是他一走，怕毛驴乱跑，车子把谁撞了，就不好了。待人群跟随着战锁的自行车走远、慢慢散了，他才赶着毛驴车往回走。

"杨倔头"回到家吃饭的时候把战锁打秋菊的事情给彩霞说了。彩霞一边大口啃着白馍，就着西红柿茄子菜，一边说："秋菊挨打也活该，谁让她不好好跟着战锁过日子，非要听她妈的话，去当妇女主任，整天操闲心、生闲气，都是自找的。"

"杨倔头"笑了，摇了摇头说："你呀，就那么记恨你二姐？她毕竟是你亲姐，秋菊也毕竟是你亲侄女，你咋能眼睁睁看着秋菊两口子闹事不管呢？"

"管个屁！他们娘俩有谁听我说一句话了？娘们眼睛都长在头上，只往上看，一个比一个心高，根本就不把我看在眼里。以为我看不出来呀，什么事有西霞插手，准会烂成一锅粥。不说还不生气，一说就来气，我现在都懒得搭理她娘俩。"彩霞说起西霞，满肚子都是气。

"好好好，你不管，我管。我抽空给战锁那小子敲打敲打，让他跟秋菊赔个不是，然后两口子好好过日子，像这样闹来闹去，对娃娃不好。"

第二天，"杨倔头"卖菜时就故意绕到战锁家门口，在战锁家门口吆喝了半天，菜也快卖完了，还等不见战锁出来。快吃午饭时，战锁才肩上扛着锄头从地里回来，他看到"杨倔头"在家门口吆喝着卖菜，就说："姨夫，菜卖得咋样了？要不到屋子里坐坐，喝口茶，抽根烟？"

"杨倔头"也没有推辞，就把车子往门口的一棵杨树上一栓，拿着车子上剩下的菜，跟着战锁进了屋子。战锁屋子里一片凌乱，沙发上堆放着战锁和儿子的几件脏衣服，床上的被子也没有叠起来，胡乱地铺在床上，脚下的地面也丢满了烟头和纸屑，空气中弥漫着一股发霉的味道。他把沙发上的脏衣服放在旁边的椅子上，坐在单人沙发上，端着战锁倒的热茶，点上一根红延安香烟，一边喝茶、吸烟，一边与战锁聊了起来。

"战锁，秋菊还没回来？看你把屋子弄成啥样子了？"

"我去叫过她几回，她妈不让她回来，我看她八成是要跟我离婚了。"战锁也给自己点上一支烟，深深地吸了一口，叹息着说。他的目光看起来有点混沌，对夫妻俩闹到这一地步显得也无能为力。

"杨倔头"明知两口子的矛盾已经很深了，可他还是想调和一下。他说："战锁，你和秋菊的事我多少也知道了一点儿，听姨夫劝说一句，你们俩闹到这一地步，也不是一个人的错，你也有不对的地方，不能全怪人家秋菊，对吧？要我说呀，秋菊当这个妇女主任也不容易，如今社会不比以前了，农村里的事情越来越难管了，尤其是这生孩子的事情，咱庄稼户人的封建思想和老观念一时还难改过来，要让谁家不生个男娃也难办，所以秋菊这事也不好干，你为啥不体谅一下她？再说了，她和村主任的事情也没有人看到过什么，都是些嘴长的婆娘在一起乱说，你也不要信以为真，她毕竟比你小了好几岁，你应该体谅体谅她，关心心她才对，可不要把你在部队里养成的火爆脾气带回家里乱发一通。"

战锁静静地听着"杨倔头"的话，没想到眼前这个卖菜出身的老头子教育起人来还一套一套的，话虽然说得直了点，可也句句在理，他不得不信服。他将吸得快烧到嘴边的烟屁股扔到地上，说："姨夫，你说得也对，我是脾气暴了点，当时实在控制不住自己，才跟她动的手，可后来我也后悔了。那天看到她捂着肚子坐在地上痛哭，我心里也难受，骂自己怎么下手就那么狠。她毕竟是我的老婆啊！姨夫，你不知道，这一两年来，我是多么不容易，秋菊不回家，我是既要顾地里的活，又要回家照顾老妈和儿子。一个人常常是忙得团团转，一天也难得能吃上一顿热饭。我也想过了，不行就离婚吧，可是一看娃娃还小，将来要是再有个后妈，我的娃可就要受苦了。看在娃的面子上，我忍了快两年了，可是我越是忍，秋菊和她妈越是撑得硬。我也看得出来，秋菊心里其实想回来，也想娃了，就是她妈挡着不让回来，用这种方式在折磨我，想把我往死里整。实话给你说吧，姨夫，我的忍耐也是有限的，她娘俩可别把我惹火了，要真把我惹火了，我可啥事都能干出来！"战锁说得有点动情了，眼睛闪着泪光。说到这里，他背过身去，用手背擦了一下双眼。

"杨倔头"赶紧挡住他的话，说道："你小子说啥气话呀？不往好处想，净想那些犯傻的事。我可给你把话说清楚了啊，你千万别干傻事啊，你不为你着想，还要为娃娃想想，娃娃才四五岁，你要是再干出犯傻的事，娃娃以后咋办？虽说你爹前几年走了，可眼下还有你那七十多岁的老妈，你做傻事了，谁管她？听我的话，还是去给你丈母娘低个头，认个错，把秋菊接回来，一家人好好过日子，这才是唯一的出路。"

战锁点了点头，说道："我豁出去了，只要秋菊能回来，我就是给她妈磕十个响头都行。秋菊她要是回来了，以后她该干啥就干啥，我保证不管。"

"对呀，这才说了一句人话。""杨倔头"拍了拍战锁的肩膀说，然后站起身，就要走了，"大丈夫能伸能屈，就按你说的去做吧，给媳妇低头认错那不丢人。你们两口子和好了，我这当姨夫的脸上也光彩。好了，那我就走了。"

"杨倔头"回到家把他和战锁说的话给彩霞说了，见彩霞一副满不在乎的样子，便笑呵呵地说："你呀，脑子就一根筋，咋就转不过弯来呢？西霞就是那种人，她做得再不对，也是你的亲姐姐呀，你咋就不念一点亲情？"

"死老汉，你少在我跟前提她。我倒是想念她的亲情，可她念到我了吗？在新疆她跟喜财像防贼一样处处防着我，背着我干啥事，也不让我知道，回来提了两大袋子东西，也不见给大姐一样东西，就知道自个儿独吞。她心里只有她自己，再谁都没有。这种人会干出啥人模人样的事来？"在自己的男人面前，彩霞的嘴皮子一贯很利索，心里要是憋了气的话，说起话来就像放机关枪一样，她越说越来劲了，"不是我说，你就是给战锁说破了嘴，战锁也叫不回秋菊，不信咱等着瞧。我还不知道西霞姐心里装着啥坏肠子。"

"杨倔头"不说话了，他知道，这个时候他是不能再多说一句了，他一旦再强辩，彩霞她肯定会像炸弹一样爆炸起来。十几年了，他早已经摸透了她的脾气，在关键时候该让她，就得让着点，她在自己眼里毕竟还是不懂事的孩子一样，自己都是一大把年纪的老汉了，跟她争执啥呀？他依然是笑呵呵地说："我说不过你，不跟你说了。战锁跟秋菊是好是坏，就当是跟咱没关系。"

吃过饭，彩霞顾不得洗锅洗碗筷，给"杨倔头"交代了一句："你洗吧，我去大姐家。"就出了家门，朝东霞家里走去。

彩霞来到大姐东霞家里时，春花正好在娘家，看样子她们也是刚刚吃过午饭。春花坐在院子里的饭桌前正准备收拾碗筷，看彩霞来了，赶忙将一盘韭菜孜卷递到彩霞面前，说："四姨，尝尝我做的韭菜孜卷，味道还不错。"

彩霞拿起一节孜卷，蘸了一下酱醋拌蒜汁，吃了一口，嘴角流着蒜汁，说："春花就是会做饭，做的孜卷真好吃，一会儿让我给我娃带回几个。"她朝左右看了看，问："春花，你妈呢？"春花将头向小屋里扭了一下，说："我妈在屋里给我看娃哩。"彩霞又拿起一节孜卷，蘸了一下蒜汁，就进了小屋子。

东霞在屋里正用汤匙给小杨宇喂鸡蛋糕，看到彩霞进来了，就问："吃过饭了？你给老汉做的啥饭？"

彩霞说："我又不会像春花这样做花样饭，只给他胡乱做了两个菜，下了点面条，热了两个馍馍，我老汉吃饭不讲究，好伺候。"

东霞给外孙喂完鸡蛋糕，把碗往旁边桌子上一放，让小杨宇一个人坐在炕上玩，她和彩霞扯起闲话来："看你不高兴的样子，又生啥气了？"

"我该有啥气可生？还不是我那死老汉爱多管闲事，跑到战锁家，管起秋菊的事来。我让他少管秋菊的事，他偏要管。不是我说他，他要是能管好秋菊两口子的事，太阳都能从西边出来。"彩霞给大姐说起"杨倔头"今天管的闲事。

"秋菊的事情我不是很清楚，只听说西霞不让秋菊回去，嫌战锁没有上门给她回话。要是你老汉能管好秋菊两口子的事，那就更好了。"

"好个屁！我看这事是西霞在里面作怪，没有她搅和，人家两口子早就好上了。年轻人嘛，哪有两口子不吵吵闹闹的，闹过了也就算了，过几天就会自动好起来，你看全村哪有像他俩这样闹的，一闹就是一年多，还闹得这么僵，都不如离了算了，省得两人都难受。"

这时，春花忙完了灶房里洗洗刷刷的事情，回到了屋子里。看到儿子杨宇一个人在炕上抱着枕头玩，也就懒得管他了。她刚才走到门口时，听到四姨在说秋菊的事情，她对秋菊和战锁的事情也听说了一些，只是没有太往心上去。最近一门心思只顾着忙自己生意出路的事情，哪有闲心管别人的事情。再说了，两口子闹事媳妇回娘家，这在杨家村太普遍了，只是因二姨一直在护着秋菊，才使得两口子的关系闹得越来越糟。要说起秋菊与战锁闹别扭的事情，起因还在于秋菊当了这个妇女主任，要是不当这个妇女主任，也就没有这些让别人咬舌根子的事情了。说起秋菊当这个妇女主任，春花又不由得想起奶奶过生日那天晚上，她在三大屋里听到二姨和三娘偷偷说秋菊的事情的情景，特别是二姨提到的从新疆带回的那几件新衣服和几瓶新疆白酒。想到这里，她就试探着问起四姨彩霞，说："四姨，你说得也对，要我说，秋菊的事全怪我二姨。要是当初她不寻我三娘让秋菊当妇女主任，也就没有这些闲事了，秋菊两口子也不会闹到这地步。秋菊和战锁毕竟有了娃，闹一闹、撒撒气也就算了，肯定还得和好。人家都是说和不说分，可我二姨总觉得她女儿吃亏了，处处护着她女儿，不让秋菊回去，给战锁出难题，这不是成心要把两口子往散拆吗？"

东霞在一旁听着彩霞和春花你一句我一句说着西霞的不是，心里很不痛快，她骂了春花一句，说："你这贼女子，咋能这样说你二姨？哪有当妈的不护着自己的女儿？女儿就是嫁出去了，也是当妈的心头肉，战锁那样打秋菊，你二姨能不心疼？要是满仓那样打你了，我也一样不让你回去，谁舍得自己的娃娃让别人打？你二姨那样做，不是为了秋菊好啊？又没有把你咋样，你咋就那样恨你二姨？"

"她做的那些亏心事我不说就是了，别以为我不知道，把我当傻子一样哄。"春花寸步不让。

"你二姨做了啥亏心事？你可不要乱说一通。"

"啥亏心事？现在我四姨在当面，我就直说吧！"春花看了一眼四姨彩霞，继续说，"我二姨为了让秋菊当村上妇女主任，拿着从新疆带回来的几件羊毛衫和几瓶酒巴结我三娘，我三大才给村上说，让秋菊当上妇女主任了。妈，四姨，你们知道那羊毛衫和酒是谁让我二姨带回来的？是给谁的？"

　　东霞听着有点吃惊，但没作声。彩霞却急急地问道："不会是飞霞和新军让带回来的吧？我一直在他们家里，可没有看到、也没有听说过啥羊毛衫和新疆酒，回来时飞霞和新军只给了我们三人葡萄干、蜂蜜啥的。"

　　"对，不是我三姨和三姨夫，是春草和梁斌！这可是我亲耳听见我二姨说的。"春花忍不住说出了这两个一直藏在她心底的人的名字。她说出他俩名字的时候，心里突然涌上一阵委屈，眼里几乎要冒出火来。

　　彩霞一拍大腿，截住春花的话头，说："春花这么一说，我明白了，我总算清楚了西霞和喜财在新疆背着我鬼鬼祟祟做什么了。难怪他俩回来一人背了一大包东西，我问什么东西，他们也不给我说。倒是新军当时提醒了我一句，说二姐和喜财十有八九是去找春草了。"

　　提到春草，东霞的心里又疼了一下，她表面上却显得很平静，摇了摇头说："啥春草呀，梁斌呀，这八边不挨的事，你俩谁亲眼看见了？没有的事，可别乱说。以后你俩都少在我面前提春草，再要提，你俩都给我回去！他们那些东西，我才不稀罕，家里又不是穷得穿不起衣服，喝不起酒。"

　　彩霞忽地站起身来，一边往外走，一边对东霞说："大姐，我看你真是糊涂脑子混账话，我再不给你说这些事了！"说着，屁股一拍就回自己家里去了。

　　春花心里也不高兴了，抱起儿子杨宇就要走，走了几步，又折回身来，从裤子口袋里掏出一沓一块钱的钞票，塞到妈手里，说："这十几块钱你先用着，我走了。"

　　战锁按照"杨偏头"说的那样，拿着妈早上做的几个韭菜盒子，又从商店买了一盒糕点、两瓶水果罐头，将儿子贝贝往自行车后座上一放，骑着车来到了丈母娘家。

　　战锁来到西霞家门口，发现门房的大门紧闭，外面没有上锁，是从里面关着。他鼓足勇气敲响了大门，让儿子叫外婆和妈妈，贝贝就扯开嗓子喊了起来："外婆，妈妈！"过了好一阵子，大门里面才响起缓慢的脚步声。门开了，西霞双手把着两扇大门，用身体堵在战锁面前，脸色恼怒，冷冷地问："你来干啥？"说着，就要把门关上。这时，坐在自行车后座上的贝贝喊了一句："外婆！"

　　西霞看到有点儿消瘦的贝贝，她脸上露出一丝微笑，迟疑了一下，双手就从大门上放下了，叫了声："贝贝！"抱起贝贝，转过身就朝院子里走去。战锁就推着自行车跟着进了院子，被西霞挡在了小屋门外。

战锁心里犯起嘀咕，大白天的关上大门、闭上小门，偷偷摸摸在干啥？莫非是防贼一样防着自己？就在他纳闷时，秋菊走出了小屋子，脸上很平静，也很冷淡，看也不看他一眼，就径直朝大门口走，冷冷地说了句："有啥话，咱在门口说去。"

战锁愣了一下神，目光还趁机往小屋里瞥了一下，小屋的门半开着，他什么也没有看到，只看见贝贝被丈母娘抱到了灶房里。战锁跟着秋菊来到大门房下，秋菊背对着他，一言不发。战锁沉默了片刻，鼓足勇气开口说："秋菊，对不起，我不该打你，我错了，你就原谅我一回，跟我回吧。贝贝天天都哭着喊着要妈妈，他不能没有你。"

秋菊依然背对着他，战锁发现秋菊的双肩一耸一耸的，她在背着他抹眼泪，接着，就听见秋菊一阵抽泣声。他知道秋菊也想贝贝，哪有当妈的不想自己的儿子呢？战锁心里开始可怜起秋菊来，想起自己那次扯着她的头发扇她耳光、用脚狠狠踹她的情景，他的心也开始流泪，开始滴血。他忽然觉得自己有点儿不是人，欺负比自己小四五岁的秋菊真是可憎可耻。那天秋菊只不过是想看看儿子，只是关心儿子吃没吃饭，还专门买了肉夹馍，送给儿子，自己真是混蛋，哪来的那么大的火气，竟然在众人面前打起了老婆。他突然"扑通"一声跪在地上，抬起右手狠狠打了自己一个耳光，流着泪说："秋菊，都是我的错，我不该打你，我混蛋，你就原谅原谅我吧，跟我回去好吗？我们一家人好好过日子，我保证再也不打你了，再也不管你的事了。你爱咋样就咋样，我要是再给你发脾气，就让我不得好死！"

秋菊突然双肘靠在门上，脸埋在双肘之间，双肩颤抖着，"呜呜"地哭出声来。

这时，西霞抱着贝贝从灶房里走了出来。她扑到战锁跟前，一手指着战锁的脸狠狠地说："'杨战锁'你给我站起来！你这是装给谁看？假惺惺的，哭啥呀，你以为掉几滴鳄鱼泪就能哄过我的秋菊？你小子后悔都晚了，早知今日，又何必当初呢？"

战锁没有起来，他跪着把身子转向西霞，打着自己的脸说："妈，我知道我错了，我确实是真心请秋菊回去的。只要你能让秋菊回去，你让我干啥都行！你总不能看着秋菊想贝贝想疯了吧？"

西霞脸色依然阴沉着，没有丝毫的服软。她过去拉着秋菊的一只胳膊往回走，秋菊有点儿不情愿地往后拖。西霞有点发怒了，说："秋菊，你咋就这么没有志气啊？你忘了他是咋样骂你、咋样打你的？他这样假惺惺跪着、哭着哄你，你就心软了？走，回屋去，他爱跪就让他跪去吧！"

这时，从小屋里走出一个男人，留着油光乌黑的偏分头，圆圆胖胖的脸庞，白白嫩嫩的皮肤，鼻梁上架着一副金丝眼镜，身上穿着一身深蓝色带斜条纹的西服，白衬衫上扎着一条猩红的领带。那男人从裤子里掏出手绢，擦着脸和手，出了小屋的门，扭头看见这边三人在演戏似的哭着、闹着、嚷着，就走了过来，用清脆的男中音说道："大白天的，你们这是在干什么？"

西霞看到这个男人走了过来，赶紧放下秋菊的胳膊，走过来，脸上堆着笑容说："吴主任，让你看笑话了。走走走，咱到屋里去，坐着喝喝茶吧！"

吴主任看了一眼跪在地上的战锁，脸上露出一丝怪异的表情，然后径直走到秋菊跟前，说："秋菊，他是，你们这是怎么回事？"

秋菊没有理会吴主任，捂着脸，一扭头，就朝屋子里跑去。吴主任再次瞥了一眼战锁，就跟在秋菊身后，追了过去。

战锁看着眼前的情景，心里明白了一切。这个吴主任，战锁认识，是今年刚刚从外乡镇调过来的镇计生办主任，带着县计生办的医务人员来村里搞过几次大规模的刮宫引产，对那些计划外怀孕的育龄妇女就像见了仇人一样骂骂咧咧。他还听村干部说起过，这个吴主任跟老婆离婚了，一个女儿跟了老婆。听说他俩离婚的原因就是老婆想再生儿子，他是搞计划生育工作的，当然会坚决反对。现在，一个离了婚的单身男子来到这里，不用说，他都知道是怎么回事。战锁突然觉得自己像耍猴一样被人耍了，他站起身来，擦干眼泪，拍了拍裤子上的尘土，心头猛然涌起一股怒气，一咬牙，走过去，一把抱过站在小屋门口的儿子贝贝，往自行车后座上一放，转过自行车头，出了大门，头也不回地骑上车子就走……

第三十九章

　　时间的车轮滚到了九十年代，沙苑人也随着时间的车轮进入了一个崭新的时代。二十世纪九十年代初，世世代代在田间地头躬身耕种的庄稼人已经开始早早地闻到了市场经济的味道，街道上的旧瓦房开始被拆了，有市场眼光的人早早占了这里的好位置，开始盖起了两层小洋楼。有的开商店，有的开饭馆，有的开私人诊所，以前只有一个村部、一个卫生所和一所学校的小地方一下子变成了一条小街道，成了村里的经济中心。

　　春叶家所在的赵家村是一个不到一千口人的小村，比不上娘家所在的杨家村人多、经济状况好。春叶和进财都没有做买卖的头脑，只能看着别人在村部附近抢占地盘，盖起楼房，开商店，做买卖。他们家还是上一辈留下的老式四合院瓦房，一圈是青砖灰瓦的四合院，中间是一个三十厘米深的长方形的院庭，下雨的时候雨水就会顺着四边的屋檐流下，聚集在这个庭院里。庭院的一角向大门外通了一个排水沟，雨水积得多了，就会顺着这个排水沟排出大门外，保证了四合院的屋子总是干燥的，不会被水淹了。算下来，春叶如今已经在这个四合院里生活了十五个年头了，她的哑巴儿子安顺也长成了十四岁的半大小伙子了。安顺虽然头脑聪明，但因为是哑巴不会说话，在学校只跟着巷子里的同龄娃娃念完了小学就不念了，回到家里帮爸爸妈妈做做家务，到地里干农活。别看安顺嘴里说不出话，心里可什么都懂，妈妈在后院子里劈柴，他就在一边把蹦得老远的柴火一根根拾起来，整整齐齐放在一边，然后从妈妈手里接过斧头，让妈妈在一边歇息，自己挥起斧头就干了起来；看到爸爸在大门口给车子装粪，他就拿起另一把铁锨帮爸爸一块儿装粪。虽然还没长成人，但已经早早地学起做大人做的活。春叶看在眼里，喜在心里。

　　自从公公前几年去世了之后，婆婆一个人过得有点孤苦伶仃，身体也大不如以前了，隔三岔五地就会觉得身上哪里不舒服，进财却很少过问他妈的病，还是春叶看到婆婆不舒服了，就过去端饭端水，或者帮婆婆去医疗站买药。婆婆对春叶的态度也转变了，有时候还会当着春叶的面训斥进财几句，让他好好跟春叶过日子，不要身上有点儿钱，就跑到外面喝野酒，整天喝得醉醺醺的，回到屋里就跟春叶发脾气。

春叶帮着进财把爹的丧事办完，过后还这样好心地照顾着体弱多病的妈，再加上妈在他面前说着媳妇的好话，数落着他做的蠢事，让进财的铁石心肠也渐渐融化了，开始对春叶慢慢好了起来。春叶也看出来进财的细微变化，心里当然高兴。进财和他妈越是对她好一点儿，她干起活来越是有劲头，干起活来心情也越舒畅。丈夫慢慢知道顾家了，知道过日子了，也知道听春叶的话了，这让春叶看到了将来过上好日子的希望。她觉得自己的苦日子也该到头了，等儿子长大后，给安顺说一个媳妇，成个家，最好再给她生一个小孙子，那就再好不过了。

一九九〇年的夏天，春叶看到东林也在村部西边盖起了房，不过他盖的不是楼板房，而是两大间木料房，在两间木料房的后面用石棉瓦搭建了一大间敞开的房子，请泥水匠在里面盘了一个灶台，支了一个大案板。房盖好后一个月，他请人把外面两大间用雪白的石灰水涂成白色，房顶用竹席搭了顶棚，当街的一面安了一个双扇开的大门。秋收之后，她再来到街上时，就看到东林在街上的两大间房子里安了六张四四方方的大方桌，每个桌子周围摆了八个方凳子，大门外面的门梁上还请人在涂白的墙壁上写了四个红色大字——东林饭店。

春叶里外转着看了一遍，对东林开饭店的事心里叫好。她见东林在里里外外忙活着收拾房子，没有打扰他，拿着给婆婆从医疗站买的感冒药刚要往回走，就听见东林问她话了："春叶，咋就急着要走，今天我的饭店就要开张了，一会儿尝尝我做的家常菜和手擀面。"

春叶忙说："东林哥真是大方人。一会儿让进财给你买一串鞭炮，在你饭馆门前放了，祝贺你的饭店开张。"

"呵呵，不用了，我可不愿太声张了。好酒不怕巷子深，开饭店一要靠手艺，二要靠信誉。以后想吃啥好饭好菜就过来，我保证让你花钱少、吃得好。"

吃中午饭的时候，春叶在家里就听见村部那边"噼里啪啦"响起一阵鞭炮声，她知道东林哥的饭店开张了。早上她回到家就给进财说了东林开饭店的事，进财就拿着她买的鞭炮早早地去了村部，估计这鞭炮就是进财放的。她在锅里下好了面条，炒好了葱花哨子，先给婆婆舀了一碗油汤面，再给安顺舀了一大碗干面。安顺正是长身体的时候，饭量越来越大，干起活来，劲也越来越大。她还给进财盛了一碗油拌凉面，放在案板上。她知道，东林肯定会留下进财在饭店里吃饭喝酒。今天东林的饭店开张，村里祝贺道喜的人一定会不少。

吃过午饭，春叶就和儿子安顺在收割完花生、玉米、黄豆后的地上施了化肥，等着进财叫来的带着犁铧的手扶拖拉机来犁地，可是等了半天也没有来，她就让安顺在地头看着化肥袋子和农具，自己就心急火燎地骑上自行车回到村上去看，走过东林的饭店，才看到进财还坐在饭店里面与几个男人在喝酒。下午时分，天有点燥热，五个男人敞胸露怀，有的蹲在凳子上，有的站起身来，有的在用瓶子斟酒，有的在伸着手指头猜拳，一边猜拳，一边高喊着猜拳令，大老远都听得清清楚楚。春叶一看这阵势，站在饭店门口走也不是，不走也不是，想喊进财出来，又不敢喊，怕他喝多了会骂她，弄不好还会打人。要不是在东林的饭店，春叶早就过去催他赶紧到地里去。

就在春叶站在饭店门口犹豫不决时，东林正好从里面的操作间出来，手里端了一盘刚切好的下酒凉菜，添到桌子上已经吃得精光的盘子里。他扭过头，看到了春叶，赶紧喊了一句："春叶，快进来，站在外面干啥？"

春叶迟疑了一下，还是走了进来，对东林说："你的饭店收拾得真干净！今天贺喜的人不少吧？"然后看了看进财，进财也瞪着喝红了的双眼看她。春叶低声说："你叫的手扶拖拉机在哪里？我在地里等着犁地，就是等不着。"

"你不看我在喝酒吗？今天不犁地了，明天吧！"进财有点儿不高兴了。

春叶说："我已经把肥料撒好了，安顺还在地头等着，今天不犁地，明天肥料就失效了。"

"那你自己叫手扶拖拉机吧，我这会儿走不开，好不容易凑到一块儿喝点酒，你就来散场子？"

春叶知道进财一旦喝了酒就会发脾气，这会儿最好别惹他生气，就没再说什么，转过身去就要离开饭店。东林在一旁听着两人的对话，知道春叶来饭店是为了犁地的事，就跟着春叶来到外面，他叫住了春叶，说："春叶，进财兄弟爱喝酒，就让他喝吧。你地里要是忙不过来，我可以帮你，反正我已经忙完了，饭店有人招呼客人的。"

春叶摇着头，说："咋能麻烦你呢？你今天可是饭店开张的喜日子，咋能走开呢？不行不行，还是我自个儿找手扶拖拉机去，村里犁地的拖拉机有好几个呢。"

东林已经摘掉了围裙和帽子，叫来在饭店里给他当帮手的一个小兄弟，把围裙和帽子塞给他，叮咛了几句，就对春叶说："今天来道喜的客人我都招待完了，就剩下进财他们几个还在喝酒，他们爱喝就让他们喝去吧，都是一个巷子里的，用不着我再招呼了。春叶，进财已经喝成那样子了，今天肯定到地里去不成了，这样吧，你先去地里等着，我这就去叫手扶拖拉机，一会儿我坐着拖拉机就来。"

春叶也知道犁地是男人们干的力气活，拖拉机犁过地后，两边地头还需要用铁锨松土平整，仅靠自己一个女人家是不行的。再说了，只剩下半天时间了，靠她和安顺在地里干，干到天黑，也干不完。见东林哥这么坚决，她也就不再拒绝了，自己骑上自行车，就先到地里等着。

天黑之前，春叶和东林招呼着手扶拖拉机犁完河滩的三亩地，又把地头拖拉机犁不到的地方用铁锨松土平整。东林坐着拖拉机，回到了街上的饭店里，春叶拉着架子车，让安顺骑着自行车回了家。春叶回到家，看到进财斜躺在炕上，嘴里呼着酒气，打着呼噜死睡着。她洗了脸，到灶房把中午的饭菜热了，和安顺一起简单地吃了，然后到婆婆屋子里给婆婆端了一碗热的小米稀饭，看着婆婆吃饭，再给婆婆屋里的热水瓶灌满了开水，回到灶房洗刷完碗筷，才进了自己的屋子，坐在桌前歇歇。

忙完了一天，终于把河滩的地犁完了，就剩下种麦子了。种麦子算是比较轻松的活，她和进财不到一天时间就可以种完，这样整个秋收秋种就彻底收尾了。春叶想到这里，就长长地出了口气，心里也松宽了许多。想起今天东林哥帮她叫手扶拖拉机的事，她突然想起一件事，只顾让人家叫拖拉机犁地，都忘了给拖拉机付钱了。按照眼下的行情，犁一亩地至少要十块钱，三亩地算下来就是三十块钱，这钱说少也不少。不给钱，一般拖拉机是不会开到地里犁地的。她没有付这犁地钱，那肯定就是东林哥帮自己垫付了犁地的钱。春叶身上是不装钱的，家里的钱都在进财身上。她就推了进财一把，说："哎，起来一下，今天犁地的钱还没给人家呢！"

进财哼了一声，翻过身子，又睡过去了。

春叶看着进财醉醺醺、迷迷糊糊的样子，就不再叫醒他了。想起家里卖了花生的几百块钱，让进财放进柜子里了。她就从进财裤子上卸下钥匙，打开柜子，从一个手提皮包里取出三十块钱，又把手提皮包放回到原处，锁好柜子，把钥匙又别在进财裤子腰间，让安顺看着门，她就出了大门，朝东林的饭店走去。

东林看到春叶专门给自己送钱来，心里有点儿不高兴了。他在操作间收拾着今天酒席上剩下来的残羹饭菜，双手沾满了油腻，对春叶说："这点儿钱你还要送来，跟我还见外呀？钱拿回去吧，给安顺买点儿好吃的、好穿的比啥都强。"

春叶不肯，硬要把钱给东林装进口袋，东林用手捂住口袋，责怪她太较真了，说："你再这样跟我见外，以后就不要来我这里了。我现在开了这个饭店，以后就不发愁没有零花钱，你的日子可不是很宽裕。我知道，进财把钱看得紧，你花钱也不方便，这钱就揣在你身上吧，想买啥买啥，别太苦了自己啊！"

听着东林的话，春叶感到有一股暖流传遍全身。除了爹和妈，这世上再没有人对她说过这样贴心的话，没有人这样关心过她。嫁到赵家这么多年来，春叶感受到的是一种寄人篱下的生活，是一种处处看着人家脸色行事的日子，感觉自己就像一片被秋风吹落的枯叶，在寒风中飘荡。不知咋的，只要看到东林哥，她的心里就会有一种春天般的温暖。东林的话让春叶的眼泪差点儿就要掉下来了。她不再强求东林了，主动帮他洗刷起碟子碗筷，忙完了操作间的活，才跟东林告辞回了家。

由于赵家村街道上只有东林这一个饭店，镇上干部下村、村上干部晚上加班吃加班餐，还有秋冬季节一些外地的大货车司机和车主来沙苑收花生、棉花、辣椒、红萝卜，都在东林的饭店吃饭。东林的饭店自从开张后，生意很热闹，几乎每天早晚都能看到有人进去吃饭，早上一般是村里人来吃点稀饭、包子、油条，中午大多是男人们喝酒猜拳，少不了要上几盘下酒菜，或者整几盘大盘鸡、麻辣鱼、带把肘子什么的，不到一个月，东林就用挣到的钱给饭店买了一个大冰柜，还买了一辆柴油三轮车，进城进货时，就开着三轮车，既快，又方便。

进财这个秋冬季节，就成了东林饭店的常客。他来饭店倒不是春叶没给他做饭，而是控制不了自己嘴馋和酒瘾，听到饭店里有人猜拳的声音，就把持不住自己了，先是在饭店看看，碰到里面有熟悉的人，比如村干部，比如和他一伙的狐朋狗友，再比如镇上的干部下来吃饭，他也过来跟着村干部，或者春叶的三大金祥，或者春叶的弟弟宝根，只要能挂面认识的，他都会主动打招呼，过来凑热闹，跟人家喝上几杯。春叶说了他多少回了，他根本不听劝，还振振有词说什么"如今这社会要学会在酒桌子上结交朋友"。其实，和他一起喝酒的没有谁把他当真正的朋友，只有东林看在春叶的面子上，才让他进来混吃混喝。进财也看出东林在他面前有点气短，慢慢就养成了白吃白喝的毛病，时间一长，即使东林不说什么，他也觉得不好意思了，就说："账先给我记着，年底一起给你清。"其实，东林从来就没有给他记账，这么大的饭店，他进财一个人是吃不穷、吃不垮的。

没人想到，就在这一年的腊月，进财喝酒后却离奇地死了。

进财是在一个大雪纷飞的晚上死的，被人发现时是第二天的早上，冻死在村里大路边的一个沙坑里。

下大雪的那天晚上，春叶一个晚上都没有睡着。中午进财在家里吃了午饭就说出去转转。冬天村子里的人都没啥事，下雪天家家户户都在家里围着火炉或者坐在热炕上看电视、拉家常，也有些男人妇女们学会了在一起打麻将。春叶忙着在家给安顺做过年穿的新棉鞋，也懒得出去。进财出去一看巷子里白茫茫的一片，不见一个人出来，就不自觉地来到了村子的街道上转转，转到东林饭店外面时，听到里面有人在喝酒猜拳，他就像打了鸡血一样来了精神，走到饭店门口一看，嘿，正是村子里几个伙计在喝酒。他进去一问，才知道是"老牛"打麻将赢了钱，请另三人吃饭喝酒。他一点儿也不客气，就加入了酒场子。

五个人从下午四点一直喝到快七点，整整三个小时，足足喝了三瓶西安特曲，其中有两人有胃病和肝病，不敢喝酒，只是象征性地端起酒杯碰了一下，算是开了场子，剩下的酒都归了进财和那两个酒鬼。进财最后喝得趴在桌子上睡过去了，其他两个也喝得差不多了。他们一伙撇下进财，走出饭店，喝多了的那两个走起路来，脚下都乱绊起来。

东林看到进财喝得跟烂泥一样摊在桌子上，给他倒了一杯开水，扶他起来到里面床上躺下睡一会儿，不料进财迷迷糊糊中还吵着再要酒喝。东林劝他别喝了，他却将东林推到一边，站起身来一把将桌子掀翻了，然后晃晃悠悠走出了饭店，嘴里还骂着那四个伙计不够哥们，撇下他就走了。等东林把桌子扶起来，把打碎在地上的菜碟、酒瓶子、茶杯的碎片收拾好，再出门追他时，已看不见他的身影了，只看到已经擦黑的天空中纷纷扬扬飘着雪花，街道上已差不多空无一人了。

春叶一直等到夜里快十二点，也没等到进财回家。她想出去找找，可外面雪下得正大，西北风裹着雪花满世界狂舞，她该到哪里找他去？她想，进财十有八九又是在街上喝酒，喝酒的人多，再加上在东林饭店里，她就不用操心了。她实在困了，就上了炕，只脱了棉袄棉裤钻进被窝，身子靠着挨窗户的墙壁，迷迷糊糊就睡着了。

第二天天刚蒙蒙亮，她一醒来就发现进财昨晚一夜没回家，就起身穿上棉衣棉裤，打开大门。雪小了，可地上的积雪足足有半尺厚。她刚走出大门，就见"母老虎"神情慌张地踩着积雪过来了，直向她走来。"母老虎"走到春叶跟前，脸色蜡黄，拉着春叶的一只胳膊就往巷子东头走，边走边说："春叶，吓死人了，你家进财死在我家旁边的沙坑里了，快去看看！"

春叶一听，不由得紧张起来，跟着"母老虎"一路小跑来到了她家东边的沙坑旁边。顺着"母老虎"手指的方向看去，只见一个雪人蜷缩着睡在沙坑里面，头部淌了一摊鲜红的血迹。从雪人外露的衣服、脸庞、头发可以隐隐约约看出很像进财。春叶浑身都吓软了，她双腿直打战，在"母老虎"的牵引下下到沙坑里，走到雪人跟前。"母老虎"用手刨去雪人脸上的积雪，赵进财的面孔就完全暴露在两个女人的面前。"母老虎"大胆地摸了摸进财的鼻孔，摇着头说："人早已死了，赶紧叫人拉回去吧！"

春叶的眼泪流了出来，她哭着叫了一声："进财，你这是咋了？"然后就爬上沙坑，踩着厚厚的积雪，朝东林的饭店走去。

进财的遗体被东林和几个男人抬上了沙坑。这个沙坑是村子里多年来下雨天排雨水的地方，足足有四五米深。由于靠近大路和村庄，这些年也就成了村里一些人家倒垃圾的地方。沙坑底部以前是被水沉淀得平展展的沙土，没水的时候就露出光滑、平坦、灰白的面目，如今却被一些砖块、烧过的蜂窝煤球、盖房用过的建筑垃圾以及女人们的卫生巾、小孩子的尿布、烂鞋烂袜子烂套子之类的东西填充，一下大雨，雨水就漫了上来，这些烂东西就会漂上来，搁浅在沙坑的半坡上，有的甚至被雨水冲刷到大路上。进财是从大路上跌下沙坑的，头部被磕在沙坑底下被雪覆盖的砖头上，躺在沙坑底下昏迷过去，经过一夜的寒风袭击和大雪覆盖，也不知道是因过度的酒精致死，还是被零下七八度的寒夜冻死的。要不是第二天早上住在沙坑边沿的"母老虎"看到，说不定都不会有人发现。

进财的遗体从沙坑里抬上来后，被人又抬到了家里。春叶在院子里搭了帐篷，在帐篷下面支了一个木板床。东林把进财的遗体放在木板床上，叹着气对春叶说："怪我，昨天晚上看到进财在饭店里喝多了，我本想送他回家，当我收拾完饭店里的东西要送他时，进财已经自己走了。我追出饭店后，就不见他的影子了。想着进财多少回喝多了酒，都是自己回到家的，我就没追了。没想到昨晚上竟然会出这事。哎，要是我当时再多追几步就好了。"

春叶说："不怪你，东林哥，是他自个儿要喝那么多酒的。我心里清楚，他喝起酒来就不要命了，谁也挡不住的。我就怕他出事，没想到还真的出事了。"

"现在关键是要想想事情该咋办。春叶，进财也没有兄弟，两个姐姐也嫁得远，你要是有啥难处就跟我说，我会想法子帮助你。"东林安慰了春叶几句，就走了。

第二天，闻讯赶来的进财的两个姐姐一进门就趴在进财的身上痛哭起来。姐妹俩你一句"我苦命的兄弟啊，你咋这么早就走了"，我一句"兄弟啊，姐来迟了，都没看上你最后一眼啊"，哭声尖锐而粗放。两人一边哭，还一边拍着进财身下的床板，一副肝肠寸断的样子。

春叶把两个姐姐搀扶起来，劝她们节哀。等两人止住了哭声，才把她俩让进了婆婆的房间。春叶开始按照村里的风俗准备起进财的丧事，她先请了村子里红白喜事拿事的总管，商量进财的丧事咋办，然后和安顺头上包着白布，母子俩站在巷里人家门口，一家一家请人帮忙。

回到自己屋子里，春叶正想和总管商量埋人的事情，进财的两个姐姐和姐夫进来，突然对总管说，人先不能埋，他们要把事情弄清楚了再说。春花纳闷了，问他们要弄清楚啥事。进财的姐姐和姐夫说，他们要知道弟弟是怎么死的。在没有弄清楚进财死因之前，不能这样稀里糊涂就把人埋了。

春叶这下蒙了，感觉两个姐姐和姐夫来不是奔丧的，而是成心闹事来了。她实在搞不明白，进财的死这么清清楚楚，还有啥折腾的？想到这里，她对进财的大姐说："大姐，村里人都知道，进财是喝酒后跌到路面的沙坑里了，一个晚上冻死了。你还有啥不清楚的？不信你们可以问问村里人呀！"

进财的大姐鼻子里哼了一下，用双眼的余光乜斜了一下春叶，说："春叶，你说得倒轻巧，一个好好的大男人喝点酒，就能跌进沙坑里？进财他又不是三岁娃娃，你拿这话哄谁哩？进财喝了多少回酒，也没见跌进沙坑里，咋就偏偏下雪天就跌了进去？"

"他那天晚上喝那么多酒，走路都不稳，天黑雪大路滑，谁知道他是咋样跌进去的？"

"春叶，你又没有跟着进财一起去喝酒，也没有和他一起回来，你咋知道他喝了那么多酒，走路脚下不稳？谁给你说的？"进财的大姐夫突然插话说。

"是饭店老板亲口给我说的，本来人家想送他回来，他自己却先走了。你想，那天晚上天又黑，雪又大，路上白花花一片，进财又喝了那么多酒，看不清路边沿，很容易跌下沙坑的。这谁都能想象得到。"

"春叶，事情可不是你想象的那样，也不是你编的那样，这里面的事情也没有你想的那么简单。说句不好听的话，你和那个饭店老板赵东林的事情，进财也跟我们说过，别以为我们什么都不知道。如果进财是在别的饭店喝了酒出了事，我们倒还相信，可是在他赵东林的饭店喝酒出了事，我们就有理由怀疑。"大姐夫不依不饶，分析得头头是道。

春叶怎么也没有想到这件事会把东林牵扯进来，她又不会为自己辩解，就是长着十张嘴巴也说不过身为乡镇司法所干部的大姐夫。她急得眼泪都掉了下来，哭着说："不管你们信不信，反正没有人害他。进财也是我男人，难道他死了，我不伤心？我都没有怀疑谁，你们却怀疑这怀疑那的，到底想咋样？这丧事还办不办，人还埋不埋？"

进财的大姐和大姐夫这时也变了脸，双目怒视着春叶，说："杨春叶，你给我听好了，没有我们的话，谁也别想埋人，我们要到公安局报案！"进财的二姐和二姐夫也随即附和着说："对，等公安局把真正的凶手抓住了，再埋人也不迟。"

春叶"扑通"一声瘫坐在地上，放声大哭起来。

这时，春花和宝根正好进到屋里。春花看着进财的大姐和大姐夫脸色恼怒的样子，一进门就质问进财的大姐和大姐夫，说："要报案你们就报去，少在这里搅和正事！我也告诉你们，现在是我大姐在过事，谁要是乱搅，可别怪我们不给面子！"春花狠狠地瞪了进财大姐和大姐夫一眼，和宝根一起过去把春叶搀扶起来，让她坐在炕沿上。宝根也对屋里屋外看热闹的人喊了一句："没有事的都出去！"

进财的大姐和大姐夫还想和春花、宝根闹下去，被总管和村里几个小伙子劝了出去。有春花和宝根在春叶身边支撑着，再有东林几个男人在屋子里帮着春叶跑前跑后，进财的两个姐姐和姐夫再也没能闹得起来。

第二天吃过早饭，一辆上白下蓝、戴着半蓝半红色警帽的警车从镇派出所开来，停在进财家的大门外。车上下来四位头戴大盖帽、身着橄榄绿、肩扛蓝色盾牌的警察，副驾驶座位上下来的是派出所的包乡民警，从警车后排下来的是从县公安局刑警队下来的三位刑警，其中一位高高的个头、长方形的脸膛儿、头发有点花白的警察正是十多年前沙苑镇派出所的指导员宋大成，另一位二十多岁、一头乌黑的短发、满脸青春朝气的是刚从警校毕业分配到刑警队的新警察，还有一位手提一只铝合金箱子、戴着口罩的是刑警队的法医。

春花和宝根听到警笛声后就出来了，看到迎面而来的三名警察，就知道是进财的大姐和大姐夫昨天向派出所报了案。个头较矮一点儿的派出所包乡民警领着刑警队两位刑警和法医跟着进财的大姐夫进了大门，走进春叶的屋子。派出所包乡民警将屋子里闲杂人员清理了出去，只留下春叶、春花、宝根和进财的大姐和大姐夫，他把三名刑警队的人员作了简要介绍。宋大成简单地询问了一下春叶昨天早上看到进财死在沙坑里的主要细节和进财事发当天一天的行动踪迹，年轻刑警打开一个文件夹子，掏出钢笔，趴在桌子上记录着。然后，宋大成对屋里人说："昨天我们接到派出所上报的这起死人案子，早上我们已经对死者摔倒死亡的现场进行了勘查，也对主要当事人作了询问，为了进一步搞清事情真相，根据办案需要，下一步我们要请法医对死者进行尸检，必要时还要解剖，请家属给予配合。"

春叶看了看春花和宝根，宝根对她点了点头。春花握紧了一下春叶的手，也点了点头。春叶就对宋大成说："我没意见，就按你们说的办吧。"

法医对进财做了剖析尸检之后，对春叶和进财的大姐、大姐夫说："你们可以操办丧事，正常埋人了，案子我们会继续办下去的，等有了结果，我们会通知你们的。"说完，他们就出了门，上了警车，朝镇派出所驶去。

第四十章

宝根在镇文化站一干就是四个年头。这四年期间，他一边抽空回家种庄稼，把他和妈两口人的责任田照顾好。每年地里夏粮还能收三千斤小麦，秋季的花生、玉米、棉花卖了，也能收入一千来块钱，加上镇政府每月一百来块钱的工资，这样的日子在农村还过得下去。对于宝根来说，自己虽然辛苦点，但只要以后能转为正式干部，干起工作来还是有奔头的。

在文化站，宝根是如鱼得水，干起工作来蛮拼的，除了白天参加镇上安排的催粮筹款、刮宫引产等中心工作外，晚上经常在自己宿办合一的房间里写稿子。在三大的指点下，他新闻、通讯、小说、散文、诗歌等各种体裁的文章都写，经常给市委党报、本省农民报、县广播站写一些反映镇上重点工作的消息、农村致富奔小康的先进人物通讯、自己耳闻目睹的新闻特写和评论之类的稿件，他的新闻稿也逐渐在省市报纸、县广播站被频频刊登和播出，成为全县小有名气的土记者，从第二年起就连续三年被县委宣传部评为全县优秀通讯员，也被省农民报、市委党报聘请为特约通讯员。

其实，宝根最爱的还是文学，他一直都在梦想着自己能有朝一日出版一本小说，编写一个电影剧本，成为像路遥那样的黄土地里走出来的作家。在高中上学期间，路遥的一部《人生》就让他如醉如痴，高加林就好像是他现在的影子，他多么希望自己也能像路遥那样写出一部反映西北黄土地人们生活的长篇佳作。可是，现实却一次次击碎着他的梦想，改革开放后的经济浪潮开始冲击着人们的思想，八十年代初期的那场文学热开始慢慢退潮，人们的目光都盯着金钱和物质利益，文学开始被边缘化，一些搞文学的人也浮躁起来。特别是进入二十世纪九十年代后，一些文学作品开始迎合一部分人低俗的口味，向市场和金钱低了头，有的渲染性描写，有的热衷于猎奇，却很少有真实反映老百姓当下真实生活现状、触摸社会底层人物痛苦灵魂的震撼人心的佳作。一次，他想和文化站长探讨文学，不料站长却有点儿不耐烦了，说："都什么年代了，谁还谈论文学呀？要我说，进入九十年代，文学已经死了，被拜金主义思潮淹没了。我的宝根小弟呀，有时间还是回家种种地，挣点现钱比啥都好！"他回到村里给昔日的一位老同学说，自己想写一部长篇小说，就是怕发表不了，也没有钱出版。那位以前在学校曾和他喜欢谈论路遥的《人生》、李存葆的《高山下的花环》的文学好友也对他摆了摆手说："你现在还做梦呀，傻帽一个，想想咋样挣钱过日子吧！实话跟你说吧，我早已经不看文学书籍了，家里全是果树栽培、家庭养殖、怎样发家致富的书，看这些书才是正经事。"

宝根虽然不断有"豆腐块"登上各级报刊，有的还是一两千字的通讯稿，但是他认为那些都是小儿科，是无心插柳柳成荫。他追求的是内心世界里真实的东西，要用文字触摸沙苑人当下现实的生存状态和挣扎在痛苦中的灵魂，他已厌烦了新闻稿件中那些歌功颂德、蓄意拔高的东西，写那些东西完全不是发自他内心意愿的。他也写了一些反映农村生活和农民新的精神面貌的小小说、散文、诗歌，有几篇也在省农民报、市委党报上发表了，可那些东西在他眼里只能算作是文学路上的奠基石，是起步前的练笔，他的目标是在省级和国家级文学期刊上发表中短篇小说，如果自己的水平达到一定程度，最好能出版或者发表几个长篇小说。他虽然身处黄沙窝窝里，但他的目光已经瞄向了全国文坛的高地。为了提高自己的文学创作水平，他近来经常阅读文化站订阅的《群众文艺》《故事会》刊物，还自费订阅了《人民文学》《小说选刊》《延河》等文学杂志，一有空就把自己关在办公室里埋头苦读，一边阅读，一边记文学笔记。

一九九〇年的六月，县纪检委和县文化局准备在国庆节前联合举办一台反腐倡廉文艺晚会，开始向全县征集这方面的作品，各乡镇文化站至少必须上报一个作品，小品、相声、快板、小戏、诗歌、歌曲等体裁都行。接到这个通知后，宝根先是跟三大看了一下文件，三大提示他最好在小品和小戏上考虑创作，这两种形式在舞台上最能反映现实生活，群众也最爱看。文件送到书记那里后，书记在上面直接批示——由文化站杨宝根同志负责完成。

宝根最近手头上正好写了一个反映乡镇干部工作作风问题的短篇小说，准备给《延河》杂志投稿。小说写了一个乡长用县上划拨下来的救济款清了在饭店公款吃喝的欠账。而一个在洛河涨水后家里受到水灾的老大娘却为孙子上学的学费发愁，只好到镇上找镇长要救济款，在饭店被镇长赶了出来。给镇长开车的司机看到这一情景后，司机从自己微薄的工资里给了老大娘一笔救济款。老大娘对着镇长司机下跪磕头，说着谢天谢地的话，让镇长脸上发烧，无地自容。可是，他对自己这篇小说还是没有足够的把握，三大的提醒让他茅塞顿开，何不把这篇小说改为一个小戏剧本呢？主题正吻合，故事情节真实生动，人物都很典型，改好了，一定会是一个优秀剧本。他兴奋过后，就开始着手写起了剧本，用了三个晚上，一个名为《饭店风波》的小戏终于写成了，唱词也写得韵味十足，情感饱满。看着自己辛辛苦苦写成的剧本，他有了一种意想不到的收获。

《饭店风波》交到晚会组委会后，立刻得到了晚会导演的青睐，连夸这个本子写得好。在对个别唱词和情节做了细微改动后，导演就开始找县剧团排练起来。导演对宝根说：“你这个小戏肯定会在晚会上火一把的，小伙子，好好写吧，将来一定会有出息的！”

《饭店风波》果然在全县反腐倡廉文艺晚会上一炮走红，成为整个晚会的高潮和看点。晚会的录像后来反复在县电视台和市电视台上播放了几次，感动了无数观众，观众反响都特别好。国庆节前，市委党报还专门刊登了一篇宝根创作《饭店风波》的新闻报道，让杨宝根一时间成了全县乃是全市的知名人物。

国庆节过后，宝根突然收到一封来信。他捧起信封，仔细一看，信是从县城城关初级中学寄来的，觉得信封上的字迹好熟悉。他迫不及待地拆开信封，关上门细细读了起来——

宝根：

　　你好！

　　还记得我吗？你可能早就把我忘了。高考结束后，我曾给你写过一封信，我等了几年也没有等到你的回信。我心里很难受，知道你已经把我忘记了。

　　我怎么也没有想到你竟然没有考上大学，这是我后来从别的同学那里打听到的，也知道你的家庭经济状况不太好，你也没有补习。我真的很替你惋惜，如果你再补习一年，我相信你一定能考上一所很好的大学。不过，我也很佩服你的精神，你虽然落榜了，但你没有落志，你靠自己的努力为自己打开了一条新的出路。我是最近看了全县反腐倡廉文艺晚会后，才知道你已经在沙苑镇文化站工作，虽然是一名临时的社办干部，但是你很有才华，你写的小戏《饭店风波》让很多人看了都很感动，我看完后，也流泪了。看着你站在舞台上领奖，我真替你感到高兴！我真想对你说，是金子总会发光的，好样的，老同学！

宝根，还记得我们那个雪夜里手牵手、肩并肩在校园操场和野外的田地里散步的情景吗？那时我说过，我爱你。我现在还要说，我爱你！

我从新疆师范学院毕业后就被分配到当地一所市级中学教书，在那里我度过了自己两年的教师生涯。在这远离家乡、人生地不熟的地方，我内心感到很孤独，我想家乡，想我的亲人，更想你啊！因为我的家在陕西，我的亲人在陕西，我心中的爱在陕西，所以，我就想办法托人往回调动。几经努力，我终于成功了，今年七月份就从新疆调回到县城城关初级中学教学，代初一（一）班的语文兼班主任。

离家近了，离亲人和同学们近了，离你也近了，我心里好高兴啊！宝根，我真的很想你，希望我们能继续我们之间的那段感情，好吗？有机会进城开会或出公差的话，记得来我学校找我。

好了，就写到这里，以后再叙。祝贺你的文艺创作获得巨大成功！

宋洁云

一九九〇年十月十二日

宝根看完后，把信纸折叠起来放进了信封。读着宋洁云热情洋溢的来信，宝根内心却怎么也激动不起来。宋洁云说得对，他早已经把她忘了，他真的都不想回首那段往事，那段感情，那段难忘的日子。他的心已经凉了，过去的那段情感已经远离他的心里了，他已经想不出她长的什么模样了。毕业八年了，这八年来自己尝遍了在农村的酸甜苦辣，烈日下的劳作，寒风里的孤独，深夜时的写作，忙碌中的疲惫，都是人生中一段苦难的经历。这八年期间，父亲为自己一气之下身赴黄泉，母亲为自己整天牵心操劳，要不是三大在他宝根最困难的时候伸手拉他一把，他说不定还在痛苦的泥潭中挣扎。宝根心中的苦闷是说不完道不尽的。可是，他又能怨谁呢？怨宋洁云吗？不能，人家没有为他前行的道路上设置障碍，自己考不上大学，关人家什么事？怨自己？是的，一切的苦果都是自己种的，最终都还要自己吞咽下去。

这就叫自食其果！宝根能有今天，除了三大牵线引路、搭桥外，一切都是靠自己努力得来的，他为自己这八年来的奋斗而庆幸，为自己跌倒了能爬起来而叫好！

他在心里问自己：还爱她吗？其实他也说不清楚。爱吧，可他心里早已把那段情淡忘了，内心那股燃烧的激情已经平息了。不爱吧，可是看到她的信，还是激起了他对那段情感美好的回忆，让他心中感受到了一份温暖。今年，自己已经二十五岁了，在农村同龄人早已经是孩子的爸爸了，可是他还是迟迟难以定下自己的终身大事。虽然母亲再三催着他，二姨和二姐也给他介绍了几个对象，可他怎么也看不上眼，一点儿也没有感觉。他不得不相信，宋洁云仍占据着他的心，虽然她是悄无声息地隐藏在他的心里。他也不得不相信，他看到她那句"我现在还要说，我爱你"，心里还是激动了一下，仿佛一下子又回到了九年前的那个飘着雪花的夜晚，回到了田地头小房间里两个人热情拥抱亲吻的时刻。爱情啊，你真是个魔法师，想你的时候你却不在，不想你的时候你却突然降临在我面前，让我一时不知该怎么办。

最终，爱情的冲动还是驱使着宝根专程去县城与宋洁云见了一面。然而，这一面不是让他俩的爱情之火燃烧更旺，而是被一盆冷水一下子直接浇灭了。

那天，宝根向站长请了假，骑着自行车专程去县城找宋洁云。前一天晚上，他竟然激动得一夜没有睡好，躺在床上翻来覆去睡不着，头脑里想象着见到宋洁云的情景。八年了，她变样了吗？还是那样青春洋溢吗？还是那样激情四射吗？他得换一件像样的衣服，可别穿得土里土气的。他见了她，该和她说什么呢？直接谈爱情，还是旁敲侧击？或是不说爱情，只谈八年来的学习、工作和感受？他想象了无数种情况，都被一一否定了。最后，他决定还是按兵不动，等着她挑起话头儿吧！

那一天是星期六，下午学校一般就放假了，宋洁云也没有课，她可以到学校外面转转。宝根吃过早饭，就从家里出发，十点多来到县城，在街上转悠到十一点多，来到城关初级中学的时候，正好赶上学生放学。他推着自行车走进学校，按照教师办公室的门牌上的姓名找到宋洁云的办公室。他在宋洁云的办公室门前徘徊了半天，终于鼓足勇气敲响了门。门打开一条缝，露出一张十四五岁的女学生红扑扑的脸，里面传来几个女孩子叽叽喳喳的说话声。宝根只好在外面等着，等里面的女学生一个一个出来之后，宋洁云才拉开门走了出来，与站在门口的宝根碰了个面。宋洁云先是一惊，然后马上满脸春风地说："宝根，是你呀？咋不早说声，快进来吧！"

"你还挺忙的啊，学生都放学了，还不回家？"宝根说。

"学校下周要举办作文竞赛，我刚才给几个参赛女学生专门辅导了一下。你从镇上来？开会还是公事？"

"公事，已经办完了，顺便来见见老同学。"

"你还没吃午饭吧？走，跟我一起回家吃午饭吧，我妈今天给我包的羊肉饺子，可好吃了。"宋洁云一边迅速收拾着桌子上的课本、作业本，一边说，"我妈可能会算卦，算出你今天要来，专门包了羊肉馅饺子，你可要多吃点儿，给我撑个面子啊！"

宝根笑了一下，有点为难地推辞道："我们农村人平时吃两顿饭，我现在还不饿，要不你自己回去吃吧，我就不去了。"

"你客气啥呀，好些年不见了，我们该好好叙叙，你大老远来了，我能让你空着肚子回去？再说了，我爸今天刚好加班办案子不回家，我弟弟住校，明天才回家，就剩我和我妈，做了那么多饺子吃不完，正好请你帮忙消灭掉。走吧，别再假客气了！"宋洁云从床上拿起一件银灰色外套穿在身上，推出一辆崭新的凤凰牌自行车，然后拉上门，两人就骑着自行车出了校门。

宋洁云的家在一条小胡同里，是一座有些年头的老房子。宋洁云骑在前面领路，两人进了一个低矮的老式门楼，把自行车停在院子里。院子靠墙处有一个三米来长，一米来宽的花池，里面栽了几株月季和菊花，还有两棵一人多高的球状的冬青，粉红色的月季、黄色的菊花、苍翠的冬青树给院子里带来一派生机。进了一间带有客厅的老式屋子，宝根看见宋洁云的妈妈正把篦子上包好的饺子往蜂窝煤炉子上的铝锅下。铝锅里冒出的白色的蒸气直向屋顶冲去，屋子里顿时云雾缭绕，如同仙境。

宋洁云一进门就给妈妈介绍说："妈，这是我高中时的同学，叫杨宝根，现在沙苑镇政府工作，他的文章写得可好了，前几天他编的一个小戏在县上的文艺晚会上演出了，观众看了都很感动。"

宋洁云的妈妈用余光瞥了宝根一眼，嘴里"哼"了一下，表示她听见了。宋洁云见妈妈一副不在乎的样子，她有点儿不高兴了，噘着嘴巴，说："妈，我和杨同学可是八年都没见面了，我好不容易把人家请到咱家，你看你，一副满不在乎的样子，让人家还以为你不欢迎人家似的。"

宋洁云的妈妈这才抬起头，仔细打量了一下宝根，笑着说："你看我，只顾忙着下饺子，也没顾得上招呼你，小伙子请坐吧，饺子马上就好，一会儿一块吃吧。"

宝根刚才还有点备受冷落的感觉，听宋洁云的妈妈这么一说，马上有点受宠若惊了，他笑着点了点头，说："婶子，你忙吧，不用招呼我。"

"到底是农村人，称呼人都土里土气的，叫阿姨，叫婶子可把我叫老了，城里人听不惯的。"宋洁云的妈妈依然笑着说，可是让宝根感觉那笑容有点僵硬，像是挤牙膏挤出来的一样。

宝根的脸"唰"的一下红了，他听着宋洁云妈妈的话有点儿不顺耳。她把城里人和乡下人分得很清，让宝根立马觉得自己矮人三分，跟她说话，也要昂起头才行。

宋洁云也嫌妈妈说的话不好听，训斥道："妈，哪有你这样说话的，乡下人咋了？人家叫婶子也是习惯，你得尊重人家才是啊！"

宋洁云的妈妈不高兴了，说："去去去，臭丫头，还学会教训起你妈来，你以为我不知道你心里打的什么主意？"说着，揭开锅盖，拿起饭勺，给两人分别盛了一碗饺子，放在靠墙的一张八仙桌上，继续说道，"小伙子，阿姨做的饭口味不好，可别嫌弃啊！对了，小伙子，你上的是什么大学？咋就分到了乡镇去了呢？我们家小云可是在城里长大的，对乡里那地方可是待不惯的。"

宝根低下了头，"嘿嘿"笑了一下，说："我没考上大学，现在还是临时在镇上干。我家就在沙苑那地方，我们那地方虽说比不上城里好，可土特产多，沙地里的水甜，长出来的花生、西瓜、洋芋、红萝卜可是全县有名气的！"

"哦，我明白了，就是说你现在还是农民身份，在镇上干临时工？"宋洁云的妈妈既像是对宝根说，又像是自言自语。

宝根低下头，低声说："是。"

吃完饭，宋洁云的妈妈把宋洁云叫到外面院子里悄悄说着什么，留下宝根一人在屋子里。宝根起初一点儿胃口也没有，可是人家给自己把饺子端在了眼前，总不能一口也不吃吧？他硬是把一碗饺子连汤一块儿吃净喝完，觉得自己应该走了。他感到屋子里有点儿憋气，就来到外面喘口气。宋洁云的妈妈还在给女儿叮咛着什么，宋洁云却不想听。她看到宝根出来了，就走上前问："宝根，你吃饱了没有？不够再来一碗？我妈就是那样的人，说话不给人留面子，你可别往心里去啊！"

宝根笑了一下，说："没什么，阿姨做的饺子很好吃，我已经吃饱了。洁云，镇上最近很忙，我这就得赶回去，以后再见吧！"说着，推起自行车就要走，宋洁云拦着，要让宝根再坐一会儿，宋洁云的妈妈有点不耐烦了，说："洁云，你不知道乡政府的事情多啊？误了人家的事咋办？"然后冲着走到大门口的宝根喊了一句："小伙子，阿姨就不送了，你慢点走啊！"

宝根走出宋洁云的家时，才长长出了一口气。

这一年年底时，有两件天大的好事掉在了金祥和宝根的头上，叔侄俩做梦都没有想到会好事成双，双喜临门。

宝根的好运气先来到。刚进入十一月，县人劳局就下发了一个通知，全县将招录一批乡镇合同制干部，条件是高中毕业，三十周岁以下，在乡镇连续干过三年临时工作的，分别是计生、文化、财税、农技口的。十一月中旬前报名，十二月上旬统一考试，年底前招录到位。宝根的各项条件都符合，最后宝根以全县第一名的考试成绩顺利被招录为合同制干部，享受国家干部的一切待遇。其实，说是合同制干部，考上了，跟正式国家干部是一样的，成了名正言顺的体制内的公家人员。

金祥的喜讯则来得有点儿突然，事先他一点儿也没有预兆。县委组织部年底检查乡镇党建工作时，突然召开了全镇机关干部和各村支部书记、村委会主任会议，会上对一名正科级和两名副科级后备干部进行民主测评。让每个人对测评表上的三名干部进行测评，实质上就是给这三名干部投赞成票。元旦刚过，县委组织部就下发了关于部分乡镇干部人事任免的通知，其中杨金祥被组织任命为石桥乡党委副书记，代乡长。春节过后，经过各乡镇人代会选举，代乡长、代镇长都名正言顺成了乡长和镇长，开始掌控起一个乡镇的财政大权。

阳春三月，宝根迎着早晨煦暖的阳光，骑着自行车来到县文化馆参加一九九一年全县文化工作总结表彰大会。他的心情就像这三月的春光一样靓丽而明媚，他不仅成了正式乡镇干部，还被评为上年度全县文化工作先进个人，镇文化站也被评为先进文化站。老站长年前就退休了，文化站就只有他一个人了，这个文化站长的位置也是给他留着的。当他胸前戴着大红花，站在主席台上，从分管文化的副县长手里接过奖牌和证书时，心里就像春天里怒放的花朵一样灿烂。

会议结束后，宝根在县城黄河宾馆的餐厅里与各乡镇文化站同行、县文化馆领导干部喝碰杯酒时，受到分管副县长和文化局长的重点照顾，领导拍着他的肩膀说："好好干，年轻人，大有前途，干得好的话就把你调上来，争取给咱们县的文化事业做出更大成绩。"宝根心里充满了激情与干劲，他把领导的希望和吩咐暗暗藏在心底，决心在新的一年里争取干出一番惊天动地的事业来。

走出黄河宾馆，宝根在街上意外地碰到了刚放学的宋洁云。他正想把自己转正和受到县上表彰的喜讯告诉她，却发现她身边多了一位西装革履、白白净净的男青年。男青年一手提着几件女式新时装，一手提着一包床上四件套，从旁边的百货商店里走出来，说："云，我给你把这两件时装都买了。"

宋洁云看到宝根自行车后面夹着一面奖牌，前面的篮子里放着获奖证书，再看看宝根红光满面的样子，高兴地说："宝根，祝贺你当上先进了！"这时，旁边那位戴着眼镜的小白脸男青年礼貌地对宝根点点头，说："云，这位是你的同学吧，咱结婚时正好请你这位同学来吧！"

宋洁云脸上掠过一丝尴尬，有点儿不好意思地说："宝根，对不起，我还是扭不过我妈。哦，忘了给你介绍，他就是我的未婚夫，在百货公司工作。这个月十六号我们结婚，到时候你一定来啊！"

宝根笑着点点头，说："一定，一定！"

第四十一章

从丈母娘家回来后，战锁的心跌到了冰点。想起那个站在秋菊旁边的男人，他浑身的血液就直往头顶上冒。妈知道秋菊还没有回来，整天唉声叹气的，有时搂着小孙子一个人默默流泪，头发全苍白了。舅舅有时候过来看妈，妈就会哭着给舅舅说起他和秋菊的事。舅舅也是摇摇头，对秋菊和秋菊她妈毫无办法。想起爹前几年过早地因病去世，家中现在上有老，下有小，什么事都得靠他一人顶着，战锁有点儿撑不住了。没有媳妇的家算什么家？没有人洗衣做饭，没有人整理家里，更可怜的是儿子贝贝，经常半夜哭着要妈妈，这么小的娃娃就离开妈妈的照顾和关爱，幼小的心灵一定会受到深深的伤害。战锁清楚，这一切都是秋菊的妈妈造成的，不让秋菊回来的是她，阻挡他们夫妻破镜重圆的也是她，给秋菊出主意，让秋菊另攀高枝的还是她，他恨透了这个可恶的丈母娘。

战锁看不到一丝希望，知道自己已经扭转不回来秋菊回家的念头，他想到了放弃，强扭的瓜不甜，硬把两个合不来的人绑在一起，最终也会挣脱开来的。也许离了婚就解脱了，他就可以开始过新的生活了，秋菊也可以自由地按照她妈给她设计的新路子追求她的幸福了。可是，唯一不能解脱痛苦的是儿子贝贝，他是没有过错的，凭什么要吞食他俩造成的苦果？婚姻到了这一步，已经不单单是两个大人的事了，谁也没有理由伤害和抛弃孩子。那么，他该怎么办？下一步的路该怎么走呢？战锁陷入了深深的痛苦和迷茫之中。

天色渐渐暗了下来，战锁不得不又面临一个人孤枕难眠的夜晚。冬天的夜晚寒冷而漫长，如同一个黑暗、潮湿、阴冷、蜿蜒、绵长的地下黑洞，让战锁看不到一丝阳光。贝贝在奶奶的怀里睡着了，一只小手还搂着奶奶的脖子不放。战锁心里憋得慌，一个人走出家门，披着傍晚的暮霭转到了村子里的街道上。街道上几家商店开着门，等着顾客，一家食堂里传来有人猜拳的吆喝声，一家理发店里播放着潘美辰的《我想有个家》，歌声深沉、凄美。旁边的铁匠铺还没收摊，里面有几个老汉在喝着热茶聊天。街上新开的一家门店外面亮着一闪一闪的霓虹灯，门口有一群年轻人在围着一个台球桌子打台球。战锁觉得自己是一个游荡在街道上的多余的人，人家各有各的事，各有各的乐趣，没有人会关注自己。

无聊的他回家路过那个食堂时，正好碰上村里和他一起当兵的战友杨建设。杨建设一手提着一瓶西安特曲，一手拿着两盒金丝猴香烟，看到战锁一个人在食堂边转，说："战锁，你在这里转悠啥呀？走，进去喝几杯，里面都是咱们一伙的。"战锁心里正郁闷，老战友这样一说，就随着他进了食堂。

建设把战锁安顿在酒桌上，给他要了一套餐具，倒了满满一杯酒，三个人都举起酒杯对战锁说："老连长，干！"

战锁自从卸任民兵连长后，好久都没有痛痛快快喝酒了。今天晚上遇到这三个哥们，他的喝酒欲望就像火苗一样窜了上来，说了声："干就干！"一昂头，一杯辣酒就下肚了。

接连几杯酒下肚后，战锁借着酒把心中压抑了很久的郁闷和烦恼都一股脑地倾倒了出来。他越说越激动，越激动越猛喝酒。建设在一旁也替他愤愤不平起来："那老娘们就不是个东西，盼着她女儿和你离婚，再嫁给那个花心主任。我说老连长，你也太没血性了，不给那娘们两个点厉害，她们还以为你是软蛋。把你在部队训练的那副狠劲儿拿出来，吓唬吓唬她们娘俩，就不信她们不怕你来硬的！"

另一个哥们也顺着建设的话烧起火来，说："战锁，你那个丈母娘就不是个好东西，这不是故意看你的笑话吗？建设说得对，明天你就带上家伙到她家里闹去，她们娘们也是欺软怕硬的。"

几个人唠唠叨叨说了一大通，一瓶白酒一会儿工夫就喝得精光。建设还要去买酒去，被战锁挡住了，他显然已经喝多了。几个人不喝酒了，建设就提议到他家里打麻将去。战锁前几年当民兵连长的时候就学会了打麻将，还经常陪村上干部、镇上下来包村的干部玩过，只因手气不好，输多赢少，后来结了婚，有了孩子，就不太玩了。他出来身上也没有装钱，家里的存折也被丈母娘拿走了，整天日子过得紧巴巴的，有时想给贝贝买点好吃的和学习用品，也要向舅舅借钱。他想推托，被建设一眼看穿了。建设拍了拍他的肩膀，说："老连长，别怕，你要是没带钱，我有，要多少给你多少，赢了是你的，输了是我的。咱们就要要去。"战锁其实也不想回家去，和几个伙计在一起让他感到很快乐，就痛痛快快地答应说："走就走，玩个通宵也行！"

　　这一个晚上，战锁手气还不错，牌技也发挥得好，一个通宵竟然赢了三十多块钱，这对他来说，可是一笔不小的额外收入。他把十块钱的本钱还给了建设，答应明天请三个牌友好好喝一顿，三个输了钱的有点儿不服，约他明晚再战一场，他爽快地答应了。

　　第二天，四个人在街上食堂里要了四个菜，从下午四点一直喝到晚上七点，足足喝了三瓶西安特曲，最后一人吃了一碗面条，又来到建设家里打牌。这一晚上，战锁手气有点背，被上家盯得很死，一晚上只和了两把，结果口袋里剩余的二十多块钱还有自己从家里拿的十块钱都输光了。他有点儿晦气，杀红了眼似的下了挑战书：明晚再战！可是，一连三个晚上，他都是只输不赢，虽然输得不像第二天晚上那样惨，但三个晚上也输了三十多块，几乎把家里剩余的一点儿零花钱全输光了。输了钱的战锁性情有点儿暴躁起来，第五天下午和三个牌友加哥们又是在食堂里喝得天昏地暗的，他没有再跟着他们三人去打牌，而是在天黑之前溜回家，也不管老妈和儿子一天有没有吃热饭，就从厨房里拿起一把菜刀，骑着自行车，晕晕乎乎地来到秋菊的娘家。

　　秋菊娘家的大门照样从里面关闭着，漆黑的两扇大门像一堵墙一样横在战锁面前，挡住了他进去见秋菊的路。战锁只觉得眼前冒着无数颗金星，他伸出宽大的手掌，把两扇大门拍得"啪啪"直响，一边拍打着大门，一边大声吼着："赵秋菊，你给老子出来！刘西霞，你这老不死的出来！"

　　这时，巷子里有人过来在一边看热闹，但都离得远远的，他们知道战锁肯定是喝多了，在发酒疯。

　　半晌，门缝里才透出一丝亮光，接着就听到一阵脚步声。门开了，灯光下出现的是秋菊她爸爸背光的身影。战锁有点儿傻眼了，他虽然脑子里被酒精浇灌得晕晕乎乎，但是面对老丈人，他还是有点儿镇静下来。他知道，这些年老丈人经常在外面做木匠活，几乎不怎么在家，只知道豁出自己的老命给家里挣钱，挣的钱又原封不动地交了丈母娘。他还知道，老丈人是个不管家事的男人，家里什么事都由着丈母娘，是个地地道道的"妻管严"，丈母娘说的话在家里就是圣旨，他一般连半句反对的话都不敢说。老丈人是对战锁有恩的人，他们结婚时秋菊带来的一对箱子、梳妆台、高低柜等嫁妆，还有结婚后做的床柜都是他亲手做的，面对眼前这位瘦小、苍老的老头，战锁憋在心头的火气有点降温了，他问了声："爸，秋菊在家不？"

老丈人看到战锁脚下站立不稳的样子，闻到战锁嘴里喷出的一股酒精气味，有点惧怕地往后退了半步，说："战锁，你咋喝成这样子了？这么些日子了，你也不来接秋菊回去？快进来！"说着，转过身去，领着战锁进了小屋。

战锁摇摇晃晃走进小屋子，看见秋菊坐在炕上纳鞋底，一看就是给儿子贝贝纳的，那么小巧精致。他一看到秋菊就有了家的温暖，站在小屋门口，身子还在摇晃着，脸上通红通红的，眼里布满了血丝，嘴里含含糊糊地说："秋菊，跟，跟我回，回去！"

秋菊抬起头，看了他一眼，低下头，停下手中的活，突然低声哭泣起来。

战锁看到了一点儿希望，走上前就要拉秋菊下来。这时，西霞端着一碗冒着热气的鸡蛋面糊进了小屋，看到战锁东倒西歪地拉秋菊下来，又闻到一股浓浓的酒气，脸色突然阴沉下来，厉声说道："你拉秋菊干啥？给我出去！要耍酒疯，到外边耍去！"

战锁转过身来，指着西霞说："只要我们不，不离婚，秋菊还，还是我媳妇，我凭啥不，不能叫她回，回去？我和秋菊成，成了这样，都是你，你害的！"

秋菊见妈进来了，甩开战锁的手，不理他。西霞从门背后拿起笤帚，就要朝战锁身上抡。战锁这时也瞪起了眼睛，一把夺过西霞抡过来的笤帚，猛地从腰间抽出一把闪着寒光的菜刀，高高举起在头顶，狠狠地对西霞说："你再打我一下，看我不要了你的老命！"

西霞吓得叫了起来，看着战锁手里的菜刀，浑身颤抖起来。

"战锁，你这是干啥？给我快放下菜刀！"老丈人听见西霞的尖叫声，赶紧走进小屋，他一进门就被眼前的一幕吓了一跳，声音颤抖着对战锁喊道。

战锁举着菜刀的手随声放了下来，把手里的笤帚往一边一扔，又要过去拉秋菊，秋菊吓得直往里面躲。西霞这才缓过神来，冷冷地说："你今晚就是杀了我，我也不会叫秋菊跟你回去的。"老丈人一看事情闹到这个地步了，只好缓和了一下口气，对战锁说："战锁，你先回去，我再好好劝劝秋菊和她妈，好吧？"老丈人最后一句话几乎是在央求。

战锁被老丈人的话说得心软了，他把菜刀狠狠地往炕沿上一砍，炕沿板就被砍出一条深深的疤痕，然后瞪了西霞一眼，疯了似的走出了小屋。

战锁刚走出门，秋菊的爸爸就脸色苍白，一手捂着心脏，摇摇晃晃了几下，倒在了地上。

两天之后的一大早，西霞打开家里的大门，发现家门口靠墙放了一个花圈，花圈一侧的白纸条上写着"沉痛哀悼岳母大人"，另一侧白纸条上写着"女婿杨战锁敬挽"。这时西霞看到门口已经有一些人在远远看她。她一把扯掉花圈上的白纸条，一边骂着，一边把花圈撕了个粉碎，说："杨战锁，你这样咒我，倒不是你妈死了！"

这一年立冬前，沙苑镇计生办主任在镇上举办了隆重的婚礼，不过新娘子不是秋菊，而是镇政府计生办一位年轻美貌的女大学生。

这一年立冬后的一天，西霞突然发现秋菊失踪了。她跑到战锁家找，没找到秋菊，却看到战锁披头散发、胡子拉碴睡在脏兮兮的沙发上，战锁的老妈躺在炕上病恹恹地呻吟着，外孙子贝贝奄奄一息睡在床上，瘦得皮包骨头。西霞发疯似的满世界找她的秋菊，可是找了一个冬季，也不见秋菊的影子……

秋菊的爸爸在儿子智明转业回家前的半个月就死了。谁也不知道一个好端端的老头咋就突然死了，只有西霞心里清楚，她的男人是被气死的，也是想女儿秋菊想死的。

智明是十二月中旬提前半个月从部队退伍回到家的。接到爸爸去世的噩耗后，他就当天买了火车票，带着媳妇和女儿从遥远的新疆火速往回赶。一到家，他就在爸爸的灵柩前长跪不起，哭了半天，才渐渐恢复内心的平静。

春节过后，智明被安置在县棉纺厂。洛河以北是全县的棉花生产基地，随着家庭联产承包责任制的全面推行，农民种植棉花的面积越来越大，棉花及棉织品成了市场上的畅销产品。这个棉纺厂就是四年前由县供销联社办起来的，由私人承包。厂子刚办起来的时候效益还不错，安置了大量的退伍军人，也招录了三批纺织女工，那时候棉纺厂可是县办企业中最红火的厂子。可是，进入九十年代之后，市场上的棉纺织品却突然滞销，厂子的效益一下子急转直下，不得不减产和部分停产，一些刚招进来的年轻女员工还没上几天班就被退了回去。智明就是在这个时候被县安置办安置在棉纺厂的，厂里给智明定的工资只有一百多块钱。这一百多块钱的工资要在县城生活都成问题，还不算自己租房，每天三顿饭的伙食费，算下来一个月几乎剩不了多少钱。这是智明和西霞怎么也没想到的。

秋菊的事还没到头，智明的事又来了。西霞知道，一个大男人家一个月只挣这一百来块钱，要在县城里养活老婆孩子肯定很难的。眼下，秋菊也不知下落，是死是活也不清楚。有人说，秋菊一个人远走他乡，有的说秋菊去了南方打工去了，也有的说秋菊可能去了新疆找飞霞和新军去了。可是，西霞打电话问过了飞霞，飞霞说没有见秋菊来过。她的秋菊就这样悄无声息地失踪了，从她的眼皮子底下突然间蒸发了，她一想起她苦命的秋菊，心里就流泪。如今，智明的日子又是这般光景，让她心里也放不下。智明的媳妇翠萍前些年结了婚，跟着智明去了部队，在部队附近一所小学临时教书，回来后还没找到工作，只能回到家里种庄稼。女儿娜娜今年也上小学了，由于没有城市户口，也只能回到村里上学，一家三口七零八落的，日子过得很艰难。

西霞听说大姐家的春花前几年把小卖部关了，买了一辆三轮农用车，和满仓一起开始跟会卖成衣和布鞋，生意越做越红火，才干了不到两年，就给家里盖起了两层小洋楼，还买了电视机、洗衣机、煤气灶、轻骑，转眼间成了村子里的万元户和冒尖户。西霞不得不佩服春花的本事，一个女娃娃家能把一家三个光棍从穷日子、苦日子里拉了出来，还给一个病瘫的婆婆送了终，小日子变成这样富得流油的好光景，实在不简单。她想，春花和满仓能跟会做成大生意，她家智明和媳妇咋就做不成？跟会卖东西也不是多难的事，与其让智明在那个半死不活的棉纺厂这棵大树上吊死，还不如回来学着春花跟会挣点钱，只要舍得吃苦，没有挣不到的钱。西霞决定让智明从厂子里回来做生意，她看到电视上许多大学生都下海到南方挣大钱去了，智明也应该下海挣大钱，把日子过好，活出个样子给人看，最起码不要让亲戚和巷子里人笑话。

一天清晨，西霞来到春花家里，看到春花和满仓正从以前是小卖部的那间屋子里搬出一捆又一捆的货物往三轮车上装。春花在屋里站在凳子上，从堆积如山的硬纸箱子上搬下一个一个重箱子。满仓从屋子里搬出箱子来，往三轮车上装。看到西霞来了，满仓擦着额头上的汗珠子，说："二姨，你来了。你先坐在门口的凳子上，等我把货装好，再给你倒茶喝。"

西霞说了句："满仓啊，不要管我，你先忙。"然后进到屋里，看着春花进的货物。春花装着只顾搬箱子，没有跟西霞打过招呼。西霞仔细看着堆放的硬纸箱子上的货物名称，问春花："春花，这货是从哪里进来的？"

春花看到二姨心里就不顺，也懒得理她。倒是满仓进屋搬箱子时听到二姨的问话，忙说："西安的康复路，那里是西北最大的批发市场。"

西霞觉察到春花对她冷着脸，就又问满仓："你们啥时候还去进货？"

满仓说："等这些货卖完了再进，最迟也就是半个月以后。"

春花没好气地训斥了满仓一句："干你的活，哪来那么多闲话。"

西霞知道春花是说给自己听的，她压制住心中的不快，没有和春花计较，只是在心里默默算了一下日子，说："那就到月底了吧！满仓，二姨跟你说，下回你再去西安进货时，把智明也带上行吗？我想让智明也赶集，他的那个厂子连工资都快发不出来了。"

满仓没再敢说话。春花忙完手头的活，从凳子上下来，看到二姨非但没有生她的气，还一反常态对着自己微笑，她的心有点儿软了。在这个能立起、能蹲下的女人面前，她还是服软了。春花明白了二姨突然来访的目的，就大度地说："好吧！智明要跟会也行，就是看他能不能吃苦，我们去西安进货都是半夜凌晨到县城搭长途汽车的，到时我就提前一天跟他说。"

西霞依然微笑着点了一下头，说："春花，那就说好了啊！我这回去再跟智明好好说说。"然后，又犹豫了一下，才说："春花，还有个事二姨都不好意思跟你说，你也知道二姨家里最近遭遇的那些事，秋菊跑了，她爸爸也走了，智明带着媳妇和娃又回来了，二姨的日子过得要多难有多难。二姨知道，你这几年过得很红火，钱也挣得不少。二姨现在有了难处，只好来求你了。二姨以前有啥对不住你的地方，你也不要太计较了。说到底，你也是二姨的亲侄女，总比巷子里人心近多了，对吧？春花啊，二姨也不瞒你说，智明想跟你学着做生意也没有多少本钱，你看，你能不能借给智明一点儿钱做本钱，等他以后挣了钱我让他连本带息还你，行不行？"

春花知道二姨来家里不会白来，她今天一来就摆出低姿态，露着笑脸，原来是有事求上门来，不然按照以往她的性格，肯定会摆出一副高高在上、目中无人的样子。二姨今天能这样低下头求到自家门上，而且二姨毕竟是长辈，是亲戚，她春花就是再铁石心肠，也不该再追究以前的事，就是看在妈的面子上也应该帮她一把。春花经过一番短暂的思索，大度地说："好吧，二姨，你能来我家给我说这事，我还有啥不帮你的？你就回去跟智明说好，本钱的事我先给他垫着，生意我也可以带着他慢慢做，只要他愿意做，我就会一帮到底的。"

西霞脸上马上笑成了一朵花，她激动地连说话的声音都打战起来："还是我春花娃通人情，二姨都不知道说啥好，你帮了二姨，二姨会记你一辈子好的！"

说完，就拧着身子走了。

在西霞的劝说下，智明在县棉纺厂上了不到三个月的班就辞职下海了。

深夜两点多，智明被一阵闹铃声惊醒，他叫醒身边的妻子翠萍，两人赶紧穿起衣服，简单地洗把脸。翠萍就把熟睡的女儿娜娜连被子抱起，送到隔壁的婆婆屋子里。西霞让翠萍带上她昨晚烙的葱花饼，翠萍拿起装着葱花饼的布袋，就跟着智明朝春花家里走去。

四月的后半夜还有点寒意，天上有几颗稀疏的星星在一闪一闪眨着眼睛。两人走上了一段穿越沙丘的公路，智明在前面打着手电筒，翠萍在后面紧跟着。一阵夜风吹来，路边的杨树叶子"哗啦啦"地响，远处沙坡上的槐树林黑压压一片，令人不寒而栗。半个时辰之后，两人来到了春花家里，春花已经坐在满仓的三轮农用车上等着他们。智明和翠萍赶紧上了车，春花催了声："赶紧开车，开快一点，不然会跟不上长途班车了。"满仓一加油门，三轮车就"嘣嘣嘣"朝着洛河渡口方向开去。

到了西安康复路批发市场，春花和智明来到一个无人的角落，春花从上衣里面的兜里掏出一千块钱给了智明，说："这一千块钱你先用着，一会儿跟着我一起进货，明天咱们一起去跟会，我咋卖，你也咋卖，不敢乱要价。"

智明和春花他们从西安进货回到家时，天色已经完全黑了。春花叫智明先把货放在她家里。明天一大早再一起坐上三轮车到外镇的集市上跟会去。智明和翠萍劳累了一天，回到家后，吃过西霞做的晚饭，倒头就睡了。

智明跟着春花第一次跟会就赚了六十多块钱，当他数着红红绿绿的钞票时，心里就像服了兴奋剂一样激动，他没有想到跟会挣钱会来得这么快，要知道，他俩一天挣的钱都顶上他在县棉纺厂上班时的半个月的工资。如果按这样的速度算下来，一个月下来就可以轻轻松松还清春花的一千元本钱，自己还能净落七八百块钱。他现在才懂了妈让他跟会的原因，要不是听妈的劝，他现在还在厂子里辛辛苦苦上班挣那一百来块钱的死工资呢。

挣到了第一桶金后，智明和翠萍跟起会来浑身都有使不完的劲。一个月之后，他俩还了春花的一千元，也摸清了市场行情。为了互不影响生意，智明和翠萍慢慢就和春花两口子分开了。他俩干脆一人骑一辆加重自行车，把货装进用条纹布做的大袋子里，再用绳子捆在自行车后座架上，带上西霞前一天晚上烙的葱花饼或者蒸的花卷馍，每天都跟着全县各个乡镇的农贸集会。生意好的时候，两人一整天都顾不上吃饭，天热时喝一点儿自己用罐头瓶带来的开水，饿了就赶紧吃几口西霞做的葱花饼或花卷馍，从来都舍不得到街上的食堂或者小吃摊上吃点热乎乎的饭菜。虽然自己苦点累点，但只要能挣到钱，俩人也心甘情愿。

看到智明两口子早出晚归、辛辛苦苦地挣钱，西霞是既心疼，又高兴，心疼的是儿子也是三十好几的人了，为了过好日子竟然像年轻小伙子一样拼着命地挣钱；高兴的是自己为儿子选择的这条路看来是选对了，只要智明两口子这样一直拼命干下去，要不了几年，她家里也会像春花家一样盖起两层小洋楼，也会买起电视机、洗衣机、煤气灶，还有更大一点的三轮车，到那时他们家也会成为赵家村有名的冒尖户、万元户。虽然这几年秋菊出了那事，该死的战锁又给她脸上抹了黑，让她在村里人面前好长时间抬不起头来，但只要她们家里有了钱，谁也不会再低眼下看他们一家人，她西霞和智明在村里也是能昂起头说大话的人了。

然而，再硬的汉子也经不起日积月累的超负荷的劳累。终于有一天，智明突然感觉到自己吃东西开始反胃，有时候吃稍微生冷一点的东西，胃里就像刀割一样疼痛。他知道这是老毛病犯了，以前在部队出车时也时常胃疼，并没有把这当一回事。他坚信自己的身体是没有问题的，在部队锻炼了这么多年，他们工程兵哪个不是经历过千辛万苦的人，哪个不是拿着自己的性命在挖山洞、修铁路，甚至参加地方抢险救灾，多少苦都吃过了，甚至多少回都从死神眼皮底下活了过来，还怕这点胃疼的小病？他想得更多的不是自己的身体有毛病，而是自己吃的东西有问题，不是有点儿发霉，就是太冷太硬，比如秋天吃上一口黄瓜，冬天吃上一口冷馍，再喝上一口凉水，胃不疼才怪哩！为了对付胃疼的毛病，智明不再喝凉水了，跟会时只带上大保温杯，要喝就喝热水或者温水。他也不吃冷馍了，开始舍得花钱在会上的小吃摊上买上两个热饼子或者一碗热稀饭。这一招还真管点用，吃了热东西、喝了温水，果然胃不疼了，谁知这样的效果没有耐住半年，胃疼的老毛病又犯了。终于有一次，他忍受不住胃里的阵阵剧疼，在翠萍好说歹说地劝说下，到县医院拍了片子，后来还不得不忍着疼痛做了胃镜检查。检查结果让智明和翠萍倒吸了一口冷气：胃癌！好在癌细胞还没有扩散，急需住院治疗。

第四十二章

一九九四年冬季，喜财终于盼到了儿子银锁从部队退伍回来安置工作的时刻。

喜财回想起银锁转志愿兵的事情，还有点儿心存侥幸。要不是当年喜财和西霞意外地找到了春草和梁斌两口子，银锁说不定三年服役期满后就早早地回到了家里，和许多当兵的一样重新当起农民，扛着锄头、镬头在地里干活。所以，他应该感谢二姐西霞，是她领着他，见到了春草和梁斌。他更应该感谢大姐东霞，要不是大姐家的春草，梁斌能给他这个素不相识的家乡人办事？从另一层意义上来说，他还应该感谢大姐家的春花，毕竟梁斌和春花有那么一段难忘的恋情，让他见到了从遥远的沙苑里来的人，有了一种亲近感，激起了梁斌深藏在内心的一种情感，驱使他主动提出为银锁的事情打电话找老领导，经过一番努力才办成了银锁的事。

然而，也正是十年前的那次新疆之行，让喜财与他要感谢的亲人之间都产生了隔阂与积怨。由于彩霞窃取了西霞包里的"机密"，后又向大姐东霞和大姐夫天祥"告密"，让他和西霞的这次隐秘行动暴露无遗，让大姐夫天祥怒气冲冲找上门来要三姐飞霞家的电话，他不敢把三姐飞霞家的电话给大姐夫，怕三姐给大姐夫说了他们在新疆找春草的事情，那样大姐夫肯定会找大姐要三女儿春草的。再说了，妈以前在世的时候确实是定下规矩了，三姐和三姐夫的电话和信件只给喜财，不给几个女儿家。

从新疆回来后，喜财心里对二姐西霞也很不满，她一个人霸占了春草和梁斌给的东西，给他留下的都是飞霞三姐给的不值钱的旧衣服和帽子鞋，感觉自己就像捡破烂的一样。他原来还想二姐可能是怕四姐彩霞看到了这些东西要分，暂时由她先保管着，到家后肯定会和他重新分那些好东西的，没想到回到家后二姐不声不哈装作没事一样，把几百块钱的一大包东西独占了。自己没有得上东西还落了一身臊气，让四姐彩霞见了他就骂他爱东西不要脸，跟着西霞偷偷摸摸干啥见不得人的事，那段日子着实让他生了一场闷气。自从那以后，二姐西霞和四姐彩霞不再到他家里来了，见了他，也不理不睬的。大姐东霞虽然见了他还问候几句，脸上却多了一丝苦恼和忧愁，让他心里也觉得愧对大姐。大姐夫直到临死前也不看他一眼，更不跟他说一句话，他也没脸再去大姐家。他怎么没有想到，为了银锁这点事，最后竟闹得自己和三个姐姐反目成仇，众叛亲离。

如今，银锁回来安置工作的事情又让喜财愁上心头。没有了几个姐姐的帮忙，他感到了孤独无助。三姐飞霞和三姐夫新军远在新疆，而且三姐夫也不当副团长了，这一回肯定帮不上他了。县上安置办他更是不认识人，就是想给人送礼，也找不到门路。他睡在炕上想来想去，最后想到了金祥。金祥现在是乡长了，这可是亲戚圈里面最有权的人了。喜财知道，如今的社会，能从一般的干部一步步爬到乡长的位子上也不简单，他肯定上面有关系，有靠山的。这样说来，银锁安置工作的事情，还只能找找金祥了。可是，自从大姐夫找过他之后，他已经好长时间没去大姐家了，他觉得有点儿愧对大姐，因为春草的事让大姐跟大姐夫闹了一通，还差点儿给大姐闹出人命事来。大姐夫的死，很大程度上与他们那次新疆之行有关，杨家人会不会把问题都归到他刘喜财身上也很难说。

想到这里，喜财有点左右为难了。但是为了自己的儿子能有个好工作，这次他厚着脸皮也要通过大姐求金祥。他知道，大姐心里还有他这个唯一的弟弟，毕竟他们是打断骨头还连着筋的亲骨肉啊！

晚上，喜财花了四块多钱从街上小卖部买了一包食品和一瓶罐头，用塑料袋提着，来到了大姐家。大姐一个人在屋子里照看着春花的儿子，小家伙已经上学了。大姐说，她家离学校近，外孙子一放学就回到外婆家吃饭，春花和满仓整天跟会，忙得没时间照顾娃娃。大姐还说，快到年底了，宝根最近也很忙，一个星期都没回家，听说他已经升为文化站站长了，包了一个偏远的村子，这几天正住在村子里催提留款。大姐还问他银锁的媳妇最近还跟爱琴闹事了没有，让他劝劝爱琴，别跟银锁媳妇一般见识，在一个院子里过日子，能忍就忍着点，不要老是对儿媳妇横挑鼻子竖挑眼的。大姐说一句，银锁就点一下头，回答一声："好的！"

等大姐问这问那问得差不多了，喜财才转移了话题，提起了银锁年前就要退伍回来的事情。他说："大姐，我这些天很头疼，就怕银锁回来分不到好工作，要是像智明那样分到一个工资都快发不出的烂厂子，以后可咋过日子呀？"

大姐说："那咱有啥办法啊？西霞那么有能耐，也没有给智明找个好工作，你还想给银锁找啥好事？依我看，就等着县上安排吧，不管分配到啥单位，只要好好干，都比当农民强多了。"

"大姐，你没听人说过吗，男怕入错行，女怕嫁错郎。你知道好单位和烂单位的差别有多大吗？就像智明那个烂厂子，一个月才一百来块钱工资，还要看能不能按时发到手，要是银锁能分到像电力局、财政局、公安局这些单位，要钱有钱，要权有权，那和智明的厂子可是天地之差啊！"喜财把他听别人说的这些话又转述给了大姐，意思很明显，那就是要给银锁找一个有钱或者有权的好一点儿的工作。

东霞却摇着头说："咱就是一个平平常常的庄稼户人家，咋能跟人家比呀？你说的那些好单位不是咱一般人家的娃娃能进去的，能进去的哪个不是有头有脸、有权有势人家的娃娃？咱姊妹几个里面也没有拿权的，谁给你跑那事？"

喜财赶紧接过大姐的话茬，说："大姐，你说的也对。我今晚上来，就是想让你给你家里的金祥说说，他现在已经当上乡长了，我想他肯定在县上有门路，说不定找他还真能给银锁把事情办成。你把话给他说清楚，只要事成了，花多少钱都行。"

"你是说金祥能办这事？"东霞问。

"听说咱们镇上以前的田书记现在到县上当了组织部长，金祥跟他关系很好，就凭这一层关系，只要金祥给那组织部长说一声，银锁的事不就成了？"

"要真是这样的话，我明天见了金祥，就给他说说，看他咋样说？要是他应承下来，你再自个儿拿着礼物寻他去。"东霞最终还是答应了喜财。

喜财走后，东霞就在家里坐不住了，银锁的事纳在她心里让她睡不着。她坐起来一看钟表，才八点多，时间也不是很晚。她给睡在一边的小杨宇盖好了被子，自己就轻手轻脚地下了热炕，穿上春花才给她买的羽绒大衣，拿着手电筒，朝金祥家走去。

金祥家的大门虚掩着，东霞推开一扇高大厚重的大门，进去后又随手把门闭上。她看到金祥的小屋里还亮着灯光，里面传来电视机里男人和女人的说话声。她又推开小屋的门，一看金祥没在家，玉玲一个人坐在席梦思床上看电视，电视里正播放着电视连续剧《一代女皇武则天》。玉玲正看得津津有味，看到大姐东霞进来了，准备下床，东霞赶紧过去挡住她，说："玉玲，你不要下来，小心着凉了。"待玉玲重新坐好后才问，"金祥还没回来？"

玉玲让东霞坐在床头柜旁边的沙发上，把床头的一碟炒瓜子递到她跟前，说："年底了，乡上忙得要死，今天才星期五，他肯定回不来。要回来，也得明天晚上。大姐最近忙啥啊，也难得见你来我家？"

东霞没有吃玉玲放在眼前的瓜子，她平时可没有嗑瓜子的闲时间，这些年她都忙着照看春花的娃娃，有时候宝根还回来吃饭，她既要忙着照看小的，又要忙着随时准备给宝根做饭，有空闲时间了，还经常给巷子里过红白喜事的人家帮忙，其实也是个闲不住的人。看到玉玲这样清闲的样子，她很羡慕，说："我哪有你这样的闲时间呀，这几年都要给春花看娃，过几年宝根再有个娃，还是闲不住的。你如今是官娘子，要啥有啥，啥心也不用操，就剩下享清福了。"

玉玲"咯咯咯"笑了，笑声清脆响亮。她用遥控器把电视机声音调小了一点儿，然后问东霞："大姐，找金祥有啥事吧？"

东霞停顿了一下，才说："是这样的。我娘家兄弟喜财的娃今年就要从部队回来了，喜财想找人给娃分配一个好一点的工作，就想到了金祥。他刚从我家里走，让我过来找找金祥，看金祥在县上有啥门路，帮他娃安排个好工作。玉玲，说句心里话，大姐也就这一个兄弟，要不是自家人，大姐都不会开这个口的。"

玉玲想了想，脸色有点阴沉，说："大姐，不是我说你那个弟弟，要不是他和你那个二妹子，我大哥都不会走得那么快。谁不知道，我大哥硬是让他俩气死的。你不提你那个兄弟我还不生气，我大哥为宝根的事情想去新疆找你那个三妹子帮忙，你兄弟连个电话和地址都不敢给我大哥。"

东霞任玉玲发泄了一通怨气，一句话也没说。她听出了玉玲话里面的味道了，明显就是不愿意帮喜财这个忙。玉玲不给她这个面子，她也没办法，就说："要是金祥为难的话就算了，我让他再想其他法子。"说着，就站起身要走。玉玲忙挡住，说："大姐你咋这样啊？我也就是说说罢了，我大哥就那样被他气死了，我心里能不生气？大姐，我也知道，你是轻易不开口求人的。你今晚能来我家找金祥，我和金祥说啥也要看在大姐的面子上答应这件事，说句不好听的话，要是你那个兄弟来找金祥，连门儿都没有！"

"那我就替我兄弟先谢谢你和金祥了。"东霞感激地说。

"这样吧，大姐，等金祥明晚上回来，我就给他说这事，让他找找县委组织部的田部长，事情肯定好办！大姐，我还要说你一句了，你为宝根的事都没有这样吃劲地跑过，也不知你是咋想的？"

东霞说："宝根的事也多亏了金祥提携，如今宝根能在镇上当上文化站站长，也不是托了金祥的福嘛！那就这样吧，事情办成了，我让我兄弟和他娃娃一起来谢谢你和金祥。"

春节过后，银锁就被安置到了县电力局，当了一名小车司机。事情办成后，喜财提了两条红塔山香烟、两瓶精装西凤酒到金祥家里表示谢意，被金祥挡了回去。

银锁一上班就被安排给局长开车，局长以前的司机因为年龄大了、身体不太好的原因被换掉了，其实人家也才三十五六岁，正是开车的黄金年龄，这个年龄段的司机技术熟练，做事也稳重，银锁也只比人家小几岁，个中原因明眼人一看就知道是怎么回事。

喜财这下脸上可有光彩了，走在村里也是挺着胸膛，迈着八字步，几乎都是别人主动跟他搭话，巴结他最紧的就数镇上的电管站站长和村上的电工，就连村干部见了他也都敬重三分，人们都领教过"电霸"和"电老虎"的厉害。农村谁家办喜事或者办丧事，都要提前给村里电工送点礼，要不然你家正操办大事，电工突然给你来个拉闸限电，你有啥办法？明着说是拉闸限电，实质上是想卡你的脖子，谁叫你不把小小的电工看在眼里。这还是小电工的厉害。电力局限电可就不是一个巷子一会儿工夫的限电，而是在三暑天抗旱救灾的关键时刻，突然拉闸限电，这一限就是几个乡镇，时间说不定就是一整天或一连几天。镇上电管站要架变压器、修整电路能不经过县电力局批准吗？所以，能给电力局长开车可不简单，别看一个小小的司机，有时候相当于半个电力局长！这就难怪喜财在村子里会那么趾高气扬。

但是，唯独一个人可以让喜财这种趾高气扬的气焰熄灭下去，那就是玉玲了。一天喜财在街上一个象棋摊旁边闲坐，周围有人主动上来搭话，有人就打听银锁给电力局长开车的事情，还有人故意烧起火来，说："喜财，把你儿子给你拿回来的好烟给大家散散，电力局长的烟一定是高档的，让咱哥们也开开眼界，饱饱口福啊！"

喜财还真的拿出了银锁放在家里忘带的半盒红塔山香烟，故意把烟盒亮给人看，然后从里面捏出四五根烟，给周围看下象棋的抽，就连不吸烟的也伸手要了一根。接着，喜财又从口袋里掏出一个喷着火焰的防风气体打火机，给每个嘴里叼着烟的人点上烟，开始吹嘘起电力局的事情。什么电力局长坐的车是几十万，电力局盖的楼有多少层，里面装修得有多豪华，银锁一个月拿多少钱工资，逢年过节的奖金有多少，平时跟着局长开会去住的是几星级宾馆，喝的是什么样的酒，局长夸奖他家银锁车开得多好，人有多勤快。更邪乎的是，局长说了等银锁再开几年车就让他当个电力局什么科的副头头，凡是以前给局长开过车的司机现在都是副科长、科长什么的，有的已经升到副局长位子上了，让周围听的人不停地咂舌羡慕。

就在他对周围一帮庄稼汉夸夸其谈的时候，玉玲正好从商店买了点东西出来，推着自行车经过这个象棋摊子。她在一旁默默听了一会儿喜财发表的演讲，然后走过去，说了一句话，让周围的人都半张着嘴不敢说话，让喜财也惊出了一身冷汗。

玉玲一字一句地说："喜财，你信不信，我一句话就可以让你娃从电力局滚出去！"

玉玲说完，脸色一沉，骑上那辆粉红色的轻便自行车走了。

喜财垂着头，一言不发地离开了象棋摊。

月娥是在银锁转了志愿兵之后的第三年嫁给银锁的。那时候喜财家的日子过得正紧巴巴的，女儿凤云已出嫁，银锁又在新疆当兵，家里就剩下他和爱琴两口子干地里活，由于爱琴老是有病，隔三岔五去医院打针买药，一年的收入也没多少了。银锁转了志愿兵后，爱琴就四处托人给银锁说媳妇，在随后的三年里媒人给银锁也介绍了四五个对象，银锁从新疆请假回来了两次，可对象都因各种原因泡汤了，不是爱琴嫌人家女娃没有正式工作，就是人家条件好的女娃反过来嫌弃银锁文化水平低。直到银锁过了结婚年龄时，爱琴和喜财才勉强定了民办老师月娥。之所以选了月娥，主要原因是月娥年龄也大了，和银锁同岁，家里急于想把女儿嫁出去，就没有要喜财家多少彩礼，几乎是把女儿白送给喜财家。这月娥人长得水灵灵的，瘦高的个子，白皙的皮肤，鹅蛋形的脸蛋，高中毕业后没考上大学，就自费在省城一个师范专科学校进修，回来后就在村里的小学教学。本来很好的一个媳妇，过了门后婆婆爱琴却左右看着不顺眼，不是星期天早上不早早起来扫院子，就是做的饭不合她胃口，再就是到地里干活就像绣花一样慢腾腾的，一点儿也不像她家凤云那样干起活来手下利索。

过去银锁在新疆部队，离家远，一年也难得回一次家，喜财没事了又爱四处逛逛，家里就剩下月娥和爱琴婆媳俩，两人你看着我不顺眼，我看着你心里来气，一天不吵架就觉得不舒服似的。如今，银锁从部队回来了，离家近了，除了星期天有时候能回家打个转，平时大多数时间也是经常不回家。银锁回来一次，爱琴就给银锁告一次月娥的状，说的都是些鸡毛蒜皮的小事，让银锁和媳妇总是吵上一架。

一次，爱琴和月娥在灶房就为了做菜又吵起来。爱琴胃口不好，喜欢吃热菜热饭，可天气马上就要热起来了，月娥却做了蒜泥黄瓜、凉拌莴笋和凉拌萝卜丝三样凉菜，而且把醋调得多一些，觉得这凉凉的酸酸的味道才好吃。爱琴到灶房一看月娥做的几样凉菜，眉头就皱起来，嚷嚷道："你这是给全家人做饭，还是给你一个人做饭？你做那么多凉菜是嫌我胃不疼是不是？"

月娥依旧调着她的凉菜，也没给她好话："你爱吃不吃，嫌我做的菜不好，你自己做去。"

爱琴这下也火了，说："你咋跟我说话？不就是个烂教书的吗，还是个临时工，有啥了不起的？我家银锁娶了你，算倒了八辈子霉了！"

月娥听出了她话外的意思，也毫不示弱，说道："咋了？嫌弃我这个教书的了？当初可是你们求着媒人到我家提亲来的，不是我死皮赖脸求着要嫁给你儿子的。嫌我不好，给你儿子说好的去，谁稀罕你儿子？"

爱琴的脸一下子红了，颤抖着身子，指着月娥骂起来："我养个老母鸡还下个蛋，我娃娶你几年了，也不会抱窝，你还有啥资格跟我说呢？巷子里和银锁一起结婚的现在哪个不是生儿生女的，就你这个不下蛋的母鸡还整天嚷嚷啥？你有本事给我们刘家生个一男半女的？"

月娥被爱琴点到了死穴，气得脸也红了，把手中的筷子一摔，说："生不出娃娃能怨我一个人吗？自家的儿子没有种，关我屁事？"

"都是你这扫帚星，要让我们刘家断香火不成！"爱琴喊道。

"你们刘家断子绝孙也活该！"月娥也喊了起来。

喜财坐在饭桌旁，听着灶房里两个女人你一句我一句打口舌仗，也没有心情等着吃饭了，抓起饭桌上馍盘里的一个热馍，咬着就要出去。这时爱琴走出了灶房，指着喜财高声喊叫起来："你这软蛋，人家骂你一家子，你在外面连个屁也不敢放！"

月娥端着凉菜追出灶房，冷冷一笑，说："少拿你这一套吓唬我，你以为我是你老汉，想骂就骂，想训就训！"说完，走进自己屋子，独自吃了起来。

国庆节刚过，喜财就给银锁打电话，要他从县城农资市场给家里买几袋复合肥，马上就要犁地、播种冬小麦。那天，银锁刚好领到电力局发的一千多块钱节日奖金，下午下班前买好了化肥。晚饭时，局长要在宾馆宴请市电力局的领导，就让银锁陪着，替局长喝了几杯酒，没想到这一陪，银锁就喝得有点儿多了。送走了市级领导，再把局长送回家，已经快晚上九点了。银锁知道最近局长很忙，白天根本请不了假，而家里又急着要用化肥，他就决定晚上开车把三袋化肥送回家。于是，送局长回家后，他就把放在单位传达室的化肥装上车子后备厢，开着车朝家里赶。

他开着桑塔纳小轿车很快就出了县城，行驶在一条新修建的柏油公路上。这时，路上突然起了雾。在酒精的作用下，他迷迷糊糊往前开着车，眼前到处是灰蒙蒙的一片。就在他即将拐上通往洛河渡口的生产小路时，前方的岔路口突然窜出一辆载满人的农用三轮车，猛地拐上路面，朝他的车直冲过来。银锁惊出一身冷汗，立即就踩刹车，可是已经晚了，只听"嘭"的一声，桑塔纳轿车就朝着三轮农用车的左侧车厢直撞了上去，三轮车一下子被撞翻在硬邦邦的柏油马路上。桑塔纳轿车左前角擦着三轮车车厢只向前飞出十多米，最后侧翻在路边半人深的土沟里，银锁在两车碰撞的一瞬间就昏迷了过去……

银锁醒来时，已经躺在了县医院住院部的病床上，剧烈的疼痛告诉他，他的双腿可能已经断了，头部像炸裂了一样剧疼，胸腔里就像被什么东西堵住了一样，呼吸都很难受。这时，身边已经站着两位身着警服、头戴大盖帽的交警，一名交警摊开文件夹，拿着笔准备记录。一名警察开始询问起事故发生时的具体情景，还没问几句，银锁又昏迷了过去。喜财坐在银锁病床前，脸色煞白，愁眉苦脸。两名交警停止了询问，走过去告诉刚赶来的电力局办公室主任，这起事故已经死了三个，伤了七个，其中有两个重病号，要电力局准备做好对死者和伤者的赔偿工作。

这可是全县多年来发生的现场最惨烈、死伤人数最多、社会影响最大的一起恶性道路交通事故，特别是肇事一方的车辆还是电力局的，而死伤的都是打工的农民，光死者伤者的赔偿费用就是个创纪录的大数目，还不说那些死者伤者家属聚集到电力局门口一闹事，狮子张大口地讹上电力局一把，就够电力局局长难受的了。

这起事故的直接后果是银锁以肇事致人死亡罪被公安机关刑事拘留，后被法院判处有期徒刑七年，监外执行，他自然也就被电力局开除了公职。银锁出了这么大的事，而且触犯了刑法，不管是金祥，还是田部长，谁也不敢再给他说情了。由于银锁这次出车并没有经得局领导的批准或者办公室的派遣，纯属自己私自借用公车，他的腿伤治疗费用也由他自己负担。

喜财这下头疼起来了，虽然经过一天一夜的紧急抢救，银锁暂时度过了危险期，但是后面的治疗费、住院费可是一笔数目不小的钱。电力局的人走后，住院部开始催他交住院费和押金，喜财不得不回到家里借钱。

在回家的路上，喜财把所有的亲戚和朋友都在脑子里像放电影一样过了一遍，唯一能一下子借得出四五千块钱的就数大姐家的春花了。他知道，这些年春花又是开小卖部，又是跟会，早已是全村有名的万元户了，甚至是十几万元户了，这点儿钱她肯定能拿得出手的，关键是春花肯不肯借给他。这时，他又想到了大姐，还得大姐出面，这事才能办成。

春花听妈说是舅舅向她借钱，头摇得像个拨浪鼓，连续说了几个"不行"。东霞急了，想起银锁躺在医院的病床上，喜财焦急万分的样子，眼泪就出来了。她抹着泪对春花说："春花呀，人活在世上，谁也不敢保证自己没有个难处啊，谁也不敢保证一辈子不求人，何况现在是你舅舅遇到了难处，你舅舅再有啥不好的地方，他都是你舅舅啊，是亲戚总比外人强。你现在能帮上你舅舅就帮一把吧，他会记你的好处的，不要把事情做得太绝了，要给自己留一点后路啊！听妈的话，过去的事就让它过去吧，别再记恨你舅舅那些事了，往后咱还要跟你舅舅来往的啊！"

春花看妈这副为难的样子，心就软了，她劝告自己大人不记小人过，心胸开阔点，别再为过去那点不愉快的事阻断了亲情，最后还是答应了。

三个月后，银锁出了院虽然保住了性命，却落下了半身不遂的症状，生活还不能自理。一过年，月娥就回了娘家，再没有回来，喜财叫了几次，都没有叫回来。只有爱琴心里清楚，银锁的媳妇迟早都会走这一步的，她只能在心里伤感叹息，对月娥一点儿办法都没有。

从此，喜财见了人脑袋就耷拉下来，生怕谁再问起银锁和电力局的事情。

第四十三章

春花跟了五六年农村集会，生意越做越好，也越做越大。前几年，她对着公路西边王支书父子俩的一层七间楼板房也齐刷刷盖了五间楼板房，不同的是面朝巷道的三大间门房是盖了上下两层。她这次盖新房的地基比路对面足足高了一米多，前面两层小洋楼更显得气势宏伟，三间门房只在东面留了一间客厅，另外两间是相通的两大间，上面用过梁挑起，专门为了放三轮车。她今年已经让满仓把过去的小车厢"古城"牌三轮换成了南京"金蛙"牌大车厢三轮，装的货多，爬坡也有劲儿，虽说多费点儿油，可她也不在乎。新盖的门房正中间换成了两米六宽、三米高的朱红大铁门，足够"金蛙"牌大车厢三轮自由进出。她还特意让泥水匠在二楼的两个屋顶做了两只喜鹊、中间做了个"二龙戏珠"的水泥造型，两只喜鹊涂成了雪白色，两条龙涂成了金黄色，两条龙所戏的球涂成了朱红色。整座楼房全部用白色瓷砖贴起，看起来富丽堂皇，与公路西边的那七间低矮的一字排列的红砖楼板房一比，简直就不是一个年代的建筑。春花家的新楼房在整个杨家村里都是独一无二的，加之坐落在沿渡口公路进村的入村口，就显得更加耀眼，也成了整个杨家村的标志性建筑。

春花的思想总是跑在时代的前列。一九九五年春天的一天，一个意外的好消息让她眼前一亮，心里开始盘算起一件大事。

那天，她来到村部找信贷员准备存款，恰好碰到村主任在村部忙着村里的事情。村主任可是个很有市场眼光的年轻人，思想也能紧跟时代潮流，这几年带领村民在发展村办企业、家庭种植养殖业上都见到了成效。村主任见到春花后就把春花让进自己办公室，给她倒了一杯热茶，然后告诉她一件新鲜事，说最近镇上招商引资项目工作有了大进展，听镇长说，镇上引进了一个大型农产品加工厂，对外叫沙苑农产品加工股份有限公司，主要生产项目就是给蔬菜脱水，然后深加工，精包装，再打入大城市的超市，甚至出口国外。人家客商主要是看中了咱沙苑地区农产品品质好，绿色无污染。听说投资商是一个浙江大老板，总投资在一千多万元，这个加工厂开办后将实行股份制，就是谁都可以入股，到年底了按照入股的比例进行分红，经有关专家调研厂子的市场远景效益十分可观，像沙苑地里盛产的洋芋、红萝卜、大蒜、大葱和山药都有很好的养生保健作用，广受大城市人和东南亚国家消费者的青睐，所以，镇上引进的这个企业已经被县委县政府当作样板企业来运作。现在企业正在筹备之中，镇上已经在咱们村南边沙坡窝窝里划了五十多亩土地，人家投资商已经开始着手圈围墙、建厂房了，听说将来还要给咱村修柏油马路，从厂子门口一直要修到洛河浮桥，再一直通到去往县城的省道上。有了这个大企业，过不了几年咱们村可就大变样了。到那时，咱去县城，一出村子就是柏油马路，外面的客商来咱们这里收购农产品、做生意也就方便多了。咱们这个几千年偏僻荒凉的黄沙窝窝可就成了四通八达的金窝窝了。

春花听得津津有味，沉浸在村主任描述的美丽前景的想象之中，心里抑制不住激动，说："这么大的厂子，肯定要招录几百人的工人吧？只要厂子开的工资高一点，咱们村子这些年轻人不是就不需要再去外面打工了？"

"对！"村主任也激动起来，说，"所以说呀，无工不富嘛！有了这个大加工厂，咱们村子将来可就是种植、加工、销售一条龙，再也不用愁农民种的庄稼卖不出去，到时候只看每家每户从厂子里能领回多少钞票了，你说是不是？"

春花高兴地回应说："对！这下可就彻底把咱农民从黄土地里解放出来了！"

这时，村主任才平静下来，慢慢说道："办厂子肯定是好事，你放心，有镇党委镇政府在牵头，这个厂子一定能兴办起来，而且会越办越好的！现在我要和你商量的是投资入股的事。村上也了解，你可是咱们村数一数二的致富冒尖户，手里也有不少钱吧？所以，我才跟你商量这事，征求你的意见，看你愿意不愿意给这个沙苑农产品深加工股份有限公司投资入股。如果愿意，我们就把你统计进来，将来你可就是公司的股东了。"

"你说的这肯定是好事，我也想入股，只是不懂得怎么个入法啊？"春花心里有点儿急切。

村主任给了春花一张公司的彩色宣传广告画，说："这上面都写得很清楚，十万元是一股，入三股以上就可以当上副董事长。现在我可以给你透露一点儿内部消息，镇上有几个干部已经入股了，我也入了一股，听说现在全镇融合资金已经达到将近五百万了，已经有两个人入了三股以上。按照公司的宣传资料和内部消息，首批入股的股东明年这时候就可以得到公司按比例的分红了。我粗略地算了一下，如果按公司正常的效益计算，每一股一年的分红最少都在三万元以上，回报率最少在百分之三十以上，比银行的利息可要高出几百倍了。这可是咱们一部分人快速致富奔小康的高速公路啊！"

春花在心里算了一下，如果自己投资三十万，公司效益好的话一年最少就可以分到将近十万元的红利，那么用不了几年自己就可以有百万家产了。入了股，一年不用动弹就能收入十来万块钱，比起整天起早贪黑地风里来雨里去跟会，来钱要快得多，这么好的事上哪里找啊？她几乎不敢相信自己会有这么幸运。村主任看她那份兴奋劲，说："是不是动心了？说实话，这可不是什么人都能幸运分到红利的，没有一定经济基础的人想入股还入不上呢？我能给你说这事，就是觉得你有基础。咋样？回去再考虑考虑，和满仓再商量商量，就这三五天之内赶紧给我个回话，不然错过了公司的融资期限就入不上了。"

春花说："好吧，你就给我写上三股，我不仅要入股，而且还要当副董事长呢！只是手头上的资金还差几万，我再想想办法，等我凑够了三十万就来找你。"

回到家，春花先没有跟满仓说起投资入股的事情，她知道他死脑筋一时还转不过来，就突然对满仓说："咱不跟会了，跟会太累了。"

满仓疑惑不解，半天才问："咱生意正做得红红火火的，咋能说停就停了？不跟会该干啥？"

春花诡秘地一笑，说："肯定有事做。我要做一件来钱更快、下苦更少的大生意，只是现在还不能给别人透露，不过我的主意已定，肯定要做的。从现在起，咱不用再去西安进货了，用一个月的时间把家里囤积的货全部便宜清理完，然后按我说的去做就行了。对了，三轮车先不要卖，说不定以后还有用处的。"

满仓也不再问了，他知道春花肯定有新的挣钱门路，这么多年了，家里光景从穷一步步到富，哪一步不是春花的主意？所以，他只管听从春花的指挥和安排就行了，其他的用不着他操心。

此后的几天里，满仓就按照春花说的开始降价清理堆积在几间楼房里的各种成衣、布鞋、皮鞋和床上用品，除了在家门口摆着摊子让春花守着，用电喇叭重复播放着清仓处理的广告外，还开着三轮车跟会，在集市上挂出了清仓处理打折销售的横幅，所有商品统统打八折，有的还打到六七折。就这样不到一个星期，四万块钱的积货就打折销售一空，虽然折了几千块，但总算把现钱腾出来了。

等把家里囤积的货物全部清理完之后，春花才把村主任的话给满仓说了，又把手里的那张公司宣传单给满仓看了，说："满仓，我们挣大钱的机会来了，其实这事我前几天就听人说了，还到镇上专门咨询了企业办主任，才拿定主意让你清理咱们积压的货，赶紧腾出现钱，好入股。"

满仓听了春花的话，沉默了一会儿，说："这事可靠吗？这么多钱全投进去，万一那公司赔了咋办？咱这可都是血汗钱，来得不容易啊！我还是有点担心。"

"怕啥啊？人家村主任都入股了，镇上好些干部也入了，有他们领着头，人家都不怕，咱怕啥啊？你再这样前怕老虎后怕狼的，好机会都要让你耽误了。"春花看到满仓还犹豫不决的，就有点儿不耐烦了。

满仓叹了口气说："咱们一下子要拿出这么多钱，这可是个大事啊！要不，你再跟三大商量一下，他毕竟当乡长，知道的多一点儿。我觉得咱们还是谨慎点儿好。"

春花说："我说你咋就这么婆婆妈妈的，一个男人家做事一点也不利索，一看你就不是干大事的人。我给你说，村主任可都说了，时间只有这三五天了，咱手头的钱离三十万还差六七万，我这几天还要想办法弄到这六七万块钱，赶紧凑够三十万，不然过了人家规定的期限，就是你拿着三十万也入不上股了。"

满仓惊讶地张开嘴，说："我说春花，你胆子也太大了，咱入上二十万就行了，多少也给家里留点钱。你还要再借钱凑够三十万，我看你到时候万一赔了本，咋给人家交代？"

春花不想再跟满仓唠叨了，说："还没入股，就把你吓成那样子了。你放心，我一人做事一人当，不用你管！"

满仓也不想和春花磨牙了，说："你要做，你做去吧，我不管你了。就不信你还能给家里挣回来个金山银山？"

六七万块钱对于沙苑里的普通农民家来说，可不是个小数目，要在村子里借到这么多钱决不是一件容易的事情。春花首先想到的是到信用社贷款，她都想好了，贷款的理由是跟会扩大投资，至于押金嘛，就用家里的楼房，她家里的新楼房至少也值六七万。可是，信用社是不会一下子贷给她那么多钱，她就提着礼物找到了村上信贷员，又通过信贷员找到镇信用社主任，申请贷款五万元。春花这么多年来也跟信用社打过几次交道，她的信用度在全村还是很高的，信用社也清楚她的家底，所以这五万元几乎没有遇到什么障碍，主任就直接给她批了。

大头钱都解决了，还剩下不到两万块钱，春花就不打算再从信用社贷了，考虑到大舅借她的几千块钱也没着落，就只好找到了大姐春叶和二姨家的智明，一个是亲姐姐，一个是她以前资助过的。她没有给大姐和智明说借钱的真正用途，只是说自己最近要进货，手头有点紧，大钱都在信用社存了定期，一时半会儿取不出来。春花可是从来没有对大姐和二姨家张口借过钱的，所以她一开口，大姐就毫不犹豫把家里积攒的七千块钱全部给了她；智明这些年和媳妇跟会也赚了一点儿钱，本来要去西安给自己看病，可是舍不得花大钱，现在春花来了要借钱，他犹豫了一下，还是给了春花一万块钱。春花拿过钱，对智明说："你放心，我用你钱会给你利息的，最多半年时间就还给你，到时候连本带息一块儿还你。"

智明笑了笑说："咱们之间还说这些干啥？我不要你的利息，只要你把本钱还给我就行了。"

在村主任规定的时间之内，春花顺利地把自己准备好的三十万元带到村主任家里，和村主任一起来到村部的项目筹备办公室，把钱交给了筹备组的两个人员。筹备组给她开具了收款收据，并与她签订了入股合同书，并发给她一个大红缎面的股东证书，证书里面写着杨春花的名字，还有编号，落款时间上盖着一个"沙苑农产品加工股份有限公司"的鲜红大印，一切手续都让春花觉得很正规。

三天之后，筹备组还安排一辆大轿子车带上三十几个入股的股东和村主任，一起来到南边沙苑公路边的一个挂着"沙苑农产品加工股份有限公司"牌子的地方现场参观。春花他们和村主任下了车，看到公路边树立了一个大型广告牌，牌子上画着新建公司的效果图。有两个施工队正在用砖和水泥砌围墙，围墙里面被推土机推平的宽敞的地面上，已经搭盖起三间彩钢石棉瓦厂房。厂房足足有一百多米长、十多米宽，白色的墙壁、蓝色的屋顶，显得很气派。公司筹备组的一位年轻姑娘一路上陪着他们不停地介绍公司的筹备情况和将来的生产、销售前景，想象着讲解员所描述的那种美好前景，春花不由得热血沸腾，嘴里不停地说："好，好，太好了！"

回到家，春花把缴款发票、签订的合同书和股东会员证保存在一个铁盒子里，用锁子锁好，放进家里的立柜最下面，然后再锁上立柜。一切都办妥之后，她就天天在家里闲坐着，等待着公司正式开业和年底分红的时刻。

满仓心里还是踏实不下来，他没事也会偷偷去南边沙窝窝里去看看公司厂房建设情况。每次去，看门的老头都是说厂子快建好了，老板已经去引进设备了。可是，一个多月过去了，他再去那厂房还是原样子，丝毫没有变化，设备也没有买回来，看门老头又说，老板要换进口的设备，国产的设备已经跟不上形势发展需要了，最迟也会在秋收前把设备引进到位，过了国庆节公司就要举行开业典礼。满仓回去后就把这些消息给春花说了，春花埋怨他心里太着急，说："你以为建这么大的公司容易吗？那么大的厂房，那么多的设备，还有许多咱们想不到的这证件，那审批，不是一下子能跑到头的。人家既然说了国庆节后开业，咱就耐心等吧，反正顶多也就是两个多月的时间了。"

然而，直到国庆节过后，沙苑农产品加工股份有限公司也没有正式开业。这天，春花骑着轻骑来到公司驻地，公司的两扇大铁门已经上了锁，她从门缝朝里望去，里面空荡荡的，喊了半天，也没有人答应。她心跳突然加快起来，再后退了几步，看那个大型广告牌，广告牌上已经成了一张白铁皮。她慌了起来，赶紧骑着轻骑朝村部飞驰而去，村部的大门从里面上了锁，她喊了几声村主任，看门老汉过来开了门，说："都好几天没看到村主任了，这几天找他的人还很多，都不知道他去哪里了。要不，你去镇上找找。"

春花没再说什么，掉过车头，骑上车又朝着镇政府奔去。一路上，春花感觉心脏又剧烈地跳动起来，车头都把持不稳了。

公社的大门外停着好几辆摩托车和三轮车，大院子里坐着许多人，有腋窝里夹着大哥大皮包的，有戴着大墨镜、身穿长风衣的，也有春花认识的两个跟会的年轻人。她一看这阵势就明白出了什么事，不用说，他们都是和自己一样被这个公司骗了钱的。春花走过去，低声问一位和她跟过会的小伙子："兄弟，你在这里干啥？"

"还能干啥？要钱呗！这帮狗家伙简直是狐狸精、白眼狼，害得老子要倾家荡产了！"

"你入了多少钱？"春花小心地问。

"十万。本来准备盖房和结婚用，这下弄得房没盖起来，连媳妇都吓跑了。这帮家伙，溜得还挺快！"

"那镇上咋说？"

"这不，县上也来人了，正和镇长开会说这事。不知道能开个啥结果。咦，春花姐，你也入股了吧？入了多少钱？"

"和你一样。"春花平静地说，心里却紧张得要命。

不到半小时后，二楼会议室的门开了，只见镇长把一位县上领导送下楼，上了院子里的一辆黑色小轿车上。看着小轿车一溜烟走了之后，镇长又上楼，进了会议室。一会儿，镇政府的文书出了会议室，在楼上喊道："大家都上来，到会议室说事。"

会议的结果是，镇长要大家先保持冷静，县政府正着手解决这事，请大家先回去，有结果了会一个一个通知大家的，要大家相信政府，大家的钱不会打水漂的，然后不等大家发言，镇长就宣布了散会。春花在会议室里看到了村主任，村主任也用眼睛的余光看到了春花，他双手抱头，低下了脑袋。

沙苑农产品加工公司老板跑了的消息，几乎在一天之内就传遍了沙苑镇。春花骑着轻骑失魂落魄地回到家，发现大姐和二姨已经坐在家里等着她。

"春花呀，你是不是把智明的钱也投进那个加工厂了？村里人都传乱了，说那个南方老板把钱卷着跑了，你看你弄的是啥事啊？"二姨一见面就哭丧着脸问她，看得出她肚子里的怨气很大。

大姐春叶则是和风细雨地问她："春花，你真的把钱都入到那个厂子里了？"

春花无言可说，她沉默着坐在桌子边，给自己倒了杯开水，喝了一杯水，然后对二姨和春花说："二姨，大姐，你们的钱过几天我会还给你们的，你们放心吧。我刚从镇上回来，县上和镇上正在处理这件事，有政府管这事，咱的钱跑不了。"

西霞站起身来说："你相信政府，我可不相信。这不明摆着吗，南方人是空手套白狼，早就卷着几百万块钱跑了，这么大的窟窿政府会给你补上？要等政府给钱，不知道要等到猴年马月。春花，你也知道，智明的胃病现在是一天比一天严重了，县医院的医生都说了，再不去西安大医院看病，就会把病耽搁了。我们全家现在是急着等钱给智明看病，我实在是怕再耽搁一天，智明会有个三长两短啊！"说着，西霞的眼泪就要掉了下来。

春叶一听二姨这样说，心里也不安起来。她说："春花，大姐也知道，你弄下这事，心里也着急，本来大姐不想催着跟你要钱，可是这地里马上就要上肥料，本来这点钱大姐也能想办法应付过去，关键是前几天村里有人给安顺说了个媳妇，虽说那女娃一条腿有点跛，但能看上咱安顺，不嫌弃咱安顺是个哑巴，咱就很知足了。你也知道，安顺今年也二十了，本来说等秋庄稼卖了钱，就给安顺把这门亲事定下来，可是今年偏偏遇到了大旱年，地里的庄稼收成比去年差远了，大姐还指望你还钱，好给安顺订婚。"春叶看到春花低下头一副苦恼的样子，觉得自己这个当大姐的把话说得有点不近人情，赶紧缓了缓口气，说，"春花，你也不要太着急，大姐比起二姨家智明，用钱还不是那么紧，大姐知道你现在遇到难处了，也就不催你了，大不了安顺的亲事再缓一缓，等你把钱要回来了，再说也不迟。"

春花的眼泪止不住夺眶而出。

这时，沉默了好久的满仓在一旁说："二姨，大姐，你们就不要逼着春花了，你们那才多少钱啊，你知道春花身上背着多少钱吗？三十万！除了我们家的二十几万，还从信用社贷了五万，你们两家的钱才是个零头。你们想想，春花心里有多着急，多难受啊？"停顿了一下，满仓又面对西霞说："二姨，你现在要是急着用钱，我今晚就想办法给你们去借，保证明天给你送过去，行不？"

西霞一听，沉着脸，说："好吧！那我就等着你明天来。"说完，就催促着春叶一起回家去。

西霞和春叶走后，春花擦着眼泪问满仓："你能向谁借钱去？一万块啊，谁能那么顺利地就把钱借给你？"

满仓说："我也没有把握，只是想把二姨支配走开，看到她那样逼着你要钱，我心里也窝着火，真是墙倒众人推！"

春花理解满仓的好意，她心里稍稍感到好了一点儿。人，只有经过身处困境，才知道谁是真心对自己好，谁是真正的亲人。人心隔肚皮，平时大家见了面都是一脸笑容，嘴上说的都是甜言蜜语。可是，当你身处逆境，遇到难处了，不一定是对你微笑的和对你说甜言蜜语的人帮你。她知道，只有和自己同甘共苦的满仓，才是真正替她着想，关键时候给她伸出一只温暖的手，把她从逆境中拉出来。

看到春花情绪平静下来后，满仓又说："春花，要不咱这样吧。我找找满囤、满福，让他俩凑点钱，能凑多少就凑多少，你晚上到三大家去一趟，请三大帮帮忙，再顺路到你妈家找找宝根，让宝根也凑点钱，这样靠众人帮忙，一万块钱还是能凑够的。"

春花没想到满仓还有这办法。不过，她还是估计满仓的两个弟弟会拿不出多少钱的，毕竟是靠种庄稼挣钱，也挣不下多少。至于宝根，工资也不是很高，还要管家里、管妈妈看病，手头恐怕也攒不下多少钱。三大当着乡长，一万块钱对他来说，根本不是多大的事，就是三娘的话不好说，她实在不想去看三娘那张冷漠而高傲的脸。但是，事到如今，那一万块钱逼着她不看也不行了。

天黑之后，春花就骑上轻骑去了娘家和三大家，满仓也趁着两个兄弟晚上从地里干活回来，就去了满囤和满福家里借钱。

事情的结局却大大出乎了春花的意料——日子过得最紧巴的满囤一听嫂子遇到了难处，二话没说就把他农闲时候干苦力活挣的三千块钱和地里卖了花生玉米收入的两千块钱都给了哥哥；三弟满福听了哥哥的来意以后，先给媳妇做通思想工作后，就给满仓拿出了三千块钱。春花则按照她的预测先直接到了三大家里借钱，没想到被三娘一句话就顶了回来。三娘说："哎哟，我说春花呀，你挣了大钱也不见你看你三大来，这会儿咋就想起你三大了？我还以为你离了你三大啥事都能成？"春花一听，二话没说，转身就走出了三大家门口。她闷闷不乐地来到娘家，正好宝根回到了家。宝根看到二姐这副愁眉苦脸的样子，不等二姐开口，就询问起二姐是不是把钱投到了那个公司。春花点着头，说明了来意。宝根在镇上早就知道了那个公司的事情，知道二姐入了股现在要还钱，他就当场从柜子里拿出自己积攒的三千块钱给了她。

春花总算临时度过了二姨催钱这一难，可是更大的困难还在后面。如果到年底公司还不能返还她的钱，她就要面临着信用社五万元贷款到期还款的压力，弄不好她所抵押的整院楼房也要被变卖。

春花觉得自己好像做了一场美梦，梦中她经过十几年的苦苦奋斗，一步步脱贫致富，拥有了村里人都眼红羡慕的金钱和房产，可是现在发财致富的美梦醒来了，她又回到了以前一无所有的地步，而且还背负了沉重的经济债务与人情债。

人生有高潮，就会有低谷。一切的一切都源于自己对金钱和财富的贪婪，来源于对无限膨胀的虚荣的追逐。春花知道，阳光四射的白昼已经结束了，迎接她的是黑夜里的跋涉与挣扎。

第四十四章

红卫一直是金祥和玉玲的骄傲，是他们夫妻俩引以为豪的资本。玉玲做梦都没有想到，在县农业银行当主任的红卫，也犯下了大事。这次，红卫犯的可是要砸碎铁饭碗，甚至让自己关进铁窗的大事。

一九八七年夏天，红卫从省上一所有名的财经大学毕业后，被安排到了县上的农业银行工作。当时的银行可是让人很羡慕的工作单位。整天和金钱打交道，工资福利待遇肯定比其他单位要好得多。那时候在银行工作的一般职员也比政府机关和事业单位的干部、工人挣的钱多。红卫当时可算县农行里为数不多的财经大学毕业生，他的金融知识肯定是硬邦邦的，加上年轻有为，不到三年就被提拔为县城中心营业处的主任，手里有了发放贷款批条子的权力。红卫不仅业务精通，为人也和善，与银行的领导和员工关系都处得很融洽，不仅在他分管的营业处人缘好，而且在整个农行里都具有很高的威信。自从他一九九〇年上任后，工作业绩一直排在几个营业处的前列，三年后就成了县农行领导层的后备人选。如果不出意外，副行长非他莫属。

然而，事情就偏偏出在了他即将提拔为副行长的节骨眼上。

就在春花投入"沙苑农产品加工股份有限公司"三十万股份前半个多月的一天，红卫所分管的县农行县城中心营业处来了一位挺有派头的顾客，他是在县乡镇企业管理局一位副局长的引领下来找他的。这位白白瘦瘦脸庞、高俏个头、细长脖子、西装革履、操着南方口音的中年人与他一见面就热情伸出双手和他握手，态度恭敬谦和。

乡企局的那位副局长在红卫办公室坐定后，给红卫介绍起这位客人，说："杨主任，这位先生姓吴，是王县长今天接待过的贵客，他是来咱们县搞投资的浙江客商，准备在你的家乡搞一个农产品加工企业，预计投资一千多万，这规模在咱们县可算是空前的啊！是这样的，吴老板的企业投资计划分三步，第一步是基础建设，就是征地、建厂房和引进先进设备；第二步是原材料收购，就是从当地农民手里收购加工的原材料；第三步是生产销售，需要招收企业管理人才和大量的工人。目前，吴老板的第一步投资计划已经开始实施，预计一个月后就到位。这第二步引进设备上他的准备资金出了点小小的麻烦，浙江那边的资金一时还没有划拨过来，吴老板很着急，今天就找了王县长，王县长就做了批示，要求我们乡企局出面帮助客商解决难题，这不就找到你这里了。我们知道，你们农业银行一定会支持农产品加工企业的，再就是吴老板所投资的企业也正好在杨主任的家乡，想必杨主任念在家乡情分上也该高抬贵手吧？"

红卫一听这位副局长的介绍，高兴地说了声："这是好事啊！只要吴老板手续齐全，我们一定会支持的。"

吴老板赶紧递给红卫一支香烟，说："杨主任真是个爽快人啊！看得出，杨主任的故乡情结还很重的啊！你放心，杨主任，我们这个农产品加工企业将来办好了，一定会给你的家乡造福的。"

红卫抽着细长的过滤嘴香烟，说："只要是给沙苑人民造福，我们农行当然会大力相助的。你也放心，吴老板，只要你的企业将来能赢得好利润，我们银行会支持到底的。"

乡企局副局长脸上露出了笑容，伸出大拇指说："杨主任真是痛快人！"

吴老板看了一眼乡企局副局长，对红卫说："有了杨主任这句话，我吴某就放心了。这样吧，具体的事宜咱明天慢慢再说，也不用太着急，我估计杨主任也快下班了吧，咱顺便到外边吃顿饭，好好表达一下我吴某对杨主任的感激之情，希望杨主任赏个脸。"

红卫见到这样的饭局太多了，也没觉得有什么不妥，不就是吃顿饭嘛！见吴老板这么盛情，他也不好意思拒绝了，说不定将来他还能帮村子人在吴老板的厂子里干活呢！

红卫与乡企局那位副局长一起坐上吴老板的丰田小轿车，来到了县城里最豪华的黄河宾馆，在一个相对僻静的包间里坐下，一会儿工夫吴老板竟然把王县长、沙苑镇镇长，还有一位省城来的企业助手一起叫来了，几个人围坐在一张大圆桌上先相互介绍寒暄了一番，凉菜上好后，吴老板让助手给每个人的酒杯里斟满茅台酒，然后先起身举起酒杯，邀请大家碰杯。几个人都举起了酒杯干了起来。王县长主动给红卫和吴老板碰过酒杯后，就被司机过来一句悄悄话给叫走了，剩下的五个人就你来我往地敬着酒，相互吹捧一番，扯起了一些国内外大事，不知不觉两瓶茅台酒瓶子就空了。

酒席散后，吴老板让司机把乡企局副局长和镇长送回家之后，自己留下来继续和红卫聊了起来。闲聊期间，吴老板腰间的大哥大手提电话响了，他掏出并打开电话，用浙江话跟对方说了几句，然后关掉电话，对红卫说："杨主任，咱们一回生二回熟，见了面大家就是好朋友了。第一次与杨主任见面，顺便给杨主任带了些见面礼，一会儿让司机直接给你送到家里去，以表诚意，还请杨主任笑纳。"

红卫推辞了一句，说："无功不受禄，吴老板的事还没办成，就收下吴老板的礼物，有点不太合适吧？"

"杨主任真是太见外了。"吴老板笑呵呵地说。他的话音刚落，就见司机进来说："老板，东西都准备好了，放在车子后备厢里，要不要现在就送过去？"

"好吧，你先把杨主任送回家，我和助手再聊一会儿。"吴老板一边跟红卫握手告别，一边说："杨主任请走好，我明天去见你。"

第二天，吴老板径直找到红卫办公室，将申请贷款的申请书、证件、县长批示文件等资料交给了红卫，说："杨主任，我们的农产品加工股份有限公司正在紧张筹备之中，我们在浙江的总公司最迟年底就可以把启动资金下拨过来，所以眼下要赶紧进口设备，需用资金五百万元，就请你们农行搭一把手，以解我们燃眉之急。"

红卫把那些材料粗略地看了一下，说："吴老板，你申请的资金可是个大数目啊，已经超越了我批准的权限了。这样吧，我把你的材料看过后就向行长申报上去，请行里领导批示后再给你个回话，好吧？"

三天后，行长就沙苑农产品加工股份有限公司的申请贷款召开了专门会议，研究结果：由红卫负责带队对该公司的有关情况进行考察与审核，审核通过后再由县农行办理贷款业务。红卫将行里的会议决定跟吴老板说了，吴老板恭恭敬敬地说："杨主任，欢迎您来我们公司考察审核，我们公司的贷款说到底还是杨主任说了算啊！"

在之后一个星期里，吴老板带着红卫和两名银行员工先后绕道南京、无锡、苏州、上海，最后到杭州，整天游山玩水，海吃海喝，只留了一天时间去温州一家农贸投资公司做了考察，公司专门有人接待，给红卫提供了公司的所需资料。看到浙江沿海一带经济发展这么迅猛，个体企业规模这么庞大，红卫这才算大开了眼界。他把公司提供给他的所有复印件材料审核后都整理好，第二天就带队匆匆回到了县城。最后，红卫把签了自己名字的审核报告交给行长，行长当即就签了字，批准贷款。

五百万的巨款贷出去之后不到一个月，就传来一个炸雷般的消息：吴老板从县里卷走一千万资金逃跑了，给沙苑镇和杨家村扔下一个半拉子企业。这在全县不亚于一次八级大地震，惊得县长都慌了神，光是为了安抚沙苑镇那些用血汗钱入股的股民，就让他前后忙得团团转，整天焦头烂额的。同样慌了神坐不住的还有县农行行长，他当了快十年的行长还没有出现过这样的事情，想不到一个堂堂的县农业银行还会做出"把鸽子放飞"的事。他立即把红卫叫到办公室，指示说："这明显是经济诈骗案，赶紧给县公安局报案，你赶快把那个公司所有的原始材料交到我这里来！"

银行出了这么大的事，不可能不惊动县上公检法。县公安局立即组成了专案组展开案件侦破，检察院则以渎职罪对红卫进行了公诉，县公安局刑警队依法对红卫进行了刑事拘留。

红卫出事后，玉玲感到天快要塌下来了，她一个人整天在家里以泪洗面，嚷嚷着要金祥快想办法救救儿子。五百万！玉玲连想都不敢想，对她来说，这可是个天文数字啊！她恨不得要把那个骗子千刀万剐，在心里狠狠地骂着那个没良心的人，把她儿子害得这么惨。这些天，玉玲吃饭不香，睡觉不踏实，她也不敢出门去见村子里的人。她知道，好事不出门，坏事传千里，红卫的事肯定已经传遍了全县、全镇、全村，这么大的事没有人不知道，那个人开的公司就在村子南边，也卷跑了村里不少干大事的人的钱，听说光春花一人就被骗走了三十万。这下，玉玲开始同情起春花来，有点儿后悔自己那天跟春花说的话不好听。如今大祸也落到了她头上，她才体会出春花当时心里是啥滋味。

金祥这个冬天也是到了忙得不可开交的时候，石桥乡除了要向农民催收一年一度的提留款，还有一件事更忙，那就是乡上要修一条贯通全乡十个行政村的柏油马路。县交通局只能给乡上承担施工任务，修路的钱还得摊到农民头上，一家一户地征收，估计这条十五公里长的柏油马路修下来，没有个五百多万元是下不来的，摊到全乡两万五千多口人头上，每人至少要筹二百块钱，遇到那些家庭贫困，劳力不够，或者家里有常年卧床不起的病人的，就很难筹上来。修路的资金筹措不到位，路就没法修。所以，这个冬天他几乎是以乡政府为家，忙起来一连几个星期都不回家，让玉玲一个人在家独守空房，他心里也过意不去，好不容易回一次家，也是一坐到沙发上就打瞌睡，一上床就打起呼噜，让玉玲晚上只能在一旁叹息。

在资金筹措还没有完全到位之前，金祥就安排各村先修路基，按照交通局工程队要求，拓宽路面，平整路基，再填充石头砖块等硬料，等资金基本到位时，开春时节就可以上沥青路面了。其实，这条路还是金祥到石桥上任乡长之后，通过给县交通局多次打报告才争取来的。多年的乡镇工作经验告诉他，要致富，先修路，道路通，百业兴。所以，只要这条贯通全乡东西十五公里的通村柏油路修好了，农民的庄稼就不愁卖不出去，农民进城也不愁路不平，车不通了。用当地群众的话说，杨乡长是他们的"路乡长"，也是他们致富奔小康的"桥乡长"。

就在金祥带领全乡干部群众冒着严寒修筑路基的时候，突然传来了儿子红卫因一起金融诈骗事件被检察院公诉，后被公安局刑事拘留的消息。这下金祥不得不把修路的事情暂时交给副乡长管理，他腾出空，开始到县检察院和县公安局跑红卫的事。检察院的领导告诉他，这起经济诈骗案数目太大，是全县历史上从没有过的，已经引起了县委县政府的高度重视，要求严格倒查责任，依法追究有关公职人员的法律责任。按照法律规定，红卫的行为已经构成了严重的渎职罪，当然银行的其他有关人员和领导也要负相应的责任，但是红卫是具体负责审查审核贷款公司资质和有关材料的，所以他承担的法律责任就最大。如果被骗资金最终追不回来，红卫还会被法院依法判处有期徒刑的，他这辈子也就到头了。金祥当乡长也几年了，国家法律法规多少也知道一些，他心里清楚红卫的这件事的后果有多严重，知道检察院领导这样说并不是吓唬他，让他心里不由得紧张起来。

出了检察院的大门，金祥又找到县公安局一个朋友。朋友告诉他的一个消息倒让他看到了一丝希望。朋友告诉他，公安局的领导对这起特大银行诈骗案高度重视，局长亲自出马上阵指挥，刑警队队长亲自带队，抽调了办案经验丰富的老民警宋大成等几名精兵强将上了案子，城关和沙苑派出所抽调民警全力配合，县长也放话了，只要案子能破，县财政全力保障破案经费，将来还要重奖破案功臣。在县农业银行报案的当天晚上，专案组就马不停蹄地上路行动了，听说宋大成他们已经南下浙江去抓捕犯罪嫌疑人了。

又是宋大成！这个大个子警察与他杨金祥这辈子有缘，看来这将是第三次救他于困境之中了。他想起一九七六年夏天那次因春花诬告，他被带到派出所连夜接受讯问，正是宋大成通宵熬夜给他搜寻无罪证据，将他暂时释放；一九七七年恢复高考那年，又是宋大成来到他家里，当着他的面宣读了替他平反昭雪的文件，恢复了他的教师身份和地位；这一次，还是这个宋大成，在儿子红卫被人欺骗造成国家巨额财产受损而将要受到法律惩处的时候，挺身而出投身到案件侦破之中，让金祥对儿子的事情有了一线希望。

但是，儿子的事情还不能全部寄托在宋大成身上。从目前的情况来看，这起跨省特大经济诈骗案要得到侦破并不是一件容易的事，那个南方人能以假乱真提供假证明材料，有胆量一下子卷走一千万元巨款，肯定不是头一次干这事，肯定隐藏得很深，需要公安民警付出艰辛的努力才能将其抓获。案件最终能不能侦破，现在还是个谜，谁也说不清楚。而检察院对红卫的公诉和法院即将对红卫的审判，却在按照程序一步步进行着，他不能只等着公安局尽快破案把五百万元巨款追回来，必须尽快想办法在法院审判之前把红卫解救出来。红卫的人生道路还很长，儿媳妇和孙子也不能没有他，他要是进去了，那个家可能也就散了，自己的后半生也就没有了指望。金祥咬了咬牙，决定不惜一切代价也要救出儿子。

回到乡上，金祥一个人在办公室发呆，好长时间都没有抽烟的他给自己点上一根香烟，倒了一杯红茶，抽着烟，品着茶，苦思冥想起来。他想，要在法院判决之前救出儿子没有别的办法，只有先替儿子垫付那五百万元，这样就能暂时弥补因儿子审核把关不严造成的巨额国有资产损失。可是，这五百万可是个大数目啊！这时，他想起了乡上征收的五百多万修路集资款。他清楚，这钱目前还没有给交通局付，暂时在信用社存着。他知道，修路的款也不是一下子就付完的，明年开春后才给工程队付一部分款，等七八月份路全部修好了才能全部付清修路款，所以他现在可以先用这五百万修路集资款替儿子弥补银行的损失，等公安局破案后追回那部分资金，再把修路款这个大窟窿补上，万一公安局不能全部追回那五百万，剩余的钱自己再想办法弥补。他心里很清楚，自己这是踩在刀尖上跳舞，是在违反国家财政纪律，挪用公款，如果一切能按照他预想的那样做，那还可以躲过一些危险，万一哪个环节出了问题，特别是公安机关到明年公路修好时还破不了案子，那自己就麻烦了，就不得不挖东墙补西墙，或者以群众还没有交齐为借口，把县交通局的修路款暂时再拖一拖，公家的事情就是这样的能拖则拖，只要会计把账做好，不出漏洞就行。

金祥这样决定了之后，心里还是有点儿不踏实，感觉心跳也加快了，端起的茶杯也显得晃晃悠悠。可是，想起儿子还在监所里关着，下一步还有可能被关进高墙之内的监狱，他的心又坦然了一点儿。稳住自己的心绪之后，金祥骑上乡里的摩托车独自回到了家。他知道，玉玲这些天比自己更心急，更担忧，他必须赶紧回去安抚安抚她的情绪。

在法院宣判红卫最终徒刑的前两天，金祥终于把五百万巨款打到了县农行的账户上，替红卫暂时垫平了那个深坑。鉴于红卫的家里能及时弥补国有资金的损失，最终法院减轻了红卫的罪行，判了三年有期徒刑，缓期执行。

然而，让金祥和玉玲还没来得及庆幸，金祥挪用公款的事情很快就暴露了出来，就在红卫被解救出来一个月之后，县纪检委、监察局和检察院就开始联合对金祥挪用公款的犯罪行为进行了调查，在调查之前，金祥就被纪检委叫走了。

玉玲感到这下天真的塌下来了。

以前，红卫出了事后玉玲还有金祥给出主意，有金祥在她身边，她就感到天塌下来也不怕，可是现在金祥被"双规"了，剩下她一个人在家里，好像在漆黑的夜里瞎摸一样。红卫虽说已经从看守所里出来了，可他已经回到了县城的家里和媳妇儿子团圆了，而且还忙着配合公安局破案，抓获那个骗子老板。

晚上，玉玲一个人在家里偷偷哭了一阵子后，感到内心寂寞、孤独和恐慌。这些天，家里冷冷清清，完全没有了以前邻里乡亲你来我往串门的热闹劲儿了，她走在巷子里见了人想跟人家打招呼，很多人就故意扭过头回避她。白天她觉得内心孤单、痛苦了，还可以走到巷子里或者街道上转转，虽说自己也不想跟别人说什么，但总可以看看路上人来车往，散散心，可是一到晚上她就忧愁，就感到孤独，实在忍受不了这份孤独和忧愁，她就披着夜色来到了大嫂家。东霞正在家里给外孙杨宇做晚饭，杨宇在村里小学上二年级了，白天吃饭比较匆忙，晚上回来还要加一顿晚餐，吃饱了才做作业。春花这些天也在为钱的事奔忙着，她白天跑镇政府看有没有啥新消息，晚上就去村部找村主任商量咋样要回自己的钱。满仓想重新做生意也没有了本钱，只好跟着村里的一些男人出去到建筑工地上打工去了，能挣多少钱就挣多少，至少可以够家里日常开支。所以，这段时间春花和满仓两口子都顾不上照顾儿子杨宇，就把儿子托付给她照看。东霞反正一个人在家也是闲着没事，有这个外孙子给自己做伴还好些。宝根虽说已经结婚两年了，可媳妇在县城纺织厂上班，两口子还没有打算要娃娃。

玉玲好些日子没有到大嫂家里来了，今晚上一进门，觉得还有点儿生疏，但是一看到大嫂那张熟悉而亲切的脸庞，她的心里就充满了一股温暖。玉玲进了门，东霞就问她："红卫和金祥现在咋样了？"

玉玲话还没说出口，眼泪就吧嗒吧嗒掉下来了，然后就掩着嘴呜呜哭起来。

东霞把玉玲让到热炕上，给她倒了杯热水，又拿来蜂窝煤炉子上烤熟的红薯给她吃，同时安慰着她，说："玉玲啊，你也莫太伤心了，事情总会有个了结的，金祥也不会有啥大事的。金祥的事情春花也给我说起过，只要公安局把案子破了，把那个骗钱的人抓住了，把银行的钱要回来了，红卫和金祥的事情不就都到头了嘛！你还是耐心等着吧，等着公安局把案子破了那一天。"

玉玲听大嫂这么一说，心里好受了点儿，仿佛从黑暗中看到了一线希望，甚至看到了早晨的阳光。她对大嫂点了点头，说了声："嗯！"

东霞接着说："人呀，谁这一辈子都会遇到个沟沟坎坎的，挺过去不就没事了？黑夜再长，也有天亮的时候。你也不是没见过金祥出大事，想当年金祥让村支书整进了派出所，用不了几天不也出来了吗？几年丢掉的教学的饭碗，最后不也回来了吗？所以呀，玉玲，人在难处要挺起腰杆，擦亮眼，想着咋样挺过来，不要老是哭哭啼啼，唉声叹气。要相信，咱金祥不是乱来的人，要不是为了救出红卫，我想打死他，他也不敢动用公家的钱。"

玉玲透过热泪望着大嫂，真想抱着她痛痛快快大哭一场，把这些天积压在她心中的郁闷、忧愁、愤懑，还有伤痛全都哭出来。可是，她还是止住了，她要自己冷静下来，细细回味着大嫂刚才说的话。大嫂虽说没有念过书，没有文化知识，可她刚才说的那段话却很在理。

回到家，玉玲还是心事重重睡不着觉。她起身坐在床上，想着下一步自己该干啥，总不能这样老困在家里，得想办法让金祥脱身啊！没有金祥，她就感到了没有了家。这个盖得富丽堂皇的院子，装修得豪华的屋子，还有各种电器家具都显得是那么的冷冰冰，没丝毫的温暖。

几天之后，玉玲提着家里的两瓶罐头和一盒食品来到了春花家里。她知道春花是个有头脑、有见识的女子，关键时刻她还是相信春花有办法，想听听她的主意。

自从自己家里新盖了楼房后，玉玲这可是头一回来家里看春花。春花看到三娘来到家里，以往的恩怨一扫而光，她主动上前接过三娘手中的东西，把三娘让进屋子。她不用问，也猜得出三娘的来意。她把红卫和三大的事情前前后后想了一遍，最后说："三娘，事情到了这一地步，要我说你干着急也不是个办法，唯一要做的就是打听县公安局把案子破的咋样了，咱们现在只能等公安局抓获那个南方的骗子老板，只有从那骗子手里追回银行的钱，还有我们这些股东的钱，才能有个了结。"

"咱跟公安局的人又不熟，咋样打听啊？"玉玲问。

"这样吧，你找找宝根，宝根有办法的。听宝根说过，他以前上中学时的一个女同学的爸爸在公安局，让宝根找他女同学，再让宝根的女同学找她爸爸问问就知道了。"

"好吧，我这就找宝根去。"玉玲告辞了春花，直接就去镇政府找宝根。

玉玲急急忙忙来到镇政府，却没有见到宝根。一问，留守在镇政府的文书才告诉她，宝根被抽调到县文化局排戏去了。

第四十五章

自从东林被带到派出所之后，春叶心里就一直不安。由于进财的大姐和大姐夫一直向公安局告状，说是怀疑东林是为了霸占春叶，与春叶串通好了，然后选在下雪那天晚上设计杀害了进财。所以，派出所在讯问完东林之后，当天也把她叫到派出所录笔录。

春叶来到派出所，看到那些穿着绿色警服、头戴大盖帽的警察，心里还是有点打战。一个大个子、方形脸、肩上扛着三杠两星警衔的警察把她叫进一间屋子，大个子警察坐在一张桌子前，一个年轻警察坐在一旁拿着钢笔在本子上准备写字。大个子警察的目光在春叶脸上停留了半分钟之久，才想起让旁边的年轻警察给春叶倒了一杯开水，然后请春叶坐在对面的凳子上，开始了询问。

"你叫什么名字？多大年龄了？和死者什么关系？"大个子警察声音很平静，没有春叶想象中的那么凶。

春叶怯怯地回答："我叫杨春叶，今年三十六岁，死者是我丈夫。"

"你和赵东林是什么关系？"

"我们只是一个村子里的，他可是个好人，我有啥困难了，他都会帮我。"春花说。

"你放心，我们决不会冤枉一个好人，但也决不会放过一个坏人的，请相信，法律是公平的，会主持公道的。"大个子警察斩钉截铁地说，声音洪亮。他喝了一口水，又问道："请你把你丈夫死的那天晚上前前后后的事情说一遍。"

春叶便把那天下午吃过饭后进财去街上转，她在家一直没有出门，晚上没有等到进财回来，自己就困了，睡着了，第二天早上起来"母老虎"就跑到她家说进财死在了沙坑里的经过说了一遍。她一口气把这些说完之后，望着对面大个子警察的表情，却没有发现对方脸上有啥变化，只看到年轻民警在一旁"沙沙沙"地写着。她知道，警察能叫她来派出所录笔录，是从她的口供里证实进财是不是被人陷害的。现在她唯一担心的还是东林，她想，进财的大姐和大姐夫向公安局报警的目的是怀疑东林杀了进财，警察肯定也放不过东林的。这时候，作为证人之一，她的口供很重要，对洗清东林的不白之冤起着很关键的作用。

稍作停顿之后，大个子警察又问道："第二天早上当你发现你丈夫死在沙坑里后，是谁把死者抬上来的？"

"是东林哥背上来的。东林哥也是我叫来的，当时我一看我丈夫已经没气了，心里害怕，就想到找东林哥帮忙。"

"你知道你丈夫死前的那天晚上干什么去了？"

"当时我不知道，我只知道他爱喝酒，估计他是去哪里喝酒了。他喝多了酒，爱骂人打人，我也不敢去找他，只是在家等着他回来。后来才知道，那天晚上他是在东林哥的饭店里喝酒喝多了，回来时摔下沙坑里的。"

"你咋知道他是自己摔下去的？"

"因为那天晚上我丈夫喝多了，酒后是一个人离开东林哥饭店的，东林哥本想送他回家，等他忙完手头的活出来找我丈夫时，已经不见了我丈夫人影。"

"你丈夫死了后，东林再去过你家里没有？"

"去过，是他叫人把我丈夫安置在院子里，还问我要他帮啥忙不要，我说不用了。后来，我丈夫的大姐和大姐夫来了，就挡着不让埋人，说她弟弟死的不明白，要报警。"

"好了，我们就问这些。春叶同志，你看看笔录，如果没有问题，在笔录上签了名就可以走了。要是你还有啥要补充的话，就来所里找我们。谢谢你配合我们的工作！"大个子警察站起身来，就让春叶回了家。

第二天，东林就从派出所被放了回来。

把进财的丧事办完之后，春叶才静下心来回想着这次东林进派出所的事情。在她看来，显然是进财喝醉了酒自己跌进沙坑里被冻死的，为啥进财的大姐和大姐夫会怀疑有人陷害进财？看来，进财的大姐和大姐夫早就对她和东林之间的关系不满。说到底，人家怀疑东林，其实也是怀疑她，在进财的大姐眼里，她杨春叶就是潘金莲，赵东林就是西门庆，进财就是武大郎，成了他俩的眼中钉，难怪人家会一口咬定很可能是东林杀的人。想到这里，春叶心里很后怕，她怕不光是进财的大姐和大姐夫会这样看待他俩，村子里已经有人这样议论起来了。在埋进财那天，她趴在棺材上哭，就听到旁边有人怪声怪气地说她是"狐狸哭兔子假慈悲"。把进财送入黄沙之后，她在回来的路上就觉得旁边的群众看她的眼神有点怪怪的，那些婆娘们两三人聚在一起指指点点，不知在说什么。她突然感到了人言可畏，也觉察到自己在丈夫死后的表现有点儿反常。

她为什么要那样实打实地替东林辩护？自己的丈夫死了，她不但没有替丈夫说话，替死人讨个公道，反而替对方说话？她这样做，能不引起别人的怀疑吗？

可是，她也说不清楚自己为啥要那样做。她只知道，东林哥是个好人。她也知道，她心里有他，他在她心里已经抹不掉了。

东林的饭店生意越来越好，每天早晚都有人吃饭，特别是到了夏收和秋收时，村里许多人家由于忙着收庄稼，都顾不上做饭，有的人家还请来亲戚帮忙收庄稼，就从东林的饭店里买些包子、稀饭作为早餐，中午也是夹上几个肉夹馍，每人吃上一碗油泼面或者炸酱面，有的还喝上几瓶啤酒，既实惠，又方便。这样，生意好的时候，东林一个人肯定就忙不过来了，他就在饭店门口写了一个招聘饭店服务员的启事，专门招录年轻姑娘当服务员，工资也按当地最高标准开。招聘启事张贴出去没几天，就来了两个秦岭山区里的姑娘。她们干起活来肯吃苦，又利索，人也长得端庄苗条，在饭店干了没几天，就招引了许多年轻小伙子来吃饭喝酒。到了秋季，东林干脆把与饭店相邻的两间门面房也租下来，与自己的饭店打通，增添了不少桌椅板凳，再稍作装修，便成了一个三间大饭厅，足以招待更多的客人吃饭。

春叶看着东林的饭店越做越大，心里暗暗替他高兴，但是她却很少去东林饭店吃饭。她怕人们看到她和东林接近说闲话，也怕东林总是不收她的饭钱，白吃人家的饭，时间长了自己都会觉得不好意思了。

就在这一年冬季，春叶把准备给安顺说媳妇的钱借给了妹妹春花，她原以为春花只是手头暂时紧缺点，过不了多长时间就会还她钱的，没想到她是用钱入了那个南方人办的农产品加工股份公司的股，结果被人家把钱都骗走了。春叶知道春花正在难处，也不好意思向春花要她那七千块钱。本还指望秋季地里的庄稼卖点钱暂时够给安顺说媳妇，可偏偏今年的秋季庄稼没有卖上钱，弄得她两头都落了空。眼看着媒人就要把那姑娘引到她家里来和安顺相面了，她手头还没有一分钱，按照农村的习俗，万一这门亲事说成了，人家姑娘头一回来咱家，肯定得要给人家准备点礼物，不说千儿八百的，最起码给人家扯一身衣服，给点儿花布和一点儿见面礼总是应该的。

入冬以后，春叶一直在为礼钱的事情头疼。她已经把媒人要带姑娘来家里见面的时间推了两回了。这一回人家媒人要是再提起这事，她再推辞，恐怕人家姑娘家就有了其他想法，还以为你男方家不情愿了。春叶也去过娘家，本想向弟弟宝根借点钱，见了宝根一问才知道，他手头积攒的那点钱也都给了春花。再说了，宝根也是结婚时间不长，正准备和媳妇生个娃娃，也在为生娃的事情准备钱。

事情再一次把春叶逼到了墙角，不找东林她再没有别的办法了。

入冬后的一天傍晚，春叶看着安顺吃过晚饭，又照顾着婆婆喝过药，给婆婆烧了炕，把灶房的锅碗洗刷干净后，一个人出了门，摸着黑来到了东林的饭店门口。饭店里还亮着电灯，里面有两桌人在吃饭喝酒，春叶从门缝里往里看了一下，喝酒的人她都不认识，看样子像是外地常驻村里收红萝卜的客商，看来他们也是忙了一整天，晚上才有时间在饭店里吃饭，不过这般时候，估计他们也快吃完了。春叶就决定在外面等一等。

初冬的晚上，从远处沙丘上吹来的晚风迎面袭来，还是让人觉得寒气逼人。春叶在黑暗中走在街上转悠，她经过一家又一家商店，想给东林哥买点东西，可一摸口袋里没钱，就只好作罢。转了大概有半个小时时辰，她又转回到了饭店门口，这时里面的猜拳声已经没有了。她从半开的玻璃大门朝里面望去，只看到有两个年轻女娃娃穿着羽绒服围着一个火炉，伸着双手在烤火。她推门进去，两个年轻女娃娃马上站起身来，问她吃点什么。她说她不来吃饭，是找东林说几句话。一位穿着红色羽绒服的女娃娃就走进里面的操作间，一会儿东林就出来了，他发福的肚子上还围着围裙，两只肥胖的手掌抓着一团白毛巾在来回擦手，又胖又圆的两个脸蛋在灯光下油光闪闪，有点灰白的短发个个都精神抖擞地竖立着。看到春叶站在眼前，东林笑着问："真是稀客啊！春叶，你今晚咋有时间来了？想吃点啥，哥给你做去，一会儿就能做好。"

春叶忙摇了摇手，说："我在家吃过了，刚才去商店买点东西，顺路过来看看。生意还不错啊，都忙到天黑了。"

东林又招呼两个年轻女娃给春叶倒茶，然后让她坐在火炉旁边，问道："找哥是不是有啥事啊？哥知道，你是没事不会来我这里的。"

春叶点点头，没再说什么。

"走，咱到里面屋子里说去。"说着，吩咐两个女娃娃把饭厅里面打扫干净，就可以关门了，她俩也就可以去楼上屋子里休息了。

春叶跟着东林来到里面院子里，院子的一边是一排新盖的贴着白色瓷片的楼板平房，有三个大房子，东林给她介绍着，一个屋子是仓库，一个屋子是会客厅，一个屋子是他睡觉的屋子，仓库上面有两间他一个月前临时搭建的板房，主要是供两个服务员住。

走进客厅，春叶被眼前的摆设惊呆了。客厅一面靠墙是一条红木长沙发，对面是一对红木单人沙发，二十九英寸的彩电，一人多高的红木组合家具，长沙发后面的墙上挂着一块一米多宽、两米多长的木质山水画，整个客厅看起来高雅、富贵、豪华，这样的装饰一般只能在村干部家里或者少有的几个富裕户人家里看到。

东林给春叶沏了一杯茉莉花茶，又从茶几上的果盘里拿起一个又大又红的苹果，用水果刀削了皮，递给春叶，说："春叶，进财不在了，你一个人带着娃，还要照顾进财他老妈，是不是很难？有啥困难尽管跟哥说，只要哥能帮上忙的，一定会帮你的。"

东林的话让春叶心里一暖，以前东林帮助她、照顾她的情景又一幕幕浮现在她眼前，让她有一种说不出的感激。东林把削好的苹果递给她，她没有接，推过去说："你吃吧，东林哥，你白天忙着给客人做饭，也没时间吃水果，整天这样劳累，当心你的身子。"

"啥时学会跟哥客气起来了？"东林脸上有点儿不高兴了，把苹果往春叶手心里一放，轻轻抓住她的手推到她胸前，说道，"哥这里这么多苹果，还怕没有哥吃的？到了哥这里就跟到了家一样，再不要跟哥客气啊！说吧，有啥事要哥帮忙的？别再藏在心里不说。"

东林的手温暖、宽厚、有力，让春叶一碰就有触电的感觉。就在东林的手和她的手触碰的那一瞬间，让她脸上泛起一丝红晕，心跳有点加快，但春叶马上让自己平静下来，犹豫了片刻，终于鼓起勇气说："东林哥，我妹妹春花的事你知道吗？"

东林端起茶杯，喝着茶，说："是那个南方人办的公司的事情吧？我也听说了，这次坑的人不少，骗走的钱也不少。这也不只是你妹妹一个人上当了，听说全镇有三十多人都入了股，就连镇上干部还有县城里也有人跟着入股了。只是你妹妹这次被骗的钱多，陷得太深了。是不是你妹妹需要钱？哥这里虽说没有十几万，凑个整数还是行的。"

春叶赶紧摇了摇头，说："东林哥，你开饭店挣的是辛苦钱，我妹妹才不敢要你那么多钱。她的事她会想办法的，这不用你操心。想跟你说的是，我把我的几千块钱已经借给我妹妹了，她现在正在难处，我当姐的也不能急着要回自己的钱。只是眼下马上要给安顺说媳妇了，媒人都催了两回了，可我……"

"不用说了，你的意思我明白。安顺这娃也怪可怜的，这辈子要是能说个媳妇成了家，也是娃的终身大事啊！你说吧，安顺的媳妇需要多少钱，哥先给你出，以后你有了，再还给哥，咋样？"

春叶的眼泪不知不觉就流了下来，她抽泣着说："东林哥，你对妹子的好，妹子这一辈子都忘不了。东林哥，妹子心里明白，你是个大好人，妹子也清楚，这么多年来哥一直在帮着妹子，照顾着妹子，妹子在心里早已经把你当作亲人。可进财不但不记哥的好，还处处跟哥作对，在哥的饭店吃饭喝酒欠钱不还不说，还在哥的饭店里掀桌子、砸碗碟，就连进财的死也让哥跟着进了派出所，受了冤屈，这些妹子心里都清清楚楚地记着，也一直过意不去，总觉得对不住东林哥。东林哥，你的大恩大德，妹子将来一定会回报的，要是妹子回报不了，就让安顺接着回报！"说这最后一句话，春叶已经泣不成声了。

东林从自己的位置上站起身，过去坐到春叶跟前，一只手从身后把春叶揽在怀里，另一只手给她擦去双眼的泪水。春叶动了一下身子想挣开，却被东林搂得更紧了。春叶没有再挣扎，任东林这样搂着她，她把头靠在东林肩膀上，感受到了一种从未有过的幸福和温暖。

东林把春叶紧紧揽在怀里，在春叶耳边轻声说："春叶，哥实在不愿意看着你一个人受苦，跟哥一起过日子吧？哥会好好疼你的，会把安顺当亲儿子看待的。"

春叶突然有力挣脱开东林的怀抱，站起身来，摸着狂跳的心口，说："东林哥，这，这可不合适。进财还没过三年，他老妈还在，我咋能跟了你？我怕，怕村里人又该说闲话了。"

东林从刚才激动的情绪中平缓过来，他站起身来，走近春叶，说："春叶，你要是不愿意，哥也不强迫。要是你以后想通了，想跟哥一起过日子，就跟哥说一声，哥随时等着你。哥再跟你说一遍，哥的家以后也是你的家，有啥难处就跟哥说，别窝在心里苦了自己，啊！"

东林说完这些话，就从腰间取下钥匙串，打开客厅通往卧室的小门，从卧室里取出一万块钱递到春叶手里，说："这一万块钱先拿去给安顺说媳妇吧，往后要是安顺结婚钱不够的话，你再来。"

春叶接过那一沓用白纸条捆绑好的一百元票子，眼泪再次不听话地掉了下来。她从中数出三十张还给东林，说："东林哥，等以后春花的钱还回来了，我再把这七千块钱给你。我先回去了，你自己多注意身体啊，别太累了。等安顺的亲事成了，我就叫你过来喝喜酒。"说完，春叶就往外走。

东林又把那三十张票子塞到春叶怀里，说："哥给你的，你就拿着，再不要跟哥这么见外。除了给安顺说媳妇，你还要过日子啊，用钱的地方还多着哩，要是钱不够就跟哥说声啊！"

东林把春叶送出饭店，站在饭店门口，一直看着春叶的身影消失在漆黑的夜色中……

寒冬腊月，关中地区遭遇了一场多年罕见的大风降温天气，强寒流天气对年老体弱的人来说不亚于一场生死考验。给安顺把婚订了之后，给自己的男人进财办完三周年纪念的春叶，又不得不面临着年近八旬的婆婆病危的困境。

室外，零下十几度的天气滴水成冰，生着蜂窝煤炉子的屋内依然顶不住从门缝里和椽头灌进来的西北风的寒冷，冻得人在炕上盖着被子也浑身打战。春叶眼看着婆婆已经昏迷不醒了三天，感觉到婆婆屋子里即使生着炉子烧了炕还是寒气逼人，就从后院抱了一捆玉米秆，捅进炕筒里，抓把麦秸，用火引燃，随着玉米秆燃起熊熊大火，屋子里才感到些温暖。烧完炕，春叶伸手在婆婆的被窝里摸了一下，已经热得烫手，可是婆婆的身上还是冰冷的，已经两三天没有好好吃饭的婆婆躺在炕上，只剩下虚弱的喘气声。

春叶知道婆婆剩下的日子不多了，她吸取了进财死的时候的教训，赶紧到队长家里给远在外乡的进财的大姐、二姐打了电话，让她们赶紧来看看病重的母亲。当天下午，进财的两个姐姐都先后赶了过来，经过了上次进财死后的一阵折腾，两个女人知道错怪了春叶，此后对春叶的态度也变得好多了。她们看到死了丈夫的春叶还能一心一意守在家中，像从前一样悉心照顾着年老体弱的妈妈，觉得这样的媳妇已经很难得了。前些日子春叶给安顺订婚时，专门打电话请她们过来，代表进财家亲戚与亲家见面吃饭，她俩再忙也都抽出一天的时间赶了过来，每个人还都给安顺的新媳妇带来了一身成衣和一百块钱的见面礼，显得格外大方。春叶看在眼里，感激在心里。她也明白，进财的两个姐姐这是在用行动给她赔礼道歉，她们和她一样关爱着安顺。

进财的两个姐姐赶来守在老妈的跟前，大姐看到春叶给老人把炕烧得热乎乎的，又给她俩做了热气腾腾的红白萝卜饺子，对春叶说："春叶呀，妈这辈子有你这样的媳妇也算是积了厚福，妈将来要是不在了，你可要带着安顺好好替进财守住这个家。安顺再是哑巴，可也是赵家的后代，是为赵家续香火的人，这一大院子的家产也全都给你和安顺留着，我们姐妹俩是嫁出去的人泼出去的水，不会跟你争半根柴火。安顺过几年在这里再成个家，赵家的祖坟上又会冒起青烟来的。"

春叶听着进财大姐的话，知道她是在敲打她以后可不要带着安顺改嫁他人，其实还是在说她跟东林的事。她知道，世上没有不透风的墙，她和东林的事情肯定早有人在巷子里传言起来，也难免会有多事的长嘴婆娘把这些风言风语传到进财两个姐姐的耳朵里。春叶这才有点儿庆幸自己那天晚上没有答应东林的求婚，要是那天晚上她稍不坚决，肯定就会成为东林的人了，真要是那样的话，先不说进财的两个姐姐咋样骂自己，就是巷子里人见了，也会用唾沫星子把她淹死的。

两个女儿只在老妈身边守了一夜，第二天早上老人就咽了气。其实，进财的老妈是真真正正老死的，临死前并没有多大的痛苦，只是在这股寒流到来后，突然受了寒气就得了重感冒，开始时身上发烫，春叶请了医生给打了针，买了药，可是作用并不大。老人一有病就开始不好好吃饭了，硬是扛了三天三夜，终于平静地离开了人世。这样的死亡并没给两个女儿留下多大的痛苦，老人是寿终正寝，办丧事其实也是办喜事。这次两个女儿为老人的丧事也出力不少，每个人光是行礼就行了一千块钱，加上春叶娘家人和村子里人行的礼，这次春叶给婆婆办丧事不但没有花多少钱，过完丧事后一算账，手里还有点儿余头。

然而，就在春叶暗自庆幸之时，她忽然想起一个人来，这次给婆婆办完丧事，春叶才突然意识到他意外地没有露面，只是礼薄上记录着他行的五百块钱的礼，就是吃饭喝酒也没有看到他的面。春叶心里突然有点儿愧疚，觉得自己无意中已经把他冷落了。给婆婆办丧事这么大的事情，自己只顾和进财的两个姐姐商量事情咋办了，却完全忽略了他，竟然事前没有去求他帮忙不说，居然连去跟他说一声都没有，会不会让他觉得自己这是在故意回避他？

春叶突然觉得自己亏欠了他，伤了他的心，她有点心里不安起来。等婆婆的头七过后，进财的两个姐姐都各自回了家之后，她趁着黑夜没人注意，再次朝街上的饭店走去。

街道上显得冷冷清清，只有几家商店里还亮着微弱的灯光，东林饭店里面却是漆黑一片，走近一看才知道饭店已经关门了，让春叶感到惊讶的是，饭店不是从里面关着门，而是外面上了一把大锁，再一抬头，发现门梁上的饭店招牌已经不见了，春叶突然觉得有点不对劲，一种不祥的征兆爬上心头。她慌慌张张来到与饭店相邻的一个商店问看店的大伯。大伯悄悄告诉她，东林的钱让店里一个女娃娃连骗带偷弄完了，还欠了人一屁股债，前几天关门跑了，谁也不知道跑到哪里去了。

春花有点不相信自己的耳朵，她心里更加不安起来，问："大伯，那女娃娃咋能把他的钱都骗走了？他们到底出了啥事？"

大伯给春叶倒了一杯热水，让她坐在柜台边的椅子上，叹了口气说："哎，这事该咋说呀？我早就看出来东林会出事的，没想到会这么早。自从东林的饭店生意好起来，招了这两个陕南的女娃娃，我就看这两个女娃娃有点不对劲儿。说起来也难怪，东林这么一个有钱的光棍，身边再围着这两个年轻妖艳的女娃娃，他能不动心？起初我就看不惯那两个女娃娃，可是一年多了，竟然没有看出东林有啥邪念，倒是那个穿红衣服的女娃娃老是爱在东林面前显骚情，整天大哥长大哥短地叫个不停，没事就给东林洗衣服、洗被褥。东林虽然也在回避着，可那女娃娃也不管旁人说啥，还是爱咋样就咋样，其实街上人都能得到，心里都清楚咋回事，可谁也不愿意当着面说东林。"老伯说到这里喝了一口茶，然后问春叶："春叶，大伯是不是有点嘴长了，不该说这些？人家爱咋样就咋样，关咱啥事，你说是不是？"

春叶点了一下头，又摇了摇头，说："大伯，你看到东林哥有啥不对劲的，可以提醒提醒他啊！要是你早敲打敲打他，也不至于会出现这事。"

老伯又长叹了一口气，说："说的也是呀，他要是听我的话，早把那两个外地女娃娃换掉就好了。听说那两个女娃娃可是转了许多地方的食堂饭店，在城里待不住了，才跑到咱乡下来。要不是东林给她俩开的工资高，又免费提供住的吃的，她俩才不会在咱这里落下脚的。村里人都知道，东林这后生可是个土生土长的乡里娃，人老实本分，又踏实能干，又能吃苦，有本事，这个饭店也是他用苦换来的，他挣的钱也是辛苦钱、血汗钱，只可惜身边没有一个好女人陪伴他。只是最近这几天我才发现东林有点不对劲儿了，他也是年近半百的人了，身体胖，血压高，以前很少喝酒。可是前几天，我看到晚上他却一个人在喝闷酒，一喝就乱说胡话，有一回还喝着喝着就哭起来了，我就想不通，一个大男人家在女娃娃面前哭啥呀？人都说，男儿有泪不轻弹，只是没到伤心处，看来他最近肯定是遇到啥伤心事了。就是那天晚上，东林屋子的东西被人翻遍，所有值钱的东西都被偷光了。东林第二天很晚才起来，一看屋子里乱七八糟的样子，就赶紧喊两个女娃娃，可那两个女娃娃早就跑得不见了影子。东林在饭店里骂了一通后，就给派出所报了案。听说派出所现在还没有把那两个女娃娃逮住。"

"东林哥现在在哪里啊？"春叶心里很紧张，她现在唯一关心的是东林的去向。

"不知道。从那天出事后，街上人就再没有看到东林的身影，听人说他的钱让人偷光了，信用社还有贷款，镇上村上也有人欠他的账，他的饭店让信用社扣押着，他就出门挣钱去了。"

离开老伯的商店，春叶双眼满是泪，一步一步心事重重地朝家里走去。

第四十六章

一九九六年的春节过后，年过三十的宝根正式调到了县文化馆创作室工作，主要工作是文艺创作。

宝根这些年在沙苑镇政府文化站的工作可谓轰轰烈烈，如日中天。自从那次进城在宋洁云家里遭受了宋洁云妈妈的冷眼下看后，他再也没有去找过宋洁云，他知道城里人骨子里是看不起乡下人的。人一旦地位发生了变化，看人的眼光也就变了。想当初宋洁云的妈妈在改嫁之前还是一个普通职工时，甚至再往前说宋洁云的爷爷辈还是农民的时候，宋洁云的妈妈还会用那种眼光看待从黄沙窝窝里来的杨宝根吗？还会用那种戏谑的口吻问他一月挣几个钱吗？也就是从那次进城之后，宝根回到镇上文化站，开始发奋创作。他要像《人生》中的高加林一样，用自己的努力改变自己的命运。他要让城里人看看黄沙窝窝里照样能出金凤凰，照样能出人头地！

除了宋洁云的妈妈刺激了宝根的神经之外，那天在城里凑巧遇到宋洁云和她那个百货公司的未婚夫，照样让宝根心窝窝里憋了一口气。其实，从宋洁云的话里面，他已经读懂了她的心，她那句"我还是拗不过我妈"分明是借口，是她对他杨宝根失去了信心，关她妈啥事？自己的爱情能葬送在她妈妈手里吗？什么"我永远爱着你"，简直是屁话，是哄三岁小孩听的！他反过来也替她想过，他也不全怪她，她毕竟生活在她妈妈的阴影里，她的心里毕竟有了某种触动，她的眼光也毕竟盯着这个物欲横流的时代，在这个利益至上、人人都在拼命追逐金钱的市场经济时代，有谁还傻乎乎地信奉那份纯洁的爱情？有谁还在乎你一个搞文字工作却挣不了几个钱的文人？他也能体谅宋洁云对他感情的背叛，他觉得他们之间已经永远没有交叉点了，他们的人生已经朝着两个不同的方向各奔东西了。

但是，不管别人怎么看不起文人，怎么看不起文学和艺术，在宝根的眼里，文学依然神圣，艺术依然圣洁。也许在这沙窝窝里只有宝根还热衷于文艺创作，只有他还在孤独而执着地在通往文学与艺术的高峰上艰难跋涉。

成功之神向来都是青睐勤奋耕耘者，宝根的努力开始慢慢有了回报。他以他和宋洁云之间的爱情经历为素材创作的短篇小说《梦幻》在市文联办的文艺刊物《西岳》上发表了，虽说这只是内部发行的文学刊物，影响力也只局限于全市的文学爱好者之间，但也成了宝根继续攀登文学高峰的奠基石，激励着他继续朝着自己的文学梦、作家梦前进。一九九二年冬，他根据下乡工作时采集的农村人家生活中的琐碎事情和家庭矛盾创作的独幕地方小戏《家家有本难念的经》也搬上了县剧团的舞台，在全县各乡镇轮回演出后深受农民观众喜爱，成为当时推动全县精神文明建设的一个拳头产品。从此，杨宝根的名字开始引起全县人民的关注，他的文艺创作才华也得到了县文化局领导的重视。在随后举办的全县文化艺术节筹备中，宝根就被抽调到县文化局参与文艺创作作品审核把关工作。连宝根都没有想到，这次文艺创作上小小的成功，也成就了他的爱情。在县剧团的一位热心大姐的牵线搭桥下，宝根认识了县棉纺厂一位叫腊梅的姑娘。腊梅也是个文艺爱好者，她看了宝根写的戏后，对宝根由敬佩到萌生了爱意，两人先是书信来往，后来腊梅亲自来到了沙苑镇文化站找到宝根，她的诚意深深打动了宝根，两人一见钟情。随后由那位热心大姐一撮合，两人春节前即定了终身，第二年"五·一"劳动节便举行了婚礼。婚后，腊梅全力支持宝根搞文艺创作，为了能使宝根全身心投入创作，她不但辞去了工作，从城里跑到乡下的家里跟宝根一起生活，承担了全部的家务和农活，还主动提出推迟两三年要孩子，让宝根趁着年轻时的大好时光多写一些好作品。妻子这种夫唱妇随的举动让宝根感动不已。

促使宝根的人生轨迹发生转变的是婚后第三年，他创作的大型秦腔现代戏《巾帼英魂》再一次在全县火了一把，这出戏主要讲述了银行女职员为保卫国家财产同窃贼英勇斗争、壮烈牺牲的英雄事迹，故事来源于真实事例，演出后台下的许多观众被感动得泪流满面，特别是引起了金融系统广大职工的情感共鸣。春节前，《巾帼英魂》被县上几家银行重金包装，被市文联推荐参加全省地方戏剧调演评奖，获得了一等奖，杨宝根也获得了最佳编剧奖。获奖归来，宝根就接到了县委组织部的一张调令，从镇文化站调到了县文化馆创作室工作。

到文化馆工作不久，宝根就接到局领导安排的一个重要任务，采访一位以身殉职的老公安英雄的事迹。这位老公安民警在年前侦破一起特大经济诈骗案中，因劳累过度突发脑溢血，不幸牺牲，成为全县继那位银行女英雄之后又一名无名英雄。

宝根按照领导安排，与县公安局政工宣传部门取得联系，经仔细询问才知，牺牲的老民警叫宋大成，今年已经五十六岁了，他在春节前带领三名年轻民警奔赴浙江一个山区抓捕犯罪嫌疑人时，由于几天几夜劳累过度，突发脑溢血，不幸倒在了抓捕途中的山坡上。就在他倒下前的一瞬间，犯罪嫌疑人也终于落网了。宋大成牺牲后，县公安局在大年三十给他召开了追悼会，据说省市许多新闻媒体的记者都来做了采访报道。听宝根自我介绍说是县文化局创作室的，准备将牺牲老民警宋大成的事迹写一个戏剧剧本时，公安局政工科长很高兴，把宣传民警写的一份宋大成的先进事迹材料和一份向上级公安机关申报宋大成为烈士的申请复印件给了宝根，并安排那位宣传民警带着宝根去宋大成家里做进一步采访，深入挖掘创作素材，丰富创作内容。据宣传民警介绍，宋大成这个人可是藏而不露的无名英雄，他还有一个不愿向众人透露的秘密，只有揭开这个秘密，才能进入英雄的灵魂深处，写出感人至深、打动人心的作品。

奔着揭开这个秘密的目的，宝根随公安局宣传民警驱车来到英雄老民警宋大成的家里。

熟悉的四合院，熟悉的小花池，熟悉的八仙桌，还有熟悉的那张面孔，宝根仿佛回到了五年前那天和宋洁云回家拜访她妈妈的情景。不错，就是这个院子，就是这间屋子，就是这个看不起乡下人的老妇，一切依旧，不同的是宋洁云妈妈的那张脸再没有了昔日的冷峻和高傲，面对公安局民警介绍的县文化馆来的剧作家，宋洁云的妈妈看了宝根一眼，就垂下眼帘，苦笑了一下，说："是你？请坐吧。"然后就吩咐屋子里一位高高个头、身材挺拔的年轻小伙子给两位客人倒茶取烟。

"这就是你的儿子吧？几年不见，都长这么高了，和老宋差不多都一般高了。"宣传民警喝着茶问。

"是的，他叫宋军，今年十六了，刚上高中一年级。"宋洁云的妈妈说。

宣传民警跟宋洁云的妈妈，也就是宋大成的妻子寒暄了几句后，就开门见山地说起了这次来家里采访的情况，还特意把宝根介绍给宋洁云的妈妈，说："嫂子，这位是咱县文化馆创作室的大名鼎鼎的剧作家，前一段时间县剧团排演的秦腔《巾帼英魂》就是他编的，这次也准备把老宋的事迹写成一个剧本，在全县宣传宣传，老宋可是咱们县公安系统多年的无名英雄啊！"

宋洁云的妈妈看了宝根一眼，说："我们见过面，他是我女儿的同学，想不到几年不见，有出息了。"

宝根苦涩地笑了笑，说："阿姨过奖了。洁云，她还好吗？我们多年都没见了，没想到这也是老英雄的家。"

宣传民警见他俩很熟悉的样子，就说："你们认识就更好交流了，杨作家，你就和嫂子多聊聊，通过老宋的家人多了解一下老宋生前的事情。"说完，他站起身，就要到外面去。

宝根觉得现在也没有宣传民警什么事了，他在这里陪他，反而会影响人家的工作，反正这里到文化馆也不远，就对宣传干事说："王警官，要不你先开车回去忙你的事吧，我们在这里随便聊聊。"王警官说了声："好吧，那就失陪了。"说完，他开着警车就回局里了。

房间里只剩下宝根和宋洁云的妈妈了。面对眼前这个曾经伤害过自己自尊心的人，宝根虽然心里还有点隐隐的伤痛，可是那毕竟已成为了过去，过去的就让它过去吧，重要的是面对现实，面对未来。宝根也清楚，坐在眼前的也是个曾经伴随过英雄民警十几年的亲人，她内心也许会隐藏着许许多多英雄生前不为人所知的平凡小事，就是那些在一般人看来不起眼的琐碎小事才是构筑英雄伟大灵魂的基石，恰恰是这些基石才是无名英雄不平凡的闪光点。然而，宝根一时竟然不知道从何问起，他站起身来，环视了一下屋子，突然被墙上悬挂着的一个用奖状框改制的相片框子吸引住了，他仔细看着镜框子里的照片，指着一个熟悉的照片问："阿姨，这个女的是谁？"

宋洁云的妈妈站起身来，走到他身边，看着相片上穿着军装的女兵，说："她是老宋的女儿，是老宋三十多年前在沙窝窝里捡的，长大后去了新疆当兵，现在还在新疆，已经转业到了地方一家医院了。"

"老宋牺牲后，那她回来过吗？"宝根问。

"没有。老宋死得很突然，又赶在了年跟前，见大过年的，我们就没有跟她说。过了年后，我让洁云给她打电话，说了她爸牺牲的事情，她在电话里大哭了一场，嫌我们没有及时告诉她。本来她计划过了年就回来，到她爸爸坟前烧张纸，前几天又打来电话说，她的十多岁的女儿生病住院了，以后有时间了再回来。"

"她叫什么名字？"宝根急切地问。

"叫宋焕英，这名字是后来老宋给起的。"

"阿姨，那你知道她以前的名字叫什么吗？"

"不知道，连老宋也不知道。只是听老宋说过，他好像后来找到了丢失这孩子的家，可是那时候那孩子已经长到四五岁了，是懂事的年龄了，他也跟那孩子有了感情，舍不得把孩子还给人家。"

"那老宋有没有提起丢失孩子那家人是哪里的？"宝根对这个话题很感兴趣，他看着这张照片，就想起了二姐春花，还有那个从未见过面的三姐春草。他知道，爹就是为了想三姐春草才跟二姨、大舅闹事，被气死的，妈一提起三姐也是眼泪汪汪。所以，他预感到了多年的秘密就要被揭开了，才想一问到底。

宋洁云的妈妈盯着宝根看了几秒，似乎明白了什么，问道："对了，听洁云说，你是杨家庄的，对吗？"

宝根点点头："是的。"

"听老宋说起过，那孩子的家也是杨家庄的。莫非就是你们村子里的？"宋洁云的妈妈瞪大了双眼问。

"很有可能吧！"宝根控制住自己的情绪，才没有把自己的猜想说出来。他这才想起，县公安局宣传民警提起的老宋的秘密莫非就是这个捡来的女孩子？

这时，院子里响起一阵自行车的铃声，接着传来宋洁云的声音："宋军，妈在家吗？吃饭了没有？"

宋军说："家里来客人了，是一个作家，采访爸爸的事情。妈正和他说话呢，还没做饭。"

宋洁云在院子里撑好自行车，进了屋子，一眼看见坐在八仙桌旁边的宝根，惊讶地叫了声："宝根，原来是你，我还以为是哪个大作家来了。"

宋洁云的妈妈一看女儿回来了，好像终于可以脱身了一样，就一边往外走，一边对女儿说："洁云啊，正好你这位同学来了，你俩先聊吧，我去灶房给咱做饭去，还包饺子吧？"

"妈，你别忙乎了，我们坐一会儿就到外面下馆子去。你包的饺子，他咽不下。"也许是洁云想起了上次宝根来家里受到妈妈慢待的情景，对她妈说话也有点儿怨气。

宋洁云的妈妈回过头，也给了她一句："贼女子，嫌我做的饭不好吃，还跑到我这里干啥来了？有本事回家吃现成饭去？"

宋洁云倒掉宝根眼前茶杯里的凉茶，重新倒上热茶，然后坐在八仙桌另一侧的椅子上，说："想不到，你现在成大作家了啊，在学校的梦想终于实现了吧？这可真是应了那句话：是金子总会发光的。"

宝根笑了笑说："啥大作家的，你别笑话我，好不好？我也是混饭吃的，今天来只是完成领导分配的一项工作任务，没想到我要写的英雄老民警就是你爸爸。你以前也从没有跟我说起过你爸是公安啊！"

"我爸就是那样低调的人，他可不愿意我们做子女的跟人提起他。不过，我爸为共产党辛辛苦苦干了一辈子，也做了一辈子的老实人，到死前也没有捞到个一官半职，要说他做过啥轰轰烈烈的英雄壮举倒没有，可是要说他这一辈子为家庭、为老百姓付出的爱，那可真是没说的。所以呀，你这个大作家可要用笔杆子替我爸爸多说些好话啊！"

"公安局的材料我大概看了一下，工作上你爸确实兢兢业业，任劳任怨，没说的。只是公安局那个宣传民警提醒了我一句，说要写好你爸爸这个英雄，一定得写他这一辈子做的那些工作之外的好事。起初，我不明白他的意思，还觉得那些鸡毛蒜皮的小事有啥可以写的。刚才看到相框里你姐姐的照片，跟你妈妈一聊，才扯出了你爸爸三十多年前捡回你姐姐、又独自把你姐姐抚养成人的事情，我这才明白了宣传民警所说的小事是什么。洁云，说心里话，我对你爸爸抚养你姐姐这件事很感兴趣，也觉得这里面一定有好多故事可写，将来要是能写到剧本里，肯定能从人性化角度把你爸爸这个英雄形象塑造得有血有肉，精神饱满。"宝根越说越激动，越说话题越长。

洁云耐心地听着，显得也很激动。宝根的话音刚落，她就插了一句："到底是大作家，说起写作来，水平就是和别人不一样。只要你想写好我爸爸，我一定会全力配合你、支持你的。这样吧，老同学，你肯定也没吃午饭吧，我们到街上找个饭馆坐下来边吃边聊，好吗？"

"你妈妈不是已经去灶房做饭了吗？"

"咋了？你还想听她问你挣几个钱？想起上次吃饭的情景，我就来气。走吧，我爸的事情你就不用操心了，我有办法让你彻彻底底了解我爸，走进我爸内心深处的。咱们也好多年没见面了，有的话我还想跟你说，只是不想在这里说。这个屋子会勾起我不愉快的回忆的。"

宝根听出了宋洁云话里的意思，就不再推辞了。宋洁云在宝根出了院子后，又折回屋子里忙了一会儿。宝根在外面等着，看到宋洁云背着一个鼓鼓囊囊的包出来了，就跟着她走出家。他们在街上找到一家僻静的饭店，要了一个小包间。宋洁云点了一瓶葡萄酒，要了一热一凉两盘下酒菜，再给宝根要了一大碗炸酱面，自己则要了一小碗清汤面。服务员把两盘下酒菜和一瓶红酒上好后，宋洁云给两人眼前的高脚酒杯里各斟了半杯红酒，端起酒杯和宝根碰了一下，说："宝根，下面开始说说我们之间的话题吧！"

宝根确实有点饿了，夹了两筷子菜放到嘴里，边吃边说："好吧！那就先说说你吧。"

"我有啥可说的？论工作，比不上你有成绩；论生活，也没有你开心。倒是你这个大作家这些年却越来越红了。"

宝根觉得洁云的话里面有点赌气的味道，从她那张写满怨气的脸上，他觉察到她心情并不好，有可能生活得也不是很幸福，要不然她妈妈刚才不会说那句话来解气的。两人这样沉默了一会儿，他想主动打破这沉默的气氛，可是想来想去却不知咋样开口，最后还是随便问了一句："洁云，这些年你还好吗？"话一出口，宝根又觉得自己说了一句废话，与刚才洁云称呼他的作家显得有点名不副实。

"哎，就那样子了，死不了，也活不好。"宋洁云的话显得有点沉重，明显表示她生活得一点也不幸福，甚至很痛苦。

宝根问："哎，家家都有本难念的经，谁都有不开心的时候，你也别太往心上去，想开点就好了。"

"我现在还有啥开心的？要说开心，那只是以前的时候了。一步错，步步错，自己酿成的苦果只有自己慢慢品尝，怪不得别人。"

"这么说，你的婚姻不幸福？可我觉得你那个老公比我强多了，要人样有人样，要地位有地位，要钱财有钱财。我脱了鞋，都撵不上人家啊！"

宋洁云冷笑了一下，说："可有一样东西他没有，而你有。我宁愿用他所有的东西换取你这一样东西。"

"看你说的，我有啥值得你这么看重的东西啊？"

"人品！朴实憨厚，心地善良的人品！你身上这一样东西比金子都可贵，更不用说你还有一股不向命运低头、发奋图强、为自己的理想和事业坚持奋斗的上进心。"宋洁云说得有点动情了，她从口袋里掏出湿巾纸，擦了擦双眼，低下头沉默不语了。

"很抱歉，我没你说得那么高尚。我有时也很自私，也很狭隘，只是你不知道罢了。说实在的，在爱情方面人都是自私的。当我蛮有把握地以为我们会走到一起时，没想到你妈妈会那样看不起我这个乡下人。你知道吗？从你家走出的那一刻，我曾经发誓不再进这个家门，要不是公务在身，要不是看在你那个英雄老爸的面子上，打死我，我也不会再去你家的。不是说我对你妈有多恨，主要是我受不了你们城里人看我们乡下人的那种蔑视的眼神，更受不了你们城里人戏谑我们乡下人那种轻薄的语言，那是尖刀在刺伤着我的心，你知道吗？不错，人是有地位高低，是有工作上的高贵与低下，但是从人格上说，坐小轿车的与扫马路、种庄稼的应该是平等的。我这些年的挑灯熬夜、孤苦奋斗是为了什么？是为了调到城里工作吗？不是，我是在为我们乡下人争口气，我要让你们城里人知道，乡下人一点儿也不比你们城里人愚昧多少，一样可以干出一番大事业！洁云，有时候我在想，要是我能再回到纯真的学生时代该有多好啊！中学校园那是一方净土，那里没有社会上低俗的观念，没有蔑视、敌视、仇视的目光，也没有卑微的奴性和高高在上的权势，有的是互帮互学的同学友谊、相互珍爱的同学友情、一视同仁的同学关系。还记得，我们那天晚上在雪地里漫步的情景吗？我是永远不会忘记的，我会把它作为一段珍贵的历史珍藏在我的心底。每当我看到利益熏天、尔虞我诈、追逐金钱名利的人和事，我都会闭上双眼，让我的心绪回到那段美好的回忆之中，回到那个洁白的雪夜，回到两个年轻纯真的心灵深处……"

宝根的激情像开闸的洪水一泻千里，他借着微微的酒劲，顺着宋洁云的话语，一口气说了这么多，连自己都把持不住，控制不住。可宋洁云一点儿也没有阻止他说下去的意思，她双手托腮，一副洗耳恭听的姿势，巴不得宝根永远说下去，哪怕说到天黑，说到第二天。她还是第一次听宝根，不，应该是一个大作家发表这样激情洋溢的演讲，他说的句句都是实话，句句都一针见血。她明白了宝根为什么后来一直在躲避着她，也意识到了宝根对自己和自己的妈妈是多么失望，同时也清楚地看到了宝根隐藏在内心深处的灵魂。

夕阳西下时，两人才离开了那家饭店。走出饭店后，宋洁云从随身背着的一个奶油色挎包里取出一个用报纸包裹得方方正正的东西，递到宝根手中，说："这个东西很珍贵，它是我爸爸的生命，你回到办公室好好看吧，肯定对你的写作有帮助。"

　　宝根用双手掂了掂，感觉分量很沉，估计里面肯定是一摞书，应该是用硬皮包装的那种古典类书籍。他把这东西放到自己的提包里，伸出手，做出要和宋洁云握手告别的样子，说："谢谢你，老同学，我一定好好拜读，争取尽快把剧本写出来，也不辜负你们全家的希望，一定会让你爸爸的英雄形象和高尚人格通过我的笔尖展现出来。"

　　宋洁云没有伸出手，她含情脉脉地看了宝根一眼，笑了一下，说："有必要这么客气吗？我们又不是不再见面了，还要握手告别？"然后转过身就走了。走了几步后，宋洁云又回过头，向宝根挥挥手，说："宝根，我等着看你的戏本搬上舞台，公演的那一天千万别忘了给我说一声，啊！"

　　夕阳的余晖下，宝根发现宋洁云的眼里闪着晶莹的泪花。

第四十七章

晚上，宝根在办公室橘黄色的灯光下，小心翼翼地打开那个用报纸包裹着的东西，一层层发黄的报纸被剥开，最终暴露在宝根眼前的是厚厚的一摞日记本。他仔细数了一下，共十三本，有一本是最新放进去的。这十三本日记本有塑料皮的，也有硬纸皮的，有小一点版本的，也有大一点版本的，有薄一点的，也有厚一点的。十三本日记本的第一页上都写着"宋大成"三个字，有的日记本里只写了一年的日记，有的写了两三年的日记，年份越往前的，笔迹越模糊。圆珠笔的字迹还较为清晰点，蓝色墨水写的字迹就有点模糊，但仔细看看还是能辨认清楚的。他把十三本日记本大概翻开看了看，最早的是一九六二年十月二十三日写的，最近的是一九九五年十月二十八日写的。宋大成的字写得苍劲有力，没有狂草的字，也没有一笔一画的工笔正楷字，从头到尾都是行书，笔画规范，结构恰当，即使字迹有点模糊的，也一点都不难辨认。

宝根怀着对英雄崇敬的心情，按照年代一页一页翻看起来，由于日记内容太多，他没有一页一页细细看，而是对那些特别重要、自己又很感兴趣的章节，特意细细看了一遍。

一九六二年十月二十三日

下午从沙南大队办事回来，我骑着自行车行驶在杨家大队南边沙丘里的小路上，忽然听见有小孩的哭声。这个时候了，风沙又大，天气又冷，怎么还会有小孩子在这里？这孩子八成是迷路了，要不就是与家人走失了。

寻着孩子的哭声找去，我发现路边躺着一个不到两岁的小女孩在哇哇大哭，女孩子的身边放着一件青色衣裤，青色衣物上还放着一个巴掌大的用牛皮纸包着的野菜团和一把麸子面。我知道，在这闹饥荒的年代，能吃到一点野菜团和一把麸子面已经很不容易了。看着沙地上面容清瘦、脸色苍白的小女孩，我猜想一定是大人怕养不活这孩子，故意丢弃她的，也有可能孩子的父母还没有走远。我觉得这孩子怪可怜的，就将她抱起，搂在怀里，在原地等着她的父母来认领。可是等了大半天也没有人来。这时天色开始暗了下来，狂风裹着黄沙漫天横飞，我几乎都睁不开双眼了。心想，自己必须赶紧赶路，不然天黑之前回不到派出所了。

我一手抱着孩子，把孩子的衣物和吃的东西放在自行车布袋里，一手推着自行车，迎着扑面而来的黄沙艰难地朝公社派出所赶。回到派出所的时候，天色已经全黑了。我用开水泡着麸子面给孩子喂，孩子可能是饿坏了，张开小嘴巴吃下半杯子麸子面糊糊。我把孩子放在床上，发现孩子像睡着了一样，一摸孩子额头，烫手。我意识到孩子是发烧感冒了，赶紧抱到隔壁卫生院，医生给孩子量了体温，烧到40度，就赶紧给孩子打了一针，开了几样西药。我把孩子抱回自己的宿舍，搂着孩子睡了一夜。

一九六二年十月二十五日

都过去几天了，也不见孩子的家人来找孩子。这些天派出所工作很忙，有一些地方群众为了糊口填肚子，为争抢一点野菜闹起纠纷，我白天要下几个大队调查实情，维护农村正常的生活秩序。为了不耽误工作，我想还是把孩子送到县城的家，让母亲先抚养这孩子。

说实在的，城里的家里这些天日子也不比农村好过多少，母亲所在的厂子也很困难，她经常吃不饱肚子，饿得头昏眼花，再让她照看这么小的孩子，我怕她身体吃不消。可是，我也实在没办法照顾这个小孩子，一个大男人家，笨手笨脚的，根本就不是照顾小孩子的人。哎，要是自己能说个媳妇成个家就好了！不说了，还是革命工作重要，我要发扬在部队养成的军人吃苦耐劳的作风，再苦再累也要干好自己的本职工作。

看到我送来的小女孩，母亲问清了缘由，只好不去上班了，专心在家抚养这个女孩子。

一九六三年十二月十五日

明天我要进县城开会，今天早上，我去派出所门口的街道上给小焕英（我给小女孩起的名字，意思是希望她能焕发精神，将来成为革命英才）买些红薯，顺便给她带回去。我知道这孩子就爱吃沙地里长的红薯，又甜又面。这孩子长得怪让人心疼的，嘴也乖，一开始见了我还躲着，现在跟我有感情了，见了我，就叫爸爸，叫得我心里软软的。几天不见，我就想她。

前些日子，我在公社门口买过一个社员的红薯，确实好吃。我走出派出所，看到这个社员的牲口车子正好在派出所门口，车上装满了刚挖出土的又光又红的红薯，我过去就想买上几斤。在卖红薯社员的旁边，我吃惊地看到一个比焕英大一点儿的小女孩，我盯着她看了一会儿，发觉她长得很像焕英。我问卖红薯的社员，这小女孩是谁家的孩子，他说她不是他的孩子，孩子的大人刚走开。我没有再问，买了红薯就进了派出所。

记得这个卖红薯的社员说过，他是杨家大队的。这下我就断定，我捡的焕英有可能就是杨家大队的，那个跟焕英长得很像的小女孩很可能就是她的姐姐了。

怎么办？把小焕英送回到她的亲生父母身边？我又实在舍不得，想起这一年来自己和母亲受尽艰辛，硬是把小焕英从病魔的手里夺了回来，把她抚养成一个活泼可爱、乖巧懂事的孩子，要把这孩子送回给她亲生父母，就好像用刀子割我的心头肉。再说了，一年来这小孩日夜守在我母亲身边，已经跟我母亲有了感情，我母亲更是疼爱得要命，肯定舍不得让小焕英离开她。可是，要是不送回去，丢了孩子的人家不是很着急、很痛苦吗？我在心里无数次问自己：是送还是不送？我想，作为一名受党和毛泽东思想培养多年的革命战士和人民警察，应该有替广大的劳苦大众利益着想的革命精神，不能只顾自己快乐，而不顾别人的痛苦，一定要替别人着想。想起丢孩子人家的痛苦和煎熬，我还是决定继续打听焕英的亲生父母，忍痛割爱也要把小焕英送到她的亲生父母身边，让她重新回到她亲生父母的怀抱！

一九六四年二月二十三日

今天，到杨家大队处理一起群众偷生产队保管室口粮的案子。经过现场勘查和询问生产队几个干部，最终把贼喊捉贼的保管员查了出来。保管员家里孩子多，上头还有六十多岁的父母，开春后粮食不够吃，就从保管室给家里偷走一口袋玉米，后来又怕生产队长追究他的责任，就搞了个保管室被贼偷的假现场，结果我们在他家里找到了那一口袋粮食。案子用不了半天就破了，鉴于这个保管员人还老实，家里确实困难，我只对他进行了批评教育，随后生产队长也把保管员换了。

生产队长安排我在群众家里吃午饭。在吃午饭的时候，我特意问了这家的大哥大嫂，队里前年有没有谁家丢失过一个两岁左右的女孩子。大嫂告诉我没听说过谁家丢了孩子，只听说过东霞姐家的春草前年秋天得了重病死了，那娃娃也就不到两岁。

　　吃过饭后，我按照大嫂说的位置，推着自行车故意从那个叫东霞的女人家门口来回走过，在她家门口看到两个女孩子在玩耍，其中一个就是去年冬天在公社门口看到的那个小女孩，年龄稍大的那个女孩子脸上有点消瘦，显得脸长，而小一点的那个几乎和焕英长得一模一样。我走上前问那个小一点的女孩叫什么名字，她妈妈和爸爸叫什么名字。她告诉我，她叫春花，她妈妈叫东霞，她爹叫天祥，还说她妈在家里给她纳鞋底，她爹到河滩里给生产队修渠去了。我问她是不是有个小妹妹，小女孩摇了摇头说不知道。那个大一点儿的女孩子抢着说，她还有一个妹妹叫春草，听她妈说春草妹妹病死了，埋在了南边的沙窝窝里了。我问那个大一点儿的女孩叫什么，她说她叫春叶，九岁了。

　　我把车子口袋里给焕英买的几颗水果糖拿出来，给了春花三颗，给了春叶两颗。看来两个女孩子都没有吃过水果糖，都不知怎样剥糖纸。我拿起一颗糖，教她们怎样剥开外面的糖纸，然后把剥开的一颗水果糖送到春花嘴里，问她甜不甜，春花露出可爱的笑脸说："甜！"

　　离开两个小女孩，我心里有点难受。我已经猜得出焕英的母亲为啥抛弃了自己的小女儿——在前年那个闹饥荒的年份，她肯定是无能为力把她的小女儿救活和养活，实在没办法，才把孩子扔在沙窝窝里。在她的心里，她的小女儿已经死了。如果她真的不想再见到那个被她抛弃的女儿了，我还有必要把焕英送还给她吗？

　　在回派出所的路上我想了一路，最后决定不把焕英还回去了。我在心里对东霞一家人说：焕英在我这里，你们就放心吧。我一定要替你们把孩子抚养成人，把她当我的亲生女儿一样疼爱。有你们的孩子在我这里，我和你们家就有了一种缘分。只要我还在沙苑镇工作，我就会暗中帮助你们一家人。只有这样，才能弥补我心里那点夺人至亲、夺人之爱的愧疚感。

一九六五年五月十三日

　　刚过了二十五岁生日，就有好心的大嫂给我介绍对象。从部队回来这四年里，自己只顾在派出所拼命干好工作，很少考虑自己的婚姻大事。父亲因病去世后，我就和母亲相依为命。也可能是母亲一个人在城里太寂寞，我一工作，母亲就催我赶紧找对象，那时自己才二十一岁，觉得还年轻，心里也不太着急。熬过了一年后，就捡到了焕英。有了焕英，母亲好像有了依靠和欢乐，就像对待亲孙女一样疼着焕英，也就忘了催我找对象的事。

二十五岁也算晚婚的年龄了，自己这几年对派出所的工作也熟悉了，工作基本稳定了下来，也应该考虑自己的婚事了。公社妇联主任跟我说，她的一位侄女师范学校毕业后刚分到沙苑公社附近的农村学校教学，今年二十二岁了，根红苗正，人品又好，长得也漂亮。我们就在上周六见面了。见面后，我和这姑娘谈得很好，双方都很满意。妇联主任高兴地说，要是双方没啥意见的话，就等着吃我们的喜糖。我心里也很高兴，总算要结束自己的单身生活了。

可是，几天之后，妇联主任却哭丧着脸对我说，她侄女心里又有点不愿意了。我问，她为啥不情愿了。妇联主任说，她侄女通过别人打听了，听说你有一个私生女儿。我说，那是我捡回来的孩子，不是我亲生的。妇联主任却说："你妈亲口跟人说，那女孩子就是你的亲生女儿。我一再跟侄女解释，她也不听，真没办法。"

人家姑娘不愿意，我也不好再勉强人家。我知道，我妈是怕别人把焕英抢走了，也怕焕英知道了她是捡来的，又去寻找她的亲生父母。

就这样，我的第一次婚事就失败了。

一九七一年七月十六日

今年夏天，洛河上游的陕北黄土高原上下了一场特大暴雨，引起了下游的洛河河水暴涨，好几处拦河大坝都决了口子，沙苑公社洛河沿岸的七个大队的庄稼六成都遭了水灾。那些已经长到一人多高的玉米被河水漫得只剩下头，棉花、黄豆也都是刚出苗就被水淹没，要不是南边荒沙地里还有一半的秋庄稼，沙苑公社许多大队的群众可要遭殃了。

河水退过后，我骑着自行车沿着洛河的堤坝在滩里巡逻，看有没有人借机偷庄稼、搞破坏，有没有群众在河水退去后下到河里捞河柴、出危险。中午，我巡逻到杨家大队渡口不远处的河滩时，忽然听到有小孩哭喊："救命！"我顺着喊声望去，看到几个光屁股小男孩在河边慌慌张张喊叫，我心里"咯噔"一下，知道大事不好，肯定是有小孩掉到河里了。我赶紧把自行车往坝上一扔，朝河边跑去。我一边向岸边跑，一边脱掉制服和鞋子，下到水里，从一个男孩子手里接过落水的男孩，背到河岸边的柳树下，抱着男孩双腿，让他头朝下吐出肚子里的水，然后又把他平放在地上，对他做了人工呼吸，终于把那落水男孩救了过来。

在抢救那个落水男孩的过程中，我听到身边有小孩叫他宝根。下午我回到杨家大队找到民兵连长，要他们派民兵到河滩巡逻，防止有小孩下河，禁止社员下河捞河柴，以免发生危险。我顺便把中午抢救那个掉到河里的男孩的事说了，一问民兵连长才得知，那个叫宝根的落水男孩正是杨天祥和刘东霞的儿子。我很欣慰自己又做了一件对杨家有益的事情，让我的心里安稳了许多。

一九七六年六月二十六日

看来老天有眼，让我再一次有缘与杨家人有了一次亲密接触。

昨天听派出所所长说，杨家大队晚上要开一个批判大会，因为我包着那个大队，就派我去参加。批判会原来是一个侄女在会上揭发她的叔父陷害党支部书记的罪行。让我惊愕的是，这个揭发她叔父罪行的女青年正是杨家的二女儿春花。十几年不见，她已经长成大姑娘了，人也越长越漂亮，真是女大十八变，越变越好看。

对于这次批判杨天祥的三弟杨金祥的大会，我觉得有点蹊跷，经过我初步调查和询问群众，那个被批判的杨金祥本质上没有那么坏，听说他以前还是学校的语文老师。批判会之后，杨金祥以反革命和诬陷党的干部的罪行被暂时关押在了派出所。县革委会、县公安局和公社革委会对这次反革命事件很重视，都派人到派出所整理和审核材料。晚上，我熬了个通宵，把杨金祥所谓的反革命和陷害干部的材料齐齐进行了审核，我的意见是证据不足，罪名与事实不相符，建议不用把人关到看守所。

今天一大早，我一出办公室门，就碰到一位中年男人提着竹笼在派出所院子里转悠。我问他找谁，他说他是杨金祥的大哥，叫杨天祥，来给三弟送点吃的。这是我第一次见到焕英的亲生父亲杨天祥，从他脸上的皱纹和苦愁的面容，我看得出，这是一个勤劳朴实的庄稼汉。我安慰他放心回去吧，我们一定会公正处理，不会冤枉好人的。他对我又是一阵感谢，让我心里有点儿不好受。

一九七八年十二月十八日

今天，我向单位请了一天假，专门回城里送焕英入伍。已经年满十八周岁的焕英当兵了。早上，天还没亮我就起来了，招呼着焕英穿好部队新发的绿军装。焕英换上一身宽大的军装，戴上无舌女兵帽，留着齐耳的短发，显得更加精神了，正应了毛主席那句诗词："中华儿女多奇志，不爱红装爱武装"。

在送焕英到县武装部集结的路上，我忽然想起了已经去世的母亲。母亲是去年这个时候去世的，前一个星期就是母亲的周年忌日。母亲含辛茹苦把焕英抚养大，给了她更多的爱，可惜今天看不到她的孙女穿上军装的样子了。有母亲这些年照顾焕英，焕英应该说一点也不比别的孩子缺少爱。早上在整理焕英背包里的东西时，我发现一张母亲和焕英的合影照。我知道，孩子舍不得奶奶离开她，在她的心里奶奶永远陪伴着她。

新兵快上车时，我拉着焕英的手说："孩子，到部队一定要好好干，部队是一座大熔炉，可以把你铸造成一块对祖国有用的好钢，部队也是一所大学校，可以培养出成千上万的革命战士。部队生活虽然苦点儿，但可以磨炼人的意志。你要在部队经受得住风吹雨打，使自己尽快成长起来！孩子，到部队不要太惦记家里，专心训练学习，好好听首长的话，争取当个好兵，爸爸等着你的喜报和立功奖章！"

焕英听着我的话，懂事地点着头，说："爸爸，您放心吧，我一定不辜负您的希望，不怕苦，不怕累，争取做一名听党话的好战士！"

满载新兵的解放牌汽车徐徐离开了武装部的大院，武装部的门口响起了一阵喧天锣鼓和鞭炮声，街道两旁站满了欢送新兵的学生和新兵家属。送新兵的家属都跟在解放牌汽车后面，和车上的子女挥手告别。这时，我的双眼被热泪模糊了，在模糊的视线中，我看到焕英探出半个身子朝着我在使劲挥手，我看到女儿已经哭成了泪人……

一九七九年元月二十日

春节快到了，今天到县公安局参加全年工作总结大会，自己又一次被评为优秀人民警察，戴上了大红花上台领奖。想起来，自己已经是第八次上台领奖了，心里当然很高兴。

总结会之后，县公安局在局里的食堂里举行了会餐，好久没有吃到大肉了，今天终于吃到大肉了。局长过来到我们这一桌敬酒时，特意对我说了一句话，他说："宋大成干得不错啊，年年都是先进。听说你破案有一手啊，这次局党委研究了，决定把你调到局里刑警队，给咱好好破大案，破要案，好好干，相信你一定会干出新名堂的！"

随后，局政工股股长跟我说，我的调令已经下到派出所了，过了春节后我就可以到局里刑警队报到上班了。我算了一下，自己在沙苑派出所一干就是十八年啊，现在终于要离开那个沙窝窝了，说实在的心里一时还舍不得。那里的人朴实善良，我突然感觉自己这一走就像鱼儿将要离开水一样。但是，我知道作为一名共产党员，作为一名人民警察，理应像雷锋那样，做一颗永不生锈的螺丝钉，党把我拧在哪里，我就要在哪里闪闪发光。

一九八〇年二月二十七日

今天，慧娴和她十四岁的女儿洁云搬过来和我一起生活了。我们经过一个多月的认识和相互了解，在刑警队老王的爱人的撮合下，终于组成了一个新的家庭。

老王的爱人和慧娴在一个单位上班，听老王的爱人说，慧娴的爱人早些年就因病去世了，丢下慧娴和一个女儿相依为命，这么多年来，慧娴为了拉扯女儿吃了不少苦头，得知我从乡里调回到城里工作了，她才把慧娴介绍给我。慧娴比我小五岁，给我的第一印象就是个爱干净、挺能干、能吃苦的女人。老王的爱人把我的情况给慧娴介绍了后，慧娴听说我一直没有结过婚，只是抚养了一个女儿，而且女儿也已经长大成人，入伍到了部队，家里倒是很清闲，觉得我的条件还可以，就答应了。

自己今年也是上了四十岁的人了，人家慧娴也是有孩子的女人了，所以我们的结婚仪式就很简单。焕英远在新疆，我早上在局里给她挂了个长途电话，说了我要成家的事情（其实前些日子我已经跟她说起过这事）。上午上班时我给局里每个办公室散了一把水果糖，中午请了刑警队几位同志和慧娴的姐姐、姐夫在街上第一食堂吃了顿饭，喝了点酒。刑警队只给我放了半天假，下午慧娴就在家里给我们五个人炒了四样菜，每人做了一碗鸡蛋面，然后才把她姐姐、姐夫打发走。

晚上，我把自己给慧娴和女儿买的两件衣服送给了她们母女，慧娴说都是一家人了，花这些钱干啥？她女儿洁云对我有点生疏，甚至有点戒备心理，没有要我买的衣服。我能理解孩子的心情，心想以后要主动和这孩子亲近，像对待自己的亲闺女一样对待她，尽快让她从心里接受我这个后爸。

一九八一年元月二十五日

今天是个值得高兴的日子，我们的儿子出生了。

按说我们都这么大年纪了，本来不想再要孩子的，可是慧娴看我一直没结过婚，也没有自己的亲生孩子，就坚持说，我们再要一个孩子（其实她的心思我懂，我们俩家以前都是女孩子，她是想生个男娃），我拗不过她，就答应趁我们身体还行，就生一个吧，不管是男娃，还是女娃都行，这下总算有了我们感情的纽带和平衡点。

听说女人一过三十岁生孩子就容易难产。慧娴已经三十五岁了，我很怕她生孩子遇到难产，好在慧娴的身体还算好，生儿子很顺利，我真感谢她给我生了一个儿子。

下午我从医院回到家，发现洁云一个人闷闷不乐在啃冷馒头。我问她，谁欺负她了，她也不说，扭过身去，背对着我。我一想，原来她是嫌家里没人给她做饭。她已经上初中三年级了，学习时间很紧，回到家没有热饭热菜吃，心里就不高兴了。我赶紧跑出去，到食堂买了一个烧饼夹肉和一大碗牛肉面，用铁饭盒给她端回家。当我回到家里时，才发现洁云已经去了学校。

我知道这孩子又在生我的气了，看来她不是为了没热饭吃才生气的。我想起她这半年都不太高兴，今天尤其苦闷。再仔细一想，明白了，她肯定是因为我们生了儿子而生气，她一定是怕我们生了儿子，以后就会对她冷淡了。孩子都有嫉妒心，这点作为大人应该体谅。我在心里对洁云说：孩子，请你相信爸爸，爸爸以后不会冷淡你的，还会像以前一样爱你的！

一九八一年九月一日

今天，洁云终于到县城重点高中报名了，我心里的一块石头总算落地了。

自从儿子宋军出生后，这半年来洁云一直对我和她妈耿耿于怀，这孩子性格越来越孤僻了，初三最后一学期总是以补课为由，不愿意回家，有时候星期天好不容易回一次家，半天也说不出几句话。慧娴一次生气了，骂了她几句，她就赌气连续一个月不回家了，晚上不知在哪里睡觉。慧娴只顾照顾怀里的儿子宋军，也顾不上管她。我心里很慌乱，怕洁云在外面出事，下午下了班就去学校找她班主任问情况。洁云的班主任告诉我，洁云这一学期学习退步很大，英语课堂上经常旷课，上课时注意力也不集中，性格显得更加内向。我把家里的情况跟班主任说了，希望班主任能理解孩子，好好开导她和教育她，我也保证了我这做家长的一定会积极配合学校教育好孩子的。

一天晚上，我下了班没有回家，直接到初中学校门口等洁云出来。那晚，我终于发现洁云跟一个男同学走出校门，那男同学让洁云坐上他的自行车，两人准备上街。我上前拦住他俩，洁云看到我就转过身去，不理我。我问男同学带洁云去哪里，那同学支支吾吾说去他家里一起复习功课。我肯定不信，就劝洁云跟我回去，说她这几天不回来，我和她妈都急坏了，怕她出啥事。洁云噘着嘴说："你是谁呀，凭啥管我？我没有家！"洁云的话让我很心痛，我忍住心痛，说："洁云，我是你爸爸啊！快跟爸爸回家去，一家人都在等着你啊！"洁云哭着，暴躁地说了一句："我爸爸早就死了！我是没有人爱的人了，你还是回去疼你的小儿子去吧！"我的眼泪在眼眶里打着转，忍住没有让眼泪掉下来。我一狠心，让那位男同学先走了，然后对她说："孩子，不管你认不认我这个爸爸，我都要管你，现在你还未成年，我是你的法律监护人，有义务也有责任对你负责。我是专门惩治坏人的，决不能眼睁睁看着自己监护的人变坏。你要是不回去，我也不回家，就跟着你。有警察在身边保护着你，就没有人敢欺负你！"洁云突然大哭起来。不知道是被我的话说服了，还是真的觉醒了，她主动朝着家的方向走去。

从那之后，洁云慢慢变了，知道好好学习了，虽然前面落下了一些功课，但起码不再旷课了，也不再晚上不回家了。中考结束后，我估计最坏的后果是普通高中也考不上，没想到她不仅考上了普通高中，而且离重点高中分数也只差了二十来分。我看到这孩子在学习上还是有希望的，就托了在教育局工作的一位老战友，让洁云破例进了重点高中。

我想，今天应该是女儿洁云人生道路上一个新的起点，希望她能在高中三年里有所进步，最终考上梦想中的大学！

一九八二年十一月六日

今天收到焕英的来信，焕英在信中说她刚刚结婚了，爱人是一个在对越自卫反击战中光荣负伤的战斗英雄，他们是在部队前线的战地卫生院认识的。焕英还说，她的爱人叫梁斌，四川成都人，以前在华山脚下的一个部队当兵，后来在对越自卫反击战的战斗中被炸断了一条腿，可是她崇拜他的英雄气概，不但不嫌弃梁斌是残疾军人，还答应要照顾他一辈子。

多好的女儿啊！我真替她高兴和赞叹。焕英这娃从小心肠就好，从小到大很少让我操心过。她做得对，没有给我这个老军人、老警察的爸爸丢脸，我心里就很放心了。我衷心祝愿我的女儿永远幸福！

一九八三年十二月二十六日

两年半的高中生活转眼间就完了。洁云已经到了高三，根据她的学习成绩，估计考上大学有点困难。为了给洁云的后半生铺就一条平坦的道路，我要想办法让她顺利考上大学，这样，我从内心里也算对得起她了。

听老王说，现在有人把孩子的户口转到新疆、青海、宁夏这些少数民族地区，让孩子在那里参加高考，因为那里高考录取分数线比陕西低许多，大部分都能考上大学的，有的在本县学习成绩一般的学生到了那里竟能考上重点大学。这可是一条考大学的捷径啊！我也知道，办假户口也是违反政策规定的。自己作为党培养多年的共产党员、人民警察，按理说是不能做这样违反政策的事情的，可是，出于对这个身份特殊的女儿的爱，我还是决定冒风险做一次违反政策的事情，争取让洁云顺利考上大学。

经过一个多月找人活动，我终于把洁云的户口偷偷转到了在新疆建设兵团工作的一个堂弟的名下，从此，叫了十六年的"丁洁云"就要变成"宋洁云"了。

知道洁云快期末考试了，我还是先不告诉她为好，免得她知道了分心，影响期末考试成绩。等她考试结束后，我再跟她说这事吧！

一九八四年四月二十三日

终于把洁云顺利送到了新疆上学去了，我总算可以松口气放松放松自己了。真是年龄不饶人啊，人到中年，各种疾病就找上门来，早上起床时突然觉得头晕眼花，双脚一着地就感到头重脚轻，眼前一黑，就倒在地上，啥也不知道了。等我醒来已经是傍晚时分了，慧娴守在我身边，叫来医生给我挂了吊瓶。慧娴告诉我，医生检查后，说我是脑梗，好在是初犯，以后要注意千万不要再跌倒了。慧娴还告诉我，她看到我昏迷不醒的样子，心里很害怕，就给女儿焕英挂了电话，让她回来看看我。我说，这点儿小毛病麻烦孩子干啥，这不是挺过来了嘛！

我知道慧娴也是为我好，其实算下来已经有六年没有见到女儿焕英了，我心里也很想她。当听慧娴说焕英已经准备和梁斌一起回来看我，我心里很高兴，也盼着能看一眼日夜牵挂的女儿和英雄女婿！

一九九四年十一月二十日

离开沙苑派出所已经十五年了，这些年几乎快把沙苑忘记了。那里是我的第二故乡，那绵延的黄沙，蜿蜒的洛河，淳朴的民风，都是我永恒的记忆。

今天早上，刑警队突然接到沙苑镇赵家村一位妇女报案，说她弟弟昨晚被杀害了，被人扔在了沙坑里，头上还流了好多血！这可是沙苑镇多年来少有的凶杀案。人命关天，不容迟疑！我主动向队长请缨去办这起案子，理由是我对那里环境、人和情况都熟悉，对于破案有帮助。

我们踏着厚厚的积雪到了赵家村，才知道死者家属已经给死者设了灵堂准备办丧事。经过勘查现场和询问有关当事人，再依据法医的解剖尸体结果，我们初步排除了他杀和自杀，最后确定为死者自己因喝醉酒后单方发生意外事故致死。在侦破这起案子中，我再次见到了焕英的两个亲姐姐春花和春叶，而死者正好就是焕英的大姐春叶的丈夫。我很欣慰，通过我们的侦破工作，澄清了事实真相，确定了死者的姐姐指控春叶和村子里饭店老板东林合伙谋杀死者一事纯属诬告，还了春叶和东林一身清白。

一九九六年十月二十日

时隔两年，我又一次接手沙苑镇的一起案子。这次是一起特大经济诈骗案，涉案资金高达一千万元，是全县自新中国成立以来首次发生的重大经济案件。由于这起经济诈骗案在全省引起了轩然大波，也牵扯到许多群众的切身利益，受到了县委县政府的高度重视，以及全县人民的关注，也成了市公安局督办的重点案件。县公安局也很重视，局长亲自坐镇指挥，刑警队长也亲自带队参与破案。

早上局里开全体民警会议，局长和刑警队长点名让我参加破案。会后，刑警队长抱歉地对我说："老宋，我们也知道你最近身体不太好，可是这么大的案子离不开你这个破案老手，有你参加，我们就有了信心。"这些天由于工作忙，案子多，我经常加班，回到家就感到头昏脑涨，晕晕乎乎，但我一直忍着没让慧娴看出来。

在随后刑警队内部开的会上，刑警队长把这起经济诈骗案的案情大概说了一遍，我才知道这起案子不仅牵扯到因县农行骗贷案子被刑事拘留的金祥的儿子，还牵扯到沙苑镇几十个群众入股的五百万元钱，听说其中就有焕英的二姐春花三十万元钱，这些特殊的关系让我下定了决心——此案不破，决不罢休！

按照局里的部署安排，明天我和几个年轻战友就要跟随刑警队长赴外地开展案情调查和抓捕犯罪嫌疑人的工作了。我暗暗给自己的口袋里装了一些医生开的药片，跟慧娴吩咐了几句，就坐上了刑警队的依维柯警车，开赴江浙一带。

宝根一直看到深夜，终于把这十几本日记里的关键章节看完了，他对英雄民警宋大成一生的大爱情怀心里有底了，也不由得产生出一种对英雄警察的感激和崇拜之情。他想，他的戏剧主题和剧名已经可以确定了，就叫《大爱无疆》吧！

第四十八章

东霞最近一个人在家感到有点儿孤单，每天面对空荡荡的家，也没有一个说话的人，就是彩霞有时候还过来陪她说说话，可是一到天黑家里就剩下她一个人了。她不爱看电视，一是觉得电视里面的人影子太小，离得远一点，看不清楚；二是电视画面跳动和变化太快，看得她头有点儿晕；三是电视里的人说的话她听不懂，她就喜欢听沙苑人说的土话，亲切、好懂。所以，她最爱看秦腔戏，喜欢在戏楼上看真人唱戏，台子上的人很稳定，不会像电视里的人忽大忽小，还变个不停，秦腔戏里的人说的话都是陕西话，她能听懂。

前些日子，晚上还有春花的儿子杨宇陪她。杨宇晚上放了学，就来她这里吃晚饭，然后趴在电灯底下的桌子上写作业，有时候还会叫上村子里几个同学来家里一起写作业，几个小娃娃在一起叽叽喳喳说个不停，显得家里还挺热闹的。东霞就爱这种热闹的气氛。可是，最近却不见杨宇来家里了，而且春花也有一个多月没来看她了，让她觉得有点怪怪的。春花以前可是隔三岔五来家里，不是给她一些零钱，就是买些油糕、油条、水煎包子和肉夹馍给她吃。她知道，那时候春花和满仓整天忙着跟会，有时候没时间做饭，就来她这里吃饭。

自从春叶的男人进财死了之后，春叶也有好些日子没有来看她了。哎，人老了，心里就难免会孤独寂寞，总盼着儿女们经常回家里看看她。宝根以前在镇上工作时还能经常回家住上几个晚上，或者星期天和媳妇一块儿回家，给家里买些菜，在家里吃上两顿饭，让她心里感觉就像过年一样舒坦。可是今年宝根调到县上工作了，难得回来一回，听说媳妇也怀娃娃了，跟着宝根在城里等着住院生娃娃。如今儿女都各忙各的事了，孙子们也都大了，不再像小时候那样依偎在她怀里要她抱着搂着，就说春叶的儿子安顺吧，都快结婚成家了，哪里还有时间来看她？

当妈的哪有不牵挂自己儿女的？东霞觉得春花和春叶最近没有来看她有点不对劲儿。在经受了一段寂寞孤独的日子后，她忍受不了这种一个人守在家里的光景，就想自己到两个女儿家里转转去，看她们到底都有啥事。

立秋之前的一天，吃过早饭，东霞用布袋提着自己刚包的几个萝卜包子，来到春花家。在大门口，她正好碰上春花家对门的邻居几个妇女在晒太阳，这三五个妇女面朝南坐在墙角下的阳光下，有的在打毛衣，有的在剥棉花桃子，有的在剥花生，几个人凑在一起又说又笑。显然这些妇女都认识她，看到她来了，都主动给她打招呼。

东霞也一边给她们打着招呼，一边朝屋子里走。这时，一位剥花生的妇女说："大妈，你女儿这会儿不在家，等一会儿才能回来。"

"我女儿去哪里了？"东霞问。

"我看她刚骑着车子朝东去了，十有八九去公社催要她的钱去了，春花这段时间可是急得屁股后面在冒烟。"

"她要啥钱去了？有多少钱让她这么忙？"东霞不明白那个妇女说的话啥意思，就问道。

"你女儿出了这么大的事，你当妈的还能不知道？你女儿是干大事的人，弄的都是大事，催要的钱也是大钱，全镇都没有几个人能比得上她了。"

"到底是啥大事？我咋一点也不知道？这女子也从来不给我说。"东霞急了，心里也有点慌乱。

"你女儿三十万块钱让人骗走了，听说公安局已经把案子破了，骗钱的人也逮住了。这一段时间，春花她们正在向镇上追要她们的钱。"剥花生的妇女还想继续说下去，旁边一位年龄大一点的妇女拉了拉她的衣袖，给她使了一个眼色，这个爱说话的妇女才意识到自己多嘴了，立刻闭上嘴巴。

东霞看到几位妇女看她的眼神有点不对劲儿，她们好像私下在嘀嘀咕咕说着什么，她也听不清楚，就推开春花家的大门，走进了院子。她已经有一年多没来女儿家里了，记得上次来的时候院子里都摆满了进的货，屋子里更是塞满了各种各样的硬纸箱子，可现在几个屋子里空荡荡的啥都没有。她推开春花小屋的门，屋子里的彩电、洗衣机、冰箱和一组新买的组合家具都不见了，只剩下墙角里放着的当年飞霞给的缝纫机。她再到后院里看了看，才发现以前满仓买的一辆三轮车和两个辘轳的轻骑摩托车也不见了，她意识到春花的家里肯定是出了大事。春花肯定是怕她担心，一直没敢跟她说。东霞心里一下子像灌了铅一样沉重起来。她不想让女儿知道她来过，没有等春花回来，就匆匆回去了。

回到家里，东霞还是放心不下春花，她想弄清楚春花到底出了啥事，她也不知道三十万是多少钱，就来到了彩霞家里。彩霞见大姐来了，就主动下到灶房里给大姐做好饭，让"杨倔头"在屋子里陪着大姐说话。东霞知道"杨倔头"是个经常爱跑外边、消息灵通的人，就把今天去春花家里看到的和听到的跟他说了，问他春花到底出了啥事。

"杨倔头"想了想，说："妹子，春花的事已经快一年了，钱的数目是大了点儿，可是你也不要太为女儿担心，听说公安局早已经把案子破了，只是骗去的钱还没有全部追回来，所以春花的钱还得等一段时间才能给，就是给不完，也会少损失点儿。你放心，春花的日子会慢慢好起来的。"

东霞知道"杨倔头"是在对她说宽心话，她不敢全相信他的话。她想，要是真的像"杨倔头"说得这么简单，春花就不会整天跑来跑去，跟在人家屁股后面要钱了，春花家里值钱的东西也不会不见了。只要春花的钱一天不拿到手里，她的心就一天放不下。

东霞牵挂完春花的事，又想起了春叶。春叶这女子从小就懂事，也肯吃苦，能干活，本来是不用她操那么大心的。只是她嫁的那个进财好吃懒做，还是个酒鬼，喝醉了酒，回到家里就打春叶，春叶自从嫁给他，没少挨他的打。春叶这娃也是好脾气，挨了打，还能忍着，回到娘家，也不跟爹妈说，要不是她爹找上门训斥了进财几次，进财还不会慢慢改掉那个喝醉酒就打春叶的坏毛病。

春叶的命可能是纸命吧？生了个娃也成了哑巴，再怀了个娃，还让进财一脚踢得流产了。哑巴安顺后来还算有出息，脑子聪明得很，心里啥都清楚，就是嘴里说不出来。进财过了百日祭日后，春叶就给安顺成了家，总算了却了一桩心事。按说春叶给儿子成了家后就没啥事了，应该清闲才是，咋就这么多日子也没来看她，她总该不会把她这个亲妈忘了吧？

人老了，心事就重。东霞心里就没有轻松过，不是替两个女儿牵挂担心，就是替儿子宝根担心。其实，她的心多半都在宝根身上，好在宝根现在不用她担心了，媳妇也怀上娃娃了，可能最迟明年春天里就会生下来。那时她就可以一心替宝根照看娃娃了，要是宝根媳妇能给她生个胖孙子，她就更爱照看孙子了。

过了几天，东霞吃过饭没事，又一个人到赵家村去看春叶。她本来顺路想去西霞家里，听说最近智明的胃病又犯了，在县医院住院治疗，西霞这些天一直在县医院陪在智明的病床前照顾，只有智明的媳妇翠萍在家每天要给他们的女儿娜娜做饭，她就打消了去西霞家的念头，径直来到春叶家门口。看到春叶家的大门上挂着一把铁锁，东霞就问门口晒棉花的一位妇女，妇女对她说："好些天都没有看到春叶了，家里只剩下安顺小两口，安顺这些天也去他丈人家帮忙收庄稼去了。"

"春叶是啥时候不在家的？她最近有没有遇到啥不顺心的事？"东霞开始替春叶担心起来。

"好像就从东林的饭店出事后就不见她了，她到底有啥事，我就不知道了。"那妇女说完就回家了。

东霞多少听西霞提起过春叶和那个开饭店的东林的事情，她也跟春叶说过多少回了，让她不要再靠近那个光棍了，免得人家说是非。可这女子就是不听话，有事没事都非要找那东林，这不让巷子里的人说闲话吗？看得出，刚才晒棉花的那个邻居妇女是不想提起春叶和东林之间的事，以免让她这个当妈的脸上不光彩。

可是，春叶现在能跑到哪里去呢？是死是活，总该让人知道啊，你这样不声不响就走得没影了，让人该咋想啊？

东霞的心再一次跌到了低谷。回到家，春花那三十万块钱的事和春叶突然消失得无影无踪的事，让她的心沉到了最低处，压得她几乎喘不过气来。一连几天，她都觉得吃啥都不香，吃啥也都没胃口，也不想出去了，就把自己闷在家里忍受着痛苦与煎熬。

整个秋天，东霞看到天地间一切东西都是灰蒙蒙的。

整个秋天，东霞的心都像沉浸在冰雪严寒中，没有一丝的温暖。

整个秋天，东霞都在盼望着春花和春叶给她带来好消息。

可是，东霞啥也没盼来，却等来了自己的一场大病。这次大病，根子不在身体外表，而是在她的心里。这个病，也是这些年日积月累积起来的烦心事、牵心事、伤心事和愧疚事，最终把她的心容纳得满满的，让她连一丝喘气的机会都没有。

宝根正在专心创作戏剧《大爱无疆》剧本，突然接到"杨倔头"打来电话，说他妈病了，最近不好好吃饭，老是一个人闷在家里睡觉。挂了电话，宝根就丢下快要完成的剧本，带着六个多月身孕的媳妇回到了家。看到妈消瘦的脸庞和无精打采的精神状况，他劝妈赶紧去县医院检查一下，看看到底是啥病。东霞无力地摆了摆手，说："妈不去医院，妈的病妈心里清楚，不用你忙活。宝根啊，你要是忙就回去忙吧，妈没啥大病，过几天就好了。"

宝根拗不过妈，只好让妈躺在家里热炕上。他到村卫生所请来医生。医生给妈检查过后，说老人只是心脏有点儿问题，不要紧，开了一些安神的药就走了。宝根凭着自己的观察，觉得妈的病并不像医生说的那样轻松，他知道医生可能当着病人的面不便把真实病情告诉他。看到妈都病成这样了，两个姐姐一个都没在身边，心里有点替妈抱不平。他让媳妇腊梅先照顾着妈，自己到大姐和二姐家叫她们。

他刚出门，"杨倔头"就告诉他，春叶早就不在家里了，劝他还是先去叫春花。宝根顾不得仔细问"杨倔头"大姐到哪里去了，扭过头就朝二姐春花家里奔去。

宝根来到二姐家，看到二姐春花正坐在缝纫机前"嗒嗒嗒"做缝纫活，一件新买的上好的料子布在缝纫机上的针头下左拐右拐，一会儿工夫就成了一件男式筒裤。把这条新裤子做好后，春花才起来招呼宝根喝茶吸烟。宝根拦住她，说："二姐，妈都病成啥样了，你还有心在家里做裤子？"

"妈咋了？她不是前些天还来我这里了？妈来时我正好出去有点事，听巷子里几个嫂子说，妈来看我，身体挺好的嘛！才多长时间，咋就突然病了？走，咱这就去看看！"春花说着，扔下手中的缝纫活，也顾不得把缝纫机的机头收放回去，就跟着宝根朝娘家走去。

路上，宝根向二姐问起大姐春叶的事情，他说："听四姨夫说，大姐好些日子都不在家了，二姐，你说大姐能去哪里了呢？"

春花听到宝根的话先是一惊，然后想了想，说："哦，大姐半个月前找过我，给我说起过她的事情。宝根，大姐其实命很苦的，我心里清楚大姐去哪里了，大姐现在离开家，咱也不要怪大姐。"

"我不明白，大姐到底为啥离家出走？到底去哪里了啊？"宝根显得很急切。

春花脚下走得慢了起来，说："大姐的事我没给谁说过，你是咱家里人，跟你说也不要紧，你知道了，也就理解大姐了。是这样的，半个月前，曾经给过大姐生活上许多帮助的他们村一个开饭店的，让他雇佣的两个外地女的把钱骗光了，开饭店的这个男的还欠了别人许多钱。你可能不知道，这个男的一直没成过家，他心里一直暗恋着大姐，可是大姐有家庭，肯定不会答应他的。就在大姐夫死了后，那个开饭店的才开始向大姐表白了感情，可那时大姐还要照顾家里婆婆，给安顺办婚事，大姐就没有答应。其实，大姐心里也有他，就是顾及儿子安顺和赵家的面子，没敢跨出这一步。那个男的遭到大姐拒绝后，就开始天天酗酒，整天喝得大醉。听人说他酒后跟店里一个女服务员睡了觉，结果让那个女服务员把钱都骗光了。那个开饭店的成了一无所有的穷光蛋，还欠下别人几万块钱。饭店老板走投无路，就连夜偷偷跑到外地给食堂打工去了，凭着他的厨师技艺到外面挣钱去了。至于他现在跑到哪里打工了，我也不知道，只有大姐知道。那天，大姐把这些事情跟我说了后，说她的婆婆已经走了，安顺也成家了，她其实也想跟那个饭店老板一起去生活，他们两人是有感情的，可她就是怕那样做村里人说三道四，让安顺脸上不光彩，就让我给她出个主意。我劝大姐说，有真爱，就不要犹豫，不要太在意别人怎么说，要勇敢地去追求自己的幸福。只有和自己喜欢的人在一起，才是真正幸福的！人这一辈子很短，不要总是替别人活着，还要为自己活着。你即使守在家里跟儿子儿媳过日子，也不一定感到幸福，还是跟着自己所爱的人一起到外面闯一闯好！大姐听了就没再说啥。宝根，这下，你该知道大姐干啥去了吧？"

宝根点着头，说："我明白了，二姐，你说得对，大姐应该出去寻找属于她的幸福！"

一个星期之后，宝根从县城回来告诉守在妈身边的二姐春花一个好消息：听县公安局宣传民警说，公安局专案组已经成功追回部分被骗资金，县上决定先兑换部分入股群众的钱，估计入股群众明天就可以领回一部分钱。这个消息对春花来说，不亚于一声春雷，这可是春花苦苦盼了一年的结果，虽然不能全部要回自己的钱，但能返还一部分就能减轻她一部分的经济负担和心理压力。这一年来，信用社多次催她还贷款，为了还清大姐的钱和信用社的贷款，她偷偷变卖了家里所有值钱的东西。这一年来，家里的日子过得异常艰难，全家人都在勒紧裤腰带过日子，要不是满仓在地里辛辛苦苦地种那三亩庄稼，自己在家里用缝纫机给村里人做点裤子和衣衫挣点儿零钱，家里连吃的和日常开销都不够。春花长长地吁了口气，她知道，她的苦日子该到头了，寒冷的冬天终究要过去，温暖的春天肯定会到来。

"二姐，高兴吗？"看着春花满面春风的样子，宝根问。

春花点点头，笑着说："这可真是个好消息啊！你知道不？二姐盼这一天已经盼了一年多了。为了钱，二姐到镇政府腿都快跑断了，每一回得到的答复都是再等等，马上就返还。一年了，对于二姐来说，好像过去了十年。这一年，二姐都变老了许多，才三十多岁就上白头发了，眼角也长皱纹了，真是事情没有搁在谁身上，谁觉不到。"

宝根心里也替二姐高兴，他继续给二姐传达着来自县城的好消息："二姐，还有个好消息没说呢。你知道是谁抓住了那个南方老板？"

"这还用问，肯定是公安局的人呗！"春花说。

"没错，是公安局的人。可我要给你说的这个公安局的人跟咱家还有点关系。只可惜这个几十年来一直暗中帮助咱家的老公安却不幸牺牲了。"宝根说到这里，声音有点低沉。

"到底是谁？她和咱家有啥关系？"春花问。

"二姐，还记得我三姐春草吗？要是我没说错的话，三姐是在你四岁的时候被家里人丢弃在沙坡里了，后来妈跟爹说三姐是病死了，埋在沙窝窝里了，对吧？二姐，其实三姐没有死，后来让人捡走了，捡走三姐的这个人为了把三姐抚养成人，不仅牺牲了自己大好的青春年华，还牺牲了爱情，直到三姐长大当兵后，这个人才与一个带着女儿的寡妇组成了家庭。二姐，你知道吗？当年你在全大队批斗会上揭发三大，让三大关进了派出所，就是他熬夜写材料，证明三大的清白，才把三大解救出来的；我小时候到河里下水玩，差点被淹死了，也是他及时把我从死神手里救了过来；爹为了给我交上高中的学费，托四姨夫到城里卖烟叶，是他一个人把全部的烟叶买了；大姐夫喝酒自己摔死在沙坑里，他姐姐诬告大姐和饭店老板合伙谋害人，也是他亲自来办理案子，给大姐和饭店老板洗清了冤屈；这次发生这起特大经济诈骗案，又是他在身缠疾病、刚办了退居二线手续的情况下，主动请缨参加了专案组，奔赴南方山区，抓获了犯罪嫌疑人，就在犯罪嫌疑人被抓获的同时，他却倒在了抓捕一线的山上。"宝根说得有点激动，眼眶都有点红肿了。

"宝根，你说的这个人我可能认识，他是不是姓宋，在咱镇上派出所干过？"春花问。

"对！是他，他叫宋大成，现在已经是咱们县公安系统的英烈。他也是三姐的养父，他为了抚养三姐可是倾注了毕生的心血与爱啊！可是，在为他举办追悼会的那天，三姐却没有从新疆赶回来为他送行。我也不知道三姐是咋想的。"宝根叹着气说。

"宝根！春花！"这时，躺在炕上闭目养神的妈突然叫了起来。宝根和春花刚才只顾说话，竟然将身边有病的妈忘在一边。春花和宝根赶紧凑到妈身边，春花小声问："妈，你是想喝水，还是想下来上茅房？"

东霞轻轻摇了摇头，说："春花，宝根，你们刚才是不是说春草了？她是不是在新疆？"

宝根点着头说："是！"

东霞望望春花，又看看宝根，说："你们能不能，给春草打个电话，就说，妈想她了。妈就要死了，妈想在临死前看上春草一眼……"

春花握住妈的手，说："妈，你不要胡说了，你这不是好好的吗？这点儿小病不要紧的，医生说了，让你心里不要乱想，好好歇息几天就好了。等你病好了，我们再打电话，让春草回来看你，啊！"

东霞摇了摇头，说："妈的病，妈知道。宝根，春花，妈剩下的时间，不多了，妈得的是心病，医生治不好的，你们也治不好的。"东霞有气无力地说着，可能说累了，就停止不说了，扭过头，继续闭上眼睛睡了过去。

春花和宝根互相看着对方，姐弟俩同时决定，给新疆打电话，让春草回来，了结妈的这个愿望。

第四十九章

深秋时节，智明的病越来越严重了。

智明躺在县医院的病床上，身体消瘦得皮包骨头了，脸色蜡黄，颧骨高高隆起，嘴巴两边深深塌陷下去，伴随着上腹部阵阵剧烈的疼痛，他的眉头不由得拧成两个疙瘩。西霞最终没有把智明送到西安大医院去治疗，因为县医院的医生说过了，智明的胃癌已经到了晚期，去了也无济于事，只能是白白送钱，人还救不过来。对于农村人来说，家里有癌症晚期的病人，最好还是在县医院或家里慢慢打着吊瓶尽心治疗，如果病人实在疼痛难忍，可以请医生打上几针麻醉剂或止疼针，减轻病人一点儿痛苦。

智明在县医院住院已经一个多月了，这些天是媳妇翠萍在身边伺候。这几天智明已经不能吃下硬一点儿的东西了，就是吃一点儿面条或者馒头也吞咽不下，有时还会恶心地吐出来，每天只能靠少量的稀饭、米粥等流食维持着生命。翠萍由于连续多日休息不好，脸上也布满了困倦，一有空就趴在病床前休息一会儿。

西霞和儿媳翠萍换着伺候智明，前半个月是她在医院的病房里，那时候智明的病情还不是很严重，家常饭虽然吃得少一点儿，但多少还能吃一点儿。想不到才不到半个月，智明的病就发展到这么严重的地步。她是今天早上带着孙女娜娜来医院的，来前还给智明做了些鸡蛋面糊，没想到，智明已经一点儿都吃不下了。翠萍说，智明从昨天开始已经吃不下东西了。西霞知道，她的智明剩下的日子不多了，眼泪就止不住涌了出来。

这两天来医院看望智明的人不少，东霞、春花、宝根最先来看望，随后是彩霞、"杨倔头"，再就是智明的一些战友，大家你走了，他来了，都安慰西霞和翠萍不要太伤心，病来如山倒，得了这种病，谁也没办法，尽了心就好。翠萍倒还比较坚强点，谁劝说都是点着头，该忙着叫医生换药，就忙她的。只是西霞的眼泪就像泉水一样不停止地往外冒，只要谁安慰一句，她就掉一次眼泪。特别是东霞来到病房时，西霞更是止不住哭出声来。

东霞硬撑着虚弱的身子，陪着西霞在智明的病房里待了半天。下午，宝根和春花又一次来到病房，给西霞出主意，趁着智明还没咽气，赶紧把人转移回家，不然等咽了气，就不好进村了。西霞有点儿不忍心把智明提前转移回去，很显然她还对智明抱有一丝希望，直到主治医生晚上过来查看了病人的情况，摇头叹息之后，西霞才同意赶紧办出院手续，天黑前把智明送回家。

智明是在出院后的当天晚上停止呼吸的。躺在炕上的智明已经瘦得像一把干柴，人也好像缩小了许多，有点儿惨不忍睹。西霞看着紧闭双眼的智明，她突然回想起来小时候智明白胖胖、肉乎乎的样子，想起了上学时智明聪明伶俐、人见人夸的情景，想起了智明在新兵队伍里穿上军装威武潇洒的那一刻，也想起了这些年智明起早贪黑、饥一顿饱一顿跟会的情形。她记得智明跟她说过，他当志愿兵时候开车在山路上跑长途，经常吃不好饭，有时候就会觉得胃疼，后来疼上来很厉害，那时还年轻，身体还能硬撑着，直到转业安置到棉纺厂后，才吃上了正常的一日三顿饭。西霞这才有点儿后悔自己当时让智明从厂子里回来跟会挣钱，她忘了智明的胃有病，却还让智明那样整天从早到晚守在农村的集市上卖货，那时候她的眼里只剩下钱了。这些年来，智明确实挣了不少钱，可到后来那些用身体健康换来的钱，又从他们的腰包里流到了医院里，直到钱花完了，人也没了，闹了个竹篮打水一场空，早知现在这样，何必当初不要命地挣那些辛苦钱呢？

智明的死对西霞的打击是致命的。女儿秋菊失踪好几年了，也没有音讯，就在她渐渐忘却了秋菊那些烦心和伤痛的事情时，没想到她唯一的儿子智明却这样早早离开了她。智明才三十六岁，正当壮年，可是家里的顶梁柱啊，顶梁柱倒了，这个家也就垮塌了。智明走了，丢下比他小一岁的媳妇翠萍和年仅十岁的女儿娜娜，往后的日子可咋过呀？

埋葬了智明，西霞的头发几乎一夜之间就花白了，两只眼睛早已哭红了。望着智明坟头上插着的花圈，忍受着秋风裹着黄沙迎面袭来，西霞站在黄沙窝窝里，感觉天空都是灰蒙蒙的。也许，尘世上最伤感的莫过于这白发人送黑发人了吧！

在智明病重期间，西霞在医院的病房里没看到喜财的身影，自从新疆回来后，喜财已经对她冷淡了，没有再来过她的家。她知道，喜财是眼红春草和梁斌给的东西，她早就看不惯喜财那种财迷的样子，更看不惯喜财在银锁到了电力局工作后那种洋洋得意、故意显摆的样子。西霞也能猜得到，喜财这一回没有来看过智明，还可能是嫌她在银锁出事时没有去医院看过银锁，可是那时智明已经病重了，她的心思都在智明身上啊！唯一的亲弟弟跟她就这样疏远了，姐弟俩变得就像路人了，让西霞心里突然感受到了亲情的冰冷。其实，在姐弟几个中间，和西霞最心近的就数喜财了。喜财小时候就穿着她给做的衣服；喜财上学时她到学校给他送过热红薯；喜财结婚时她和大姐东霞连续几个晚上熬夜给他纳新被褥；为了银锁转志愿兵，她拉着喜财，背着彩霞，找到春草的女婿梁斌……现在，在她最需要人安慰和帮助的时候，她心里曾经最亲的弟弟喜财却躲在一边，连面也见不上一回。她算是看清了，喜财和她之间只有钱财和利益关系，也许从来就没有那份纯真的亲情。她深深感到，她和喜财之间这种建立在金钱和利益基础上的亲情其实很脆弱，经不起任何大灾大难的考验，反而是一辈子都肯吃亏的大姐一家在关键时刻还惦记着她，帮助着她，让她看清了真正的亲情是啥样子，感受到了一样的亲戚却不一样的冷暖亲情。

其实，喜财这些日子也在咀嚼着生活的苦果。

儿子银锁瘫在屋子里，吃喝屙尿都要人伺候，跟木头人没有啥区别。银锁的媳妇月娥看来是不会再回来了，她心里已经没有了这个木头人一样的男人了。她在家里经受了婆婆爱琴多年的刻薄对待，现在终于有借口彻底离开了这个家。爱琴整天都在家里唠唠叨叨个没完，不是嫌弃他笨手笨脚不会照顾儿子银锁，就是骂着银锁给家里惹下这么大的祸害。喜财到了这个地步，哪里还有心情出这个家门，哪里还有心情管二姐家的事情？他的心里也有说不出的苦楚。生活就像个魔术师，可以一下子把他的银锁捧上天，让他也跟着在全村大红大紫了一番，也可以瞬间让他的银锁摔到地面上，让全家人都跟着下到苦难的地狱。他这大半辈子穷苦过，也富有过，可是在他的眼里，金钱和财富还是太少了，他家的日子总是赶不上人家有钱人。他大半辈子都在给家里搂财，新疆的三姐和三姐夫也没少给他家里寄钱寄东西，可为啥到头来他还是两手空空？还要遭受儿子半残、媳妇出走、负债累累的惩罚？如今，自己跌倒在这苦难的深坑里，也没有一个亲人来看看他、安抚他、帮助他，喜财感到了从来未有过的孤独和冷寂。他回想了许多往事，总算是看清楚了，明白过来了，自己这一切的灾难都是二姐西霞害的，要不是经常跟西霞在一起谋划这个、算计那个，也不至于跟大姐夫、春花和四姐彩霞一家闹得不和，让他如今变成了孤苦伶仃的一人！

西霞一个人坐在屋子里的炕上，心里还想着她的智明。智明用生命为她盖起的这个新家曾让她在村里人面前脸上光彩了一番，现在再看看这个贴着白色瓷片的新楼房，她完全没有了当时那光彩无比的感觉，反而觉得偌大的屋子里格外的冰冷，自己如同坐在一个寒冷的冰窖里，浑身都是冰冷、孤寂、严酷，没有丝毫家的温暖，没有丝毫亲情的温馨。这个钢筋和混凝土构筑起来的房子也如同一座监狱，囚禁着她的灵魂，促使着她自我反省。

家是什么？家是有亲人的地方，亲人在，家就在。可是她西霞的家在哪里呢？老汉撇下她早早走了，女儿至今不见了踪影，儿子也英年早逝，就是外孙子贝贝和孙女娜娜，一个离她远去，再未见面，一个也面临着跟着她妈改嫁，远走他乡。一家人，将来可能就剩下她一个老婆子了。没有了至亲的人，她还要这么大的冰冷的屋子干啥？没有了儿女，她一个人活着还有啥意思？家没了，亲情呢？最疼爱的弟弟喜财疏远了她，大姐夫天祥愤愤离她而去，春叶虽然离她最近，可很少登她家门来，春花也不知为啥始终对自己不热不冷的，四妹彩霞自从新疆回来后见了她就瞪白眼，见了她就像见了仇人似的……没有了亲情，这个世界是多么寒冷啊！

墙上钟表的秒针在"滴答滴答"地走着，仿佛在计算着她离生命尽头的时间。她开始讨厌那"滴答滴答"的响声了，觉得那响声是那么的无聊、单调，让她心烦意乱。她想睡一会儿，她太需要睡觉了，这一个多月里都没有好好睡过一夜好觉，虽然在医院里她很困，困得一到晚上两眼皮就不停地打架，像涂了胶水一样一挨上就粘住，睁不开了。但那时她一点儿也不想睡觉，她总是强迫自己睁开双眼，哪怕多看智明一眼，也比睡着了好。她希望看到奇迹发生，希望看到她的智明突然恢复过来，重新站立起来，像刚从部队回来一样那样健壮结实。如果再有这样的迹象发生，她就是穷得去要饭，也不让她的智明风里来雨里去地跟会。她不会再羡慕谁家挣的钱多，谁家房子盖得好，谁家婆娘穿得洋气，她只要有智明就知足了。只要智明健健康康在她眼皮子底下陪她吃上一日三餐，她就心满意足了。可是，这一切的一切都是假如，时光如流水，过去的事情毕竟会一去不复返，这世上根本就没有如果，没有后悔药可吃。

西霞想累了，终于倒下头睡着了，一会儿就进入了香甜的梦乡。她梦见了她的老汉还在，老汉还笑着对她说："我都活了几十年了，能让战锁这点儿小事气死了，简直是笑话！我不会丢下你走的，我还有许多活没做完，最起码我在世时要亲眼看着泥水匠给咱老两口子把墓修好，我要让他们给咱修一个大的一筒墓，把咱俩的棺木紧紧挨在一起放进去。这样到了那边，咱俩也能说说话，相互有个照应，心里不寂寞。"她被老汉说哭了，她从来没有在自己的老汉面前掉过眼泪，她在家一直是皇上，家里大事小事都是她说了算，老汉只有服从的份。没想到，在她面前装了一辈子软蛋的老汉竟然能说出这样贴心的话，让她头一次尝到了老夫老妻之间的关爱。

她又梦见了她的秋菊，她的秋菊并没有远走，而是挣了许多钱，穿着时髦又高贵的衣服从遥远的地方回到了家，站在了她的面前，还给她领回一个白白胖胖、一身斯文的女婿。她却看那男的怎么都像镇政府的那个吴主任，他不是已经娶了一个年轻的女子吗？咋又回过头来，跟了我的秋菊呢？也许是人家回心转意了，反正他现在确确实实是跟我家秋菊成家了。她高兴地叫了声秋菊，秋菊却没出声，她又叫了声秋菊，秋菊还是没答应，而且瞪大了双眼，目不转睛地怒视着她，仿佛不认识她一样。她心里有点儿胆怯了，越看越觉得对面的女子不像她的秋菊，那女子的面容不断在模糊，变得让她不认识了。那男的也不再是吴主任了，面目却变得越来越清晰了，站在她眼前的分明就是战锁了。战锁指着她的鼻子骂了一通，她一句也没有听清楚，只看到他的嘴巴在快速地动着。最后战锁突然伸出双手，张开两个爪子，朝她逼过来，那两个宽大有力的手掌像一把铁钳一样一下子掐住了她的脖子，让她喘不过气来……

"啊！"西霞惊叫了一声，从梦中惊醒过来，大口大口喘着气，浑身都是湿漉漉的冷汗。她打开屋里的电灯，一看时间已经是夜里十二点多了，自己这一睡就是两个多钟头。可能是她睡觉前喝水喝多了，这时候就想到后院上厕所去。她在黑暗中摸到拉线开关的线头，拉亮电灯，然后坐起身，穿上外套，下了炕，踢踏着鞋，打开小屋的门，走到了院子里。院子里漆黑一片，不知啥时候刮起了夜风，干枯的树叶在秋风吹拂下哗啦啦作响。秋天的夜晚有点寒冷，刚一出门她就打了个哆嗦。智明的屋子里也黑着灯，翠萍和娜娜可能已经睡了。西霞在院子里刚走了几步，就听见大门"啪啪啪"响，这般时候了，还有谁敲门呀？她大声问了一句："谁呀？"大门外没有人回答，敲门声也停止了。她以为是自己听错了，可能是风把大门外的门环吹得响起来。她又转过身，朝后院的茅房走去，刚走了几步，大门外又响起了一阵"啪啪啪"的敲门声，这次敲门声节奏很紧凑，声音也比刚才的响亮。她这回断定肯定是外面有人敲门，心想可能是翠萍出去串门子回来了，就没有再问，朝大门口走去。她抽开门栓，"吱呀"一声打开大门，门外并没有人，外面的风很大，地面上干枯的树叶被风吹得打转乱跑。这就奇怪了，明明听到有人拍门，咋就没人了？她关上门，转身朝后院走去。当她走到屋子门口时，身后又传来一阵急促的敲门声，这次的敲门声比上次还响亮，只听见铁门环"哗啦啦"发出清脆的响声。她在心里骂了声："这深更半夜的，真是见鬼了！"就从屋子里拿出手电筒，走到大门口打开大门，就在她打开大门的一瞬间，她听到一阵脚步声由近向远而去。她打开手电筒，朝着脚步声远去的方向照去，看到一个披头散发的身影朝东边的巷口跑去，然后从巷口朝南边的沙坡里拐了去。那身影穿着一身白色袍子，跑的速度很快，像飞一样，转眼间就消失在她的视野里。西霞吓得汗毛都竖起来了，浑身像稀泥一样软塌了下来。她浑身打战着赶紧关上门，迈着颤抖发软的双腿，跌跌撞撞地走到小屋门口，赶紧把小屋门关紧，靠在门上喘着气，双腿一软，身子就滑落下来，瘫坐在地上，裤裆里也湿了一大片……

第二天，天刚亮，西霞才被巷子里公鸡的打鸣声、嘈杂的拖拉机声、谁家娃娃的哭声和翠萍在院子里的脚步声惊醒了。她睁开双眼，看到自己这副狼狈相，昨晚发生的惊人一幕仿佛一场噩梦，她赶紧换了一身衣服，洗把脸，喝了杯热水，就急急忙忙朝大姐家里奔去。

西霞来到大姐家，看到大姐躺在炕上已经不能起身了，春花在一旁照顾着。看着这种情景，她就打消了给大姐说起昨晚遇到鬼的念头，硬着头皮朝彩霞家里走去。

西霞来到彩霞家里的时候，彩霞还赖在炕上没起来，倒是"杨倔头"早早起来，帮儿子革命往农用三轮车上装昨天从大棚里收的黄瓜，准备一大早拉到县城的蔬菜批发市场批发。革命已经长成了二十来岁的小伙子，初中毕业后就跟着"杨倔头"学种菜卖菜，刚刚从学校回来时卖菜还是赶着毛驴车，前几年就给自己买了一辆农用三轮车卖菜，不仅卖自己家地里种的蔬菜，还到外县一些蔬菜种植乡镇贩卖大棚反季节蔬菜。革命在这一点上很像他爹"杨倔头"，吃得苦，舍得出力气，硬是凭苦挣来一些钱。现在家里楼房也盖起来了，电视机、洗衣机、冰箱等现代化家用电器也置办得差不多了，就等着两年后把媳妇娶进门。兰兰如今也出落成大姑娘了，她也只念到初中毕业，就到县城一家超市当服务员了，听说正跟超市一个男服务员在谈恋爱，过不了两年，也就该出嫁了。

"杨倔头"给革命把车子装好，看着革命把车开出大门上了路，就忙着招呼西霞到屋子里坐下喝水。西霞好长日子都没来彩霞家里了，也不知道革命给家里盖了新楼房，这一回来，还差点儿认不出彩霞的家了，要不是看到"杨倔头"在大门里帮革命装车，他还真不敢进门。彩霞家的老房子已经被全部拆掉了，彩霞懒洋洋半躺在用楼板铺的炕上，手里拿着遥控器在看墙角电视柜里的一台二十五英寸大彩电，旁边的炕头柜子上放着一碗"杨倔头"刚刚做好的冒着热气的荷包鸡蛋汤，电视里正放着秦腔折子戏《三堂会审》。看到"杨倔头"领着西霞进来，彩霞坐起身子，冷冷地说了声："你来了。"然后，继续看她的秦腔戏，只是把电视机的音量放小了。

看着彩霞过着这样滋润的日子，西霞心里有点羡慕，心里暗暗叹息了一下，真是三十年河东，三十年河西，人的命真是说不准啊！

"杨倔头"给西霞倒了杯热水，又端了一盘烤花生和几个洛川苹果让她吃，同时问道："二姐，智明走了，媳妇和娃咋办？"

西霞摇了摇头，没有说什么。看到西霞闷闷不乐的样子，彩霞开始有点儿同情起她，说："人家翠萍还年轻，要走你也挡不住，她真的要走就让她走，但要把娜娜留下，这可是智明给你留下的根，将来娜娜长大了，给招个上门女婿，以后你就跟着孙女过日子，让孙女以后养活你。"

西霞沉默了半天，才叹着气说："哎，智明走了，我活着还有啥意思？昨晚，阎王爷都敲门叫我去阴间。"西霞就把昨夜鬼敲门的事情说了一遍，说完，对"杨倔头"说："人都说，为人不做亏心事，不怕半夜鬼敲门。你说，我这辈子做下了啥亏心事了，让那个鬼半夜来纠缠我？"

"杨倔头"哈哈一笑，宽慰她说："啥鬼不鬼的，哪里有这样的事？我看都是你们这些女人胡思乱想，自己吓唬自己的。没事的，二姐，回去好好在家待着，晚上不用害怕，要是你睡不着觉，让彩霞这几天晚上去给你做个伴。"

彩霞也说："我才不信啥鬼神的，二姐，不要怕，我今晚就去你家跟你睡，我倒要看看那鬼长啥模样。"

晚上，彩霞真的来到了西霞家里陪西霞睡。这天晚上，两人早早就上了炕，由于家里唯一的一台十四英寸彩电在智明屋子里，没有电视看，两人就坐在炕上说闲话。西霞就把昨晚自己啥时候睡觉，睡觉时做了啥梦，梦醒后想去后院茅房时听到大门响，她去开门后又没人，后来用手电筒照见一个披头散发、一身白衣服的鬼朝巷东头跑去、又拐向南边沙坡里去了的情景细细说了一遍，让彩霞听得津津有味的。两人一直说到快夜里十二点，才有点儿困意。彩霞说困就困了，不一会儿就打起呼噜来。西霞却在被窝里翻来覆去睡不着，两只眼睛在黑暗中睁得老大，两只耳朵竖起来静静听着外面的响声。今晚外面的风声小了许多，几乎听不到树叶被风吹动的响声，院子里静悄悄的，偶尔可以听到几声猫头鹰的叫声。西霞实在睡不着，又怕开灯会影响彩霞睡觉，就悄悄坐起身来，透过半开的窗户朝外望去，院子里漆黑一片，死一般寂静。她坐了一会儿又躺下，这样折腾到后半夜也没有听到大门外有任何响声，快天明时她才不知不觉进入了梦乡。太阳升起时，彩霞睁开双眼，看到西霞已经熟睡过去，就摇醒她问："二姐，你咋也睡着了？昨夜里到底听没听到鬼叫门？"

西霞被摇醒了，她揉了揉眼睛，张开嘴，打了个长长的哈欠，说："昨晚我一夜都没睡着，直到天快明时，才睡着了，一个晚上都没有听到啥响声。"

彩霞再睡了一会儿，才起身洗了脸，也顾不得吃饭，就要回去。临走时，她对西霞说："哪里有鬼啊？都是哄人的，别怕，没事了。要是你还害怕，今晚我再来陪你。"说完，就急急火火回了家，看电视里她喜欢的秦腔戏。

彩霞回到家刚坐到炕上，"杨倔头"进来问她："昨晚看到鬼没有？"

"没有，有屁鬼，都是二姐编的瞎话。"

"不对，二姨说的没错，真的有鬼！"革命突然进来插嘴说，"我昨天晚上开着三轮车去华州县贩莲菜，后半夜才回家，半路上就遇到鬼了。我开着三轮车走在南边沙窝窝里的公路上时，车灯照到一个披头散发、浑身白衣服的鬼突然从沙窝窝里窜到公路上，也不怕车子把她碾了。我吓了一跳，就加大油门冲了过去。车子冲过去后，我还回头看了一下，发现那鬼在拼命追着我的车子。我再也没敢往后看，一个劲把车子开到家里，一到家，就倒头睡了，现在才睡起来。你说，这鬼是不是就是二姨说的敲她家门的那个鬼？"

"照你这么说，还真有鬼了？"彩霞愣了一下，看革命说得有鼻子有眼的，也不知是真是假，就对"杨倔头"说，"要不今晚你跟着革命一起去华州县贩莲菜去，给娃壮壮胆。"

"杨倔头"说："行，娃一个人半夜三更地出去，就是让人不放心。"

这天晚上，"杨倔头"跟着革命在华州县把莲菜装好车，在街上吃了晚饭，晚上十点多开始出发上路。革命开着车，"杨倔头"就坐在旁边的副驾驶座位上。一个多小时后，车子在夜色中慢慢驶上了茫茫黄沙窝窝里的一条柏油公路上，夜色漆黑，天上一颗星星都没有，沙窝窝里刮着阵阵夜风，吹在脸上像刀子划伤一样疼。沙窝窝里很寂静，只有三轮车"突突突"的响声。车子行驶到村子南边的一片坟地时，"杨倔头"突然看到一个白晃晃的身影在沙坡里飞跑过来，他心里也不由得"咯噔"了一下，手里抓起一根早就准备好的木棒，叫革命把车开慢一点，他要近距离看看这个鬼到底长什么模样。那团白色身影从路旁的墓地里窜上公路，从车前的灯光下飞速窜过去，朝另一边跑去，过了一会儿又回身，再一次从车前的灯光下横穿过去，嘴里发出尖利的叫声和笑声。革命的双手开始发抖，"杨倔头"的身子也有点发抖，他让革命停下车，自己跳下了车，拿起木棒朝白色身影追过去。那白色身影马上撒腿就跑向沙窝窝里，跑起来就像飞一样，"杨倔头"根本追不上。"杨倔头"一边追，一边喊道："你到底是谁？这个死鬼。你跑到沙坡里要干啥？"远处传来一阵啼哭声，接着是一阵尖利的笑声，这哭声和笑声在深夜的沙坡上空回荡着，又凄惨，又恐怖。

"杨倔头"回到车上，一边给自己壮胆，一边骂着那个女鬼。父子俩就这样胆战心惊地回到了家。

这几天，闹鬼的事情在沙苑一带被人们传得沸沸扬扬，一时间大人小孩一到天黑都不敢出门，每个人都觉得晚上一出门，那个女鬼就跟在自己身后一样。有的人说，他晚上去地里浇水，看到一个"白毛女"一样的女鬼在沙窝窝里跑来跑去，嘴里哭着笑着，吓死人了；有的说，那女鬼长着两个獠牙，留着铁钩一样的指甲，专门逮娃娃吃，吓得村里的小孩子半夜再也不敢哭了；有的胆大一点儿的男人说，他抓住过那女鬼，那女鬼其实不是鬼，是人；有的说，他听到过那女鬼哭声，那女鬼半夜三更在哭喊她的娃娃，骂她的娘……

围绕沙坡里半夜闹鬼的各种各样的话在村子里都传开了，至于人们说的是真是假倒没有人关心，人们只是把它当成一种乐趣，看谁的想象力丰富，看谁说得更加玄乎，看谁说得更刺激、更恐怖。说者无心，听者有意。关于闹鬼的各种说法也传到了西霞的耳朵里，她突然有了要亲眼看看那女鬼的想法，她要弄清楚，那女鬼到底是人，还是鬼。

在西霞的央求下，"杨倔头"带着西霞、彩霞、革命和两三个胆子大一点儿的年轻后生，坐上三轮车，准备今晚十二点后去沙窝窝里捉鬼。

　　这一次，"杨倔头"布好了阵，采取四面包围截获的办法，先让革命开着三轮车慢慢把女鬼引出来，让彩霞和西霞坐在三轮车后车厢里，他们四个男人按照布好的阵实施截获。夜里两点多，那女鬼果然再一次追着三轮车的灯光过来了，尖叫着、飞奔着，披散的长发随风摆动着，白色的衣裙像蝙蝠的翅膀一样伸展着，像一阵风从沙坡深处飞过来，在三轮车灯前穿来穿去。这时，西霞完全没有了紧张和恐惧的感觉，她睁大双眼看着灯光下的女鬼，可是由于她披头散发，始终没有看清她的面部。就在女鬼再一次穿过三轮车前的灯光时，"杨倔头"和三个男人一起上手，终于把那女鬼摁倒在地。女鬼躺在地上手舞足蹈，狂喊狂叫，"杨倔头"抓起她的长发往上一撩，不由得叫了声："秋菊！"

　　西霞听到"杨倔头"喊着秋菊，就赶紧从三轮车上下来了。她走到女鬼跟前，仔细看着她的面容，真是她的秋菊，只是脸上已经消瘦得不成样子了。西霞忍不住抱着女鬼，哭喊了一句："秋菊，我娃咋成这样了啊？"她想把她的秋菊叫回家，让她慢慢从鬼变成人，秋菊是这个世上她唯一的亲人了，她不想让这个亲人再一次从她的身边走掉。可是，女鬼突然间挣脱西霞的怀抱，双目怒视着西霞，对她冷冷地笑了一声，然后转过身，又像风一般飞了出去，一眨眼就消失在了漆黑的沙窝窝里。

　　从此，沙苑一带再也没有闹过鬼，人们再也没有看到过那个披头散发、一身白衣的女鬼的身影，关于闹鬼的话题也渐渐在村子里停止了。

第五十章

早上，已经被降为银行办公室一般职员的红卫刚坐到办公室，电话铃声就响了。他接过话筒一听，是行长的声音，行长叫他到他办公室来一下。

自从发生那起银行骗贷案之后，红卫就被安排到银行后勤部门搞后勤保障工作，不用去营业室搞业务。这样，他直接跟行长见面交流的机会就少之又少。后勤工作说忙也不忙，就是搞一些采购、接待之类的杂活，后勤人员也就成了银行里的普通职员。

好久没有接到行长的电话了，今天突然接到行长的电话，让红卫感到有点儿吃惊。他想不出来行长叫他能有啥事，肯定不会是提拔重用的事，那起骗贷事故差点断送了他的一生。要不是爸爸舍身相救，他哪里还能像今天这样坐在银行办公室继续工作？红卫忐忑不安地来到行长办公室门前，轻轻敲了三下，里面传来行长冰冷的声音："进来！"

红卫轻轻推开门，轻轻走到行长办公桌旁边，轻声说："行长，您叫我？"

行长正戴着老花镜在埋头看一份县政府发来的红头文件，好像没有听见红卫的问话，没有回答他的话。他看完第一页，又翻到第二页细细看着，好在第二页内容不多，大半张纸都是空白。行长只用了不到一分钟时间就看完了那份红头文件，然后摘掉老花镜，揉了揉双眼，这才看了一眼红卫，说："坐吧。"

红卫轻轻坐到行长斜对面的真皮沙发上，屁股没敢着实坐下去。行长喝了一口玻璃杯子里的保健茶，然后把红头文件放在桌子一角，说："这是县政府今天刚发来的，你看看。"

红卫接过文件一看，是关于去年那起银行骗贷案件的侦破情况和追回资金情况。文件后面附了一张表格，分别是对追回资金的返还情况。表格的最后一栏是县农业银行，返还资金四百五十万元。红卫看过后，把红头文件又双手递给行长，没有说什么。

行长把文件放在办公桌的文件夹子里，顺手合上文件夹子，然后背着手在办公室里来回踱着脚步，红卫也赶紧站起身来，看着行长在自己眼前来回踱步，行长走了两三个来回后停下来，对红卫说："红卫，你刚才看过文件后有啥想法？"

红卫不知道行长想说什么，不知怎么回答。他脑子里突然浮现出那个四百五十万元的数字，心想行长一定是在这个数字上想问题。很显然，这个数字离被骗的五百万元还差了五十万元，莫非行长是要问这剩下的五十万元该咋办？五十万元对每月工资不到两千元的红卫来说肯定是个大数目，是不是这五十万元也要算到自己头上？红卫有点后怕了，可是，想起还被关在看守所里的父亲，这五十万元就算不了什么。想到这里，红卫说："行长，这起事故是因我的失职造成的，这剩余的五十万元理应由我自己补齐。"

行长走回到办公桌前，坐到真皮转椅上，说："红卫，看来你的态度还是蛮真诚的。这件事毕竟也经过了我的签字批准，作为一行之长，我也该担负一定责任。我也知道，这五十万元对于你一个普通职员来说，也不是小数目。所以，我想先征求一下你的意见。我刚才想了又想，还是这样吧，这五十万元也不用你全赔，行里承担三十万元，剩余二十万元你自己想办法解决，你看行不行？如果行，下午就开行长办公会专门研究。"

"行！谢谢行长照顾！"红卫对行长深深鞠了一躬。

行长摇了摇手，说："等会议通过后，就可以让财务室把属于你的四百八十万元打到你的账户上了。"说完，朝他挥挥手，示意他可以走了。

红卫再次向行长致谢后，转过身，轻轻走出了行长办公室。

银行财务室把四百八十万元打到红卫账户上后，红卫算了一下账，自己这些年积攒了差不多十万元，本想在县城买一套大房子，现在就不买了，再借上十万元，就可以凑够爸爸挪用乡政府的五百万元。可要马上借到十万元，也不是容易的事情，在这小县城，再好的朋友一提起借钱，不是翻脸就是找借口搪塞，平时借几千块钱都好像割肉一样，更别提一下子借十万块钱了。眼看快要过年了，爸爸总不能再在看守所里过新年吧？一分钱难倒英雄汉，红卫为了那十万块钱也是伤透了脑筋，连续几个晚上都睡不好觉。

玉玲理解儿子的心思，她也是看着儿子心急没办法。只有在难处，玉玲才能体会到别人伸手相助的温暖。此刻，她多么需要有人伸出那援助之手，让他们一家团团圆圆过个好年。在万般无奈之时，玉玲也抹下了老脸，低头求过金祥在位时曾帮助的几位村干部和生意人，没想到只要她一提起借钱，他们都像缩头乌龟一样，有倒苦水的，有找借口开溜的，更有人还挖苦一句："乡长老婆还给人哭穷，大笔一挥，不就几百万都到家了吗？"玉玲处处碰壁，她在心里恨死了这些墙倒众人推、落井下石的势利人。

玉玲在走投无路的时候，才想起了春花，听说春花入股的钱也返还了一部分，此时此刻，能救金祥的也只有春花了。可是，想起自己以前给春花说过的那些热讽冷嘲的话，特别是在金祥当镇上副书记和乡长期间，她没少冷落过春花，没少伤过她的自尊心，这让她又没脸开口向春花借钱。玉玲左思右想，最终还是决定向春花低头，向她借钱，把金祥从看守所里解救出来，毕竟金祥还是她的三大，这点儿亲情还总是有的。听说大嫂最近病重了，春花这些天也一直陪在大嫂身边，玉玲就买了一篮子鸡蛋，来到了大姐家，看望大姐。

玉玲来到大嫂家里时，春花正在给她妈喂稀饭吃。东霞的脸色变成蜡黄色。宝根已经向县医院的内科主任咨询过妈的病情，主任判断东霞很有可能是得了黄疸肝炎或者胰腺癌，病人的症状是全身变黄，肝胆疼痛，身体消瘦，浑身困乏无力，这些症状东霞现在都有表现。宝根的心突然沉痛起来，他知道妈妈可能在不到半年的时间里就要永远地离开他了，离开她日夜牵挂的所有亲人。玉玲没想到大姐的病情会发展得这么快，让她心里也很难过。她将手里的鸡蛋篮子放在桌子上，凑近大嫂身边，关切地问道："大姐，认得出我吗？我是玉玲，这些天为了金祥的事在忙，总是没空，今天抽时间专门来看看你，你不要担心儿女们，他们过得都好，你就安心养病，过几天身体就会好起来的。"

东霞努力睁开双眼，看了看玉玲，一只手动了一下，又无力地落在被褥上。东霞只吃了一两口稀饭，就再不张嘴吃了，春花就端起半碗稀饭去了灶房。玉玲坐在东霞身边，握住东霞一只冰凉的手，继续给东霞说着宽心话，也等着春花从灶房回来。

春花忙完灶房的事，回到了妈的屋子，看到三娘还没走，就问了一句："三娘，我三大的事情咋样了？"

玉玲本来是要主动张口说金祥的事情，见春花主动问了起来，她心里那种拘束感一下子全没了，顺着春花的问话说道："春花，你三大的事快到头了，这些天红卫正在寻人借钱，想把你三大挪用乡上的那些钱补齐。你的事情咋样了？听说镇上前些天已经发放入股的钱。"

"我的钱镇上给了一部分，还欠我十万元。三娘，红卫在银行里出事的那些钱现在追回来多少？要把我三大解救出来还要多少钱？"春花问。

"听红卫说，银行的钱已经返还了四百八十万元，红卫自己已经凑了十万元，要补齐你三大挪用乡上的钱还差十万元。这些天，红卫天天在找人借钱，哎，难啊！"玉玲还是没法张口直接向春花借钱。

春花已经听出了三娘话里的意思，也知道她不好意思张口向自己借钱，她也是从这个处境里过来的，理解身处困境里人的苦处，也就不想再为难她了，直截了当地说："三娘，你让红卫不要再乱找人借钱了，现在的人平时话都好听，关键用他的时刻，话就变了，真是知人知面不知心啊！现在是解救我三大要紧，要不就先用我的钱吧！我明天就给红卫送去十万块，让他赶紧把我三大赎回来。"

玉玲没想到春花不但不记过去的过节儿，还这样仗义帮着她和红卫，激动地不知说什么好，就一个劲夸赞着春花，说道："还是我春花好！还是我春花好！"

月娥在春节前终于向法院提出与银锁离婚的民事诉讼。喜财一看月娥是铁了心要走，知道强留是留不住她的，就是留得住她的人，也留不住她的心，她要去就随她去吧！没有等法庭调解和开庭，就替银锁在离婚协议书上签了字。

在银锁正式与月娥离婚后的第三天，喜财在彩霞的催促下，来到了大姐家。看到大姐紧闭双眼，面容清瘦地躺在炕上，他心里先是一悲，然后就走到大姐身边，拉着大姐的手说："大姐，能听到我说话吗？我是喜财，你病了，也不说一声，彩霞不来叫我，我都不知道。大姐，你感觉身上哪里不舒服？"

东霞转过脸来，再一次睁开双眼，被喜财拉着的那只手握紧了一下，又松开了，嘴唇微微动了几下，发出微弱的声音："喜财，银锁他，他咋样了？"

喜财握紧大姐干瘦而冰冷的手，流着泪说："大姐，银锁他好着。你不要担心他了，你也会好起来的！"

彩霞和"杨倔头"在一旁嘀咕了一会儿，才把喜财叫到一旁。彩霞说："喜财，看来大姐是快不行了，你看是不是给新疆三姐打个电话说一下，问问他们能不能回来看上大姐一面？"

喜财这才恍然大悟，马上从口袋里掏出一个巴掌大的电话本，找到飞霞家的电话号码，说："我看还是让宝根直接给三姐打吧，对了，再让三姐顺便给春草说一下，看春草能不能回来看上她亲妈一眼。"

彩霞说："宝根跟三姐很少通电话，他对三姐和三姐夫都很生，你经常和新疆通话，还是你去打电话吧？对了，最好也能让春草的女婿回来一下，让大姐也见见她的三女婿。"

喜财收起电话本，朝街道上商店里的公用电话处走去。

西霞自从经历了那场深秋夜晚闹鬼事情之后，晚上再不敢一个人睡了。彩霞只陪了她几个晚上就不来了，说是嫌她家阴气太重，自己晚上也睡不好。好在给智明过了百天祭日之后，翠萍主动提出带着娜娜搬过来和婆婆一起住，晚上给婆婆做个伴，也给婆婆压压惊。

晚上，翠萍早早就给婆婆烧了炕，然后陪着上小学的女儿娜娜做完作业，看着她钻进被窝里睡着了，又给婆婆从后院茅房里提了尿盆，在尿盆里到了点清水，放在婆婆方便的地方，然后给婆婆热好洗脚水，等婆婆洗完脚，再看着她上炕睡下。干完这些之后，她才自己洗了脚，在婆婆旁边躺下。

有儿媳妇翠萍在身边，有孙女娜娜在屋子里，西霞感到了一家人的温情，她在内心里默默感激翠萍这样的好媳妇，心想，要是翠萍往后一直这样陪着她该多好。可是，她也知道，翠萍才三十五岁，还年轻，后面的路还很长，不可能死守在她身边，她终究会改嫁的。想起翠萍将来要改嫁的那一日，西霞不禁有些伤感。黑暗中，她没有听到翠萍细微的入睡声，知道她还没有睡着。

西霞叫了声："翠萍！"

翠萍回答："妈，你还没睡着？"

西霞说："妈睡不着。"

翠萍问："咋睡不着？想啥哩？"

西霞说："想你以后的事情。"

翠萍又问："我以后的啥事？"

西霞说："我怕，怕你走了。"

翠萍笑了，说："这是我的家，我还要走到哪里？"

西霞说："你还年轻，总不能老守着我这个老婆子，肯定会另嫁的。"

"妈。看你说的啥话啊？智明刚过了百天，你就想这事？"翠萍说，"智明是我男人，也是娜娜的爸爸，我咋会离开他呢？以后的事情我还没想那么多。妈，你现在跟以前不一样了，变得善解人意了，说实话，我敬重你，同情你，也舍不得离开你。你放心好了，我会一直陪着你的。"

西霞心肠有点儿软了，说："翠萍，妈知道你是个好媳妇，好女人，智明娶了你是他的福分。可是，你还年轻，这么早就一个人过日子，会苦了你的。你不要管妈，妈也不想拖累你。你要另嫁，妈也不会拦着你的。"

翠萍说："妈，你放心吧，我不会改嫁的。要是你不嫌弃的话，我将来可以招个上门的，这样我们又会是团圆的一家。你看行不？"

西霞觉得翠萍这样想也合乎情理，站在她的角度想想，这其实是一个两全其美的想法。她说："这样也好，只要你和娜娜不离开妈，你说啥，妈都能答应。"

翠萍将头靠近西霞的胸怀，深情地喊了声："妈！"

西霞一激动，把翠萍轻轻搂在怀里。

第二天早上，久违的太阳露出了笑脸，虽然沙苑的冬天还是寒气逼人，但是看到红彤彤的太阳，还是多少会让人心里觉得很温暖。西霞起床后照着镜子，翠萍在身后给她精心梳理着花白的头发，然后将细细的长长的花白头发在后脑勺挽成一个圆圆的发髻，用发卡卡好。西霞再从包袱里找出一件多年未穿的显得土里土气的浅灰色偏襟罩衣套在棉袄上，穿上春花最近给她缝制的宽腿裤子，换上翠萍早些年给她做的黑色条绒鞋面的棉鞋，从商店买了一包鸡蛋糕、一挂香蕉、三斤鸡蛋，朝大姐家里走去。

西霞的装扮让春花、彩霞、玉玲和"杨侷头"都大吃一惊，简直与以前那个时髦、高贵的西霞判若两人。西霞客客气气给在座的每个人打了招呼，然后坐在东霞身旁，凑近东霞说："大姐，感觉好点没有？你还是去县医院看看病吧，这样在家硬撑着也不好。"

东霞轻轻摇了摇头，看着近在眼前的西霞，眼角湿润了。

西霞的眼角也湿润了。

春花给西霞倒了杯热茶，递到她手里，说："二姨，我们都劝了多少回了，我妈就是不肯去医院。我妈这辈子都没跟县医院打过交道，她有病了，就想在自己炕上睡睡。"

西霞说："你妈这辈子也够苦的了，为了你们姐弟几个，没少操心。她硬是替你们操心成这样子。"

为了能让妈熬过一九九七年的春节，宝根和春花商量后，决定通过熟人关系邀请县医院的内科大夫来家里给妈看看病，顺便给妈开点好针好药，让妈妈尽量减少点痛苦，多延长几天生命，最起码让妈等到远在新疆的亲人们回来。飞霞在电话里告诉喜财，他们春节前尽量赶回家，就在大姐家过一个团圆的新春佳节。自从看着把妈葬到坟墓里之后，她离开家乡快二十年了，没有了爹和妈，大姐就是她最亲的人了。喜财来电话后，她立即就收拾东西，让新军赶紧买回家的火车票，最迟在大年三十晚上之前赶到家里，最好能陪着大姐一家团团圆圆过年。东霞打了宝根从西安大医院买的针剂，精神状况明显好多了，眼睛也不再老是紧闭上，头脑也时而清醒了，多少还能吃一点儿稀饭。看着这么多亲人整天来来往往看她，她心情也好多了。

腊月二十三那天，金祥被红卫从看守所接了回来。红卫告诉宝根和春花，他爸爸挪用乡上的钱已经全部退还给乡上了，县法院最终视情节给爸爸判了三年有期徒刑，缓期执行。就是说，爸爸还有三年的监外服刑期，但人暂时还是自由的。

早上，红卫从看守所把爸爸接到了县城的家里。一个多月不见，爸爸一下子苍老了许多，凌乱的白发，胡子拉碴的脸，深陷的眼眶，无精打采的眼神，让红卫看着心里一阵难受。他流着泪说："爸爸，都是我的错，让你跟着我受苦受累了！"

金祥站在红卫面前，目光凝重，拍了拍儿子的肩膀，说："你知道你错在哪里了？"

红卫拉着爸爸一只手，说："错在不该收人家的东西，不该吃人家的饭，不该跟着人家天南海北地游玩。吃人嘴软，拿人手短，这些都是教训，儿子以后不会再犯这样的错了。"

金祥看着儿子的双眼，摇了摇头，说："红卫呀，你说的这些还都是些皮毛，没说到要害处，你的思想认识还很肤浅啊！你有没有深层次想过，你为什么会收人家东西？为什么会吃人家的饭？为什么会违心地替人家办事？爸爸在里面已经替你想过了。你能走到今天这一步并不是偶然的，这次即使没有那个浙江吴老板找你，说不定下次也会冒出个广东钱老板托你贷款，这次就是你幸运地没有犯错，说不定下次你就会栽倒在广东钱老板的身上。知道为什么吗？因为你的思想已经被金钱和权力腐蚀了，你收人钱财、吃人宴请、替人办事，已经习以为常，麻木不仁了，你已经对自己这些违纪和腐败行为没有畏惧感了，你已经被权力诱惑得迷失了方向，已经掉进了腐败的沼泽里不能自拔。这次栽了个大跟头看似坏事，其实也是好事，总算让你清醒了一点儿。不然，如果你爬上了行长的位子再跌下来，那就不是今天这样幸运地还能继续上班了。孩子，人的一生充满了坎坷，要处处小心谨慎才行，千万不要再栽跤了！"

金祥说到这里，也说累了。红卫早已是泪流满面了，他擦着眼泪，扶着爸爸坐在沙发上，给爸爸倒了杯水，听爸爸继续说了起来。

金祥喝了口水，继续说："刚才爸爸只说了你的错误，下面爸爸再说自己的错误，也算是给你敲敲警钟吧！爸爸这辈子一路走过来也是坎坎坷坷，大起大落，被冤枉过，被人报复过，也一念之差犯了错。爸爸的错就错在了对权力的滥用，对法律的轻视，对逃脱法网的侥幸。红卫啊，记住古人的一句话，莫以善小而不为，莫以恶小而为之。好好做人，老实做事，千万不要抱着侥幸的心理去干些违法违纪的事情！这样，才能白天吃得香，晚上睡得着啊！"

红卫把爸爸说的每一句话都牢牢刻在心里，他知道要不是救子心切，爸爸是绝对不会犯下这次错误的，是自己的贪婪和疏忽连累到了爸爸，让爸爸丢掉了官职，重新回到了农村。爸爸这辈子也不容易啊，辛辛苦苦劳累了大半辈子，到头来落得这个下场，让他这个做儿子的愧疚难当。

吃过午饭，红卫给爸爸理了发，刮了胡子，洗了澡，换了身新买的衣服。然后在爸爸的要求下，陪着他回到了家里。回到家时已经是午饭时候了，听到玉玲说大嫂病重的消息后，他顾不得给玉玲说他的事，就急匆匆赶过来看大嫂。

金祥的出现让东霞心里感到了欣慰。她病重前就听玉玲说过金祥的事情，也替金祥担了许多心，现在看到金祥完好地回到她眼前，她总算彻底放下心来。

金祥也带给宝根一个好消息，让宝根心情激动了一阵子。听红卫说，由宝根编剧的秦腔现代戏《大爱无疆》春节期间将由县剧团在县剧院上演了，听说县委宣传部、县文化局和县公安局准备联合将这部戏打造成弘扬正气、讴歌公安民警爱民亲民、无私奉献的舞台精品，将来还要在全市、全省巡演。金祥拍了拍宝根的肩膀说："好样的，宝根，继续努力，争取写出在全国有影响的好戏本！"

飞霞和新军是在腊月二十七的晚上回到东霞家的。飞霞回来后，东霞的病情似乎立刻好转了起来，她让春花和彩霞扶自己半坐起身来，看着十多年未见面的三妹，泪水再次夺眶而出。飞霞依然是那么年轻，依然那么文静。她坐在东霞对面，望着东霞消瘦发黄的面容，难过地说："大姐，你这些年受苦了，还是当心自己的身体吧！"

东霞说："飞霞，你回来了，大姐心里就好多了。"

飞霞拉着东霞的手，说："大姐，这些年来，我知道你心里想着啥，牵挂着谁。这次回来我还要给你带回来一个人，她就是你牵挂了几十年的女儿春草。
她本来要跟我们一起回来，可没有买到当天的车票。我走之前，她才打电话告
诉我，她女婿梁斌通过熟人买到了第二天早上回家的车票，估计明天两口子就
能到家。"

飞霞回来的消息很快传到了亲人们的耳朵里，西霞、喜财、彩霞都闻讯连
夜赶到了东霞家里。飞霞她把自己回来给每家带的特产和礼物都一一分发后，
然后关心地问起每家这几年的情况，飞霞就像一盆火，一会儿工夫就把小屋子
里的气氛烤得热热闹闹、轰轰烈烈。

一屋子的人围着飞霞问这问那，几乎要把真正的主人东霞忘在了一边。其
实，半坐在炕上的东霞此时也正享受着这种被亲情包围的气氛，这种场景可是
她多少年来再未曾感受过的。是的，她感觉到此时就是她一生最幸福的时刻。
她微微闭上双眼，任凭屋子的亲人们又说又笑，问这问那，虽然她身体有点虚
弱，也需要静养，但她喜欢听到这种嘈杂的声音，一点儿也不感到烦恼，她也
不知道自己啥时候变成了一个爱热闹的人。

东霞靠在窗前的墙壁上，身后垫着厚厚的棉被子，头下枕着松软的荞麦皮
枕头，深陷的眼睛微微闭合，她的思绪从眼前慢慢回到了三十多年前那个秋风
肆虐的傍晚，眼前仿佛浮现出茫茫沙丘里黄沙飞舞、天昏地暗的场景，耳旁仿
佛听到了春草阵阵撕心裂肺的哭声，她的心又一次被深深刺痛了，这种痛几乎
伴随了她的一生，在她的心里留下了一道深深的伤痕，也给她的精神上捆上了
一道沉重的锁链。春草是她不愿触及的心灵伤疤，也是她愧疚不尽的源泉，就
连遥远的新疆也成了她头脑里的一片禁地。她不愿听到谁提起新疆，仿佛一提
起新疆，就会提起春草一样，新疆就成了春草的代名词。虽然新疆还有她的三
妹飞霞，那也是她最亲的人，可是新疆在她的脑海里更多的让她想起的还是春
草。现在，就在她的生命即将走到尽头的时候，在她的愧疚和痛苦即将结束的
时候，又一次听到了来自新疆的消息，还是新疆亲人带给她的新疆消息，确切
地说，就是她最想见又最怕见到的人的消息，而且这个最想见又最怕见到的人
明天一大早就要出现在她的面前，让她近距离面对她，对她表白大半辈子的愧
疚和大半辈子的思念之情。此时此刻的东霞，既沉浸在期盼与亲人相逢的幸福
之中，又沉浸在对亲人愧疚自责的彷徨之中。

三十五年了！三十五年后的春草会是什么样子？会像春花一样经受了一场磨

难之后变得苍老许多吗？会像春叶一样经历家庭苦难折磨后万般痛苦吗？会像山上的一棵枯草，在遥远的新疆经受风吹雨打、日晒雨淋后，渐渐苍老枯萎吗？

东霞的心里被春草装得满满的，她想累了，就闭上眼睛，静静地睡了过去。

外面的天色渐渐暗了，冬天的夜幕即将徐徐落下。

"妈！妈！"门外突然传来两声急促而清脆的叫声，随着一阵紧促的脚步声，小屋的门被推开了。屋里人的目光顿时都聚焦在进来的两个人身上，刚才还热闹嘈杂的屋子顿时冷静下来。

"春叶！"飞霞一眼就认出了站在门口的春叶，惊喜地叫着她的名字。

"大姐，这些天你跑到哪里去了？也不给家里人打声招呼，害得妈替你整天担心，看把妈急出病了？"宝根看到大姐就发起怨气来。

"大姐回来了，快进屋里坐，东林哥也进来喝茶吧！"春花站起身来，赶紧给春叶和春叶身后的东林让座倒茶。

"春叶，你们这是从哪里回来？大包小包背的，好像逃难回来一样。"彩霞一边从春叶和东林手中接过几个背包，一边嘟嘟嚷嚷说。

春叶没想到屋子里会有这么多人，她看看飞霞，叫了声"三姨"，又看到坐在角落里的西霞，喊了声"二姨"，然后对"杨倔头"、新军、喜财、金祥等人都一一打过招呼，就走到东霞身边，坐在东霞身边的炕沿上，理了理她有点儿凌乱的白发，叫了一声："妈！我是春叶，我回来看你来了，你不要紧吧？"

东霞睁开双眼，恍恍惚惚看到春叶脸吃胖了，长发染黑了，衣服也换成了深红色羽绒服，说："春叶，你这是到哪里去了，走时也不给妈打声招呼？现在回来就好了，妈还以为再也见不上你了。"

春叶的眼泪一下子掉了下来，她拉着妈妈的手，轻轻抚摸着，说："妈，我这不是好好的吗？你不要担心我，好好养身子吧！"

东霞笑着，点点头。

春叶把妈妈的手放回到被窝里，替妈妈掖好被角，然后把身后的东林拉到妈跟前说："妈，我和东林哥到西安一家饭店打工了，饭店活忙，到了那里就抽不开身回来，想回来看你，也回来不了。"

这时金祥突然夸赞了一声："好！"然后说，"社会发展了，时代在变化，咱乡里人就是要大胆地到外面闯一闯，到大城市去挣大钱，不要只知道守着自家的一亩三分地过日子。看看春叶闯了一回省城，也算是见了大世面，说的话都不一样了。春叶，你和东林过了年还去吧？"

春花转过身对金祥说："三大，外面的钱是好挣，可就是离家太远，不方便。我和东林哥想好了，过了年后，我们想在咱县城开一个小饭馆，等以后饭馆挣钱了，再一步步扩大到大饭馆，就像西安的那家大饭店一样。大城市人能做的，咱乡下人照样能做。"

金祥继续夸赞道："这样也好，自己当老板，不用看谁的脸色！"

彩霞看出了点啥，问了春叶身后的东林一句："东林啊，你连个表示都没有，你就这样把我们春叶拉到你身边了？"

东林"嘿嘿"笑了一下，忙从上衣口袋里取出一盒精装香烟，抽出几支，给屋子里的四个男人齐齐散发过后，说："以后饭馆开张了，还请大家多多光临！我和春叶保证让大家吃好喝好！"

清晨，冬日的阳光爬上地平线，暖暖地照耀着大地，给坐落在同朝县城南边的烈士陵园涂上了一层橘红色的朝晖。

松柏苍翠的烈士陵园里，一排排烈士陵墓整齐排列，一座座烈士墓碑岿然挺立，就像一位位烈士挺拔不屈的脊梁。在烈士陵园的东南角，一座新坟墓上还插着几个挂着白色和黄色小花的大花圈，新立成的墓碑上赫然写着"宋大成烈士之墓"。晨阳下，一对三十多岁的中年男女手捧鲜花，迈着庄重的脚步走到墓碑前，将鲜花郑重地放在墓碑前的基座上，然后两人轻轻下跪。男的打开一瓶酒，给酒杯里斟满酒。女的接过酒杯，缓缓高举过头顶，流着泪，轻轻把酒洒在烈士的墓碑前。三杯酒洒过之后，两人对着墓碑缓缓磕了三个头。女的哭着说道："爸爸，焕英回来了，焕英和梁斌一起看您来了！爸爸，在您临走之前，女儿焕英也没有回来看上您一眼，您能原谅女儿吗？爸爸，女儿过得很好，您就放心地去吧，希望您在那边也过得幸福！爸爸，安息吧！"

哭声在烈士陵园的上空萦绕，仿佛有诉说不完的心声与依恋……

太阳慢慢升起来了，像一个火红的圆盘挂在了天空。

冬季的沙苑在阳光的照射下多彩而美丽。金黄色的沙坡自东向西绵延数十公里，就像一座座金山盘踞在洛河南边。红日在头顶散发着耀眼的阳光，把金黄的沙丘照耀得闪闪发光。被西北风吹过的黄沙，在高高的沙梁上留下了一道道整齐的印迹，像一条条排列整齐的黄色斑马线，给沙丘画上了一幅美丽的外衣。在蓝天白云的映衬下，远处西岳华山也格外清新。洛河像一道黄色的彩绸，轻柔地缠绕在金黄色的沙丘脚下。洛河两岸，大片大片绿油油的冬小麦田，吐露着春天的气息。河水在阳光的温暖下，破冰而出，弹唱起欢快的乐曲，一路东去，载歌载舞，拥抱太阳，迎接新春。

洛河北岸，绿色的麦田地头，走来一对中年男女，他们肩上各背着一个黑色挎包，男的穿着草绿色的呢子军大衣，高大挺拔的身躯迈着军人的步姿，显得精神抖擞，意气昂扬。女的中等身材，穿着一身枣红色紧身棉大衣，白皙的瓜子型脸庞，乌黑的披肩长发，苗条的身材，透露着女性柔和的美。

"春草，过了河就快到家了，还记得远处的沙坡吗？沙坡下面就是你的家乡了，我们就快要到家了！"梁斌指着远处绵延的沙丘对身边的春草说。

春草深情地看着眼前奔流不息的洛河，细听着河水"哗啦啦"的流动声，望着远处蓝天白云下隐约可见的西岳华山、绵延起伏的黄色沙丘、河对岸成片的绿色麦田，脸上荡漾着春天般的微笑，主动挎着梁斌的臂弯，加快脚步，朝家走去……

后　记

一

初次尝试写长篇小说，激情一上来，洋洋洒洒写了四十万字，刹也刹不住，连我都没想到自己竟然能写出这么长的篇幅，而最初的计划只有三十万字。这四十万字的文字是好是坏，我不太在意，只要能写出来，对于我来说就是初步的胜利。

干任何事情，如果仅仅靠激情是远远不够的。就这部四十万字的长篇小说来讲，历时七个多月的日夜奋战，如果没有内在的动力和顽强的毅力，就会知难而退或者半途而废了，仅一路上那些大大小小的障碍和坎坷，就会把最初的那份激情消磨得一干二净。

那么，到底是什么支撑着我坚持了七个多月，一口气写完这四十万字的小说？我的感觉是一种压力。常言说得好，有压力才有动力。那么，我的压力又来自何处呢？这就不得不说二〇一五年七月我被全国公安文联聘请为首批签约作家的事情了。在二〇一五年四月我出版了中短篇小说集《血祭》之后，写作的欲望和胆量竟然越来越大，出于一种对文学的痴爱和对文学梦想的追求，我鼓起勇气，报名参加了全国公安文联首批签约作家的竞选，结果被选聘上了，这对于我来说是一次不小的鼓励和鞭策。既然成了签约作家，与全国公安文联签了创作合同，也上报了创作计划，就不得不硬着头皮上路，开始兑现自己的创作计划承诺。

我的两年签约期的创作计划是按照先难后易的顺序安排的，在从来没有写过长篇小说的情况下，竟然给自己第一年就安排了一个三十万字的长篇小说创作计划，目的是想给自己施加压力，不断挑战自我。二〇一五年八月，我背负着签约任务的心理压力就匆匆上路了，一步一步按计划迅速铺开。

说实在的，第一次写长篇小说，自己心里也没有谱，对自己能不能克服写作中遇到的诸多困难，能不能坚持下去，能不能写出来三十万字的作品一点把握都没有。但是，开弓没有回头箭，既然上了路，我就逼着自己埋头写作朝前赶，不要停止下来，更不能半途而废，要自己给自己施压，要与惰性较量，就像马拉松比赛一样，只要上了跑道，再艰难，也要咬着牙关坚持下来，并用一句运动场上的口号鼓励自己："坚持到底就是胜利！"

二

三十万字的长篇小说到底写些什么呢？这是我动笔之前不得不考虑的问题。面对这个疑问，我犯难了。如果按照常理说，应该写自己最熟悉的生活。那么，我最熟悉的生活又是什么呢？我现在的身份是一名基层公安交通民警，长年累月生活在道路交通管理基层一线，每天都要与基层交通民警打交道，按理说应该选择写交警生活，这肯定是自己最熟悉的生活。然而，我从二〇〇六年开始文学创作至今，就一直围绕交警生活写了十几篇中短篇小说，去年又刚刚把自己十年来创作的十三篇中短篇小说集结起来，由中国文联出版社出版了小说集《血祭》，如果再写交警题材的长篇小说，一是担心没有那么多的素材可供长篇小说写作使用，二是担心自己写不出新意，会回到过去的老路子上，拔不出来。所以，这个规划中的三十万字长篇小说创作还是放弃了交警题材。

离开了自己当下生活的环境，再要选择自己熟悉的生活，那就只好追溯历史，回归故乡了。故乡，是每个作家都熟悉、都可以挖掘出丰富写作素材的地方。纵观当今中国文坛，贾平凹、莫言等大作家无不是围绕自己的故乡在创作，只有故乡才是一个作家在文学创作上挖掘不尽、源远流长的生活宝藏。所以，我把自己这个长篇小说的创作题材也转移到了故乡，转移到了与自己最熟悉的家族和亲戚中，虽然他们中一些人已经离我远去，但是他们的音容笑貌、人生轨迹依然在我的脑海中清晰可见。

在我成长的历程中，我的家庭里发生过一个因亲情引发的故事。这个故事时间跨度长，大概是从二十世纪六十年代初一直到九十年代末；人物众多，牵扯到十几个家庭、三代人、十几个亲人；矛盾激烈尖锐，因为亲人之间的纠纷引起了亲姊妹反目、三代人记仇、一个人失去生命。这个亲人与亲人之间引发的矛盾纠纷足够拍成一部长篇电视连续剧，肯定也能写出一部像样的长篇小说来。其实，在我上高中的时候，我大姐就跟我说过："咱家的事情，你可以写成一部戏。"可惜，那时候我的写作功力还很差，只有写作梦想，没有那个本事。

如今，我参加了鲁迅文学院公安作家研修班的学习，可以自称得上是一个作家了，既然自称为作家了，那就应该完成当年大姐交给自己的这个任务，实现自己当年那个创作梦想。

就这样，我把这部长篇小说的写作内容定在了故乡农村，定在了生我养我的陕西关中东部的沙苑一带，这里有我的童年，有我的亲人，有我奋斗的经历，也有我耳闻目睹过的亲戚之间发生的那些故事。所以，小说就以我家里当年发生的那个故事为原型，再进行大胆虚构与局部改动。为了达到签约任务中提出的"作品中要有公安民警的形象或者公安内容"的要求，我特意在故事的构建中加上了一位公安民警宋大成，而且用了不少笔墨去刻画他的形象，写他的生活、他的人生、他的情感、他的精神，虽然宋大成是整个故事中一个与杨天祥和刘东霞家没有血缘关系的人物形象，但他的存在恰恰使小说的主题思想得到了进一步扩展和升华，给读者拓展出一个"不是亲人胜似亲人、公安民警大爱无疆"的大主题。小说最后就写成这个样子，我对宋大成这个公安形象的塑造基本满意。

三

文学作品贵在表达作者对生活独到的思考和感受。在这部长篇小说中，我把关注的目光聚焦在人性中最温暖、最普遍、最珍贵的感情上。这就是亲情。亲情，是每个人都感受过并仍在渴望得到的情感。无论是中国，还是外国，无论是黄皮肤的人，还是黑皮肤、白皮肤的人，亲情始终是心中绕不过的一种感情，更是一种跨越地域和时空、在人间永恒存在的情感。人类社会自古至今都是靠着亲情延续着生命，延续着人类文明。所以，关注亲情，就是关注人类文明，就是关注普世的情感。在作品中，我把关注的视点直指人心中最柔软、最温暖的地方，期望能给每个人以心灵上的慰藉和情感上的温暖。

当今一些人道德水准滑坡、道德底线缺失，人与人之间的感情变得冷漠，这已成为社会的一大疾病。而关注亲情，追踪亲情的冷暖变化历程，剖析和透视人们内心对亲情的感受，对于抚慰人心、温暖人心、弘扬中华民族传统美德，具有积极的意义。小说中，主人公刘西霞和刘喜财都是在经过亲情冷暖的交替变化后，才醒悟到了亲情的珍贵，体会到了失去亲情后人心的冷酷与荒芜。在喜财一家跌倒在苦难的深坑里，没有一个亲人来看看他、安抚他、帮助他时，他感到了从来未有过的孤独和冷寂，亲人的远离让他感到自己变成了一个孤苦伶仃的人。西霞在女儿失踪、丈夫和儿子相继离她而去时，感受到偌大的屋子格外冰冷，自己如同坐在一个寒冷的冰窖里，浑身都是冰冷、孤寂、严酷，没有丝毫家的温暖，没有丝毫亲情的温馨。这个钢筋和混凝土构筑起来的房子也如同一座监狱，囚禁着她的灵魂，促使着她自我反省。家是什么？家是有亲人的地方，亲人在，家就在。没有了儿女，没有了老伴，她一个人活着，还有啥意思？没有了亲情，这个世界是多么寒冷啊！可见，亲情对于温暖人心是多么重要。

但是，一部长达四十万字的长篇小说，时间跨度三十五年，各种不同年代的人物将近二十个，涉及的生活场面又是陕西关中农村时代变迁的波澜壮阔场景，仅仅关注亲情显然还不够，小说要表达的思想应该更丰富、更厚重一些。因此，在围绕亲情展开故事情节的同时，小说还描写了陕西农村家庭成员之间复杂的矛盾纠葛，以及家庭普通的日常生活与时代背景下的社会冲突，赞扬了人性之美和人性之善，揭示了人们只有选择大爱和包容，才能获得美满和幸福。小说描述了陕西关中普通农民家庭的时代变迁和个人命运起伏，尤其凸显了以春花为代表的陕西农村青年在生活困境和人生逆境中不屈不挠、最终主宰命运的生生不息的奋斗精神，给当今年轻人以心灵上的慰藉和战胜困难的激励。

记得著名公安作家、全国公安文联秘书长张策曾经说过，长篇小说主要写人物的命运。我很赞成这句话。在长篇小说《沙苑人家》中，我把主要精力用在写人物命运的起伏变化上。为了达到这个目的，我精心设计了每个人不同的命运变化，可以说整部小说都是在围绕着几个主要人物的命运起伏来写的，特别是春叶、春花、金祥、天祥、彩霞、西霞、喜财，还有秋菊、智明、宝根等，每个人的命运都不是一帆风顺的，都经历着人生的大起大落。

每个文学作品又都离不开写人性，没有人性就无所谓文学。其实，长篇小说里面人物命运的跌宕起伏，只是外在的表面的现象，而决定每个人命运变化的还是他的思想与灵魂，所谓的善人有善报，恶人有恶报，就是这个道理。人性是内在的东西，这才是作家更应该下功夫深挖和剖析的东西。所以，我在小说创作中，用了很大的篇幅来描写人物的心理活动，就是想把每个人的心理活动和思想变化展示给读者，就像医生做手术一样用手术刀把每个人的灵魂解剖开，让大家看个清楚，然后，据此去判断他是一个什么样的人，预测他的命运将必然是一个什么样的轨迹。

四

为了准确、充分地表达自己的思想，深入剖析和挖掘人性，我在这部长篇小说的创作中，尝试了多种艺术表现形式。在小说的叙述和描写中，穿插了大量的歌谣、书信、日记、诗歌、楹联等内容，想以此展露人物的内心世界和文化内涵。作品完成后，我在第二稿修改时特意体验了一下这些穿插形式的艺术效果，自我感觉还比较满意，觉得这些艺术表现形式给小说注入了新的活力和丰富的内涵，特别是梁斌的书信和宋大成的日记，更有助于读者进一步了解人物的内心活动和思想灵魂。

在人物塑造上，我注意把握住每个不同人物的性格特点，塑造了十多位个性鲜明、命运多舛的人物形象。东霞的大女儿春叶勤劳善良，却生活清苦，命运悲惨，嫁到地主赵进财家里，经常遭受婆婆欺负和丈夫酒后毒打，生了个儿子还因救治不及时成了哑巴，面对降临到面前的纯真爱情又不敢接受，好在最后有所觉醒，大胆走出去，寻找到了自己的幸福；二女儿春花虽屡遭升学、就业、爱情、生意上的沉重打击，却直面困难，不向命运低头，始终把握住了自己的人生；儿子宝根聪明好学，心地善良，却因中学时期早恋而高考落榜，最初恋人也离他而去，但他硬是靠自学文学创作改变了自己的命运，收获了事业和爱情，最终成为当地有名的剧作家；三妹飞霞性情高雅，知书达理，虽远赴新疆，却一直牵挂亲人，从各方面关照帮助着兄弟姐妹；四妹彩霞性格直爽，为人正直，虽最初不被家人看好，最终却得到了疼她爱她的丈夫和勤劳能干的一对儿女；丈夫天祥朴实勤劳，为人忠厚，却因三女儿被丢弃、思念女儿心切患病去世；小叔子金祥是个文化人，但他的命运也跌宕起伏，大起大落，最终从官位上跌落，回到了农民身份。

相对于以上几个正直善良的形象，小说还塑造了几个相对阴暗的形象：东霞的二妹西霞自私狭隘，爱慕虚荣，攀附权势，最终丈夫被女婿气死，女儿在她的教唆下离婚，最后精神失常而失踪，儿子为了追求财富毁了健康，英年早逝，自己晚年命运悲惨；弟弟喜财贪婪成性，追求虚荣，却落得个儿子半瘫，儿媳出走的下场；还有喜财的妻子爱琴贪占便宜，虐待老人；金祥的妻子玉玲依仗权势自命清高，贪恋钱财，最终都受到了冷酷现实的惩罚。

在整体构思上，我采用了明暗两条主线，即以时间发展顺序的轴线为明线，按照这个明线展开故事的发展和人物命运的起伏变化，同时以丢弃春草、寻找春草为暗线，以公安民警宋大成对杨天祥和刘东霞一家的暗中帮助和宋大成的生命进程为暗线骨架，最后达成明暗主线重合的艺术效果。

同时，小说特别突出了陕西关中东部沙苑一带的地域风情和文化特色，采用白描的笔法多次描写了不同季节的沙苑、洛河、华山一带的自然环境与景观，还细致展示了陕西关中一带农村的饮食、建筑、婚娶、丧葬、年俗等文化，使小说刻上了深深的西北地域特色的烙印。相对于以上方面的地域特色，小说的语言却一反常态，没有大量使用关中一带的方言（只使用了少量的方言），原因是我想让这部小说将来能面向全国，尽量照顾全国的读者，为不同地方的读者减少阅读上的语言障碍。所以，在修改第二稿时，我就特意删除了一些外地读者不太懂的陕西方言，希望读者能体谅我的一片苦心。

五

当厚厚的小说原稿摆放在我的桌上时，我终于长长地出了口气，在经历了七个多月的辛勤写作后，总算完成了一部四十万字的长篇小说，这就像十月怀胎，一朝分娩一样，浑身都轻松了许多。看到这一尺多高厚厚的一摞书稿，就像看着自己刚生下的儿女一样亲切，不管他是丑是俊，都是从我身上掉下来的心头肉，值得我百般呵护。

回想起这七个多月的奋战历程，我真切感受到自己好像经历了一场艰难的长途跋涉，其间有坎坷、有坦途，有山重水复、也有柳暗花明，有半途而废、也有咬牙坚持，不管怎样，总算坚持到底了，而且是提前一个多月为这部长篇小说画上了句号。

二〇一五年十二月中旬，当小说写到二十五万字的时候，正赶上鲁迅文学院第二期公安作家研修班学员重返北京，聚集一堂，畅谈公安文学创作的感受。那时，我的这部长篇小说正进展到攻坚阶段，也是我最疲惫、最需要精神鼓励的时候。在座谈会上，我结合自己创作这部长篇小说谈了一点自己的深切感受和体会。我谈道："创作的大敌是惰性，特别是创作长篇小说，更需要持之以恒的韧劲。为了确保创作按原计划完成长篇小说《沙苑人家》，我坚持每天晚上八点至十点专心创作两个小时，这两个小时绝对排除一切干扰，静心写作，平均每天至少写两千字。这样坚持了四个月成效很明显，目前长篇小说创作任务已经过半，正按照原计划进展。文学创作是个性化创作，倡导百花齐放，百家争鸣。我们的公安文学要敢于创新，在表现手法、主题思想、艺术技巧等方面，要敢于追求自己个性化的东西，如果走别人的老路子，就会使自己的作品落入俗套，埋没在浩瀚的文学海洋里。在长篇小说《沙苑人家》的创作中，我在突出地域性文化、轮换式结构、个性化人物塑造方面都做了创新的尝试，使作品打上了作者本人的烙印。"

在这次全国公安作家座谈会上，我受益最大的还是聆听了全国公安文联主席祝春林的讲话。祝主席讲道："一次集结意味着一次新的出征，你们班取得了这么重大的成果，这好比上楼梯，爬累了，有一个缓和台，歇一下脚，还得继续往上爬。你们要思考一下，下一步怎么办，不能浮躁，不能滑坡，要冷静一点儿，清醒一点儿。你们是发过誓的，说过我的生命属于文学，我们的文学属于人民，属于公安。任何时代都需要精神，需要文化来支撑。你们回去以后，第一要学习，要好好学习习近平总书记在文艺工作座谈会上的重要讲话，当座右铭来学，反复学，要学透。你们要坚持以人民警察为核心的创作导向，扎根生活，扎根基层。第二要去浮躁，不管你有没有，主题浮浅、形式浮华会害人害己。要攀登，树立雄心斗志，不要孤芳自赏，一定要出精品。第三要努力，希望同学们有所建树，要朝获茅盾文学奖、鲁迅文学奖方向努力。一定要坚持高标准，坚持和母校相匹配的标准，全国公安文联始终注视着大家，关注着大家。"

我和四十多名来自全国各地的公安作家是含着热泪，仔细聆听完祝主席的讲话的。他充满激情和殷切希望的谆谆教诲给了我无穷的创作动力，激励着我在长篇小说《沙苑人家》后期创作上克服了重重障碍和无数挫折，最终成功到达了终点。

同时，在这部长篇小说的创作中，我也得到了许多亲戚朋友、同学文友、我的长辈和公安战友的帮助、支持和鼓励，在此我对他们表示衷心的感谢！由于自己的创作水平有限，创作前期准备也不是很充足，对某些方面的生活常识也不是很熟悉，书中难免会存在一些细节上不太准确、语言上不太恰当、事件交代还不太具体等问题，还请读者多多谅解。以后，我一定会加强学习，继续努力，争取创作出更多更好的作品，来回报各位读者和朋友的关心与厚爱。

邢根民

二〇一六年四月